面向21世纪课程教材

Textbook Series for 21st Century

U0646532

文学理论教程

WENXUE LILUN JIAOCHENG

（第五版）

主　编　童庆炳

副主编　李衍柱　曲本陆

　　　　曹廷华　王一川

高等教育出版社·北京

内容提要

　　本书原是教育部"高等教育面向 21 世纪教学内容和课程体系改革计划"的研究成果,是面向 21 世纪课程教材和普通高等教育"九五"规划国家级重点教材。 经再修订而形成的第五版,吸收了近年来在教材使用过程中的各方面的意见,与过去相比有一定程度的改动。 全书内容分为五编:第一编导论介绍文学理论的性质和形态,阐述了马克思主义文学理论的诞生与中国当代文学理论的建设;第二编阐述了文学活动的性质、特点和社会主义时期的文学活动;第三编论述了文学创造的过程和价值追求;第四编从不同角度考察文学作品的类型和体裁,分析文学作品的文本层次,讨论叙事性作品和抒情性作品,把握文学风格的内涵和价值;第五编论述文学消费、文学接受和文学批评等内容。 本书适合高校汉语言文学专业作为基础课教材使用,也可以被其他专业作为选修课程教材使用。 新版书增设二维码链接,方便学生学习。

图书在版编目（C I P）数据

文学理论教程/童庆炳主编. --5 版. -- 北京:
高等教育出版社,2015.6(2024.11 重印)
ISBN 978 - 7 - 04 - 042507 - 9

Ⅰ.①文… Ⅱ.①童… Ⅲ.①文学理论 - 高等学校 -
教材 Ⅳ.①I0

中国版本图书馆 CIP 数据核字（2015）第 075024 号

策划编辑	云慧霞	责任编辑	云慧霞	封面设计 张楠	版式设计	范晓红
责任校对	杨凤玲	责任印制	刁毅			

出版发行	高等教育出版社	网　　址	http://www.hep.edu.cn
社　　址	北京市西城区德外大街 4 号		http://www.hep.com.cn
邮政编码	100120	网上订购	http://www.landraco.com
印　　刷	河北鹏远艺兴科技有限公司		http://www.landraco.com.cn
开　　本	787mm × 960mm 1/16		
印　　张	26.75	版　　次	1992 年 3 月第 1 版
字　　数	480 千字		2015 年 6 月第 5 版
购书热线	010 - 58581118	印　　次	2024 年 11 月第 24 次印刷
咨询电话	400 - 810 - 0598	定　　价	51.80 元

本书如有缺页、倒页、脱页等质量问题,请到所购图书销售部门联系调换
物 料 号　42507 - 00

参编者（按姓氏笔画为序）

王一川　北京大学

曲本陆　辽宁师范大学

杜　卫　杭州师范大学

李珺平　岭南师范学院

李衍柱　山东师范大学

杨守森　山东师范大学

宋　民　辽宁师范大学

张荣翼　武汉大学

陈雪虎　北京师范大学

赵　勇　北京师范大学

柯汉琳　华南师范大学

姚爱斌　北京师范大学

顾祖钊　安徽大学

钱　翰　北京师范大学

高小康　中山大学

曹卫东　北京第二外国语学院

曹廷华　西南师范大学

梁素清　贵州师范大学

陶水平　江西师范大学

童庆炳　北京师范大学

目　　录

第一编　导　　论

第二编　文学活动

第三编　文 学 创 造

第四编　文　学　作　品

第五编　文学消费与接受

第一编 导论

　　文学理论是人文学科之一，是一门意识形态性很强的学科，它在整个人文科学中占有重要地位。当我们开始学习文学理论的时候，必然会提出这样的问题：文学理论的研究对象是什么？它和整个文艺学的关系是怎样的？它的基本任务是什么？它具有怎样的性质和品格？当然，我们学习的是马克思主义文学理论，即以马克思主义的世界观、方法论为指导思想的文学理论。这样我们就必然要了解：马克思主义的文学基本理论是什么？今天我们要建设具有中国特色的马克思主义文学理论，应从何着手？应注意些什么问题？简要回答上述问题，构成了本书"导论"第一章、第二章的内容。

第一章 文学理论的性质和形态

文艺学是一门以文学为对象，以揭示文学基本规律，介绍相关知识为目的的学科，包括三个分支，即文学理论、文学批评和文学史。这三个分支具有不同的研究对象和任务。它们之间既相互独立又相互联系、相互渗透。文学理论作为研究文学普遍规律的学科，有独特的研究对象和任务，具有鲜明的实践性和价值取向。

文学作为一种极为复杂的、广延性极强的事物，决定了其研究视角和方法的多样性，也使得文学理论呈现出不同的形态。文学哲学、文学社会学、文学心理学、文学符号学、文学价值学、文学信息学和文学文化学等是文学理论的基本形态。

第一节 文学理论的性质

什么是文学理论？对这个问题的完整的解答，应从文学理论的学科归属、对象任务、应有品格三个方面进行。

一、文学理论的学科归属

研究文学及其规律的学科统称为文艺学。文艺学这个学科名称是 1949 年新中国成立以后从俄文翻译过来的，实际上正确的名称应是文学学，大概是因为"文学学"不太符合汉语的构词习惯，人们也就普遍地接受文艺学这个名称了。文学是一种多维的、复杂的、广延性极强的事物。文艺学作为对文学这一事物的完整的研究，也应该是一个复杂的系统，即由若干相互联系但又具有不同科学形态的分支构成的知识体系。

不过无论在中国还是在西方，最早研究文学的学问往往被称作"诗学""诗论"，即以对文学中最早发生的诗歌这一体裁的研究来统领对整个文学的研究。这实际上是以部分代替整体，无疑是有缺憾的。直到 19 世纪，整个文学研究也还基本上处于笼统的未分化的状态，各种不同的文学研究，在范围、对象、任务、功能上并无太大的区别。20 世纪以来，各门科学得到迅速发展，分工更具体、明确，这不能不影响到文学学科的发展；加之文学实践的需要，文学研究视角、方法的多样化及其成熟，文艺学终于形成了若干既相互独立又相互联系的分支，而严格意义上的文学理论才作为文艺学的一个独立分支得以成立。

目前，国内外文学理论界一般把文艺学区分为文学理论、文学批评和文学史三个分支，这三个分支在研究的范围、对象、任务、功能上都有所不同。美国当代著名学者韦勒克（Rene Wellek, 1903—1995）认为，在文学研究中区分文学理论、文学批评和文学史非常重要："首先，在两种文学观点之间存在着区别：一种观点将文学视为一种共时序列（simultaneous order）；另一种观点将文学主要视为一系列按编年顺序编排的作品，并将其视为历史进程的不可或缺的组成部分。其次，在文学原理和文学标准的研究与具体的文学作品的研究之间，也存在着进一步的区别，不论我们对这些作品的研究是孤立的，还是按编年顺序进行的。'文学理论'是对文学原理、文学范畴、文学标准的研究，而对具体的文学作品的研究，则要么是'文学批评'（主要是静态的探讨），要么是'文学史'。"[①] 韦勒克的上述意见是恰当的，是广为人知的。不过在这里我们要强调的是，文艺学所包括的三个分支也是互相联系、互相渗透、互相作用的，并不是截然分开的。文学理论要以文学史所提供的大量材料和文学批评实践所取得的成果为基础。如果文学理论不植根于具体文学作品的分析和文学发展历史的研究，文学理论所概括的文学基本原理、概念、范畴和方法，也就成了"空中楼阁"，失去了存在的依据。反过来，文学史、文学批评又必须以文学理论所阐明的基本原理、概念、范畴和方法为指导，离开这种指导，文学史、文学批评就失去了活的灵魂，成为材料的堆砌和随心所欲的感想的拼凑。实际上，文艺学这三个分支，常常是"你中有我，我中有你"，互相包容、互相切入、互相渗透。

通过以上叙述，我们对文学理论的学科归属有了一个总的认识：文学理论是文艺学中三个分支之一，它与其他分支有着极其密切的联系，它通过对文学问题的审视，侧重于研究文学中带一般性的规律，它力图指导、制约着其他分支的研究，但它本身又必须建立在对具体的作品、作家和文学现象的研究基础上。如果我们这样来理解文学理论的对象和任务，那么文学理论作为文艺学的一个重要分支，它以文学的普遍规律为其研究范围。它虽然也涉及具体的作品、作家和文学现象，但一般是作为例证出现的。换言之，文学理论不得不具体地分析一些文学作品，涉及一些作家，

---

①　[美]韦勒克：《批评的诸种概念》，丁泓等译，四川文艺出版社 1988 年版，第 8 页。

接触到一些文学现象，但它不像文学批评和文学史那样，专门去分析和评论一个个作家作品，一个个文学运动和文学思潮，它以哲学方法论为总的指导，从理论的高度和宏观视野上阐明文学的性质、特点和规律，建立起文学的基本原理、概念、范畴以及相关的方法。本书最后一章把"文学批评"纳入进来，是考虑到文学理论与文学批评有更密切的关系，许多文学理论概念是直接从文学批评中提炼出来的，而文学理论观点也更直接指导文学批评实践。

二、文学理论的对象和任务

文学理论的对象和任务，并不是人们主观随意划定的。总体而言，我们的一个理论前提是把文学理解为一种活动，即人类的一种高级的特殊的精神活动。文学不是以成品这种形式而存在的，而是以活动的方式存在的。美国当代文艺学家 M. H. 艾布拉姆斯在《镜与灯——浪漫主义文论及批评传统》一书提出了文学四要素的著名观点，他认为文学作为一种活动，总是由作品、作家、世界、读者四个要素组成的[①]：

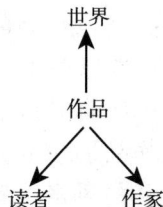

$$\text{世界}$$
$$\uparrow$$
$$\text{作品}$$
$$\swarrow \qquad \searrow$$
$$\text{读者} \qquad \text{作家}$$

我们认为，文学理论所把握的不是这四个要素中孤立的一个要素，而是四个要素构成的整体活动及其流动过程和反馈过程。由此，不难发现文学理论所规定的五个方面的任务：第一，文学活动作为人类的一种精神活动，它有一个历史的发展过程，它是随着时代的发展而发展的，从而显示出不同历史阶段的不同特征，那么文学发展的根由是什么呢？我们今天处于社会主义初级阶段，那么这一阶段的文学发展又有何规律呢？这就构成了文学活动发展论。第二，文学作为人类的一种特殊的精神活动，必然与人类的其他活动不同，在性质上必然有其独特之处，而从总体上来研究文学活动区别于其他活动的特殊性质，这就形成了文学活动本质论。第三，"世界"就是我们所指的社会生活，社会生活是一切种类的文学艺术的源泉，但社会生活本身还不是文学，社会生活的原料必须经过作家的艺术创造，才能变成文学文本，而研究

---

① 参见［美］M. H. 艾布拉姆斯《镜与灯——浪漫主义文论及批评传统》，郦稚牛等译，北京大学出版社 2004 年版，第 5—6 页。

作家如何根据生活进行艺术创造的过程和规律，这就形成了文学创作论。第四，作家创作出来的文学文本在阅读、研究和批评中变成了作品，文学作品是一个复杂的结构，其中体裁、题材、形象、语言、结构、风格和手法等都是作品构成中的重要方面，而研究作品的构成因素及其相互关系，这就形成了作品构成论。第五，作家笔下的文字作为文本如果被束之高阁，不跟读者见面，那还是死的东西，还不是活的审美对象，文本一定要经过读者的阅读、接受、鉴赏、批评，才能变成有血有肉的活的生命体，才能变成审美对象，而研究读者接受过程和规律，就形成了文学接受论。由此可见，文学理论体系中的发展论、本质论、创作论、作品论、接受论恰好是与文学四要素构成的文学活动的结构和发展关系相对应的。文学活动的结构和发展关系规定了文学理论的任务。

本书的框架结构就是根据文学理论的对象和任务安排的。导论部分，着重讨论文学理论的性质、形态以及如何理解马克思主义文学基本理论等问题。从第二编开始依次讨论文学理论的五个方面的任务。第二编讨论文学活动及其发生发展过程，讨论文学作为人类的一种活动同人类的其他活动的共同性和差异性，着重讨论文学活动区别于人类其他活动的特殊性质，从而揭示文学的本质。第三编讨论文学创造，根据马克思关于"艺术生产"的理论，把作家的创作理解为一种特殊的生产活动，从而揭示出文学创作的过程与规律。第四编讨论文学作品，着重讨论文学作品的构成方式，其中包括作品的体裁及特征、作品的形态及构成层次、作品的风格、叙述性作品和抒情性作品的不同特征等，从而比较具体、深入地揭示作品构成的种种复杂情况。作为一部供普通高等院校使用的教材，我们在作品构成论上面，作了比以往教材更为具体、详尽、深入的探讨，其目的是培养学生分析文学作品的能力。第五编讨论文学的消费与接受，我们把文学的接受理解为人的一种特殊的精神消费，既讨论这种消费与一般消费的异同，也讨论文学接受的过程和规律，特别阐明近期涌现的批评实践的新情况，从而较完整地构成了文学接受论。不难看出，本书力图紧紧把握住文学理论的对象，并对其作出扼要的、深入的阐释与研究。

三、文学理论的应有品格

我们的文学理论，是以马克思主义为指导的文学理论，它作为一门科学，具有实践性和自身独特的价值取向。

（一）文学理论的实践性

文学理论作为一门理论形态的学科并不是凭空产生的，也不是个别理论家杜撰出来的，而是从长期的、多种多样的文学实践中总结出来的。换言之，文学理论是对古今中外一切文学活动实践的总结，它的出发点和基础只能是文学活动的实践。先有文学活动的实践，然后才会有文学理论的概括。关于文学活动的本质，关于文学创作，关于作品构成，关于文学接受，关于文学发展的基本原理、概念范畴以及相关的方法，无一不是从文学活动的实践中总结、提炼出来的。而且，实践是检验真理的标准，真正科学的文学理论不但在于这些学说形成之时，而且在于尔后为文学实践所印证之日。所以文学理论的实践性品格，不但在于它来源于文学活动的实践，而且也在于它必须经得起文学活动的实践的检验。由于文学理论具有实践性品格，所以它总是随着文学运动、文学创作、文学接受的发展而发展，它永远是生动的、变化的，而不是僵化的、静止的。例如，新时期以来，在党的实事求是、解放思想精神的引导下，我国的文学创作和文学批评活动也空前活跃起来，出现了一大批真实地反映时代、有艺术魅力、为群众所喜爱的作品。但是，由于作家对生活的认识和评判不尽一致，也出现了一些有争议的作品，甚至还出现了一些不好的作品。文学创作和批评的空前活跃，向文学理论提出了一系列问题，于是文学理论的探讨与争鸣也空前活跃起来，讨论了或重新讨论了许多带有根本性的问题。如文学的审美特征问题，文学与政治的关系问题，歌颂与暴露的问题，文学的真实性问题，文学的典型问题，现实主义问题，形象思维问题，共同美问题，"自我表现"与朦胧诗问题，社会主义时代的悲剧创作问题，文学与人性、人道主义的关系问题，文学的主体性问题，社会主义新人形象塑造问题，文体问题，文学理论的新方法问题，雅与俗的问题，文学创作中历史主义和人文主义关怀问题，纪实文学问题，历史题材文学创作的时代性问题，新写实主义问题，中国古代文论的现代转化问题，文学的新理性精神问题，全球化语境中文学的民族性问题，大众文化问题，文化产业问题，文化批评新变问题，等等。对这些问题的探讨，无一不是新时期的文学创作和文学批评实践提出来的，而对这些理论问题的讨论，又反转过来推动、指导、影响了当前的文学创作和批评。由此可见，文学理论的实践性品格决定了文学理论是一门生气勃勃的科学。随着我国现代化建设中改革开放、思想解放的深入，随着社会生活的变革，文学的内容和形式都将出现新的深刻的变革，文学理论这门学科也就不可避免地要去研究新问题，进行新的探索，扩大学科的边界，实现理论创新。因此，我们决不能用僵死不变的、形而上的态度对待文学理论。对于马克思主义的文学理论，我们的态度应是：一要坚持，二要发展。坚持那些从实践中抽取出来又被实践证明了的基本原理，对此，我们不能有丝毫的动摇，同时又要发展那些不够完善的部分；既不能搞唯心主义、形而上学，否定马克思主义文学理论的基本原理，也不要僵化、保守，拒绝去研究新情况、新问题。我们要始终坚持"实践是检验真理的唯一标准"这个原则，以保护和坚持马克思主义文学理论的实践性品格。

（二）文学理论的价值取向

文学理论既然是文学实践经验的总结，那么文学理论家在总结实践经验时，总是要依据一定的哲学、政治、道德、美学观点等，从而体现出一定的价值取向。文学理论也是一种意识形态。某种文学理论肯定什么作品，否定什么作品，赞扬什么文学现象，批判什么文学现象，提倡什么艺术趣味，反对什么艺术趣味，都应该具有明确的价值取向。就马克思主义文学理论而言，它作为无产阶级的意识形态就具有鲜明的价值取向，即体现了无产阶级和劳动人民的审美理想和审美趣味，它公开宣布为繁荣和发展人民大众和社会主义文学服务。因此，我们不能不加批判地接受封建时代遗留下来的一切文学观点，"回到古典"是不可取的；同时，我们也决不能不加批判地搬用西方资本主义的一切文艺观点，"全盘西化"是荒谬的。当然，像"四人帮"那样，把过去时代遗留的文学理论材料都斥为"封资修黑货"，也是错误的。对于过去时代和西方各国的文学理论，我们要采取批判地继承和有分析地借鉴的态度。中国古代文论和西方文论（包括西方当代文论），都有不少合理的因素，这是古人和外国人在长期文学实践和理论研究中把握到的真理性的东西，我们要把这些当做养分很好地吸收，作为建设马克思主义文学理论的一种材料。马克思主义是在人类丰富的知识成果的基础上产生出来的，马克思主义文学理论的一个重要来源，就是吸收了古代和外国文学理论的优秀成果。马克思主义文学理论之所以能够具有真理性，其重要特点之一就是它的综合性和对话性。它以马克思主义的世界观和方法论综合古今中外一切经过实践检验后被认为是有益和有用的东西，形成对话的局面。

就现在的情况而言，我们的文学理论的价值取向应该是人民民主的、科学的和现代的。首先它的价值取向必须是人民民主的，即以提倡广大人民的审美趣味和审美理想为依归，以人民引领文学，而不能以少数人的审美趣味和审美理想为依归。一切封建主义的、资本主义的文学理论，只考虑少数人的利益和趣味，完全漠视广大人民群众的利益和趣味，这不符合人民民主的价值取向，这种文学理论我们必须抛弃。其次，我们的文学理论必须是科学的，科学形态的文学理论要通过摆事实讲道理，揭示文学活动的规律，总结出文学创作和欣赏的经验，具有深厚的学理性，不是一味迎合某种政治的需要。过去在文学理论上面一味提倡"文学从属于政治"，铸成了偏差和错误，耽误了许多时间，这个教训必须吸取。第三，我们的文学理论必须是现代的，在当代中国，发展文学理论，就必须面向现代化、面向世界、面向未来，我们的社会已经向现代化迈进，我们的文学理论也必须实现现代性的创新。这里必须说明的是，我们讲文学理论的现代性品格，并不是不要民族性品格。今天的世界格局与革命战争时期已经很不相同，与"文化大革命"时期不同，甚至与20世纪新时期开始的80年代也不同，我们是在经济逐渐全球化的时代来建设新的文化，其中也包括建设文学理论。如果说经济全球化意味着经济发展必须融入世界的经济体系中的话，那么我们所要建设的社会主义文化则不能一味"全球化"。我们的社会主义文化必须保持中华民族的个性，必须是民族的，体现我们民族文化的优良传统的。因为在新的世界格局下，如果有什么"文化的全球化"的话，那只是意味着不同国家、民族之间文化和理论的对话和交流，而不是让某个国家的文化霸权任意横行。因此，包括文学理论在内的精神文化建设必须具有鲜明的民族个性，如果不是这样，而是跟在人家的后头转，那么我们拿什么跟别的国家、民族去对话和交流呢？因此在强调文学理论现代性的同时也必须强调文学理论的民族品格。

第二节　文学理论的形态

一、文学理论形态多样化的依据

文学理论的形态与文学研究的客体及视角密切相关。文学活动作为文学理论的客体是复杂的多层次系统。从文学创作到文学作品再到文学接受，这是一个活动的过程。但按马克思从经济学角度所进行的考察，文学创作是一种"艺术生产"，文学创作作为一种社会的精神创造，是在艺术生产中实现的；而文学接受作为一种社会的精神消费，是在艺术消费中实现的；文学作品无论对生产者还是消费者都具有社会文化意义，这样它就具有了艺术价值，而这种艺术价值是要在艺术生产与艺术消费的传递中实现的，所以文学活动的过程又是一个从艺术生产到艺术价值生成再到艺术消费的过程。这就是说文学活动在意向上可以理解为两个过程，即文学创作—文学作品—文学接受过程，和文学生产—作品价值生成—文学消费过程。这样一来，文学理论研究虽然只有一个认识客体——文学活动，但同一认识客体可以成为多种视角所观照的多种对象。文学理论的认识客体是指文学活动的整体，不同的对象则是研究者凭借独特的视角与方法窥视到的整体中有限的部分、方面、侧面、层次、因素、阶段、关系等，换言之，同一认识客体可以形成多种对象。正是由于同一客体可以形成多种对象，并运用多视角、多方法加以研究，文学理论就形成了多样化形态。

二、文学理论的基本形态

从文学创作—文学作品—文学接受这一流动系统看，首先，文学创作是对社会生活的反映，即作家作为主体反映作为客体的生活，作品论、接受论中也有不少哲学层面的问题，这样，反映论这个马克思主义的哲学视角，是揭示文学活动的基本视角，因此以反映论为基础的文学哲学是文学理论的一个基本形态。马克思主义的认识论的文学哲学，以其科学性超越了以前的文学哲学，成为文学理论的基石。其次，创作—作品—接受过程，这是一个心理转换过程，无论是文学创作还是文学接受，都是特殊的心理行为，因此采用心理学的视角，建立起文学心理学才能切入这些特殊的心理行为进行研究，文学心理学是文学理论的又一重要形态。古今中外的文学理论，不论自觉还是不自觉，总是倾向于从心理学的角度来解释文学活动。如中国古代文论中的"比兴"说、"虚静"说、"神思"说、"意象"说、"滋味"说、"物感"说、"象外"说、"妙悟"说、"童心"说、"性灵"说、"神韵"说、"意境"说、"出入"说等都具有丰富的心理学内涵。西方文论中古希腊学者亚里士多德提出的"净化"说、德国学者立普斯（Theodor Lipps，1851—1914）等提出的"移情"说、英籍瑞士心理学家布洛（Edward Bullough，1880—1934）提出的"心理距离"说、意大利美学家克罗齐（Benedetto Croce，1866—1952）提出的"直觉"说、德国哲学家康德提出的"审美态度"说、奥地利心理学家弗洛伊德（Sigmund Freud，1856—1939）提出的"无意识升华"说、瑞士心理学家荣格（Carl Gustav Jung，1875—1961）提出的"原型"说、英国学者贡布里奇（E. H. Gombrich，1909—2001）提出的"投射"说等，也形成了文艺心理学的传统。第三，创作—作品—接受的过程，又是一个符号化的过程，因为文学创作旨在向人们传递特殊的审美信息，创作必须运用语言符号，作品则是语言符号的结晶，文学接受首先要破译语言符号，这样符号学的视角对文学理论来说就变得极为重要，而文学符号学也理所当然地成为文学理论的一种基本形态。中西古代文论都十分重视言意关系，特别是进入 20 世纪以来，语言学对文论的影响极大，文学符号学已成为一个引人注目的新兴学科。第四，创作—作品—接受系统又是特殊的信息系统，从创作到作品发表，是特殊信息的传播，文学接受则是特殊信息的接收，从文学接受再到文学创作则是信息的反馈。这样一来，从信息学的视角来研究文学活动必然会形成一个新的学科——文学信息学。我们可以将上述四点以图的方式列出：

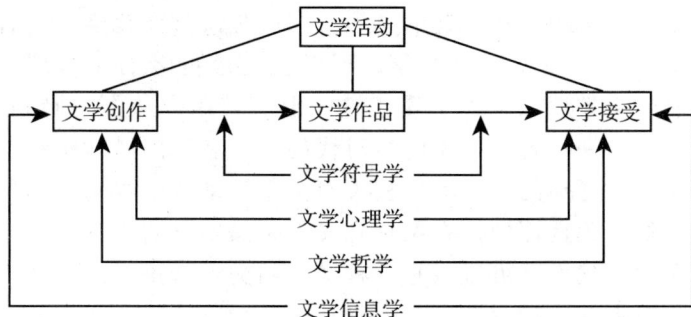

现在再从文学生产—作品价值—文学消费这个流动的系统来看。首先，从文学生产到文学消费是一个组织起来的社会文化过程，这一过程不能不受一定的社会关系的制约，而浸润着社会思潮，反映着社会风貌，直接或间接地回答社会问题，即或文学生产和消费的是一些空灵的、超脱的、虚玄的、恬淡的产品，也不可能达到完全的"纯净"而不带社会性。因此，社会学的视角无疑是一个重要的视角，文学社会学无疑是文学理论一种重要的形态，而且在所有的形态中具有特别重要的地位。文学社会学无论在中国还是西方都有久远的渊源，中国古代可以上溯到孟子的"知人论世"说。在西方，文学社会学的初坯可以追溯到 18 世纪意大利学者维柯（B. Vico，1668—1744）。他在其社会学著作《新科学》中"发现了真正的荷马"，并以古代希腊社会研究的成果来考察荷马及其史诗创作，从而开创了把文学作品与时代背景、作者生平结合起来研究的方法。其后法国学者孔德（A. Comte，1798—1857）、斯达尔夫人（Madame de Staël，1766—1817）从实证社会学出发，对文学社会学的建立都有所推动。但在这方面取得重大成果的是法国的艺术理论家丹纳（H. A. Taine，1829—1893）。他在《英国文学史》序言、《艺术哲学》等著作中，提出了文学创作决定于种族、环境和时代三种因素的理论。而真正的文学社会学属于马克思主义。马克思、恩格斯、列宁、毛泽东的一系列文艺论著是从文学社会学角度考察文学活动的典范，普列汉诺夫、卢卡契等马克思主义理论家，对文学社会学也有重要的贡献。其次，文学生产到文学消费的过程，又是文学艺术价值的产生、确立和确证过程。所谓价值是指某事物对人所具有的意义。文学作品显然对人具有特殊的意义，因此它具有价值；这种价值一般不是指实用价值，而是一种特殊的艺术价值；这种艺术价值在文学生产中产生，在文学作品中得以确立，在文学消费中得以确证。因此，由价值学视角所形成的文学价值学可以、也必然成为文学理论的一种形态。20 世纪以来，这一新兴学科已得到了人们的承认。第三，面对创作—作品—接受和文学生产—文学价值—文学消费这统一的文学活动系统，还有一

种把各种视角和方法融合在一起的理论，这就是文学文化学。这种形态的文学理论以"泛文学"作为研究对象，可以说是最古老的文学理论，中国先秦到魏晋以前的文学理论基本上属于这一形态，西方从古希腊到 18 世纪以前也基本上属于这一形态。但是随着时代的变化和各门科学中综合倾向的发展，人们又在一个更高的层次上去实现对文学活动的多视角的协同和综合的研究，如西方的文化批评理论在某种意义上是又回归到文学文化学的路子上去了。因此文学文化学又可以说是一种最新的文学理论形态。我们可以将上述三点用图式来表示：

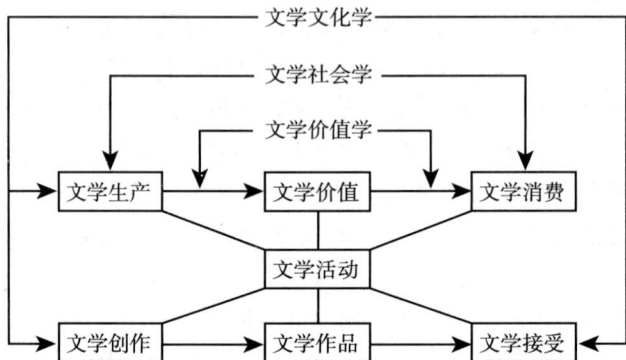

文学文化学
文学社会学
文学价值学

| 文学生产 | → | 文学价值 | | 文学消费 |
| 文学活动 |
| 文学创作 | → | 文学作品 | → | 文学接受 |

通过以上分析①，文学理论的基本形态可以归纳为：

（一）　文学哲学
（二）　文学社会学
（三）　文学心理学
（四）　文学符号学
（五）　文学价值学
（六）　文学信息学
（七）　文学文化学

需要说明的是，上述文学理论七种基本形态各有优势又各有局限，科学的文学理论要在马克思主义的历史唯物主义的指导下实现各种形态的互补，形成一种综合协调的系统。

---

①　上述两个图式参考了苏联美学家莫伊谢依·卡冈的《对艺术作综合研究的系统方法》，见[苏] 卡冈《美学和系统方法》，凌继尧译，中国文联出版公司 1985 年版，第 80 页。本书作了一些改变。

复习要点

［基本概念］

文艺学　　　文学活动　　　文学理论　　　文学批评　　　文学史

［思考问题］

1. 试从学科归属、对象任务和学科品格三个角度，说明文学理论的性质。
2. 文学理论有哪几种基本形态？其划分的依据是什么？

［推荐阅读文献］

［美］韦勒克：《文学理论、文学批评和文学史》，《批评的诸种概念》，丁泓等译，四川文艺出版社 1988 年版。

第二章　马克思主义文学理论
与中国当代文学理论建设

　　马克思主义文学理论是马克思主义整体中的有机组成部分。马克思、恩格斯主要是在批判地继承德国古典哲学、美学、文艺学的基础上，结合当时的创作实践，创立马克思主义文学理论的。马克思主义文学理论的基石是文学活动论、文学反映论、艺术生产论、文学审美意识形态论和艺术交往论，马克思主义文学理论的根基是历史唯物主义和辩证唯物主义。马克思主义文学理论作为具有生命力的学说有着世界性的影响。建设有中国特色的马克思主义文学理论必须以马克思主义作指导，必须批判地吸收古今中外文学理论遗产，必须具有鲜明的当代性，必须结合中国当代文学的实际，概括和总结新的文学实践的经验与教训，提出并回答当代各种文艺问题。

第一节　马克思主义文学理论的基石

　　近30年来，中国现代的文学理论立足于中国，同时向外国学习，从外国引进并消化了各种各样的理论，使我们的文学理论更加丰富多彩。尽管现在的文学理论处于多元共存的格局中，但仍以马克思主义文论为主导，这是一个不争的事实。然而，长期以来我们很少清理作为主导的马克思主义文论，究竟以哪些相互联系的理论为基石，结果产生了只见树木不见森林的弊病，这不能不是一件遗憾的事情。从宏观的视野来把握马克思主义文学理论的基本点，展现马克思主义文学理论辽阔的构架和特征，以厘清马克思主义文学理论的基石，这也许对我们正在建设的现代文学理论新形态是有意义的。

　　马克思、恩格斯是在构建其革命学说的过程中，在革命的实践中创立马克思主义文学理论的，因此这种理论的创立总是跟革命实践的需要密切相关。同时，马克思主义文学理论的创立又是他们批判地继承西方古典美学，特别是德国古典美学的结果，也是总结西方19世纪以前文学实践的结果。人们创立任何一种东西，都是在先辈已提供的必要的条件下的创造。马克思主义文学理论的创立也是如此，它是对西方从古希腊以来的文学理论传统的吸收和改造。德国古典美学和文论在西方美学史和文论史上占有特别重要的地位，闪耀着灿烂的光辉，它们更是马克思、恩格斯创立新学说时继承与超越的直接对象，是马克思主义文学理论的主要理论来源。可以这样说，马克思主义美学和文学理论主要是在对康德以来特别是对黑格尔、费尔巴哈的哲学、美学、文学思想的批判继承中完成的。马克思主义的文学理论不但是马克思、恩格斯的创造，而且在其后的历史发展过程中不断得到丰富和发展，甚至在西方世界，也出现了所谓的"西方马克思主义"，其中就包含了对马克思主义文学理论的新探讨。

马克思主义的文学理论具有十分丰富的内容，涉及的方面很多，不是这里所能全部阐述的。这里仅就马克思文学理论的六个基本观念作粗略的介绍。

一、艺术活动论

马克思主义首先把文学艺术理解为人的一种活动，并建立了"艺术活动论"。马克思实际上把文学艺术看成是人的活动，即人的生活活动。"人的生活活动"在马克思的学说中，是一个十分重要的观念。

马克思的理论创造首先关心的是人的全面发展，人的感性和理性、知情意的全面发展。但马克思在考察资本主义的发展的时候，首先发现的恰恰是人的片面化，即人的异化和人的劳动的"异化"，这是十分严重的问题。马克思在《1844 年经济学哲学手稿》中揭示了一个惊人的现实："工人生产的财富越多，他的产品的力量和数量越大，他就越贫穷。工人创造的商品越多，他就越变成廉价的商品。物的世界的增值同人的世界的贬值成正比。"[①] 不仅如此，"劳动所生产的对象，即劳动的产品，作为一种异己的存在物，作为不依赖于生产者的力量，同劳动相对立的。"[②] 结果就是"劳动的这种现实化表现为工人的非现实化，对象化表现为对象的丧失和为对象所奴役，占有表现为异化、外化。"[③] 进一步地，劳动者在心理上受到这种异化劳动的挫折而感到失望。马克思指出："工人在劳动中耗费的力量越多，他亲手创造出来反对自身的、异己的对象世界的力量就越强大，他自身、他的内部世界就越贫乏，归他所有的

①　马克思：《1844 年经济学哲学手稿》，《马克思恩格斯全集》第 42 卷，人民出版社 1972 年版，第 90 页。

②　马克思：《1844 年经济学哲学手稿》，《马克思恩格斯全集》第 42 卷，人民出版社 1972 年版，第 91 页。

③　马克思：《1844 年经济学哲学手稿》，《马克思恩格斯全集》第 42 卷，人民出版社 1972 年版，第 268 页。

东西便越少。"① "劳动对工人来说是外在的东西，也就是说，是不属于他的本质；因此，他在自己的劳动中不是肯定自己，而是否定自己，不是感到幸福，而是感到不幸，并不自由地发挥自己的体力和智力，而是使自己的肉体受到折磨、精神遭到摧残。因此，工人只是在劳动之外才感到自由自在，而在劳动中则感到不自在。"② 那么工人在资本主义的劳动中究竟感到自身"贫乏"到什么程度？"不幸"到什么程度？"不自在"到什么程度？马克思认为，工人感到自己不像人，人像动物，或者说人异化为动物。这样马克思在他早期的理论研究中，就要探究人和动物有何区别，人的活动和动物的活动有何区别。而正是在回答这些问题时，文学作为人的活动的特性也被凸显出来了。

　　马克思认为人与动物是有根本区别的。人的活动与动物的活动也是有根本区别的。马克思说："动物和自己的生命活动是直接同一的。动物不把自己同自己的生命活动区别开来。它就是自己生命活动。人则使自己的生命活动本身变成自己意志的和自己意识的对象。他的生命活动是有意识的。……有意识的生命活动把人同动物的生命活动区别开来。"③ 动物——生命活动，人——生活活动，这两种活动看起来只有一字之差，可它们的区别是根本的，决不容混淆的。在马克思主义经典作家看来，人的生活活动和动物的生命活动是完全不同的。动物的生命活动是一种无意识的对自然的被动的适应过程，纯粹是为了维持生命的本能活动。而人的生活活动用马克思的话来说是以"自由自觉"为基本特性的，所谓"自由"，指人的活动是建立在关于人对对象世界的规律认识的基础上的，是有意识的、并以理性为指导的；所谓"自觉"，是说人的活动是有目的的、有计划的、能动的。"劳动过程结束时得到的结果，在这个过程开始时就已经在劳动者的表象中存在着，即已经观念地存在着。"④ 人的生活活动的上述基本特性，可以归结为一点，那就是人的生活活动是人的本质力量的"对象化"，即通过主体的活动，把自己的本质力量（人的全部特性和能力）体现在客体当中，使客体成为人的本质力量的确证和展示。文学艺术活动作为人的精神性的生活活动，也是人的本质力量的对象化，人的本质力量的一部分通过文学艺术的创造和欣赏才展现和外化出来。"对象化"观点来源于

---

　　① 马克思：《1844年经济学哲学手稿》，《马克思恩格斯全集》第3卷，人民出版社2002年版，第268页。

　　② 马克思：《1844年经济学哲学手稿》，《马克思恩格斯全集》第3卷，人民出版社2002年版，第270页。

　　③ 马克思：《1844年经济学哲学手稿》，《马克思恩格斯全集》第3卷，人民出版社2002年版，第273页。

　　④ 马克思：《资本论》，《马克思恩格斯全集》第44卷，人民出版社2001年版，第208页。

黑格尔等德国古典哲学家，但马克思把它置于历史唯物主义的理论框架中加以把握，从而显示出新质。

马克思主义把文学艺术的创造和欣赏归结为人的生活活动，归结为对象化活动，旨在强调文学艺术与人的本质力量的关系。"文学活动"论可以说是马克思主义文学理论的逻辑起点。马克思主义关于人的活动的论点启示我们，文学活动作为主体的人的能动的创造，其出发点、联结点和归宿点是人和人性，人和人性是文学的核心，文学是人性的延伸，是人性这辽阔的土地所开出的美丽的花朵，没有人和人的生活活动，文学就不可能出现。而人也正通过文学活动从一个独特的方面实现了人的本质力量的对象化。也正是从这个意义上，人们把文学说成是"人学"。

二、艺术交往论

马克思在其政治经济学著作中，关于"交往"的思想就被突出地提出来了。特别是在论述生产、消费、分配、交换（流通）的相互关系中，强调人与人之间的互动关系。例如，就生产与消费的关系，马克思十分关注它们之间的媒介和转换，他说："生产直接是消费，消费直接是生产。每一方直接是它的对方。可是同时在两者之间存在着一种中介运动。生产中介着消费，它创造出消费的材料，没有生产，消费就没有对象。但是消费也中介着生产，因为正是消费替产品创造了主体，产品对这个主体才是产品。产品在消费中才得到最后完成。一条铁路，如果没有通车、不被磨损、不被消费，它只是可能性的铁路，不是现实的铁路。"① 马克思在这里把生产与消费的互动交往关系说得十分透彻。值得注意的是，马克思关于生产、消费、分配、交换相互之间的交往的理论，成为对后来的马克思主义发展的一个重点。如当代德国理论家哈贝马斯吸收了马克思的理论和方法，提出了交往行为理论，这种交往行为理论对诗学的贡献，是把文学艺术理解为一种交往和对话。在他看来，两个具有语言和行为能力的主体都可以用符号（语言）作为中介达成一种对话关系。文学作为一种语言符号的艺术，更是主体与主体之间对话与交往的理想之域。这里以作品为中心构成了作家与作家、作家与此岸世界、作家与读者、作家与彼岸世界的交往关系。这样，文学活动就是由世界、作家、作品、读者所构成的一个交往结构。

联系到接受美学的基本理念，更可以看到它受马克思的生产、消费、分

---

① 马克思：《〈政治经济学批判〉导言》，《马克思恩格斯选集》第2卷，人民出版社1995年版，第9页。

配、交换互动关系理论的启示。如果把马克思上述关于"铁路"与"消费"关系的比喻换成文本与读者关系，那么就会得出一部文本如果没有被读者阅读，没有被读者理解和"具体化"，它只是可能的潜在的文学作品，而不是现实的审美的对象，不是现实的文学作品。读者意识是马克思主义文学理论的一个基本点，非常重要。早在1942年毛泽东《在延安文艺座谈会上的讲话》中，在论述"普及""提高"问题时，他多次提出"接受"与"接受者"问题，其中也包含了后来"接受美学"思想的萌芽，充分体现了马克思主义的交往理论。

三、艺术生产论

文学活动作为人的活动之一，在一个很长的时间里，是人们自由表达自己的思想和感情的结果，就像春蚕吐丝那样，与商品、市场无关。但是，随着社会进入资本主义社会，这种情况改变了。于是文学不能不进入现代资本运行的轨道，成为了一种艺术生产活动。资本是如此强大，社会生活的各个方面无不受资本的影响。不但物质的生产方面受资本的制约，精神创造也无形中受到资本的制约。以至于精神也成为一种生产。马克思在考察资本主义时发现了这一点，因此马克思就随着时代的发展把文学活动理解为"艺术生产"活动，这是马克思在考察资本主义经济的发展后，主要从经济学的观点来看待文学艺术活动的结果。当然，马克思的"艺术生产"概念具有多种意义，第一种意义是把物质生产与作为精神性的艺术生产相比较，并不专指某一特定历史时期的艺术现象，如在《〈政治经济学批判〉导言》中指出，"当艺术生产一旦作为艺术生产出现，它们（指艺术形式——引者）就再不能以那种在世界史上划时代的、古典的形式创造出来"①；同时论述物质生产与艺术生产的不平衡关系，认为艺术的一定繁盛时期不一定与社会的一般发展成比例。第二种意义，艺术生产是指实际的艺术创作过程。第三种意义，专指在资本发展时期，一切艺术生产是为资本创造价值，一切艺术品都具有商品的属性；这种意义是马克思在《资本论》的"剩余价值理论"中经常提到的。马克思认为："一切所谓最高尚的劳动——脑力劳动、艺术劳动等都变成了交易的对象，并因此失去了从前的荣誉。"② 艺术生产成为一种商品生产，艺术品本身则成为商品，而艺术消费问题也随之提出来了。马克思专门探讨了艺术创作成为艺术"商品"的条件，他说："作家所以是生产劳动者，并不是因为他生产出观念，而是因

---

① 马克思：《〈政治经济学批判〉导言》，《马克思恩格斯选集》第2卷，人民出版社1995年版，第28页。

② 马克思：《工资》，《马克思恩格斯全集》第26卷第1册，人民出版社1972年版，第149页。

为他使出版他的著作的书商发财，也就是说，只有在他作为某一资本家的雇佣劳动者的时候，他才是生产的。"① 例如弥尔顿像春蚕吐丝一样创作他的《失乐园》，那是他的天性的表现，这不是"艺术生产"；即使他后来把它卖了五镑钱，也不属于"艺术生产"范围。只有那些为书商提供工厂式制作的作家和编书人，他们的产品一开始便被纳入资本运作的过程中，这些人才是生产者，他们的劳动才是"艺术生产"。我们更应从第一种和第三种意义来理解马克思的艺术生产论，因为这种理论强调了文学艺术不是孤立的存在，它的发展是与社会的政治经济形态的发展变化密切相关的，我们必须归根到底从社会物质生产和精神生产的实践中，从生产、消费、分配、交换的关系中，才可能获得对文学艺术最终的解释，这样就给我们揭示文学发展变化的奥秘寻找到一个更宽阔的视野。事实证明，当我们的国家走上市场经济的道路以后，一切"艺术生产"都差不多被纳入商品运转的法则。一本书、一件艺术品、一部电影、一场演出就是一件商品，具有商品的属性，而作家、艺术家也不能不跟出版商、经营商等打交道，很难逃出市场运转的规律。这充分证明了马克思的艺术生产论在今天更具有针对性，更具有现实的意义。马克思的艺术生产论理所当然地成为马克思主义文学理论的又一基石。

四、艺术反映论

包括文学在内的艺术是人的一种活动，那么这种活动就具体性质来说究竟是一种什么活动呢？无疑，艺术是一种意识，是一种观念，它不是一种物质性的存在。问题是这种意识和观念从何而来呢？马克思主义从哲学的存在与意识的关系出发，把文学活动看成是一种人的主体对于客体的认识与反映。他们都认为，不是社会意识决定社会存在，而是社会存在决定社会意识。马克思说："不是意识决定生活，而是生活决定意识。"② 马克思又说："我的辩证方法，从根本上说，不仅和黑格尔的辩证方法不同，而且和它截然相反。在黑格尔看来，思维过程，即他称为观念而甚至把它转化为独立主体的思维过程，是现实事物的创造主，而现实事物只是思维过程的外部表现。我的看法则相反，观念的东西不外是移入人的头脑并在人的头脑中改造过的物质的东西而已。"③ 马克思、恩格斯清楚地指出：唯物主义历史观与唯心主义历史观的不同，就在于

① 马克思：《剩余价值理论》，《马克思恩格斯全集》第26卷第1册，人民出版社1972年版，第149页。

② 马克思、恩格斯：《德意志意识形态》，《马克思恩格斯选集》第1卷，人民出版社1995年版，第73页。

③ 马克思：《资本论》，《马克思恩格斯选集》第2卷，人民出版社1995年版，第111～112页。

唯物主义历史观"始终站在现实历史的基础上，不是从观念出发来解释实践，而是从物质实践出发来解释观念的形成"①。马克思、恩格斯在这里不但用了"移入"和"解释"这两个概念，其他地方用"产物""升华物"等概念，而且恩格斯直接用了"反映"这个概念，他说："我们重新唯物地把我们头脑中的概念看做现实事物的反映，而不是把现实事物看做绝对概念的某一阶段的反映。"恩格斯还说："一切观念都来自经验，都是现实的反映——正确的或歪曲的反映。"② 由此可见"反映"的观念从马恩那里就开始使用了，只是还没有直接用到文学艺术问题上。

马克思和恩格斯所阐述的这个辩证唯物主义原理被运用于文学活动的性质的解说，首先是列宁，他用"反映"这个词说明了文学是对于生活的反映。列宁在著名的《列夫·托尔斯泰是俄国革命的镜子》一文中说："如果我们看到的是一位真正伟大的艺术家，那么他在自己的作品中至少反映出革命的某些本质的方面。"③ 在这段话中，艺术和艺术家应当反映生活（革命的生活）的观点被鲜明地提出来。谈到列夫·托尔斯泰的时候，列宁又说："托尔斯泰的思想是我们的农民起义的弱点和缺陷的一面镜子，是宗法式农村的软弱和'善于经营的农夫'迟钝胆小的反映。"④ 在列宁的论述中不但强调文艺反映生活，同时也肯定文艺的反映不是刻板的，而是主动的，经过改造的，同时文艺也反作用于生活。

其次，文学反映论的观点在毛泽东那里得到了更直接的鲜明的表述。毛泽东说："作为观念形态的文艺作品，都是一定的社会生活在人类头脑中的反映的产物。……人民生活中本来存在着文学艺术原料的矿藏，这是自然形态的东西，是粗糙的东西，但也是最生动、最丰富、最基本的东西；在这点上说，它们使一切文学艺术相形见绌，它们是一切文学艺术的取之不尽、用之不竭的唯一的源泉。"⑤ 毛泽东在充分肯定文艺是社会生活的反映后，同时也强调这种反映是一种艺术的反映，因此他又说："文艺作品中反映出来的生活却可以而且应该比普通的实际生活更高，更强烈，更有集中性，更典型，更理想，因此

---

① 马克思、恩格斯：《德意志意识形态》，《马克思恩格斯选集》第1卷，人民出版社1995年版，第92页。

② 恩格斯：《〈反杜林论〉的准备材料》，《马克思恩格斯全集》第20卷，人民出版社1971年版，第661页。

③ 列宁：《列夫·托尔斯泰是俄国革命的镜子》，《列宁选集》第2卷，人民出版社1995年版，第241页。

④ 列宁：《列夫·托尔斯泰是俄国革命的镜子》，《列宁选集》第2卷，人民出版社1995年版，第244页。

⑤ 毛泽东：《在延安文艺座谈会上的讲话》，《毛泽东选集》第3卷，人民出版社1991年版，第860页。

就更带普遍性。"① 马克思主义的文学反映论把文学看成是主体对于客体的能动的认识，这是有根据的。文学创作的实践证明，没有生活，没有对生活的能动的反映，就没有文学。文学的题材、内容、形式，甚至艺术手法，无不从社会生活中来，或受到社会生活的启发、启迪、暗示和诱导。反映论是马克思主义文学理论的一个基石。

五、文学的审美意识形态论

马克思、恩格斯没有把"艺术生产"仅仅局限于生产、消费、分配、交换的商业流程中考察，而是高屋建瓴地把文学艺术纳入他的整个社会结构理论中，他明确指出，文学艺术是生产关系总和构成的社会经济基础的上层建筑，是上层建筑中的一种社会意识形态形式之一种。文学是一种社会意识形态形式，是马克思主义对文学的一种基本看法。马克思说："人们在自己生活的社会生产中发生一定的、必然的、不以他们的意志为转移的关系，即同他们的物质生产力的一定发展阶段相适合的生产关系。这些生产关系的总和构成社会的经济结构，即有法律的政治的上层建筑竖立其上并有一定的社会意识形式与之相适应的现实基础……随着经济基础的变更，全部庞大的上层建筑也或慢或快地发生变革。"② 马克思接着又强调："在考察这些变革时，必须时刻把下面两者区别开来：一种是生产的经济条件方面所发生的物质的、可以用自然科学的精神性指明的变革，一种是人们借以意识到这个冲突并力求把它克服的那些法律的、政治的、宗教的、艺术的或哲学的，简言之，意识形态的形式。"③ 就是说，社会经济结构是基础，而上层建筑则是耸立其上的法律的政治的制度和观念，而包括文学的艺术、宗教等则是上层建筑中的意识形态形式。所以，马克思把文学艺术确定为社会意识形态这一点任何时候都不能动摇。但是，马克思、恩格斯都充分地注意到了文学艺术作为一种社会意识形态形式的特殊性。他们在谈到文学艺术这种意识形态形式的时候，总是强调作家对于世界的掌握是"艺术精神的"掌握④，并提出"艺术方式加工"⑤，强调文学创作要

---

① 毛泽东：《在延安文艺座谈会上的讲话》，《毛泽东选集》第 3 卷，人民出版社 1991 年版，第 861 页。

② 马克思：《〈政治经济学批判〉序言》，《马克思恩格斯文集》，人民出版社 2009 年版，第 591 页。

③ 马克思：《〈政治经济学批判〉序言》，《马克思恩格斯文集》，人民出版社 2009 年版，第 592 页。

④ 马克思：《〈政治经济学批判〉导言》，《马克思恩格斯选集》第 2 卷，人民出版社 1995 年版，第 19 页。

⑤ 参见马克思《〈政治经济学批判〉导言》，《马克思恩格斯选集》第 2 卷，人民出版社 1995 年版，第 28 页。

"莎士比亚化"，而不要"席勒式"①，强调作家对于生活的评论是"诗意的裁判"②，强调古希腊艺术中的"想象""幻想"和"形象化"，强调艺术鉴赏中的"艺术享受"和"儿童的天真"③，强调对作品的批评应掌握"美学的历史的"尺度，等等。这些都说明了马克思、恩格斯意识到文学作为一种意识形态形式的审美特征问题。当然，他们并没有直接提出"审美意识形态形式"这个完整的概念，这个概念是 20 世纪西方和东方信仰马克思主义的学者提出来的，是对于马克思主义文学思想的发展。在苏联 20 世纪 50 年代的"解冻"时期到 80 年代，学者们反思教条主义和庸俗化在文学理论上的危害，提出了"审美意识形态"观念。例如苏联文学理论家阿·布洛夫说："艺术引起人的一种称之为审美的状态，而根据艺术家本人证实，艺术创作本身的特征首先是具有这种状态，没有它，艺术作品无论如何不可能被创造出来。"④ 他进一步指出："艺术作为意识形态现象，其特殊实质就在于这种'审美方面'。"从而得出结论：艺术中并没有"纯粹""无杂质""绝对的"意识形态，"意识形态原则上只有在各种表现中——作为哲学意识形态、政治意识形态、法的意识形态、道德意识形态、审美意识形态——才会现实地存在⑤。"把文学艺术看成是"审美意识形态"，意味着文学艺术是社会意识形态的变体形式，它既具有意识形态的性质，又具有审美的性质，是这两者的有机结合。中国的文艺学学者也在 20 世纪 80 年代的初、中期，从反思"文学为政治服务"口号的失误，寻求从审美的视角来探讨文学的性质，同样也得出文学是一种"审美意识形态形式"或"审美反映"的结论，在这方面，蒋孔阳、李泽厚、钱中文、王元骧、王向峰、胡经之等学者都做出了不懈的努力，补充完善了马克思主义关于文学艺术作为一种特殊意识形态形式的思想。

---

① 马克思和恩格斯在 1859 年评论拉萨尔的剧本《弗兰茨·冯·济金根》的信件中提出"莎士比亚化"和"席勒式"的观点，认为该剧本"最大的缺点是席勒式地把个人变成时代精神的单纯的传声筒"。马克思和恩格斯要求剧本写作要"更莎士比亚化"，"不应该为了观念的东西而忘掉现实主义的东西，为了席勒而忘了莎士比亚"。参见恩格斯《致斐·拉萨尔》，《马克思恩格斯选集》第 4 卷，人民出版社 1995 年版，第 553~560 页。

② 恩格斯评论巴尔扎克时的评语。恩格斯在一封信件中说："在他富有诗意的裁判中有多么了不起的革命辩证法。"参见恩格斯《致劳拉·拉法格》（1883 年 12 月 31 日），《马克思恩格斯全集》第 36 卷，人民出版社 1972 年版，第 77 页。

③ 参见马克思《〈政治经济学批判〉导言》，《马克思恩格斯选集》第 2 卷，人民出版社 1995 年版，第 114 页。

④ ［苏联］阿·布洛夫：《美学：问题和争论》，凌继尧译，上海译文出版社 1988 年版，第 40 页。

⑤ ［苏联］阿·布洛夫：《美学：问题和争论》，凌继尧译，上海译文出版社 1988 年版，第 41 页。

六、人民文学论

在马克思、恩格斯所著的《德意志意识形态》一书中，"意识形态"这个词还是指资产阶级的虚假意识。到了列宁那里才将"意识形态"这个词变成为中性的。列宁的意思是说，意识形态不但资产阶级有，无产阶级也有，不同的阶级具有不同的意识形态。无产阶级也要有自己的意识形态。那么我们说文学是审美意识形态形式，还仅仅是对文学性质的一般界说，还没有说出无产阶级和人民大众所要求的意识形态应该具有什么样的价值取向。这就向我们提出问题：马克思、恩格斯所创立的历史唯物主义具有什么样的启示？人们又如何从历史唯物主义出发，来确定无产阶级和人民大众对文学的价值取向？

历史唯物主义的基本点之一就是人民创造历史。列宁说："历史活动是群众的事业，随着历史活动的深入，必将是群众队伍的扩大。"[①] 列宁把人民群众与历史活动联系起来，说明人民群众才是历史的真正的创造者。"革命是历史的火车头，——马克思这样说过。革命是被压迫者和被剥削者的盛大的节日。人民群众在任何时候都不能象在革命时期这样以新社会秩序的积极创造者的身份出现。"[②] 列宁在一系列著作中，充分肯定了"千百万人民群众斗争"是创造历史的力量。列宁的特别贡献是，提出了具有"人民文学"意含的思想，列宁在谈到党的文学的时候说："这将是自由的写作，因为它不是为饱食终日的贵妇人服务，不是为百无聊赖、胖得发愁的'几万上等人'服务，而是为千千万万劳动人民服务，为这些国家的精华、国家的力量、国家的未来服务。"[③] "人民文学"的概念在这里实际上已经被提出来。在毛泽东这里，由于革命的实践斗争，人民群众起着决定性的作用，所以毛泽东把人民群众比喻为"上帝"，反复论述人民群众是创造历史的动力，同时也反复论述我们的一切都是为了人民群众。"为人民服务"成为中国共产党的宗旨。在文化和文学上面，毛泽东在《新民主主义论》一文中提出：我们的文化"应为全民族中百分之九十以上的工农劳苦民众服务"。后来《在延安文艺座谈会上的讲话》中，整个讲话就围绕着"一个为群众的问题和一个如何为群众的问题"展开。毛泽东说："什么是人民群众呢？最广大的人民，占全人口百分之九十以上的人民，是工人、农民、兵士和城市小资产阶级。所以我们的文艺，第一是为工人的，这是领导革命的阶级。第二是为农民的，他们是革命中最广大最坚决的

---

① 列宁：《政治家札记》，《列宁全集》第 33 卷，人民出版社 1985 年版，第 194 页。

② 列宁：《社会民主党在民主革命中的两种策略》，《列宁全集》第 9 卷，人民出版社 1959 年版，第 98 页。

③ 列宁：《党的组织和党的出版物》，《列宁论文学艺术》，人民文学出版社 1983 年版，第 71 页。

同盟军。第三是为武装起来了的工人、农民即八路军、新四军和其他人民武装队伍的，这是革命战争的主力。第四是为城市小资产阶级劳动群众和知识分子的，他们是革命的同盟者，他们是能够长期地和我们合作的。这四种人，就是中华民族的最大部分，就是最广大的人民大众。""我们的文艺，应该为这上面说的四种人。"①　毛泽东又说："无论高级的或初级的，我们的文学艺术都是为人民大众的，首先是为工农兵的，为工农兵而创作，为工农兵所利用的。"②"为工农兵服务"，以及如何为工农兵服务的问题，成为毛泽东《在延安文艺座谈会上讲话》的深刻主题，"人民文学"的观念终于得以形成。这可以说是中国马克思主义者对于马克思主义文论的一大贡献。新中国成立后，毛泽东给人民文学杂志社题写"人民文学"四个字，对马克思主义文艺思想作了简练的概括，这是特别要引起我们重视的。

　　关于"人民文学"的内涵，第一，不能将"人民文学"简单地理解为文艺题材问题。当然革命文艺应该热情讴歌人民群众创造历史的丰功伟绩，讴歌人民群众创造新的时代新的世界的伟大实践，要解决"歌颂什么，反对什么"的问题，但更重要的是要真切地表现人民群众的思想、感情、意志、愿望、情绪和理想，代表人民群众的根本利益。第二，也不能简单地把"人民文学"理解为是一个认识问题。对于文学创作来说，仅仅停留在认识上是不够的，还必须把这种认识转化为情感体验，发自内心地为人民而歌唱，真情实感地表现他们所关心的对象。第三，不能简单地把"人民文学"理解为抽象的概念。抽象的概念对于人民文学是不相宜的。人民文学必须是人民群众所喜闻乐见的，因此要有最强的艺术感染力。从根本上说，"人民文学"应该是文学"人民性"的丰富展开。

　　马克思主义文学理论基本观念的六个要点有着内在的联系，文学活动论、文学反映论、艺术生产论、审美意识形态论、人民文学论和艺术交往论构成了一个完整的系统。从人类学的观点看，文学是人的活动；从辩证唯物论的观点看，文学是人的一种反映活动；从现代经济学观点看，文学是一种艺术生产活动；从美学的社会学的观点看，文学是审美意识形态形式；从历史唯物论角度看，文学应该是"人民文学"；从媒介和符号的角度看，文学是一种交往对话。这样马克思主义就从人类学的、哲学的、经济学的、美学的、社会学的、媒介学的、符号学等多学科的视点来理解文学，从不同角度描画了文学的整体

---

①　毛泽东：《在延安文艺座谈会上的讲话》，《毛泽东选集》第 3 卷，人民出版社 1991 年版，第855~856 页。

②　毛泽东：《在延安文艺座谈会上的讲话》，《毛泽东选集》第 3 卷，人民出版社 1991 年版，第67 页。

面貌。同时，从这六论的联系看，文学是一种活动，能动地反映社会生活，在现代则是一种具有生产性的活动；文学生产审美意识形态形式，审美意识形态形式是文学区别于其他社会意识形态形式的特征；作为审美意识形态形式的文学，在性质上应该属于人民。"人民文学"是马克思主义文学理论的一个核心。作家生产出属于人民的审美意识形态形式并不是要束之高阁，而是要召唤读者来接受与消费，这样文学就是主体与主体之间的交往与对话。从这里可以看出，与过去的从单一的反映论考察文学不同，本文是从马克思主义的多重理论来考察文学的，同时又十分注意这些理论之间的联系。

马克思主义的文学理论，不但成为社会主义国家发展文学事业的指导思想，在实践中得到了检验，而且也产生了世界性的影响，在西方马克思主义那里，马克思主义与观点各不相同的文学理论形成了错综复杂的结合。在结构主义诗学、后结构主义文论、现象学文论、阐释学、接受美学等文论流派那里，马克思主义文学理论都产生过不同的影响。20 世纪世界文学理论发展的事实证明，世界上没有哪一个大流派的文学理论，能够"绕开"马克思及其开创的学说。这一切都说明马克思主义文学理论作为一门科学的巨大生命力。

第二节　中国当代的文学理论建设

马克思主义文学理论是一个历史的范畴，是一定历史条件下的产物，具有历史的规定性。时代已经发展到 21 世纪，历史条件发生了很大变化，马克思主义文学理论当然要随着历史的发展而发展，要根据文学的新变化和新发展去研究新情况，回答新问题。特别是我国进入社会主义新时期以来，全国全党的工作重心由阶级斗争转移到经济建设，改革开放的政策使社会生活发生了巨大的变化，人们的思想意识也发生了很大的变化，文学的发展也进入一个错综复杂、起伏跌宕的时期。为了适应这一历史性的变化，中国当代文学理论的建设也就成为文学理论界的一项重要任务。

要建设具有时代精神和中国特色的当代马克思主义文学理论，就必须解决指导思想、中国特色和当代性等三个问题。

一、以马克思主义作为理论指南

马克思主义包含着深刻的哲学观和丰富的历史知识，是人类经验的总结。毫无疑问，中国当代的文学理论建设必须以马克思主义为指导思想。所谓"以马克思主义为指导思想"，应包含两层意思：

首先，以马克思主义作为指导思想，就是要以马克思主义的世界观和方法论作为指导。世界观、方法论是根基，它比某些现成的结论更为重要。恩格斯说：“马克思的整个世界观不是教义，而是方法。它提供的不是现成的教条，而是进一步研究的出发点和供这种研究使用的方法。”① 这是因为马克思等经典作家的某些论点是针对一定历史条件下的具体问题而发的，时过境迁，某些论点可能过时，这是毫不足怪的。但他们所确立的世界观和所使用的方法——历史唯物主义和辩证唯物主义——则是经过科学检验的，这是永远不会过时的。我们可以而且应该用马克思主义提供的世界观和方法论，去考察新情况，回答新问题，作出新结论。马克思主义绝不是教条，而是行动的指南。这才是对待马克思主义的正确态度。本书的构思力求采取这种正确的态度。我们从现实出发，补充了马克思、恩格斯等经典作家未论述的问题，我们力图作出唯物的、历史的和辩证的解释。

其次，必须以马克思、恩格斯所创立的，由列宁、毛泽东和一些学者丰富、发展了的马克思主义文学理论为指导。坚持那些已被长期的文学实践所检验过的基本原理、原则，毫不动摇地贯彻到对各种文学问题的考察和研究中去。如我们在上面所概括的“文学意识形态”论、“文学反映”论、“艺术生产”论、“文学活动”论、“艺术交往”论和“人民文学”论，以及关于创作论、作品论、发展论、批评论中的许多论点，都是反复为文学实践所证明了的，对于这些观点，我们要在建设当代文学理论形态中作为指导思想加以阐发，并使它与当代中国社会主义的文学实际相结合。马克思主义经典作家留下的这份遗产，我们应十分珍惜，并加以利用。本书的整个构架力图把握马克思主义文学理论的上述基本论点。在总体上，我们把“审美意识形态”论、“文学活动”论、“文学反映论”、“艺术生产”论、“艺术交往”论和“人民文学”论作为六个理论支点，其中又以“审美意识形态”论作为灵魂，试图深刻说明文学作为一种社会意识形态形式的特殊性，以便我们的概括和分析能够进入文学世界。

总而言之，我们把马克思主义文学理论理解为辩证的与开放的体系，既要坚持，又要发展。在坚持中发展，在发展中坚持。

二、中国特色

中国当代的文学理论应当具有中国特色。如同马克思主义只有同各国的具体实际相结合才能发展一样，马克思主义文学理论只有同世界各国的民族文化

---

① 恩格斯：《致威·桑巴特》（1895 年 3 月 11 日），《马克思恩格斯选集》第 4 卷，人民出版社 1995 年版，第 742～743 页。

相结合，才能生根、发芽、成长。马克思主义文学理论中国化的问题是建设中国当代文学理论无法回避的问题。在这里有两点是必须加以注意的。

第一，必须以中国特有的历史文化和现实经验作为土壤去培植马克思主义文学理论，使马克思主义的普遍真理能够同中国的生动的实际相结合。离开中国的历史和现实来谈文学理论建设，必然会使国际性的内容与民族性的形式相割裂，经验证明，这是无法完成真正的理论建设的。中国是一个有着五千年文明的古国，今天现实的中国是历史的中国的发展。同样，中国文学的发展既悠久又辉煌，今天中国的文学也是过去时代文学的变异与发展。我们无法割断历史，我们的血液里流淌着民族的精神，我们必须充分考虑到与过去的历史文化的联系。我们的态度不是摆脱它，而是重视它，使其焕发出青春的光辉。在充分注意到我们民族的历史文化的同时，现实的经验教训也必须加以科学总结。中国今天的现实与20世纪战争年代不同，与20世纪五六十年代不同，与20世纪80年代开始的新时期也不同。我们走"中国特色社会主义之路"，已经进入全面建设小康社会的时期，一方面，我们的经济建设取得了巨大的成绩，国家实力大为提高，人民生活水平有了很大提高，城乡面貌的变化日新月异，中国与世界的交往也日益频繁；另一方面，随着市场经济的发展，社会问题丛生，特别是"拜物主义""拜金主义"流行，贪腐盛行，环境污染、恶化，危害着我们的现代化事业。文学活动方面的情况也是如此，成就与问题并存，繁荣与堕落共生。我们的文学理论家，必须勇敢面对这样的社会现实和文学现实，在分析和概括社会现实和文学现实的基础上，做出规律性的总结，实现文学理论的创新。

第二，必须吸收中国传统的文学理论遗产，寻求马克思主义文学理论与中国传统文学理论的结合点。显然，我们做的工作不是仅仅让马克思主义文学理论披上中国人喜欢的外衣。应该看到，中国不仅有灿烂辉煌的古典文学，而且，中国古典文论、诗论、词论、小说论、戏剧论等也是世界文学理论史上的瑰宝，其中有许多观念、范畴都达到对文学的普遍规律的深刻揭示，是很有价值的。它在经过重新审视和筛选之后，在经过"古今对话"之后，在经过"现代转化"之后，形成"新质"，完全可以而且应该融入中国当代马克思主义文学理论的体系中去。这样做既可以使马克思主义的理论表述具有中国特性，又可以丰富其内涵，增强其活力。本书正是在这一思想指导下，对中国古代文论的重要范畴，如"比兴""神思""意象""滋味""情景""意境"等都有所融合吸收。同时，现代的文学理论从"五四"新文学运动时期就开始出现，在近一个世纪的发展过程中，取得了许多收获，积累了许多经验，形成了新的传统，这是不容否认的，也是值得我们借鉴的。它是建设新时期文学理论的起点，我们要在这个新的传统的基础上"接着说"。

三、当代性

建设中国当代的文学理论，当然要具有当代性，体现时代精神。那么中国当代文学理论怎样才能具有当代性并体现时代精神呢？这可以从三个方面来理解。

第一，必须在研究中国当代文学发展情况的基础上，概括当代社会主义文学实践的新经验，回答当代社会主义文学运动提出的新问题。中国当代文学的发展错综复杂，文学思潮此起彼伏，文学创作中提出了各种各样的难题，中国当代文学理论的建设不能无视这种种新情况、新问题，应该改变那种只能背诵教条、简单应付而无力解释种种复杂情况和问题的状况。这样，文学理论才会具有当代性并具有时代精神。而要达到这一点，不精通马克思主义是不行的，不掌握当代文学的种种复杂的情况也是不行的。当代性从一定意义上看也就是面对现实，反映现实，解析现实。

第二，必须面对 20 世纪西方文论的挑战。20 世纪被称为"批评的世纪"，在刚过去的这个世纪，西方文论得到了惊人的发展，这种发展大致上取人本主义和科学主义两条路线。人本主义的文论把人作为文论研究的核心。现代人本主义文论的前驱可以追溯到 19 世纪德国哲学家叔本华（Arthur Schopenhauer，1788—1860）和尼采（Friedrich Nietzsche，1844—1900）的唯意志主义的文论，这种文论以宣扬反理性主义为旨趣。20 世纪人本主义文论的主要流派有：20 世纪西方第一位重要的美学家——意大利的克罗齐和另一位重要代表——英国的科林伍德（Robin George Collingwood，1889—1943）以"艺术即直觉即表现"论点著称的表现主义美学、文论；西方生命哲学的主要代表，法国的柏格森（Henri Bergson，1859—1941）的直觉主义的美学、文论；德国学者立普斯、谷鲁斯（Karl Groos，1861—1946），英国美学家浮龙·李（Vernon Lee，1856—1935）的"移情"说；瑞士心理学家布洛的"心理距离"说；奥地利心理学家弗洛伊德的精神分析文论；瑞士心理学家荣格的"原型"论；30 年代以后兴起的以波兰美学家英伽登（Roman Ingarden，1893—1970）为代表的现象学文论；以法国哲学家萨特（Jean-Paul Sartre，1905—1980）为代表的存在主义文论；以伽达默尔（H-G. Gadamer，1900—2002）为主要代表的解释学美学、文论，等等。人本主义文论最近的一个流派是法兰克福学派，他们把马克思主义、弗洛伊德主义、存在主义、新黑格尔主义等，拼凑结合成一个以人道主义为核心的哲学、美学、文艺学体系。上述人本主义文论的总的意向是强调文学活动中的主体性作用，追求文学的超越与自由，往往用非理性因素来解释文学的本质。科学主义文论以 19 世纪法国孔德的实证主义为发端，20 世纪以来的主要流派有：美国的乔治·桑塔亚那（George Santayana，1863—1952）的自然主义美学、文论，以及托马斯·门罗（Thomas Munro，1897—1974）的"新自然主义"美学、文论；20 年代新兴的俄国形式主义文论；英美的"新批评"文论；法国的以列维 - 斯特劳斯（Claude Levi-Strauss，1908—2009）、罗兰·巴特（Roland Barthes，1915—1980）等为代表的结构主义文论；以德国哲学家卡西尔（Ernst Cassirer，1874—1945）为前驱、以美国美学家苏珊·朗格（Susanne K. Langer，1915—1980）为代表的符号学美学、文论，以德国心理学家考夫卡（Kurt Koffka，1886—1941）、美国心理学家鲁道夫·阿恩海姆（Rudolf Arnheim，1904—1994）为代表的格式塔心理学派艺术论，等等。可以说，科学主义美学、文论在 20 世纪后半期比人本主义美学、文论占有更大优势，其总的意向是强调文学中形式的作用，宣扬形式对内容的超越，往往用现代语言学来解释文学的本质。马克思主义文论要面对 20 世纪西方文论中人本主义文论和科学主义文论，中国当代文学理论建设不能不正视 20 世纪西方文论的这种挑战。当然，挑战并不意味着对抗，我们对西方 20 世纪以来的文论流派应进行具体的科学分析，对其中合理的因素应加以批判地吸收，变成丰富和发展马克思主义文论的有用材料。既然马克思主义文学理论可以吸收、改造德国古典哲学、美学，进行革命性的转换，那么我们今天建设中国当代的马克思主义文学理论为什么就不能吸收、改造现代西方文论，发展一切有用的、合理的东西呢？所谓面对挑战，并不是对挑战者加以全盘否定，其中也可以包括对挑战者所拥有的东西加以革命性的改造、吸收。从这个意义上说，我们对 20 世纪西方文论各流派必须加以全面的、系统的、深入的研究。但我们又必须清醒地看到，20 世纪西方文论从总体的哲学思想来讲毕竟是唯心主义的或形而上学的。我们必须以辩证唯物主义和历史唯物主义的世界观和方法论，揭露其非理性主义的、形式主义的实质，不可全盘照搬照抄。本书在写作过程中，对 20 世纪西方文论的处理就是采取上述分析态度，吸取其精华，摒弃其糟粕。

第三，随着科学的发展，20 世纪出现了许多新的学科，诸如符号学、解释学、现象学、价值学、信息论等。这些新学科反映了 20 世纪科学的新成果。这些新兴的学科，作为理论都可以转化为方法，用以研究文学现象，从而创建文学理论新的分支，这样才能把文学理论提高到当代科学的水平上来。当然，我们在采用这些新方法时，还是以旧学科的新发展为参照系，必须充分顾及文学本身的特殊性和文学事实的复杂性，不可随意用新方法裁剪文学和文学事实。

总而言之，在马克思主义的指导下，密切结合中国独特的历史文化、现实经验，充分借鉴传统文学理论的精华，敢于面对当代文学发展的复杂现实，敢于面对 20 世纪西方文论的挑战，敢于采用一些新的方法，具有中国特色的当代形态的文学理论就一定能够健康地建立并发展起来。

复习要点

[基本概念]

马克思主义文学理论　　文学活动论　　文学反映论　　艺术生产论
文学审美意识形态论　　艺术交往论

[思考问题]

1. 作为马克思主义文学理论的基石是什么？试作简要说明。

2. 试概括出马克思主义对文学理解的特点。

3. 建设中国当代的文学理论应注意几个方面的问题？

[推荐阅读文献]

童庆炳：《马克思主义文学理论的基石》，《东疆学刊》2004 年第 4 期。

第二编　文学活动

长期以来，人们对"文学是什么"等文学理论的基本问题，往往只作静态考察，而忽视了动态把握。虽然出现了各种各样的文学界说，但仍然不能令人满意。我们试图把马克思在《德意志意识形态》《资本论》等著作中提出的"人的活动"这一范畴引入文学理论，由此出发来探讨文学活动的产生和发展、文学的本质和特征等问题。为此，本编将重点研究文学作为活动的特点、构成及其产生和发展，研究文学活动作为话语系统的审美意识形态性质，研究社会主义时期文学活动出现的新特征及其发展方向。

第三章　文学作为活动

文学活动是人的一种精神活动，是人所从事的文学创作、接受、研究等活动的总称。文学活动既是一个包含诸多方面的复杂系统，同时又是作为人类整个社会活动的一个子系统而呈现出来。因而，考察文学活动，首先就要将它放到作为其基础和前提的人的生活活动的整体中去加以认识，然后再对文学活动自身的性质和构成进行考察，最后再回过头来清理文学活动的发生和发展问题。

第一节　活动与文学活动

文学作为一种活动（handeln/activity）是人类社会所特有的现象。与人类的其他活动相比，既有共性又有特性。文学作品是人写的，是直接或间接地写人的，并且是为了人的需要而写的。因此，人是文学活动的出发点和归宿点。但这里的人不是孤立的或抽象的人，而是从事实践活动的人："我们的出发点是从事实际活动的人，而且从他们的现实生活过程中还可以描绘出这一生活过程在意识形态上的反射和反响的发展。"① 因此，我们对文学活动的界定和对文学活动特性的探讨，就不能离开从事活动的人和整个人类活动的历史发展。

一、人类活动的性质

文学以活动的方式而存在，是整个人类活动的一种高级的特殊的精神活动。因此，为了阐明文学活动的特质，就应先对整个人类活动作一具体的阐释。如果从人是有生命的存在物这一特定角度来看，那么，人和动物同属动物界。文艺复兴以来，达尔文的进化论告诉我们人与动物是同祖同宗的；弗洛伊德的精神分析理论也指出，具有动物性的"本我"（id）对理性的"自我"（ego）有着强大的内驱作用。马克思则认为，人必须首先满足吃、喝、住、穿

---

① 马克思、恩格斯：《德意志意识形态》，《马克思恩格斯选集》第 1 卷，人民出版社 1995 年版，第 73 页。

等基本需要，然后才能从事科学、艺术等高级活动，这实际上也指明了人的存在具有动物性的一面。

　　但是，仅仅看到人的动物性的一面，又是远远不够的。按照马克思的理解，动物的活动完全是一种无意识的、对自然的被动的适应过程。反之，人的活动是不能仅以生命活动来说明的。人的活动是一种生活活动，是人类特有的一种有意识的生命活动。它是在事先就确定了一定的目的，在进行中有着自觉意识的活动，一方面要使得人适应环境和自然的要求，另一方面又通过改造环境和自然以适应人的要求，可以说，"有意识的生命活动把人同动物的生命活动直接区别开来"①。

　　这里阐述的目的不仅是要把人的活动与动物的活动区别开来，更重要的是要将人的生活活动作为出发点来认识人类社会。我们认为，生活活动是以生产活动为基础的人类生存、繁衍和发展的活动系统的总称。生活活动作为人类的存在方式，可以从发生学和认识论两个层面上加以阐明。

　　从发生学层面看，人类的生活活动是社会发展的前提，也是人类得以发展、延续的基础。达尔文从进化论的角度阐明了人类不是一个固定的物种，而是由低级动物经过漫长的进化过程而生成的，但他未能搞清楚人类进化的内在动力，以为人类进化单纯是自然界选择的结果。马克思主义创始人则看到了作为生活活动的劳动（arbeit/work）在人类进化过程中的作用：

　　　　劳动首先是人和自然之间的过程，是人以自身的活动来中介、调整和控制人和自然之间的物质变换的过程。人自身作为一种自然力与自然物质相对立。为了在对自身生活有用的形式上占有自然物质，人就使他身上的自然力——臂和腿、头和手运动起来。当他通过这种运动作用于他身外的自然并改变自然时，也就同时改变他自身的自然。②

这就是说，人劳动的主观意图是改变外在自然界以适应自身需要，而客观效果则是在改变外在自然界的同时，也改变了作为内在自然的人自身。

　　从认识论层面看，既然人是从一定生活活动中产生与发展的，那么也理应从生活活动出发来认识人的特性。马克思认为，在他之前的唯物主义（英国和法国的唯物主义思想）只注意到从客体的直观形式去理解人，强调自然、

---

　　① 马克思：《1844 年经济学哲学手稿》，《马克思恩格斯全集》第 3 卷，人民出版社 2002 年版，第 273 页。

　　② 马克思：《资本论》第 1 卷，《马克思恩格斯全集》第 44 卷，人民出版社 2001 年版，第 207 ~ 208 页。

环境、对象和客体对人的塑造和影响；而唯心主义（德国唯心主义）虽然发展了从能动的、活动的方面来理解人的学说，但它主要是抽象的发展，因此，它不能说明现实的、感性的活动的具体内涵。

马克思扬弃了这两种还原论的认识倾向，用主客体相统一的辩证唯物主义观点，深刻地揭示了人的生活活动的社会性和实践性。① 事实上，马克思主义关于人和社会发展的一般学说，也正是以人的实践活动为出发点来加以阐释的。他们在人类史上第一次科学地阐明了人的思想、观念、意识的生产最初是直接与其物质生活活动交织在一起的，意识任何时候都只是意识到的存在，而人的存在就是他们实际的生活过程和生活方式。

二、生活活动的美学意义

人的生活活动是文学活动的前提。如前文所述，马克思在阐明人的活动与动物活动的原则区别时指出，动物也有创造的能力，但动物只是依据生物本能来创造，而人的创造则是依靠自己头脑的思考，在创造过程开始之前就已经充分考虑到了自己创造的结果。结合马克思的这一论述，我们可以从三个方面来说明人的生活活动对于文学活动的美学意义。

第一，生活活动导致人与对象之间的诗意情感关系。人的生产活动是人的生活活动的基础，它是在人与自然之间展开的一个过程。在生产劳动中，人改造了自然，使自然变成了人化的自然；同时，人在改造自然的过程中也改造了自己，丰富了自己。这就是所谓人的本质力量对象化的过程，也就是说，在人与自然的交换过程中，人以自身的本质力量作用于自然，使自然不仅脱离不适宜于人生活的原始的粗糙状态，而且在这种被改造过的自然中展现人的肉体和精神的力量；而自然又提供了一个场所，使人得到锻炼，进一步充实了自身的本质力量。因此，人的生活活动在属于自然的同时，又有超越自然的一面。正是在这个意义上，马克思一方面批判唯心主义把人类的自我创造归结为现实个体的经验活动，另一方面又批判机械唯物主义认为人的一切活动都是在客观前提下发生的这样一种决定论的观点，指出必须在生产原理中坚持人的生活活动的解释原则。

人的生活活动的美学意义在于，人作为与自然相对的一方，其感觉可以同对象保持一种自由的关系，而动物的生命活动完全从属于自然，动物的感觉只是自然的生理禀赋。一些动物的感觉，如狗对气味的分辨力、蝙蝠发出和回收

① 参见马克思《关于费尔巴哈的提纲》，《马克思恩格斯选集》第 1 卷，人民出版社 1995 年版，第 54~61 页。

超声波的听觉能力，的确是人所不及的，但动物的这些感觉都源于本能，都只是出于它们的生存需要，是自发的行为。人却不同，人的某些感觉能力可能不及动物，但人可以根据自身所处的条件自由地选取感觉事物的角度。例如，对同一对象，人既可产生好感，也可产生恶感，还可以产生兼有好恶的复杂感情。一只猫对一只老鼠的感觉，只是对猎物或食物的感觉，不会有其他更多的内容。而人则除了对猫鼠关系的了解外，还会对老鼠偷取粮食有痛恨之感，《诗经》中的《硕鼠》就表达了人的这一感受，并用老鼠来比喻恶人。著名画家齐白石画过偷吃灯油的小老鼠，并题秦观词"梦破鼠窥灯，霜送晓寒侵被"，这里的老鼠作为夜的静寂的点缀，又成为艺术作品中可爱的小生灵了。

可见，动物对事物感觉的角度是单一的，而人感觉事物的角度则是多样化的；动物的感觉被自身和对象的特性束缚着，而人的感觉则可以突破这种束缚来进行自由创造，其中也就包括了文学创造。换言之，由于人的感觉可以与对象保持一种自由的关系，对事物有多种选择的可能，这样，人的感觉就不会被束缚在本能感觉的范围内。人的感觉不但可以同对象发生功利的、伦理的、道德的关系，而且还可以发展成为一种诗意情感的关系，文学艺术正是人的感觉中这种诗意情感高度发展的产物。在世界中，只有人才能以具有诗意情感的文学艺术方式去感受事物，而这正表现了人的生活活动的特性。所以，马克思指出，人的生活活动除了经济技术和革命实践意义之外，还有另外一层更重要的意义，就是审美创造意义。作为审美活动的艺术和宗教、国家、法律、道德以及科学一样，都是特殊的生产方式，都是合乎人的现实性或现实化这一普遍原理的。[①]

第二，生活活动导致人的自觉能动的文学创造。人的生活活动是合目的性与合规律性的统一。这里所谓的"合目的性"，不是康德哲学意义上的范畴，而是马克思主义哲学意义上的范畴，是说人的活动是有意识、有目的、有计划、根据一定的需要而设计的，用马克思的话说，就是劳动过程结束时的结果，在劳动过程开始时就在劳动者的表象中存在着。而所谓"合规律性"，则是指人的生活活动不是主观随意的，而是合乎或遵循一定规律的。

直观地看，人与动物的活动都必须服从事物运动的规律，人只是多了一种自觉的意识，但正是由于人多了这样一种自觉的意识，在活动的合规律性上才和动物有了质的不同：

---

① 参见马克思《1844年经济学哲学手稿》，《马克思恩格斯全集》第3卷，人民出版社2002年版，第298页。

　　　动物的生产是片面的，而人的生产是全面的……动物只是按照它所属
的那个种的尺度和需要来构造，而人懂得按照任何一个种的尺度来进行生
产，并且懂得处处都把内在的尺度运用于对象。①

这里的"尺度"就是指规律性。前一个"尺度"，是指活动的主体从自身特定
的角度看到的客体呈现的规律，后一个"尺度"，是指活动主体自身的规律。
动物只能从自身角度本能地感觉到前一个规律，而感觉不到后一个规律，它们
只是"按照"规律来活动；而人是"懂得按照"规律来活动的。鸟儿翱翔于
蓝天，鱼虾潜游于大海，这是它们按照规律活动所具有的能力，人虽不能直接
进行这种活动，但人懂得按照一定规律来设计飞行和潜水的器械，从而也获得
了相应的能力。因此，人的活动的合规律性，也体现着人的自觉意识，从而使
得合规律性与合目的性两者在人的身上有机地统一了起来。此外，马克思的这
段话还告诉我们，"全面生产"的概念凸显了人较之于动物自然生产的特性。
它既反对把社会与自然等同起来，也拒绝把社会生产的精神特征从历史的角度
理想化。因此，"全面性"这一尺度可以看做是生产的社会性和精神性的尺
度。换言之，生产的全面性反映了人的社会存在的完整性以及人在社会当中精
神创造的完整性。

　　由此，我们可以分析出人的活动的美学意义：动物的感觉只能是出于所属
的种的尺度，因此它是遗传机能赋予的感性的感觉；人的感觉除此之外还与后
天的学习、思考、锻炼相关，它在具有感性形式的同时，又积淀着理性的内
容。同时，人的感觉作为感性活动，它不是被动的、消极的，而是积极主动、
富于创造性的。我们不妨以明代谢榛称赞的司空曙的诗句"雨中黄叶树，灯
下白头人"为例。② 诗中"黄叶树""白头人"的形象，是我们每个人都能感
觉到的，这两句诗好就好在把两个形象组接后产生了第三种意义：一种带有理
性品格的深层的美学意蕴。这个例子说明，文学作为人的一种活动形态，它不
是被动的、消极的，而是一种合目的性和合规律性的自觉能动的创造，在这种
创造中，可以达到感性与理性的统一，也就是达到全面地表现人的本质特性的
目的。

　　第三，生活活动使文学成为人的本质力量的确证。人的生活活动是对人
"本质力量的确证"。人的生活活动，无论是物质的，还是精神的，由于人的

---

　　① 马克思：《1844年经济学哲学手稿》，《马克思恩格斯全集》第3卷，人民出版社2002年版，
第273、274页。

　　② （明）谢榛：《四溟诗话》，宛平校点，见《四溟诗话·姜斋诗话》，人民文学出版社1961年
版，第12页。

主体能动的参与，既使对象被改变得符合人的要求，又使对象呈现出人的本质力量。远古神话传说中的大禹治水、普罗米修斯盗火等，一方面表现的是人对水、火自觉地加以利用，另一方面又体现出人的创造力、想象力、意志力和实践能力，一句话，使人的本质力量得到了确证。

人的生活活动作为对人的本质力量的确证，实际上是审美产生的基础。在审美活动中，人在直观的层次上是审"对象"，而在深蕴的层次上，却是通过对象来间接地审"自己"。只有在先在的本质力量对象化的过程中，才能实现"审己"。即使在自然这一审美对象面前，人也是通过"自然的人化"，才使得自然成为具有人的本质力量的对象。在动物中，孔雀开屏、蝴蝶恋花等都可谓美，但这只是人对它的感觉和评价，对它们自身来说，那不过是本能的求偶、觅食的活动。从这个方面来讲，动物的感觉能力是同感觉器官紧密联系在一起的，而且始终受到感觉器官的限制；人的感觉则与思维和意志相结合，体现了造型、组织、想象等各种自由创造的能力。马克思认为，人的五官感觉的形成是以往全部世界历史的产物。这句话不应单纯在人的遗传进化这一生物学意义上加以理解，更应在人的心理积淀和生产力发展这一社会学意义上加以理解。①

与此相应，文学活动作为一种审美活动，也是人的本质力量的确证。通过创造和欣赏文学，人的本质力量可以尽情地展现出来。陆机曾这样描述文学创作过程："观古今于须臾，抚四海于一瞬。""笼天地于形内，挫万物于笔端。"②借助想象的翅膀，人可以遨游于审美的王国，在诗意的世界中流连忘返，从而使人的本质力量显现出来，使人能更深切地体会到自身的存在价值。

三、文学活动的地位

人的生活活动是一个复杂的多层次系统。马克思将其概括为两大基本层次：物质实践活动和精神活动。

> 人们首先必须吃、喝、住、穿，然后才能从事政治、科学、艺术、宗教等等；……人们的国家设施、法的观点、艺术以至宗教观念，就是从这个基础上发展起来的。③

---

① 参见蒋孔阳《美感的生理基础》，《美学新论》，安徽教育出版社 2007 年版，第 271～295 页。

② （魏晋）陆机：《文赋》，见张少康《文赋集释》，人民文学出版社 2002 年版，第 36、60 页。

③ 恩格斯：《在马克思墓前的讲话》，《马克思恩格斯选集》第 3 卷，人民出版社 1995 年版，第776 页。

那么，在人的活动的两大基本层次中，文学活动的位置何在呢？

物质实践活动，是直接满足人的生存需要的生产活动，是一切其他活动的基础。人们只有先解决了基本的生存问题，才有可能从事更高一级的精神实践活动。精神活动是指人的意识领域的活动，包括政治、科学、艺术、宗教、法律、道德等，它是在物质实践活动的基础上产生和发展的，一方面决定于物质实践活动，另一方面也对物质实践活动具有能动的反作用。也就是说，精神活动虽然根本上受物质实践活动的支配，但同时也可以反过来影响物质实践活动。文学活动基本上属于精神活动的范畴。

从精神活动本身来看，其具体形态或形式也是多种多样的，可以从不同的角度加以探讨和分类。按照马克思所说的人脑掌握世界的不同方式，我们可以做这样的区分：用理论方式掌握世界的精神活动，可以称为理论性或认识性的精神活动，如哲学、自然科学、社会科学等；用宗教方式掌握世界的精神活动，可以称为宗教性或幻象性的精神活动，如各种宗教意识活动、宗教观念、迷信观念等；用实践—精神方式掌握世界的精神活动，可以称为伦理性或意志性的精神活动，如道德意识、伦理观念等；而用艺术方式掌握世界的精神活动，则可以称为审美性或情感性的精神活动，如各门类的艺术，文学属于审美精神活动的范围。

如果从各种精神活动与物质经济基础的关系出发做进一步考察，还可以把精神活动分为非意识形态性的精神活动和意识形态性的精神活动。非意识形态的精神活动，主要是指自然科学，它们与物质经济基础没有必然的联系，可以为不同的经济基础服务，也不随经济基础的改变而改变。而意识形态性的精神活动，则是建立在一定的物质经济基础之上，并为该经济基础服务的，所以也称为观念性的上层建筑，如政治、法律、道德、宗教、哲学、文学艺术等。其中政治、法律、道德等距离物质经济基础较近，可以直接为经济基础服务；而宗教、哲学、文学艺术等，与物质经济基础的联系具有间接的性质，所以恩格斯称之为"更高的即更远离物质经济基础的意识形态"①。

总之，文学活动作为一种审美精神活动，在人的生活活动中处于重要地位，并且具有意识形态特征。

第二节　文学活动的构成

文学活动包含了若干要素，按照第一章所引艾布拉姆斯的观点，应由四个

---

① 恩格斯：《路德维希·费尔巴哈和德国古典哲学的终结》，《马克思恩格斯选集》第4卷，人民出版社1995年版，第253页。

要素构成：世界、作者、作品和读者。这四个要素在文学活动中形成相互渗透、相互依存和相互作用的整体关系。

一、世界

世界是文学活动的基本要素之一，在这里主要是指文学活动所反映的客观世界和主观世界。客观世界包括自然万物与社会的历史与现实；主观世界既包括人的思想情感，也包括宗教信仰意义上的超验世界。不论是作为主观世界，还是作为客观世界，人是文学所反映的"世界"的中心。客观的自然作为文学活动的构成世界，必须经过人的观察、体验、分析、研究等，与人的思想感情发生这样那样的关系，最终成为文学活动所反映的世界。即便主观想象的超验世界、魔幻世界、科幻世界等，也都是人对客观世界不同形态的折射。

在西方，强调文学与世界的联系，一直都是各种文学理论的依据，不过随着时间的发展表现出了不同的形态。在古代，古希腊传统强调人对客观世界的逼真的描绘，模仿论、再现论由此而来。德谟克利特提出"艺术模仿自然"说，认为"从蜘蛛我们学会了织布和缝补；从燕子学会了造房子；从天鹅和黄莺等歌唱的鸟学会了唱歌"①。对于模仿论，古希腊有两种观点：柏拉图从模仿世界的观点出发，在结论上否定了艺术存在的合理性；亚里士多德却认为，艺术的起源和主要作用在于模仿，它不仅反映事物的外观形态，而且反映事物的内在规律和本质。因而，艺术模仿的世界，同样可以达到真理的境界。在西方，文学与世界相联系的理论一直占据着文论的主导地位，直到浪漫主义兴起，才有所改观。尽管如此，在美学史上有重要地位的别林斯基等人，也还是沿袭了艺术源于生活、再现生活的观点，强调文学艺术是对客观世界的模仿和再现。

再现论的另一种表现形态是 20 世纪中期兴起的魔幻现实主义，它所反映的世界已经是被扭曲了的客观世界。其实，作家们虚构的魔幻世界，正是在现实世界的基础上再加工的结果，反映了作家的主观能动性，文学创作的意义也正在于此。最具代表性的魔幻现实主义作品是马尔克斯的《百年孤独》，小说中描写的错综复杂的家族关系，扑朔迷离的社会现象，以及长着猪尾巴的人等这些稀奇古怪的事情，看似不可思议，却又集中体现了某种社会现实。

---

① ［古希腊］德谟克利特：《著作残篇》，见伍蠡甫主编《西方文论选》上卷，上海译文出版社1979 年版，第 5 页。

中国自先秦以来，作家和文论家们对世界也有着不同程度和不同侧面的强调。但中国哲学往往强调人与世界合二为一，相互交融。中国古代的"感物说"，就强调天人合一、物我相通，但这并不影响很多文论家对世界的强调。魏晋南北朝时期，陆机在《文赋》中就指出要"伫中区以玄览"，久立于宇宙天地之间，以虚静之心览知万物万事，强调要对外界事物进行广泛而深入的观察。刘勰在《文心雕龙·神思》篇中，讲"文之思也，其神远矣。故寂然凝虑，思接千载；悄焉动容，视通万里；吟咏之间，吐纳珠玉之声；眉睫之前，卷舒风云之色；其思理之致乎？故思理为妙，神与物游"①。指出在整个神思过程中，文学家的思维活动始终都是和客观物象紧密结合在一起的，同时又是和作家情感的波澜起伏联系在一起的。唐代司空图也提出诗歌创作要"思与境偕"，指出创作的艺术思维不仅要与具体物象相结合，更应与外在境界相联系。明末清初王夫之的"情景"之论，近代王国维的"意境说"等，也都反映了情景交融的文学活动，这些都足以说明文学离不开世界，世界是文学之源。

一句话，文学无法脱离世界单独存在。我们认为，强调世界在文学创作中的作用，有其合理的方面，但不能认为它就是文学的全部，我们对文学还应进行整体和全面的理解。

二、作者

在文学活动中，作者也通过文学创作来表达他的感受和感情，并试图以此唤起读者相应的感受和感情，因而，文学活动也是作者的表现活动；作者，同样是文学活动的基本要素之一。

中国古代很早就重视这一观点。《尚书·尧典》中的"诗言志"，《毛诗序》中的"诗者，志之所之也，在心为志，发言为诗"，《荀子·乐论》中的"夫乐者，乐也，人情之所必不免也"等，都表达了文学作品是由作者创造出来的思想。不过，在中国，这种"作品是作者情志表现"的观点，与"作品是世界反映"的认识往往和谐共存。南北朝刘勰在《文心雕龙·明诗》篇中说："人禀七情，应物斯感，感物吟志，莫非自然。"钟嵘在《诗品序》中也提出"气之动物，物之感人，故摇荡性情，形诸舞咏"②。作品作为"物之感人"的产物，既是对"物"的世界的再现，也是对"人"的心灵的表现。唐

---

① （南朝齐梁）刘勰：《文心雕龙·神思》，见范文澜《文心雕龙注》下，人民文学出版社 1958年版，第 493 页。

② （南朝梁）钟嵘：《诗品序》，见周振甫《诗品译注》，江苏教育出版社 2006 年版，第 1 页。

代白居易在《与元九书》中称诗对上可"补察时政"，对下可"泄导人情"，他自认为其"感伤诗"就是"事物牵于外，情理动于内，随感遇而形于叹咏者"①。这里的内和外就分别是指客观的世界和主观的作者。

在西方，强调文学与作者的联系，进而强调作品表现功能的表现论文学思想却产生较晚。其真正产生应归因于 18、19 世纪之交的浪漫主义思潮。表现论与模仿论有三点突出的区别。首先，在文学本质论上突出作者的决定作用。模仿论认定文学是世界的反映，表现论则认定文学是作者心灵的表现，英国浪漫派诗人华兹华斯说："诗是强烈情感的自然流露。"② 其次，表现论强调作者对作品意义的生成作用。模仿论虽不否认这一点，但更强调了解作品所描写的世界和写作背景，因而看重考据式批评。其三，表现论不强调文学创作应遵循的客观规律，而是将文学创作同科学研究等活动对立起来，高扬"文学天才"的作用。

应该指出，文学的表现活动与日常生活中的表现活动是有区别的，后者可能是率性而为，而文学表现要想取得成功，则要经过深思熟虑。唐代贾岛吟了两句好诗："独行潭底影，数息树边身。"他自评说是"二句三年得，一吟双泪流"，可见其颇费苦心。有些作者可能出口成章，这要靠平时的经验和学识上的积累，在积累过程中无疑也是付出了很多心血的。正是在这个意义上，苏珊·朗格指出：

> 一个艺术家表现的是情感，但并不是像一个大发牢骚的政治家或是像一个正在大哭或大笑的儿童所表现出来的情感。艺术家将那些在常人看来混乱不整的和隐蔽的现实变成了可见的形式，这就是将主观领域客观化的过程。③

到了 20 世纪 60 年代，福柯（Michel Foucault，1926—1984）的话语理论对作者做了谱系学的研究。福柯认为，写作的本质并不涉及与写作行为相关的崇高情感，更不是为了把作者用语言表现出来。写作不过是在制造开局，开局之后，作者便不断从文本中消失。因此，要想了解作者，不能把希望寄托于作品中作者的在场，而应当关注作者在作品中的不断缺席以及作者与死亡之间的独特关系。

---

① （唐）白居易：《与元九书》，《白居易集》第 3 册，中华书局 1979 年版，第 964 页。
② ［英］华兹华斯：《〈抒情歌谣集〉序言》，曹葆华译，见刘若端编《十九世纪英国诗人论诗》，人民文学出版社 1984 年版，第 22 页。
③ ［美］苏珊·朗格：《艺术问题》，滕守尧等译，中国社会科学出版社 1983 年版，第 25 页。

三、作品

文学反映的世界并不等于世界本身，同时，文学表达的情感也不同于作者内心的实际感受，这两种不同终究要在作品中显现出来。因此，作品是文学活动的又一基本要素。作品显现出的与现实的差异，是其短处，也是其长处。从根本上讲，其短处在于艺术描写并不能达到丝毫不差、原原本本地再现现实，所谓"画饼不能充饥"；但也由于这一差异，艺术描写才充分显示出文学的独特长处：可以超越事物的本真形态，去创造更具有普遍性的、更深层的意蕴。

作者在作品表达上的创新，不只是一个作品是否"好看"的问题，在某种程度上讲，也是一种新的观照事物、观察人生的方式，因而使得作品具有了超越具体内容表达的独立价值。以说书艺人吴天绪当年讲《三国演义》的情形为例：

> 吴天绪效张翼德据水断桥，先作欲叱咤之状，众倾耳听之。则唯张口努目，以手作势，不出一声，而满室中如雷霆喧于耳矣。其谓人曰："桓侯之声，讵吾辈之所能效？状其意使声不出于吾口，而出于各人之心，斯可肖矣。"①

吴天绪说书时如果真要模仿张飞吼声，无论是像还是不像，效果都未必好。所以他通过手势、表情来暗示，以无声状有声，让听众在内心感受到那雷霆之吼。可以说，这种表达形式极大地增强了说书的艺术表现力。这就涉及一个重要的文论问题，即作品与形式的关系问题。这个问题在 20 世纪西方文论中受到了突出的强调。俄国形式主义认为，文学的本质在于文学的形式，文学研究的真正对象应是作品的形式价值，是"文学性"，就是使一部作品成为文学的东西，主要包括文学的语言、结构和形式。② 形式不是表现内容，而是决定和创造内容。由此，俄国形式主义还提出了著名的"陌生化"概念，强调作品语言与现实之间的距离，认为文学创作的过程就是通过"扭曲"语言使现实生活陌生化的过程。

英美新批评同样也强调文学作品的本体地位，其代表人物兰塞姆（J. C. Ransom，1888—1974）还创造了一个术语：文学本体论。③ 文学本体论认为，

---

① （清）李斗：《扬州画舫录》卷 11，中华书局 1960 年版，第 258 页。

② 参见［俄］什克洛夫斯基等《俄国形式主义文论选》，方珊译，生活·读书·新知三联书店 1989 年版。

③ 参见［美］兰塞姆《纯属推理思考的文学批评》（1941），张谷若译，见《现代英美资产阶级文艺理论论文选》上编，作家出版社 1962 年版。

文学活动的本体在于文学作品，而不是外在的世界或作者。作为本体的作品，并不是指传统理论中的内容或内容与形式的统一，而是仅仅指作品形式，即所谓"肌质""隐喻""复义""含混""语境""反讽"等语言学或修辞学因素。不过，如果说俄国形式主义强调的是作品的形式之于作者的意义的话，那么，英美新批评注重的则是作品的结构之于读者的意义，强调读者（批判者）在面对文学作品的时候无需关注其内容，只要对形式结构进行"细读"就行了，认为"书读百遍，其意自见"。

20世纪60年代盛极一时的结构主义思潮同样是一种形式主义文论，所不同的是，它强调对作品进行整体的模式研究，追踪作品的"深层结构"，认为深层结构是潜藏在作品中的模式，必须用抽象的手段从作品中加以挖掘。在研究手法上，结构主义注重二元对立（共时与历时/横组合关系与纵组合关系/语言与言语/代码与信息/能指与所指/秩序与序列等）的分析方法，把文学作品分为一些结构成分，并从这些成分中找出对立的、有联系的、排列的、转换的关系，由此透视文学作品的复杂结构。

贯穿20世纪的形式主义文论传统对传统文学理论重内容轻形式、重作品描写的世界而不看重文学怎样描写世界的倾向是一次革新。形式主义和新批评对传统文学理论表现出了不妥协的革命立场，捍卫文学本体论。结构主义思潮则将文学结构提高到绝对自主的地位，强调作品的独立性和自足性，几乎彻底取代了作者的重要性，作品本体论达到了偏激的程度。作品作为文学的一个组成要素，被推崇到了无以复加的地步。

四、读者

文学活动不只是作者创作的活动，它还应包括文学读者进行阅读鉴赏的活动。只有经过读者阅读鉴赏，作者创作的文本才能实现其价值。因此，读者是文学活动的又一个基本要素。

读者阅读文学作品，既是从作品中了解作者的思想，了解作品中描写的人情世态的活动，同时也是读者在自己的生活经验、文化修养的基础上，运用想象、联想而使作品内涵在头脑中具体化的活动，这就涉及读者再创造的问题。西谚中有"一千个读者就有一千个哈姆雷特"之说，中国古语也讲"仁者见仁，智者见智"，"诗无达诂"，这些都触及了读者阅读的再创造性质。

近代以来，随着印刷术的快速发展，越来越多的人参与到文学阅读活动中来，形成了包容社会各个阶层的文学公共领域，读者对作品的阐释和再创造现象更加普遍了。英国作家斯威夫特写的《格列佛游记》，其基本主题是嘲讽时政，通过大人国、小人国的故事对英国社会的现实状况进行批判。作者自称该书创作的目的是"使世人烦恼而不是供他们消遣"。但时至今日，作品表达的原有含义已经淡化，倒是作品中那些幻想性描写使人着迷。出版者将之改编为连环画，使广大少儿也能够阅读，结果在历史的演变中，小说由原来的政治讽刺小说变成一般性读物，读者对作品主题的理解也改变了。人们把它作为儿童文学作品，认为它包含着鼓励儿童了解世界的外向化的价值取向。

中国南宋时岳飞的《满江红》在现代被诠释为爱国主义的名篇，在抗日战争时期，它激励了许许多多爱国青年的昂扬斗志，从词作文本所写"靖康耻，犹未雪，臣子恨，何时灭"来看，它当然包含了爱国思想，但更主要的是表达忠君情愫。可以说爱国在岳飞那里只是忠君的具体化，它同近代爱国主义者将民族利益置于个人利益之上的原则是不同的。由此可见，文学阅读的接受活动对于文本意义具有能动的再创造作用。

在文学阅读活动的重要性得到正视的背景下，20世纪60年代兴起了接受美学和读者反应批评，它们将文学接受活动作为自己研究的焦点，并对接受活动中读者的自主性加以积极认可和强调，推动了文学研究由重视作者和作品向重视读者的范式转型。接受美学创始人姚斯（H. R. Jauss, 1921—　）说：

> 一部文学作品并不是一个自身独立、向每一时代的每一读者均提供同样的观点的客体。它不是一尊纪念碑，形而上学地展示其超时代的本质。它更多地像一部管弦乐谱，在其演奏中不断获得读者新的反响，使本文（text, 也译文本，引者注）从词的物质形态中解放出来，成为一种当代的存在。①

伊瑟尔（Wolfgang Iser, 1922—2007）在姚斯的基础上另辟蹊径，提出了所谓"隐含的读者"的概念，开启了接受美学由接受研究向效应研究的内在转变。如果说姚斯的接受研究强调的是读者对文本和意义的决定作用的话，那么，效应研究注重的则是作者与读者在文本当中所达成的潜在对话。在伊瑟尔看来，任何一个作家在从事创作的时候，都已经替自己设定了具体的阅读对象，这些对象更多的时候不是现实存在的，而是需要用作品中的空白结构去加以召唤。② 换言之，作者在创作作品的同时，也在召唤作品的潜在读者或可能的读者。同样，读者不是要等作品正式出版之后才登场，而是从创作开始就一

---

① ［德］姚斯：《走向接受美学》，见《接受美学与接受理论》，周宁等译，辽宁人民出版社1987年版，第26页。

② 参见［德］伊瑟尔《隐含的读者》，巴尔迪摩1980年版（Wolfgang Iser, *The Implied Reader*, Baltimore, 1980）。

直处于在场状态。

　　无论是姚斯的接受研究，还是伊瑟尔的效应研究，都突出强调了读者在文学活动结构中的地位，将读者接受活动看做是文本含义的具体化和再创造过程，这样就推动了文学研究由重视作者和作品向重视读者的范式转型，也推动了文学理论由独断性的话语系统向对话性的话语系统的范式转变。

　　以上对文学活动的四个基本要素一一进行了论述。文学作为一种话语活动，这四个基本要素不是彼此孤立或静止存在的，而是相互依存、相互渗透、相互作用的。马克思在论述生产、分配、交换、消费的活动系统时曾经指出：

> 　　每一方表现为对方的手段；以对方为中介；这表现为它们的相互依存；这是一个运动，它们通过这个运动彼此发生关系，表现为互不可缺，但又各自处于对方之外。①

　　我们得到的结论并不是说不同要素是同一的东西，而是说，它们构成一个总体的各个环节，"不同要素之间存在着相互作用。每一个有机整体都是这样"②。文学活动作为一种艺术创造活动，其各个要素之间同样如此，它们共同构成了一个有机的活动系统。

　　换用哈贝马斯的交往行为理论，我们或许可以更好地理解文学活动不同要素之间的互动关系。按照哈贝马斯的理解，任何两个具有言语和行为能力的主体都可以用符号（语言）作为中介达成一种对话关系。文学作为一种符号（语言）系统，是交往理性得以展开的理想场所。具体来说，围绕着作品这个中心，作者与世界、读者之间建立起来的是一种话语伙伴关系。其中构成了若干对主体间性关系，包括自我与自我（作者与作者）、自我与现实他者（作者与此岸世界，包括自然和社会）、自我与超验他者（作者与彼岸世界）以及自我与潜在他者（作者与读者）。③

　　因此，文学活动系统是由世界、作者、作品、读者构成的一个交往结构。其中，人类的生活世界是文学活动产生、形成和发展的客观基础，它不仅是作品的反映对象，也是作者与读者的基本生存环境，是他们能通过作品产生对话的基础；作者则是文学生产的主体，他不单是写作作品的人，更是参与建立文

---

　　① 马克思：《〈政治经济学批判〉导言》，《马克思恩格斯选集》第 2 卷，人民出版社 1995 年版，第 11 页。

　　② 马克思：《〈政治经济学批判〉导言》，《马克思恩格斯选集》第 2 卷，人民出版社 1995 年版，第 17 页。

　　③ 参阅［德］哈贝马斯《后形而上学思想》，曹卫东等译，译林出版社 2001 年版。

学规范并把自己对世界的独特审美体验通过作品传达给读者的主体；至于读者，作为文学接受的主体，不仅是阅读作品的人，而且是与作者生活于同一世界的主体，双方通过作品进行潜在的精神沟通；而作品，作为显示客观世界的"镜"和表现主观世界的"灯"，作为作者的创造对象和读者的阅读对象，是使上述一切环节成为可能的中介。作品既是作者本质力量对象化的显现，也是读者本质力量对象化的显现。因此，在文学活动中，主体和对象的关系始终处于发展与变化之中。一方面是主体的对象化，另一方面又是对象的主体化，正是在主体对象化和对象主体化的互动过程中，才生动地显示出了文学所特有的社会的和审美的本质属性。

第三节　文学活动的发生与发展

一、文学活动的发生

关于文学的发生，有巫术发生说、宗教发生说和游戏发生说三种主要学说。此外，还有中国古代的伏羲制八卦一类的圣人创立说，欧洲19世纪伴随浪漫主义运动的心灵表现说，20世纪弗洛伊德主义的潜意识欲望说，这里不一一详论，只梳理关于文学原始发生的三种主要学说，然后再正面阐述我们的观点：文学起源于劳动。

（一）巫术发生说

所谓巫术，就是一套约定俗成的有目的和意义的行为方式系统，也可以说是一套前文明的世界观。其特点是总要采用一定仪式，使巫师由人过渡为神或具有神性的人的表征。

英国人类学家弗雷泽（J. G. Frazer，1854—1941）在其代表作《金枝》中较早提出了巫术与文学的关系问题。他认为，巫术原理有两条，一是同类相生或同果必同因，二是甲乙二物接触后，施力于甲可影响乙，施力于乙可影响甲，前者叫"相似律"，后者叫"接触律"。由此，巫术思维认为，模仿某物并达到某结果，可使被模仿的事物达到预想中的变化（相似律），操纵某物可对接触过该物的人施予影响（接触律）。据此，弗雷泽解释了罗马城郊内米湖畔的一个古俗。在那里，狄安娜女神庙的祭司由逃亡奴隶担任，他不仅获得自由人的身份，而且待遇优厚。但他必须日夜警惕他人走近湖边橡树。因为如果其他逃亡奴隶能折取一根橡树枝——金枝，即取得同他这个"森林之王"的决斗权，胜者即新任森林之王兼神庙祭司。对此怪异的古俗，弗雷泽解释为：折取金枝与接触律有关，它似乎扼住了森林之王的命运；决斗中胜者为新王与相似律有关，强壮的森林之王可使得五谷丰登。后来，这一古俗演变为仪式活动。如在波希米亚的降灵节里，众人推举一个"国王"，他穿树皮衣，戴树枝王冠。他须先逃遁，众人随后追赶。如未捉得，可再当一年"国王"，并得到犒赏；如被擒，则举行行刑礼，将其"处死"。弗雷泽指出，这些"国王"，"他们的树皮树叶衣服，以及青枝搭的小屋和他们在下面开庭审判的杉树，都千真万确地说明他们跟他们意大利的相等的人物一样，都是一些树林之王"①。区别在于，内米湖畔的树王是真的被杀死，后来的树王只在仪式中象征性地受诛，其动机都是为了收成顺利。

除了"金枝"的传说，弗雷泽还对其他仪式表演进行了田野调查。而其他一些人类学家如列维 - 布留尔（Lucien Levy-Bruhl，1857—1939）也曾描述过相似的表演场面。另一位学者哈丽逊（J. E. Harrison，1850—1928）试图从巫术入手重新探测艺术的发生问题。在漫长的历史中，巫术仪式逐渐演变为巫术表演，其中包括演员、舞蹈、美术、音乐等的发展。在这个过程中，戏剧艺术的历史逐渐发生。但另一方面，前文明社会的巫术仪式面临崩溃，宗教信仰逐渐产生，表演行为又开始与宗教联系在一起了。

（二）宗教发生说

宗教与巫术都相信超自然的力量，二者也常常混杂，其实它们是有区别的：从产生时间看，巫术在史前社会就有了，宗教则是人类进入文明阶段才产生；从世界观上看，巫术认为人能控制自然，具体手段是采用相应仪式，宗教则多认为这种控制是不行的；从表现形态看，巫术包含了许多技术操作问题，而宗教更多地包含人生价值的探讨和道德训诫问题。

在历史上，宗教与文学有着相当密切的关系，这一点集中表现在欧洲中世纪。恩格斯曾说过："中世纪把意识形态的其他一切形式——哲学、政治、法学，都合并到神学中，使它们成为神学中的科目。"② 文学艺术也受到宗教的影响，除了欧洲文艺主要反映的是宗教题材外，其发展也受到基督教的制约。当时最宏伟的建筑不是皇宫而是教堂，合唱与轮唱的声乐技法是当时宗教唱诗班的发明，作为乐器之王的钢琴，也是由当时教堂用的风琴改进而来的，等等。类似状况在世界各地都有程度不等的体现。

由此，有些学者得出文学源于宗教这一结论。德国批评家赫尔德（J. G. Herder，1744—1803）认为，诗歌是想象的艺术，"唯一通向灵魂的美的艺

---

① ［英］弗雷泽：《金枝》，徐育新等译，中国民间文艺出版社 1987 年版，第 440 页。

② 恩格斯：《路德维希·费尔巴哈和德国古典哲学的终结》，《马克思恩格斯选集》第 4 卷，人民出版社 1995 年版，第 255 页。

术", "灵魂的音乐", "打动着内在的感官，而不是艺术家的肉眼"，诗歌占有特殊的位置。① 这一观点对当时浪漫主义运动起了促进作用，同时也把诗歌情感同宗教神秘情感联系了起来。德国美学家格罗塞（Ernst Grosse, 1862—1927）在《艺术的起源》一书中认为，艺术在其活动过程与结果中都存在着丰富的情感活动，追求情感表达就是艺术的目的。他认为实践活动要追寻外在目的，审美活动只以情感表达为内在目的，游戏则介于二者之间。诗人作诗是为了个人兴趣，也是一种公众的事业。他为自己也为别人创作。这样，无外在目的的艺术要超越诗人个人心灵的限度才能实现，它就同教徒虔信宗教并非一定为了长生、发财等实际目的相类似。② 格罗塞的观点主要不在于他论证了艺术同宗教在发生学上的联系，而是在某种意义上把艺术也当成了一种宗教。

（三）游戏发生说

最早从理论上系统阐述游戏说的是德国哲学家康德（Immanuel Kant, 1724—1804）。康德认为，艺术是"自由的游戏"，其本质特征就是无目的的合目的性或自由的合目的性，换言之，艺术作为自由的游戏，就是合目的性和无目的性、有意图性和无意图性、艺术和自然的统一。③

康德的游戏说在席勒（Friedrich Schiller, 1759—1805）那里被系统地继承并加以发挥，席勒认为，人的艺术活动是一种以审美外观为对象的游戏冲动。游戏冲动作为调和感性冲动和理性冲动的中介，创造了一个活的形象，或者说，创造了最广义的美。④ 席勒在康德基础上更进一步，认为"过剩精力"是文艺与游戏产生的共同生理基础。在席勒看来，动物有时一些无谓的嘶吼就是为了发泄身体多余的精力，这是动物的游戏。人不同于动物的地方在于，动物的游戏还局限在身体运动的方式，而人还有想象力的游戏，艺术活动就是这类游戏。

谷鲁斯也标举游戏说，但认为过剩精力说难以解释人在游戏类型上的选择性和殚思竭虑、废寝忘食的专注。他还认为，游戏有隐含的实用目的，如女孩喂洋娃娃是练习做母亲，男孩玩枪是练习打仗等。谷鲁斯借鉴了文艺史上古老的模仿说，认为艺术活动可以归结为"内模仿"的心理活动，它在本质上与游戏相通：

---

① 参见［美］雷纳·韦勒克《近代文学批评史》第 1 卷，杨岂深等译，上海译文出版社 1987 年版，第 246 页。

② 参见［德］格罗塞《艺术的起源》，蔡慕晖译，商务印书馆 1984 年版，第 38～39 页。

③ 参见［德］康德《判断力批判》，邓晓芒译，人民出版社 2002 年版。

④ 参见［德］席勒《审美教育书简》，冯至等译，上海人民出版社 2003 年版。

例如一个人看跑马，这时真正的模仿当然不能实现，他不愿放弃座位，而且还有许多其他理由不能去跟着马跑，所以他只心领神会地模仿马的跑动，享受这种内模仿的快感。这就是一种最简单、最基本也最纯粹的审美欣赏了。①

各种游戏说，除谷鲁斯外，都认为文学是无外在目的的游戏活动，这种主张成为艺术史上唯物主义思想来源的重要成分。

（四）劳动说

马克思认为，文学起源于人的生产劳动，最早的文学艺术作品产生于人类的劳动过程。把劳动作为文学发生的起点，主要有以下几方面的原因：

首先，劳动提供了文学活动的前提条件。人类的生产活动是一切其他基本活动的前提，这一方面在于人要满足基本生存需要后才能从事其他活动，另一方面在于人就是在这种生产活动中生成的。人并不是本来就优于其他动物的，只是在漫长的进化过程中，人通过劳动锻炼了自己的大脑，并且在劳动中把前肢从行走任务中解放出来，演变为灵巧的双手，又在劳动中为了需要而创造出具有丰富表意功能的语言系统，这样，人才从一般动物界中分离出来。因此，恩格斯说，劳动"是一切人类生活的第一个基本条件，而且达到这样的程度，以致我们在某种意义上不得不说：劳动创造了人本身"②。

其次，劳动产生了文学活动的需要。人的活动都伴随着一个自觉的目的，而这一目的又是为某种需要而设定的。史前人类在集体进行的劳动中，为了协调行动、交流情感与信息、减轻疲劳等，就由这些需要产生了语言和最初的文学。鲁迅曾对此作过通俗化的解释，他说："我们的祖先的原始人，原是连话也不会说的，为了共同劳作，必需发表意见，才渐渐的练出复杂的声音来，假如那时大家抬木头，都觉得吃力了，却想不到发表，其中有一个叫道'杭育杭育'，那么，这就是创作……是'杭育杭育派'。"③ 这一表述形象地说明了劳动中的需要直接促成了文学的产生。

再次，劳动构成了文学描写的主要内容。远古时代遗存的作品中大都描写了当时人们劳动生活的内容。如《击壤歌》中写道："日出而作，日落而息。

---

① ［德］谷鲁斯：《动物的游戏》，转引自朱光潜《西方美学史》下卷，人民文学出版社1979年版，第616页。

② 恩格斯：《劳动在从猿到人转变过程中的作用》，《马克思恩格斯选集》第4卷，人民出版社1995年版，第373~374页。

③ 鲁迅：《门外文谈》，《鲁迅全集》第6卷，人民文学出版社2005年版，第96页。

凿井而饮，耕田而食。帝力于我何有哉?"它写出了早期农耕生活中人们自给自足、随遇而安的历史情况。《吴越春秋》记载的《弹歌》仅八个字，"断竹，续竹，飞土，逐突"，但生动地写出了制作武器去狩猎的过程。普列汉诺夫在《没有地址的信》一书中考证，在原始民族中，狩猎部落都以动物作为图腾，而且其舞蹈也大多是模仿动物的动作，反之，种植部落则可能以植物花朵作为偶像，其舞蹈动作中多以采集种子等劳动活动为反映对象。

最后，劳动制约了早期文学的形式。各民族最早的文学体裁是诗，而诗在当时是必须吟唱的，而且它以载歌载舞的方式来传达。因此早期的文艺是诗、乐、舞三位一体的结合体。这种早期文艺的形式同劳动过程直接相关。原始人将劳动动作和被狩猎的动物的动作衍化为舞蹈，劳动时的号子与呼喊发展为诗歌，而劳动时发出的各种声音和体现的节奏，则为原始人提供了音乐的灵感。诗、乐、舞三位一体，实则是劳动过程中这几种艺术形式的萌芽因素统一在一起的反映。

无论是"巫术说""宗教说"，还是"游戏说"，都包含着一定的真理，但相比起来，"劳动说"包含了更多的真理成分。"巫术说"未能回答巫术艺术产生的原因，但从"劳动说"的立场来看，巫术仪式可说是人类蒙昧阶段对劳动收成的祈望。"宗教说"体现了人类对自然力的无能为力，转而变成对超自然力量的崇拜；但这从另一方面说明了劳动在文艺发生过程中的作用和影响。"游戏说"认为文艺源于游戏，而游戏又源于人的生理需要，这使得文艺起源问题沦为生物学意义的解释；从"劳动说"审视"游戏说"可知，文艺与游戏都源于劳动。无论是从人的群体生活来看，还是从人的个体成长来说，游戏和文艺最终还是要归于劳动。

劳动之所以可以统摄其他各种涉及文学的活动的因素，劳动说之所以在我们看来是文学起源问题上的更为根本的学说，说到底，是因为劳动构成了人类活动的基础，通过劳动才有人的生存的可能，而人的其他活动都在劳动的基础上延伸，甚至有些也成为了新的劳动的内容。譬如原始时代的某位讲故事的人，他的行为只是饭后茶余消遣中的娱乐，而今天这个会讲故事的人就去写小说写剧本，这种工作可以是文化产业中的一个环节，它已经植入到了整个社会的生产之中，他的"讲故事"也是劳动的一个具体方面。

二、文学活动的发展

相对于文学活动发生问题，文学活动的发展问题更加复杂。历史上就文学发展的动力问题曾有不同的理论阐述。有的认为文学发展动力是社会风气的变化，如中国古代典籍《乐记》曰："凡音者，生人心者也。情动于中，故形于声；声成文谓之音。是故治世之音安以乐，其政和；乱世之音怨以怒，其政乖；亡国之音哀以思，其民困。声音之道，与政通矣。"有的认为文学发展与时代变化密切相关，如刘勰在《文心雕龙·时序》篇中不但描述了十代九变的情况，还得出结论："歌谣文理，与世推移"，"文变染乎世情，兴废系乎时序。"还有的则认为文艺发展动力是某种非人力可以改变的因素，如德国古典哲学家黑格尔从其客观唯心主义体系出发，认为文艺发展不过是作为世界本原的理念（Idea）对文艺产生了不同作用而已。文艺是理念的感性显现，而理念又有精神外化为物质形态再返回精神的自身的要求，理念运动的不同阶段就由不同艺术类型来表现它。

还有学者从文学内部来探求文学发展动因，以为文学的发展像自然界运行一样只在于它的内在动因。加拿大原型批评家弗莱（N. Frye，1912—1991）就以"循环"作为这一动因。他认为大到天体运行轨迹，小到原子内部的电子绕核运动，从客体的四季炎凉更替，到主体的血液与呼吸运动，都遵循着循环规律。他把文学史上的作品类型按照时代分为四类：喜剧、传奇、悲剧和讽刺文学，周而复始，这同一年四季的更替相似。春天，春光明媚，希望在即，对应为喜剧；夏天，色彩斑斓，气象万千，对应为传奇；秋天，草木摇落、萧瑟苍凉，对应为悲剧；冬天，寒气沉沉，了无生气，对应于缺乏正面目标的讽刺文学。既到冬天，春天也就不远，下一轮的循环又该开始了。①

另外，还有学者以为，文学的发展只是文学固有因素的不同组合引起的形态变化。如俄国文论家普洛普（V. Propp，1895—1970）的《民间故事形态学》一书对一百多个俄罗斯神话与民间故事甄别后发现，这些叙事作品无论如何变化，都可用31种功能中的某些功能来概括，任何一个故事都不可能具备全部31种功能，各个不同的民间故事无非是这31种功能不同组合下呈现的不同样式。②

法国结构主义学者列维－斯特劳斯在《结构人类学》一书中对俄狄浦斯神话进行了深入研究，指出这一神话在流传中形成了不同变种，他称之为不同"版本"，它们都体现出大体相似的"主题"，即"过分强调人的血缘关系与过低估价人的血缘关系"的矛盾。就是说，该神话的不同变种都不过像万花筒图景的变幻，无非是由同一些纸屑组合成了不同图像。③

我们认为，文学发展的根本力量仍然是生产劳动，但与文学发生问题的

---

① ［加］弗莱：《文学的类型》，见吴持哲编《诺思洛普·弗莱文论选集》，蓝若宇译，中国社会科学出版社1997年版，第79～95页。

② 参见［俄］普洛普《民间故事形态学》，叶舒宪译，《民族文学研究》1988年第2期。

③ 参见［法］列维－斯特劳斯《结构人类学》，谢淮扬译，上海译文出版社1995年版。

不同在于，文学发生问题归根到底可以用劳动来阐释，而文学发展则只能说生产活动等经济因素是最终的制衡力量，其他一些因素有时更直接地发生作用。恩格斯曾在致施米特的信中阐明这样一个道理：社会运动的根本动力当然是生产，但在生产发展中会产生新的部门和执行其职能的人，他们的工作一方面要尾随生产的运动，另一方面它一经产生就会有相对独立性，并且要反作用于生产条件和进程。以法律这一上层建筑部门来说，"在现代国家中，法不仅必须适应于总的经济状况，不仅必须是它的表现，而且还必须是不因内在矛盾而自相抵触的一种内部和谐一致的表现。而为了达到这一点，经济关系的忠实反映便日益受到破坏"①。就是说，法在根本上是受经济制约的，是一定生产关系的反映，但同时它又有自身独特的发展规律，不能仅以生产方面的因素来说明。这一状况对于与法同属于上层建筑的文学的发展也完全适用。

文学伴随着生产劳动而产生，并随着生产劳动的发展而发展，但文学发展的进程也有特殊的情况，就是它的发展同经济发展并不总是同步的，有时显得快些，有时来得慢些，有时甚至同生产呈反方向的发展。这就是马克思所说的物质生产与艺术生产发展的"不平衡关系"。这种"不平衡"有两种典型的体现：一种情况是某些文艺类型只能兴盛在生产发展相对低级的阶段，随着生产力的发展，它的繁荣阶段也就过去了，如古希腊神话和史诗。另一种情况是艺术生产与物质生产的发展水平并不是呈正比例的，经济落后的国家或地区可能在文学艺术上反而领先，如 18 世纪的德国和 19 世纪的俄国。

这样问题就来了：我们如何来理解和解释物质生产发展同文学发展的不平衡关系呢？其实，"不平衡关系"只是说明了文学发展与经济发展关系的一个方面，而这一关系的另一方面则是两者发展上的平衡关系，就是说，经济的、物质生产的活动的发展水平会最终制约文学发展水平，也正因如此，恩格斯才指出，18、19 世纪，"不论在法国或是在德国，哲学和那个时代的普遍的学术繁荣一样，也是经济高涨的结果"②。在当时，法国经济发展不及英国，德国经济又不及英法两国，而经济相对落后的一方在文学与哲学上却有更大成就，这一比较显示出不平衡关系；但是法、德两国在文学与哲学上的成就又与当时各自经济的高速发展的状况是适应的。进一步说，不平衡与平衡两者共存于文

---

① 恩格斯：《致康·施米特》（1890 年 10 月 27 日），《马克思恩格斯选集》第 4 卷，人民出版社 1995 年版，第 702 页。

② 恩格斯：《致康·施米特》（1890 年 10 月 27 日），《马克思恩格斯选集》第 4 卷，人民出版社 1995 年版，第 704 页。

学与经济发展的关系之中，从局部的情况，或者从某一历史时期的情况看，不平衡关系确实是存在的，但在总体的方面看，或者我们从相当长的历史阶段来分析，那么文学发展的水平就在经济发展水平的曲线上左右摆动，二者之间总是大致平衡的。因此，物质生产或者说经济基础是文学发展中起"最终的支配作用"的东西。

但是，起"最终的支配作用"的因素并不等于唯一的因素，影响文学发展的除了经济基础以外，还有作为上层建筑的政治、道德、哲学、宗教等观念以及一些涉及文学发展的制度、政策、设施，它们甚至会对文学发展产生更直接的影响。德国社会学家马克斯·韦伯（Max Weber，1864—1920）指出："宗教力量对民族性格的形成有着决定性的影响。"① 他以此分析了资本主义率先在西欧发生的原因。恩格斯在晚年时曾反复强调，经济因素不是影响社会各方面发展的唯一决定性因素，它只是在最终的意义上可以作为社会发展的根源性的、最基本的因素来理解。恩格斯还反省了自己以前对这一问题强调不够，以致可能被人曲解和误解。从这些论述可以推断，在根本上应说是经济因素决定了文学发展，但在直接意义上往往是上层建筑各部门的相互影响制约文学的发展，考察文学的具体变化，更要从我们这一方面来加以认识。

复习要点

[基本概念]

生活活动　本质力量的对象化　文学活动的"四个要素"　文学活动的对话性结构　文学本体论　劳动说　物质生产与精神生产的"不平衡关系"

[思考问题]

1. 文学活动与生活活动是怎样的关系？文学活动在生活活动中处在什么位置？

2. 简述文学活动四种理论视角各自的依据，以及评析各自可能具有的局限。

3. 简要评述文学起源问题上的"劳动说"，作为生产活动的劳动的重要性和文艺有何关系？

---

① ［德］马克斯·韦伯：《新教伦理与资本主义精神》，于晓等译，生活·读书·新知三联书店1987年版，第121页。

4. 试辩证说明文学发展的诸种原因。

［推荐阅读文献］

1. 卡尔·马克思：《1844 年经济学哲学手稿》，人民出版社 2002 年版。

2. ［俄］普列汉诺夫：《论艺术：没有地址的信》，曹葆华译，生活·读书·新知三联书店 1964 年版。

第四章　文学活动的审美意识形态属性

　　每部文学作品及其作者和读者，都不可避免地活动于特定的社会状况中，因而都是具体的和独特的。那么，各种具体而独特的文学活动之间，是否存在着某种普遍的属性，通过它我们可以总体地谈论文学或文学活动呢？回答是肯定的。我们可以透过文学现象的多样性和复杂性而把握一定的普遍性。当然，这种把握并不等于对此的最后的或唯一正确的解答，而只是多种可能的解答之一种。

第一节　文学的含义

　　文学是什么？它诚然被视为美的"语言艺术"，包括诗、小说、散文、戏剧文学、影视文学等样式，但在古代甚至今天，却至少有着两种不同含义：广义的文化含义和狭义的审美含义。①

一、文学的文化含义

　　余光中的《乡愁》说："小时候/乡愁是一枚小小的邮票/我在这头/母亲在那头//长大后/乡愁是一张窄窄的船票/我在这头/新娘在那头//后来啊/乡愁是一方矮矮的坟墓/我在外头/母亲在里头//而现在/乡愁是一湾浅浅的海峡/我在这头/大陆在那头 。"每个人的经历自不同，但这里的"乡愁"却有某种普遍的文化寓意：邮票、船票、坟墓和海峡这四个现代共通意象，浓缩了对母亲、新娘和大陆故乡的深情，织就诗人所亲历的现代中国文化曲线，让即便对此段历史陌生的读者也能理解，不亚于一幅生动感人的现代中国文化精神地图。如此看来，文学不正是一种文化形态吗？

　　确实，文学有理由被视为文化。在中外文学史上，文学最初并不是指今天所谓的"语言艺术"或"美的艺术"，而是泛指广义的文化过程。文学是指一切口头或书面语言行为和作品，包括今天的文学以及政治、哲学、历史、宗教

---

　　①　参见罗根泽《中国文学批评史》（一），上海古籍出版社 1984 年版，第 3 页。

等一般文化形态。这正是文学的文化含义。近人章炳麟就认为："文学者，以有文字著于竹帛，故谓之文；论其法式，谓之文学。"① 文是指记载在竹帛媒介上的任何文字，文学则是指对于记载在竹帛媒介上的任何文字的规律的研究。这种广义文学观在西方不乏同道，如韦勒克所指出的那样，在许多学者看来，"文学研究不仅与文明史的研究密切相关，而且实际和它就是一回事。在他们看来，只要研究的内容是印刷或手抄的材料，是大部分历史主要依据的材料，那么，这种研究就是文学研究"②。

在中国，文学最初是泛指文章和博学，这正体现了文学的广义的文化含义。这可以为我们从文化角度阅读《乡愁》提供传统支撑。《论语》把文学归结为孔门四科（德行、言语、政事和文学）之一，"文学，子游，子夏"。至于现代文学概念所包括的诗，在先秦时代是主要体现一般文化含义的。《左传》所谓"诗以言志"，《礼记·王制》所谓"陈诗以观民风"，都没有着意寻求诗的特殊审美属性，而是主要关注其一般文化内涵：由诗歌发现民俗文化状况。当然，随着文学活动的逐步发展和演化，诗的特别的审美意义也受到重视。在春秋时代，在政治、外交活动中富于风度地征引《诗经》章句，被视为真正"君子"的标志。《论语》中的《阳货》篇讲"诗可以兴，可以观，可以群，可以怨"，《泰伯》篇讲"兴于诗，立于礼，成于乐"，都明确地强调《诗经》具有人文化育、成"君子"的文化建构功能。显然，诗虽然总体上被归属于文章和博学等广义的文化范畴，被要求承担一般文化所承担的社会功能，但其不同于其他文化形态的特别属性已开始被认识到了：诗具有特殊的语言与形象魅力，比其他文化形态更能感动人。人们也逐渐地以"文"或"文章"指称文学的这种狭义内涵。《说文》："文，错画也，象交文。"《释名·释言》："文者，会集众彩以成锦绣，会集众字以成辞义，如文绣然也。"这里的"文"原初是指表现于外的斑纹或图式，而"文章"也带有诸如文采等语言形式美的内涵。对"文"的这种形式美本义的追问，有助于后来审美的文学含义的发展。但在魏晋以前，文学的文化含义是居于主导地位的。

在西方18世纪之前，文学也往往是在文化含义上使用的，即文学属于一般文化，没有被称为美的"艺术"。古希腊时代尚无一般文学概念，而只有特定的史诗、颂诗、演讲术、悲剧等概念。在英语世界，"文学"一词（literature）是14世纪才自拉丁文 litteratura 和 litteralis 引进的。我们不妨转而从"诗"与"艺术"这两个概念的关系去寻找文学观念的早期发展踪迹。古希腊

① （清）章炳麟：《文学总略》，见《国故论衡》中卷，汉文书屋1933年版，第83页。
② ［美］韦勒克、沃伦：《文学理论》，刘象愚等译，江苏教育出版社2005年版，第9页。

的"艺术"不同于今日"艺术"而相当于"技艺","诗"被认为不属于技艺而源于"灵感"或"诗神凭附"。诗与演讲术密切相关,即都具有感染、征服或教育听众的社会功能,但与绘画等艺术(技艺)却相距甚远,因为前者属神灵凭附的神圣产品,后者只是体现人为技能的世俗物品。亚里士多德首次在艺术即"模仿"的观念基础上把诗与绘画、雕塑统合到一起,随后希腊化时代又把这种统合重新置于复活的"灵感"概念基础上。直到文艺复兴时期,随着"诗如画,画似诗"观念的发展,诗与艺术才普遍地被统一在"美的艺术"名义下。但在此时,这种包括文学(诗)在内的"美的艺术"仍然没有同"理智的艺术"(哲学、历史、演讲术等)明确区分开来,即仍旧是文化。也就是说,狭义文学仍没有同广义文学相分别,它们共同享有"自由艺术"这一名称。

可见,无论在中国还是在西方,最初居于主导地位的是文学的文化含义。一方面,文学还没有从历史、哲学、演讲术等一般文化现象中分离出来独立发展;另一方面,它所包含的某种特殊审美属性也已经被觉察到了,尽管到后来才被明确地突出出来。

二、文学的审美含义

对余光中的《乡愁》,也可以从审美角度去阅读。此诗描写人生童年、青年、成年和晚年等多阶段的旅行体验。作者通过时空的跳跃式切换,依次推出了四幅典范的人生行旅图:先是"小时候"以"一枚小小的邮票"传递对"母亲"的想念;其次是"长大后"以"一张窄窄的船票"凝聚对"新娘"的相思;再次是"后来啊"以"一方矮矮的坟墓"抒写丧母的哀痛;最后是"而现在"以"一湾浅浅的海峡"寄托对大陆故乡的眷恋。这四幅人生行旅图形象地再现了诗人自己的童年、青年、成年和晚年的"乡愁",传达了这位现代诗人的多滋多味的人生体验。特别是"一湾浅浅的海峡"一句中,以"浅浅"一词描写横亘在台湾与大陆之间的"海峡"的距离,具有化深为浅、化大为小的修辞功效,既表达了两岸同胞之间生生分离的痛楚,又寄托了这种痛楚早日结束的美好预期,可谓传神之笔!读者品味此诗,不一定要追究它所形象地描绘的社会文化状况,而完全可以在四幅想象的人生场景中驰骋情怀、流连忘返,领悟人生的丰富画卷与深长意味。由此看,文学难道不是人生体验的审美表达吗?

确实,文学可以被视为一种审美形态。文学是指具有审美属性的语言行为及其作品,包括诗、散文、小说、剧本等。这正是文学的审美含义。这是从文学的广泛的文化含义中分离、独立出来的狭义文学观念。文学不再指代用语言或文字传输的所有文化现象，而仅仅是指其中富有审美属性的那一部分。这样，文学就成为与政治、哲学、历史、宗教等一般文化形态不同的特殊审美形态了。

文学的审美含义的脱颖而出，在中国大致是魏晋时期（3世纪至6世纪），在西方则是16世纪至18世纪。

中国文学到魏晋时期，"文学"与"文章"和"文"逐渐成为同义词。5世纪时，宋文帝建立"四学"，"文学"与"儒学""玄学""史学"有所区分。① 由此，文学的审美含义算是从包罗广泛的文化大家庭中分离出来，获得独立发展。文学的审美含义的分离与独立，与这时期对文学的特殊审美属性的高度重视密切相连。当然，如前所述，文学的审美观念的萌芽可上溯到"文"这个字的字源。"文"的本义为斑纹或图式，将文学称为"文"或"文章"，这本身就隐含着一种审美的文学观念，虽然最初不一定是自觉的、纯粹的和明确的。先秦和两汉时期都出现过强调其审美属性的情形，但那时并没有明确地与其他文化形态相区分。同时，即便有所区分，也更多地要从"尚用"立场反对"尚文"或"爱美"，即批评审美属性的过度强调。只是到了魏晋时期，文学的审美属性才正式被确认，并且伸张开来。魏文帝曹丕在《典论·论文》中首次提"诗赋欲丽"，"文以气为主"。鲁迅对曹丕的话的解释是："他说诗赋不必寓教训，反对当时那些寓训勉于诗赋的见解，用近代的文学眼光看来，曹丕的一个时代可说是'文学的自觉时代'，或如近代所说是为艺术而艺术（Art for Art's Sake）的一派。"② 实际上，曹丕的"诗赋欲丽"是把诗赋的语言形式美提到了首位。"文以气为主"则强调作家的创作个性的重要性。文学以华丽的语言表现个性，这里的确透露出审美的自觉的信息。范晔在《后汉书·文苑传》中说文学"情志既动，篇辞为贵"，文学不是出于纪事载言，而是缘于"情志既动"——这自然与作家的审美体验有关，同时它自身之美文也独具价值——"篇辞为贵"。萧子显在《南齐书·文学》中更直接说："文章者，盖情性之风标，神明之律吕也。蕴思含毫，游心内运，放言落纸，气韵天成；莫不禀以生灵，迁乎爱嗜。"这里把文学同"情性""神明""气韵""空灵"等表示审美属性的词语联系起来，无疑已明确认识到文学"蕴含"着区别于其他文化形态的特殊审美属性。更由于陆机（如"诗缘情"）、钟嵘（如"滋味"）、刘勰（如"情者文之经""情往似赠，兴来如答"）、

① 参见罗根泽《中国文学批评史》（一），上海古籍出版社1984年版，第121~123页。
② 鲁迅：《魏晋风度及文章与药及酒之关系》，《鲁迅全集》第3卷，人民文学出版社2005年版，第526页。

萧统、萧绎、沈约等的共同努力，文学的审美属性终于获得普遍的和明确的认可。自此以后，从审美角度看文学，文学即审美，便成为中国文学理论中占据显要地位的一个固有传统尽管未使用现代才有的审美语汇。当然，与此同时，文学的文化含义也仍然继续沿用（如唐宋之际的"文以明道""文以载道"观）。

在西方，狭义文学从广义文学中独立出来，审美的文学观念从文化的文学观念中分离开来，大约是在 18 世纪完成的。这一点集中表现在诗正式成为"美的艺术"之一员这一进程中。在亚里士多德那里，诗曾被视为"技艺"，这接近于艺术。但这一看法长久被遗忘。从 16 世纪起，诗的审美属性（即"美的艺术"的特性）逐渐得到承认。到了 1747 年，查里斯·巴托作出一个意义深远的区分：诗与绘画、雕塑、音乐、艺术和修辞等纳入七种"美的艺术"之中。从此，手工艺、科学都已不再是"艺术"（art），而只有"美的艺术"（fine art）才是"艺术"了。① 文学被正式确认为"艺术"门类，这实际上意味着文学的审美属性被正式认可，同时，狭义文学终于从广义文学即文化中分离出来。其实，审美的文学观念的确立，一方面是长期的文学活动经验的总结，另一方面，则是 18、19 世纪间启蒙运动和浪漫主义思潮的理论成果之一部分，与卢梭、歌德、拜伦、雪莱、华兹华斯、雨果等作家、诗人在创作领域的审美追求相呼应。

三、文学的通行含义

上述两种文学含义，分别突出了文学概念所包含的文化意义和审美意义，各有其合理处。但在现代世界，通行的还是文学的审美含义：文学主要被视为审美的语言作品。

文学的审美含义在现在通行，是由多方面因素造成的，主要有两方面。第一，人类活动的持续发展，促进了人类符号表意能力的发展与丰富，使得文学这类专门的审美表现领域得以从一般文化形态中独立出来。第二，现代性在全球的扩展，推动了世界文化、学术、学科的分类机制的建立与健全，而在各种人类活动的合理化分工机制中，文学被划分到审美—表现领域，专门承担以符号形式表现审美体验的任务。审美—表现领域是关于人类的审美活动的符号表意领域，通常包括文学、音乐、戏剧、绘画、雕塑等门类。与审美—表现领域相对的两个领域是：关于人类的认知与工具活动的认识—工具领域（有数学、生物学、工程学、电子学及各种技术组织等），关于人类的社会行为与协调活

---

① 参见［波兰］塔达基维奇《西方美学概念史》，褚朔维译，学苑出版社 1990 年版，第 26 页。

动的道德—实践领域（如历史、政治、宗教、伦理、社会学等）。①

由于人类活动的长期发展和现代分类机制的合理化作用，文学的通行含义形成了：文学是艺术门类之一，是主要表现人类审美属性的语言艺术，包括诗歌、小说、散文、剧本等体裁。与此含义不相符的哲学、历史学、科学、宗教、伦理学等其他文化形态，当然就不属于文学范畴，或者就成为非文学了。

不过，这种通行含义的采用，并不简单地意味着把文学局限在魏晋人所设想的狭义审美领域中、独立于社会的文化过程之外。在此，文学的文化含义无疑有其合理处：文学虽然直接呈现审美景观，但毕竟长期以来就是文化的一部分，折射出文化的风云变幻，并且与哲学、历史、政治、宗教等具体文化形态形成相互渗透的复杂关系。因此，应当指出：文学诚然是一种审美—表现活动，但实际上无法与社会的文化过程分离开来。这一点正集中表现为后面将阐述的文学的审美意识形态属性。

四、文学与非文学

尽管现行用法已经确定，但事实上，文学的含义常常发生复杂的演变。正是在这种演变中，通常意义上的非文学有可能会变成文学。这正显示了文学含义的不确定与变化的特点。

有这么一则便条："我吃了放在冰箱里的梅子，它们大概是你留着早餐吃的。请原谅，它们太可口了，那么甜，又那么凉。"这些句子可以组成日常生活中司空见惯的便条，似乎毫无审美意味或诗意，在通常情况下，谁也不会把它当成文学来欣赏，显然应当被归入非文学的应用文类。但是，换个角度，也不妨把它们这样分行排列起来：

便条	This Is Just to Say
我吃了	I have eaten
放在	the plums
冰箱里的	that were in
梅子	the icebox
它们	and which

---

① 参见［德］哈贝马斯《现代性——未完成的工程》，丁君君译，见汪民安、陈永国、张云鹏主编《现代性基本读本》上，河南大学出版社 2005 年版，第 112 页。

大概是你	you were probably
留着	saving
早餐吃的	for breakfast
请原谅	Forgive me
它们太可口了	they were delicious
那么甜	so sweet
又那么凉	and so cold

　　句子还是那些，而且一字不改，只是分行排列成"诗"的样式。如此一分行，无诗意的应用文就摇身一变成"诗"了吗？这确实是美国诗人威廉斯（William Carlos Williams，1883—1963）的一首颇有名气的诗。① 面对这样分行排列并因此而突出其韵律的"诗"，任何稍有耐心的读者都可能会"读"出其中回荡的某种诗意。这首诗巧妙地引进日常实用语言并加以必要的韵律组合，描写了我与你、冰箱与梅子、甜蜜与冰凉之间的对立和对话，使读者可能体味到人的生理满足（吃梅子）与社会礼俗（未经允许吃他人的梅子）之间的冲突与和解意义，或者领略现代社会人际关系的冷漠以及寻求沟通的努力。"那么甜"（so sweet）又"那么凉"（so cold）可以理解为一组别有深意的语词，既是实际地指身体器官的触觉感受，也可以隐喻地传达对人际关系的微妙体会。这里用带有韵律感的平常语言写平凡生活感受，但留给人们的阅读空间是宽阔的、意味是深长的。

　　那么，这里决定文学与非文学的标准是什么？看起来是句子的排列方式（分行与不分行）的差异。但是，倘是深究起来，这里的标准是有些模糊。例如，难道诗与应用文的区别仅仅在于句子的排列方式吗？如果回答是肯定的，那么，是否任何非文学文体一经分行排列便成为诗了呢？这样一来，问题就更为复杂了。例如，我们信手从报纸上原文照抄一句话，把它加以分行排列："举世瞩目/中国球迷挂心的/四十一届世界乒乓球锦标赛/团体赛/赛制有变"这叫"诗"吗？尽管分行排列，但读者不难判断出它不是诗。显然，判断文学与非文学的标准并不简单地在于分行排列，而是更为丰富多样。这里不妨指出几点：第一，文学的语言富有独特表现力，例如让日常语言富于韵律感，"那么甜"与"那么凉"别含深意；第二，文学总是要呈现审美形象的世界，这种审美形象具有想象、虚构和情感等特性，例如《便条》建构了一个想象

---

① 参见张隆溪《二十世纪西方文论述评》，生活·读书·新知三联书店 1986 年版，第 117～118页。

的人际关系状况；第三，文学传达完整的意义，本身构成一个整体；第四，文学蕴含着似乎特殊而无限的意味。

实用文类除了被整体地移位成完整的文学作品外，还可移位成文学作品的片段。《红楼梦》第 10 回，张太医为秦可卿开了一个名为"益气养荣补脾和肝汤"的药方："人参二钱，白术二钱土炒，云苓三钱，熟地四钱，归身二钱酒洗，白芍二钱炒，川芎钱半；黄芪三钱，香附米二钱制，醋柴胡八分，怀山药二钱炒，真阿胶二钱蛤粉炒，延胡索钱半酒炒，炙甘草八分，引用建莲子七粒去心，红枣二枚。"第 53 回又引述乌进孝开列的账单："大鹿三十只，獐子五十只，狍子五十只，暹猪二十个，汤猪二十个，龙猪二十个，野猪二十个，家腊猪二十个，野羊二十个，青羊二十个，家汤羊二十个，家风羊二十个，鲟鳇鱼二个，各色杂鱼二百斤，活鸡、鸭、鹅各二百只，风鸡、鸭、鹅二百只，野鸡、兔子各二百对，熊掌二十对，鹿筋二十斤，海参五十斤，鹿舌五十条，牛舌五十条，蛏干二十斤，榛、松、桃、杏瓤各二口袋，大对虾五十对，干虾二百斤，银霜炭上等选用一千斤、中等二千斤，柴炭三万斤，御田胭脂米二石，碧糯五十斛，白糯五十斛，粉粳五十斛，杂色粱谷各五十斛，下用常米一千石，各色干菜一车，外卖粱谷、牲口各项之银共折银二千五百两。外门下孝敬哥儿姐儿顽意：活鹿两对，活白兔四对，黑兔四对，活锦鸡两对，西洋鸭两对。"这里的药方和账单本是实用文类，单独看会被理所当然地排斥在文学殿堂之外，但纳入长篇小说整体而成故事的组成部分，有助于讲述情节、塑造人物、烘托气氛等，读者也就不觉中把它们"读作"文学了。

上面关于非文学演变成文学的实例表明，文学的含义往往在具体的文学活动中发生演变，尤其会把通常的非文学移位成新的文学。其实，这一点正突出了文学与文化的密切联系：文学本来就是文化的一部分，从文化中既吸取资源又回头施加影响。尤其是现代先锋作家，往往突破现有陈规陋习，从纷纭繁复的文化世相中寻求新文学得以生长的因子，这就可能使文学的含义出现新的变数。某些先锋文学群体也可能以新的文学观去向权威挑战，形成与现成规范不同的文学新"惯例"[1]。同时，每个时代都有自己的文学观念，人们常常会按这种观念去创造新的文学，或者把以往的非文学读解为文学、非经典阐释为经典。可见，文学的含义总在演变中，需要历史地和具体地对待。

[1]　有关"惯例"理论，可参见［美］迪基《何为艺术?》，载李普曼编《当代美学》，邓鹏等译，光明日报出版社 1986 年版，第 101～117 页；有关争论见朱狄《当代西方美学》，人民出版社 1984 年版，第 357～363 页。

第二节　文学的审美意识形态属性

文学是意识形态的形式。作为意识形态的形式，文学具有普遍的属性，也具有特殊的属性。文学的普遍属性在于，它是一般意识形态的形式；文学的特殊属性在于，它是审美意识形态的形式。

一、文学作为一般意识形态的形式

要了解文学的审美意识形态属性，首先需要了解意识形态在社会结构中的位置。社会结构由两个基本层面构成：社会的经济基础与社会的上层建筑。马克思指出：

> 人们在自己生活的社会生产中发生一定的、必然的、不以他们的意志为转移的关系，即同他们的物质生产力的一定发展阶段相适合的生产关系。这些生产关系的总和构成社会的经济结构，即有法律的和政治的上层建筑竖立其上并有一定的社会意识形式与之相适应的现实基础。……随着经济基础的变更，全部庞大的上层建筑也或慢或快地发生变革。在考察这些变革时，必须时刻把下面两者区别开来：一种是生产的经济条件方面所发生的物质的、可以用自然科学的精确性指明的变革，一种是人们借以意识到这个冲突并力求把它克服的那些法律的、政治的、宗教的、艺术的或哲学的，简言之，意识形态的形式。[①]

按照马克思的观点意思，社会的经济基础是与一定的物质生产力相适应的、由社会关系的总和构成的、社会赖以生存和发展的现实物质基础。而在经济基础上则"耸立着由各种不同的、表现独特的情感、幻想、思想方式和人生观构成的整个上层建筑"[②]。上层建筑就是由经济基础影响和制约的各种制度及情感、信念、幻想、思想方式和世界观的总和，包括法律、政治、宗教、艺术、哲学等"意识形态的形式"。显然，文学作为语言艺术，其基本属性就在于"意识形态的形式"。文学作为意识形态的形式，一方面最终决定于社会的经济基础，另一方面，它对经济基础具有能动作用。

[①]　马克思：《〈政治经济学批判〉序言》，《马克思恩格斯选集》第 2 卷，人民出版社 1995 年版，第 32~33 页。

[②]　马克思：《路易·波拿巴的雾月十八日》，《马克思恩格斯选集》第 1 卷，人民出版社 1995 年版，第 611 页。

二、文学作为审美意识形态的形式

文学在意识形态中处在何种位置呢？意识形态的具体形式多种多样，简要地说，就有哲学、政治、法律、道德和审美等。关于审美意识形态，苏联文论家沃罗夫斯基早在 1905 年的《论高尔基》一文中就指出：

> 如果说政治的意识形态已经具有了完全符合工人运动的意义、方向和任务的明确的形式（马克思主义），那么，对于审美的意识形态，就还不能这样说。人类创作的这个领域，其实质是对生活作出诗意的反映，因此它对现实的反映往往最不准确，反映得也最不及时。具有一定阶级特征的艺术创作，只有在这个阶级本身已经显著地成长起来，并意识到自己的独立性的时候，才会产生出来。[①]

他在这里已明确地使用了"审美的意识形态"概念，把它同"政治的意识形态"区别开来；并且认为"其实质是对生活作出诗意的反映"，从而看到"审美的意识形态"具有自身的特殊"实质"。他期待无产阶级的"审美的意识形态"能够伴随这个阶级的"显著地成长"和"意识到自己的独立性"而逐步走向成熟。后来的苏联美学家阿·布罗夫对意识形态的形式作了分类，认为存在着"审美意识形态"："'纯'意识形态原则上是不存在的。意识形态只有在各种具体的表现中——作为哲学的意识形态、政治意识形态、法的意识形态、道德意识形态、审美意识形态——才会现实地存在。"[②] 这样的划分有一定的道理，当然还可以做进一步探讨。根据当代社会状况，还可以加上宗教意识形态、商品意识形态等意识形态的形式。可以说，审美意识形态是意识形态的多样形式之一，而文学正是这样一种审美意识形态的形式。

审美意识形态的形式，是指与现实社会生活密切缠绕的审美表现领域，其集中形态是人们的文学、音乐、戏剧、绘画、雕塑等艺术活动。审美意识形态在意识形态的形式中具有特殊性：它一方面被看做意识形态的富于审美特性的形式，但另一方面又渗透着社会生活以及其他意识形态的形式的因子，与它们复杂地纠缠在一起。因此，审美意识形态不是审美与意识形态的简单相加，而是指在审美表现过程中审美与社会生活状况相互浸染、彼此渗透的情形，这种

---

① ［苏］沃罗夫斯基：《马克西姆·高尔基》，袁维昭译，见《沃罗夫斯基论文学》，人民文学出版社 1981 年版，第 271 页。

② ［苏］阿·布罗夫：《美学：问题和争论》，凌继尧译，上海译文出版社 1987 年版，第 41 页。

情形表明，任何审美表现过程并不可能脱离特定的社会生活状况的最终支配。

在中国，把文学看成审美意识形态的形式，主要是 20 世纪 80 年代以来马克思主义文艺理论研究的成果。在"文化大革命"结束后，学者们面对的是"文学从属于政治""文学为政治服务"的僵化口号，面对"文学政治工具论"的尴尬，这在文论界可以说是一个"事件"。为了摆脱和纠正这种文学"政治工具论"的失误，引导文学健康发展，他们不约而同进行了深刻的反思，并对文学的本质特征进行了新的思考。他们要解决的是文学区别于非文学的关键是什么。当时学者们的思想大体上是一致的。童庆炳于 1981 年就发表文章，对别林斯基的"形象特征"论提出批评，认为这种理论导致思想加形象的简单公式，使文学陷入"为一般找特殊"和"席勒式"的图解政策条文的公式化、图解化的泥潭。他强调文学应反映整体的人的、美的、个性化的生活，而"审美"是文学区别于一般意识形态的特征。① 其后童庆炳又于 1982 年、1984 年提出"文学审美特征论""审美反映论"。② 钱中文则于 1987 年发表文章，直接提出"审美意识形态论"的观念，从多方面作出了论证，并说："文学作为审美的意识形态，是以感情为中心，但它是感情和思想认识的结合；它是一种自由想象的虚构，但又具有特殊形态的多样的真实性；它是有目的的，但又具有不以实利为目的的无目的性；它具有社会性，但又是一种具有广泛的全人类性的审美意识的形态。"③ 此外，王元骧、王向峰等学者都有这方面的论述。20 世纪 80 年代文学审美意识形态论的提出，已经充分考虑到文学是一种意识形态的形式；但同时又认为文学是人的情感评价，是个人的感性体验，是特殊的意识形态的形式，因此"审美意识形态"观念的发现是要在两者之间取得某种平衡。这一理论创新在多数学者那里达成了共识。

但真正把学者个人的"审美意识形态"理论探索成果吸纳进正式的高校文学理论教材并作为核心范畴运用，不能不说是 20 世纪 90 年代初才可能有的新尝试。基于 90 年代初以来高校文学理论研究和教学面临的新形势和新问题，"审美意识形态"才正式成为认识文学基本属性的一个核心范畴。运用"审美意识形态"范畴，正是要妥善处理三方面相互协调和融会的问题：一是如何继承和发展马克思主义中国化的理论成果，二是如何继承和革新本民族的文论

---

① 参见童庆炳《关于文学特征问题的思考》，《北京师范大学学报（社会科学版）》1981 年第 6 期。

② 参见童庆炳《文学与审美——关于文学的本质问题的一点浅见》，《文学审美特征论》，华中师范大学出版社 2000 年版，第 20～44 页；童庆炳《文学概论》上下卷，红旗出版社 1984 年版。

③ 钱中文：《文学是审美意识形态》，见《新理性精神文学论》，华中师范大学出版社 2000 年版，第 136 页。

传统，三是如何回应"语言论转向"以来西方当代种种文论思潮的挑战。这里不仅使用"审美意识形态"这一核心范畴，并且把它同 20 世纪 60 年代以来盛行的"话语"概念联系起来使用，进而将"话语"同我国古典"蕴藉"概念融合成为新的"话语蕴藉"概念（见本章第三节），这样做正是试图解决上述三方面的相互协调和融会问题。只有充分地继承和发展马克思主义中国化的理论成果，才有能力传承本民族文论传统和回应当代种种文论思潮的挑战；也只有积极而成功地传承本民族文论传统并回应当代种种文论思潮的挑战，特别是注重语言或文化的新潮文论的挑战，才可能真正坚持和巩固马克思主义中国化理论成果的主导地位。

　　文学作为审美意识形态的形式，是要在具体的语言组织中显示特定社会生活的种种情状。由字、词、句、段、篇等组成的具体文学语言系统，看起来只是一次远离社会生活的个体审美事件，但归根到底总是社会生活复杂的想象性再现。作为具有独创风格的小说家，老舍善于用语言刻画社会生活的丰富而又生动情状。第一，以俗语刻画民情风俗。《离婚》中，北京俗语如"瞎掰""傻佬""蘑菇""讪脸""敢情""吃劲"等的运用，活泼而亲切，洋溢浓郁的京味。《我这一辈子》如此形容贪官："告诉你一句到底的话吧，作老爷的要空着手来，满堂满馅的去，就好像刚惊蛰后的臭虫，来的时候是两张皮，一会儿就变成肚大腰圆，满兜儿血。"众多俗语的运用活灵活现地勾画出贪官的贪婪嘴脸。第二，以"俗白"达到传神效果。《我这一辈子》说："二十岁那年，我结了婚。我的妻比我小一岁。把她放在哪里，她也得算个俏式利落的小媳妇。在订婚以前，我亲眼相看的呀。她美不美，我不敢说，我说她俏式利落，因为这四个字就是我择妻的标准，她要是不够这四个字的格儿，当初我决不会点头。在这四个字里很可以见出我自己是怎样的人来。那时候，我年轻，漂亮，做事麻利，所以我一定不能要个犟牛似的老婆。"这段大白话朴素而真率地传达了主人公的生活价值观和自我感受。第三，用典也能写活人物。《离婚》中张大哥这样劝说嫌弃乡下妻子的老李："她也许不是你理想中的人儿，可是她是你的夫人，一个真人，没有你那些《聊斋志异》!"用"《聊斋志异》"讽刺老李的不切实际的思想状态，尖刻而不乏温情。由此不难约略地窥见老舍语言艺术的精妙处：俗语、俗白、用典等多种语言形象可以令人想象社会生活的丰富画卷。在这里，文学中的多种社会语言片段被作家按审美表现意图组织起来，有力地显示了社会生活状况（包括语言状况）的一个方面。这样的刻画无疑带有审美意识形态属性。

　　有些作品着力呈现审美的诗情画意，似乎难觅任何意识形态的蛛丝马迹。汪曾祺的小说《受戒》（1980）这样写道：

芦花才吐新穗。紫灰色的芦穗，发着银光，软软的，滑溜溜的，像一串丝线。有的地方结了蒲棒，通红的，像一枝一枝小蜡烛。青浮萍，紫浮萍。长脚蚊子，水蜘蛛。野菱角开着四瓣的小白花。惊起一只青桩（一种水鸟），擦着芦穗，扑鲁鲁鲁飞远了。

这一段文字能有什么意识形态属性？可以留心这里的独特语言特点：总共不足100字，却有17个停顿。其中，7字以上的停顿句只4个，而7字以下的则多达13个，可见短句占绝对多数。而在7字以下的短句中，6字句3个，5字句1个，4字句4个，3字句5个，可见3、4字句是主要的。为什么在这短短的一段里竟运用了如此密集的停顿？作家显然是着意于节奏效果的创造。整段的字句节奏是这样的：6字—6字—4字—3字—4字—5字—8字—3字—8字—3字—3字—4字—3字—11字—6字—4字—7字。字数时多时少，长短参差，表明叙述时快时慢，念起来产生类似古代长短句（词）之回环与宛转节奏，又如读了现代散文诗一样韵味十足。正是这样的节奏形象刻画，把人于不知不觉中带入一幅清新而明丽的江南水乡"风俗画"中。这样的审美感受一点不假，但我们也不妨想想，从20世纪80年代初语境看，这样的描写具有明显的意识形态意义：清新明丽的江南风俗画意味着与"文革"的"斗争哲学"这类过度强制的政治意识形态相疏离的别一种意识形态——审美意识形态。以"斗争哲学"为指导的"文革"时期文学创作，用过度强制的直露的政治意识形态取代了一向注重语言蕴藉的审美意识形态，违反文学创作的审美规律，致使文学创作陷入政治意识形态单纯的传声筒这一绝境；而汪曾祺这种似乎纯审美的刻画，一方面可以视为作家在创作上与上述强制的直露的政治意识形态相决裂的审美信号，另一方面这种审美信号本身也构成了新的意识形态的形式即审美意识形态，它意味着以一种新的审美意识形态去拆解一种旧的审美意识形态。

三、文学的审美意识形态属性的表现

文学的审美意识形态属性，是指文学的审美表现过程与意识形态相互浸染、彼此渗透的状况，表明审美中浸透了意识形态、意识形态巧借审美传达出来。具体地说，文学的审美意识形态属性表现在，文学成为具有无功利性、形象性和情感性的话语与社会权力结构之间的多重关联域，其直接的无功利性、形象性、情感性总是与深层的功利性、理性和认识性等缠绕在一起。如果从目的、方式和态度三方面来看，文学的审美意识形态属性表现为无功利性与功利

性、形象性与理性、情感性与认识性的相互渗透状况。

（一）无功利与功利

从目的看，文学的审美意识形态属性表现在，文学不带有直接功利目的，即是无功利的，但这种无功利本身也隐含有某种功利意图。无功利（disinterested，又译无利害），指人的活动不寻求实际利益的满足。而审美的无功利性（disinterestedness）表现在，审美并不寻求直接的实际利益满足。也就是说，在文学活动中，无论作家还是读者在创作或欣赏的状况中都没有直接的实际目的，并不企求直接得到现实利益。丹麦批评家勃兰兑斯（G. Brandes，1842—1927）举过一个例子说明文学的无功利性：

> 任何事物都可以从三方面去看——从实用角度去看，从理论上去看，从美学角度去看。对于一片树林，有人会问它是否有益于本地区的健康状况，树林的主人会估计它作为柴禾能值多少钱，这都是从实用观点去看它；植物学家对它生长的情况进行科学考察，这是从理论观点去看；如果一个人只想到它的样子，想到它作为景色的一部分所起到作用，他就是从艺术或美学观点去看。①

出于实际目的的人，自然关心森林如何带来物质财富；出于理论探究的人，为森林的科学研究价值所吸引；而出于文学观察的人（如诗人），则以"审美的或艺术的观点"深深地沉浸于森林外观的美景之中。显然，商人由此激发财富欲，科学家升起探索欲，这两种都是功利的；文学家则获得审美体验，这是无功利的。所以康德讲："那规定鉴赏判断的愉悦是不带任何利害的。""关于美的判断只要混杂有丝毫的利害在内，就会是很有偏心的，而不是纯粹的鉴赏判断了。"② 康德这一"审美无功利"说诚然存在忽视审美的某种功利性的偏颇，但毕竟有其合理的一面：审美在其直接性上是无功利的。由于是无功利的（即无利害的），文学才能是审美的。换言之，审美的正是无功利的。

文学的这种无功利性集中体现在作家的创作活动和读者的阅读过程中。刘勰《文心雕龙·神思》讲"是以陶钧文思，贵在虚静，疏瀹五藏，澡雪精神"，正是强调创作中要舍弃直接的功利考虑而以淡泊、宁静之心对待。朱熹在《清邃阁论诗》中认为，举世学诗者之所以难以出好诗，"只是心里闹不虚

---

① ［丹麦］勃兰兑斯：《十九世纪文学主流》第 1 卷，张道真译，人民文学出版社 1980 年版，第 146 ~ 147 页。

② ［德］康德：《判断力批判》，邓晓芒译，人民出版社 2002 年版，第 38 ~ 39 页。

静之故"，"心里闹如何见得"。这里的"心里闹"指功利考虑，"虚静"就是无功利之心。在朱熹看来，只有"虚静"或"心虚理明"才可能作出好诗。读者也需要保持无功利目的才能进入文学的审美世界："中国人看小说，不能用赏鉴的态度去欣赏它，却自己钻入书中，硬去充一个其中的脚色。所以青年看《红楼梦》，便以宝玉、黛玉自居；而年老人看去，又多占据了贾政管束宝玉的身分，满心是利害的打算，别的什么也看不见了。"① 所谓"满心是利害的打算，别的什么也看不见了"，是指读者抱有实际功利目的，致使无功利的审美距离消失，从而无法欣赏小说的美。这些似乎说明，文学总是无功利的。

但是，文学的无功利性背后又总是存在着某种功利（interested）。文学直接地是无功利的，但间接地或内在地却又隐伏着某种功利性（interestedness）。这一点可从文学作为作家和读者的社会话语活动、作为再现现实社会生活的话语结构两方面看。第一，作为作家和读者的话语活动，文学虽然与直接的功利目的无关，但间接地仍旧有深刻的社会功利性。这种功利性诚然不同于商人对森林财富的占有欲和科学家对森林科研价值的探究欲，但却显现为审美地掌握世界这一深层目的。这就是说，审美地掌握世界这一功利性深深地隐伏于无功利性内部。实际上，直接的无功利性正是为着达到间接的功利性。朱熹要求诗人"虚静"，目的正是"虚静而明"，即无功利的超然态度有助于真正明了事物之"理"。鲁迅要求读者不以宝玉或黛玉自居，而是用"赏鉴的态度去欣赏"，也是为着使读者能审美地把握"红楼"世界的人生意义。第二，作为再现现实社会生活的话语结构，文学的功利性在于，它把审美无功利性仅仅当做实现其再现社会生活这一功利目的的特殊手段。郭沫若指出："我承认一切艺术，虽然貌似无用，然而有大用存焉。"这里的"貌似无用"，即指表面上的无功利性，而"有大用"，则指实质上的功利性。文学的这种"大用"在于，它可以"唤醒社会"，"鼓舞革命"，即唤醒和鼓舞人民参与变革世界的实践。② 鲁迅说得更明白：文学"给人的愉快和休息是休养，是劳作和战斗之前的准备"③，也就是说，文学的无功利性是要实现强烈的功利目的。

文学虽然主要是具有无功利性，但它由于在其话语结构中显示了现实社会关系的丰富与深刻变化，因而间接地也体现出掌握现实社会生活这一功利意图。宋代苏舜钦《淮中晚泊犊头》："春阴垂野草青青，时有幽花一树明。晚

---

① 鲁迅：《中国小说的历史的变迁》，《鲁迅全集》第 9 卷，人民文学出版社 2005 年版，第 348 页。

② 郭沫若：《论国内的评坛及我对于创作上的态度》，《郭沫若全集》第 15 卷，人民文学出版社 1990 年版，第 228 页。

③ 鲁迅：《小品文的危机》，《鲁迅全集》第 4 卷，人民文学出版社 2005 年版，第 593 页。

泊孤舟古祠下，满川风雨看潮生。"据说黄庭坚非常欣赏此诗，多次书写成条幅。时人广为传颂。这一诗篇感动人心的力量，正来自于它对一个无功利的审美幻想境界的创造。张孝祥《念奴娇·过洞庭》：

> 洞庭青草，近中秋、更无一点风色。玉界琼田三万顷，著我扁舟一叶。素月分辉，银河共影，表里俱澄澈。悠然心会，妙处难与君说。

> 应念岭表经年，孤光自照，肝胆皆冰雪。短发萧骚襟袖冷，稳泛沧浪空阔。尽挹西江，细斟北斗，万象为宾客。扣舷独啸，不知今夕何夕。

这首词为作者因受谗罢官后自桂林北归途中所作，上下阕分别描写"表里俱澄澈"的洞庭湖景色和"肝胆皆冰雪"的个人高洁襟怀。这意味着原有的带有现实功利色彩的愁怀被暂时化解，变成了无功利的个人触景生情。不过，这种无功利的触景生情实际上在深层也有着功利目的在：个人的失意感怀被提升到中国文人的一种普遍精神的高度。

如此看来，文学是无功利的，但这种无功利又间接地指向某种功利。确切地说，无功利性是直接的，功利性是间接的，直接的无功利性总是实现间接功利性的手段。这一点正从目的层面显示了文学的审美意识形态属性。

（二）形象与理性

从方式看，文学的审美意识形态属性表现在，文学处处以形象感人，但也含有某种理性。形象，这里是指审美形象，即由文学的文本结构所呈现的富于意义的审美感性形态，它是文学的特有存在方式。与人们认识活动中的感性形象不同，审美形象既具有感性特征，同时又渗透想象、虚构或情感等精神过程，如黑格尔所说："在艺术里，感性的东西是经过心灵化了，而心灵的东西也借感性而显现出来了。"[①] 其次，与科学活动中的理性概念不同，文学中的审美形象总是假定的、不确定的或模糊的，而概念则是抽象的，要求确证、确定或明晰。如别林斯基所说："在真正诗的作品里，思想不是以教条方式表现出来的抽象概念，而是构成充溢在作品里的灵魂，像光充溢在水晶体里一般。"[②] 总之，文学是以形象（或称审美形象）这一形态存在的。

由于以形象形态存在，文学必然地表现为直觉方式。因为，形象往往只在

---

① ［德］黑格尔：《美学》第 1 卷，朱光潜译，人民文学出版社 1979 年版，第 49 页。

② ［俄］别林斯基：《谢内依达·P—的作品》（1843），见别列金娜选辑《别林斯基论文学》，梁真译，新文艺出版社 1958 年版，第 51 页。

直觉的瞬间才真正活现出来。简单说来，直觉是主体对于对象的不依赖概念而获得的瞬间领悟，在这里特指审美直觉。它是感性的而不是推理的，是直接的而不是间接的，是体验的而不是分析的。卡西尔指出："在科学中，我们力图把各种现象追溯到它们的终极因，追溯它们的一般规律和原理。在艺术中，我们专注于现象的直接外观，并且最充分地欣赏着这种外观的全部丰富性和多样性。"①

莫言的《四十一炮》这样夸张地纵情描写吃肉大赛：

> 我将第一块亲爱的肉送入了口腔，从另外的角度看也是亲爱的肉你自己进入了我的口腔。这一瞬间我们有点百感交集的意思，仿佛久别的情人又重逢。我舍不得咬你啊，但我必须咬你；我舍不得咽下你啊，但我必须咽下你。因为你的后边还有很多的肉让我吃啊，因为今天的吃肉不是往日的吃肉，往日的吃肉是我与肉的彼此欣赏和交流，是我全身心的投入，今日的吃肉带着几分表演几分焦虑，我无法做到心无旁骛，我尽量做到精力集中，肉啊，请你们原谅我吧，我尽量地往好里吃，让你们和我，让我们一起表现出吃肉这件事的尊严。第一块肉带着几分遗憾滑落进我的胃，像一条鱼在我的胃里游动。你在我的胃里好好地游动吧，我知道你有些孤独，但这孤独是暂时的，你的同伴很快就要来了。第二块肉像第一块肉一样，满怀着对我的感情我也满怀着对你的感情，沿袭着同样的路线，进入了我的胃，和第一块肉会合在一起。然后是第三块肉、第四块肉、第五块肉——肉们排着整齐的队伍，唱着同样的歌曲，流着同样的眼泪，走着同样的路线，到达同样的地方。这是甜蜜的也是忧伤的过程，这是光荣的也是美好的过程。

这里以第一人称叙述视角富于直觉地呈现出一幅食肉者的饕餮形象。但这种形象直觉中毕竟蕴藉着作家的一种理性推论：物质匮乏年代势必造成人性的如此畸形状况。在直觉中蕴含理性，正是审美形象的一个特征。

如此说来，文学是形象。但问题在于，文学是否就完全不依赖理性呢？理性，是由概念、判断和推理等所构成的思维过程，它通常被认为与形象方式相对。别林斯基问得好："难道艺术就不需要理智和思考力吗？"②

---

① ［德］卡西尔：《人论》，甘阳译，上海译文出版社 2004 年版，第 234 页。
② ［俄］别林斯基：《一八四七年俄国文学一瞥》，《别林斯基选集》第 2 卷，满涛译，时代出版社 1952 年版，第 417 页。

事实上，从意识形态角度看，文学仍然必须依赖理性。只不过，理性在这里是以特殊形式存在的。确实，无论作家创作还是读者欣赏都主要依赖形象方式，而理性难以直接发挥作用。但是，如果由此以为文学仅仅依赖形象便可进行，那就会大谬不然。因为，形象被置入文学、成为文学的直接存在方式，这本身就常常依赖另一种力量——这就是理性的力量。在创作中，理解时代的意识形态氛围，分析素材，构思主题、情节、人物关系，预测读者反应和批评界态度等，这些并非不重要的环节，却是时常掺杂作者的理性过程的，是可以凭理性去把握的。如果否定这一点，那就把文学创作视为绝对神秘或非理性的过程了。巴尔扎克根据批评界的意见修改《风俗研究》的写作设想便是一例。由于"公众的习惯势力"的冲击，"原先的计划进行不下去了"，他不得不在许多次冷静思考后作出改动。[①] 试想，作家倘是不借助于概念去分析而仍旧沉浸于创作的形象状态，这种修改绝不可能发生。

更进一步讲，文学的艺术形象本身就蕴含着某种理性。诚然，文学是由艺术形象构成的世界，但这一世界不是无理性的，而是蕴含理性的。艺术形象充满了活生生的感性直觉，这表面看来超越于理性过程之上，但实际上可能把人导引或提升到一个通常感性和理性都无法达到的至高的理性境界，在这里，人通过对艺术形象的品味而深切地领悟到自身的存在价值。

陶渊明《饮酒》："结庐在人境，而无车马喧。问君何能尔，心远地自偏。采菊东篱下，悠然见南山。山气日夕佳，飞鸟相与还。此中有真意，欲辨已忘言。"王维《鸟鸣涧》："人闲桂花落，夜静春山空。月出惊山鸟，时鸣春涧中。"《终南别业》："中岁颇好道，晚家南山陲。兴来每独往，胜事空自知。行到水穷处，坐看云起时。偶然值林叟，谈笑无还期。"这三首诗有一个共同的特色：表达出诗人有关归隐田园的理性意图。然而，这种理性意图却不是由哲学推理方式而是通过活生生的形象描绘去实现的。诗人归隐田园的理性意图往往隐藏在活的形象的审美直觉中。

可以说，不仅在文学创作和阅读过程中，而且在艺术形象本身中，理性都在起着微妙而重要的作用。这种作用集中表现在，它使文学的艺术形象终究服务于特定时代的人类生活。所以，文学是形象的，这是由文学直接的审美感性特征决定的；同时，文学又蕴含某种理性，即文学创作、阅读及形象本身都可能与某种间接的或深层的理性考虑有关，这是由文学的人类活动属性本身决定的。总之，文学是形象的，但在深层又具有某种理性。这是文学的审美意识形

---

① 参见［法］巴尔扎克《〈幻灭〉初版序》（1837），程代熙译，见王秋荣编《巴尔扎克论文学》，中国社会科学出版社 1986 年版，第 125 页。

态属性在表现方式层面的显现。

（三）情感与认识

从态度看，文学的审美意识形态属性表现在文学富于情感性，但也带有某种认识性。

文学是情感的。情感，这里指审美情感，是凝聚在审美形象中的主体态度，如好恶、喜怒、肯定与否定、欢乐与痛苦等。审美情感往往是一种超越个人利害得失而具有人类普遍性的情感。荣格说："我们已不再是个人，而是全体，整个人类的声音在我们心中回响。"[①] 同时，审美情感已不只是单纯情感而是情感的形式或形式的情感。卡西尔在谈到贝多芬第九交响曲时说："我们所听到的是人类情感从最低的音调到最高的音调的全音阶；它是我们整个生命的运动和颤动。"[②] 而且，更为重要的是，这种审美情感作为审美评价，又总是与前述审美无功利、审美形象相互渗透着，并通过它们而显现。雨果在《巴黎圣母院》中倾泻了浓烈的情感评价，但这又是借人物的行动、关系透露出来。吉卜赛姑娘埃斯美娜尔达是外美与内美的化身，敲钟人加西莫多外丑内美，卫队长法比斯外美内丑，主教克罗德外善内恶……这里的主观毁誉、褒贬态度并未直接陈述，但读者可以从对形象的直觉中体味出来。

问题在于，这里有没有理智的认识因素起作用呢？我们的回答是肯定的，即文学也是认识的。因为，文学作为意识形态，必然包含认识因素。认识在这里意味着客观的、理智的反映。文学不仅表达主观情感评价，而且也表达客观理智认识。诚然，这种认识往往并不直接呈现于审美形象世界中，但无可否认，它总是可以被归纳出来（尽管也许难以归纳穷尽）。《巴黎圣母院》的形象世界甚至也可以被抽象化为雨果本人的如下认识："丑就在美的旁边，畸形靠近着优美，粗俗藏在崇高的背后，恶与善并存，黑暗与光明相共。"[③]

在文学中，审美情感往往是直接的，而理智认识是间接的，前者中隐伏着后者。卞之琳《断章》："你站在桥上看风景，/看风景的人在楼上看你。//明月装饰了你的窗子，/你装饰了别人的梦。"这首诗描写了令人熟悉而又陌生的景观：人、桥、风景、楼、明月、窗子等是中国诗歌中经常出现的形象，但它们却出人意料地构成一种前所未有的新组合。你自以为是看的主体，却无意中成了被别人看的客体，从而你的主体与客体的身份区分不是绝对的或确定

---

① ［瑞士］荣格：《论分析心理学与诗的关系》，朱国屏、叶舒宪译，见叶舒宪选编《神话——原型批评译文集》，陕西师范大学出版社 1987 年版，第 101 页。

② ［德］卡西尔：《人论》，甘阳译，上海译文出版社 2004 年版，第 208 页。

③ ［法］雨果：《〈克伦威尔〉序言》，见《雨果论文学》，柳鸣九译，上海译文出版社 1980 年版，第 30 页。

的，而是相对的或可变的。同理，当你发现"明月装饰了你的窗子"时，你也许并不知道，此时正有一双别人的眼睛在欣羡地旁观你的感动状态，从而成为"别人的梦"的"装饰"物。"明月"是构成你的梦的客体形象，而"明月"下的"你"则又同时构成"别人的梦"中的另一客体形象了。无论"明月""你"还是"别人"都可能变换身份，或在同一时空中呈现为主客体双重身份。引申而言，你在人生中往往可能身不由己地同时充当主体和客体，表明你的人生不只是决定的而同时又是被决定的。这首诗就这样抒发了对人生的相对性或不确定性的怅惘之情，被涂抹上明显的审美情感基调。不过，这组渗透着诗人审美情感的画面其实也隐藏着对人生的冷峻的理智认识：人生总是相对的和不确定的。

这表明，文学的情感性和认识性应当联系起来考察。文学通过审美形象表现作者的主观评价态度，同时也表达其客观理智认识。在文学中，审美情感是直接的，理智认识则是间接的。直接的审美情感的深层往往隐伏着间接的理智认识。

以上三方面表明，文学作为审美意识形态的形式，在无功利、形象、情感中隐含功利、理性和认识。文学具有审美意识形态属性，这实际上告诉我们，文学的属性不是单一的而是双重的：审美与意识形态复杂地缠绕在一起。由此看，文学具备审美与社会的双重属性：既是审美的又是社会的。阿多诺的见解无疑有着合理成分："艺术的本质是双重的：一方面，它摆脱经验现实和效果网络即社会；另一方面，它又属于现实，属于这个社会网络。于是直接显示出特殊的美学现象：它始终自然地是审美的，同时又是社会现象的。"① 但需要进一步指出，在这种双重属性中，审美属性总是直接的和突出的，而社会属性则是间接的和隐蔽的。文学并不直接体现其社会属性，而总是保持自身的审美风貌。但是，保持审美风貌并不仅仅意味着超乎现实社会之上而升入纯审美之境，而可能同时意味着更充分和巧妙地体现社会属性。因为，文学正是在直接的审美风貌中呈现间接的社会属性。在这个意义上不妨说，正是由于自身特有的审美风貌，文学才能巧妙地体现出社会属性。在某些特殊情形下，文学愈是审美的，便往往愈能创造性地寄寓社会意图；反之也一样，文学愈具有社会性，便往往愈注意突出审美属性。真正成功的文学作品，总是善于把隐秘的社会意图掩藏或渗透在话语蕴藉及其生成的审美诗意世界中，并赋予这种话语蕴

---

① ［德］阿多诺：《美学理论》，伦哈特英译，伦敦、波士顿和墨尔本：鲁特尔奇与柯甘·保罗出版公司 1984 年版，第 358 页（T. W. Adorno, *Aesthetic Theory*, tr. by C. Lenhardt, London, Boston & Melbourne: Routledge & Kegan Paul, 1984, p. 358）。

藉及审美诗意世界以多重读解的可能性。文学的双重属性及其复杂性正在于此。

当然，文学的这种双重属性不能被简单地抽象出来，而总是存在于其特有的话语蕴藉之中。同时，上述双重属性也不只是文学独有的，其他艺术如音乐、电影、戏剧、绘画、书法等也具备。应当说，这种双重属性是一切艺术的共同属性。但文学的特殊性在于，在文学中，这种双重属性总是存在于其特有的具体语言组织所形成的话语蕴藉之中，并通过话语蕴藉显现出来。

第三节　文学的话语蕴藉属性

文学的审美含义及其更深的审美意识形态属性，终究要通过具体的读、写、听、说过程及其作品形态体现出来，这使得文学具有了话语蕴藉属性。

一、文学与话语

人们常说"文学是语言的艺术"，这当然没有错，因为文学正是由语言来构成的；不过，严格说来，在具体的文学活动中，文学却是以话语的方式存在的。

话语（discourse）是与语言、语言系统、言语和文本等存在联系和区别的概念。语言（language）是人类最重要的社会交际工具，话语则是其具体的社会存在形态。按瑞士语言学家索绪尔（Ferdinand de Saussure，1857—1913）的论述，语言可以进一步区分为语言系统（langue，或译语言、语言结构）和言语（parole）两种成分，前者指社会普遍性语法系统，后者指个人的实际语言行为。[①] "话语"，根据法国思想家福柯（Michel Foucault，1926—1984）等的研究，可以看做上述语言结构与言语结合而形成的更丰富和复杂的具体社会形态，是指与社会权力关系相互缠绕的具体言语方式。[②] "文本"，是供读者阅读的特定言语系统。以下实例中涉及的四种"话"，有助于领会这些概念的含义：

　　　　诗人朗诵诗应该用普通话。
　　　　轮到你朗诵你才说话。

---

① ［瑞士］索绪尔：《普通语言学教程》，高名凯译，商务印书馆1980年版，第28～37页。
② 参见［英］鲍德温等编《文化研究导论》，伦敦：欧洲普雷提斯霍尔出版社1999年版，第30～33页（See Elaine Baldwin and others, ed., *Introducing Cultural Studies*, London：Prentice Hall Europe, 1999, pp. 30－33）。

　　　现场听众都感觉你的话很有力量。

　　　这些话让人回味再三。

　　这四种"话"都属"语言"，是总体上的语言现象，但相互间存在微妙的差别："普通话"是指语言系统；"说话"是指个人言语；"现场听众都感觉你的话很有力量"是指与社会权力密切关联的、具有控制力的话语；"让人回味再三"的"这些话"是指文本。这提示我们，对于文学这种"语言艺术"，仅满足于运用笼统的语言概念进行分析是远远不够的，应当注意选取具体的语言概念如话语进行分析，以便揭示文学的丰富复杂内涵。

　　文学是一种话语。话语是特定社会语境中人与人之间从事沟通的具体言语行为，即一定的说话人与受话人之间在特定社会语境中通过文本而展开的沟通活动，包含说话人、受话人、文本、沟通、语境等要素。这就是说，话语意味着把讲述内容作为信息由说话人传递给受话人的沟通过程；而传递这个信息的媒介具有言语特性；同时，这种沟通过程发生在特定社会语境中，即与其他相关性言语过程、与说话人和受话人的具体生存境遇具有联系。文学正是这样一种话语，不过，与哲学、科学等其他话语相比，文学话语有自己的特殊性。

　　文学作为具有审美属性的语言艺术，是特定社会语境中人与人之间从事沟通的话语行为或话语实践。把文学不是简单地看做语言或言语，而是视为话语，正是要突出文学这种"语言艺术"的具体社会关联性、与社会权力关系的紧密联系。英国文学理论家伊格尔顿指出：

　　　　我的观点是，最有用的就是把"文学"视为人们在不同时间出于不同理由赋予某些种类的作品的一个名称，这些作品处于被米歇尔·福柯称为"话语实践"（discursive practice）的整个领域之内；如果有什么确实应该成为研究对象的话，那就是这一整个实践领域，而不仅仅只是那些有时被颇为模糊地标为"文学"的东西。①

他反对那种把文学看做个人语言形式的理论，而明确地主张文学是一种"话语"——确切点说，是一种置身在更广阔的语境（in a wider context）中的完整的"话语实践"领域。② 这表明，把文学视为话语或话语实践，主要目的不

---

　　① ［英］特雷伊格尔顿：《二十世纪西方文学理论》，伍晓明译，北京大学出版社 2007 年版，第 179 页。

　　② ［英］特雷伊格尔顿：《二十世纪西方文学理论》，伍晓明译，北京大学出版社 2007 年版，第 179 页。

是仅仅突出文学的语言形式，而是强调这种语言形式本身正处在完整的社会生活过程的相互作用中。

在我们看来，来自福柯的"话语"和"话语实践"概念，应当按照马克思主义的社会实践与意识形态观点加以改造。意识形态概念本身就可以被视为与"话语"及"话语实践"密切关联的概念。伊格尔顿指出："我用'意识形态'约略地意指我们所说和所信仰的东西与我们居于其中的社会权力结构和权力关系相联系的种种方式（ways）。"① 这里的"所说和所信仰的东西"正是指"话语"，而它们与"我们居于其中的社会权力结构和权力关系相联系的种种方式"的关系正构成"话语实践"。可以说，意识形态是话语与现实社会生活的复杂联结场，是指人们的社会话语与人们所身处其中的现实社会关系的具体而又复杂的联结方式。这样的意识形态概念包含两方面内容：第一，它是人们所说所写的话语；第二，这种话语与现实社会生活之间存在紧密联系。

这样，文学作为"话语"，就应当被理解为一种以"审美意识形态"方式运行的社会实践。当诗人或小说家精心组织自己的文学作品，要在特定读者群体中造成强烈的感染效果，以便实现自己在想象中调整社会权力关系的意图时，他实际上就是在从事一种"话语实践"。而相应地，读者阅读文学文本，也是为了在想象中调整自己的现实存在状况，这同样也是在从事"话语实践"。路遥的《平凡的世界》这样写孙少平阅读《钢铁是怎样炼成的》的心得："保尔·柯察金，这个普通外国人的故事，强烈地震撼了他幼小的心灵。……他突然感觉到，在他们这群山包围的双水村外面，有一个辽阔的大世界。……不管什么样的人，或者说不管人在什么样的境况下，都可以活得多么好啊！在那一瞬间，生活的诗情充满了他十六岁的胸膛。"联系主人公后来的行动看，他并非只是在读小说，而是在从中领悟和筹划改变人生的实践方略，相当于从事"话语实践"。

文学作为话语，至少包含如下五个要素：（1）说话人，是体现在文本中的叙述者或抒情者角色和作家因素，这是话语活动的两个主体之一；（2）受话人，是阅读文本的接受者角色和读者因素，这是话语活动的另一主体；（3）文本是供阅读以便达到沟通的特定言语系统（有时也称话语系统），这是话语活动的符号形式；（4）沟通，是说话人与受话人之间通过文本阅读而达到的相互了解或融洽状态，这是话语活动的目的；（5）语境（context，又译上下文），是说话人和受话人的话语行为所发生于其中的特定社会关联域，包括具体语言环境和更广泛而根本的社会生存环境。还可以列出一些要素，但上述五

① ［英］特雷伊格尔顿：《二十世纪西方文学理论》，伍晓明译，北京大学出版社2007年版，第14页。

要素是必不可少的。例如宋代王安石的名诗《泊船瓜洲》："京口瓜洲一水间，钟山只隔数重山。春风又绿江南岸，明月何时照我还。"正在阅读这首诗的我们是"受话人"；我们从阅读中所"发现"的那位述说自己泊船瓜洲时的感触的抒情主人公正是"说话人"；我们用以阅读的、或"说话人"用以传递感触的符号形式正是"文本"，即具有一定结构的语词和语词构成的句子单元——七言绝句形式；我们通过这种文本阅读得以领会这位"说话人"当时的情怀（如对"春风""明月"的喜爱与眷恋等），这可以说是跨越时空距离的"沟通"；这种"沟通"过程并不是孤立的，而是依赖于或受制于特定的"语境"，如与相关的语言作品的联系、个人的语言风格、民族语言乃至总体的文化背景等。至少，无论是说话人还是受话人，都只有或多或少懂得这四句诗的语言背景、语词运用规律及含义等，沟通才能实现。

　　至于"语境"的作用，还可从如下一句话的运用得到说明。我们平时说："你放着吧！我来。"可以言简意赅地实现相互沟通。但在《祝福》里，效果就不一样了：当祥林嫂捐了土地庙门槛后安然地参加祭祖仪式时，四婶突然喊出："你放着吧！祥林嫂。"祥林嫂刹那间像是"受了炮烙似的缩手，脸色同时变作灰黑……第二天，不但眼睛凹陷下去，连精神也更不济了"。再后来是头发变白，记忆变坏，遭辞退，成乞丐，最后死于风雪中。说话人四婶说出的这句似乎简单平常的话（即文本），何以给受话人祥林嫂以如此巨大的打击，也给读者以特殊冲击？单从这句话的文本结构入手是无法回答的，而必须将这一文本纳入特定社会语境中去领会。祥林嫂由于两次丧夫并失子而被视为不干净之人，不配祭祖。在她捐门槛作替身后满以为有资格摆福礼时，四婶的话无疑如晴天霹雳，彻底击碎了她的再生希望，自此便痛苦倍增，每况愈下。可见，正是在这一特定社会语境中，这句话（文本）才会产生异乎寻常的强烈效果。同理，读者也正是在叙述人精心编织的这个语境中听到这句话，才产生强烈的反响（如憎恨旧礼教、同情被压迫者的命运等）。

　　文学作为包含五要素在内的话语行为，正体现了文学的基本属性：它绝不只是个人所有物，而是人与人之间的社会活动；绝不只是个人言语行为，而是人与人之间的社会话语实践。正如鲁迅所说："文艺家的话其实还是社会的话，他不过感觉灵敏，早感到早说出来。"①

二、文学与话语蕴藉

　　文学作为话语，与日常话语、哲学话语、政治话语、科学话语、新闻话语

---

　　①　鲁迅：《文艺与政治的歧途》，《鲁迅全集》第 7 卷，人民文学出版社 2005 年版，第 118 页。

等一般话语不同，具有"蕴藉"特点，从而具体地表现为话语蕴藉。

　　话语蕴藉概念，是将现代"话语"概念与我国古典文论术语"蕴藉"相融合的结果。"蕴藉"（又写做"酝藉"或"蕴籍"），来自中国古典文论。"蕴"原意是积聚、收藏，引申而为含义深奥；"藉"原义是草垫，有依托之义，引申而为含蓄。这样，"蕴藉"在用于品评人物时，多指人物品性的宽容和富于涵养。而在文学艺术领域，它是特指汉语文学作品中那种意义含蓄有余、蓄积深厚的状况。刘勰《文心雕龙·定势》在分析文体问题时指出："综意浅切者，类乏酝藉。"即那些命意浅显直切的作品，大都缺乏"酝藉"。他明确地把"酝（蕴）藉"作为评价文学作品成就的重要标准之一。在《文心雕龙·隐秀》中，他又论述了"文外之重旨"和"以复意为工"现象，其"重旨"和"复意"意思相近，都指文学或文章在直接意义之外还蕴含或隐含有其他重要意义，话里有话。他甚至强调"深文隐蔚，余味曲包"，意义深刻的文章总是显得文采丰盛，而把不尽的意味曲折地包藏其中，在他看来，这样的文章才能"使酝藉者蓄隐而意愉"，令喜好"酝藉"的读者阅读"酝藉"之作而充满欣喜。宋元之际的张炎在《词源·杂论》中这样评价元好问词："深于用事，精于炼句，有风流蕴藉处，不减周、秦。"他赞赏的好词是既"风流"（风采神韵）又"蕴藉"，不减当年周邦彦和秦观的风采。清初文学家贺贻孙在《诗筏》中更进一步主张"诗以蕴藉为主"，把蕴藉提高到文学创作的头等重要地位。他指出："诗以蕴藉为主，不得已而溢为光怪尔。蕴藉极而生光，光极而怪生焉。李、杜、王、孟及唐诸大家，各有一种光怪，不独长吉称怪也。怪至长吉极矣，然何尝不从蕴藉中来。"在他看来，李白、杜甫、王维、孟浩然和李贺等唐代大诗人的诗作，之所以各有一种光彩和奇妙，恰恰是由于把"蕴藉"放在头等重要地位。能"蕴藉"而后生"光怪"，可见"蕴藉"具有十分重要的地位。他又认为："所谓蕴藉风流者，惟风流乃见蕴藉耳；诗文不能风流，毕竟蕴藉不深。"这里他像张炎那样把"蕴藉"与"风流"（风采神韵）联系起来，更突出地强调二者的相互依存关系。王夫之《古诗评选》卷五在评及江淹的诗时称赞其"蕴藉"："寄意在有无之间，慷慨之中自多蕴藉。"赵翼《瓯北诗话》也以"蕴藉"为标准，高度赞扬李白的《黄葛篇》《劳劳亭》和《春思》等古乐府诗"皆酝藉吞吐，言短意长，直接《国风》之遗"，认为这些诗写得出色，言短意长而有《国风》之风味。刘熙载在《艺概·词曲概》中也把"蕴藉"作为评价诗词成就的一个重要标准："东坡《满庭芳》'老去君恩未报，空回首弹铗悲歌'，语诚慷慨，然不若《水调歌头》'我欲乘风归去，又恐琼楼玉宇，高处不胜寒'，尤觉空灵蕴藉。"他把"蕴藉"与"空灵"连用，显然是称赞苏轼的《水调歌头》词句具有含蓄有余、容量广阔而深厚的特点。这些表明，"蕴藉"是中国古典文论的一个常用概念，强调汉语文学的语言与意义应当蕴蓄深厚、余味深长。

在考察文学话语的特点时，蕴藉是个有用的概念。蕴藉可以被赋予较为宽泛因而更具包容性的含义：一种内部包含或蕴含多重复杂意义，从而产生多种不同理解可能性的话语状况。这样，蕴藉就可以用来描述文学话语的如下特殊状况：文学总是以一定的话语形态去蕴含多重复杂意义，或是把多重复杂意义蕴含在一定的话语形态之中。所以，文学直接地就总是以话语蕴藉的形态而存在。而无论是作者还是读者，都只能通过这种话语蕴藉而参与到文学活动之中，只不过，作者主要创造话语蕴藉，而读者则力求阅读和理解作者创造的这种话语蕴藉。

可以说，话语蕴藉是指文学活动的蕴蓄深厚而又余味深长的语言与意义状况，表明文学作为社会话语实践蕴含着丰富的意义生成可能性。进一步看，文学作为话语蕴藉，有两层意思：

第一，整个文学活动带有话语蕴藉属性。我们已知，文学活动是由创作、作品、接受和批评等环节组成的整体，无论其中心任务或目的如何，都必须依据具体的语言活动构成的话语系统。从创作看，任何表达意图、任何社会权力关系的纠缠都必须蕴含到话语系统中，通过话语系统去显现。从阅读和批评看，处于社会语境中的读者对文学意义和属性的任何理解，都必须根据这种话语蕴藉。总之，文学活动作为处于特定社会"语境"中的"说话人"与"受话人"通过"文本"而展开的"沟通"过程，其五要素（说话人、受话人、文本、语境和沟通）无一不是存在于话语系统中，由话语系统蕴藉而成。可以说，离开话语系统的蕴藉便不存在文学活动。文学活动作为话语蕴藉，主要是指文学的属性和意义存在于特定话语系统的创作和接受过程中，仿佛具有无限的生成与阐释可能性。例如，对同一种文学创作（生产）或文学接受（消费）活动，处于不同社会语境中的人们可以发掘出不同的意义来。

第二，在更具体的层次上，被创造出来以供阅读的特定文本带有话语蕴藉属性。文本，即有待于阅读的具体对象，毫无疑问是由话语系统（语词、句子、意象、音调、风格等的复合体）的蕴藉构成的。以后章节中将要论述的抒情人、叙事人、典型、意境、意象等都是这样蕴藉于文本中的。可以说，离开话语系统的蕴藉便无所谓文本。文本作为话语蕴藉，则是指文本内部由于话语的特殊组合仿佛包含有意义生成的无限可能性。这就是说，文本是特定的，但文本的意义似乎是无限丰富的。

当然，这两层意思在文学中是统一起作用的，不便分开。整体的文学话语蕴藉活动需要沉落为具体文本的话语蕴藉，而文本的话语蕴藉也应当纳入完整的社会话语蕴藉实践中去阐明。

　　文本中的话语蕴藉是十分普遍的现象。有时看来用得平常的词语，也有可能蕴藉着普通话语所没有的丰富意蕴。不妨看看唐代诗人王之涣的《登鹳雀楼》："白日依山尽，黄河入海流。欲穷千里目，更上一层楼。"这首诗描绘了诗人登临鹳雀楼的体验：太阳依凭着远处的山峰落下去了，黄河朝向大海奔流；要敞开千里眼界，再登上一层楼吧！这里，"更上一层楼"的"更"值得注意。它是否用得极好呢？要判断这一点并不难：我们不妨按相同意思换用别的字试试。用"再"如何？意思相近，道出了"重复上楼"这一动作，但显然力度差远了。再换成"又"如何？这与"再"的效果相当，也只表明了重复上楼的动作，而未能传出更深意蕴。换"需"字，只是表达了一种客观上的需要或要求，而未能传达出主体的主动性、自觉性。而"要"字也是如此。可以说，换用任何别的字都不如"更"字妙。"更"字已是不可换的、非用不可的了。它妙在哪里？从全诗看，"更"字至少可以表达出如下三层（重）意义：一是再次登楼，指登楼动作在数量上由一向多地重复增加，比喻人生行为的重复出现；二是继续登楼，指登楼动作在质量上由低到高地逐层增加，比喻人生境界继续提升；三是永远不断地继续向上登楼，指登楼动作无论在数量上还是在质量上都连续不断和永不停止，比喻人生境界永远不断的提升。第一层意义可视为基本而平常的意义，用"又""再"或"重"字就足够了。但如果这样的话，这首诗就无多少意味可言了。需要找到一个字，它不仅能传达上述平常意义，而且能由此生发或发掘出更深和更高层次的意义来。正是一个"更"字，聚合了登楼可能体现的三重意义，使得这一平常动作竟能同至高的人生境界追求紧紧地联系起来，从而使诗人的登楼体验能越出平常的同类体验而生发、开拓出远为丰富而深长的意义空间。这三层意义确实也只有"更"字才能完满地承担起来。难怪历代诗人、作家都注重语言组合，有的还追求"炼字"。炼字虽然讲究新奇，但更注重准确、传神而又意味深长。清代李渔《窥词管见》指出："琢句炼字，虽贵新奇，亦须新而妥，奇而确。妥与确总不越一理字。欲望句之惊人，先求理之服众。"他强调炼字应当追求新颖与妥当、奇异与准确的统一，使表达趋于合"理"。由此也可以看出，炼字的目的还在炼意。清人赵翼在《瓯北诗话》卷六指出："知所谓炼者，不在乎奇险诘曲，惊人耳目，而在乎言简意深，以一语胜人千百，此真炼也。"①炼字并不只求新奇或奇异，而是要"言简意深"，造成丰富的话语蕴藉效果。

---

　　①　有关《登鹳雀楼》的分析，参见王一川在《文学概论》（童庆炳主编，武汉大学出版社2000年版，第157~158页）中撰写的相关部分。

三、话语蕴藉的典范形态

进一步看，文学的话语蕴藉特点常常更具体地体现在两种较为典范的文本修辞形态中：含蓄和含混。

含蓄是文本的话语蕴藉的典范形态之一，指在有限的话语中隐含或蕴蓄仿佛无限的意味，使读者从有限中体味无限。用清代沈祥龙在《论词随笔》中的话说，就是"含蓄者意不浅露，语不穷尽，句中有馀味，篇中有馀意"。换言之，就是以少寓多、小中蓄大，令读者品味再三。唐代王昌龄有《长信宫词》："奉帚平明金殿开，暂将团扇共徘徊。玉颜不及寒鸦色，犹带昭阳日影来。"这首诗虽写失宠于汉成帝的宫妃班婕妤的痛苦生活，却对此未置一词，而是巧借宫妃的一个动作含蓄地表现出来：她在寒秋清晨仍舞动着一把合欢团扇，使人感到是在期冀君恩再度降临；她感觉自己的美丽容颜尚不及那带东方日影而来的寒鸦的颜色，表明已意识到自己的命运不如寒鸦。诗人直接写出的很少，却能让读者从字里行间感到宫妃的无限幽怨之情和深广痛苦。正如清代沈德潜在《唐诗别裁》卷19中所评论的那样，这首诗"优柔婉丽，含蕴无穷，使人一唱而三叹"。叶燮甚至把含蓄视为诗之至境："诗之至处，妙在含蓄无垠，思致微渺，其寄托在可言不可言之间，其指归在可解不可解之会，言在此而意在彼，泯端倪而离形象，绝议论而穷思维，引人于冥漠恍惚之境，所以为至也。"[①] 再比如在鲁迅小说《阿Q正传》中，阿Q这个小人物的命运似乎就包含道不尽的"思想"：一是中国国民性的痼疾；二是辛亥革命失败的深刻历史教训；三是辛亥革命时期农村各阶层状况；四是农民革命的必然性和盲目性；五是"阿Q相"触及灵魂的作用；六是鲁迅作为思想家的睿智、人道主义的情怀和爱国的赤诚等。读者只有体验到作品形象中如此丰富的意蕴，才能深刻地了解什么是半殖民地半封建的中国，才能真切地感受中国人曾有过怎样苦难的人生。

含混（也称歧义、复义或多义），是文本的话语蕴藉的典范形态之一，指看似单义而确定的话语蕴蓄多重不确定意义，令读者回味无穷。换言之，读者阅读文本时可能感到其中含蕴着多重不同意义，有多种"读法"。杜甫《江汉》诗中有两句："落日心犹壮，秋风病欲苏。"虽然其语词和声音是恒定不变的，却蕴藉着三种意义。前一句，由"落日"与"心犹壮"的组合可以引申出三种意义：其一，"虽然我的心已如落日，但它仍

---

① （清）叶燮：《原诗·内篇》，见霍松林等人校注《原诗·一瓢诗话·说诗晬语》，人民文学出版社1979年版，第30页。

然强壮", 这是相似而相反; 其二, "我的心不像落日, 它仍然强壮", 这是相反; 其三, "在落日中, 心仍然强壮", 这是将"落日"释为"心犹壮"的时空条件。同理, 后一句就"秋风"与"病欲苏"的组合可以产生三种释义: 其一, "虽然我的病已如秋风, 但它会很快痊愈的", 这是相似而相反; 其二, "我的病不像秋风, 它会很快痊愈的", 这是相反; 其三, "在秋风中, 病将要痊愈", 这是表时空关系。① 这里, 同一文本话语系统却蕴藉着多重不尽相同的意义, 由此不难见出话语系统丰富的意义生成潜能。徐志摩的《偶然》说: "我是天空里的一片云, /偶尔投影在你的波心——/你不必讶异, /更无须欢喜——/在转瞬间消灭了踪影。//你我相逢在黑夜的海上, /你有你的, 我有我的, 方向; /你记得也好, /最好你忘掉/在这交会时互放的光亮!"这里的我与你、天空与海、云与波、忘掉与交会等多重形象, 可能向各有其经历的读者开放出各自的"偶然"含义, 可谓高度简约, 少中含多。

比较而言, 含蓄突出的是表达上的"小"中蓄"大", 含混偏重的是阐释上的"一"中生"多"。不过, 两者在实质上是一致的: 共同揭示出文学文本的话语系统具有丰富的意义生成可能性即话语蕴藉特性。当然, 文学的话语蕴藉特性实际上具有远为丰富与复杂的形态, 这里只是简要列举而已。

上面分析表明, 文学诚然与社会生活、社会权力关系具有多方面的复杂联系, 但都只能以话语蕴藉这一特定形态表现出来, 都只能蕴含在话语的含蓄或含混的意义空间中, 无法离开这种话语蕴藉而独立存在。不妨借用清代姚鼐《与石甫侄孙》的话说: "文章之精妙不出字句声色之间, 舍此便无可窥寻矣。"如果忽略了这一点, 就可能错误地把文学与社会生活事件简单地等同起来。如果离开了话语蕴藉, 便不存在文学了。

在如上讨论的基础上, 可以提出如下文学定义: 文学是一种语言艺术, 是话语蕴藉中的审美意识形态。当然, 这并不意味着唯一正确的或最后的定义, 而不过是我们采用的关于文学属性的一种操作性界说而已。当前学术界存在其他不同界说也是正常的。随着文学活动及有关它的认识的演进, 文学可能会显示新的面貌来, 而人们的认识也将随之改变。

复习要点

[基本概念]

文学的含义　　意识形态的形式　　话语　　话语蕴藉　　审美意识形态

---

① 参见 [美] 高友工、梅祖麟《唐诗的魅力》, 李世耀译, 上海古籍出版社 1989 年版, 第 127 ~ 128 页。

文学

[**思考问题**]

1. 文学有哪两种含义？现在通行的文学含义是什么？

2. 怎样理解文学的一般意识形态性质？

3. 怎样理解文学的审美意识形态属性？

4. 什么是话语蕴藉？怎样理解文学的话语蕴藉属性？试结合具体作品加以说明。

[**推荐阅读文献**]

1. 鲁迅：《魏晋风度及文章与药及酒之关系》，《鲁迅全集》第 3 卷，人民文学出版社 2005 年版。

2. ［美］韦勒克：《文学理论》第十二章"文学作品的存在方式"，刘象愚等译，江苏教育出版社 2005 年版。

3. ［英］特雷·伊格尔顿：《二十世纪西方文学理论》"导言：文学是什么"，伍晓明译，北京大学出版社 2007 年版。

第五章　社会主义时期的文学活动

文学作为人类所特有的一种审美活动，不存在某种先验的、固定不变的模式，而是在不同时空中具有不同的性质、特点和规律。社会主义时期的文学活动是文学活动历史发展的一个重要阶段。它既有与其他历史阶段的文学活动共有的特点，又有自己所特有的新质。

第一节　社会主义时期文学活动的基本属性

社会主义是人类发展史上出现的一种崭新的社会制度。从它的概念的诞生，经过了从空想到科学、从理论到实践、从一国实践到多国实践发展的 500 年的历史过程，还将经过一个相当长的历史阶段。社会主义社会本身的性质和发展规律，直接或间接地影响文学活动的发展，决定着文学活动在这个历史阶段中必将出现一些新的属性，并对整个世界文学活动的未来发生影响。近一个世纪的文学实际表明，社会主义时期文学活动的基本属性，概括起来主要有以下两点。

一、社会主义的意识形态性

文学活动是一种社会现象，属于建立在一定社会经济基础之上的上层建筑，是一种审美意识形态。社会主义时期的文学活动，是建立在社会主义经济基础之上的上层建筑，社会主义的意识形态性是它的最一般的社会属性。由于社会主义社会的经济基础与上层建筑的关系同奴隶社会、封建社会、资本主义社会有着不同的性质和特点，因而作为属于社会主义时期意识形态范畴的文学活动，也就有了自己新的规定性。毛泽东说："在社会主义社会中，基本的矛盾仍然是生产关系和生产力之间的矛盾，上层建筑和经济基础之间的矛盾。不过社会主义社会的这些矛盾，同旧社会的生产关系和生产力的矛盾、上层建筑和经济基础的矛盾，具有根本不同的性质和情况罢了。"[①] 社会主义社会是从

---

① 毛泽东：《关于正确处理人民内部矛盾的问题》，《毛泽东文集》第 7 卷，人民出版社 1999 年版，第 214 页。

资本主义社会到共产主义社会之间的漫长的历史过程，它中间要经过若干发展阶段，而且在不同的国家和不同的发展阶段还有许多不同的特点。我国目前正处于并还将在较长一段时期处于社会主义初级阶段，它从根本性质上不同于过去以私有制为基础的社会制度。第一，建立了以公有制为主体、多种所有制经济共同发展的基本经济制度。第二，建立了以按劳分配为主体、多种分配方式并存的分配制度。第三，以经济建设为中心，逐步建立起了社会主义市场经济体制。第四，在政治制度上，坚持和完善人民代表大会制度，实行中国共产党领导的多党合作和政治协商制度，民族区域自治制度以及基层群众自治制度。第五，坚持中国特色社会主义经济建设、政治建设、文化建设、社会建设、生态文明建设的基本目标和基本政策构成的基本纲领。这些客观存在着的社会主义初级阶段的历史条件和文化环境，决定着我国社会主义时期文学活动的基本性质和主要特征。

第一，马克思列宁主义、毛泽东思想和有中国特色社会主义理论体系是我国社会主义时期文学活动的指导思想。这是区别社会主义意识形态性和非社会主义意识形态性的首要标志。列宁在十月革命后曾指出："现代历史的全部经验，特别是《共产党宣言》发表后半个多世纪以来世界各国无产阶级的革命斗争，都无可争辩地证明，只有马克思主义的世界观才正确地反映了革命无产阶级的利益、观点和文化。"① 列宁多次强调，马克思主义是建设社会主义新文化的指导思想。毛泽东在提出和阐明新民主主义文化的性质、任务和特征时，也明确指出："所谓新民主主义的文化，就是人民大众反帝反封建的文化；在今日，就是抗日统一战线的文化。这种文化，只能由无产阶级的文化思想即共产主义思想去领导，任何别的阶级的文化思想都是不能领导了的。"② 五四运动以后的中国现代文学，正是由于马克思列宁主义的指导，才"从思想到形式（文字等），无不起了极大的革命"③。新中国成立以来半个多世纪的实践，特别是中国共产党十一届三中全会以来的实践反复证明，我国社会主义时期的文学活动，只有坚持马克思列宁主义、毛泽东思想和有中国特色社会主义理论体系的指导，才能取得更大发展和繁荣；反之，社会主义的文学活动就受到挫折或失败。

第二，坚持工人阶级及其先锋队共产党的领导地位。我们是社会主义国家，中国共产党是中国特色社会主义事业的领导核心。党的正确领导，这是社

---

① 列宁：《关于无产阶级文化》，《列宁选集》第 4 卷，人民出版社 1995 年版，第 299 页。
② 毛泽东：《新民主主义论》，《毛泽东选集》第 2 卷，人民出版社 1991 年，第 698 页。
③ 毛泽东：《新民主主义论》，《毛泽东选集》第 2 卷，人民出版社 1991 年，第 697～698 页。

会主义时期一切文学活动得到发展的根本保证。社会主义时期的文学活动，是中国共产党领导的整个社会主义事业的一部分。列宁说过，对于社会主义无产阶级，写作事业（即包含文学事业）不能是个人或集团的赚钱工具，而且根本不能与无产阶级总的事业无关的个人事业。"写作事业应当成为整个无产阶级事业的一部分，成为由整个工人阶级的整个觉悟的先锋队所开动的一部巨大的社会民主主义机器的'齿轮和螺丝钉'。写作事业应当成为社会民主党有组织的、有计划的、统一的党的工作的一个组成部分。"① 毛泽东在延安文艺座谈会上的讲话，进一步强调革命文艺是党所领导的整个革命事业不可缺少的一部分。进入社会主义现代化建设的新时期，中国共产党一直把文艺工作看做是党的工作的一个重要部分，要求一切文学活动服务于党在社会主义初级阶段的基本路线，并把对实现四个现代化是有利还是有害，看做是衡量一切工作（包括文艺工作）的最根本的是非标准。马克思、恩格斯说："支配着物质生产资料的阶级，同时也支配着精神生产的资料……占统治地位的思想不过是占统治地位的物质关系在观念上的表现，不过是以思想的形式表现出来的占统治地位的物质关系。"② 社会主义国家的执政党——共产党既支配着社会物质资料，全面领导着物质生产建设，又支配着精神生产资料，领导着社会主义物质文明、政治文明、精神文明、社会文明、生态文明建设。党的正确领导，决定着社会主义时期文学活动的性质、任务和方向。当然，党对文艺事业的领导，不是单纯用行政方式发号施令，不是随意干预作家的创作，不是要求文艺从属于临时的、具体的、直接的政治任务，而是要根据文学的特征和规律，帮助文艺工作者不断在实践中提高思想和艺术水平，充分发挥自己的聪明才智和独创性，努力创作出无愧于我们伟大时代、伟大人民的优秀作品。

第三，维护和巩固社会主义经济基础。社会主义时期的文学活动，作为社会主义上层建筑的审美意识形态，它对自己的经济基础绝不是漠不关心的。如果它不为社会主义经济基础和建设中国特色社会主义的宏伟目标服务，那它就会丧失其社会主义意识形态的属性。作为社会主义意识形态的文学活动，它的上层建筑性质，决定了它对维护和巩固社会主义经济基础的功能和作用。当然，文学活动同经济基础、同社会物质生活活动并不是直接发生联系，而是通过许多中介而发生间接联系的。它与政治、伦理、哲学等意识形态相互渗透，相互作用，共同为巩固和发展社会主义经济基础服务。在反动统治的黑暗社会

① 列宁：《党的组织和党的出版物》，《列宁选集》第 1 卷，人民出版社 1995 年版，第 663 页。
② 马克思和恩格斯：《德意志意识形态》，《马克思恩格斯选集》第 1 卷，人民出版社 1995 年版，第 98 页。

中，进步的、革命的文学活动与现存制度的关系是矛盾的、对抗的，其主要社会功能具有批判性、否定性。如恩格斯所说，一部具有社会主义倾向的小说，它的重要历史使命，就是要通过对现实关系的真实描写，"来打破关于这些关系的流行的传统幻想，动摇资产阶级世界的乐观主义，不可避免地引起对于现存事物的永恒性的怀疑"①。在社会主义制度基本建立的历史条件下，一部具有社会主义倾向的文学作品对新生的社会主义制度的关系，一反在资本主义制度下的批判、怀疑和否定性的功能，而是积极地为巩固和发展社会主义经济基础服务，它以艺术的审美方式，通过影响人们的精神世界，而热情地肯定、赞美和促进新生的社会主义制度的发展。对于社会主义制度中那些不完善的部分和某些假、恶、丑现象，同样也要真实地反映，无情地批判和嘲讽。但是，其目的不是为了动摇人们对于社会主义事业的信念，而是为了使人民惊醒起来，振奋起来，弘扬真善美，贬斥假恶丑，促使社会主义制度进一步完善、巩固和发展。为此，文艺工作者应以自己创造性的劳动，帮助人民群众认识生活、改造生活，积极同各种妨害实现有中国特色社会主义的思想习惯进行长期的、有效的斗争；要揭露和批判官僚主义、封建特权观念、以权谋私、贪污受贿、拜金主义、极端个人主义、享乐主义、无政府主义及各种腐败现象。社会主义时期的文学活动应该充分反映实现社会主义现代化的艰巨性、曲折性和复杂性，揭示出这场伟大的历史性变革在人们精神世界中所引起的深刻而丰富的变化，引导人民为建设高度发展的社会主义物质文明、政治文明、社会文明、生态文明和高度发展的社会主义精神文明作出积极的贡献。

二、社会主义时期文学活动的特点

毛泽东指出："事物的性质，主要地是由取得支配地位的矛盾的主要方面所规定的。"② 在我国目前社会结构的诸矛盾中，居于支配地位的主导方面，是社会主义生产资料公有制，是工人阶级及其先锋队共产党，是无产阶级专政或人民民主专政，是马克思列宁主义、毛泽东思想和有中国特色社会主义理论体系。正是这些居于支配地位的主导方面，规定了我国社会制度的社会主义性质。也正是这些最基本的因素，决定和制约着社会主义意识形态的发展。由于社会生活本身具有主导性和层次性，这就决定了作为社会意识形态的文学活动，在我国社会主义初级阶段，其具体的社会属性也可以而且应该是多层次

---

① 恩格斯：《致敏·考茨基》（1885 年 11 月 26 日），《马克思恩格斯选集》第 4 卷，人民出版社 1995 年版，第 673 页。

② 毛泽东：《矛盾论》，《毛泽东选集》第 1 卷，人民出版社 1991 年版，第 322 页。

的。只要有某种进步意义和审美价值，也允许其存在和发展，不能要求一切文学活动和文学作品都达到社会主义意识形态的高度。但是，社会主义时期文学活动的主导部分和主导方面，则应具有鲜明的社会主义意识形态性。惟其如此，我们的整个文学事业，才能成为社会主义精神文明建设的一部分，才能与社会主义经济基础相适应，起到维护和巩固社会主义经济基础的作用。

对于社会主义时期文学活动的层次性，我们可以从不同的视角和侧面去认识。从文学活动与社会主义经济基础的关系看，有基本相适应的社会主义的文学活动，有益无害的文学活动，有害的文学活动。对于有害的文学活动，理所当然应该加以排斥。从政治思想倾向看，有具有鲜明的无产阶级党性的文学活动；有某种具有民主性、人民性、革命性的文学活动；有不同色调的爱国主义、人道主义的文学活动；有并无明显政治倾向性的、以写山水花鸟为主的文学活动，等等。从审美价值和艺术性看，自然也有高低、粗细、文野的不同层次。总的说，我们主张从美学的和历史的、思想内容和艺术形式相统一的观点来看社会主义时期文学活动的层次性。

在社会主义时期各种不同层次的文学活动中，社会主义的文学活动居于主导地位。它具有鲜明的社会主义意识形态性，它以无产阶级的阶级性、党性与人民性、民族性、人性的高度统一，共产主义的理想性与艺术的真实性、典型性、独创性的统一，革命的思想内容与民族形式的统一，深刻的哲理性与强烈的艺术感染力的统一为其主要特征。因而它能以巨大的艺术魅力给人以美的享受，成为人民精神生活中不可或缺的珍贵食粮。恩格斯早在 19 世纪 50 年代曾对未来戏剧提出过"三融合"的审美理想，即："较大的思想深度和意识到的历史内容，同莎士比亚剧作的情节的生动性和丰富性的完美的融合"①。社会主义文学活动的审美属性，是和上述基本特征血肉般地联系在一起的。

社会主义文学活动的主导地位并不排斥其他那些有益无害的文学活动。由于社会主义初级阶段仍然存在着封建主义、资本主义思想意识，因此对各民族中那些反对封建主义、具有民主主义性质的文学活动，或那些站在革命人道主义立场，揭露资本主义社会人性异化、批判反动统治阶级对人民的压迫和剥削、表现人民的某种进步追求和传统美德的文学活动，或表达真挚的爱情和歌颂自然美等多种形式的文学活动，都应采取包容态度，允许其存在、发展和传播。我们提倡有益的，容许无害的，反对和禁止一切有害的文学活动。

人民的社会生活无限广阔、浩瀚、丰富多样。人民的审美需要也是多方面

---

① 恩格斯：《致斐迪南·拉萨尔》（1859 年 5 月 18 日），《马克思恩格斯选集》第 4 卷，人民出版社 1995 年版，第 557～558 页。

的。因而，社会主义时期的文学活动绝不应是单调划一的，不能搞模式化、概念化、公式化，而应是主导性、层次性和多样性的统一。文学是时代的产物。作为社会主义审美意识形态的文学活动，它所反映的客体对象——人及其社会关系有其历史的规定性，而且，文学活动的主体——作家的世界观、人生观、价值观、审美观，也受社会关系发展的影响和制约。社会主义时代的作家，应该从奔腾前进的时代潮流和更加壮丽的共产主义未来中汲取自己的诗情。因此，一个真正伟大的作家、艺术家，必然会自觉地将自己的文学活动同正在发生深刻变革的社会主义社会的人民生活联系起来，也必然会在自己的作品中反映出现实关系的某些本质方面和历史的发展趋向。这样，在众多作家的文学活动中，总会表现出某种主导的倾向，程度不同地反映出时代的风貌。同时，在社会主义时代，文学创作的题材、思想、人物、形式、风格和艺术方法与表现手法等，不仅应该而且必须多样化。我们提倡文学反映人民群众为社会主义现代化而进行的创造性的劳动和斗争，反映中国共产党领导中国革命和建设的光辉历程；同时，我们也要鼓励作家以各种文学形式、体裁和各自不同的风格，描写其他各种历史题材和现实题材，塑造各种各样的人物，帮助人民群众扩大视野，增长智慧，提高审美能力，树立民族自豪感和自信心。历史已经证明并将继续证明，没有多样化的文学活动的发展，就不能充分调动起来作家的积极性和创造性，就不能满足人民群众日益增长的多样化的审美需要，促进社会主义文艺事业走向新的更大的繁荣。

第二节　社会主义时期文学活动的价值取向

价值是人类的有意识的生命活动中出现的一个关系范畴和目的范畴。它表明的是客体的存在、属性和变化同主体需要之间的关系。在物质生活中，客体与主体之间产生了使用价值，用它来表示物对人有用或使人愉快等的属性，它是"人们所利用的并表现了对人的需要的关系的物的属性"[①]。在精神生活中，在不同的领域和层面上，又产生了认识价值、伦理价值、教育价值、审美价值等。

社会主义时期文学活动价值观的中心问题，是文学与人民群众的关系问题。社会主义时期的文学活动与奴隶社会、封建社会、资本主义社会文学活动的根本区别之一是，它把为绝大多数人服务、为人民服务作为自己全部审美活

---

① 马克思：《剩余价值理论》，《马克思恩格斯全集》第 26 卷第 3 册，人民出版社 1974 年版，第 139 页。

动的出发点和目的。

一、社会主义时期文学活动的主要价值取向

满足最广泛的人民群众日益增长的审美需要，提高人民的鉴赏能力和审美水平，丰富人民的精神生活，这是社会主义时期文学活动主要的价值取向。文学为人民服务、为社会主义服务，这是社会主义时期一切文学活动发展的根本方向和根本目的，也是社会主义时期一切文学活动的价值观的本质体现。文学作为一种社会精神产品，本来就是人民创造的。劳动创造了美，发展了人的审美意识。人民的物质生产活动，是人类的最基本的生存、发展方式。没有社会物质生产活动，社会难以存在，人类就不能生存下去。人们正是按照自己物质生产的需要，建立了相应的社会关系，创立了相应的观念形态的东西。文学活动作为社会意识形态的形式，最初是直接与人民的物质生产活动、与人民的物质交往、与当做交际工具的语言交织在一起的。正是人们的物质活动与物质交往的需要，推动着萌芽状态的文学活动的产生和发展。高尔基说："人民不仅是创造一切物质价值的力量，人民也是精神价值的唯一的永不枯竭的源泉，无论就时间，就美还是就创造天才来说，人民总是第一个哲学家和诗人：他们创作了一切伟大的诗歌、大地上的一切悲剧和悲剧中最宏伟的悲剧——世界文化的历史。"[1] 高尔基的这一论断，是符合文学史实际的。我们知道，古希腊荷马史诗《伊利亚特》和《奥德赛》就是在人民长期口头创作的基础上形成的。中国第一部诗歌总集《诗经》，其中有许多优秀诗篇都是"不识字的无名氏的作品"。藏族的英雄史诗《格萨尔王传》和蒙古族英雄史诗《江格尔》也是人民的创造。人民群众的创造和人民群众的审美需要不断推动着文学艺术活动的发展。它不断地为文学艺术活动产生出内在的动力和目的。文学如果脱离了人民、背离了人民的根本利益和审美需要，那么，它不仅在内容上要被人民唾弃，而且在形式上也会走向僵化以至死亡。鲁迅说："歌，诗，词，曲，我以为原是民间物，文人取为己有，越做越难懂，弄得变为僵石，他们就又去取一样，又来慢慢地绞死它。"[2] 文学只有为人民服务，为社会主义服务，才会和人民紧密结合起来，路子越走越宽，文学选材和表现手法也会日益丰富，艺术风格和流派将得到自由的发展。随着社会生产力的极大提高，城乡差别、体力劳动和脑力劳动差别的缩小，全民的文化道德素质和社会主义精神文明建设有

---

[1] ［苏］高尔基：《个人的毁灭》，缪灵珠译，《论文学》（续集），人民文学出版社 1979 年版，第 54 页。

[2] 鲁迅：《致姚克》（1934 年 2 月 20 日），《鲁迅全集》第 13 卷，人民文学出版社 2005 年版，第 28 页。

了高度的发展，一个艺术真正属于人民并且空前繁荣的"黄金时代"就会到来。

　　文艺为人民服务、为社会主义服务，主要是通过满足人民的审美需要而实现的，即通过艺术作品的审美感染力量，去影响人们的情感和心灵，进而影响社会生活。马克思指出："艺术对象创造出懂得艺术和具有审美能力的大众，——任何其他产品也都是这样。因此，生产不仅为主体生产对象，而且也为对象生产主体。"① 人民创造了文学艺术，文学艺术作为审美的对象，又培养和提高了人民的审美能力，提出了新的审美需要。这种新的审美需要又是推动文学艺术活动向前发展的强大动力。社会主义制度的建立为文学艺术的发展和繁荣，开辟了无限美好的前景。社会主义时期的文学艺术活动的根本目的和价值取向，就是要充分发挥文艺工作者的积极性和创造性，最大限度地满足人民群众日益增长的审美需要。

　　文学要为人民服务、为社会主义服务，要满足人民群众日益增长的审美需要，就应努力创造各种各样的、有血有肉的、生动感人的艺术形象，尤其应大力塑造社会主义新人形象。在建设有中国特色社会主义、实现中华民族伟大复兴的历史过程中锻炼和涌现出一批又一批社会主义的新人。在我国社会主义现代化的新时期，邓小平向中国作家提出了塑造社会主义新人形象的问题。他说："我们的文艺，应当在描写和培养社会主义新人方面付出更大的努力，取得更丰硕的成果。要塑造四个现代化建设的创业者，表现他们那种有革命理想和科学态度、有高尚情操和创造能力、有宽阔眼界和求实精神的崭新面貌。要通过这些新人的形象，来激发广大群众的社会主义积极性，推动他们从事四个现代化建设的历史性创造活动。"② 社会主义新人形象，是体现时代精神和人民审美理想的具有新颖生动的个性和丰富多样的性格内涵的社会主义革命者、创业者和建设者形象。他们的思想性格的主导方面和突出特色，他们身上所表现出的那种革命理想主义、革命英雄主义和无私奉献、创业敬业精神，真实地显示出时代的风貌、时代精神和民族精神、代表着时代发展的趋势和方向。社会主义新人又是有血有肉的、内心世界丰富的文学新人，不是那种公式化、模式化、理性化的神人、完人、纸人和假人，也不是那种通体透明的"高大全"式的人物。我们应认真总结文学实践中塑造社会主义新人形象方面的经验教训，努力创造出更多的无愧于时代的典型人物形象。

---

　　① 马克思：《〈政治经济学批判〉导言》，《马克思恩格斯选集》第 2 卷，人民出版社 1995 年版，第 10 页。

　　② 邓小平：《在中国文学艺术工作者第四次代表大会上的祝词》，《邓小平文选》第 2 卷，人民出版社 1994 年版，第 209～210 页。

二、高雅文艺与通俗文艺

　　社会主义时期的文学活动，要最大限度地满足人民群众日益增长的审美需要，自然要有一个发展过程。这是一个雅与俗（高雅文艺与通俗文艺）双向运动的发展过程。在社会主义初级阶段，文学艺术的雅与俗问题，显得尤为突出。雅与俗，从字面上讲，一个是指高雅美好，一个是指平凡通俗。文艺作品是适应人们的精神需要而创作出来的。精神产品同物质产品一样，也有不同的层次。文学艺术的雅与俗的界限仅是相对的，往往是俗中有雅，雅中有俗，并且随着时间的流变和接受者的不同而有所变化。在社会主义市场经济条件下，通俗文艺往往趋新追奇，具有一定的广泛性、较强的商业性和娱乐性，有的也不免掺杂一些低级、庸俗、色情等不健康的成分。从文学史上讲，雅与俗也不是绝对的，而且可以相互转化。中国第一部诗歌总集《诗经》中，当时称为"雅"的作品，实际是"庙堂"文学，而当时广泛流行于民间的"国风"，今天看来，艺术水平却远高于那些"雅"的诗歌。宋代的词在当时与诗相比是"俗"作品，所谓"诗庄词俗"，但从今天看来，许多优秀的词作已属高雅作品了。明代出现的优秀小说《三国演义》《水浒传》《西游记》，也是在通俗文学的基础上加工创作而成的经典作品。

　　在文学艺术领域，雅与俗同毛泽东提出的"阳春白雪"与"下里巴人"、提高文艺与普及文艺，具有同一层面的含义。毛泽东认为：普及的东西比较简单浅显，因此也比较容易为目前广大人民群众所迅速接受；高级的作品比较细致，因此比较难于生产，并且往往难于在广大人民群众中迅速流传。随着人民文化教育水平的提高，人民审美需要的提高，"人民要求普及，跟着也就要求提高，要求逐年逐月地提高。在这里，普及是人民的普及，提高也是人民的提高。而这种提高，不是从空中提高，不是关门提高，而是在普及基础上的提高。这种提高，为普及所决定，同时又给普及以指导"①。衡量雅与俗、提高与普及文艺作品价值高低的标准，要看它是否满足人民群众日益增长的审美需要，是否为人民群众所赏识。毛泽东说："某种作品，只为少数人所偏爱，而为多数人所不需要，甚至对多数人有害，硬要拿来上市，拿来向群众宣传，以求其个人的或狭隘集团的功利，还要责备群众的功利主义，这就不但侮辱群众，也太无自知之明了。任何一种东西，必须能使人民群众得到真实的利益，才是好的东西。就算你的是'阳春白雪'吧，这暂时既然是少数人享用的东

① 毛泽东：《在延安文艺座谈会上的讲话》，《毛泽东选集》第3卷，人民出版社1991年版，第862页。

西，群众还是在那里唱'下里巴人'，那末，你不去提高它，只顾骂人，那就怎样骂也是空的。现在是'阳春白雪'和'下里巴人'统一的问题，是提高和普及统一的问题。"① 对目前文艺领域出现的雅与俗的问题，大众文艺、网络文学与高雅文艺的问题，同样要正确地对待，积极地引导，从满足人民群众日益增长的审美需要出发，在大力发展高雅的、严肃的艺术的同时，又要重视引导大众文艺和网络文学的健康发展，在普及—提高—普及—提高、俗—雅—俗—雅以至无限循环的发展过程中，将我国社会主义文艺推向一个更高的水平。

三、社会主义文学艺术的价值追求

社会主义文学艺术是建设富强、民主、文明、和谐的社会主义现代化国家的重要组成部分，它的最根本的价值追求，就是要弘扬和践行社会主义的核心价值，谱写真、善、美的时代华章，增强社会主义文艺的感染力、吸引力、亲和力与凝聚力。马克思主义指导思想，中国特色社会主义的共同理想，以爱国主义为核心的民族精神和以改革创新精神为核心的时代精神，以"八荣八耻"为主要内容的社会主义荣辱观，是社会主义核心价值体系的基本内容。社会主义核心价值体系，贯穿在社会主义时期文学活动的各个环节、各个方面之中。"人类社会发展的历史表明，对一个民族、一个国家来说，最持久、最深层的力量是全社会共同认可的核心价值观。核心价值观，承载着一个民族，一个国家的精神追求，体现着一个社会评判是非曲直的价值标准。"② 富强、民主、文明、和谐是国家层面的价值要求；自由、平等、公正、法治是社会层面的价值要求；爱国敬业、诚信友善是公民层面的价值要求。这 24 字的社会主义核心价值观，传承着中国优秀传统文化的基因，寄托着近代以来中国人民上下求索、历经千辛万苦确立的理想和价值，也承载着我们每个人的美好愿景。

弘扬社会主义核心价值体系和社会主义核心价值观与对真、善、美的追求是有机统一的。马克思主义与中国化马克思主义的最新成果，科学地揭示了人类社会发展的规律和社会主义的发展规律。建设有中国特色社会主义是全面建设小康社会，实现全体人民各尽其能、各得其所，人与自然、人与社会和谐相处理想境界的康庄大道。社会主义和谐社会，是一个真、善、美统一的理想社会。鲁迅指出："文艺是国民精神所发的火光，同时也是引导国民精神的前途

① 毛泽东：《在延安文艺座谈会上的讲话》，《毛泽东选集》第 3 卷，人民出版社 1991 年版，第 864 ~ 865 页。

② 习近平：《青年要自觉践行社会主义核心价值观——在北京大学师生座谈会上的讲话》新华社 2014 年 5 月 4 日电，见新华网 2014 年 5 月 5 日。

的灯火。"① 高尔基说："渴望通过美的形式来反映自己的感觉、感情和思想，是人的固有的天性。这种渴望应当在无产阶级的心灵中更集中地得到发展。"② 他还说："在我看来，艺术的精神就是力求用词句、色彩、声音把您心中所有的美好的东西，把人身上所有的最珍贵的东西——高尚的、自豪的、优美的东西，都体现出来。艺术描绘庸俗的东西和粗野的东西，为的是嘲笑这些东西，消灭这些东西，而且在这样做的时候，是把优美的东西和庸俗的东西并列在一起，把高深的东西和卑下的东西并列在一起，把柔和的东西和粗野的东西并列在一起。"③ 我们社会主义时期的文学活动就应最真实地表现出人民群众对真、善、美的追求与愿望，以生动的历史画卷展现中华民族激昂奋进、求实创新的时代风貌；反映我们中华民族"协和万邦""和为贵""天下为公""世界大同"的崇高理想和勤劳勇敢、自强不息、热爱祖国、威武不屈的优良传统与高尚的美德；展现出解放思想、实事求是、与时俱进、改革创新的时代精神，以前所未有的深度和广度表现出社会主义时期的人性美、人情美、和谐美、崇高美，使新时代的人文精神在文艺作品中得到充分的显现。在我们的作品中，应以饱满的激情讲述中国故事、传递中国声音、反映中国精神和中国道路、表现中国人民筑梦、追梦、圆梦的心路历程，讴歌真善美，鞭笞假恶丑；应当更真实地表现全国各族人民和海外的炎黄子孙为实现祖国统一大业，为世界的和平与发展而做的种种努力，提出和回答时代发展的重大问题。同时，我们又应清醒地认识到建设有中国特色社会主义、实现中华民族伟大复兴的宏伟目标和赶超世界先进水平的艰巨性、曲折性和复杂性。这是一个充满矛盾和斗争的过程，是一个真善美与假恶丑相比较而存在、相斗争而发展的过程。

正因为这样，我们的文学作品既要表现社会生活的光明面，把生活中的那些高尚的、美好的东西发掘出来，赞美它、歌颂它，振奋人民的精神，弘扬和践行社会主义核心价值，培养和提高人民的审美情操；同时又要以艺术家的真诚和勇气，面对现实生活的矛盾，敢于暴露那些违背人民利益的丑陋和黑暗面，敢于抵制一切落后、腐朽和有害的东西，无情地嘲讽和鞭挞假、恶、丑。社会主义时期的文学活动的歌颂与暴露、肯定与否定，并不是对立不相容的，它是一个问题的两个方面。关键在于作者站在什么立场，歌颂、肯定什么，暴露、批判什么。我们暴露、批判社会主义制度下假恶丑的东西，正是为了保

---

① 鲁迅：《论睁了眼看》，《鲁迅全集》第 1 卷，人民文学出版社 2005 年版，第 254 页。

② ［苏］高尔基：《〈无产阶级作家文集〉序言》，《论新闻和科学》，王庚虎译，新华出版社 1981 年版，第 151 页。

③ ［苏］高尔基：《给玛·格·亚尔采娃》（1902），曹葆华、渠建明译，《文学书简》，人民文学出版社 1962 年版，第 133 页。

护、歌颂、肯定和发展真善美的东西。

四、贴近生活、贴近群众

社会主义时期的文学活动，要满足人民群众日益增长的审美需要，作家、艺术家就应走一条不同于旧时代作家、艺术家所走的道路。这就是学习马克思主义，学习社会，贴近生活实际、贴近群众，密切同人民群众的血肉联系，走与人民群众相结合的道路。

作家和艺术家是文学活动的主体。他们走着一条什么样的生活道路和创作道路，直接影响着作品的质量。鲁迅总结自己从事文学活动的实践经验时曾深刻指出："我以为根本问题是在作者可是一个'革命人'，倘是的，则无论写的是什么事件，用的是什么材料，即都是'革命文学'。从喷泉里出来的都是水，从血管里出来的都是血。"[①] 作家以什么样的世界观和方法论去观察生活、观察文学艺术，影响甚至决定着作家对生活认识的深度和广度，影响着作品的思想内容和艺术表现。世界文学史上无数事实表明：任何一个世界著名的文学家，往往又是他那个时代的伟大的思想家。马克思主义是人类认识科学的最高体现，它为人类提供了最先进的认识工具，同时也为文艺工作者提供了观察和认识世界的显微镜和望远镜。高尔基曾经以自己的切身体会谈到这个问题。他认为，社会主义时代的作家，不仅要反映现实，而且要上升到高于现实的地方，从工人阶级所提出的那些美好目标的高处来观察生活。"科学的社会主义为我们创造了最高的精神高峰，从那里可以清晰地看见过去，指出一条走向未来的唯一捷径，从'必然的王国到自由的王国'的大道。"[②] 高尔基一再告诫作家，在思想上、生活上和创作上，都必须高瞻远瞩，只有站在时代的高峰，才能看清历史发展的过去、现在和未来，才能发现新的性格，触摸时代跳动着的脉搏，揭示新人的内心世界和感情世界的奥秘。当今世界广为流行的种种非理性、反理性的创作论，完全排斥创作中的理性指导和理性因素，把理性与情感，意识与无意识、潜意识对立起来，这是不符合文学活动的思维特点的，因而也是经不起实践检验的。

学习马克思主义和学习社会是分不开的。只有理论联系实际，把读有字的书与读"无字书"结合起来，才能从生活中学习到活的马克思主义。毛泽东说："文艺工作者要学习社会，这就是说，要研究社会上的各个阶级，研究它们的相互关系和各自状况，研究它们的面貌和它们的心理。只有把这些弄清楚

---

① 鲁迅：《革命文学》，《鲁迅全集》第 3 卷，人民文学出版社 2005 年版，第 568 页。
② ［苏］高尔基：《论短视与远见》，孟昌译，《文学论文选》，人民文学出版社 1959 年版，第 279 页。

了，我们的文艺才能有丰富的内容和正确的方向。"① 文学要表现人及其关系，要表现和描绘人民的情感、情绪、思想、性格和命运，第一位的工作是了解人、熟悉人的工作。为此，文艺工作者就应深入生活、深入群众，深入改革开放和现代化建设的第一线，深入企业、乡村、社区、军营，向生活学习，向群众学习，深入地观察、体验人民的生活、思想和感情，了解不同时期、不同场合下人与人之间的关系的复杂曲折的变化，弄清哪些社会力量是阻碍历史前进的，哪些是属于未来的新的成分和幼芽。作家要整体地把握住生活的底蕴，体验到人民的情感、情绪的变化，就必须走出"象牙之塔"，认真学习和领悟社会这部无限生动丰富的"无字书"。鲁迅在 20 世纪 30 年代初期就告诫作家，一定要向社会学习，不要关在屋子里搞什么"沙龙社会主义"。他说："倘若不和实际的社会斗争接触，单关在玻璃窗内做文章，研究问题，那是无论怎样的激烈，'左'，都是容易办到的；然而一碰到实际，便即刻要撞碎了。关在房子里，最容易高谈彻底的主义，然而也最容易'右倾'。西洋的叫做'Salon的社会主义者'，便是指这而言。'Salon'是客厅的意思，坐在客厅里谈谈社会主义，高雅得很，漂亮得很，然而并不想到实行的，这种社会主义者，毫不足靠。"② 鲁迅的这些观点，是中国革命文艺运动中无数血的教训的总结。

我们强调作家学习马克思主义，这并不是说作家就不要学习文艺创作，不要学习其他知识。一个有理想的作家、艺术家，都应努力做到德艺双馨，努力使自己真正成为一名人类灵魂的工程师。一个优秀的作家，应像鲁迅那样，学贯中西、融会古今，生命不息，学习不止，探索不止；要在实践中不断地学习、探索文学活动的特点和规律；要学习各方面的知识，使自己的知识结构更加完整而丰厚。因此作家对中外文化，哲学、历史、宗教、民俗、心理学以及自然科学的知识都应学一点，能学会一两门外国语更好。对作家来讲，视野越广阔，知识越丰厚，对创作就越有益。当然最根本的、第一位的事情，还是作家同人民永远保持血肉的联系。作家、艺术家与人民是命运的共同体。人民需要艺术，艺术更需要人民。忘记、忽略或是割断文学活动同人民之间的血肉联系，作家的艺术生命就会枯竭。根深才能叶茂。作家、艺术家只有投身于沸腾的变革现实的洪流，把自己永远植根于人民的生活沃土之中，同人民群众的思想感情打成一片，自觉地从人民的生活中吸取题材、主题、情节、语言、诗情、画意，用人民创造历史的奋发精神来丰富自己，才能使审美的主客体真正

① 毛泽东：《在延安文艺座谈会上的讲话》，《毛泽东选集》第 3 卷，人民出版社 1991 年版，第 852 页。

② 鲁迅：《对于左翼作家联盟的意见》，《鲁迅全集》第 4 卷，人民文学出版社 2005 版，第 238 页。

统一起来，不断创造出无愧于我们伟大时代的优秀文学作品。

第三节　科学发展观与文艺的繁荣

文学活动有自己发展的历史过程。人类社会发展的每一个新的历史时期的文学活动，总会遇到和产生一些不同于前代的问题，有它自身的特点和规律。从 20 世纪出现的社会主义国家的文学发展的曲折进程中，可以概括出社会主义时期文学活动的几点带有规律性的经验。

一、科学发展观

社会主义文艺的发展与繁荣同社会主义制度本身的兴衰存亡密不可分，社会主义文艺发展的特点规律与社会主义发展规律紧密相关。社会主义文艺的发展规律是整个社会主义发展规律的一个子系统。马克思揭示了人类社会发展的规律和资本主义社会发展的规律，创立了科学社会主义理论，但对未来社会主义社会将遇到些什么问题，它的发展规律是什么，没有也不可能给出明确的答案。马克思说："在将来某个特定的时刻应该做些什么，应该马上做些什么，这当然完全取决于人们将不得不在其中活动的那个既定的历史环境。但是，现在提出这个问题是不着边际的，因而实际上是一个幻想的问题。"① 列宁领导的十月社会主义革命创建世界上第一个社会主义国家，在以后七十多年的发展历程中，社会主义建设和社会主义文艺的发展虽经曲折，但仍取得了卓越的成就。但到 20 世纪 90 年代初苏联解体、东欧剧变，社会主义文艺随之也进入了低谷。苏联社会主义和社会主义文艺发展模式的失败，尖锐地提出了"什么是社会主义""什么是马克思主义"，社会主义应实现什么样的发展等一系列关于社会主义发展规律的重大时代课题。科学发展观是时代精神的精华，它是马克思主义关于发展的世界观和方法论的集中体现。科学发展观系统地回答了社会主义应实现什么样的发展和怎样发展的问题，从理论与实践结合上具体阐明了为什么发展、为谁发展、靠谁发展、向哪里发展等现实生活提出来的问题。因此，科学发展观对经济建设、政治建设、文化建设、社会建设、生态文明建设都具有全方位的战略指导意义。

科学发展观立足于当今时代经济全球化和政治多极化的现实，面对中国社会主义初级阶段的基本国情，科学地分析了复杂多变的国际风云和国内存在的

---

① 马克思：《致斐·多·纽文胡斯》（1881 年 2 月 22 日），《马克思恩格斯选集》第 4 卷，人民出版社 1995 年版，第 643 页。

诸多矛盾，为广大文艺工作者准确地把握时代的主题和时代发展的脉搏，观察社会生活的主流、支流、逆流，提供了最现代的望远镜和显微镜。作家、艺术家是时代的儿子。我们只有牢牢树立和掌握科学发展观，才有可能深刻地体察"人们思想活动的独立性、选择性、多变性、差异性"① 的特点和规律，亲自体验和聆听到人民群众情感海洋的波涛声浪。因此，作家、艺术家"只有与时代同步伐，踏准时代的鼓点，回应时代风云的激荡，领会时代精神的本质，文艺才能具有蓬勃的生命力，才能产生巨大的感召力"②。作家艺术家也只有把自己的艺术生命融入建设有中国特色社会主义伟大实践之中，才有可能适应人民群众日益增长的审美需求，谱写出时代的壮丽画卷。

以人为本是科学发展观的核心，也是社会主义文艺大发展、大繁荣的总纲和灵魂。以人为本就是以最广大人民群众的根本利益为本。对社会主义文艺来讲，就是以最大限度地满足人民群众的审美需要、提高人民群众的审美素养和培养自由的全面发展的社会主义新人为本。以人为本是社会主义文艺发展的出发点和落脚点，体现了社会主义文艺的最高价值和目的。毛泽东指出："为什么人的问题，是一个根本的问题，原则的问题。"③ 最广大的人民群众，既是社会主义文艺的服务对象，也是社会主义文艺的表现主体和接受主体。人民的丰富多彩的社会生活，是文艺的唯一源泉。"人民创造历史的活动是文艺创作的丰厚土壤和源头活水。一切受人民欢迎、对人民有深刻影响的艺术作品，从本质上说，都必须既反映人民精神世界又引领人民精神生活，都必须在人民的伟大中获得艺术的伟大。"④ 文艺是写给人看的，文艺作品只有真正为人民大众所赞赏和接受，作家、艺术家创作的文本，才能称之为文学作品。马克思说："人民历来就是作家'够资格'和'不够资格'的唯一判断者。"⑤ 因此我们应坚持用"人民拥护不拥护、赞成不赞成、高兴不高兴、答应不答应"来衡量和判断社会主义文艺的美丑善恶和成败得失。"人类文艺发展的历史表明，只有经受住人民群众检验、又给予人民群众美的享受和深刻启迪的作品，

---

① 胡锦涛：《高举中国特色社会主义伟大旗帜，为夺取全面建设小康社会胜利而奋斗——在中国共产党第十七次全国代表大会上的报告》，人民出版社 2007 年版，第 14 页。

② 胡锦涛：《在中国文联第八次全国代表大会、中国作协第七次全国代表大会上的讲话》，人民出版社 2006 年版，第 7 页。

③ 毛泽东：《在延安文艺座谈会上的讲话》，《毛泽东选集》第 3 卷，人民出版社 1991 年版，第 857 页。

④ 胡锦涛：《在中国文联第八次全国代表大会、中国作协第七次全国代表大会上的讲话》，人民出版社 2006 年版，第 9 页。

⑤ 马克思：《第六届莱茵省议会的辩论（第一篇论文）》，《马克思恩格斯全集》第 1 卷，人民出版社 1956 年版，第 90 页。

才能成为隽永之作；只有既具有高尚精神追求又具有高超艺术才华的文艺家，才能成为人民群众推崇的文艺大师。"① 人民是推动世界历史前进的动力。社会主义艺术生产决定艺术消费，反过来人民群众的艺术消费又决定艺术生产的进一步发展。日益增长的人民群众的审美需求，既是艺术生产进一步发展的源头活水，又为艺术生产进一步发展提供新的目的和动力。社会主义文艺就是在艺术生产与艺术消费双向循环运动中、螺旋式地走上更大的繁荣的。

坚持以人为本，是以实现人的全面发展为最高的价值目标。科学发展与构建社会主义和谐社会有着内在的必然联系。在建设有中国特色社会主义的伟大实践中，应始终尊重人民的主体地位，发挥人民首创精神，保障各项权益，走共同富裕的道路，促进人的全面发展，做到发展为了人民，发展依靠人民，发展成果由人民共享。对于人类的未来与文学艺术的未来，马克思、恩格斯在《共产党宣言》中曾作出了科学的预言："代替那存在着阶级和阶级对立的资产阶级旧社会的，将是这样一个联合体，在那里，每个人的自由发展是一切人的自由发展的条件。"② 在《资本论》中，马克思认为未来的共产主义社会是在社会生产力高度发展的基础上形成的，"以每一个个人的全面而自由的发展为基本原则的社会形式"③。人的自由的全面发展，是社会主义社会高度发展的现代化大生产的必然要求。"这个社会造就全面发展的一代生产者，他们懂得整个工业生产的科学基础，而且其中每一个人对整整一系列生产部门从头到尾都有实际体验，所以这样的社会将创造新的生产力。"④ 同时，培养德、智、体、美全面发展的社会主义新人，又是消灭私有制，实现共产主义的前提条件。私有制"只有在个人得到全面发展的条件下才能消灭，因为现存的交往形式和生产力是全面的，所以只有全面发展的个人才可能占有它们，即才可能使它们变成自己的自由的生活活动"⑤。人的自由的全面发展，使个人的独创性和个性可以自由地发挥，为科学与艺术的发展繁荣创造了空前有利的条件。马克思、恩格斯指出："在共产主义的社会组织中，完全由分工造成的艺术家屈从于地方局限性和民族局限性的现象无论如何会消失掉，个人局限于某一艺术领域，

① 胡锦涛：《在中国文联第八次全国代表大会、中国作协第七次全国代表大会上的讲话》，人民出版社2006年版，第10页。
② 马克思、恩格斯：《共产党宣言》，《马克思恩格斯选集》第1卷，人民出版社1995年版，第294页。
③ 马克思：《资本论》第1卷，《马克思恩格斯全集》第44卷，人民出版社2001年版，第683页。
④ 恩格斯：《反杜林论》，《马克思恩格斯选集》第3卷，人民出版社1995年版，第647页。
⑤ 马克思、恩格斯：《德意志意识形态》，《马克思恩格斯全集》第3卷，人民出版社1960年版，第516页。

仅仅当一个画家、雕刻家等等，因而只用他的活动的一种称呼就足以表明他的职业发展的局限性和他对分工的依赖这一现象，也会消失掉。在共产主义社会里，没有单纯的画家，只有把绘画作为自己多种活动中的一项活动的人们。"① 在未来的共产主义社会，由于一批批的自由的全面发展的新人的成长和高度自由民主的和谐社会氛围的形成，文学艺术将真正进入一个大发展、大繁荣的黄金时代。

二、继承与创新

20 世纪初，十月社会主义革命胜利以后，在苏联曾出现一股妄图割断历史、否定一切文学遗产的思潮。对此，列宁写下了《青年团的任务》《论无产阶级文化》和论列夫·托尔斯泰的一系列文章。列宁反复指出，无产阶级文化不是从天上掉下来的，也不是某些自命为"专家"的人杜撰出来的，它应是人类全部知识的合乎规律的发展。

在我国，毛泽东明确指出，必须批判地继承一切优秀的文化遗产。他说："我们必须继承一切优秀的文学艺术遗产，批判地吸收其中一切有益的东西，作为我们从此时此地的人民生活中的文学艺术原料创造作品时候的借鉴。有这个借鉴和没有这个借鉴是不同的，这里有文野之分，粗细之分，高低之分，快慢之分。所以我们决不可拒绝继承和借鉴古人和外国人，哪怕是封建阶级和资产阶级的东西。但是继承和借鉴决不可以变成替代自己的创造，这是决不能替代的。文学艺术中对于古人和外国人的毫无批判的硬搬和模仿，乃是最没有出息的最害人的文学教条主义和艺术教条主义。"② 在这里，毛泽东全面地论述了批判继承优秀文学遗产的必要性和重要性，阐明了继承与批判、继承与创造的辩证关系，深刻地总结了历史的经验教训，批评了文学教条主义。

文学活动的发展有自己的历史继承性。中外文学史的事实表明，各民族的文学都不是凭空创造出来的，都有一个继承、借鉴与革新、创造的历史过程。马克思指出："人们自己创造自己的历史，但是他们并不是随心所欲地创造，并不是在他们自己选定的条件下创造，而是在直接碰到的、既定的、从过去承继下来的条件下创造。"③ 恩格斯在谈到哲学的发展时也说："每一个时代的哲学作为分工的一个特定的领域，都具有由它的先驱传给它而它便由此出发的特

① 马克思、恩格斯：《德意志意识形态》，《马克思恩格斯全集》第 3 卷，人民出版社 1960 年版，第 460 页。

② 毛泽东：《在延安文艺座谈会上的讲话》，《毛泽东选集》第 3 卷，人民出版社 1991 版，第 860 页。

③ 马克思：《路易·波拿巴的雾月十八日》，《马克思恩格斯选集》第 1 卷，人民出版社 1995 年版，第 585 页。

定的思想材料作为前提。"① 文学活动的发展，同样要以从它的先驱者那里承继下来的条件作为创造的前提和进一步发展的出发点。马克思就曾以古希腊文学艺术的发展为例，说明"希腊神话不只是希腊艺术的武库，而且是它的土壤……这是希腊艺术的素材"②。

继承与创新，在继承的基础上创新，是社会主义文化和文学艺术发展的一条重要规律。胡锦涛指出："推进文化发展，基础在继承，关键在创新。继承和创新，是一个民族文化生生不息的两个重要轮子。古今中外，闻名于世的文艺大师脍炙人口的传世之作，无一不是善于继承、勇于创新的结果。不朽的文艺经典，往往既渗透着历史积淀的体验和哲理、又蕴含着时代孕育的理想和精神，既延续着传统艺术的特点和优势、又创造着新颖鲜活的内容和形式。不善于继承，没有创新的基础；不善于创新，缺乏继承的活力。在继承的基础上创新，往往是最好的创新。"③

文学艺术的继承与创新，不仅表现在优秀文学传统直接影响作家的审美理想和审美方式方面，而且表现在文学作品的内容与形式的发展上。从思想内容来说，历史上反映人民生活、表达人民的愿望和思想感情的作品，在题材、主题、人物形象塑造等方面，都有一定的继承性和创新性。从艺术形式来讲，每个时代的作家也总是自觉不自觉地继承过去时代所形成的文学传统和创作经验，特别是进步的创作方法和高超的艺术技巧，并在继承的基础上进行艺术的创新。中国文学史上，诗歌、小说、戏剧等各种艺术形式的发展，几乎都经过由简到繁、由粗朴到精致、由不够完美到逐渐完美的过程。这是一个前后不断继承、发展与创新的过程。每个时代出现的文学繁荣，都是以前代文学发展为重要前提的。比如唐代诗歌的繁荣，无论思想内容还是艺术形式，都是对于《诗经》、楚辞、乐府、魏晋六朝诗歌优秀文艺传统的直接继承，同时又在继承中有所创新和发展。

中国是世界的文明古国之一，已有近四千年的有文字可考的历史。在这漫长的历史过程中，出现了许多文学艺术珍品，涌现出许多堪称世界第一流的诗人、剧作家、小说家和文艺理论家、美学家。学习、继承古代优秀文学遗产，弘扬民族的优秀文化传统，不仅可以使我们更深刻地认识中华民族光

---

① 恩格斯：《致康·施米特》（1890 年 10 月 27 日），《马克思恩格斯选集》第 4 卷，人民出版社 1995 年版，第 703 ~ 704 页。

② 马克思：《〈政治经济学批判〉导言》，《马克思恩格斯选集》第 2 卷，人民出版社 1995 年版，第 28 ~ 29 页。

③ 胡锦涛：《在中国文联第八次全国代表大会、中国作协第七次全国代表大会上的讲话》，人民出版社 2006 年版，第 10 页。

辉灿烂的文学史，激发各族人民的爱国主义感情，提高民族的自信心和民族
自豪感，而且对于发展和繁荣中华民族的社会主义新文学，也是必不可少的
重要条件。习近平指出："民族文化是一个民族区别于其他民族的独特标识。
要加强对中华优秀传统文化（包括文学艺术——引者）的挖掘和阐发，努力
实现中华传统美德的创造性转化、创新性发展，把跨越国界，超越国度、富有
永恒魅力、具有当代价值的文化精神弘扬起来，把继承优秀传统文化又弘扬时
代精神、立足本国面向世界的当代中国文化创新成果传播出去。只要中华民族
一代接着一代追求美好道德境界，我们的民族就永远充满希望。"①

　　发展社会主义文学艺术，要继承古代的优秀遗产，但不是"全盘继承"，
而是批判地继承。这里所说的"批判"不是否定一切、横扫一切的所谓"大
批判"，而是以马克思主义的立场、观点和方法，加以整理、区分、思考、分
析，排除其糟粕，吸收其精华。只有通过这种批判性的审查、清理和扬弃，才
能分清哪些是具有民主性、革命性的东西，哪些是腐朽的、反动的、对人民有
害的东西。因此，我们只有对过去的文学遗产予以马克思主义的批判总结，才
能够正确地继承和借鉴，才有可能在继承优秀文学传统的基础上，根据新时代
的审美需要，进行艺术的创新。

　　文学传统本身是一个动态的、开放的、不断发展的系统。它肇始于过去，
积淀于现在，影响着未来。在中外历史上，每当社会大变革之时，总要出现某
种反传统的思潮，来打破传统文化中的僵化思维模式，进而以新的文化观念和
思想体系来取代旧的文化观念和思想体系。在18世纪的欧洲，与政治上批判
封建迷信和偶像崇拜，批判宗教愚昧主义和禁欲主义，提倡"自由、平等、
博爱"相适应，在文学艺术领域，则出现了一股强大的反对旧的文学传统的
思潮，反对理性化、类型化和"三一律"，强烈地要求打破新古典主义的文学
教条。在中国"五四"新文学运动中，同样也出现了批判旧道德、旧文化的
反传统的思潮。因此，传统与反传统是社会大变革时代文学发展出现的一种带
有必然性、规律性的现象。钱锺书对此曾作过专门的分析，他说："一时期的
风气经过长时期而能持续，没有根本的变动，那就是传统。传统有惰性，不肯
变，而事物的演化又迫使它以变应变，于是产生了一个相反相成的现象。"②
钱锺书所揭示的这种相反相成、传统与反传统的现象，是世界文学艺术发展过
程中的一条重要规律。

---

　　①　习近平：《完善和发展中国特色社会主义制度，推进国家治理体制和治理能力现代化》，《人民
日报》2014年2月18日。
　　②　钱锺书：《中国诗与中国画》，《七缀集》，生活·读书·新知三联书店2001年版，第2页。

相反相成的规律，在文学活动中，就要求我们与时俱进，不断解放思想，打破种种旧的条条框框的束缚，在继承中批判，在批判中继承，在继承中创新和发展。在文学史上，凡是在一定历史时期，表达了人民的情绪、情感、思想和愿望，在不同层次和方面反映了历史形成的人性美和人情美，提出了人民关切的重大问题，赞扬人民反抗反动统治阶级和异族侵略的正义斗争，显示和暴露了反动统治阶级的黑暗、腐朽及其必然灭亡的趋势，揭示了社会发展的某些本质方面，具有艺术感染力量，有利于提高、丰富人民精神文化生活的作品，往往都是受读者欢迎的优秀作品，我们可以根据其思想艺术价值的高低给予应有的历史地位。但是我们又应看到，由于时代和阶级的局限，古代优秀作家及其作品的情况是相当复杂的。一方面，它能够真实而又深刻地反映社会发展的某些本质特征，揭露反动统治的残暴与黑暗，展示其必然灭亡的趋势，在一定程度上表现人民的思想感情和愿望；另一方面，它又不可避免地宣扬了一些封建主义的成分。有一些古代优秀作品，在社会上有广泛的读者和影响，于是不同层次的广大读者都要按照自己的利益和需要来阐释它、宣传它。这样，就更需要我们以美学的和历史的观点给这类作品以马克思主义的科学阐释，批判其消极的成分，引导读者培养健康的审美情趣。比如《红楼梦》是一部封建社会百科全书式的艺术杰作，它以贾宝玉、林黛玉的爱情悲剧为中心，真实地描绘了贾、史、王、薛四大家族的衰亡史，表现了封建社会"死而不僵"的时代特征。但是作者在作品中流露出的"色""空"观念和"补天"思想，则是明显的消极的成分。因此，我们对古代优秀的文学作品，应以马克思主义的历史主义原则加以具体分析，批判地继承。不批判，就不能正确地继承。批判地继承本民族的文化传统，是发展社会主义文艺的基础和前提。

三、借鉴与创造

随着人类生活活动的发展，各民族、国家、地域的文学的相互影响和交流日益增强，在奴隶社会和封建社会，不同民族间的文学交流带有地区的、偶然的、自发的性质。近代以来，由于资本主义世界市场的形成，各民族文学的交流和影响进入了一个新的阶段。最早提出民族文学与世界文学这对文艺学范畴的是歌德（Goethe，1749—1832）。1827年1月31日他在谈到中国传奇和贝朗瑞的诗时说："我愈来愈深信，诗是人类的共同财产。……每个人都应该对自己说，诗的才能并不那样稀罕，任何人都不应该因为自己写过一首好诗就觉得自己了不起。不过说句实在话，我们德国人如果不跳开周围环境的小圈子朝外面看一看，我们就会陷入上面说的那种学究气的昏头昏脑。所以我喜欢环视四周的外国民族的情况，我也劝每个人都这么办。民族文学在现代算不了很大的一回事，世界文学的时代已快来临了。现在每个人都应该出力促使它早日来临。"① 歌德强调诗是人类的共同财富，各民族都有自己的长处，有自己的民族特性，但不能因此而故步自封，夜郎自大；只有通过各民族文学之间相互交流、相互学习、相互对话，才能促使"世界文学"的时代早日到来。歌德当时看到的中国作品不多，仅就看到的《风月好逑传》，就对中国文学给予很高的评价。他说："中国人在思想、行为和情感方面几乎和我们一样，使我们很快就感到他们是我们的同类人，只是在他们那里一切都比我们这里更明朗，更纯洁，也更合乎道德。"② 他还说，这部中国传奇还不是最好的，类似的作品有成千上万，"而且在我们的远祖还生活在野森林的时代就有这类作品了"。他劝告德国作家，一定要重视外国文学的学习和研究，应跳开自己周围环境的小圈子向外面看一看，要吸收外国文学中一切好的东西，与其他民族文学相互交流，以自己民族文学的独特性，走向世界文学的新时代。

继歌德之后，马克思、恩格斯于 1848 年《共产党宣言》中，进一步提出和论述了世界文学的问题："资产阶级，由于开拓了世界市场，使一切国家的生产和消费都成为世界性的了。使反动派大为惋惜的是，资产阶级挖掉了工业脚下的民族基础。……过去那种地方的和民族的自给自足和闭关自守状态，被各民族的各方面的互相往来和各方面的互相依赖所代替了。物质的生产是如此，精神的生产也是如此。各民族的精神产品成了公共的财产。民族的片面性和局限性日益成为不可能，于是由许多种民族的和地方的文学形成了一种世界的文学。"③ 马克思、恩格斯以历史唯物主义的原理，阐明了各民族文学交流的前提和物质基础。由于世界市场的形成和科学技术的迅速发展，各民族的优秀文学逐渐成了人类共同的精神财富。比如，以但丁、莎士比亚、塞万提斯为代表的文艺复兴时期文学，开始仅在欧洲发生影响，以后逐渐成为世界性的。18、19 世纪的积极浪漫主义和批判现实主义文学，也从欧洲走向世界。中国古代的优秀文学作品，长期由于自然经济带来的自给自足和闭关自守状态，一般局限在亚洲地区发生影响，直到 18、19 世纪才逐渐影响到全世界。当今世界，由于卫星技术、多媒体、互联网技术和影视文学、网络文学的发展，一个民族文学活动的新成就，很快就可能传播到世界各地。优秀的文学作品，成为人类的共同财富的理想，日益成为现实。

---

① ［德］爱克曼辑录：《歌德谈话录》，朱光潜译，人民文学出版社 1978 年版，第 113 页。
② ［德］爱克曼辑录：《歌德谈话录》，朱光潜译，人民文学出版社 1978 年版，第 112 页。
③ "文学"一词德文是"Literatur"，这里泛指科学、艺术、哲学、政治等方面的著作。见马克思、恩格斯《共产党宣言》，《马克思恩格斯选集》第 1 卷，人民出版社 1995 年版，第 276 页。

　　胡锦涛在美国耶鲁大学的演讲中指出："一个音符无法表达出优美的旋律，一种颜色难以描绘出多彩的画卷。世界是一座丰富多彩的艺术殿堂，各国人民创造的独特文化都是这座殿堂的瑰宝。一个民族的文化，往往凝聚着这个民族对世界和生命的历史认知和现实感受，也往往积淀着这个民族最深层的精神追求和行为准则。人类历史发展的过程，就是各种文明不断交流、融合、创新的过程。人类历史上各种文明都以各自的独特方式为人类进步作出了贡献。"① 文明的多样性、文学艺术的多样性，是人类社会的客观存在。不同文明的对话与交融，不同民族的文学艺术的对话交流、相互学习、相互借鉴，是推动文学艺术创新与发展的强大动力。

　　我们中华民族不仅以自己的智慧和才能创造了灿烂的古代文化，对世界文学的发展作出了巨大的贡献，同时在自己的文学活动中也很善于批判地吸取和借鉴一切外来的有益成分。比如，印度的佛教文化，欧洲的启蒙主义文学、积极浪漫主义、批判现实主义和苏联的社会主义现实主义文学，都对中国文学的发展产生过深刻的影响。当然对于外国文学，我们同样应以美学的和历史的观点进行具体分析，区别对待。比如，欧洲文艺复兴时期和18世纪启蒙运动时期的一些表现人本主义的作品，提倡"人道"以反对"神道"，提倡"人权"以反对"君权"，提倡"个性解放"以反对中世纪的宗教桎梏及其一切残余，这些作品以巨大的艺术力量赞颂了人的价值和尊严，尖刻地嘲笑和批判了封建主义、蒙昧主义、禁欲主义，这在当时的确起了思想解放的作用，代表了人民的利益，具有一定的进步意义。但是，无可否认，随着时代的进步，这类作品的社会意义和作用，也在发生变化。这就需要我们以马克思主义的观点，根据社会主义时期人民的审美需要，加以检验和审视，然后决定汲取其有益的成分。对于20世纪出现的现代主义、后现代主义的文学，更应进行具体的分析。我们要以海纳百川、博采众长的胸怀和态度，积极汲取、借鉴那些西方优秀作品中所包含的有价值的成分。如果不加分析地一概排斥，那是违反马克思主义的历史主义的。由民族文学走向世界文学，这是人类文学活动发展的历史趋向。但在这个相互交流融合的过程中，并不是抹杀各民族文学的独特性和多样性，而是"和而不同"的多样性的统一。每个民族艺术家创造的优秀的艺术作品，都是人类共同的精神财富。要使民族文学的珍品真正成为人类的共同的精神财富，就必须打破种种壁垒和隔阂，大力加强各民族文学艺术的相互对话、交流活动。在美学、文艺学领域，各个国家和民族之间更需要加

---

　　① 新华网纽黑文（美国）4月21日电：国家主席胡锦涛21日在美国耶鲁大学发表重要讲话。http://news.xinhuanet.com/newscenter/2006-04/22/content_4460879.htm.

强对话与交流，相互学习，取长补短，推进理论的创新和各民族文学艺术的繁荣。

　　世界文学在形成过程中，各民族文学在汲取其他民族文学养料的基础上，必将进一步弘扬和发展本民族文学的民族特色。正如鲁迅所说，"现在的文学也一样，有地方色彩的，倒容易成为世界的，即为别国所注意。打出世界上去，即于中国之活动有利"①。各民族文学只有保持和发扬自己民族的独特性，才能使世界文学园地更加绚丽多彩。

四、百花齐放、百家争鸣

　　文学活动是一种最具个人创造性的精神生产活动。因此，它最忌千篇一律、模式化、概念化。同时，文学活动又需要一个有利于充分发挥作家、艺术家的积极性与创造性的自由民主的文化氛围和社会环境。列宁在 1905 年发表的《党的组织和党的出版物》中说："无可争论，写作事业最不能作机械划一，强求一律，少数服从多数。无可争论，在这个事业中，绝对必须保证有个人创造性和个人爱好的广阔天地，有思想和幻想、形式和内容的广阔天地。"②列宁提出的这两个"无可争论"的方面，是充分考虑到文学活动的特点和规律的。

　　结合中国文艺发展的实际，毛泽东于 1942 年就提出："我们的批评，也应该容许各种各色艺术品的自由竞争。"③ 1951 年，针对民族戏曲改革发展问题，毛泽东又明确提出了"百花齐放，推陈出新"。1956 年提出了著名的"双百"（"百花齐放，百家争鸣"）方针。这是发展和繁荣社会主义时期科学文化和文艺事业的一个根本性方针。毛泽东说："艺术上不同的形式和风格可以自由发展，科学上不同的学派可以自由争论。利用行政力量，强制推行一种风格，一种学派，禁止另一种风格，另一种学派，我们认为会有害于艺术和科学的发展。艺术和科学中的是非问题，应当通过艺术界科学界的自由讨论去解决，通过艺术和科学的实践去解决，而不应当采取简单的方法去解决。"④ 毛泽东本身是诗人，通晓中国古典诗词，"百花齐放，百家争鸣"的理论，总结了中国

---

　　① 鲁迅：《致陈烟桥》（1934 年 4 月 19 日），《鲁迅全集》第 13 卷，人民文学出版社 2005 年版，第 81 页。

　　② 列宁：《党的组织和党的出版物》，《列宁选集》第 1 卷，人民出版社 1995 年版，第 664 页。

　　③ 毛泽东：《在延安文艺座谈会上的讲话》，《毛泽东选集》第 3 卷，人民出版社 1991 年版，第 869 页。

　　④ 毛泽东：《关于正确处理人民内部矛盾的问题》，《毛泽东文集》第 7 卷，人民出版社 1991 年版，第 229 页。

历史上文学艺术和学术思想发展的历史经验，因此它不仅符合人的认识规律，而且也符合文学艺术发展的规律。在发展社会主义文学艺术的过程中，对如何处理古与今、中与外的关系，毛泽东又总结了我国文艺实践的经验教训，提出了"推陈出新、古为今用、洋为中用"的主张。半个多世纪以来，我国社会主义时期文学艺术活动的正面经验和反面教训，都有力地证明：百花齐放，百家争鸣，推陈出新，古为今用，洋为中用，是完全符合社会主义文学艺术发展规律的，也是我们发展和繁荣社会主义文学艺术的正确道路。

复习要点

[基本概念]

主导性与多样性　　社会主义新人形象　　雅与俗　　以人为本　　继承与创新　　百花齐放、百家争鸣

[思考问题]

1. 简述社会主义时期文学活动的基本属性。
2. 谈谈你对社会主义文学艺术的价值趋向的认识。
3. 试论以人为本的丰富内涵及其对文学发展的意义。
4. 简论继承与创新的关系。

[推荐阅读文献]

1. 马克思、恩格斯、列宁、斯大林《论文艺》，中国作家协会、中央编译局编，作家出版社 2010 年版。

2. 习近平：《青年要自觉践行社会主义核心价值观——在北京大学师生座谈会上的讲话》，新华社 2014 年 5 月 4 日电，见新华网 2014 年 5 月 5 日。

第三编　文学创造

在上一编中，我们已经指出，文学是人类的一种高级精神活动，是社会生活的反映，是社会上层建筑中的审美意识形态。而从社会生产活动的角度来看，文学又是一种艺术的生产方式。文学创造实质上就是文学生产。这是马克思主义文艺观的重要内容之一，对于深入理解文学的本质特征和文学创造的本质规律，具有深远的意义。本编将据此阐述文学创造的性质特征、文学创造的过程和原则，揭示文学创造的基本原理。

第六章　文学创造作为特殊的精神生产

从社会生产活动的角度来看，文学创造是一种生产。这是马克思主义创始人的科学创见。在《德意志意识形态》中，马克思、恩格斯就把艺术活动称为"艺术劳动"，后来马克思又在《〈政治经济学批判〉导言》中称之为"艺术生产"。那么，如何理解文学生产的性质与特征呢？本章将根据文学在整个社会结构中的地位，通过对文学生产与物质生产、文学生产与一般精神生产以及其他艺术生产的联系和区别、文学生产中主客体的内涵关系等问题的阐述，予以揭示和说明。

第一节　文学创造作为特殊的生产

马克思、恩格斯在将艺术活动称为"艺术生产"的同时，明确地将它与科学、哲学、政治、法律、道德、宗教等活动一起列入"精神生产"的范畴，并指出，它们"都不过是生产的一些特殊的方式"①。因此，要理解文学创造的性质特征，就必须弄清精神生产的一般特征，进而弄清文学作为一种精神生产的特殊性。

一、精神生产与物质生产

按照马克思对社会历史客观发展过程的分析，人类生活可以分为物质生活和精神生活两大领域，人类为了满足自身这两种生活的需要，必然要从事物质生产和精神生产，这就构成了人类社会生产活动的两种基本形式。

（一）精神生产和物质生产及其相互关系

物质生产指的是人类为取得生存所必需的物质资料而进行的对于自然界的物质改造活动。物质生产是"人类生存的第一个前提"，也是"一切历史的第

---

① 马克思：《1844 年经济学哲学手稿》，《马克思恩格斯全集》第 3 卷，人民出版社 2002 年版，第 298 页。

一个前提"。① 人类为了创造历史，首先必须能够生活；而为了生活，必须解决吃、喝、住、穿等问题，因此，人类的"第一个历史活动就是生产满足这些需要的资料，即生产物质生活本身"②。可见，物质生产是人类最基本的生产形式，是社会存在的基础，也是历史发展的基本动力。

"精神生产"的概念最初见于《德意志意识形态》，此后在《共产党宣言》《剩余价值理论》等著作中多次出现，指的是人类为了取得精神生活所需要的精神资料而进行的对于自然、社会的观念活动。科学、哲学、政治、法律、道德、宗教和艺术等活动都属于精神生产范畴。

精神生产的产生和发展始终是以物质生产为前提和基础的。人类并非一开始就具有纯粹的意识，也并非一开始就存在着纯粹的精神生产，它"最初是直接与人们的物质活动，与人们的物质交往"交织在一起的③。事实证明，原始社会时期，精神生产没有取得独立的地位，尽管那时已经有了意识的初级形式。原始形态的宗教、神话、艺术等，如洞穴绘画、彩陶纹样、图腾、狩猎舞蹈和氏族起源的传说等这些精神生产的初级形式，都是和物质生产交织为一体，并从属于物质生产或直接为物质生产服务的。

随着生产力的发展，人类社会发生了第一次"真正的分工"，即脑力劳动和体力劳动的分工，精神生产才作为一个独立的部门发展起来，"意识才能摆脱世界而去构造'纯粹的'理论、神学、哲学、道德等等"④。艺术作为一种精神生产同样只有在这一历史条件下才真正独立发展起来。

但是，这并不意味着精神生产从此与物质生产互不相关。恰恰相反，物质生产不仅是精神生产产生的"始因"，而且在精神生产获得独立之后仍然并始终是精神生产发展的"动因"，如"普照之光"，照耀着精神生产。精神生产总是受着物质生产的普遍规律的支配，并"随着物质生产的改造而改造"⑤。因此，要正确理解精神生产的发展规律及其在不同历史时期的不同形态，从根本上说，就必须从精神生产与物质生产的历史联系中去说明。例如，依据马克

---

　　① 马克思、恩格斯：《德意志意识形态》，《马克思恩格斯选集》第 1 卷，人民出版社 1995 年版，第 78 页。

　　② 马克思、恩格斯：《德意志意识形态》，《马克思恩格斯选集》第 1 卷，人民出版社 1995 年版，第 79 页。

　　③ 马克思、恩格斯：《德意志意识形态》，《马克思恩格斯选集》第 1 卷，人民出版社 1995 年版，第 72 页。

　　④ 马克思、恩格斯：《德意志意识形态》，《马克思恩格斯选集》第 1 卷，人民出版社 1995 年版，第 82 页。

　　⑤ 马克思、恩格斯：《共产党宣言》，《马克思恩格斯选集》第 1 卷，人民出版社 1995 年版，第 292 页。

思的看法，物质生产在原始社会瓦解之后，经历了奴隶制、封建制、资本主义和社会主义等四种历史形态，相应地，精神生产也经历了这四种形态，并表现出不同的特征。"与资本主义生产方式相适应的精神生产，就和与中世纪生产方式相适应的精神生产不同。"① 中世纪的欧洲是以教会权力为中心的封建君主社会，教会拥有大片土地和大量物质资料，在物质生产中处于绝对支配的地位，因而精神生产也为教会所垄断，宗教神学成为精神生产的中心，"教会信条自然成了任何思想的出发点和基础。法学、自然科学、哲学，这一切都由其内容是否符合教会的教义来决定"②。教会竭力宣扬上帝的力量，使一切精神生产及其产品都蒙上神秘的色彩；艺术生产成了宗教生产的手段，艺术产品变成上帝精神、彼岸世界的虚幻象征。例如哥特式教堂，其内部那朦胧惨淡的阴影，那透明彩色玻璃的光线所形成的神秘"火焰"，那向上耸立伸展的柱子及上部形成的拱形，仿佛植物茎上繁花似锦，这一切都充满了浓厚的宗教气氛；而教堂外部那轻灵的垂直线和锋利的小尖顶，直刺苍穹，更是洋溢着一种"超凡入圣"的宗教精神，仿佛要把人们引向天国神秘的幸福中去。不可否认，中世纪某些精神生产比如艺术的成就与宗教密切相关，然而从本质上说，基督教的禁欲主义和神秘主义与艺术、科学等精神生产存在着对立，甚至阻碍艺术与科学的发展。

到了资本主义时代，由于生产力的发展，物质生产成为世界性的生产，精神生产因而也打破了地方和民族闭关自守的状态，在一定程度上促进了自身的解放。与此同时，资本主义的生产方式决定了资本家把追求利润作为物质生产的根本目的，并要求精神生产也像物质生产一样为资本家带来利润，而精神生产者则"被错误地解释为物质财富的直接生产者"③，结果，精神生产领域发生了空前严重的异化现象。因此，马克思说："资本主义生产就同某些精神生产部门如艺术和诗歌相敌对。"④

同样，社会主义时期的精神生产也不同于资本主义时期的精神生产。一般而言，社会主义物质生产的根本目的是最大限度地满足广大人民群众的物质生活需要和文化生活需要，精神生产也相应地成为人民群众自己的事业，精神生

---

① 马克思：《剩余价值理论》，《马克思恩格斯全集》第26卷第1册，人民出版社1972年版，第296页。

② 恩格斯：《法学家的社会主义》，《马克思恩格斯全集》第21卷，人民出版社1965年版，第545页。

③ 马克思：《剩余价值理论》，《马克思恩格斯全集》第26卷第1册，人民出版社1972年版，第298页。

④ 马克思：《剩余价值理论》，《马克思恩格斯全集》第26卷第1册，人民出版社1972年版，第296页。

产者成为工人阶级的一分子，成为精神生产资料的主人，他们所进行的劳动是"真正自由的劳动"。就是说，社会主义的精神生产和物质生产的根本目的是一致的。这样，精神生产的繁荣发展就有了最广阔的天地，它本身也就成为创造社会主义文明的重要力量。

总之，精神生产的历史发展和变化，不同历史形态下精神生产的不同性质和特征，从根本上说是被物质生产决定的。但是，另一方面，精神生产一旦从物质生产中分化出来，它就具有了相对的独立性。这种独立性主要表现在：

首先，精神生产的繁荣发展并非与物质生产绝对同步。拿艺术来说，正如马克思所指出的："关于艺术，大家知道，它的一定的繁盛时期决不是同社会的一般发展成比例的，因而也决不是同仿佛是社会组织的骨骼的物质基础的一般发展成比例的。"[①] 我们在前面也谈到过物质生产和艺术生产的不平衡关系。例如，古希腊和文艺复兴时代的物质生产发展水平远远落后于近代资本主义，但希腊人和莎士比亚的艺术成就却是近代人所不可企及的；18 世纪末的德国，正当"国内的手工业、商业、工业和农业极端凋敝……一切都烂透了，动摇了，眼看就要坍塌了，简直没有一线好转的希望"时，"德国文学方面却是伟大的"，[②] 涌现了歌德、席勒这样卓越的世界性作家；19 世纪 70 年代至 90 年代，俄国刚从农奴制度下解放出来，农奴制度的残余仍然渗透于整个俄国经济之中，但文学方面却群星灿烂、成就卓著，普希金、果戈理、屠格涅夫、列夫·托尔斯泰、契诃夫等都是诞生于这一时代的文学巨人。在中国，这种现象也存在过。例如，春秋战国时期物质生产水平远远落后于后世，但科学、哲学、文学出现了大繁荣，而且那种繁荣局面在此后两千多年的封建社会中也很少出现过；唐代安史之乱以后物质生产严重衰退，但诗歌方面反而得到繁荣发展，杜甫的大量现实主义优秀诗作就产生于这一时期。这些事实表明，精神生产与物质生产之间存在着不平衡现象。因此，精神生产的发展具有相对的独立性。这是因为，物质生产对精神生产的作用是间接的（必须以思想关系为中介），而且影响精神生产发展的原因是多方面的；而就精神生产本身而言，一方面它都有自己的历史继承性，是在继承前人积累下来的精神资料的基础上发展的；另一方面它又有自己特殊的现实的社会条件，因此，精神生产在历史基础和现实条件的相互作用下，拥有了自己的独立的发展道路。

其次，精神生产的独立性还表现在，它一旦从物质生产中独立出来，就反

---

① 马克思：《〈政治经济学批判〉导言》，《马克思恩格斯选集》第 2 卷，人民出版社 1995 年版，第 28 页。

② 恩格斯：《德国状况》，《马克思恩格斯全集》第 2 卷，人民出版社 1957 年版，第 633 ~ 634 页。

过来对物质生产发生作用。例如，科学的每一次进步，都会引起生产技术、生产工具的革命，从而推动物质生产的发展。如 17 世纪科学革命的顶峰人物牛顿关于近代物理学的三大定律和万有引力定律的发现，以及近代科学的奠基性巨著《自然科学的数学原理》的出版，都极大地推进了欧洲乃至世界的工业生产的发展。科学如此，文化艺术的生产也不例外。美学的研究和艺术样式的发展变化也会促进工业和其他物质生产在技术和审美方面的完善统一。现代媒体技术的迅猛发展给艺术和文学带来的巨大冲击不仅古代世界难以想象，就连现代世界也为之惊叹不已。

（二）精神生产的特殊性

精神生产和物质生产作为人类两种基本的生产方式，有着共同的性质和规律。首先，两种生产都作为人的生活活动，具有人的生活活动的一般特点，这就是自由自觉性和创造性。其次，两种生产都是人的本质力量的对象化活动。但是，精神生产作为"特殊的生产"，又有不同于物质生产的特征。

1. 精神生产观念地创造对象世界

在物质生产中，人与对象世界的关系是一种物质实践的关系；人们要想获取物质生活资料，必须通过实践对外部世界进行物质性的改造。因此，物质生产是在物质领域实际地改造对象世界和创造新的物质世界的生产；而精神生产则根源于人的精神需要，如对知识、真理、道德、信仰和审美的需要，人与对象世界的关系是一种精神关系，它只通过意识活动对外部世界进行观念性的体验或思索，在此基础上创造一个观念世界。一句话，精神生产是在精神领域中观念地改造对象世界，并创造新的观念世界的生产。

2. 精神生产以符号活动来创造观念世界

任何生产都必须借助于一定的手段。物质生产的手段是工具，而精神生产的手段是符号。工具和符号都是人类特有的创造物。工具体现了人类科学技术的水平和物质生产的能力；人类进行物质生产必须借助于工具。在精神生产中，人们凭借的工具是符号。符号是标示事物的代码，如文字、语言等。文字、语言作为建构观念世界的工具，既是人思考世界的手段，又是表述科学思想、塑造文学形象的材料。总之，精神生产以符号为手段，因而它实质上就是一种创造观念世界的符号活动。

3. 精神生产是富于个性的自由创造活动

物质生产始终受到物质世界的客观规律即必然性的制约，受到生产力发展水平和工具科学化程度的限制，即使是在生产力水平和工具科学化水平较高的阶段，如大工业时代，由于生产手段机械化、生产方式群体化，作为生产主体的个体因此受到生产群体、生产工具、规范化生产程序等的制约和束缚，产品的个体风格往往被淹没，较少出现富于个性的自由创造。而精神生产却始终保持着"精神的自律"，表现为"精神个体性的形式"，有利于个体的自由创造，因而马克思称之为"自由的精神生产"。① 尤其在马克思所说的"真正自由的劳动"② 的艺术中，这一特征表现得更为突出。精神生产的上述特征，是理解文学创造特征的一个重要层次。

二、文学创造与其他精神生产的区别

文学创造不仅作为一种精神生产有别于物质生产，而且也作为精神生产的特殊方式而有别于其他精神生产和艺术生产。

（一）文学创造与科学、宗教活动的区别

从精神生产领域看，文学创造及其他艺术创造与科学、道德、宗教等精神生产活动，都是人对于世界的意识活动。但是，它们都有各自的特殊规律。

以文学和科学两者相比较，科学活动的特点是揭示客体的真实本质，它通过理性思维力求如实把握世界的客观规律，把直观和表象加工成概念、范畴的活动，目的在于获取关于客观世界的真理，以满足人的理性需要。各种理论研究如哲学、经济学、法学等就是偏重于科学反映的、以揭示对象的客观规律为己任的精神生产，其成果呈现为一定的概念体系。如马克思的《资本论》、爱因斯坦的《相对论》等就是科学生产的成果。文学活动则是通过人对世界的情感体验、感受和评价，力求表达主体对世界的主观感受和认识，并将其传达给别人，以满足自己和他人的情感需要，其生产成果主要体现为人的情绪、情感的形象形态。进一步说，文学创造是人对世界的审美掌握，文学产品是在此基础上形成的具有话语蕴藉的审美意识的物化形态。文学当然包含着科学认识的因素，但这种认识因素在文学创造及其作品中已被情感化、诗意化，即审美化了，这正是文学作为一种审美意识形态生产区别于科学生产的特质。

文学创造与宗教活动存在着不少相似性。它们都是对世界的情绪、情感体验，都具有直观性、想象性、幻想性、形象性等特点。从历史渊源看，这两种精神活动也常常若即若离，你中有我，我中有你。《圣经》充满了诗，《荷马史诗》则充满了宗教；原始图腾、洞穴绘画、祭神仪式、神话等，既是艺术也是宗教，它们是那样奇妙地糅合为一体。但是，文学创造与其他艺术创造是人对世界的审美活动，是一种具有话语蕴藉的审美意识形态的生产，它建立在

---

① 马克思：《剩余价值论》，《马克思恩格斯全集》第 26 卷第 1 册，人民出版社 1972 年版，第 296 页。

② 马克思：《政治经济学批判》，《马克思恩格斯全集》第 46 卷下，人民出版社 1980 年版，第 113 页。

对现实世界的真实感受的基础上，以审美情感去体验和发现世界的美，并创造出美的精神世界，让人从中受到美的陶冶，使人发现世界、认识世界、回归世界；它关心人，热爱人，总是力图揭示人的丰富性，弘扬人的价值。因此，它要拥抱能充分地体现人的本质力量的现实世界，就像海德格尔（Martin Heidegger，1889—1976）借荷尔德林（Friedrich Hoelderlin，1770—1843）之口吟唱："人诗意地栖居。"就像《柏拉图对话录》所教诲的：艺术作品的形式和一个幸福生活的形式是一样的。而宗教却建立在对世界的颠倒的认识和虚幻的唯心主义臆想的基础上，以虚无的情感去祈求彼岸世界的幸福；它通过对神和虚无世界的歌颂把人引向不可知的彼岸，以它特有的神秘经验使人忘却现实世界和否定人自身的价值。显然，宗教是人的本质的异化形态，虽然它的沉醉态度建立在个人和对象之间和谐感觉上，但实质上是要导向超验的彼岸世界。因此，歌德笔下的浮士德深情地呼唤："美啊！请你停一停。"而但丁的诗句是祈祷："我们的安宁就寓于他（上帝）的意志之中。"

（二）文学创造作为特殊的生产

文学创造作为一种精神活动当然要运用一定的符号。在精神生产领域中，各种艺术生产所凭借的"艺术符号"并不相同：造型艺术（雕塑、绘画等）以线条、色彩为符号，表演艺术（音乐、舞蹈等）以音响、节奏、旋律和人体动作为符号，而文学则以语言为符号。正是在这一意义上，我们称文学是一种语言艺术。但是，文学创造中所运用的既不是语法意义上的"语言"，也不是日常的"言语"，而是具有话语蕴藉的"话语"，即作者个人的言语行为，其中包括人物的独白、对话等。

文学创造就是以话语为原料的生产活动。然而，文学话语不同于一般的科学语言和日常言语，它们之间"有着确凿无疑的差异"[1]。科学话语作为科学领域使用的语言，如科学论文、研究报告、技术资料等采用的语言，强调严谨的逻辑和语法结构，要求说理清楚、概念明确、不注重个人色彩和风格，显得素朴单纯、千篇一律。日常言语由于发生在具体交往中，受到现实人际关系和具体语境（context）的影响，较富于感情色彩和个人风格，但总的来说还是服从于说明的需要。文学话语则往往会突破一般语法结构和逻辑要求，强调个人感情色彩和风格。它一般不作为说理的手段，也与普通的言语有一定程度的背离。

首先，作为叙述、表现、象征的符号体系，文学话语采用隐喻、暗喻、转喻、暗示、象征等形式，来反映外部世界，表达主体的情思，因此，文学作品中言语的指涉意义往往不是能一眼看穿的，而且相对于指称明确的科学语言而

---

[1] ［德］卡西尔：《人论》，甘阳译，上海译文出版社2004年版，第233页。

言，文学话语常用来表达或激发情感和态度。例如，杜甫的"恶竹应须斩万竿"中的"竹"，李商隐的"寒梅最堪恨"中的"梅"，彭斯的"红红的玫瑰"中的"玫瑰"，等等，都寄寓着深沉强烈的情感和人格象征；骆宾王的"露重飞难进，风多响易沉"，毛泽东的"俏也不争春，只把春来报"，等等，其含义必须通过联想或想象才能领悟。文学言语与科学言语有较大差别，也比日常言语更富于艺术性、技巧性、个体风格，同时也更含蓄、多义、模糊，往往有限的言语中包含着无限的意蕴。

其次，文学话语甚至使用"陌生化的语言"产生不同的艺术效果。普通的语言被强化、凝聚、扭曲、缩短、拉长、颠倒，这些阻拒性的话语迫使我们对语言产生强烈的意识，使对象更加具体"可感"，从而更新对那些日常言语的习惯性反应，更新这个语言所包容的生动的世界。《诗人玉屑》卷六记载王仲题试馆绝句，有"日斜奏罢《长杨赋》，闲拂尘埃看画墙"句，王安石改成"日斜奏赋《长杨》罢"，认为这样更符合文理，而且说"诗家语如此乃健"。这里不过将"赋"字词性稍作变化，却使诗句更为经典。

最后，文学语言的虚构性常常制造某种处在变化中的情境，这种叙述会出现多种可能性。

总之，文学语言是一种"舞蹈"的语言，而其他的语言是一种"走路"的语言。文学语言是不断创新的同一种民族语言在不同的作家手中，在不同语境中，其运用千变万化。所以，文学创造不仅以言语为材料，而且旨在创造新的"话语"，创造具有"话语蕴藉"的文本来塑造文学形象。

第二节　文学创造的客体与主体

人类任何生产都是主客体相统一的活动，没有生产的主体或者没有被生产的客体，便没有生产。同样，文学创造作为一种生产，也是人与世界即主客体间的特定关系的反映。因此，要理解文学创造的本质规律和特点，必须科学地理解文学创造的主客体及其相互关系。

一、文学创造的客体

如何理解文学创造的客体，即文学的反映对象，是关系文学的根本问题之一，也是影响对文学创造的性质、规律认识的一个重要方面。

（一）关于文学创造的客体的两种解释

1. 客体即"自然"说

这一学说认为，文学的客体是独立于人之外的自然。这里的"自然"最初指的是客观存在的自然界，后来泛指社会生活。

在西方，这种观念是由古希腊人最初确立的，集中体现在"艺术模仿自然"的艺术观中。模仿论的基本观点在于：文艺起源于人对宇宙或世界的模仿。关于这个观点，在古希腊还有一个生动的传说，讲的是两个画家比赛的事情。一个画家画了形象逼真的葡萄，居然使鸟儿以为是真的，飞到画布上来啄食。他以为自己的画酷肖实物定能稳操胜券。他叫对方揭开遮画面的布幔，而对方则不慌不忙，原来布幔就是对方作的画。就是说，前者的画只是使鸟儿信以为真，而后者则是让一个画家也信以为真，于是胜负也就分出来了。

从古希腊开始，关于模仿论出现了两种对立的观点。柏拉图在《理想国》中认为，宇宙间的事物有三类：第一类是永恒不变的"理式"，代表着绝对真理，可以用理智来把握，但并不直接呈现在感觉和经验中；第二类是反映第一类的，呈现为感觉世界中的各种事物；第三类又是摹写第二类的，如镜中的映像和艺术品中描写的故事等。柏拉图据此推论艺术同理念世界隔了三层，因而艺术是"影子的影子""模仿的模仿"。柏拉图最后得出的结论否定了艺术存在的合理性，并把诗人从理想国中驱赶了出去。① 与之相反，亚里士多德认为，艺术模仿的世界同样可以达到真理的境界。人模仿的世界主要有三种，即已经发生的事情、可能发生的事情和应当发生的事情："诗人的职责不在于描述已经发生的事，而在于描述可能发生的事，即根据可然或必然的原则可能发生的事。……诗倾向于表现带普遍性的事，而历史却倾向于记载具体事件。"② 这里，诗甚至比历史记录包含更大的真理性，这就直接驳斥了柏拉图关于诗不能洞见真理的说法。同样强调文学与世界的联系，亚里士多德肯定了文学的价值和作用。他的主张后来成为现实主义文艺观的圭臬，影响深远。

德国学者奥尔巴赫（Erich Auerbach，1892—1957）认为，古希腊的模仿论只是西方文艺思想史上的一条线索，与之相对应的还有另外一个传统，这就是希伯来传统或《圣经》传统的模仿论。两种传统区别在于：前者强调文学模仿的对象是此岸世界，后者则着力反映超验世界，因此形成了两种不同的模仿文体，两者的源头分别为《荷马史诗》和《圣经》。以《奥德赛》和《创世记》为例，奥尔巴赫具体分析了两种模仿论的差异：

　　　一个（《荷马史诗》）是详尽的描述，着墨均匀，各部分连接紧密，

① ［古希腊］柏拉图：《理想国》卷十，郭斌和、张竹明译，商务印书馆 1986 年版，第 387～426 页。

② ［古希腊］亚里士多德：《诗学》，陈中梅译，商务印书馆 1986 年版，第 81 页。

表述自如，发生的一切均在幕前，一目了然，在历史发展及人类问题方面有局限；另一个（《圣经》）是突出几个部分，淡化其他部分，支离破碎，而未完整表达的东西虽具有强烈的作用，后景化，含义模糊，需要诠释世界历史的要求，历史观念的形成及问题的深化。[1]

一般认为，中国古代不像西方那样突出强调文艺的反映活动。这种认识有失偏颇。实际上，中国古代不但有艺术反映论思想，而且还自成传统、源远流长。如《周易·系辞（下）》提出了"观物取象"的说法："古者包牺氏之王天下也，仰则观象于天，俯则观法于地，观鸟兽之文与地之宜，近取诸身，远取诸物，于是始作八卦，以通神明之德，以类万物之情。"[2] 这里虽然直接谈的是中国早期文字的起源问题，不过，象形文字也是一种抽象化、规范化的图画，正如大画家荆浩所说："画者，画也。度物象而取其真。"[3] 这是在画论上对"观物取象"说的继承与发展。清代诗论家叶燮在《原诗》中说："文章者，所以表天地万物之情状也。"[4] 这是文论对"观物取象"说的继承与发展。

这种强调文艺与真实世界相关的观点，在中国古代的一些文学作品中也有曲折表达。如唐传奇《南柯太守传》叙述了这样一个故事：淳于棼梦入槐安国，经历了大喜大悲、宠辱一生，醒后发现梦中所谓槐安、檀罗二国，不过是两处蚁穴。该传奇体现了这样一种观念：文学与现实形象（蚁穴）、现实态度（出仕和遁世）有关联性。在《聊斋志异·画马》中，崔生每天早上都看到一匹马在户外，全身黑色，杂有少许白毛，马尾处有火燎痕印，不知其主。一次，崔生有事外出就骑乘了该马，晋王见到后想据为己有，该马逃入崔生的邻居家中就不见了，崔生见邻居家中有赵孟頫画一帧，画中马的毛色与平素所见之马相同，并且尾毛处被香火灼过，才知道他所见到的马就是画上的马。这则故事将艺术描写与现实的关系拉得很近了。

从文学与世界的联系来看待文学活动，中西方都形成了悠久的模仿论传统。中国自先秦以来，汉代司马迁、南北朝刘勰、唐朝白居易、近代梁启超，直到现代的现实主义，都对此有着不同程度和不同侧面的强调。而在西方，直

---

① ［德］奥尔巴赫：《模仿论：西方文学中所描绘的现实》，吴麟绶、周新建、高艳婷译，百花文艺出版社 2002 年版，第 26 页。

② 参阅《周易·系辞下》，上海古籍出版社 1989 年版，第 270 页。

③ （五代）荆浩：《笔法记》，王伯敏标点注释，邓以蛰校阅，人民美术出版社 1963 年版，第 3 页。

④ （清）叶燮：《原诗·内篇》，见霍松林等人校注《原诗·一瓢诗话·说诗晬语》，人民文学出版社 1979 年版，第 21 页。

到浪漫主义兴起之后，客体即"自然"的模仿论才受到强劲的挑战。尽管如此，在文学思想史上有重要地位的别林斯基等人仍然坚持和发展了这一理论。

2. 客体即"情感"说

与客体即"自然"的文学观相对立的另一种理论认为，文学是人的内心世界的表现，文学客体即人的心灵。其中有的认为文学客体是人的思想、理性，有的认为是人的意志、抱负，有的认为是人的无意识，等等。其中最有影响的是"文学客体即情感"说。

在西方文艺理论史上，"文学客体即情感"说早在古希腊时代就已存在过（如柏拉图说艺术模仿"情欲"），但其盛行是在 18 世纪启蒙主义、感伤主义之后，19 世纪浪漫主义思潮兴起之时。这些思潮的代表人物和著名作家、诗人、艺术家认为，艺术的职责不是模仿自然，而是表现心灵，表现情感。例如，英国浪漫主义诗人华兹华斯说："诗是强烈感情的自然流露。它起源于在平静中回忆起来的情感。"① 英国浪漫主义诗人雪莱说："诗人的职责就在于：把他自己从这些形象和感觉中所得到的愉快和热诚传达于他人。"② 法国浪漫主义作家斯达尔夫人说，诗表现的是诗人"灵魂中的感情"，当热情激动灵魂时，诗人就借助形象和比喻来表现"内心的东西"。③ 俄国批判现实主义大师托尔斯泰经过多年创作思索之后断定：艺术就是一种"有意识地把自己体验过的感情传达给别人，而别人为这些感情所感染，也体验到这些感情"④ 的人类活动。

20 世纪以来，西方关于文学艺术的对象是情感的观点被进一步强调和系统化。符号学美学家苏珊·朗格在她一系列论著中一再指出，艺术就是把情感呈现出来，就是情感的物化形式。她给艺术下的定义是："艺术乃是象征着人类情感的形式之创造。"⑤ 英国美学家科林伍德也说，艺术是在想象中表现自己的感情，真正的艺术就是情感的表现。⑥ 虽然他们对"情感"含义的理解有

---

① ［英］华兹华斯：《〈抒情歌谣集〉1880 年序言》，见伍蠡甫主编《西方文论选》下卷，上海译文出版社 1979 年版，第 17 页。

② ［英］雪莱：《〈伊斯兰的起义〉序言》，见伍蠡甫主编《西方文论选》下卷，上海译文出版社 1979 年版，第 47 页。

③ ［德］斯达尔夫人：《论德国》，见伍蠡甫主编《西方文论选》下卷，上海译文出版社 1979 年版，第 137～138 页。

④ ［俄］托尔斯泰：《什么是艺术》，见伍蠡甫主编《西方文论选》下卷，上海译文出版社 1979 年版，第 433 页。

⑤ ［美］苏珊·朗格：《情感的象征符号》，傅正元译，见伍蠡甫主编《美学译文》第 3 辑，中国社会科学出版社 1984 年版，第 124 页。

⑥ 参见［英］科林伍德《艺术原理》第 6 章，王至元、陈华中译，中国社会科学出版社 1985 年版。

所不同（苏珊·朗格所理解的"情感"是一种人类的普遍情感，而不是一般人所理解的个人情感），但其相同的一点就是把情感看做文学艺术的客体。

在中国古代文论中，强调文学艺术是情感表现的观点像一条醒目的红线贯穿始终。据《尚书·尧典》记载，中国文学理论萌发期就已有"诗言志"的命题。当时所谓"志"主要指人的思想、抱负，但也包含着情；后来《乐记》《毛诗序》逐步转向强调"情"，如《乐记》说："情动于中，故发于声。"《毛诗序》说："情动于中而形于言。"认为诗主要是"吟咏情性"。到了西晋，陆机的《文赋》提出"诗缘情而绮靡"的见解，创立了"诗缘情"说，明确肯定文学的主要表现对象是情感。此后，这种观念在中国文化史上绵延不断，广为流行。如刘勰在《文心雕龙·知音》中说："缀文者情动而辞发。"严羽在《沧浪诗话》说："诗者，吟咏情性也。"等等。这些说法实际上把情感确认为文学艺术的客体。

把人的情感列为文学艺术的表现对象是无可非议的，因为文学艺术对世界的把握主要是一种情感体验的方式，它在反映作家、艺术家所体验的生活的同时也必然表现作家、艺术家对生活的体验和由之形成的特定情感。但是，如果把文学客体归结为情感，以此否定客观世界作为文学的根本对象，或割断个人情感与社会生活的联系，则是唯心主义的。中国古代的"缘情"说，一般都肯定情产生于对"物"的感受，即"本在人心之感物"，这是辩证的。而西方一些理论家往往把情感与社会生活隔离开来，仅以此作为文学的本源和唯一客体，这无疑是错误的。把文学归结为"自我表现"的观点，正是导源于这样的错误认识。

（二）文学创造的客体是特殊的社会生活

上面介绍了文学理论史上关于文学创造客体问题的两种有影响的观点，但是它们都没有完满而科学地回答出这个问题。只有社会生活才是文学创造的客体和唯一源泉。

社会生活是文学创造的客体，离开了这个客体，就没有文学创造。那么，什么是"社会生活"呢？马克思在研究人类社会结构时把社会划分为经济基础和上层建筑两大部分。所谓"社会生活"，就是人在经济基础和上层建筑各个领域中结成的现实关系和全部活动的总和，也就是人在一定现实关系中的物质生活和精神生活的总和。马克思还指出，人的生活必须依赖于一定的社会物质条件，而社会物质条件不仅包括物质资料的生产方式，也包括环绕社会的自然界，没有自然界，人就失去了生存的空间。总之，社会生活是人在一定现实关系中的物质生活和精神生活以及人所赖以生存的自然界的统一体。有人承认文学是社会生活的反映，但又把社会生活仅仅理解为物质生活或纯自然观上的物质世界，这样理解社会生活的内容无疑是简单化了。文学艺术作为一种意识活动，它既可以把物质世界作为创造的客体，也可以把客观存在着的特定社会意识、社会心理、文化氛围、历史情境和作家个人对生活的体验等作为创造的客体。这恰恰是文学创造作为一种意识活动与物质交换形式的实践活动的重要区别。意识活动几乎可以反映与人发生关系并被意识到的一切，它们都是意识活动的客体。总之，文学创造的客体是物质生活和精神生活相统一的社会生活。

在文学创造中，无论是侧重于社会物质生活的反映，还是侧重于社会精神生活的揭示；无论是侧重于作家内心生活的抒写，还是侧重于外部生活的描绘，归根到底都是社会生活的反映。这里较难理解的是那些以幻想的形式描写人类社会中不存在的事物的作品，如神话、童话、神魔小说、科幻小说等，是否也是社会生活的反映呢？回答是肯定的。神话不过是"通过人民的幻想用一种不自觉的艺术方式加工过的自然和社会形式本身"①。神魔小说表面写的是神魔，实际反映的是人类社会中的人情世态。可见，一切文学作品都有社会生活的根源，社会生活是文学创造的源泉，而且还如毛泽东所指出的，社会生活"是一切文学艺术的取之不尽、用之不竭的唯一的源泉。这是唯一的源泉，因为只能有这样的源泉，此外不能有第二个源泉"②。

社会生活是文学创造的唯一源泉，但是作为文学创造客体的社会生活有其自身的特殊性。从宏观角度看，人的意识活动包括文学艺术活动和科学认识，都是社会生活的反映。然而，它们所反映的具体生活是有区别的，它们的"具体客体"是有差别的。俄国著名的文学批评家别林斯基说过这样一段话：

> ……人们看到，艺术和科学不是同一件东西，却不知道它们之间的差别根本不在内容，而在处理特定内容时所用的方法。哲学家用三段论法，诗人则用形象和图画说话，然而他们所说的都是同一件事。……一个是证明，一个是显示，可是他们都是说服，所不同的只是一个用逻辑结论，另一个用图画而已。③

---

① 马克思：《〈政治经济学批判〉导言》，《马克思恩格斯选集》第2卷，人民出版社1995年版，第29页。

② 毛泽东：《在延安文艺座谈会上的讲话》，《毛泽东选集》第3卷，人民出版社1991年版，第860页。

③ ［俄］别林斯基：《一八四七年俄国文学一瞥》，《别林斯基选集》第2卷，满涛译，时代出版社1952年版，第428～429页。

在这里，别林斯基把艺术的"内容"与艺术的"对象"混为一谈。按照他的说法，文学艺术和科学认识的客体是没有任何差异的，差异只在反映的方法与形式上。事实上，文学艺术和科学认识，不仅在反映的方法与形式上，而且在反映的具体生活即具体客体上，都是不同的。文学创造的客体有其特殊性。

第一，文学创造的客体是整体性的社会生活。文学艺术和科学认识所反映的社会生活的差异首先在于：前者是整体的社会生活，后者是某一方面或某一层次的社会生活。横向上，生活可以分为不同的方面，如物质生活、精神生活；再具体些说，可以分为经济的、政治的、文化教育的、工业的、农业的、军事的等诸多方面。纵向上，生活又可以分为不同的层次，表层是现象，深层是本质。科学反映生活有两个特点：横向反映是分门别类的，如经济学反映社会经济生活，政治学反映社会政治生活和阶级斗争……在纵向反映上，科学固然要捕捉生活现象，但这不是它的根本目标，它总是力图穿透五光十色的表层现象，追寻生活的本质和规律。可见，科学反映的生活，既是某一方面的生活，又是本质的、一般的生活，而不是整体性的生活。所谓整体性的生活，是指既不局限于某一方面，也不局限于某一层次，而是多方面生活的交融、渗透，是现象与本质、具体与一般相统一的社会生活。文学艺术反映的生活就具有这种整体性。《红楼梦》围绕着宝黛的爱情悲剧这一轴心，展现了封建家族内部的、外部的、世俗的、官场的、政治的、经济的等多方面生活相交织的画卷；同时《红楼梦》所呈现出来的又是活生生的、五彩缤纷的生活形象，如一个个青年女子的悲惨命运——英莲被拐、金钏儿投井、鸳鸯悬梁、晴雯屈死、尤三姐血染利剑、司棋撞壁丧生、黛玉焚稿归天……然而，就在这表层的生活现象中，却又透露出封建礼教的吃人本质，从而使所反映的生活达到现象与本质、具体与一般的有机统一。正是在这一点上，我们说，文学给人们提供的是生活的全部丰富性。

第二，文学创造的客体是具有审美价值的或审丑价值的社会生活。社会生活无比丰富，也极其复杂，其中有美也有丑，有崇高也有卑下，有令人神往的，也有令人厌恶的。总的说来，生活中有一类是具有审美价值的，另一类是不具有审美价值的。文学要创造美，要激发人们的美感，就必须努力去发现、反映那些具有审美价值的生活，而对那些不具有审美价值甚至与美对立的事物，则必须进行审美提炼和转化，使之在进入艺术作品之后具有审丑价值。

所谓具有审美价值的生活，指的是那些本身就具有美的属性的生活，即富于诗意的生活。如李白的《望庐山瀑布》："日照香炉生紫烟，遥看瀑布挂前川。飞流直下三千尺，疑是银河落九天。"杜甫的《绝句二首》之一："迟日江山丽，春风花草香。泥融飞燕子，沙暖睡鸳鸯。"这两首诗所反映的自然风景、自然花草本身就是美的，能直接激发人们的美感，无疑属于有客观审美价值的事物。与此相反，像癞头疮、鼻涕、大便、毛毛虫、死尸之类，它们本身就不美，甚至是丑的，不能引起人们的美感，不具有客观审美价值。文学在反映生活时，一般地说，总是努力去发现和表现那些本身就具有审美价值的事物，而对那些不具有任何社会意义和审美价值的丑的事物总是摒弃的。

　　然而，这绝不等于说文学不能反映丑的生活，或者说，丑的生活不是文学的现实客体，如果这样，艺术的表现范围无疑太狭窄了。审美与审丑，正如死亡和生命相伴、病态与健康对抗、痛苦同欢乐交替。《红楼梦》中不就写了当公公的、当叔叔的"偷鸡摸狗"的丑行吗？《阿Q正传》不就写了阿Q的丑陋吗？甚至他头上的癞疮疤也被描绘了一番呢！如果文学不写丑，怎么会有悲剧与喜剧！现实中的丑本身不具有审美价值，不能引起人们的美感，但是，丑的事物经过艺术家、作家的揭露和批判，塑造成艺术形象，也就具有了审丑价值（当然，丑的事物本身并不因此进入艺术品而变成美的事物）。创造了雕塑史上产生震撼效果的"老娼妓"形象的罗丹曾说，我们不能禁止人们表现"他们所不喜欢的自然事物"，"在自然中人以为丑的东西在艺术中可以变成极美"[1]。"劣陋之中有至好"：庄子在"大椿"的树荫下放飞"逍遥游"的审美情思司空图笔下的"畸人乘真"，贾平凹文中的"丑石"丑到极处即美到极处……所以，对美的崇拜与对丑的描绘并不矛盾，关键在于通过艺术处理能否使之具有审丑价值。波德莱尔曾说："丑恶经过艺术的表现化而为美，带有韵律和节奏的痛苦使精神充满了一种平静的快乐，这是艺术的奇妙的特权之一。"[2] 把丑写进文学作品却不对之进行审美否定和艺术处理，那无疑使艺术品成为丑的展览，这是违背文学反映生活的美学原则的。

　　第三，文学创造的客体是作家体验过的社会生活。如上所述，文学创造的客体是整体性的、具有审美价值或者审丑价值的特殊生活。但是，这种特殊生活当它还处于自在状态时，仍不能成为文学创造的真正的现实客体。众所周知，没有客体，人就什么感觉也没有；而没有人对客体的感觉，客体就不能现实地成为人所掌握的客体。同样，当某种生活不与作家发生关系，作家没去体验它，即感受、体味、思索它，并与之发生情感交流时，它就不会成为作家描写和表现的对象。曹雪芹如果没有对封建社会晚期青年男女不幸命运的熟悉、

---

　　① ［法］罗丹：《罗丹艺术论》，葛赛尔记，沈琪译，人民美术出版社1987年版，第21页。

　　② ［法］波德莱尔：《论泰奥菲尔·戈蒂耶》，《波德莱尔美学论文选》，郭宏安译，人民文学出版社1987年，第85页。

体验，那些不幸青年男女的生活就不会成为《红楼梦》的反映对象；钱锺书如果没有对旧式知识分子的生活和心态的体验，那群处于"围城"状态的知识分子又怎么能成为作家创作的现实客体呢？可见，只有经过作家体验过的生活，才是文学创造的实际客体。

正是由于作家的体验，作为文学创造客体的社会生活才被情绪化、心灵化和生命化，外在的现实生活也就转化为内在的心理现实。这时，作为文学创造的现实客体，也就是文学题材，已经成为主客观统一的具体生活材料了。因此，作家笔下的生活就不那么"客观"了，而是经过作家的感觉折光、情感涂染、心智贯注、理性过滤了，如鲁迅《故乡》中那阴晦的天气、冷风、荒村，不再是一个纯粹的物理环境，而是浸渍着作家悲凉情绪的心理空间；张承志笔下的黄河，已经像"北方大地燃烧的烈火"，像"自己的父亲""自己的血脉"了（《北方的河》）。

在文学创造中，作家对生活的体验是一种审美的体验，而审美体验主要是一种包含了认识、思考的情感体验。因此，情感活动用回忆、想象、激情、理解和思考标示出生命活动本身，将有限的生命带入永恒的意义存在之中。深层的审美体验朝向生命本体的命运、死亡和爱憎，包含着诗人的孤独、痛苦、渴望、希冀和欢乐。

文学对象是经过作家的体验而成为情感化了的客体。尽管情感体验比任何别的体验都更具主观性，但是，被体验过的社会生活仍具有客观品格。在科学研究中，对研究客体的主观化、情感化则是不被允许的。

二、文学创造的主体

文学创造的主体是作家、诗人。没有这个主体，也就谈不上什么文学创造。正确理解文学创造的主体，是理解文学创造的性质特征的另一重要内容。

一类观点认为，文学创造的主体是"模仿者"与"创造者"。西方的艺术模仿说认为，如果艺术是对自然的模仿话，那作家、艺术家就是"模仿者"。赫拉克利特、德谟克利特、柏拉图、亚里士多德以及后世许多文艺理论家、艺术家都持这种观点。不过，他们对"模仿者"的具体理解并不相同。在柏拉图看来，艺术家作为模仿者是缺少"真知识"的无能的人，包括荷马这样伟大的诗人亦不过如此，因为他们不能直接模仿"理念"，只会制造出一些和"理念"（真理）相隔甚远的影像。① 而且，艺术家对自然（"理念"的

---

① ［古希腊］柏拉图：《理想国》卷十，郭斌和、张竹明译，商务印书馆1986年版，第390页。

影像）的模仿不过像"拿一面镜子到处照"。① 因此，他认为艺术家作为模仿者也只是机械的临摹者，至多是"影像"的复制者。后世的一些理论家也持有类似的观点，把艺术家称做"仿造者"。亚里士多德一反上述观点，认为艺术家作为模仿者并非由于无能，而是天性使然。诗人对自然的模仿并非依样画葫芦，他不是被动者，而是不同于历史学家的主动创造者："历史学家与诗人的区别……在于前者记述已发生的事，后者描述可能发生的事。"② 文艺复兴时期的阿尔伯蒂、达·芬奇、锡德尼，启蒙运动的先驱狄德罗等，都把艺术家、诗人称做模仿者，他们对模仿者的理解基本继承了亚里士多德的观点，强调艺术家、诗人的创造性，强调通过想象、虚构，把理想与现实结合起来。例如狄德罗认为艺术应创造"理想典范"，艺术家不应做"纯粹简单的模仿者、普通自然景色的抄袭者"，而应该做充满"理想的、诗意的、自然的创造者"。③

18 世纪以后，艺术"模仿"说受到冲击，特别是遭遇了 18 世纪末 19 世纪初中叶浪漫派激烈的批驳。人们普遍强调艺术的想象与创造的本质，强调艺术家、诗人作为创造者的主体地位。歌德说，艺术家既是自然的奴隶，更是自然的主人；艺术家的本领是驾驭自然，创造自然。在黑格尔看来，艺术是对自然的征服，艺术作为一种想象是真正的创造。浪漫派诗人华兹华斯、柯勒律治等都响亮地宣称：艺术家就是创造者。这种观点不断为后人所重申。

我们认为，"主体即模仿者"的说法并不妥帖。"模仿"这一概念本身含有轻视主体创造性的色彩，它强调的是艺术家观察、复制自然的能力，容易把艺术家引向依靠技术临摹自然的道路上去，从而把艺术家降低为复制物品的工匠。别林斯基于此斩钉截铁地说："抄写自然的是画匠，不是画家。"④ 把艺术主体看做创造者，肯定了人的生命活动的突出特征，是完全正确的。艺术家的天才就表现在他的创造才能上。但是，任何艺术创造都不是随心所欲，都要受到客体对象的制约，正如席勒所说，"悲剧只有在和自然法则高度吻合的条件下，才能得到它的使人感动的目的"，因此，艺术创造"在保留自由地处理历史事件的权利下，依然需要遵守严格的自然的真实性的法则"。⑤ 所以，以往

① ［古希腊］柏拉图：《理想国》卷十，郭斌和、张竹明译，商务印书馆 1986 年版，第 389 页。

② ［古希腊］亚里士多德：《诗学》，陈中梅译，商务印书馆 1996 年版，第 81 页。

③ ［法］狄德罗：《绘画论》，朱国权译，见伍蠡甫主编《西方文论选》上卷，上海译文出版社 1979 年版，第 390 页。

④ ［俄］别林斯基：《一八四一年的俄国文学》（1841），见别列金娜选辑《别林斯基论文学》，梁真译，新文艺出版社 1958 年版，第 109 页。

⑤ ［德］席勒：《论悲剧艺术》（1792），张玉书译，见《古典文艺理论译丛》第 6 册，人民文学出版社 1964 年版，第 99 页。

的"创造者"之说并未辩证地揭示艺术主体作为创造者的全部内涵。

另一类观点认为，文学创造的主体是"旁观者"与"移情者"。西方有的理论家从审美的角度，认为艺术主体是生活的"旁观者"。古希腊哲学家毕达哥拉斯就说过："生活就像场体育比赛，有些人充当角力士出场，有些人是拉拉队，而最好的则是观看者。"① 他认为，那些能获得审美愉快的人包括艺术家，就是处于这种游离于现实利害关系之外的"观看"位置的人。后来的康德、叔本华、闵斯特伯格（Hugo Münsterberg，1863—1916）、布洛等，都把艺术主体看做是与现实无利害关系的生活的旁观者，与对象保持一定心理距离而无须理会对象功利价值的审美者。中国古代虽无"旁观者"的称谓，但老庄哲学中的"虚静无为"说、苏轼的"游心物外"说等，都直接或间接地说明了艺术主体超然于现实功利的特征。

西方另一些理论家则认为，艺术主体实质上是移情者。德国心理学家费舍尔父子、立普斯、伏尔盖特等都是这种观点的代表人物。立普斯说，人们在对周围世界进行审美观照时，不是主观地被动感受，而是自我意识、自我感情以至整个人格的主动移入；通过"移入"使对象人格化，达到物我同一，于是，"非我"的对象成为"自我"的象征，自我从对象中看到自己，获得自我的欣赏，从而产生美感。由此他认为，艺术家等审美主体（亦包括欣赏者）也是移情者。伏尔盖特进一步把审美移情说用于说明艺术问题，认为艺术创造和艺术欣赏一样，都是移情活动，都是把自我感情投射到外在对象上去，因此，艺术主体实质上就是主观感情的给予者。

我们认为，"主体即旁观者"的说法，指出了艺术家在创作中的非功利心理状态，是有一定道理的，但它走向极端，把艺术家描述为不食人间烟火、超现实、超历史的世外高人，无疑是不切实际的。艺术家作为审美者，有超脱个人功利心理的一面，但作为有血肉、有爱憎、有思想的人，必然以一定的功利眼光去审视世界、投入现实，不可能成为纯粹的"旁观者"。"主体即移情者"的说法，在说明艺术家处于创作活动时情感活动的某些特点和客体人格化的原因方面，也不无道理，但它把移情看做艺术创作的普遍规律，把主体归结为移情者，就过于简单化了；进一步说，它把艺术作品仅仅看做主体情感的投射，否认了客体自身的性质，也是不可取的。

首先，马克思不仅把文学活动看做是一种特殊的生产，而且认为从事文学

---

① ［波兰］符·塔达基维奇：《西方美学概念史》，褚朔维译，学苑出版社 1990 年版，第 424 页。

活动的作家类似于"生产工人"①。所谓文学创造的主体指的就是作家这种特殊的生产者即艺术创造者。

当然，"主体"这个概念是有特定含义的。人并非任何时候都可以称为主体。只有当人与特定客体处于特定的关系，并对客体具有主动、主导地位亦即具有主体性时，人才是真正的主体。文学创造的主体首先必须存在于文学创造活动中，并创造文学产品。然而，在文学创造活动中，如果作家完全是被动的，或成为自然的奴隶，或他的活动完全从属于别人（如资本主义社会某些作家一开始就从属于资本），那么，他就是"自身的丧失"②，就不是真正的文学创造主体。文艺理论史上那种把文学主体归结为单纯的"模仿者"的观点，其根本缺陷就在这里。我们认为，只有处于文学生产活动并具有主体性力量的人，即自由自觉的创造者，才是真正的文学创造的主体。

文学创造的主体作为生产者，不同于一般生产劳动的生产者，后者的劳动是物质交换的劳动，前者是非物质交换的精神劳动。文学创造的主体还是特殊的精神劳动者。在文学创造活动中，尽管文学创造者也有物质性生产劳动的一面，比如写作的物化形态，但这种劳动的精神形态比起其物化形态来说，在本质上更从属于精神劳动，因为它不是对物质世界的实际改造行为，不是物质财富的直接生产活动，所以，文学创造主体始终属于精神生产者。在资本主义社会，文学艺术等这些"最高的精神生产"被理解为物质财富的生产，而艺术创造者也被当做物质财富的生产者，即一般生产劳动者，这是资本主义生产方式的产物，也是"被错误地解释"了的艺术生产主体。在我们看来，作家一旦从属于资本，一旦被他人如书商雇佣，以赚钱为目的，他就丧失了部分的主体性，就不是文学创造的完整主体了。在社会主义时代，艺术创造的根本目的不是为了资本，艺术家、作家、诗人和工人、农民都是国家的主人，不是雇佣劳动者，他们的职责是努力为人民提供真善美统一的精神产品，因而他们是真正的艺术创造的主体。当然，我们现在也提倡"文化产业"，文学创造主体也是生产者之一员，他们的作品既要讲精神价值，也要讲"票房价值"，他们的作品既要读者、观众叫好，又要卖座。尽管这样，我们还是要把文学艺术所创造的精神价值放在第一位，与资本主义的艺术生产一味追求利润还是有区别的。

其次，文学创造的主体也是美的体验者、评价者和创造者。如前所述，人

---

① 马克思：《剩余价值论》，《马克思恩格斯全集》第 26 卷第 1 册，人民出版社 1972 年版，第 443 页。

② 马克思：《1844 年经济学哲学手稿》，《马克思恩格斯全集》第 3 卷，人民出版社 2002 年版，第 271 页。

类掌握客观世界的活动可以分为物质实践、科学认识和价值判断（评价）三种方式。相应地，人在这三种活动方式中也就分别扮演着物质实践主体、认识主体和价值判断主体这三种角色。

在物质实践中，主体和客体之间的关系是物质交换关系，主体主要通过物质行为对物质客体进行实际改造，因而他首先是"行动者"或"实干家"。认识主体和认识客体之间的关系不是物质交换关系，而是主体对客体的认识性的观念活动关系。在这种关系中，主体主要通过理性思考去认识客体（包括物质客体与观念客体）的本质规律，并运用概念建立一定的理论形态，因而他首先是"理论家"或"思想家"。文学活动属于价值判断的活动，更具体地说，属于审美价值判断的领域。在文学活动中，主体对客体的活动也是一种观念活动，但与科学认识不同，他主要通过对具有审美价值的客观事物即审美客体（包括物质客体和观念客体）的直观感受、情感体验，对客体做出审美评价，并在这个基础上运用文学话语创造出具有审美价值的艺术世界。因此，文学创造的主体既是美的体验者、判断和评价者，又是美的创造者——艺术创造的主体与其他创造者的主要区别就在这里。

但是，人的各种活动并非孤立，而是存在着一定的内在联系的。例如，人的物质实践活动绝不是盲目的物质交换活动，而是有意识有目的的活动，其实践过程必然内含着主体对客体的认识与评价，也要按美的规律去创造，因而"实干家"也就兼有"理论家"和"审美者"的身份。认识活动是观念性的，但它又必须以先前的实践为基础，并指向未来的实践，因而又内含着物质实践的经验，可见，"理论家"与"实干家"也存在着内在联系。文学活动同样必须以物质实践为基础，创作过程也离不开写作实践活动，因此，文学创造的主体也兼有"实干家"的身份。作为审美判断，文学活动虽然不等于认识，却也离不开对生活的认识，否则文学作品就不能深刻地反映生活和揭示生活的某些本质规律；文学作品之所以能在给人以美的享受的同时也给人以真的启示、善的教育，正是由于审美判断中内含着主体对生活的深刻认识。因此，优秀的作家、诗人也可能同时成为理论家或思想家。例如鲁迅既是一个文学家，同时也是一个理论家、思想家。

第三，文学创造的主体是具体的社会人。文学创造的主体作为艺术生产者、审美者，既是具体的个体，又是社会的个体，是具体的社会人。正如马克思指出的："人是一个特殊的个体，并且正是他的特殊性使他成为一个个体，成为一个现实的、单个的社会存在物。"①

文学创造的主体都是具体的个体。这里的"个体"固然首先指在文学创造中的作家、诗人都是一个个具体的"单个人",但还包含着深一层的意义,即指文学活动作为一种意识活动必然都是个体的活动,因为人类从来就没有一个意识的总头脑。每一位作家、诗人,他们都是活生生的、不可重复的"自我",都有自己的生命,有自己的自由创造,因此他们的作品无论就内容或形式说,都烙下了独创性的印记,都表现出个人对生活的独特感受和创作个性。否认作家、诗人的个体性,也就否定了文学创作的自主性和创造性。但是,有的理论家则把文学创造的主体归结为纯粹的"自我",归结为超现实、超历史的孤立的个体,把文学创作看做一种纯粹的"自我表现",这种观点也是片面的。

马克思在肯定人的个体性的同时,多次强调,人是现实的人、社会的人,"个体是社会存在物","人的本质不是单个人所固有的抽象物,在其现实性上,它是一切社会关系的总和"。② 我们既不能抹杀人的个体存在,又不能把个别的人从社会关系中孤立出来,变成超现实、超历史的抽象物,而应从社会和社会关系中来理解人的个体存在。对文学创造的主体也应这样理解。实际上,任何个别的作家、诗人都不可能是生活在社会和一定社会关系之外的孤立个体,都不可能是封闭在自我意识中的神秘精灵;他们对生活的审美感受、审美体验、审美判断和评价以及运用文学语言反映生活的技巧、风格,都受到时代精神、社会意识、公共心理、民族特性、阶级意识等因素的影响。正如契诃夫所说:"文学家是自己时代的儿子,因此应当跟其他一切社会人士一样受社会生活外部条件的节制。"③ 从屈原到鲁迅,从荷马到海明威,任何一位诗人、作家,他们都既是个别的人,又是一定的社会人,他们的作品所表现的思想感情既是个人的,又是一定时代精神和社会意识的折光。总之,作为文学创造的主体,任何作家、诗人都是具有社会生命、社会灵魂的"单个人",或者说,都是具体的、个别的社会人。

---

① 马克思:《1844 年经济学哲学手稿》,《马克思恩格斯全集》第 3 卷,人民出版社 2002 年版,第 302 页。

② 马克思:《关于费尔巴哈的提纲》,《马克思恩格斯选集》第 1 卷,人民出版社 1995 年版,第 60 页。

③ 〔俄〕契诃夫:《契诃夫论文学》,汝龙译,人民文学出版社 1958 年版,第 36 页。

第三节　文学创造的主客体关系

马克思把艺术创造看做是一种艺术"生产"，这就意味着艺术创造（包括文学创造）是一种主客体相互作用的特殊过程。因为，任何生产都是作为生产主体的人对于作为生产对象的客体的活动，离开任何一方，"生产"就不存在；反过来亦是。马克思说："生产不仅为主体生产对象，而且也为对象生产主体。"① 因此，在前两节的基础上，必须进一步阐述文学创造中主客体之间的特殊关系及其相互作用问题。

一、文学创造中主客体关系的特点

由于人类生产活动具有多方面性和多层次性，从而形成了多种多样的主客体关系。人类掌握客观世界的活动主要有物质实践、科学认识和价值判断（评价）三种方式。相应地，主客体之间也形成了三种基本关系：物质实践关系、认识关系和价值关系。物质实践关系体现为主客体之间人与物质能量的交换转化过程；认识关系体现为主体对客体的信息接收和在思维中加工处理信息并获取真理知识的过程；价值关系则体现为主体对客体是否满足或在多大程度上满足自身需要做出体验性评价的过程。各种不同的活动方式同时规定了主体和客体的不同性质，在物质实践活动中，主体是实践主体，客体是实践客体；在认识活动中，主体是认识主体，客体是认识客体；在价值判断活动中，主体是价值评价主体，客体是价值客体。

审美活动属于价值评价活动。文学创造作为一种审美活动，其主客体关系实质上就是一种审美价值关系，文学创造的主体——作家，首先是审美者，是审美价值的评价者和创造者，而客体（包括物质客体和精神客体或两者的统一）首先是作为主体的审美评价对象，作为审美的价值客体。文学创造的主客体关系就是审美主体与审美客体所构成的审美价值评价关系。那么，作为审美活动的文学创造，其主客体的关系具有什么特征呢？

首先，创作主体对客体审美价值的评价以情感体验为心理特征。在认识关系中，认识主体必须凭借理性的力量和逻辑推理的方式去揭示和说明客体的内在本质规律；他的社会职能是为社会提供客观世界的信息和真理知识，对他来说，客体的属性和价值就在于其自身客观存在的信息和规律，对于客体令人陶

① 马克思：《〈政治经济学批判〉导言》，《马克思恩格斯选集》第 2 卷，人民出版社 1995 年版，第 10 页。

醉的诗意般的光辉，他往往视而不见，不为之动情。客体对于他来说不过是载有一定信息的存在，即使主体对对象怀有某种热情，但一旦建立了认识关系，热情就必须让位于理智。文学创造则完全是另外一种情景，主体对客体的审视总是以情观物，在这种情感体验中去发现自身与对象的情感关系，一旦客体与主体发生某种诗意情感联系时，主体就会对它倾注全部热情，即所谓"登山则情满于山，观海则意溢于海"。"人有悲欢离合，月有阴晴圆缺"，"共看明月应垂泪，一夜乡心五处同"，"露从今夜白，月是故乡明"；一江春水，寄托着人生几多愁；几竿修竹，看似有情有爱也有乐……这些都是情感体验而非理性思考的结果。

其次，创作主体对客体审美价值的把握以感性直观为思维特征。在认识关系中，认识主体对客体的把握是通过概念和逻辑思维去实现的。因为认识所要反映的是事物的普遍性规律和本质，概念才具有普遍性意义，才有助于深刻揭示规律和接近事物的本质，所以，认识主体必须扬弃客体的个别性，超越客体的个别形式而不能停留在感性直观的水平上。而文学创作作为一种审美活动，主要是一种感性活动，主体不以概念为中介而是以形象为中介去连接客体，并始终不扬弃客体的个别性，不粉碎客体的个别形式，客体始终以具体形象向主体展现自身。所以，创作主体对客体的把握始终是以一种感性直观的思维方式。而作为主客体统一的产物的艺术作品也必然呈现为一种具体生动的形象。正是在这个意义上，我们说创作主体与创作客体之间是以感性直观为联系的。

总之，情感体验和感性直观是文学创造中主体把握客体的特殊心理活动形式。换言之，在文学创造中，主体的情感体验和感性直观是连接主客体关系的纽带。这就是文学创造的主客体关系的特殊性。当然，正如上一节所指出的，审美活动与物质实践和认识活动是有联系的，它是以先前的实践经验和认识活动为基础的，因而审美活动必然内含着、积淀着先前的实践经验和理性认识的内容；作为审美主体的作家虽然首先是美的体验者、评价者，但也内含着实践家、理论家或思想家的身份，而文学作品虽然主要是一种审美价值，但也内含着一定的认识价值，并且可以成为作用于社会实践的特殊力量。

二、文学创造中主客体的双向运动

马克思的"生产"理论有一个重要的内容，这就是：人为了生产而必须作用于自然界，但同时也为自然界的法则所制约和规定。换言之，生产是主客体之间的相互作用、相互生产；主客体的关系不是主体对客体的单向运动，而是主客体之间的双向运动。文学创造作为一种生产也不例外，其主客体关系建立的过程就是创作主体和创作客体双向运动的过程。文学创造中主客体的双向运动，首先是主体能动地、审美地反映客体，即主动地选择客体和加工处理客体的有关信息；并通过情感体验，把自我的意识、情感对象化，即将客体"主体化"，在观念中创造出源于客体又超越客体的审美形象。在这个过程中，创作主体始终处于主导性、主动性的地位并显示出能动创造的特征。这是因为，人不是机械的信息接收器，而是一种有意识的生命存在。马克思指出："自由的有意识的活动恰恰就是人的类特性。"① 就是说，人的生命活动是有意识、有意志、有目的的，他不仅"懂得按照任何一个种的尺度来进行生产，并且懂得处处都把内在的尺度运用于对象"②。人能用"内在的尺度"去衡量对象和进行生产，就是人能依照自己的需要、目的和意志去衡量对象和进行生产。这就是创作主体之所以始终处于主导性地位和具有主观能动性、创造性的根本原因。

创作主体的主导性、能动性、创造性首先体现在对创作客体的选择上。文学创造的客体是社会生活，包括物质世界和已客观存在着的精神世界。这是笼统的说法，也称做"一般客体"。但文学创造所要反映的对象总是具体的，即社会生活中的某个方面、某个事物，我们称之为"具体客体"。那么，文学创造要反映社会生活，主体就必须能动地选择"具体客体"作为反映对象，例如鲁迅主要选择"病态社会"的"病态人生"为"具体客体"。

其次，创作主体的主导性、能动性、创造性又集中体现在实际创造过程中对"具体客体"的剪裁、缀合、概括、综合、虚构、想象和情感化、观念化上，也就是对客体进行变形、情感投射和观念移注。在这个过程中，客体被主体重新塑造，受到主体心灵的"洗礼"，而转化为表征一定意义的客观形式，转化为一种饶有意味的生动符号。就是说，通过创作主体的能动创造，生活客体终于转化为主客体统一的艺术品，正如黑格尔所说的："在艺术里，感性的东西是经过心灵化了的，而心灵的东西也借助感性化而显现出来了。"③

上述创作主体的能动创造，从对具体客体的选择到重塑，首先都是按照作家"内在的尺度"即作家对生活的认识和审美需要、审美目的、审美理想来进行的。不同的作家对生活有不同认识和不同的审美需要、审美目的、审美理想，他们所选择的具体客体和所创造的艺术作品也必然是丰富多彩、千差万别的。

---

① 马克思：《1844 年经济学哲学手稿》，《马克思恩格斯全集》第 3 卷，人民出版社 2002 年版，第 273 页。

② 马克思：《1844 年经济学哲学手稿》，《马克思恩格斯全集》第 3 卷，人民出版社 2002 年版，第 274 页。

③ ［德］黑格尔：《美学》第 1 卷，朱光潜译，商务印书馆 1979 年版，第 49 页。

在文学创造的主客体关系中，客体处于非主导的、被动的地位。但是，主体从选择具体客体开始到对具体客体的重塑这整个过程，都要从生活出发，以生活为依据，也就是说，始终受到客体的规定和制约。例如，创作主体选择何种具体客体为反映对象，就不仅仅取决于主体"内在的尺度"，也取决于外部"种的尺度"，即客体的尺度。具体说，作家对具体客体的选择总是或明或暗地受到当时社会生活的情势的规定和制约，包括政治的、经济的、文化的和社会心理、社会意识等多种生活因素。鲁迅不是无缘无故选择"病态社会"的"病态人生"为反映对象的，他选择阿Q这样的人物，就与当时辛亥革命的失败和国民心灵普遍麻木的社会生活情景密切相关。再如，十年动乱结束之后，随着对"文化大革命"的否定，许多作家很自然地选择了"文化大革命"的"历史悲剧"作为创作客体，于是便产生了"伤痕文学"；改革开放的发展，引起了社会生活的急速变迁，也引起了作家的热切关注，于是又产生了"改革文学"，等等。总之，作家总是生活在一定的社会环境、一定的文化传统中，他选择何种生活为创造的具体客体，都必然受到社会生活这个"一般客体"的规定和制约。一旦进入具体创造过程时，创作主体的一切创造性活动，包括虚构、想象、情感投射、观念移注等，都不可能离开具体客体进行纯粹任意的胡编乱造和情感发泄。鲁迅对阿Q的创造受到作为"具体客体"的现实中的"阿Q"（如阿桂、桐少爷等）的规定和制约；《青春之歌》中杨沫对林道静的创造就受到作为"具体客体"的作家本人人生经历的规定和制约，如此等等。甚至创造过程中客体还会改变主体原先的构思，例如托尔斯泰创作《安娜·卡列尼娜》，原先将安娜写成一个轻浮浪荡的女性形象，但越写越被安娜的悲剧命运感动，终于改变了原先的构思，把安娜塑造为一位美丽的、追求自由的令人同情的女性形象。从这个角度说，文学创造中，客体也使主体"客体化"了。

总之，文学创造是一种主客体的双向运动，一方面是客体的"主体化"，另一方面是主体的"客体化"，这两个方面的统一就实现了主客体的统一，文学作品就是创作主体与创作客体的统一并对主客体双重超越的产品。

复习要点

[基本概念]

精神生产　　艺术生产　　文学创造的客体　　文学创造的主体　　文学创造的客体"主体化"　　文学创造的主体"客体化"

[思考问题]

1. "艺术生产"的概念是怎样提出来的？文学创造作为一种精神生产与

物质生产的关系如何？

2. 文学创造作为一种特殊的精神生产与科学、宗教的本质区别是什么？为什么说文学创造是一种更加自由、更富于个性的创造？

3. 文学话语作为一种"言语"与日常言语、科学言语有什么区别？为什么说文学言语是一种创造性语言？

4. 社会生活作为文学创造的客体，它具有什么特点？为什么说只有经过作家体验过的社会生活才是文学创造的现实客体？

5. 能否说"凡是写作的作家就是文学创造的主体"？如何理解"作家是美的体验者、评论家和创造者"？

6. 如何理解文学创造中主客体关系的特点？

7. 如何理解文学创造中主客体的双向运动？

8. 为什么说文学创造中作为主体的作家始终处于主导性地位？

[**推荐阅读文献**]

1. ［德］恩斯特·卡西尔：《人论》，甘阳译，上海译文出版社 2004 年版。

2. 童庆炳：《文学活动的审美维度》，高等教育出版社 2001 年版。

第七章　文学创造过程

文学创造，是一种旨在创造新的意识形态话语系统的艺术生产活动，其过程十分复杂和细微。它不但包括每一作品的具体创造过程（即特殊性），也包括文学创造的一般过程（即一般性）。由于文学创造的一般过程是由每一作品的具体创造过程构成的，因此，研究文学创造的一般过程必须从每一作品的具体创造过程入手。本章的安排是，把文学创造的一般过程划分为发生、构思和物化三个阶段，首先弄清楚作为创造者的作家是在什么基础上开始创造的，为什么创造；其次描述和揭示创造过程中各种心理现象的内在机制，并说明最常见的艺术构思方式；最后分析并阐释创造者如何借用文字符号，通过不同的操作方式和手段，逐渐把构思成果从"心"移到纸上，成为可以被他人观照和消费的物态化产品。很明显，这三个阶段在整体的心理活动和表现上有时可能是混融的，而每一个阶段中各种心理机制的活动和表现有时也可能是混融的，这里分开来阐释，只是为了便于从理论上把握。

第一节　文学创造的发生阶段

所谓发生学研究，就是找出某种事物或现象发生的端点，以及作为端点，它的内在机制是什么。文学创造是从哪里开端的？和常人一样处于某种社会生活中的作家为什么会突然冒出从事文学创造的念头？这是研究文学创造过程最先面临也必须最先回答的问题。文学创造的发生阶段可以分为材料储备、艺术发现和创作动机等三个环节。

一、材料（信息）储备

材料是文学创造的第一要素，也是研究文学创造过程的第一起点。因为，与其他任何创造一样，作家从事文学创造也得有材料。某一具体作品虽然可能是独创的和前所未有的，但其内容却必须依赖于某些特定的材料。没有材料就等于做无米之炊。

毛泽东说："作为观念形态的文艺作品，都是一定的社会生活在人类头脑中的反映的产物。……人民生活中本来存在着文学艺术原料的矿藏，这是自然形态的东西，是粗糙的东西，但也是最生动最丰富、最基本的东西；……它们是一切文学艺术的取之不尽、用之不竭的唯一的源泉。"① 这段话比较精辟地概括了文学材料的本质属性，言简意明地指出了储存文学材料的仓库和获取文学材料的唯一源泉——社会生活，但它对文学材料的主体性特征有所忽略。因为，一切社会事件、现象，在进入作家头脑之前，虽是外在的、客观的东西，但只有当它们被烙印在作家的头脑中，并转化为主体心灵深处的记忆时，才成为具有主体性的东西。也只有这样，它们才对文学创造起作用，才能称为真正意义上的材料。

按照马克思的看法，文学创造是一种意识形态的生产（或者如第四章所说，文学是具有话语蕴藉的审美意识形态），因而，文学创造的材料在性质上必然与一般物质生产的材料有所不同。这就是说，文学材料不是独立于生产者（作家）之外的物质，而是储备在他内心的精神现象，或者说是存在于他记忆中的表象材料。准确地说，文学材料是指作家有生以来从社会生活中有意接受或无意获得，因而具有主体性的一切生动、丰富却相对粗糙的刺激或信息。作家的文学创造活动，主要是以主体所积累的这些内在的东西作为基础和内容，并通过加工与改造，使之成为创造性产品的。事实上，文学作品虽以文字符号和纸张相结合的物质形式在社会上流通，但其本质乃是作家内心的某种精神现象，通过你、我、他，而向人群乃至整个人类社会的传播。

文学材料虽以精神现象的形式储存在作家内心，但它们既不是先天就有的，也不是神授的，更不是自己憋在静室中"想"出来的。它们的来源只有一个，即客观的社会生活。问题在于，这种获得的过程是不是一种直线式的简单收受或简单反映呢？当然不是。这可以通过科学心理学所取得的研究成果予以说明。外在刺激作为一种信息被大脑吸收并存储的过程，是一个极为复杂的心理活动过程。而在这一过程中起主要作用的，就是作家的记忆机制。

从心理学角度看，文学材料的个体获取流程可描述为：第一，外来刺激被眼、耳、鼻、舌、身等感官接收，并转化为各种神经兴奋模式。第二，这些模式几乎同时传给感觉缓冲器，即大脑的某个部位。一般说来，到达这里的信息比一个人所能注意的多得多，但只有一部分被选择留存而大部分被淘汰和永远

---

① 毛泽东：《在延安文艺座谈会上的讲话》，《毛泽东选集》第 3 卷，人民出版社 1991 年版，第860 页。

忘掉。第三，被留存的信息接着会被转化为一个有意义的符号，进入短期记忆。第四，在短期记忆中，有的信息不经处理就作为精神材料直接流入长期记忆——这些信息往往是刺激强烈，或与本人某种需要、某种经历密切相关的内容；有些信息则需要进一步加工，从直接表象和初级意义转化为更永久的形式，悄悄地在长期记忆中归类存档。

由此而言，所谓积累素材或储备材料，归根到底，就是作家把社会生活中许多似乎无用的刺激、信息，收集并转化为长期记忆中的因子，以作为未来从事文学创造的材料。人的记忆的数量和质量都是惊人的。从数量上看，信息理论家冯·纽曼曾做过计算，常人一生记忆的平均容量高达2.8亿兆。常人尚且如此，以敏感和记忆见长的作家更可想而知。从质量上看，某一人物、事物给予作家的瞬时刺激可以长期留存于记忆中并对未来的创作起作用。例如，列夫·托尔斯泰在事隔几十年后，凭借普希金娜的相貌来塑造安娜·卡列尼娜形象时，仍能酷肖其人。据作家的姨姐回忆，他在舞会上只见过她一面。对作家来说，凡是他接触过的一切自然的和社会的物象以及其他刺激，都可作为信息提供给他，并转化为长期记忆的材料，对他的文学创造发生作用。从这个意义上说，日常生活和社会实践中的各种刺激和信息，是汇成文学材料的最主要来源。概括来说，作家获取材料的途径主要可分为无意获取和有意获取、实践获取和书本获取。

无意获取和有意获取是按照作家精神专注的趋向和程度而划分的。无意获取是作家获取材料的主要途径之一。作家从小在社会生活和实践中接收到大量刺激，对于这些刺激，他虽然没有有意地记忆或着意地思索，但它们却作为连续不断的信息流悄悄地进入大脑，有些甚至会在长期记忆中扎根。作家，只要生活在社会中，就有各种刺激和信息（或普通或特殊）不断地"侵犯"他，"骚扰"他，其中必然包含着可用来从事文学创造的大量材料。例如，法国著名作家普鲁斯特（Proust，1871—1922），一生除家乡小镇伊利耶和首都巴黎之外没去过任何地方。35岁以后，他更是"终年生活在一间门窗经常不打开的房间中"。用安·莫罗亚的说法，"他的见闻所及仅系法国社会一个很薄的剖面"①，但这并未妨碍他写出世界名著——七卷本的《追忆似水年华》。普鲁斯特从事文学创造的材料，主要就是通过无意识获取的途径得到的。有意获取，是指作家出于某种愿望，或为了完成某一个创作任务，而围绕一个中心，并采用有意记忆（或笔记、摄影等）的方式，去有意接受刺激或积累信息的途径。例如，罗曼·罗兰、纪德到十月革命后的苏联采访，

---

① ［法］普鲁斯特：《追忆似水年华》第1卷，李恒基等译，译林出版社2001年版，第2页。

巴金到朝鲜战场考察，都属此类。但必须说明的是，处于这种境况的作家，虽可能被热情驱使，然而心灵深处却无法摆脱一种无意识定位，即把自己视为短暂的投身者、参与者或局外人。这导致他们往往不自由地以两种极端眼光——或无批判、或挑剔——来看待所接受到的那些刺激和信息。因此，由此途径获取的材料，其中渗透的理性太强，大多只能用来撰写散文式的采访录或报告文学。

实践获取和书本获取是从作家获取材料的渠道来划分的。实践获取，主要指作家主动（或被迫）投身某一生活领域（或某种社会实践）去感受刺激，并获取信息的途径，这种材料又叫做直接材料。例如，司汤达从军，凯尔泰斯被投入"奥斯威辛"集中营，王蒙遭下放，陀思妥耶夫斯基、索尔仁尼琴、丛维熙、张贤亮进监狱……都属此类。很明显，这种日复一日的既单调而又严酷的生活实践，对本人来说，是一种无奈的求生，却丰富了这些作家的记忆储备，使之直接获取了许多难忘的文学创造材料。书本获取，是指一种经由阅读而获取材料的途径。由于文学的意识形态性质，作家常常要依据前代或古人传递下来或同代人所提供的思想材料来从事创作，这些材料又叫做间接材料。例如，凡尔纳（Verne，1828—1905）一生创作的一百多部（篇）幻想小说，其材料大部分都是从法国国立图书馆的书刊中获取的。

作家获取材料的途径不同，导致储存材料的方式各异。一般说来，无意获取和实践获取大多是直接通过记忆机制将外在的刺激、信息转化为可储存的兴奋符号摄入大脑之中的。而有意获取（包括书本获取）不仅表现为每天有意地接受特殊情境中的强刺激，并把它们硬性地转化为有意义的符号存入大脑，而且，为了更好地保存刺激的强度和新鲜程度，还要把其中的一些自认为重要的东西用笔（或其他工具）写下来，以避免遗忘机制的淘汰。左拉去煤矿调查，契诃夫上库页岛旅行，都做过这样的工作。

文学创造的主观性很强，所以，文学创造材料的主体性特征也非常明显。对于文学创造来说，真正的材料是那些进入了作家大脑并在记忆中留下深刻烙印的刺激和信息。因为，通过唤醒机制或联想机制的作用，只有这些刺激和信息可以直接参与艺术构思，并通过无意识的"改头换面"之后，悄无声息地进入未来的文学作品之中。用笔记（卡片、摄像）等方法来收集材料，其目的无他，也是为了使之更深刻地进入记忆，并参与构思、激活思维。事实上，笔记（卡片、摄像）中再整齐的东西，如果没有渗入记忆，没有转化为震撼主体心灵的材料，在文学创造过程中也很难发挥作用。

二、艺术发现

作家储备了丰富的、具有主体特征的材料，只是具备了从事文学创造的基本条件。要想进入文学创造过程，还必须有艺术发现。没有艺术发现，再多、再好的材料也只能是一堆缺乏心灵统摄的"乱砖碎瓦"。

艺术发现不是作家见到的一些骇人景象，也不是怪诞传闻。艺术发现名曰"发现"，其实不是外来的，而是由作家内心酝酿成的。艺术发现是作家被内在积累的材料所引发，并与作家当前由于某种"关注"而形成的心理趋向、优势兴奋中心相联系，突然间向外在事物、事件、现象的投射。艺术发现发生时，作家往往眼前豁然一亮，心头一震，若有所思、若有所悟。因此，艺术发现是作家在内心积累了相当多的感性材料的基础上，无意识地依据自己认识生活和评价生活的思想原则和审美趋向，对外在事物进行观察和审视时所得到的一种独特的领悟。

在艺术发现的一刹那，作家能从习见的事物中独具慧眼地看出某种新成分或新特征，从别人熟视无睹的现象上察觉出潜藏于其下的非凡意蕴，从极平凡、极平淡的旧形式之间寻找到不同的排列组合方式——一种异乎寻常的新形式。此时，不管这种发现多么微小，但正是"所发现"的这一点，迅速成为作家从事文学创造的突破口。正因如此，艺术发现被称为"艺术家的眼睛"。例如，周敦颐从莲花见出土君子的本色，鲁迅从车夫透视出自己的"小我"，茨威格从手指活动中窥测到青年赌徒灵魂的挣扎和搏斗。这些例子，表面上好像是从常见的事物上"发现"的，其实却与作家内在的蕴积（即材料、趋向、优势兴奋中心等）分不开。换言之，艺术发现的"精灵"虽然还隐匿于原来的事物之中，但被"发现"所穿透、映照之后，那事物重新在发现者（或读者）眼前出现时，却是一个换了模样的新形式。

艺术发现的心理特征是：第一，艺术发现是作家心灵的蓦然领悟。在此一发现之前，作家都有相对长久地沉思于某一事物的心理经验，所谓"用志不分，乃凝于神"。蓦然领悟的发生，只不过是内心经验酝酿后从阈限下破土而出。第二，艺术发现是作家独特眼光和非凡观察力的凝合，体现着深层的心理内容。对作家来说，这种独特的眼光和非凡的观察力不是外在于他的东西，也不仅是某种技巧、方法，甚至也不仅是天才，而是和他的内在蕴藉有关的深层心理内容的外射。他之所以能在此事物中发现别人不能发现的东西，是彼时彼境的需要、情绪、态度、价值观和凝聚成团的早先经验等许多因素综合作用所产生的无意导向。第三，艺术发现虽然是对外在事物一种独特的把握，但在这种把握中，外在事物常常只是一个机缘，是这个机缘的某一突出之点与作家个人内心体验的契合。从物理世界看，手指活动只是有机体机械力的运动，当茨威格由此而发现赌徒正在挣扎着的灵魂的时候，便融进了自己的内在体验。第四，艺术发现并不改变原来的事物，而只是把透过独特眼光所看到的成分注入其中，从而在知觉中出现一个新的创造物。这个创造物贯注着作家的内心经验，近似原物实际却是世上从来没有过的东西。例如周敦颐所礼赞的莲花，其外表并没有超出它在自然界的植物性状，但蕴含着士君子高雅情操的莲花却是独特的"这一个"。

艺术发现是文学创造活动发生的最早契机。虽然生活是文学的唯一源泉，材料是文学创造的起点，但艺术发现却是文学创造赖以发生的根由。没有艺术发现，没有启迪，没有爆出思想火花，没有从外在事物或现象中看出宇宙或人的生命的本质，并借此唤起心理能量，作家就找不到进入创造过程的大门。艺术发现像一盏灯塔，照亮了主体积储在记忆中的有关材料，并使其在短暂的瞬间，围绕此种发现进行有序的排列组合，从而进入创造过程。

艺术发现也对整个文学创造过程具有重要作用。没有艺术发现，作家创造不出具有独创性的文学作品。因此，作品的独特风貌及其内在灵性，一般都是以艺术发现中那不同寻常的"发现"为基础，再加以独特开掘而形成的。黑格尔说："假如一个人能看出当前即显而易见的差别，譬如，能区别一支笔与一头骆驼，我们不会说这人有了不起的聪明；同样，另一方面，一个人能比较两个近似的东西，如橡树与槐树，或寺院与教堂，而知其相似，我们也不能说他有很高的比较能力；我们所要求的，是要能看出异中之同和同中之异。"[①]艺术发现就是寻求事物或现象间同中之异和异中之同的一种心理机制。它的来临可能是短暂的，却是不容易发生的。它既是心理劳动的成果，又是观察能力倏忽之间的"天眼"洞开。需要指出的是，艺术发现总是在作家头脑中有了一定数量的材料储备之后发生的，但在特殊情况下，它也可能发生在搜集材料的途中。

三、创作动机

创作动机就是驱使作家投入文学创造活动的一股内在动力。在文学创作中，创作动机的实现（即产品完成）固然要依赖材料的储备和艺术发现的获得，但实际上创作动机却常常是暗中支配和决定作家搜集材料范围及其艺术发现方向的潜在操纵力量。有什么样的创作动机，实际上也就暗示了作家某一具体作品——或其一生的文学活动——在选材和艺术沉思上的走向。因此，创作

---

① ［德］黑格尔：《小逻辑》，贺麟译，商务印书馆1997年版，第253页。

动机的有无，不但是作家所有文学活动能否实现的枢纽，而且也是他每一具体的文学创造过程能否完成的关键。

创作动机是怎么来的？总的说来，是由现实生活所暗示的，但具体加以研究就会发现，创作动机作为文学创造活动的内驱力，它的产生和运动其实是作家极为复杂的生理和心理现象在文学创造过程中的表现。恩格斯说："人们已经习惯于以他们的思维而不是用他们的需要来解释他们的行为（当然，这些需要是反映在头脑中，是被意识到的）。这样，随着时间的推移，便产生了唯心主义的世界观。"① 与唯心主义相反，恩格斯在这里特别拈出了"需要"一词，用它来解释人的一切行为，而现代心理学的研究成果也与此不谋而合。现代心理学认为，任何需要，只要它能调集人的心理能量并在大脑中形成优势兴奋中心，便都可以成为行为活动的内驱力。文学创造是一种艰苦的行为活动，因而文学创作动机的产生，就和作家相对强烈的内在需要分不开。据此，创作动机的动态轨迹可作如下描述："作家艺术家的创作动机是由内部需要或外部的刺激所引发的，在体内失衡的情况下形成易感点，并经外在触媒的碰撞而突发的带有极强的行动力量，且对整个创作过程起支配作用的隐的或显的意念或意图。"②

在每一具体的文学创造的发生阶段，创作动机的触发与外在机缘有密切关系。外在机缘即外在刺激物，它能使作家的内在蕴藉和奔突的热情找到倾泻的渠道，使原先焦躁不安的盲目驱力变为明确而坚定的意图，并把现实生活中获得的有用材料和艺术发现贯穿起来，使文学创造由意图变为行动。例如，美国女作家斯托夫人亲眼目睹了蓄奴制的野蛮和落后，既有材料也有发现，内心又积聚着强大的张力，但由于缺少外在机缘的刺激，一直隐而难发。直到《逃奴法案》公布和弟媳来信呼唤，创作动机才迅速地被激活并明确起来。过去18个月连眉目都没有的《汤姆叔叔的小屋》，在半年多的时间就完成了，且被连载并结集出版。外在机缘的重要，由此可见一斑。

文学创作动机可以分为远景动机与近景动机、主导动机与非主导动机、高尚动机与卑下动机、有意识动机与无意识动机等多种类型。这些类型及内部结构都各有其复杂的内在机制，它们之间又有多种不同的交叉和组合方式，再加上同一文学创造过程中多种不同子动机的相互渗透与相互作用，动机与效果之间的错位，等等，使得对文学创作动机的研究很难有突破，至今似乎仍然是人们难以破解的"黑箱"之一。但从古往今来的文学家艺术家

---

① 恩格斯：《自然辩证法》，《马克思恩格斯选集》第 4 卷，人民出版社 1995 年版，第 381 页。

② 李珺平：《创作动力学》，百花文艺出版社 1992 年版，第 89 页。

所自述的创造过程来看，文学活动中复杂的创作动机一旦被触发，作家内心便开始了激烈的子动机冲突。子动机冲突所造成的每一具体作品的创造过程的多样化，所造成的个体创造行为、创造模式的多样性，都将给最终成型的物态化的文学产品打下深刻的印记。

可以说，不同的文学创造过程都存在着不同样式和不同程度的动机冲突，一切文学作品都是在程度不同的动机冲突中完成的。[①]

第二节　文学创造的构思阶段

文学创造的构思阶段上承文学创造的发生阶段，下接文学创造的物化阶段。如果说物化阶段是从现实上完成创作动机所规定的任务，以语言文字的形式最终将构思内容固定在纸张上，形成定型化的作品，那么，构思阶段则是从观念上实现（或基本实现）创作动机所提出的目标，为物化阶段准备好可以倾泻并留存在纸上的东西。在构思阶段，我们将要阐释的是从事艺术构思的心理机制，以及进行艺术构思的基本方式。

一、艺术构思及其心理机制

什么叫艺术构思？

艺术构思就是作家在材料积累和艺术发现的基础上，在某种创作动机的驱动下，通过回忆、想象、情感等心理活动，以各种创造方式，孕育出完整的、呼之欲出的形象序列和中心意念的艺术思维过程。艺术构思在本质上仍是一种思维，但不是普通的思维，而是交织着各种复杂心理活动的思维。艺术构思的内容十分广泛。对叙事性作品来说，体裁的选定、形象的熔铸、情节的提炼与安排、结构的设计与剪裁、表现角度的选择与切入、意念的渗透等，都须考虑；对抒情性作品来说，借什么景抒什么情，情与景如何交融，意境如何呈现，哪里直抒胸臆，哪里传达言外之意，节奏如何张弛，音韵如何协调等，也大都需要构思。因此，艺术构思是文学创造过程最实际、最紧张，也是最重要的阶段。

从生活里蜂拥而来的一切刺激、信息都在艺术构思的过程中不断地融会、碰撞、解体，又重新聚合，以往零碎得来的感受都在此时受到检验、连缀、整合和升华。千万个念头刚冒出来又倏尔逝去，紧接着又涌现出千万个

---

① 关于创作动机的类型结构和内在冲突等的分析，参见李珺平《创作动力学》第三章"创作动机的类型结构"，百花文艺出版社 1992 年版，第 50～73 页。

新的想法。作家的大脑像风车一般旋转，心理承受着巨大的压力。"衣带渐宽终不悔，为伊消得人憔悴"，可能是处于构思活动中作家心理的真实写照。作家绞尽脑汁，冥思苦想，也许毫无收获；但在绝望中刚一撒手，那百思不得其解的答案也许又突然浮现出来。这既是"思接千载"的时刻，也是综合创造的良机。

从艺术生产角度讲，每一位作家都是自己这一条文学生产线上唯一的创造者，各自都有不同的方法和特点，但若从艺术构思的一般过程看，只要他是文学创造者，其心理机制肯定又会有一些共同之处。这里只提出艺术构思中几种常见的和重要的心理现象予以阐释。

（一）回忆与沉思

回忆就是积极地和有意识地从记忆中提取信息，它是艺术构思的重要机制。有时作家有一个很好的创作意念，却苦于无法下笔，这并不是因为他缺乏材料，而是因为大脑中一时回忆不起来有关的信息，或暂时无法在意念与信息之间建立联系。在艺术构思中，回忆常常是由外在刺激或内部需要在特殊情况下激活了某一意念而发生的。人在记忆时往往自发地将信息压缩为一簇簇的集合体，一个集合体就是一组内部联系紧凑的信息项，它能够像一个单词一样被记住。当外在的刺激或内在需要与某一创造意念挂钩时，神经传导活动便迅速把它传导到了大脑的相关区域，此时，创造主体便可以在那些集合体中扫描，并找出所需要的信息。

作家在艺术构思中常用的回忆方式有：直接回收法，即把那些对自己刺激最强（或最熟）的信息直接与中心意念挂钩。例如，澳大利亚诗人劳森（Lawson，1867—1922）创作《街头的脸庞》时首先想起悉尼剧院门口母子卖报的悲惨景象，由此生发而写成全诗，就属此类。挨次扫描法，即对记忆的所有有关内容反复而有系统地搜寻，直到找出所需要的信息。这种扫描，有时需要反复、屡次选择，才会有所得。例如，王安石寻找"绿"字，林逋寻找"暗香""疏影"四字，都用此法。按层次推论法，即作家把所需回忆的信息按类别、分层次地在头脑中搜查，并不断地与中心意念相联系、比较，以提取最准确、最能符合意念的信息。例如，中国文人要咏美人，"倾国倾城""沉鱼落雁"等总是最先涌入大脑，但这只是分类回忆。按层次推论与此不同，诗人为了避俗，往往宁愿舍弃这些从分类回忆中找到的庸常信息，而是按层次、由浅入深，进行新一轮的深层回忆、深层扫描，来寻找更满意、更新鲜的信息。

应该指出的是，回忆所提取的信息不是对记忆材料的机械重现，而是在理性思维的参与下对以往经验的筛选；被筛选出来的材料也不可能原模原样进入作品，还需经过加工、改造和情感的浸润。

　　沉思是在寂静和孤独中对内心某个形象或某种意念的深沉思索。沉思往往是从对于某个形象或意念的追忆开始，慢慢地越走越远，以致偏离原形象或意念，甚至不经意间已经跨入其他领域时，所得到的收获。回忆开始时，作家可能被某物所触而有意地沉潜于与某个形象或某种意念有关的思索中。但由于思考像野马一样狂奔乱跑，因而有时思索的主线会脱离原来形象的启示及轨道，而无意中将重心转移到了其他方向。对此，作家一般是茫然无知的。然而，也许就在此时，一种新的发现或一种创造性的闪光出现了。例如，奥地利作家茨威格写作《命运攸关的时刻》（12 篇），就是由深度沉思而得到的，并获得了世界性的声誉。

　　沉思的又一心理功能是对事物或事件从事二度体验，使之成为富有诗意的东西。一般地说，未经沉思或二度体验的事物或事件，其客观性很强。由于没有受到主体精神的濡染、驯化，这些事物或事件往往不具有诗意，也不能给人以审美享受。而经过沉思或二度体验（即使是痛苦的、悲哀的）之后，事物或事件的多余部分被作家的独特眼光剔抉，而不足部分则被填充、改造、丰满、升华，又被其感情濡染、浸透，无形中便具有了某种可让人玩味的盎然诗意，进而带来审美愉悦。许多作家都喜欢"朝花夕拾"，就是这个道理。例如，苏轼在其妻子逝世十年后，才提笔写出意味隽永的"悼亡词"，就是在二度体验中所获取的诗意成果。

　　沉思是艰苦的思维过程，也是独特体验获得之时。西方作家卢梭、果戈理在艺术构思时最善于沉思，而中国剧作家李渔在《闲情偶寄》中用了一个颇有意味的理论术语"袖手于前"，形象地概括了沉思的特点。为什么沉思或袖手时最善于发挥创造力？这主要是因为，作家在孤独、寂静中比平时更能向内挖掘，更能倾听内心的呼唤，因而新形象、新意念更容易浮现，也更容易被连缀起来。

　　（二）想象与联想

　　想象是贯穿艺术构思过程始终的一种心理机制，没有想象，艺术构思根本无法进行。千百年来，对想象的阐释莫衷一是，至今仍无公认的定义。有人把它和记忆扯在一起，有人把它和联想混为一谈。想象，英文为 Imagination，其词根 image 就是"形象"，因此，想象与心中之象密不可分。就其本义来说，想象就是"想出一个象来"，并对它进行反复思考、加工。换言之，想象就是把过去经验的记忆和先前形成的心中之象在某种新刺激下重新合成一个新结构的过程。

　　想象主要有三种：其一，所想的这个"象"可能是主体对外部事物或现象的复现，这叫做再现想象，例如母亲不在身边时我们对她的回忆；其二，它也可能是对某种抽象的东西进行形象化，这叫比拟想象，例如"想做成某事却偏偏做不到"的人生苦恼，就可能被幻化为一只狐狸吃不上葡萄就说葡萄酸的故事；其三，它还可能是凭空地将此物想成彼物，将无物想为有物，将常物想成异物，这就是虚构想象，例如将蚂蚁想象成大象，将一阵风想象为一个妖精经过时留下的痕迹，将一个小小的普通玻璃瓶想象成魔瓶等。相对于再现想象来说，后两种又叫创造性想象。文学创造者的艺术构思过程又叫艺术思维，所谓艺术思维，其核心就是借助于再现想象尤其是创造性想象所从事的思维。在艺术构思中，想象的三种功能都要用到。对于作家来说，绝大多数刺激、信息都是以表象形式被储存并被再现的。当作家要把自己对生活的认识和感受传达出来时，他也必须把它们转化为可被读者感知的视觉形象或听觉形象。

为了和盘托出自己对社会、人生的体验，有时作家还须把自己想象为公羊、吝啬鬼、守财奴、猛士、弱女、鬼魅等，把蓝天之上或地面之下想象为具有人世间一切万事万物的天堂、地狱等。所谓"形在江海之上，心存魏阙之下"，所谓"神与物游"，所谓"寂然凝虑，思接千载"，所谓"悄焉动容，视通万里"，所谓"眉睫之前，卷舒风云之色"①等，都是中国文论家刘勰对艺术构思中想象机制的生动描述。

联想是由此形象出发，瞬间涉及彼形象，进而一环扣一环，在延展中所思索的形象不断变化的心理活动过程。联想本质上也是想象的一种衍化。联想，英文为Association，与"联系"是同一个词，所以更注重"联"。与想象强调将过去的经验记忆和先前形象重新组合成一个新结构不同，联想更强调两个以上事物之间在习惯上和功能上的联系，强调"由此及彼"的过程。在联想活动中，由于所联结的事物愈来愈多，相隔愈来愈远，其间的线索也就愈来愈脆弱、愈来愈模糊，有时甚至会达到"不知所由"的地步，但这是没有办法阻止的，因为联想活动一旦开始，它就不可能停下来，而不由自主地被惯性支配，天马行空、我行我素。

联想可分为接近联想、类似联想和对比联想三种。接近联想，是指两种以上的事物或现象由于在时间、空间上的接近而被联想主体联结起来。例如，从刘邦想到项羽，从项羽想到陈胜；从扁担想到斗笠，从斗笠想到淫雨，等等。类似联想，是经由某一类似点而把有类似特征的事物或现象联系起来。例如，

① （南朝齐梁）刘勰：《文心雕龙·神思》，见范文澜《文心雕龙注》（下），人民文学出版社1958年版，第493页。

以鲜艳、烂漫为中介，少女与鲜花、鲜花与春天常常被联结，等等。对比联想，则是把两种以上可以比照而又有关系的事物或现象联系起来。例如，从李逵想到李鬼，从月亮想到太阳，等等。此外，意义联想和关系联想等较为复杂的联想形式也常常出现在艺术构思过程中。意义联想是把对象放在与中心意念、特定形象的特定内涵等相关的意义上予以联想；关系联想则是把对象放在特定的关系情境中予以联想。

与想象相比，现代心理学更注重联想研究，从而发展出一种联想主义。联想主义认为，联想好像是信马由缰的，其实不是，而是遵循某些可知的条件进行的，所以，联想虽然是创造性的，但也能用来考察人类的认识活动和过程。在联想主义者看来，只要分析联想过程中主体经验的延展轨迹，就能解释复杂的心理生活或高级的心理过程。在这种情况下，联想主义者从倒行联想、顺行联想、直接联想、间接联想、控制联想、自由联想等不同角度予以研究，大体说明了联想的内在机制，亦即主体在放松状态或紧张情境中，可以由一个当下刺激出发，而不由自主地向前、后、左、右等形象或意念络绎不绝地游动、延伸。

联想在艺术构思中由于被某种基本意念控制，因而是不完全的自由联想。因为，在艺术构思中，作家不可能不顾及人物性格发展、事件意义开掘、意境或主题思想呈现等方面所允许的程度去任意联想，而只能在有利于上述诸因素完满进行的范围内展开联想。因此，不是作家应该怎样去做，而是他不自觉地非要如此行事不可。

联想的生理基础是"神经的暂时联系"（巴甫洛夫），是人与事物（或现象）之间暂时建立起某种联系并留下痕迹，进而引起对一连串其他事物的复现、回忆、改造和加工。正是由于联想机制发挥了作用，想象的翅膀才开始腾飞，而艺术构思的一江春水也才能渐入佳境，甚至汹涌澎湃、跌宕起伏。

（三）灵感与直觉

灵感，英文是 Inspiration，本意为"吸气"。古希腊人认为，"对某事物根本性质的突发性领悟"，是在"精神吸入"的过程中产生的，所以，Inspiration 又指领悟、顿悟。柏拉图视灵感为"迷狂"，认为它是个体精神与理念世界相交流的一种心灵状态。

灵感是艺术构思阶段最重要的思维方式之一。打开作家的手记，常能发现有关灵感的记载。询问活着的作家，他也会眉飞色舞地向你描述他的灵感状态。灵感是创造性思维过程中认识发生飞跃的心理现象。它的外在形态是围绕某一主题线索（意念或形象）的思考并获得突如其来的顿悟。它来临时的突出特征是非预期性和转瞬即逝性，不及时捕捉就难以再现。

心理学认为，灵感的机制虽然复杂，但并不神秘。它虽然是突发的和不可预期的，但产生于大脑高度集中注意的优势兴奋之后却是肯定的。这就是说，它的发生虽偶然，却一定是长期思考的结果。从思维角度说，灵感大体上是作家在内心长期积累、比较、分析材料，艰苦地思索以至达到寝食俱忘的程度之后，在无意之间获得的一种可能性的结果。心理学发现，灵感往往发生于创造性思维久久酝酿并接近成熟的阶段。它爆发的时刻，常常是作家已经放弃了专注的沉思（再多的探索徒增紧张和焦虑）而去做其他事情时，甚至是静谧的睡梦之时。由于某种触发，暂时中断的神经联系突然接通，从而出现了认识上的飞跃，在不经意间蓦然浮现于脑际。灵感爆发时，作家往往只注意无意得之的那一瞬间，仿佛天赐神授，而忽视了在此之前那长期且艰难的积累和思考过程。

直觉，来源于拉丁文，本意指视线、外形。英文是 Intuition，其意为"直接而瞬间的、未经意识思维和判断而发生的一种正在领会或知道的方式"①。在艺术构思中，直觉就是省略了推理过程而对事物的底蕴或本质做出的直接了解和揭示。"省略了"推理过程，不是"不要"推理过程，恰恰相反，直接认知和洞察事物，不但要依据过去积累的一切知识和经验，而且这些知识和经验还要烂熟于胸，并经过了平时反复的和多次的推理、判断和使用。只有这样，当某一事物初次呈现在面前时，才能从整体上被迅速猜测、洞察，并一跃而抓住其背后隐藏的奥秘。因而，直觉虽然是省略了推理过程而直奔事物本质的一种思维方式，但实际上也内隐着更深厚的生活积累和更严谨的推理训练。

直觉在艺术思维中主要有两大作用：

第一，作家对某一独特事物（或现象）的瞬间把握，往往是由直觉得来的。有时，作家对闯入眼、耳、鼻、舌、身等感官的某一毫不起眼的事物（或现象）——可能是一个人、一件事、一朵小花、一株青草，甚或一团暗影、半个字形等——突然着迷，一下子意识到其中有某些东西可"写"。虽然他一时半会儿讲不出什么道理来，却可能由此出发，逐渐建构起一篇作品。对此，巴尔扎克有很好的体会。他说，有时对一个细节、一个字的洞察就可能唤起一整套意念，再从这些意念的滋长、发育和酝酿中，诞生出一场场显露匕首

---

① ［美］S. 雷伯：《心理学词典》，上海译文出版社 1996 年版，第 425 页。

的悲剧，或妙趣横生的喜剧，——那简直是"你想要什么就有什么"①。英国女作家伍尔夫所创作的著名小说《墙上的斑点》，便是她从"第一次"看见客厅墙上的斑点，突然萌生出来一连串思绪开始的。②

第二，作家第一次听到某故事（或社会现象）时，能发觉背后某种异乎寻常的使人深省的内蕴，而这一内蕴就好像是为他准备、为他所仅见而别人毫无察觉的。例如，1887年6月，阿·费·柯尼把自己从监狱女看守长那里听到的有关罗查利的故事讲给托尔斯泰听。托尔斯泰听后，立刻直觉到它背后隐藏着某种待发掘的东西，马上请求把这个故事让给自己。按说是柯尼最先听到这个故事的，可为什么它到托尔斯泰手里，才变成了具有警世意义的小说《复活》呢？这说明，柯尼只把罗查利之事当做逸闻或笑料随便讲讲，而托尔斯泰则从这个故事中"直觉"到一种无法言传的魅力。

（四）理智与感情

理智是指作家心理中有意识的、理性的认知（思维）。感情分为情绪和情感，前者指由有机体的需要是否获得满足而产生的生理与心理反应，后者指对外在事物或现象的态度、评价及其体验。情绪与情感二者相互纠缠，亦相互影响，主体的态度、评价可能导致某种特殊的情绪，而先在的情绪体验也可能带来不同的情感态度、评价。

一般说来，感情在艺术构思中是动力因素，而理智则是约束、规范这些动力的嚼勒。对于完整的文学创造过程来说，它们都不可缺少。古人认为"为文尤须放荡，但又须随时以嚼勒制之"（颜之推），便很好地道出了它们之间的关系。屠格涅夫、波隆斯基和托尔斯泰等一起散步，在牧场见到一匹老骟马。托尔斯泰开始抚摸它并讲了一大通话。屠格涅夫和波隆斯基听得出了神，无法自制地说："您过去什么时候真的是一匹马吧？"这件逸事说明，托尔斯泰所叙述的"文学小品"有理智因素也有感情因素。理智保证了他把握的主要形象是马而不是月亮或其他，并确立了他的情感方向是同情而不是其他；感情则使他在对马的叙述中带有自己的精神和灵魂，并赋予马本来没有的生活历程和心理活动。显然，如果没有感情推动，托尔斯泰不会代马立言；而如果没有理智约束，托尔斯泰的叙述也可能会变成谁也听不懂的梦呓。在文学创造中，理智与感情两者缺一不可：没有感情徒有理智，理智便

---

① ［法］巴尔扎克：《论艺术家》（1830），盛澄华译，见王秋荣编《巴尔扎克论文学》，中国社会科学出版社1986年版，第6页。

② 伍尔夫1930年10月16日给埃·史密斯写信说："我绝不会忘记写《墙上的斑点》那一天——刹那间一挥而就。"参阅伍厚恺《弗吉尼亚·伍尔夫：存在的瞬间》，四川人民出版社1999年版，第140～143页。

有束缚想象力的副作用；失去理智而徒有感情，感情也有将作家推向不知所往的可能。

　　理智与感情之间是冲突还是相互促进，往往由作家当下心理状态所决定。对艺术构思来说，信息在大脑中的储存不单纯是一个个消极的符号，也不单纯是波澜不惊的死板材料，相反，任何信息（符号、材料）都携带着一定的情绪能量或情感因子。这就是说，作家内心有关刺激、信息、符号、材料的积累，实质上也是感情的积聚。根据美国心理学家阿瑞提（Arieti，1914—1981）的研究，任何事物，只要它作为表象留存或浮现于脑际，它所蕴含的感情也就一并留存或浮现于其中。例如，当"母亲"这个符号被唤醒，并作为表象浮现于大脑之际时，对她的"爱"也同时浮现，这是因为，"母亲"作为表象进入大脑之时，对她的"爱"也同时进入（并留存在那里了）。因此，阿瑞提说："意象不是忠实的再现，而是不完全的复现。这种复现只满足到这样一种程度，那就是这个人体验到一种他与所再现的原事物之间所存在的一种情感。"① 表象复现时所携带的情感，是作家的需要、态度和价值取向等内在的因素不断向符号、材料进行浸染、渗透的结果。

　　事实上，其他心理材料的复现，也都掺杂着主体的是非判断和感情判断。在艺术构思时，许多表象、材料在心头翻滚，许多是非、感情也在翻滚，理智和感情的冲突可能愈演愈烈。要想顺利地完成构思，必须很好地把握理智、把握感情，并很好地调节双方的关系。

　　（五）意识与无意识

　　在文学创作中，意识是指作家以清晰的理智有意地调动、分析和综合材料，使之成为有机的、能表达一定意义的整体作品的心理能力。无意识是指潜伏于作家意识之下的、有活力的，但因受到某种压抑而未进入意识的一些观念和心理能力。无意识作为一种心理能力，是在作家没有明显地觉察到的情况下，暗中对意念的整合、形象的构思、情节的发展、主题的开掘、意境的渲染、情调的烘托等，一句话，对各种心理材料的排列、组合发生作用的。无意识作为艺术构思的一个辽阔而又深沉、活跃而又内隐的心理领域，对整体的文学创作有相当重要的作用。无意识是一种潜伏于心灵深处的力量，作家可能意识不到它，但当创作进行时，它却神龙见首不见尾，忽隐忽现，促使作家写出有时连自己都不能相信的东西来。古今中外的许多作家都有此体会，茨威格说："一部艺术作品的构思是一种内心的过程。它在每一种单一的情况之下都处在黑暗之中，就像我们世界的诞生一样，是一种不可窥视的，一种神圣的现

---

　　① ［美］阿瑞提：《创造的秘密》，钱岗南译，辽宁人民出版社1987年版，第61页。

象，是一种神秘。"① 这种所谓"神圣""神秘"现象主要是指艺术家在创作过程中的"似在不在的状态"，或"无意识"状态。无意识不是一种异在力量，它和意识共存于同一文学创造过程之中。

在艺术构思时，意识和无意识这两种心理能力既有主从之分，又是相互补充的。所谓"主从之分"，是指意识对无意识可能起着某种控制、压抑或引导、解禁作用。所谓"相互补充"，是指意识所提出的某些任务、目标等，往往要靠主体调动无意识的功能，并促使其积极活动、碰撞、组合来完成。这就是说，一切有关形象、情节、结构、语言的确定，以及材料的分析、综合、比较、归纳、演绎等全部工作的规划、蓝图，一般经由意识机制来完成，但除此之外，文学创造过程中作家有时没有想到却出现了的问题，乃至令作家焦虑、不知如何是好，好像是"细枝末节"，但不解决又无法逾越的问题等，都需要发挥无意识的作用。

另外，承认意识对无意识的制约作用，还有如下考虑：

其一，无意识在组合材料时所遵循的主导线索可能是意识提供的。在艺术构思过程中，无意识有在暗中组合材料的功能，这已被许多理论家和艺术家证实。但无意识在发挥自身功能时选择、组合材料所遵循的线索是从哪里来的呢？有时还是意识提供给它的。柯勒律治《忽必烈汗》的 54 行诗句，是在酣畅淋漓的状态中写成的，这的确是无意识的作品，但他却说是在"毫无准备"的情况下突然冒出来的。情况是否如此呢？当代心理学的回答是否定的。一位名叫约翰·立温斯顿·罗尉斯的学者花了三年多时间，仔细阅读了柯勒律治的所有笔记，发现该诗中的一切材料、意境，以及全诗的轮廓、线索等，都是这位诗人以前读过并零碎地记在笔记里的。② 这一实证研究提供了如此确凿的证据，恐怕谁也不能再说艺术构思不需要意识理性参与、引导，而仅由无意识随意捏造之类的话了。

其二，无意识活动的方向要靠意识指引。无意识思维需要材料，需要某种暗示，已被证实。问题是，它是怎样加工材料的？它为什么将作品加工成这个样子而不加工成那个样子？是谁在操纵它的加工方向呢？心理学的研究发现，无意识的活动方向是由意识引导的。首先，无意识的活动程序来源于意识。无意识是一种习惯性的和自动化的思维方式，这种方式是由主体无数次有意识、有理性的行为的叠加、积累而形成的。艺术构思中的许多"细枝末节"问题

---

① ［奥］斯·茨威格：《艺术创作的秘密》，高中甫译，见《波佩的面纱——日内瓦学派文论选》，社会科学文献出版社 1995 年版，第 203 页。

② 参见［英］亨特《人心中的宇宙》，章益译，人民教育出版社 1989 年版，第 359 页。

都是由无意识来解决的，但作家通常察觉不到这暗中工作的另一个"自我"，总以"习惯"来搪塞。其实，无意识的习惯就来源于意识的理性行为的反复进行。其次，无意识中材料的安排和组合方向也靠意识指引。在构思时，无意识总是主动与意识配合来完成某一任务的。例如，每一个细节的处理，可能都由意识把新的资料反馈进长期记忆，并指定给无意识，由其加工。待无意识加工成熟以后，再将新的启迪提供给意识。意识再馈入新一轮材料给无意识加工，成熟后再交与意识理性。如此这般前进，艺术的构思就不断深化。但是，有的作家只记住了这一过程中自己输入材料和选择、加工等行为，而没有察觉无意识暗中加工的次一级行为。有的作家相反，只看到某些思维成果接踵而至，误以为它们全是无意识活动的结果。这样，当某一作品被加工并酝酿成熟，提供给作家时，他便会以为是天赐的。他恰恰忘记了，正是由于意识不但提供材料，而且强有力地控制着方向，无意识才把这些材料加工成这样子的。

由上可见，意识在艺术构思中虽起主要作用，但无意识在艺术构思中也承担着大量工作。不承认意识的主导作用，将走向艺术构思的不可知论；而不承认无意识的深层加工作用，又可能将艺术构思简单化。

二、构思方式

构思方式指作家在艺术构思中塑造形象，发展、完善意念，并建构整体作品的具体方式。借助于这些方式，不同作家对同一材料或同一作家对不同材料，甚至同一作家对同一材料，进行积极的改造和加工，从而创造出了千姿百态的新作品。构思方式既复杂又多样，这里只抽取几个最常用的来考察。

（一）综合

作家用什么方法创造出他之前从未有过的艺术品呢？行为主义认为，只要将材料不断打乱并不断重新拼凑就能做到。在他们看来，一首诗或一篇才华横溢的文章，作家只要操弄一些单词，把它们移来移去，直到碰巧成篇，新创作就可出现。在他们眼中，作家大脑似乎是一个由单词碎片构成的万花筒，只要摇动一下，就能变出各种景象。其实不然。这种说法完全忽视了作家的主观能动性，把他看成是一台无生命的被动的机器。事实上，反复摇动头脑中的单词碎片，只能出现一幅幅杂乱无章的画面，而不能出现让人灵魂震颤的上乘之作。例如 "To be, or not to be: That is the question!"（活着，还是死亡？这确实是个问题！）《哈姆雷特》中这些句子是由极为通用的单词和句法结构组成的，却表达出让人震惊且常读常新的思想。这绝对不是摇动单词碎片就能得到的。

　　因此，综合绝对不是拼凑单词碎片，而是围绕某种中心意念，以心智的功能加工、改造许多旧材料，使之糅合成一个能够体现自己意图的完整而又有机的艺术形象的构思过程。首先，综合有定向性。在艺术构思中，作家的想象虽可以天马行空般四处遨游，但他总有中心意念，这意念就是由一个个想象串联起来的线索。作家的思绪飞翔得再远，也可以循此返回现实。其次，综合有选择性。艺术构思时，大脑的材料可能像一窝受惊的蜜蜂，黑压压一团倏忽卷过来，又倏忽卷过去，飘忽无定。但经综合之后，这些凌乱的材料已被中心意念作了筛选，留下来的大多是用得着的。最后，综合有刷新性。作家构思时从记忆中所调出的材料可能是个别的、陈旧的，但经综合之后，它们却被刷新，成为一个新形象。托尔斯泰说得好："我拿过达尼雅来，把她同苏妮亚一同捣碎，于是就出现了娜塔莎。"娜塔莎是《战争与和平》中的女主人公之一，她是由作家的妻子和姨妹两个原型综合而成的。

（二）突出和简化

　　突出，指作家在构思时从纷繁芜杂的思绪中抓住一个形象（或意念），调动各种材料和加工手段为其服务，使之明确、清晰、与众不同的构思方式。

　　突出与综合不同。综合是围绕一个意念对各种材料进行"摄取"，再将摄取的东西加以糅合，因而各种材料在地位上是平等的。突出是作家以一个形象（或意念）为底稿，然后寻求与之密切相关的、更有效、更传神的材料，这里添加一点，那里添加一点，使之有机地融合，并达到立体、生动的效果。李渔在《闲情偶寄》里，就如何塑造一个"孝子"而举例，说"欲劝人为孝者，则举一孝子出名，但有一行可纪，则不必尽有其事，凡属孝亲所应有者，悉取而加之"①。这里的"悉取而加之"，就是突出。采用突出方式时，必须注意主要形象（或中心意念）的多样性和丰富性，并同时采集多样、丰富的材料予以补充，使不同侧面都丰满起来，否则，极易走向概念化的歧途。

　　在艺术构思中，突出有两种实现途径。

　　其一，浓涂重抹。作家为了达到某种意图，故意抓住形象身上某一显著的特征，通过添加与此特征有关的肖像、行为、心理等细节描写，把这一特征连同这个形象强调到令人过目不忘的地步，以产生强烈的艺术效果。例如鲁迅对阿Q及其头上的癞疮疤的突出，即是如此。

　　其二，淡化背景。在某一场景中通过巧妙地移动某事物来牵动读者视线，

---

　　① （清）李渔：《闲情偶寄·审虚实》，见单锦珩校点《闲情偶寄》，浙江古籍出版社1985年版，第14页。

能使该事物成为前台现象，这时候，该场景中本来地位上基本平等的其他事物被降到了背景地位。例如，将电视机给客人以适当介绍，它就成为前台现象，而围绕它的花瓶和其他摆设便成为背景；同样，将花瓶稍稍移位，并让客人关注其造型、色彩，这时电视机和其他摆设就成为背景。为了引起悬念或抓住读者的注意力，作家也喜欢用此方法让主要人物款款走上前台，以达到"突出"效果。例如，安娜是小说《安娜·卡列尼娜》的主人公，但托尔斯泰却让她在小说第 1 部第 18 章才姗姗出场。小说开头写奥布浪斯基一家的忙乱，就是为了提供一个类似于客厅的场景。在读者的殷切期待中，让安娜这个"不祥的女人"在"不祥的时刻"一出现，就成为前台现象，成为人们注目的焦点。

淡化背景暗含着人类的内视觉思维规律。淡化背景不是拿掉背景中的所有东西——那就没有背景了，而是使背景中的事物"多"起来，甚至显得杂乱无章。这样一来，当主体巧妙地调动某一事物时，它就会拉动读者内视觉的注意力，自然而然成为前台现象。

简化是指作家故意少说几句，略去具体细节而抓住主干，形神兼备地传达出形象（或意念）的大致轮廓与内在精髓的构思方式。拿绘画作比喻，当俄国绘画理论家康定斯基（Kandinsky，1866—1944）把女演员巴鲁兹卡的舞姿抽象为一个大圆、三条抛物线和十二个小圆点时，就是一种高度的简化。这种简化虽抛弃了如实再现所需要的细节描写，却极传神地表达了舞姿本身的内在激情和演员腾空时爆发力的优美轮廓。

在文学作品中，简化经常被各国、各民族的作家所青睐。例如，普希金的中篇小说《黑桃皇后》中的主要描写对象是赌徒赫尔曼，但在作品第 1 章三千余字的容量中，他的行为被作家简化为只有 31 个字的描述，是出场人物中最少的。在这简化到不能再简化的言语中，却深蕴着无限多的内容。一个似乎最不易引人注目的家伙，说出那么简单的话，做出那么简单的动作，一下子激发了人们的好奇心，成为人们注目的焦点。鲁迅《秋夜》开头对枣树的描写，也是简化的范例。对于简化，托尔斯泰曾将它提到"如何从无中生有"的哲学高度予以讨论，认为对于高明的作家，"并不在于他知道写什么，而在于知道不需要写什么"[1]。

简化不是为了省略笔墨——这是一种误解。事实上，简化的目的仍是突出。当作家极省俭地点出主要形象（或中心意念）的特征而留出大量的虚空，

---

[1]　［俄］列夫·托尔斯泰：《构思》（1853 年 12 月 16 日的日记），见段宝林编《西方古典作家谈文艺创作》，春风文艺出版社 1980 年版，第 562 页。

或有意地将这个特征不着痕迹地镶嵌在某种嘈杂、不和谐的场景时，该形象（或意念）的内在神韵往往更能凸显出来。

简化与突出的共同点，都是为了使形象或意念更传神、更富于特点。区别仅在于：突出是以浓墨重彩和淡化背景来吸引读者注意力，简化则是将形象或意念身上所有的遮蔽物全部剥掉，只留下最核心、最能表现本质的要素。从艺术构思角度说，简化比突出的难度大；从艺术效果角度说，简化后的形象（或意念）由于茕茕子立、形影相吊，也比浓墨重彩的"突出"更能抓住读者。运用得妙，可以一字千金，成为绝唱。

（三）变形与陌生化

变形是指作家在构思中极大地调动想象力与创造力，违反常规事理来创造形象的方式。通过变形，作家常常能获得独创性的形象。

变形的方法很多，诸如：扩大和缩小。即把形象变大或缩小，使之成为畸形，这个形象虽然还有常人的思维和欲望，但可以做常人做不到的事。如拉伯雷《巨人传》的卡冈都亚、安徒生笔下的豆蔻姑娘等。黏合。把某一形象用半人半怪的方式予以黏合，使之既有人的属性，又有怪的特点。如吴承恩笔下的孙悟空、蒲松龄笔下的鬼女狐仙等。漫画。有意改变形象的思维方式，使其在振振有词或荒唐可笑的诡辩中，道出世事的昏暗或常人不敢言说的真理。如果戈理、鲁迅笔下的"狂人"，狄德罗笔下的"拉摩侄儿"等。夸张。赋予形象一种相当突出的相貌或精神特征，这特征不仅影响其性格，而且支配其处世方式，既真又幻，既幻又真。如鲁迅笔下的阿Q等。幻事。不改变人物形象的客观性，而将这个形象所生活于其中的"世事"予以变形，使常人在奇世旅行，可给人以奇异感受和深刻启发。如李汝珍、凡尔纳让正常人踏入奇异、变幻的世界。

变形方式之多，不可历数，但都是通过变态思维取得的。变态思维在心理学上被称为幻视、幻听、幻触、幻味等。它本来是人在特殊情境中产生的异常知觉，但在艺术构思中，则常被作家借用来创造新形象。它在诗歌、小说中最常见，在戏剧、散文中也有各种表现。世界文学史上的许多杰作，就是利用变形方式创造的。

陌生化（又译"反常化"）与变形有联系。它们都是使习见事物换一种样式出现，来获取一种"新奇"的艺术效应。但两者又有区别，这里简单言之。首先，变形着重于从整体上"改变"一个事物的常形，陌生化则倾向于不用习见的"称谓"。其次，一个事物被变形后，将被赋予变形后那个事物的特征和属性，而一个事物被陌生化时，该形象只以作者或读者似乎都未见过（实际上作者已见过，读者也可能见过），不得不以"第一次"见到时的新奇形状和新奇感受去描写它的方式呈现出来。最后，变形更多作为一种艺术手法（或一种构思方式）被使用，而陌生化除作为手法和方式之外，它还是作家观察生活和表现生活的一个总原则。按照什克洛夫斯基的说法，艺术之所以需要陌生化，有两个目的：一是抵制审美疲劳并消解日常生活的"机械性"，二是增加艺术感受的难度进而延长这种感受。他说："艺术是一种体验事物之创造的方式，而被创造物在艺术中已无足轻重。"①

第三节　文学创造的物化阶段

物化，即通过语言、文字、纸张等媒介，把精神性的艺术构思"转化"为物质性的文本。从作家角度讲，物化是其创造过程的最后阶段。具体说来，这一阶段的主要工作是，作家将在构思过程中已初步酝酿成熟的形象和意念，转换为语言、文字等符号，并固定在纸张上，使其成为物质性的文本，进入流通领域和消费领域。物化阶段的具体步骤犬牙交错，纠缠在一起，很难分出先后。因此，本节不作动态的追踪和描述，仅抽出几个常见问题予以讨论。

一、"形之于心"到"形之于手"

形即象也。"形之于心"到"形之于手"，就是形象从"心"到"手"的过程，即作家把心中经过艺术构思已初步成熟的"形象"（包括意念），转化为语言、文字等符号，再用"手"写出来，落到纸张上。

把形象（或意念）从"心"（经过"手"）转化到"纸"上，是一个甚至比构思本身还艰难的操作过程。这一过程，重点在"转化"和"操作"。所谓"转化"，就是把构思中那虚幻的观念性形象转化为可以言说，并可以被他人理解、意会的语言文字。所谓"操作"，就是搭配（或摆弄）字词，调整语序，使之稳妥地表情达意，收到音韵铿锵、色彩和谐、感情丰富而又内敛、描写精确而又含蓄、叙述明白而又简练的效果。这一过程极其艰难且难以说明，所以，苏轼才用"胸有成竹"与"兔起鹘落"来比喻，郑燮也

---

① ［俄］什克洛夫斯基：《作为手法的艺术》，方珊译，见《俄国形式主义文论选》，生活·读书·新知三联书店1989年版，第6页。必须指出，什克洛夫斯基继承和发挥的，实际上是法国哲学家和艺术理论家柏格森的观点。什克洛夫斯基认为，陌生化的目的不是创造新奇"视象"，而把人从凡庸的日常生活的"机械性"（柏格森理论之关键词）中解放出来。因此，将事物予以陌生化的呈现，目的是有意增加读者艺术感受的难度，并使之留驻于其中。在他看来，这是艺术的主要功能，也是人类之所以还需要艺术的主要原因。

才用眼中、胸中和手中之"竹"来比喻，来强调其间"定则"与"化机"的关系。①

这里，要特别注意苏轼所提出的胸中与纸上之"竹"难以统一的问题。在苏轼看来，第一，所欲画之"竹"即使孕育得非常成熟，一旦落到纸上，仍会出现"内、外不一"（纸上形象与内在形象不一样）、"心、手不相应"（手中所画、所写出的形象，不一定就是心中所想的那个形象）的状况。第二，明知每次"画竹"都会出现这两种状况，但就是无法改变。这迫使苏轼不得不放弃探讨，最后，无可奈何地说："与可之教予如此，予不能然也，而心识其所以然。""既心识其所以然，而不能然者。"② 如果细味苏轼之言，可以发现它其实已启发并包容着郑燮的"三竹说"。

从心理学角度说，文学创造的物化过程（与艺术构思一样），也是一个尚待开启的"黑箱"。美国文艺心理学家阿瑞提《创造的秘密》曾尝试探讨其活动轨迹，但没能给出确定答案。③ 主要原因在于：一方面，作家头脑中所构思的那个形象由于包孕着主体的情绪、情感因子以及各种无意识内容，已成为一个"创造物"，而不是原先生活中所见到的某个外在物象（同样，作家所"欲表达"的意念，也不是非常清晰的观念，而是一条隐隐约约的灰踪蛇线）；另一方面，在物化活动开始之后，构思活动并没有停止，它还在进行。因而，构思中的形象、意念还会"倏作变相"；还有，作家遣词造句（摆弄语言、文字）能力的高低，甚至成就动机（自期心理）的强弱，也都可能使心手不一，内外难符。

在"形之于心"到"形之于手"过程中，最常见的问题有二：

一是创作意图有时不适应人物性格的发展逻辑。创作意图是作家心中指向性很强的某种目标预期，但它有时并不符合逐渐成熟起来的那一个活生生的人物性格的自然发展。当人物成熟起来时，他必然要按照自己的性格轨道行进，而无法迁就作家原来的意图。此时，作家要么违背他，要么顺从他，似乎没有其他道路可走。

---

① 参见（宋）苏轼《文与可画筼筜谷偃竹记》，《苏东坡全集》（上），中国书店 1986 年版，第 395 页；（清）郑燮：《题画·竹》，见《郑板桥集》，上海古籍出版社 1979 年版，第 154～155页。苏轼、郑燮的说法固然比较恰当，但说到底，也毕竟只是一种比喻而已。既是比喻，其间就必然潜藏着局限性：首先，它们都是某种经验性的假设，无法用确定性的实验目标以及相应的科学方法、手段予以验证；其次，其中所说的"竹"，主要是指某一独特事物的轮廓的酝酿及其文字体现，而不是观念性的主题、意念。因此，如上比喻只能在极有限的意义上使用。

② （宋）苏轼：《文与可画筼筜谷偃竹记》，《苏东坡全集》（上），中国书店 1986 年版，第 395 页。

③ 参见［美］S. 阿瑞提《创造的秘密》第三、四、五、六章，辽宁人民出版社 1987 年版。

在文学史上经常见到的情况是，成熟的作家大多采用顺从人物性格自由发展的方法，而不是相反。普希金说："达吉雅娜跟我开了一个多大的玩笑，她竟然嫁了人！我简直怎么也没想到。"[①] 常被人们津津乐道的安娜卧轨，渥伦斯基开枪，聂赫留朵夫放弃结婚，美谛克逃跑等许多小说中的事例，也都属此种情况。司汤达的小说提纲，常常是没写几页就被人物的行动打破。列夫·托尔斯泰说："他们（指人物）做那些理想生活中应该做的，和现实生活中常有的，而不是我愿意的。"[②] 即便是通过脑中倏忽闪现的思绪来勾勒人物形象的意识流大师乔伊斯，也不得不遵从人物性格的发展逻辑，以保持其内在的一致性。例如，在《尤利西斯》中，斯蒂芬满脑子想的都是抽象的思维和深奥的哲理，摩莉成天想的不外乎饮食男女之事，布鲁姆则喜欢有骚味的羊腰子，连在博物馆看到裸体女神像也要想入非非。

其实，遵从人物性格逻辑的自由发展而改变原来的设想，是一种成功的方法。因为，这样做能使人物有活泼泼的内在生命力，其由性格所支配而产生的各种悲欢离合行为，能产生极强的真实感。这种情形的发生，常常是创作进入某种高境界的标志。王汶石说过："人物站起来跟作者发生争执，提醒他的作者应该怎样描写他的那种时刻，正是作者创作中最欢乐最有灵感的时刻。"[③]

二是作家创作动机的中途转换。开始构思时，作家大体上都有一种动机，可是在物化过程中，由于某种外在刺激的作用，或从材料中发现了新东西，作家会产生一种新动机。有时，后起的动机甚至还可能取代原先的动机而支配物化过程。由于动机暗换是内在的，有时还是无意识的，因而作家的理智并没有察觉到这种改变，反而误认为是作品的物化过程逸出了原来的设想。例如，鲁迅创作《不周山》，本想借用弗洛伊德（鲁迅译为"莆罗特"）的理论严肃地"描写性的发动和创造，以至衰亡的"，但写作中途在报章上看见有人攻击情诗，即所谓"分心的事情来一打岔"，心里颇为愤怒，原来的动机不由自主发生改变。于是，他便在女娲两腿之间添加了一个身着古衣冠、满口讲着"仁义道德"的小丈夫。对此，鲁迅当时并未意识到，过后却极为后悔。他承认小说的这一变化与原先的想法悖谬，以致"毁坏"了原先宏大的结构。[④] 陀思妥耶夫斯基写《群魔》，其最初意图是攻击革命民主主义者格拉诺夫斯基、别林斯基等，但写作中却遭受种种刺激，又情不自

① 参见《世界文学》1961 年第 2 期，第 10 页。
② 参见《世界文学》1961 年第 2 期，第 10 页。
③ 王汶石：《漫谈构思》，《王汶石文集》第 3 卷，陕西人民出版社 2005 年版，第 53 页。
④ 鲁迅：《我怎么做起小说来》，《鲁迅全集》第 4 卷，人民文学出版社 2005 年版，第 527 页。

禁地升起对俄国旧贵族的仇恨。于是《群魔》中那些应该遭受攻击的人物无形中携带了一些优良品质，而本该赞美的人物却成了"一半像魔鬼"的形象。作品与原先意图的悖谬也使陀思妥耶夫斯基十分痛苦，"非常非常伤心"，不知如何是好。①

需要指出的是，由于动机暗换打破了原来的构思，悄悄地赋予了作品以作家未曾明确的意识，有时反倒增加了内涵，而这些内涵恰恰又被细心的读者（或评论家）发现。所以，当作家为此懊悔不已时，在读者或评论家那里却可能得到好评。例如，当鲁迅不断贬低《不周山》时，著名评论家成仿吾却偏偏指出它是《呐喊》中的"佳作"②，当陀思妥耶夫斯基再三自责《群魔》时，当时最"革命"的作家高尔基却毫不含糊地承认它是"最有天才"的一部作品。显然，这是因为动机暗换所造成的冲突，既使作品内容一波三折，也使主要人物形象的性格更为丰富和复杂。

由上可见，意图与人物性格的冲突、创作动机的中途转换等，对于文学创造来说，似乎不是阻力和影响质量的因素，反而可能是作品质量得到提高的一个契机。

二、语词提炼与技巧运用

作家在艺术构思中的那些相对成熟的形象、意念等，最终毕竟要借助于语言、文字来落实到纸张上，因此，物化更重要地表现为对于语言文字的熟练运用和修辞方法、操作技巧的掌握。刘勰《文心雕龙·神思》说："意翻空而易奇，文征实而难巧。"巴尔扎克说："谁不能叼着一支雪茄，在公园散步的同时，弄出七八个悲剧出来呢？……在自己的这个供想象的后院里，谁没有一些最最精彩的题材呢？不过在这种初步的工作和作品的完成之间却存在着无止境的劳动和重重障碍，只有少数有真才实学的人方能克服它们……构思一部作品是很容易的，但是把它写出来却很难。"③ 可见，如果以为只要胸中塑造出独特幻象、构成独特意念，它们就会轻而易举地转化为作品，是不符合实际的，也是对语词提炼与技巧运用的漠视。

语词提炼的任务，是寻找最准确的语言、文字，把艺术构思中已初步成熟的形象和意念准确、鲜明而生动地呈现出来。这话说起来容易做起来难。先拿

---

① ［俄］陀思妥耶夫斯基：《书信选》，冯增义等译，人民文学出版社1986年版，第168、261、263页。

② 鲁迅：《故事新编·序言》，《鲁迅全集》第2卷，人民文学出版社2005年版，第353页。

③ ［法］巴尔扎克：《〈古物陈列室〉、〈钢巴拉〉初版序言》（1839），程代熙译，见王秋荣编《巴尔扎克论文学》，中国社会科学出版社1986年版，第144页。

自然界的事物如山、水来说，山无常形，水无常态。一年之中，冬、夏、春、秋的山不一样；一天之中，早、晚、午、夜的山不一样；一刻之中，阴、晴、晦、明的山又不一样。水的变态更多，湖泊与大海，江河与小溪，池塘与瀑布，都不一样。这还仅就山、水与自然界其他事物发生关系时的变化而言，如果加上作家个人情绪情感与感、知觉的变态因素，山、水更有无穷的变相。例如，喜悦时看山水就和愤怒时不一样，哀伤时看山水也和落寞时不一样。处于某种特殊心境下，于雾中、雨中、月夜、白日看山水不一样，在另一种心境下，独自一人或与家人、与朋友、与情人看山水时又不一样。

再拿人类社会来说，人物事件在作家内心的呈现更不是恒常的。无数个人有无数种面貌、性格、经历、思维方式，无数件事有无限的原因与结果，同一原因可能有不同结果，同一结果可能由不同原因造成，同一原因、同一结果但因时间、地域、人物的不同又表现为各种形态。再拿意念来说，每个人内心都有无穷的意念，整个人类社会的意念更不可能以数字来计算，其中有些是明确的、能够意识到的，更多的则是模糊的、无意识的。法国作家雨果曾说，比海洋大的是蓝天，比蓝天大的是人心。要想用有限的语言、文字把自己艺术构思中那多如恒河沙数一般的山、水、人、事的无穷变相，以及尚未定型而模糊、零碎的变相，乃至人类社会的无穷意念等准确、生动地表现出来，实在不容易。古今中外的作家、艺术家，一直在写山写水，写人写事，写意念，也未能穷形尽相。

除此之外，每个作家在物化时更注重的是整个自然界和人类社会映照在自己内心所形成的那个独一无二的形象、意念，它不但不是事物的常形，甚至也不是常见的变形，而是渗透着个人情感并以自己独特感知为基础的创造性的"这一个"。因此，寻找准确、不可替代的语言、文字，来把"这一个"形象、意念定型在纸上，使之成为可被读者接受的意识形态话语系统，其难度更是可想而知。宋人魏庆之的《诗人玉屑》记载了一个故事："郑谷在袁州，齐己携诗诣之。有《早梅》诗云：'前村深雪里，昨夜数枝开。'谷曰：'数枝'非'早'也，未若'一枝'。齐己不觉下拜。"[①]齐己为何下拜？是因为心底折服郑谷。郑谷所言之"一枝"，正好是"己所欲道"而"未能道出"者。

可见，语词提炼既能准确、鲜明、生动地物化形象和意念，也有助于语调的选择、结构的妥帖和风格的和谐。

技巧运用主要指巧妙采用各种写作手法，例如肖像、行动、心理的描写，

---

①　（宋）魏庆之：《诗人玉屑》上，上海古籍出版社 1978 年版，第 141 页。

顺叙、倒叙、插叙的安排，烘托、对比的运用，等等，难以尽述，这里只简单阐述运用技巧时所注意的问题：

其一，技巧运用要为物化主要形象（或意念）的内在物理服务。内在物理，即某种事物的内在规定性（或本质、规律）。人物也一样，也有其内在之理——基本思想倾向、基本性格和基本的处世原则等。当作家需要将构思中初步成熟的事物、人物形象等，采用某种技巧予以呈现时，必须顺其内在物理，才能形神兼备。

苏轼《书蒲永升画后》说：

> 唐广明中，处士孙位始出新意，画奔湍巨浪，与山石曲折，随物赋形，尽水之变，号称神逸。……（知微）皆得其笔法。始知微欲于大慈寺寿宁院壁，作湖滩水石四堵，营度经岁，终不肯下笔。一日仓皇入寺，索笔墨甚急，奋袂如风，须臾而成。作输泻跳蹙之势，汹汹欲崩屋也。……近岁成都人蒲永升，嗜酒放浪，性与画会，始作活水。……尝与余临寿宁院水，作二十四幅。每夏日挂之高堂素壁，即阴风袭人，毛发为立。①

苏轼将孙位、知微、蒲永升三人比较，以说明水画得好不好，关键在于画家能否体验到所画之水的内在物理，进入"随物赋形"之初阶、"崩屋"之"中阶"、"活水"之最高阶。水形无常，但总有其内在的规定性，内在的"物理"。画家如果能从水之外形揣摩到内在的神韵（物理），就能悟出水在各种条件下可能呈现的"变态"，就能把水画"活"。此画家画水，有"随物赋形"之感，彼画家画水，有"崩屋"之感，又一画家画水，居然"阴风袭人，毛发为立"，就是因为各人既画了水之外形，又把握了水在不同时间、空间、心境中独特呈现时蕴含的内在之"理"。

作家也一样。人物形象的活动是独特的、多种多样的，但任何条件下的任何活动都必受其基本思想倾向、性格和处事原则等支配。基本思想倾向、性格和处事原则等，就是人物形象的内在之"理"（物理）。作家在将构思成熟的人物形象用语言、文字定型在纸张上时，能否选用合适的写作技巧把已经揣摩到的内在之"理"呈现出来，是非常重要的。《红楼梦》第27回，曹雪芹描写林黛玉的葬花行为有意采用贾宝玉的视角，而对《葬花词》内容的叙述则有意采用侧面描写手法。这种视角和手法，不仅回应了林黛玉内心恐惧不

---

① （宋）苏轼：《书蒲永升画后》，《苏东坡全集》上，中国书店1986年版，第303～304页。

敢表露的痛苦，也为她后来"质本洁来还洁去"的死作了一个铺垫；更重要的是，还呈现了林黛玉这一形象多愁善感、寄人篱下、整日以泪洗面又无处诉说，被迫将痛苦与恐惧潜藏起来的内在之"理"。如果换用其他视角或描写手法，就无法收到震撼人心的效果。这是技巧为物化主要形象之内在物理服务的典范。

其二，技巧要为作家通过形象所要表达的中心意念服务。中心意念是作家企图通过某部作品来告诉读者的他自己对生活的感受、体验、理解和评价，也是作家思想认识和艺术认识的结晶。当作家调动各种技巧把形象物化在纸上时，他必须注意传达这种中心意念。有的作品虽提供了逼真的形象画面，却不能成为佳作，就因为该作家在运用技巧时没有注意这一点。

总之，物化过程中的技巧运用，既要准确传达主要形象的内在物理，又要将主体内心的中心意念不露痕迹地体现出来。如果一味炫耀技巧，就会南辕北辙。

三、即兴与推敲

即兴与推敲既是物化阶段语言、文字的操作方式，也是作品定型的必要手段。对作家来说，它们都不是天生的，而是训练出来的。鲁迅说他之成功，不过是把别人喝咖啡的时间也投入写作而已。心理学家研究过许多作家的创造过程，发现任何作品（包括最短的抒情诗）都不是完整地"冒"出来的，而是断续地"作"成的。作，就是操作，包括有意识和无意识的反复加工，以及从理智上对语言文字所作的推敲。

即兴是作家因受某一外在刺激或内在冲动的作用，兴会来临，在文字操作过程中迅速地创造出某作品的状况。即兴的特点是趁热打铁。作家内在形象被唤醒并活动时，文思泉涌，势不可遏，笔落惊风雨，诗成泣鬼神。王勃写《滕王阁序》，李白"斗酒诗百篇"，都属即兴创作。有时，即兴表现为"我不觅诗诗觅我"的紧急状态。一连串的形象、意念、词句以及主要脉络的情节如排山倒海般自动涌现，写都写不及，作家只能抓住轮廓匆忙记下，过后再补充和完善。司汤达53天写出《巴马修道院》，巴尔扎克于1831年写出75种作品，都属此类。即兴作品的好处是首尾贯通，情感炽热，有一气呵成之势。

但即兴不是没有酝酿而凭空出现的。首先，即兴需要足够的材料储备和情感积累。王勃铺排大量典故，李白诗歌中丰富的社会和人生经验，都是长期积累和有意储备的。任何酣畅淋漓的即兴创作，都是作家调集平生的记忆信息，厚积薄发而形成的。其次，即兴创作要有气氛和契机。即兴的刹那似乎容易，实际上兴会的来临极难。没有气氛和契机，即兴无由发生。王勃拥被而卧，李白饮酒，巴尔扎克喝黑咖啡，都是为了制造某种便于即兴的刺激情境，以待兴会到来。第三，即兴的外在表现是突发性和一泻千里的冲动，但实际上却是作家综合心力的集中爆发，是长久酝酿的产物。司汤达写《巴马修道院》虽 53 天，但其准备和酝酿却花了 6 年。最后，即兴不是作家的理智所选择的，它和其所禀受的天赋、气质等先天因素以及后天所掌握的本领、技巧有关。

推敲是指作家在语言和文字符号操作过程中反复选择单词、调动语序，以求准确、妥帖地把形象或意念具体化的操作手段。如果说即兴表现为灵感飞溅的快乐，那么推敲则表现了物化过程跋涉的艰难。李频"只将五字句，用破一生心"，就表达了推敲过程的辛苦。《复活》中玛丝洛娃的初次登台亮相一个场景，托尔斯泰花费了 10 年时间，修改达 23 次之多。徐志摩说他作诗，"从一点意思的晃动到一篇诗的完成，这中间几乎没有一次不经过唐僧取经似的苦难的"[①]。

推敲不仅表现为词句的精选，也包括细节的提炼，人物的安排，章节的转换，意境的合成，等等。由于文学创造的工具和媒介都是语言文字，因此，所有的推敲也都以语、词为主来进行。推敲的好处是精雕细琢，表达心象精确鲜明，无处不使人体会到一种"匠心"的运用。正如即兴创造需要推敲一样，推敲创造有时也会出现颇为畅达的即兴。较长时间的词句斟酌，常常伴随着一连串的灵感和兴会。

即兴和推敲是同一操作过程的两个不同侧面，不可把它们绝对分开。对于具体作家来说，有的可能以即兴为主而以推敲为辅，有的则相反。不管他采用哪种操作方式，目的都是为了完满地把构思体现到纸上，把内在不可捉摸的形象物化为可以通过文字欣赏来消费的物质性的文学作品。

如果把即兴与推敲两种方式结合起来，也许更有利于物化的实现。例如，（1）在艺术发现和创造冲动之初，控制自己不要急于动笔，而去做反复的思考和深入的沉潜，等到不创作不足以消除内在紧张和焦虑时再下笔。（2）动笔不可勉强，而应该等待机缘或需要来唤醒。（3）一旦灵感突至，则宁愿牺牲寝食，也要及时捕捉，并尽可能记下全部轮廓。（4）过后，再以"语不惊人死不休""字字看来都是血"的精神，仔细地从头到尾地修改定型。（5）在修改中要以形象的内在物理和自我的中心意念来统摄。

在语言文字的操作实践中，凡著名作家都能发挥即兴与推敲之所长，为

---

① 徐志摩：《猛虎集·序》，《徐志摩全集》第 3 卷，天津人民出版社 2005 年版，第 393 页。

己所用。李贺每有兴会，便立刻记取一鳞半爪，存之"诗囊"，回家后反复修改。欧阳修兴会突至，即使如厕，也要马上笔录，过后挂于墙壁，再三推敲。

总之，物化阶段是文学创造的最后阶段，也是艰苦细致的语词落实阶段。倘若不注重文字训练，不下苦功夫以准确的词句、高妙的技巧把内心形象和意念栩栩如生地物化在纸上，就会功亏一篑，使从材料积累以来不计其数的心智活动付之东流。

复习要点

[基本概念]

材料　艺术发现　创作动机　艺术构思　灵感　直觉　综合
突出　简化　变形　陌生化　即兴　推敲

[思考问题]

1. 为什么说文学材料具有主体性特征？

2. 艺术发现的心理特征是什么？

3. 自己是否从事过文学创作？是否发生过灵感？若有，试述灵感的特点与个人体会，并尝试与直觉比较。

4. 意识和无意识在文学创造中的意义何在？

5. 为什么说即兴不是凭空出现的？

[推荐阅读文献]

1. 陆机著、张少康集释：《文赋集释》，人民文学出版社 2002 年版。

2. 刘勰著、范文澜注：《文心雕龙注》，人民文学出版社，1958 年版。

3. ［奥］弗洛伊德：《精神分析引论》，商务印书馆 1984 年版。

4. ［瑞士］荣格：《心理学与文学》，译林出版社 2011 年版。

5. 李珺平：《创作动力学》，百花文艺出版社 1992 年版。

第八章　文学创造的价值追求

当人们面对世界和人生的时候，普遍追求的价值就是真善美。真是对人的认识理性的要求，善是对人的实践和社会活动的要求，而美则体现了人对形式感觉的要求。人类对真善美这三种价值的要求贯穿在生活的方方面面，但是在不同的活动领域，主导性的要求则有所不同：在科学和思想领域，"真"是最重要的价值；在实践活动领域，"善"是最主要的价值；而在艺术领域，"美"是衡量审美对象的主要标准。文学活动，既包括审美，同时又与人类的认识和实践密切相关，因此文学并不仅仅只突出某一个方面的价值，而是强调真善美三者的统一和协调。

第一节　求真的文学

一、文学中的求真

文学活动中包含了人类对世界的理解、反映和阐释，文学作品必然体现着对世界和人生的某种认识。认识活动的价值取向是以理性求真知。作家在笔下所呈现的对世界的体验和感情，基于作家对世界的认识。作家对世界的理解、反映和阐释，只要合情合理，他的作品就会具有"真实性"的品格；而具有"真实性"品格的作品，才能让读者产生信任感及认同感，使读者产生共鸣，从而获得思想上的启迪和精神上的享受。一句话，"真"乃是文学的审美价值追求的基础。高尔基说："文学是巨大而又重要的事业，它是建立在真实上面的，而且在与它有关的一切方面，要的就是真实！"①

人们对文学作品中的真实性有一种很自然的要求，因为语言反映真实，真实是对语言本身的基本要求，只有真实的语言才能赢得人的信任。"凡出言，信为先，诈与妄，奚可焉。"中国古代教育儿童的蒙学教材《弟子规》就教导

---

① ［苏］高尔基：《给安·叶·托勃罗伏尔斯基》，《文学书简》上卷，曹葆华、渠建明译，人民文学出版社 1962 年版，第 217 页。

如何在语言层面上做到真实可信。而富有真实感的文学作品符合人们对世界的实际体验，更能激发读者的感情。俄国杰出的文学批评理论家别林斯基则从读者接受的角度强调："真正的艺术作品永远以真实、自然、正确和切实去感染读者"，这样的作品越是多读，"你和它之间的内在情意和联系也就越深入、实切而不可分割。"① 另外，文学作品实际上也承担了提供知识的功能，我们对于世界和人生的大量知识有相当一部分都来自文学作品，通过各种文艺作品，读者认识了中国和世界的历史，了解当代中国和外国的社会。既然是知识，我们当然就会要求这些知识是真实的，而不是虚假的。

因此，艺术家和美学家无不把表现人类社会的"真实"视为艺术的生命。法国19世纪现实主义大师巴尔扎克曾基于创作经验断言："获得全世界闻名的不朽的成功的秘密在于真实。""艺术家的使命就是把生命灌注到他所塑造的这个人体里去，把描绘变成真实。"② 正是基于这一点，"真实性"就成为衡量文学创造成就的重要标准。恩格斯对英国女作家玛·哈克纳斯的《城市姑娘》的具体分析，列宁对列夫·托尔斯泰作为"天才的艺术家"的整体评价，当属历史上的经典批评。前者肯定《城市姑娘》以"如实的叙述"把陈旧的故事"变成新故事"，并且在对那些自满的庸俗人物的观念的尖锐指责上，"表现了真正的艺术家的勇气"；同时着重指出，小说仅仅描写工人群众消极的一面并不是时代面貌的真实反映，因为当时的工人群众已经有了50年光景的战斗荣誉，"对他们四周的压迫环境所进行的叛逆的反抗"，不论是"半自觉的或自觉的——都属于历史"了。③ 后者虽然猛烈地抨击了作为思想家的列夫·托尔斯泰的"道德的自我完善""勿以暴力抗恶"说教，却高度赞扬他"创作了无与伦比的俄国生活的图画"，认为他的一系列作品，不仅真实生动地反映了"19世纪最后30年俄国实际生活所处的矛盾条件的表现"，而且"作为俄国千百万农民在俄国资产阶级革命快要到来的时候的思想和情绪的表现者"，对"原始资本积累"所造成的灾难还进行了深刻的揭发和愤怒的抗议，从而成为"俄国革命的镜子"。④ 并非只是像《城市姑娘》和列夫·托尔斯泰的小说这样的再现社会人生的作品有着真实性的要求，求真的审美价值取向存在于文学创

---

① 〔俄〕别林斯基：《玛尔林斯基作品全集》（1840），见别列金娜选辑《别林斯基论文学》，梁真译，新文艺出版社1958年版，第4~5页。

② 〔法〕巴尔扎克：《〈故物陈列室〉、〈钢巴拉〉初版序言》，程代熙译，王秋荣编，《巴尔扎克论文学》，人民文学出版社1986年版，第143页。

③ 恩格斯：《致玛·哈克奈斯》（1888年4月初），《马克思恩格斯选集》第4卷，人民出版社1995年版，第683页。

④ 列宁：《列夫·托尔斯泰是俄国革命的镜子》，《列宁选集》第2卷，人民出版社1995年版，第241~243页。

造的全部领域。以大胆想象创造奇幻形象的浪漫主义之作，如蒲松龄那满世界神仙狐鬼精怪的《聊斋志异》，虽说跟现实生活相去甚远，但是诚如鲁迅所言，它"说妖鬼多具人情，通世故，使人觉得可亲，并不觉得很可怕"。① 狐仙鬼怪的表象之下，演绎的依然是真实的悲喜情感与人情世故，作者只不过是将"真实"隐匿在虚构的想象之中罢了。象征型作品用主观变形手法创造的具有暗示性形象，不仅超越了现实，而且模糊而多义，然而读者之所以能够与之产生心灵上的沟通，奥秘全在于它们透露出人类对自身生存状况深邃的思考，提供的是另一种"真实"。例如，爱尔兰现代作家 S. 贝克特的戏剧《等待戈多》，两个流浪汉所等待戈多的场景虽然荒诞不经，但是反映了现代社会的某种真实的精神状态。叙事作品如此，抒情作品亦然。情也有真伪之分，无病呻吟或矫揉造作一向为诗学所诟病。清代诗人陈少香说：情"得其真则一花、一木、一水、一石，一讴一咏，皆有天趣，足以移人。"② 文论家刘熙载亦言："诗可数年不作，不可一作不真。"③ 总之，"真实"是一切优秀文学作品的共同的价值追求及审美品格。

　　然而，应当指出文学创造要求的"真实"是艺术真实。艺术真实既非生活真实亦非科学真实，而是主体把"内在的尺度"运用到对象世界中去，经过艺术创造，与"善""美"共生并存的审美化的真实。因此，要切实而全面地理解求"真"这一文学创造的审美价值取向的内涵及其实现方式，就需要深入地认识艺术真实的特征。

二、艺术真实的主要特征

　　艺术真实既不同于生活真实又有别于科学真实。下面就以比较考察的方式，对艺术真实的主要特征作具体的诠释。

　　首先，与生活真实不同，艺术真实以假定性情境表现对社会生活内蕴的认识和感悟。凡是历史上出现过和现实中存在的一切事物与现象，都是生活真实。生活真实为文学创造提供了原型启示，是取之不尽用之不竭的源泉，然而艺术真实是对生活真实的超越，它在假定性情景之中，揭示社会生活的本质及其必然性，以此作为自己的目标。从这个角度上说，艺术真实是内蕴的真实、假定的真实。

　　内蕴的真实。艺术真实不是生活真实的自然主义摹本，而是对它的反映。

---

　　① 鲁迅：《中国小说的历史的变迁》，《鲁迅全集》第 9 卷，人民文学出版社 2005 年版，第 343 页。

　　② （清）林昌彝：《射鹰楼诗话》卷 10，上海古籍出版社 1988 年版，第 226 页。

　　③ （清）刘熙载：《艺概·诗概》，上海古籍出版社 1978 年版，第 55 页。

反映具有主观能动性，也就是说，艺术真实是作家对社会生活的认识和感悟的产物。认识是理智的体察，感悟是直觉的把握。文学创造正是在既有理智体察又有直觉把握的心理机制和思维活动中，透过生活真实的表层对社会生活的内蕴作出艺术的揭示和表现。诚然，所谓社会生活的内蕴是个十分宽泛的概念，又可分出许多层次，诸如真相事理层、历史文化层、哲学意味层等；并且由于创作主体的个性不同，其认识和感悟的侧面及深广度也会有很大的差异。例如，《三国演义》虽取材于历史史实，但它对三国时代的战乱所作的并非是历史的如实诠释，而是主体化的艺术创造；这不仅表现在它的"七实三虚"上，就是那些有历史依据的人物、事件、场面、细节描写，也都浸透着主体意识的表现："拥刘反曹"的传统正统观念与大众的是非善恶美丑标准的混合；"乱世英雄"的艺术典型不是历史上那个曹操的本来面目的再现，就是一个突出的例证。而且，作为文学创造的审美价值的体现方式，艺术真实总是与发掘和表现社会生活的本质与规律联系在一起。因此，透过历史的眼光，发现和反映社会生活的本质，遂成为文学创造的"价值"要求而为艺术家和美学家所看重。19 世纪法国卓越的女作家乔治·桑写信批评年轻作家福楼拜，说他"不关心事物的本质，太在表面上逗留"；福楼拜则向自己崇敬的前辈申辩说："我总是强迫自己深入事物的灵魂"，"而且特意回避偶然性和戏剧性。"① 在俄国文坛上，针对有些人认为果戈理的成就来源于他具有"忠实地抄写自然的本领"的观点，别林斯基匡正说，他的本领不是别的，而是"来自他的伟大的创造力的，表现了他有深入生活本质的能力"②。作家对历史的理解，并非只是体现在描写较为重大的社会事件的文学作品中——像福楼拜和果戈理那样；不同的题材选择和不同的表现侧面及方式，同样能够让作家的认识和感悟深入社会生活的某些本质问题。俄国作家契诃夫的短篇小说虽然关注的都是凡人琐事，但是他笔下那些仿佛是从生活中信手拈来的故事，无一不是俄国专制制度下社会生活的残暴性、自私性及保守性等本质特征的真实写照。奥地利现代作家卡夫卡的《变形记》，主人公的形象尽管怪诞，然其遭际却是作家对西方现代社会生活中的人生状态、人与人之间的冷漠关系的真实而深刻的感受和发现。即或是一首小诗，生活的内蕴依然可以从中激荡流淌。请看艾青的《礁石》：

---

① 《乔治·桑和福楼拜的文学论争书信》，《文艺理论译丛》第 3 册，人民文学出版社 1958 年版，第 180～181 页。

② ［俄］别林斯基：《一八四一年代俄国文学》（1841），见别列金娜选辑《别林斯基论文学》，梁真译，新文艺出版社 1958 年版，第 109 页。

一个浪,一个浪/无休止地扑过来/每一个浪都在它脚下/被打成碎沫,散开……它的脸上和身上/像刀砍过的一样/但它依然站在那里/含着微笑,看着海洋……

小诗以拟人的手法对"礁石"不畏凶险、坚定乐观的硬汉子性格的赞美,凝聚着丰富的社会人生哲理及情感体验,达到了让读者"由它而想起一些更深更远的东西"① 之境界。总之,揭示事物的本质和表现生活内蕴,是一切优秀的文学作品的共同的价值品格。对揭示生活内蕴的艺术真实,高尔基有个恰切的比喻:"作者创造的艺术真实,就像蜜蜂采蜜一样,蜜蜂从一切花儿上都采来一点儿东西,可是它所采来的是最需要的东西。"②

假定的真实。如果说表现社会生活中某些本质性东西的价值取向是艺术真实的内在要求,那么艺术情境的假定性则是艺术真实的外部特征。中国传统戏曲艺术最讲究艺术情境的假定性,如骑马、泛舟只有动作没有实具(以虚代实),一段道白能交代几十年的经历(以简代繁),七八个人就等于千军万马(以少代多),等等。其实,以假定性情境反映或表现社会生活的内蕴是一切文艺的共同特征。这是由于,文学既然不是对生活真实的照抄照搬,作家就必然会从自己的认识和感悟出发,对生活真实进行选择、发掘、提炼、补充、集中、概括,通过想象和虚构予以重组、变形及再塑。浪漫型和象征型作品的艺术情境的假定性显而易见:它们或者把现实形象与幻想的非现实形象融会成一个荒诞不经的情境世界,或者完全抛开现实的形象而以虚拟的形象世界取而代之。前者如《西游记》里的唐僧(经过改造的历史人物)与孙悟空、猪八戒以及神仙、妖魔(非现实形象)的结合,《变形记》的主人公格里高里变成甲壳虫(非现实形象)与周围其他人(现实形象)的结合;后者如寓言、童话中的拟人化的动植物世界,神话、传说中的神仙、鬼怪世界,等等。现实型作品虽然保留着社会生活的原生态,形象是写实的,但是其艺术情境也是虚构的、假定的。曹禺的《雷雨》让两个家庭八个人物之间的矛盾纠葛发生在两个场合(周家客厅与鲁家住宅)及一昼夜之内,冲突又那么集中而强烈,这并非现实生活的常态,然而正是这种假定性情境,使它成为 20 世纪 20 年代初期中国都市社会生活某些本质方面的真实缩影。可见,假定性情境是艺术真实呈现的基本方式,是文学反映生活本质这一求"真"价值取向存在的普遍形

---

① 艾青:《诗论》,复旦大学出版社 2005 年版,第 2 页。

② [苏] 高尔基:《给初学写作者的信》,曹葆华译,见《论文学》,人民文学出版社 1983 年版,第 259 页。

态。因此，鲁迅说：艺术是"以假为真""假中见真"的。[1] 当然，"以假为真""假中见真"的艺术效应，建立在它们符合事理逻辑或者符合情感逻辑的基础上，建立在能为读者所接受的基础上。符合事理逻辑的情境，即便其时空、环境及人物关系的描写荒诞不经，也能让读者产生真实的幻觉。如《西游记》虽为神魔小说，但它"讲妖怪的喜、怒、哀、乐，都近于人情，所以人都喜欢看"[2]。因此，袁于令说它述"极幻之事，乃极真之事"，"极幻之理，乃极真之理"[3]。表象上远离生活，却符合情感逻辑的情境，同样可以得到读者的认同。《牡丹亭》里杜丽娘的"梦而死""死而生"式追求爱情幸福的离奇情节，由于情感真挚并与读者心心相印，人们就会从心理倾向上忽略其他而"以假为真"。可见，文学求"真"的价值取向是在假定性情境的创造中实现的，而假定性情境的创造归根到底又基于一个"真"字：真事理，真情感。

与科学真实不同，艺术真实对客体世界的反映具有主观性和诗艺性。就揭示和表现客体世界内蕴（本质性规律性的东西）的价值追求而言，文学创造与科学活动是相通的；然而文学反映客体世界的审美特征具有主观性和诗艺性，这就使它与科学真实区别开来。从这个侧面上说，艺术真实是主观的真实，诗艺的真实。

主观的真实。作为人类的知识体系，科学活动是把自己的研究对象（自然界、人类社会等）当作独立于主体意识之外的纯客体来把握的；尽管这种把握不可避免地要打上主体介入的印记（理论方法及观察手段的影响），但是它的方向和目标却是致力于认知的客观性，让客体对象的本质及其规律在不受主观影响的条件下显露出来，尽可能摆脱个人化的情感和经验。文学创造则不然，它是站在人的生命体验与审美感受以及对社会生活给予人文关怀的立场上，因而其对客体世界的认识、感悟与表现带有浓厚的主体性或主观性。例如，天体运行本是不以人的意志为转移的宇宙现象，所谓"日出日落"不过是人在自己的生命活动中的生存感受和主观把握而已。然而在文学史上，不只是古人写下了许多脍炙人口的歌咏"日出日落"的诗句，诸如陶渊明的"日入群动息，归鸟趋林鸣"，王之涣的"白日依山尽，黄河入海流"等，就是今人也还在无视哥白尼学说而继续描绘着主观化的"日出日落"景观：

①　鲁迅：《怎么写》，《鲁迅全集》第4卷，人民文学出版社2005年版，第23~24页。

②　鲁迅：《中国小说的历史的变迁》，《鲁迅全集》第9卷，人民文学出版社2005年版，第338页。

③　（明）袁于令：《西游记题辞》，见（明）吴承恩著、李卓吾批评本《西游记》上，岳麓书社2006年版，第1页。

当太阳破晓时光，它呐喊着，打开了黑沉沉宇宙的大门。那时，它红得那样发亮、发烫，然后把红光普照大地。于是大地苏醒了，树叶从沉睡中扬起头，水波从凝静中张开眼，一切曾经被黑夜掩盖了的，都露出了鲜红的笑靥，花朵带着珍珠般的露珠，在第一线战颤的阳光中，显得那样的鲜艳可爱。（刘白羽《平明小札》）

这样的描绘显然与科学真实相去甚远，却表达了普通人的真实生活经验。文学创造对自然界如此，于社会生活亦然。我国历代的诗、词、曲、剧中的王昭君也是如此，历史人物只有一个，而她的艺术形象却千姿百态，面貌各异，实际上都不过是艺术家们借古人酒杯，浇自己的块垒之产物。现代历史剧《蔡文姬》的作者郭沫若甚至公开申明："蔡文姬就是我！——是照着我写的。"福楼拜也说："包法利夫人，就是我！"总之，无论是观照自然现象还是反映社会生活，文学提供的"真实"都被主观化、心灵化。诚然，任何人类创造都是人的本质力量对象化的活动，然而较之其他人类创造活动，艺术创造显然更加突出了主观性，即是说，它在把握事物的必然性与或然性的基础上，更加自由地把客体世界变成主体的认识与感悟、情感与意志的对象物；文学以这样的主观化的"真实"，在作品中建构起从属于人的目的和意义的世界，从而帮助人们加深对自身的认识、体验，并激起关注社会人生的积极感情，以履行不同于科学活动而属于文学自己的审美价值追求职责。

诗艺性。艺术真实不同于科学真实还在于它的诗艺性。文学按照主观化方式把握客体世界以激发人们的审美情感为目的的价值取向，使它必然要讲究"诗艺"。诚如德国近代美学家、诗人席勒所说："它有权利，甚至于可以说有责任使历史的真实屈从于诗艺的规则，按照自己的需要，加工得到的素材。"[1]"诗艺"即艺术手段和艺术技巧。运用艺术手段和艺术技巧创造的艺术真实，能够使其价值取向得到理想的表现，产生强烈的感染力和震撼力。显然，上述作品提供的艺术真实，与讲究实证性、精确性的科学真实是完全不同的真实。抒情作品也是这样，如李白的名句："白发三千丈，缘愁似个长？"（《秋浦歌》之一）推究起来第一句就严重失实，试想白发怎么可能长到三千丈？然而经第二句一点化情况就不同了，读者不仅可以接受这种夸张之言，而且被感动了：白发因愁而生因愁而长，此乃人生之体验，而今竟达三千丈，其怨愤之情该有多么深重！诗人的出发点不是让读者相信白发真的有三千丈，而只是表现

---

[1] ［德］席勒：《论悲剧艺术》，见《古典文艺理论译丛》第 6 册，张玉书译，人民文学出版社 1964 年版，第 6 页。

其真实的愁怨之情。这样的例证俯拾皆是。可见，假定性情境是在"诗艺"中生成的，没有"诗艺"的运用便没有艺术的真实，因而文学求"真"的审美价值追求就无从谈起。

综上所述，求"真"是文学创造的审美价值追求之一，艺术真实的概念可以作如下表述：它是作家在假定性情境中，以主观性感知与诗艺性创造，达到对社会生活的内蕴，特别是那些规律性的东西的把握，体现着作家的认识和感悟。无疑，这是一种特殊的真实，是主体把自己的"内在的尺度"运用到对象上去而创造出来的审美化真实。它既不像生活真实那样与生活本身是同一的，也不像科学真实那样能够验证和还原。

三、真实的发掘与表现

艺术真实是主观的真实、诗艺的真实、假定的真实、内蕴的真实。然而这些特征之间却存在着内在的矛盾：以主观性感知与诗艺性创造所提供的感性形态的假定性情境，是与社会生活的个别性、偶然性相联系的；而它所表现的社会生活内蕴，特别是那些本质性、规律性的东西，又是与社会生活的普遍性、必然性相联系的。具体的感性真实与普遍的历史规律之间到底是什么关系呢？虽然文学作品所描绘的都是具体的生活现象，但是亚里士多德认为文学是通过这些现象探索和表现更具有普遍性的规律。他说："诗人的职责不在于描述已经发生的事，而在于描述可能发生的事，即根据可然或必然的原则可能发生的事。历史学家和诗人的区别不在于是否用格律文写作，……而在于前者记述已经发生的事，后者描述可能发生的事。"① 那么如何通过表面上凌乱纷繁的生活现象表现普遍性呢？文学创造的实践告诉我们，通过个别来表现普遍和一般的手段是艺术概括。

艺术概括所发掘和表现的普遍性能创造巨大的艺术效应。出现在 18 世纪中国的《红楼梦》，叙说的虽然只是一个贵族家庭由盛而衰的故事及这个故事中的爱情悲剧，然而曹雪芹通过他的如椽巨笔展现的却是中国传统社会晚期的整体社会环境和人的精神状态，贾宝玉和林黛玉的爱情悲剧也绝非一个只属于这两个人的偶然的爱情故事，他们的形象在某种程度上表现了所有读者对爱情的一个悲剧性的梦。或许有人以为，艺术概括只适用于像《红楼梦》及《人间喜剧》（巴尔扎克）、《战争与和平》（列夫·托尔斯泰）那些直接描绘社会生活的作品。其实不然，被广泛赞誉为 20 世纪上半叶里程碑式的杰作、法国现代作家马塞尔·普鲁斯特的那部通过作者个人的感觉表现客体世界的长篇巨

---

① ［古希腊］亚里士多德：《诗学》，陈中梅译，商务印书馆 1996 年版，第 81 页。

著《追忆似水年华》，表现了法国在世纪转折期的社会生活的活生生的横断面，完全可以跟《人间喜剧》相媲美，其奥秘就在于它的艺术概括张力达到了"通过一个人的一生和一些最普通的事物，使所有人的一生涌现在他笔下"①之地步。

所谓艺术概括，简括地说，就是作家依据自己的体验和认识，以主体的审美价值追求的能动介入的方式，对富有特征的事物给予独特艺术处理，从而在主体与客体相统一的基础上，创造既具有鲜明的独特个性又具有相当普遍意义、体现着一定审美价值取向的艺术形象之方法。那么，艺术概括究竟有哪些具体规定呢？

（一）从个别到一般

艺术概括是以对特殊的即富有特征的事物的观照和描述为途径的。歌德在与席勒的争论中曾深刻地论述过艺术概括的这一规定性。他指出："诗人究竟是为一般而找特殊，还是在特殊中显出一般，这中间有一个很大分别。"前一种途径就是从一般概念出发，诗人主观上先有一个待表现的普遍性的概念，然后再选择个别事物作为例证，这例证无疑只能起到形象地表现一个普遍性概念的作用而一览无余——这是席勒的主张和实践，他把人物当作时代精神的简单传声筒；后一途径"才特别适宜于诗的本质"，因为特殊的事物是富有特征的事物，而特征是本质的最显著的体现，诗人抓住了特征，就会由于对其深刻意义的发掘并予以真实的表现，从而取得"在特殊中显出一般"的效果，产生由有限见无限，言有尽而意无穷之境界。②别林斯基说这是"通过个别的、有限的现象来表现普遍的、无限的事物"③。当然，并非一切特殊的都能成为文学创造关注的对象，诚如鲁迅所说："世间实在还有写不进小说里去的人。倘写进去，而又逼真，这小说便被毁坏。"④可见，对富有特征事物的观照和描述是以审美价值追求为导引的，它本身体现为创造主体的"价值"选择。

在中外文学史上，举凡优秀作品的创造过程无不体现着艺术概括的这一规定性。俄国19世纪作家屠格涅夫是这样回顾自己的创作过程的：

　　　　一部文学作品在我手里产生，就像草生长出来一样。

① ［法］安德烈·莫罗亚：《追忆似水年华·序》，译林出版社2001年版，第9页。

② ［德］歌德：《关于艺术的格言和感想》（1824），见朱光潜《西方美学史》下卷，人民文学出版社1979年版，第416～417页。

③ ［俄］别林斯基：《智慧的痛苦》，《别林斯基选集》第2卷，满涛译，上海文艺出版社1963年版，第102页。

④ 鲁迅：《半夏小集》，《鲁迅全集》第6卷，人民文学出版社2005年版，第620页。

譬如说，我在生活中遇到了某一位费克拉·安德烈耶夫娜、某一位彼得、某一位伊凡，你瞧，这个费克拉·安德烈耶夫娜、这个彼得、这个伊凡的身上忽然有种与众不同的东西、我在别人身上没有看见过和听见过的东西震撼了我。我仔细观察他，他或她使我产生了特殊的印象；我反复思索，后来这个费克拉、这个彼得、这个伊凡离远了，不知流落到哪里去了，但是他们所造成的印象，却深印下来，逐渐成熟。我把这些人同别人加以比较，把他们领到不同的活动领域中去，于是我的脑子里便造成了完整的特殊的小世界……①

这段话清楚地告诉我们，他笔下出现的那些具有巨大普遍概括意义的艺术典型，诸如"多余人"的形象罗亭、"革命者"的形象巴札罗夫等，都不是从概念出发由一般演绎成的个别，而是通过对"特殊"的"观察""比较""思索"而"造成"的个别与一般的统一，从个别达到一般。在这些人物身上，个别因特殊而不可重复，一般因特殊而意蕴无穷。正是由于作家的这种在对特殊的、体现着审美价值追求的观照和描述中实现个别与一般相统一的艺术概括能力，使这些艺术典型在俄国文学史上产生过深远的影响。

（二）个别与一般的统一

尽管艺术概括是在对富有特征的事物的观照和描述中实现的，然而并非意味着作家对这些事物可以不作提炼、加工和改造。这是由于特殊虽然因其富有特征而较之其他事物更多地与一般相联系，但是无论怎样特殊，其体现的一般都不可能是完全的、充分的；要让特殊在个别与一般的统一中真正地成为真实而完整的"小世界"，则有赖于作家充分调动自己的生活经验与情感经验，对其所观照和描述的特殊进行开掘、提炼、补充和改造。这个过程实际上就是创作主体把"内在的尺度"即审美价值取向运用到对象上去的能动性介入和把握的过程——如果说对特殊的即富有特征事物的观照和描述的是"价值"的选择，那么给予这些事物以改造与提高则是"价值"的创造——这是艺术概括的另一个规定性。

艺术概括的这一规定性在列夫·托尔斯泰的《复活》创作中体现得非常明显。这部长篇小说依据的生活原型，只是一个爱情悲剧故事：一个贵族青年造访某地方法院的检察官，请求他把自己写的信转给一个在押的女囚犯，并提出同这个女囚犯结婚的要求。女囚犯同意了，也获得了地方法院的批准。可是

①　［俄］屠格涅夫：《屠格涅夫书信选》，李邦媛译，《古典文艺理论译丛》第3册，人民文学出版社1962年版，第196～197页。

正当他准备按照宗教仪式举行婚礼时，女囚犯却因患上了斑疹伤寒而突然死亡。这个爱情悲剧到了列夫·托尔斯泰的笔下就变成了具有深刻批判意义的社会悲剧。他不仅突破了生活的原型，把视野扩展到沙皇俄国社会生活的方方面面，而且以对这个国家的国家制度、教会制度和经济制度的残酷性、虚伪性的深刻认识与体验，以及自己的社会理想和审美追求，对罪恶现实给予了无情的揭露与鞭挞。与此同时，他把自己对人性的美好理想充分表达，展示了"人之所以为人"应该具有的情感。正是由于作家以"内在的尺度"对生活的能动介入和把握，《复活》的艺术形象上升到典型的高度，使艺术概括的力度在俄国现实主义文学中达到了顶峰。在以象征、隐喻、暗示、反讽、夸张、变形为主要手法的一些西方现代文学流派那里，主观的体会和表现显得更为突出。诚然，从总体上看，由于这些流派的作家受世界观的影响，他们的作品时常表现出神秘莫测、灰暗幽冷、令人绝望的状态，散发着虚无主义和悲观主义气息。然而作为对西方现代社会精神世界的一种把握和反映，一些颇有影响的力作，诸如爱尔兰戏剧家 S. 贝克特的《等待戈多》、美国作家 J. 海勒的《第二十二条军规》、奥地利小说家 F. 卡夫卡的《变形记》等，他们发掘和表现的真实不是现象层面的，而是具有普遍意义的本质上的真实。

总之，艺术家们的实践说明，在文学创造中没有主体对客体的能动介入和把握，作品就不会产生艺术概括性；个别与一般的统一是在主体与客体的统一中实现的，是在艺术提炼中实现的。正如歌德所说："艺术要通过一种完整体向世界说话。但这种完整体不是他在自然中所能找到的，而是他自己的心智的果实，或者说，是一种丰产的神圣的精神灌注生气的结果。"①

第二节　善的判断与人的情感

一、对善的追求

以艺术概括创造艺术真实，是文学作为认识活动的价值追求。作为一种社会实践，文学同样也有强烈的伦理色彩。文学创造既以艺术真实反映生活，又以伦理的态度观察和评判生活，表达对人的社会活动的价值判断。

认识是对事物的本质属性的客观反映，伦理则是基于人的需要、观念等思想意识而对事物的主观态度和评价。然而文学在创造艺术真实时主体运用"内在的尺度"，就已经把伦理评价融入其中，因而艺术形象都是认识与评价

---

① [德] 爱克曼辑录：《歌德谈话录》，朱光潜译，人民文学出版社1978年版，第137页。

的统一、理解与评判的统一、真理揭示与价值判断的统一。然而，文学与伦理学是不同的。在伦理学中，判断是理性、冷静而客观的，而在文学中，善恶的探索和表现常常伴随着强烈而丰富的情感，是感性的和主观的。人类在日常生活中的情感源自人们对人与事物的善恶的判断，对于好人落难，人们会洒下伤心同情的泪水，对于恶人遭报，人们会觉得大快人心。反过来，情感又常常左右着判断，父母对儿女的错误总是更容易原谅。人类的感情与善恶深深地联系在一起，孟子曰："恻隐之心，仁之端也；羞恶之心，义之端也。"[①] 即是在最深处把人类的感情作为善恶之萌发之地，同样也把伦理的价值树立于"人之所以为人"的天生感情之上。文学即是人学，文学作品是人类感情的集中表达。文学中的忧伤、欢喜、悲愤等情感总是与作品中人物或善或恶的行为和形象联系在一起的。例如，《三国演义》中，同样是死亡，诸葛亮在五丈原辞世引发的扼腕叹息与曹操之死所引发的感情是完全不一样的，这种情感源自作者和读者对这两个人物截然不同伦理判断。

善与恶的形象会引发不同的情感，而创造艺术形象永远是文学创造的中心课题。这个课题意味着作家必须把对生活内蕴的认识与感悟体现在艺术形象之中。然而徒有形象性的制作并不能成为艺术。例如动物学教科书对各种动物的生理构造、生存状态及其习性都有详尽的描述，甚至还绘以精确的图像，然而它们并不动人，没有人会把它们当做艺术欣赏的对象。相反，托尔斯泰的《马的故事》和屠格涅夫的《麻雀》却能深深打动人心，究其根由，全在一个"情"字。前者只具非艺术的认识价值，后者在对客体对象的反映中融进了伦理评价的感情。

因伦理评价所引发的情感表现是人类的心灵特质，当然也是文学的本质属性，它的价值取向，隐含着人的政治、经济、文化、伦理、宗教和审美等社会性需要与态度，以及由此诸多因素形成的对社会生活的心理体验和判断。文学创造正是以这样的属性，在向人们展现"真"的同时，也向人们呈现着意义，并以审美情感诉诸人们的心灵和激发人们的情绪的方式，发挥着它的审美意识形态作用。

对文学创造的这一情感特征，我国古人多有论及。《毛诗序》说：诗是"情动于中而形于言"。陆机的《文赋》说："诗缘情而绮靡。"刘勰赞许风雅"吟咏性情""为情造文"，批评汉赋某些作者"心非郁陶""为文造情"。[②] 如

---

① 《孟子·公孙丑章句上》，见朱熹《四书章句集注》，中华书局 2012 年版，239 页。

② （南朝齐梁）刘勰：《文心雕龙·情采》，见范文澜《文心雕龙注》（下），人民文学出版社 1958 年版，第 538 页。

果说诗学把情感视为抒情作品之灵魂是理所当然的话，那么对其他类型的作品而言，其重要性同样也被作家们强调。巴尔扎克说他的小说"以热情为元素"。列夫·托尔斯泰更是把情感提到艺术之本体地位，他说："在自己心中唤起曾经一度体验过的感情，在唤起这种感情之后，用动作、线条、色彩、声音，以及言辞所表达的形象来传达这种感情，使别人也能体验到这同样的感情——这就是艺术活动。"① 俄国马克思主义美学家普列汉诺夫虽然对列夫·托尔斯泰的观点有所修正，指出艺术不仅表现情感也表现思想，但是他也并没有否认情感对艺术的重要意义。西方现代一些美学流派，如科林伍德的自我表现说、苏珊·朗格的情感符号论，都视情感为艺术之根本。中国当代现实主义作家亦深谙其中三昧，孙犁说："在创作上，不能吝惜情感。情感付出越多，收回来的就越多。"②

二、善与"诗意的裁判"

"诗意的裁判"是恩格斯评价巴尔扎克时使用的一个概念。巴尔扎克是恩格斯十分看重的作家，他说自己"从这个卓越的老头子那里得到了极大的满足"，因为在他的作品里不仅"有 1815 年到 1848 年的法国历史"，还有他对这个历史的富有"诗意的裁判"③。凡是文学创造都存在着情感的表现，也都是以一定的价值取向对所描述或表现的人物与事件的"裁判"，然而并非什么样的"裁判"都是"诗意的"。所谓"诗意的裁判"就是善与美的统一，它既是对情感评价的价值品格内容的规定，也说明了情感评价的实现方式。下面，我们围绕这两个方面，讨论"诗意的裁判"的内涵。

（一）情感与善的价值追求

情感的价值取向，体现为真、善、美。"真"的问题已经在前面论述，这里着重讨论"善"。"善"不能被理解为空泛的范畴，而是活生生的现实，既表现在微观的日常生活中，也体现在宏观的历史发展进程之中。鲁迅在谈到"真善美"作为文学批评的美学标准时，曾把"善"置换成"前进"一词，即有利于社会前进或进步意思。④ 这就把"善"的内涵具体化了，体现了善的价值、高尚品格与社会利益之间的关系。

---

① ［俄］列夫·托尔斯泰：《艺术论》，丰陈宝译，人民文学出版社 1958 年版，第 47 页。

② 孙犁：《怎样把我们的作品提高一步——在〈天津日报〉副刊写作小组讨论会上的发言》，《孙犁文集》，人民文学出版社 2004 年版，第 417 页。

③ 恩格斯：《致劳拉·拉法格》（1883 年 12 月 13 日），《马克思恩格斯全集》第 36 卷，人民出版社 1974 年版，第 77 页。

④ 鲁迅：《批评家的批评家》，《鲁迅全集》第 5 卷，人民文学出版社 2005 年版，第 449 页。

1. 高尚的品格

所谓品格高尚，蕴含着对美好事物、美好情操、美好生活和美好理想的守望与追求，以及对丑恶、腐朽和阴暗事物的拒斥。在文学中所表现的高尚品格常常予人启迪，起着潜移默化的教育作用。实践证明，唯有这样的价值取向的情感，文学创造才会抑"恶"扬"善"，给读者以积极向上的精神影响。

俄国现代作家蒲宁的短篇小说《乌鸦》，写一对父子同时爱上家庭使女的故事。结果父亲胜利了。于是儿子——小说使用第一人称——对父亲进行了连篇累牍的挖苦、谩骂，说他是一只乌鸦。虽然小说表达的情感不算不真实，但读了却败人胃口。究其原因，正如孙犁所指出的，作者没有"在反映这一社会现实、矛盾冲突中，给人以力量，给人以希望，给人以美好的感受。他写得很熟练，但写得很肤浅，写成了父子间的争风"①。乱伦行为作为一种丑恶的社会现象，不是不可以写，问题在于以什么样的价值取向去"裁判"它，传达给读者的是什么样的生活感受、思考和信念。《红楼梦》里尽管也写了这类丑事，如叔嫂勾搭、公公爬灰，然而曹雪芹却把它表现得十分含蓄，其情感态度具有很高的品位，读者从他那寄寓着褒贬的笔致里，看到的是美与丑、善与恶、是与非的强烈对比，听到的是对暴殄人性的谴责和对美好人生的呼唤。这才是真正的艺术。文学本身的善的价值不是说它只能表现善的人与事，而是文学作品在描写善恶的时候所体现出的伦理判断，以及它所激发的感情符合善良的人性。亚里士多德在《诗学》中就论述了文学作品的情感与伦理："悲剧不应表现好人由顺达之境转入败逆之境，因为这既不能引发恐惧，亦不能引发怜悯，倒是会使人产生反感。其次，不应表现坏人由败逆之境转入顺达之境，因为这与悲剧精神背道而驰，在哪一点上都不符合悲剧的要求——既不能引起同情，也不能引发怜悯或恐惧。"②

文学创造能否以高尚的情感态度去"裁判"社会生活，最终取决于创造主体的人格。人格是指一个人的各种心理特征的综合或基本精神面貌，它是为人的各种需要决定的。诚如恩格斯所说，"人们首先必须吃、喝、住、穿，然后才能从事政治、科学、艺术、宗教等等"③活动。就吃、喝、住、穿作为生存的基本需要而言，意味着人永远摆脱不了天生的生物性一面。然而人之所以为人而与动物相区别，则在于他具有文化性与社会性，在于他还有从事政治、科学、文化、艺术、宗教等活动的精神需要。这些精神需要，使人的活动不再

---

①　孙犁：《小说杂谈》，《孙犁全集》第 6 卷，人民文学出版社 2004 年版，第 277 页。

②　[古希腊]亚里士多德：《诗学》，陈中梅译，商务印书馆 1996 年版，第 97 页。

③　恩格斯：《在马克思墓前的讲话》，《马克思恩格斯选集》第 3 卷，人民出版社 1995 年版，第 776 页。

像动物那样与自己的生命活动直接同一，而是体现着人的意志的、改造对象世界的自觉自由的实践。在人的种种需要中，像爱、尊重、认知、审美等高层次的需要，规定着人的本质，决定着一个人的人格。

文学创造中对社会生活的伦理判断和情感表现，实际上就是作家的人格投放，是在其创造的艺术世界中能动地、现实地复现自己人格的过程。当代美学家宗白华说：文学的审美"境界的实现，端赖艺术家平素的精神涵养"①。所谓"文如其人"，就是这个道理。因此，作品的艺术效应与创造主体的人格之间虽然不能简单地画上等号，但其情感评价的高品位来源于作家的崇尚以"善"为特征的人格力量，则是颠扑不破的真理。鲁迅说："从喷泉里出来的都是水，从血管里出来的都是血。"② 孙犁说，优秀的作品总是因其高尚人格的投放而产生"文学艺术，应该发扬其高级，摒弃其低级，文以载道，给人以高尚的熏陶，创造英雄人物，扬厉高尚情操，是文学艺术的理所当然的职责"。③

2. 利他的取向

人的实践活动是有功利性的，文学作品常常会表现社会中的人面对功利的种种态度。善的功利性恰好是与自私的功利性相对立，是利他而非利我，体现在克服自我欲望，成就他人和群体。文学作品对表现对象的情感态度高尚与否，归根到底以是否有利于社会进步与整体的人生幸福为价值标准的。这就是说，以"善"为价值取向的情感评价带有助益他人与社会的功利性。

对社会生活的情感评价所隐含的功利性质，是文学审美价值创造的必然要求。这是因为，从一定意义上说，"美"不仅根植于"真"，它还源于"善"，而"善"是对社会人生有着实际意义的价值取向。阅读经验表明，能够给人们带来精神满足和审美享受的作品，无不与社会人生的要求息息相关；他们在对待人间悲喜剧的情感态度上，其褒其贬其爱其恨，总是反映着人对爱、正义、尊严和幸福的热望与追求；正因为这样，读者才与之产生共鸣，并在这一过程中得到心灵的净化，情操的陶冶，境界的提升，激发出建造美好生活的信念和力量。古希腊哲学家柏拉图说得好，"艺术一经排斥对生活的实际意义"，它就变成"空洞的玩乐"了。④ 这种关于"善"与"美"在文学创造中的统

---

① 宗白华：《美学散步》，上海人民出版社 2005 年版，第 126 页。

② 鲁迅：《革命文学》，《鲁迅全集》第 3 卷，人民文学出版社 1981 年版，第 544 页。

③ 孙犁：《耕堂读书记：〈三国志·诸葛亮传〉》，《孙犁文集》第 5 卷，人民文学出版社 2004 年版，第 331 页。

④ ［苏］车尔尼雪夫斯基：《论亚里士多德的〈诗学〉》，《车尔尼雪夫斯基论文学》中卷，上海译文出版社 1979 年版，第 196 页。

一关系，得到了马克思主义美学理论的深刻揭示。普列汉诺夫在原始艺术的研究中发现："人最初是从功利观点来观察事物和现象，只是后来才站到审美的观点上来看待它们。"① 鲁迅不仅肯定了这一唯物史观的艺术论和审美观，而且作了进一步的诠释，他说："在一切人类所以为美的东西，就是于他有用——于为了生存而和自然以及别的社会人生的斗争上有着意义的东西"，"美底愉乐的根柢里，倘不伏着功用，那事物也就不见得美了。"② 当然，文学创造的功利价值只体现在其对生活的情感性"裁判"之中，而不是也不可能是对生活的直接干预。

文学的功利取向，因作家评判生活的着眼点不同而存在着许多层面，诸如政治价值、人文价值、道德价值、哲理价值、宗教价值等。在特定的历史条件下，某种功利价值选择可能成为文学创造一个时期人们关注的热点，体现为"时代精神"。不仅如此，阶级社会里的作家，由于所处社会地位之不同，其对生活的情感态度还会带上阶级性。但是无论怎样，对于尚"善"的文学作品而言，它们的功利价值追求是与对生活本质规律的深刻揭示联系在一起的，因为求"真"是尚"善"的基础，没有"真"，"善"就流于无历史内容的虚伪的"爱的呓语"。

（二）善与情感表现方式

如果说情感评价以高尚、利他为特征的品格，是文学创造尚"善"的价值取向的必然要求，那么情感的表现方式则体现着文学创造的审美的价值特质。情感在文学中表现为诚挚的内在情态与外在的艺术呈现。

1. 诚挚的情态

文学作品需真情而非假意，排斥"无病呻吟"。情感诚挚，作品才会动人，其尚"善"的价值取向就能在富于感染力的情境中潜移默化地为读者所认同和接受，产生共鸣。反之，作家的价值追求再高尚也没有意义，读者也会在矫饰之情面前无动于衷，甚至产生反感。我国古典美学十分注重"真情"。《庄子》释"真情"谓之"精诚之至"，它不仅指出"不精不诚，不能动人"，而且还辩证地描述了"真情"与"假意"的不同艺术效应："强哭者，虽悲不哀；强怒者，虽严不威；强亲者，虽笑不和"，而"真悲无声而哀；真怒未发而威；真亲未发而和"。③

---

① ［苏］普列汉诺夫：《没有地址的信》，曹葆华译，见《没有地址的信·艺术与社会生活》，人民文学出版社 1962 年版，第 106 页。

② 鲁迅：《〈艺术论〉译本序》，《鲁迅全集》第 4 卷，人民文学出版社 2005 年版，第 269 页。

③ （战国）庄子：《庄子·渔父》，见（清）王先谦撰《庄子集解》，中华书局 1987 年版，第 275 页。

情感的诚挚性与反映生活的真实性是联系在一起的。诚然，徒有真情，文学创造未必一定能创造出艺术真实，然而要使文学作品具有反映生活的真实性，真情则是不可或缺的元素和条件。诚如钱谷融所说："在艺术创作中，决没有纯客观的、未经心灵观照过的真实，也没有独立于客观的描写对象之外的真诚。"[①] 真实与真诚融为一体，文学创造才能实现其审美价值追求。

真情或者说诚挚的情态，来自于作家对生活的深刻体验。体验是情感产生的根基，没有对生活的真切体验便没有情感的诚挚状态。这是追求真善美价值的作家的共同的认识。冈察洛夫说他只写自己"体验过的东西"，"思考过和感觉过的东西"，"爱过的东西"，"清楚地看见和知道的东西"。[②] 鲁迅则告诫人们："现在有许多人，以为应该表现国民的艰苦，国民的战斗，这自然并不错的，但如自己并不在这样的旋涡中，实在无法表现，假使以意为之，那就决不能真切，深刻，也就不成为艺术。"[③]

2. 艺术的呈现

"善"的价值与情感的表达，在文学作品里不是教义式的赤裸裸的直白，而是艺术方式的呈现，即把情感寄寓于具体形象的创造之中，并与理性的思索与反省相交融。恩格斯当年曾批评同时代德国社会民主主义女作家敏·考茨基的小说《新与旧》有席勒化倾向，指出"倾向应当从场面和情节中自然而然地流露出来，而无需特别把它指点出来"[④]。列夫·托尔斯泰也说过同样的观点："每一种富有诗趣的情感，都得由抒情风格、场面、人物、性格或大自然的描写等等流露出来"，"不要议论"。[⑤] 这就是说，文学作品是通过"境"（典型、意境、意象）的创造寄寓价值评价并表达情感。情是内在的，境是外在的，两者一表一里，融为一体。诗歌作为典型的情感艺术，更是如此。清代文学家魏源论诗："情不可以激"，应"有譬而喻"。[⑥] 中国传统诗学讲究比、兴两法，就是这个道理。

总之，艺术的呈现，是文学审美价值实现的方式，其情与境的融合，让读者从中获取的不仅是思想上的教益，同时还有精神上的享受。

---

① 《钱谷融与殷国明谈真诚》，《学术研究》1999 年第 10 期。

② ［俄］冈察洛夫：《迟做总比不做好》，李邦媛译，《古典文艺理论译丛》第 1 册，人民文学出版社 1962 年版，第 189 页。

③ 鲁迅：《致李桦》（1935 年 2 月 4 日夜），《鲁迅全集》第 13 卷，人民文学出版社 2005 年版，第 372 页。

④ 恩格斯：《致敏·考茨基》，《马克思恩格斯选集》第 4 卷，人民出版社 1995 年版，第 673 页。

⑤ ［俄］列夫·托尔斯泰：《日记选》（1857 年 4 月 10 日），见《古典文艺理论译丛》第 1 册，人民文学出版社 1962 年版，第 199 页。

⑥ （清）魏源：《诗比兴笺序》，《魏源集》上册，中华书局 1976 年版，第 232 页。

三、人文关怀与历史理性

面对着大千世界，文学创造的价值取向在不同的题材领域各有自己独特的内容，五光十色的文学作品也有各自不同的价值取向和判断。毋庸讳言，无论文学家还是读者，虽然对于善本身都有其追求，但是对于善恶的判断却并不总是一致的。历史进入现代以来，社会的多元化意味着人类社会的价值判断有相当大的差异。例如，1968 年走上街头的欧洲青年，"左"派赞之，认为他们代表了人道主义的理想；而右派反对者则认为他们破坏了社会的安定，激进的反传统导致了道德的堕落。面对复杂的社会和文学现象，也许很难做出一个简单的放之四海而皆准的判断，然而我们依然还是可以提出一些相对普遍的适用的原则。人文关怀是古往今来一切优秀文学作品的总主题，它是"善"的集中体现，与历史理性共同筑起文学的真善美功能价值体系。

（一）人文关怀："善"的终极价值体现

人文关怀是一种崇尚和尊重人的生命、尊严、价值、情感、自由的精神，它与关注人的全面发展、生存状态及其命运、幸福相联系。诚然，人的一切精神创造（物质创造也是如此）都是从人的需要出发的价值活动，体现着人的尺度和目的，因而"以人为本"的价值理念就成为人类一切创造活动的出发点和归宿。然而，由于艺术、特别是文学所把握和反映的对象，都是具体的社会事件，都是活生生的人的生活境遇与遭际，都是人的欲念、情感、意志、行为和理想，因而人文关怀在这个领域，不仅在表现的具体性与生动性上，而且在内涵的丰富性与渗透力上，都是那些以抽象的方式认识和反映社会人生的其他精神创造物所无法与之比肩的。至于诚挚的情感与艺术的呈现方式给人文关怀带来的强烈感染力、巨大的震撼力与冲击力，则更属文学与艺术所独具的优长。正因为文学的价值追求是以人为中心的，高尔基曾不无道理地把文学称为"人学"。

人文主义（humanism）认定，人和人的价值在世上各种事物中具有首要意义，虽然这个概念的现代形式肇始于公元 14 世纪的欧洲文艺复兴时代，但是它强调的"以人为本"的人文关怀，是人类文明"与生俱来"的。古代的神话是人类童年的文学，它们作为生产力和认识能力尚处于低下年代的人类，在"幻想用一种不自觉的艺术方式加工过的自然和社会形式本身"①，演绎的世界都充满了人文精神：我国古代神话中的"女娲补天""后羿射日"，体现

---

① 马克思：《〈政治经济学批判〉导言》，《马克思恩格斯选集》第 2 卷，人民出版社 1995 年版，第 29 页。

了人类对自身生存的恶劣自然环境的关怀；在印度史诗里出现的那个集正直、勇敢、忠诚于一身的人神共体英雄罗摩身上，明显寄寓着古印度人的美好人文理想；古希腊神话里诸神们过的全然是人的生活，他们的七情六欲、喜怒哀乐、是非善恶，表达的是人类的自我观照与对人的肯定……

作家天生是人类命运的关注者和社会文明进步的促进者。举凡各个民族各个时代优秀的作家作品，都无不高扬人文精神。他们对社会生活把握和反映的方式尽管异彩纷呈，有的是写实的，有的则是虚幻的或象征的，然而其共同点则是，在对生活的富有历史精神的肯定与否定、赞美与贬斥、同情与厌恶乃至于困惑、无奈的情感态度中，寄寓着艺术家们特有的"悲天悯人"情怀。列夫·托尔斯泰在谈到作家的责任时说："他是经常地、永远地处于不安和激动之中，因为他能够解决与说明的一切，应该是给人们带来幸福，使人们脱离苦难，予人们以安慰的东西。"① 翻开文学史，从屈原、陶渊明、李白、杜甫、白居易到苏轼、陆游、辛弃疾，哪一位名垂青史的诗人没有留下他们忧国忧民的伟大诗篇？关汉卿的戏剧大多献给了社会底层弱女子，对她们的苦难给予了极大的同情，同时赞美了她们至死不渝的反抗精神，其动天地泣鬼神的呐喊至今仍在艺术舞台上回荡。《红楼梦》的不朽魅力主要不是来自爱情故事本身，而是来源对美好事物被摧残被毁灭的无限痛惜。在现代文学史上，鲁迅小说的人文精神最为深厚，透过他那冷峻的笔调，从麻木的闰土、愚昧的华老栓、不幸的祥林嫂……尤其是那个寄寓着作家"哀其不幸，怒其不争"的忧愤情感的阿Ｑ身上，人们看到的正是一个具有高度社会责任感的作家炽热的人文关怀。巴金也说他的小说都凝聚着强烈的情感，矛头是指向"一切旧的传统观念，一切阻止社会进化和人性发展的不合理制度，一切摧残爱的势力"②。

总之，人文关怀从来就是也应该是文学创造的永恒主题，是其尚"善"的终极价值追求。现在，人类历史已经进入21世纪。面对着20世纪高科技的迅猛发展而带来的经济高速增长，人们在享受日新月异物质文明的同时，也遭遇到了新的生存危机，诸如环境污染，拜物主义与拜金主义盛行，人的尊严和价值被冷落，等等。在这种情势下，"以人为本"的呼声日益高涨，人文关怀已超越文学领域而成为全人类全社会的共同课题。无疑，文学这块人文绿地应该更加自觉地肩负起弘扬人文精神的神圣使命。

（二）人文与历史：文学价值取向的交合

历史理性与人文关怀作为"真"与"善"的精神价值，两者在文学作品

---

① ［俄］列夫·托尔斯泰：《谈作家的责任》，《西方古典作家谈文艺创作》，春风文艺出版社1983年版，第513页。

② 巴金：《探索与回忆》，四川人民出版社1982年版，第285页。

中是怎样的关系呢？简言之，作家是在对社会生活的规律性的认识和描述中寄寓人文关怀的，因而其对人的生命、尊严、价值、生存状态及未来命运的深情关注，同历史理性血肉般地联系在一起。两者你中有我，我中有你，或者换一种说法："历史理性存在着人文的维度，人文关怀存在着历史的维度"①，是"真"与"善"两个价值取向的交会。

不过这只是对两者关系的一般表述，文学创造其实并不存在规范化的模式。文学作为审美创造的自由空间，作家完全有权利而且能够在不同的历史理性视点上去展现人文精神。例如同是关注人类命运的伟大艺术家，面对着资本主义制度登上历史舞台的现实，巴尔扎克深刻地揭示了封建贵族阶级在庸俗的充满铜臭的暴发户威逼下走向堕落和灭亡的必然过程；列夫·托尔斯泰则看重新生的资本主义制度给农民大众造成的深重苦难，他以不可遏制的愤怒，对俄国资产阶级政府、法庭等国家机器的虚伪、暴虐与无耻，给予了无情的揭露和鞭挞。显然，两人把历史理性的视点放到了不同的侧面，而且又各有自己的局限性（前者的社会理想属于乌托邦，后者对过去流露着落伍农民式的留恋）；然而他们的艺术描写中的情感评价，不仅蕴含着丰厚的人文关怀的价值意义，而且体现的历史理性也得到了马克思主义经典作家们的高度评价：一个是"现实主义的最伟大胜利之一"②，一个是"最清醒的现实主义"③。如果说巴尔扎克和列夫·托尔斯泰的作品，人文与历史的价值交会是建立在对现实生活实际过程不同侧面的观照上，那么有些经典之作则更多地体现了文学审美创造的自由度。如白居易的《长恨歌》仅仅保留了历史的一点影子，史学家绝不会把它看做真实的历史，然而诗人以丰富的想象（在民间传说的基础上）和缠绵的情感，对唐玄宗、杨贵妃的爱情悲剧及其根源的抒写，是那样的富于人文精神，那样的婉转动人和耐人寻味，实在是人生"长恨"的千古绝唱。

究其原因，作家的使命毕竟不同于历史学家、政治学家和社会学家，人们只能期待他们的人文精神同社会人生的某些本质的有意义的东西相联系，而不应该向他们提出诠释社会发展规律的非艺术要求。文学的价值在于对真善美的追求，真善美固然需要历史理性的支撑（它们不是没有社会历史内容的言语外壳），然而作家各有自己的艺术个性，历史理性又是个多侧面多层次的巨大

---

① 童庆炳：《历史——人文之间的张力》，《文艺报》1999 年 7 月 15 日。

② 恩格斯：《致玛·哈克奈斯》，《马克思恩格斯选集》第 4 卷，人民出版社 1995 年版，第 684 页。

③ 列宁：《列夫·托尔斯泰是俄国革命的镜子》，《列宁选集》第 2 卷，人民出版社 1995 年版，第 242 页。

的意蕴空间，在文学创造中，作家完全有权利根据自己的艺术个性让人文精神在特定的历史视点上展现。文学不是整齐划一的精神领域，更不应该成为某种廉价的时尚观念的形象演绎。

单一的历史视点的强调，不仅违背艺术规律，有时还会导致对人文精神的伤害。例如人类历史的社会转型时期，新兴奴隶主阶级的疯狂占有及其对奴隶阶级的令人发指的残暴统治，资产阶级登上历史舞台前后充满血腥、无耻和贪婪的原始资本积累及其给劳动大众带来的苦难，虽说都是历史之必然和社会进步的台阶，然而其泯灭人性，践踏人的尊严、生命、价值及生存权、发展权，难道不是罪恶吗？倘若一味地片面强调前者，那就意味着真善美的毁灭。在这里，历史理想与人文关怀形成一个悖论。面对这一悖论，以弘扬人文精神为己任的作家总会以艺术的方式保持两方面认识之间的张力，在肯定社会发展的前提下，用审美的视角，对"恶"予以揭露和鞭挞，从而让人文与历史两种价值相交会。这非但没有失去"历史理性"，相反有助于增进人们对社会演进中悲剧性一面的认识。总之，文学是人文领域，理应多一点向真向善向美的人文关怀的倾注，少一点非艺术非审美单视点的理性主义的偏执。

第三节 美 的 创 造

文学创作中有对真的追求，也有对善的肯定，但是这种真和善不同于纯粹的历史之真和伦理之善，文学作为一种特殊的精神活动，更多地要求美的形式和审美的感受。真与善在文学中被转化为艺术之真和艺术之善；也就是说，真和善的表现要按照美的规律进行，在追求真和善的同时，作家还要完成美的创造。

一、审美理想的烛照

审美理想也称美的理想，是指审美主体在长期社会实践和审美活动中形成的、由个人审美经验和人格境界所肯定的，并融合了特定历史文化传统的关于美的理想观念或范型。审美理想的形成深受文化传统、社会语境和阶级身份的影响，因此具有鲜明的民族和阶级特征；审美理想又与个体的秉性、经历和修养密切相关，因此具有显著的个体差异。审美理想形成于具体的艺术实践和审美活动之中，但是一旦形成，又会对审美主体的艺术创作和审美活动产生有力的引导和制约作用。在文学创作中，审美理想同样是引导作家创造艺术美的重要内部动因和力量。

（一）审美理想的特征

大凡具有一定审美经验的主体都会具有某种审美理想，但这并不意味着所有的审美主体都能明确地自觉意识到其审美理想，并能对"审美理想"的特征有明确的认识。

康德在哲学层面阐述过"美的理想"这个问题。他认为，审美理想是一个"最高的典范，即鉴赏的原型，只是一个理念，每个人必须在自己心里把它产生出来，他必须据此判断一切作为鉴赏的客体、作为用鉴赏来评判的实例的东西，甚至据此来评判每个人的鉴赏本身"①。他又认为，审美理想"应该有两方面：一是审美的规格理念，这是一个单一直观（想象力的直观），它把人的评判尺度表现为一个属于某种特殊动物物种之物的尺度；二是理性观念，它使不能被感性地表象出来的那些人类目的成为人的形象的评判原则，而这些目的是通过作为它们的结果的人的形象而在现象中启示出来的"②。结合康德的有关论述并根据具体审美经验，可以对审美理想的基本特征得出如下认识：

首先，审美理想是以理念形式存在的鉴赏的原型和最高典范。审美理想不是任何一种经验性的审美对象，不是任何一种现实的美的具体形态。审美理想产生于审美经验之中，包含了传统审美观的积淀，接受着当代审美风尚的影响，也会有异域审美趣味的融合，但是它本身又不等同于其中任何一种具体的美。审美理想是所有经验之美的最高范型，融合了众多经验之美的最典型、最具表现力的特征，体现了审美主体对美的最高向往和期待，是审美主体选择美、鉴赏美和创造美所依据的最高典范，并作为"原型"蕴含于审美主体鉴赏的各种审美对象和创造的各种美的形态之中。

其次，审美理想是直观形象与理性观念的结合。康德认为，关于审美理想的观念由两个部分组成：一是关于"审美意象"的观念，一是关于"理性"的观念。康德是从哲学层面来谈美的理想的，因此他所说的"审美意象"是指由想象力形成的符合评判标准的人的直观形象，"理性"则是指通过人的形象所表现出来的人类自身的目的。也就是说，"美的理想"应该是人的直观形象与人的内在理性的统一。如果不拘泥于康德的具体观点而依据他的思路，可以认为直观与理性的统一应该是一般审美理想的基本特征。在审美理想中，感性与理性各得其所，各极其致，集真、美、善于一身，合知、情、意于一体。

最后，审美理想是个体性与群体性的统一。审美理想的产生具有鲜明的个体性，它植根于个体的艺术素养和审美经验，经由个体心灵的内化和表现，并

① ［德］康德：《判断力批判》，邓晓芒译，人民出版社2002年，第68页。
② ［德］康德：《判断力批判》，邓晓芒译，人民出版社2002年，第69页。

只能存在于个人的意识之中。因此，具体审美活动中的审美理想始终具有个人的独特性和倾向性，其直观形象的特征和理性的内涵，都会呈现出或多或少的差异。但是，审美理想又在有意无意之间表达了民族、阶级，甚至整个时代审美经验。这种群体经验是一种集体无意识的积淀，保存着一个民族最悠久、最深厚的审美趣味。这种审美趣味体现在中国古典诗歌的"意境"之中，也体现在西方现实主义文学的"典型"之中；既体现在古典艺术的"优美"之中，也体现在近代艺术的"崇高"之中，并同样体现在现代主义艺术的"荒诞"之中。

（二）审美理想的功能

在文学创作中，审美理想是作家进行审美评价的最高标准。文学作品所表现的一切，美或丑，崇高或卑下，悲或喜，都需要接受审美理想的观照；也不管是否自觉，作家创作总离不开审美理想的引导和调节。因为始终向往一种"优美、健康和自然"的人性，所以沈从文在他的小说中创造了一个世外桃源般的湘西世界，那里生活着淳朴的少女、慈善的老人和热情的青年，那里的人们仿佛按照一种亘古未变的规则在生活。因为倾心于普通人物的心灵美和人情美，所以孙犁笔下出现最多的是那些外表美丽、温婉而内心坚强、刚毅的乡村女性形象。因为喜爱夜晚多过白天，沉醉于感官和形象的强烈刺激和兴奋，波德莱尔描绘了巴黎的《恶之花》。

审美理想对生活的这种观照和评价功能特别体现在作家对生活丑的艺术表现中。如果作家对笔下的丑作自然主义的、不偏不倚的、纯客观的描写，那么对丑的描写就可能变成对丑的展览，对丑的玩味，甚至是对丑的维护。然而在审美理想的照耀和穿透下，对丑的表现和否定同时又可以确证美。果戈理说："难道喜剧和悲剧不能够表现同样高尚的思想吗？难道对卑鄙无耻的人的入木三分的刻画，不也就在描绘诚实的人的形象吗？……在一个天才的手中，一切都可以成为达到美的工具，只有善于驾驭服从美的高尚思想的话。"[①] 他在回答观众《钦差大臣》中为什么没有正面人物时说，《钦差大臣》中有正面人物，那就是笑声。实际上，这笑声就是作家的审美理想穿透了丑的对象所产生的艺术效果。作家对丑的描写是否成功，关键在于对丑的对象的准确的审美评价。如果我们看到了丑，又能深入地了解它，正确地评价它，那就意味着我们是从美的理想的高度来理解和感受它。

---

① ［俄］果戈理：《果戈理与戏剧》，苏联国家艺术出版社 1952 年，第 475 页。

二、文学形式的升华

（一）内容形式化与形式内容化

文学内容与形式之间是相互规定的：一方面，一定的材料和内容要求并规定着相应的文学形式；另一方面，文学材料和内容又必须达到充分地形式化，融入到文学形式之中。在文学之美的创造过程中，形式对材料和内容的表现（也即材料和内容的形式化）具有更重要的意义。

黑格尔是个客观唯心主义者，他把艺术的内容错误地归结为既不依赖于主体又不依赖于客体的抽象的"绝对理念"，但是在形式创造与内容的关系上，他的认识是深刻而又辩证的。他说："在理念发展过程中的每一特殊阶段上，就有一种不同的实在的表现方式和该阶段的内在定性紧密地结合在一起"，"我们既可以把这种发展过程看作理念本身的内在的发展过程，也可以把它看作体现理念的具体形象的发展过程"，因此"理念或内容的完整同时也就显现为形式的完整"。① 别林斯基也曾作过深刻的诠释，他说，对文学作品而言，"它的形式对它并不是外在的，而是它自己所特有的那种内容的发展"②；因而在文学创造中，当内容显化成形式并为作家组织起来的时候，内容就"消逝、消失在它里面，整个儿渗透在它里面"③。作家们对文学形式的重要性有着更加丰富的体会。当有人向列夫·托尔斯泰讨教他的小说主题时，他说，"艺术品的完整的基本内容只能由那艺术品本身表现出来"，如果要让他说明自己作品的主题，他就得按照小说的表现方式从头到尾地再叙述一遍。④ 匈牙利现代艺术理论家巴拉兹说，作家"观察整个生活现实，不过只是从他们的那种艺术形式的观点来观察，这种艺术形式已成为他们表现生活的一个有机组成部分"⑤。我国现代美学家宗白华也强调："艺术家往往倾向以形式为艺术的基本，因为他们的使命是将生命表现于形式之中。"⑥ 我国现代作家王汶石在谈创作体会时，对艺术构思中材料和内容的形式化过程有过很生动的描述：

---

① ［德］黑格尔：《美学》第 2 卷，朱光潜译，商务印书馆 1979 年版，第 4 页。

② 转引自朱光潜：《西方美学史》下卷，人民文学出版社 1979 年版，第 550 页。

③ ［俄］别林斯基：《〈冯维辛全集〉和扎果斯金的〈犹里·米洛斯拉夫斯基〉》，见《外国理论家作家论形象思维》，中国社会科学出版社 1979 年版，第 57 页。

④ ［俄］列夫·托尔斯泰：《L. 托尔斯泰论契诃夫》，见［俄］契诃夫《恐怖集》，汝龙译，平明出版社 1958 年版，第 2 页。

⑤ ［匈］巴拉兹：《电影美学》，何力译，中国电影出版社 1958 年版，第 15 页。

⑥ 宗白华：《美学散步》，上海人民出版社 2005 年版，第 394 页。

　　……当我们一旦明白了它（指素材）的内在意义，获得一个深刻而新颖的思想，找到了主题，情况立刻就不同了。思想的火光一旦燃起，所有的生活事实、细节，都被通统照亮，活动了起来，向主题思想的光点聚集，各找各的位置，各显各的面目；一个作品的轮廓就明显起来，形成起来。①

　　这里所说的生活事实和细节"活动了起来"，"各找各的位置"，"各显各的面目"，一齐"向主题思想的光点聚集"，逐渐形成"作品的轮廓"，就是文学创造过程中内容转化为形式的过程。这个过程体现为内容的有序组织和有形呈现。在此基础上，作家还要运用各种艺术表现手法，把在艺术构思中产生的"作品的轮廓"进一步外化或传达为文学作品。至此，文学的形式创造才算走完了它的全过程。

　　对形式创造在内容表现上的价值功能，古典作家早有深刻的认识。如唐代文学家独孤及说："志非言不形，言非文不彰。"②"志"属于内容，意思是说，有了言辞，内容才能成形，而有文采的言辞才能使人赏心悦目。古罗马诗人贺拉斯更是把形式对内容的表现功能说得明确而具实："喜剧的主题绝不能用悲剧的诗行来表达；同样，提厄斯忒斯的筵席（古希腊神话中的悲剧情节）也不能用日常的适合于喜剧的诗格来叙述。"③ 然而应该看到，传统文学理论对形式构成内容的功能，在认识上还不够充分。正是在这个方面，西方现代形式主义美学流派对语言、形式技巧的独到研究（诸如"陌生化"理论、语言功能结构分析、反讽、复义、悖论、含混等概念的提出），具有重要的价值意义。

　　形式创造在作家的审美价值追求中，不仅具有表现内容的功能，还有塑造内容的作用。在文学创造的实践中，由于形式的生成作用，内容确能得到深化或升华乃至于产生审美新质。如现代叙述学对叙述动作和叙述视角都作了精细的分类和分析，认为不同的叙述动作和叙述视角各有自己的艺术效应，也是符合创作实际的。鲁迅的《药》塑造的中国资产阶级民主主义者夏瑜的形象，自始至终用的都是侧面描写。小说从他被害的余波写起，选取几个富有特征的场面，通过一些不理解、不同情乃至仇恨革命的人物的议论予以表现。显然，

---

　　① 王汶石：《漫谈艺术构思》，《亦云集》，陕西人民出版社 1983 年版，第 43 页。
　　② （唐）独孤及：《检校尚书吏部员外郎赵君李公中集序》，见周绍良《全唐文新编》，吉林文史出版社 2000 年版，第 4455 页。
　　③ ［古罗马］贺拉斯：《诗艺》，杨周翰译，见《诗学·诗艺》，人民文学出版社 1962 年版，第 141～142 页。

正是这种叙述视角,与作家冷漠的叙述语调相匹配,让读者心底透出一片冰凉,仿佛空气都因夏瑜与周围社会环境的隔膜而变得稀薄了,从而使读者强烈地感受到了中国资产阶级旧民主主义革命脱离群众的悲剧凄冷氛围。如果换上另一种叙述方式,其体现的艺术内容就不一样了。

(二) 化丑为美

前面说过,审美理想的观照意义突出体现在"化丑为美"的艺术表现中;同理,文学形式的升华功能也可通过"化丑为美"得到最集中的发挥。朱光潜对此做过具体分析:"一般诗歌虽不必尽能催眠,至少也可以把所写的意境和尘俗间许多实用的联想隔开,使它成为独立自足的世界,诗所用的语言不全是日常生活的语言,所以读者也不至于以日常生活的实用态度去应付它,他可以聚精会神地观照纯意象。……许多悲惨、淫秽或丑陋的材料,用散文写,仍不失其为悲惨、淫秽或丑陋,披上诗的形式,就多少可以把它美化。比如母杀子,妻杀夫,女逐父,子娶母之类故事在实际生活中很容易引起痛恨与嫌恶,但是在希腊悲剧和莎士比亚的悲剧中,它们居然成为极庄严灿烂的艺术意象,就因为它们表现为诗,与日常语言隔着一层,不致使人看成现实,以实用的态度对付它们,我们的注意力被吸收于美妙的意象与和谐的声音方面去了。"① 试看法国象征主义诗人波德莱尔的这首《腐尸》:

> 我眼中的明星,我生命中的太阳,
> 我的天使呀,我的宝贝!
>
> 是的,你也会这样的,美艳的皇后,
> 当人们为你诵过最后的经文,
> 你在青青的草,繁茂的花,
> 累累的白骨中腐烂的时候……
> 那时呀,我的美人!
> 向着接吻似地吃你的蛆虫说,
> 我保留着你的倩影,
> 心爱的,即使你冰肌玉骨已无存。②

---

① 朱光潜:《诗论》,《朱光潜全集》第 3 卷,安徽教育出版社 1987 年版,第 120 页。
② 转引自 [法] 罗丹《罗丹艺术论》,沈琪译,吴作人校,人民美术出版社 1987 年版,第 22~23 页。

　　如此直接把死亡、白骨甚至蛆虫展现在诗歌中，会强烈冲击着读者的感观，考验着读者的心理承受能力。但是，这一系列死亡形象又是作为生命之美的衬托出现在诗中的，表达了诗人对生命之美的可以超越死亡的珍惜和留恋。正如作者本人所言："丑恶经过艺术的表现化而为美，带有韵律和节奏的痛苦使精神充满了一种平静的快乐，这是艺术的奇妙的特权之一。"①

　　文学创作中为了达到化悲为美的目的，形式美的"过滤"作用至为重要。车尔尼雪夫斯基说：美丽地描绘一副面孔和描绘一副美丽的面孔，是全然不同的事。同理，美丽地描写悲哀与和客观地展览悲哀是全然不同的事。任何一种情绪，甚至痛苦的情绪，只要能得到艺术的表现，都能够成为美的来源。如南唐后主李煜将巨大的亡国之悲凝练成"流水落花春去也，天上人间"（《浪淘沙》），"问君能有几多愁？恰似一江春水向东流"（《虞美人》）等诗句，通过委婉的节奏、韵律，以及鲜明、真切的形象等，使个人的身世之苦熔铸在精致优美的诗歌形式之中，由此克服了痛苦的阴暗、哀伤和沉重，焕发出一种艺术之美，这悲伤令人迷醉。

三、文学形式之美

　　艺术形式除了对内容具有表现和塑造的意义外，其自身也有独立的审美价值。

　　形式美是美学的一个重要范畴。历史上有很多美学家和艺术家们对艺术形式及其意义作了大量的探讨和阐发，然而他们的研究大多停留在艺术形式与艺术内容之间关系的层面上，较少关注形式美自身的价值。

　　对艺术形式自身审美价值的高度重视，发生在 19 世纪末西方现代主义出现之后。西方现代主义各美学流派虽然观点驳杂，但视形式比内容更重要、重视艺术形式的创新，则是一种普遍的倾向。在这一历史背景下，英国文艺批评家克莱夫·贝尔（Clive Bell，1881—1964）提出了"有意味的形式"一说，并产生了广泛影响。这一理论认为艺术作品的基本性质就在于它是"有意味的形式"。他指出，作品的各部分、各因素之间以独特的方式组合起来的"形式"是"有意味"的，它主宰着作品，能够唤起人们的审美情感。

　　如果我们把所谓形式的"意味"置于人类的审美经验基础之上，那就可以赋予"有意味的形式"这一概念以科学的内涵。不妨这样理解："形式"所以"有意味"，是因为其中蕴含着一定的社会历史内容和人类的审美情感。在

---

①　［法］波德莱尔：《论泰奥菲尔·戈蒂耶》，郭宏安译，《波德莱尔美学论文选》，人民文学出版社 1987 年，第 85 页。

长期的社会实践中，自然现象和社会事物的形式不断地作用于人们的生活，人们也在不断地认识它们的过程中把它们主观化、情感化和心灵化；久之，这些形式就成为人类情感与思想的较为固定的表现。当它们从现实的具体事物中分化出来成为独立的、稳定的审美对象时，尽管它们与曾经拥有的社会内容和功能之间已经明显疏离，但由于能与人们在长期社会实践中形成的审美经验和审美心理结构相对应，所以依然能给人以"有意味"的审美感受。这种情形在中国传统戏曲的程式化表现上可以得到充分的确证，如曹操的"白脸"脸谱让人想起奸诈，关云长的"红脸"脸谱是忠义的象征等。

应该说，各种艺术形式都具有相对独立的审美价值。文学作品的这种相对独立的形式美在诗歌中表现得最为显著，如诗歌的节奏美、韵律美、重复美、对仗美等。小说、散文以及戏剧文学也有对形式美的追求，如在结构上讲究对比和完整，风格上讲究多样、变化和统一等。总之，艺术形式除了完美地表现艺术内容外，其自身的审美价值也是文学创造的一个重要的追求。

但是，也应该注意到，在现代和后现代思潮的冲击之下，真善美的三位一体观念受到了极大冲击。这些思潮一方面把人们对真、善、美的探索走向深入，但是另一方面这些不乏偏激和片面的思想也造成了社会思想的混乱无序。如何辨别和认识这些思潮带给我们的问题，是摆在文学理论面前的重要课题。

复习要点

[基本概念]

艺术真实　　艺术概括　　情感表现　　人文关怀　　艺术形式

[思考问题]

1. 怎样理解"真、善、美"及其统一是文学创造的审美价值追求？

2. 艺术真实有哪些主要特征？说明艺术真实区别于生活真实及科学真实的原理。

3. 诠释艺术概括的价值意义并对下面一段话作出评述：

所写的事迹，大抵有一点见过或听到过的缘由，但决不全用这事实，只是采取一端，加以改造，或生发开去，到足以几乎完全发表我的意思为止。（鲁迅语）

4. 怎样理解文学中情感的价值和意义？

5. 为什么说人文关怀是"善"的终极价值体现？谈谈你对文学作品中的人文关怀与历史理性之间关系的理解。

6. 谈谈你对"有意味的形式"这一概念的见解。

［推荐阅读文献］

1.［法］波德莱尔：《波德莱尔美学论文选》，郭宏安译，人民文学出版社 1987 年。

2. 朱光潜：《诗论》，《朱光潜全集》第 3 卷，安徽教育出版社 1987 年版。

3.［古罗马］贺拉斯：《诗艺》，杨周翰译，见《诗学·诗艺》，人民文学出版社 1962 年版。

第四编　文学作品

　　文学文本是文学创造成果的标志，它使文学创造凝聚为话语体系的形式。文学文本的形成不仅标明文学创造过程的结束，而且也预示文学欣赏过程的开始。我们在第四章已经区分了"文本"与"作品"的概念，文本只有经过读者的阅读接受，才能实现为"作品"。本编在讨论文学形象、文学叙事、文学抒情和文学风格时，已将读者的因素或多或少地考虑在内，因此本编所谈论的已是"文学作品"。实际上，文学活动主要就是文学的创作和欣赏活动。因此，文学作品可以说是整个文学活动的焦点所在。本编将依次阐明文学作品的外在形态（类型和体裁）、内在形态（文本层次和审美呈现方式）、外在形态和内在形态融合而成的经典形态（叙事和抒情）以及话语特色（风格）。

第九章　文学作品的类型和体裁

　　文学作品的外在形态历来多种多样，划分方式也难以归一，我们这里主要从类型和体裁去把握。文学作品的类型，是指文学作品反映现实、表现审美情感的方式；而文学作品的体裁，则是指文学作品话语系统的结构形态。

第一节　文学作品的类型

　　关于文学、艺术类型的划分，历史上有多种见解。有的分为再现型、表现型；有的用现实主义、浪漫主义来界定。黑格尔从不同历史阶段的艺术内容与形式之间的关系的角度，将艺术分为三种类型：象征型、古典型和浪漫型。他认为，象征型艺术是物质的表现形式压倒精神的内容，形式和内容是一种象征的关系，物质不是作为内容的形式来表现内容，而是用某种符号、事物来象征朦胧的认识或意蕴。古典型艺术使内容与形式构成了一个有机的活的整体。而浪漫型艺术则是精神内容压倒了物质形式，内在的主体性成为它的基本原则。① 席勒在《论素朴的诗与感伤的诗》中，从"现实"与"理想"两个方面来进行比较，认为素朴的诗"模仿现实"，而感伤的诗则"表现理想"。② 他在给威廉·亨布尔特的信中又提出了"现实主义"和"理想主义"的概念。③

　　吸收借鉴上述观点的可取之处，总结历史上文学创造的普遍规律，我们根据文学创造的主客体关系和文学作为意识形态对现实的不同反映方式，把文学作品分为现实型、理想型和象征型三种类型。现实型文学是一种侧重以写实的方式再现客观现实的文学形态。理想型文学是一种侧重以直接抒情的方式表现主观理想的文学形态。象征型文学是一种侧重以暗示的方式寄寓审美意蕴的文学形态。三种文学类型的形成，是人类文学创作活动的历史产物。在不同的历

---

　　① ［德］黑格尔：《美学》第 2 卷，朱光潜译，商务印书馆 1979 年版，第 10～287 页。
　　② 伍蠡甫：《西方文论选》上卷，上海译文出版社 1979 年版，第 489～493 页。
　　③ 参见《现代文艺理论译丛》第六辑，人民文学出版社 1964 年版，第 185～186 页。

史发展阶段，它们呈现不同的结构形态。

一、现实型文学

现实型文学是一种侧重以写实的方式再现客观现实的文学形态。它的基本特征是再现性和逼真性。

（一）再现性

现实型文学的最基本特征是再现性。再现（representation），指对外在客观现实状况作如实刻画或模拟。它要求文学立足于客观现实，面对现实，正视现实，忠实于现实生活，而不是绕开现实，躲避现实。陀思妥耶夫斯基认为："重要的是艺术始终高度忠于现实，……艺术不仅永远忠于现实，而且不可能不忠于当代的现实，否则它就不是真正的艺术。"① 现实型文学偏重于对客观现实的冷静观察和理智分析，直接揭示现实矛盾，触及人生。鲁迅认为他写小说的目的便是"为人生"。他的作品的立足点始终不离客观现实生活这个轴心，表现出直面人生的精神。

文学作为反映，是再现与表现的统一。一方面，它应在其话语系统中，真实地再现现实矛盾与规律；另一方面，文学应在认识基础上，显示出对现实矛盾和规律的情感评价。比较而言，理想型文学突出情感表现，而现实型文学突出现实再现。别林斯基指出，"现实性的诗歌""不再造生活，而是把生活复制、再现，像凸面玻璃一样，在一种观点之下把生活的复杂多彩的现象反映出来，从这些现象里面汲取那构成丰满的、生气勃勃的、统一图画时所必需的种种东西"②。文学理论中流行的"镜子"说，突出地体现了现实型文学的再现性特点。

现实型文学在再现现实时严格遵循客观规律，反对主观随意性。在人物塑造方面，力求揭示人物性格形成的客观原因。现实型文学作品中的人物形象，不是超时空的、理想化的，而是存在于特定时代社会的具体环境之中的。其人物性格具有非常具体、确定的社会内容。社会环境对人物性格的发展变化起到极大的制约作用，成为人物行动的重要依据。

现实型文学作为一种文学反映形态，同样包含着对现实生活的情感评价。不过，与理想型文学直抒胸臆式的表现不同，现实型文学的主观情感态度融会在客观再现之中，渗透在情节、场面、人物的描绘刻画之中。作家不直接出面

---

① ［俄］陀思妥耶夫斯基：《陀思妥耶夫斯基论艺术》，冯增义、徐振亚译，漓江出版社1988年版，第38页。

② ［俄］别林斯基：《论俄国中篇小说和果戈理君的中篇小说》，《别林斯基选集》第1卷，满涛译，上海译文出版社1979年版，第154页。

在作品中表露自己的主观倾向，是现实型文学创作的重要原则。福楼拜说："艺术家不应在他的作品里露面，就像上帝不该在生活里露面一样。"① 在现实型文学中，突出的是活生生的客观现实，作家把自己感受过的现实生活再现在作品中，呈现给读者，让读者亲自去体验，而不是把自己的感受、态度直接告诉读者。

（二）逼真性

现实型文学立足于客观现实，再现现实矛盾和本质规律，在艺术表现手段上的基本特点便是逼真性。逼真，是指以写实的方法，按生活中各种事物的本来面目进行精细逼真的描绘。客观事物感性状貌和细节的真实，是它的特色。巴尔扎克认为："小说在细节上不是真实的话，它就毫无足取了。"② 现实型文学对事物感性状貌、细节的具体刻画，逼真地再现出特定历史时代的生活环境，给读者以身临其境之感，大大地增强了作品的真实性。由于重视生活画面的逼真再现，所以现实型文学以描写见长。描写中尽量达到酷似对象，让读者感到这里没有夸张变形。理想型文学中的那种变形的、奇幻的形象，在现实型文学中一般是不存在的。

现实型文学从现实生活实际出发，描写生活里本来就有的事物，从社会生活中汲取创作材料，反映客观存在，表现作者真切的现实感受。巴尔扎克"搜罗了许多事实，又以热情作为元素，将这些事实如实地摹写出来"③。司汤达的《红与黑》中于连的形象，便是以当时法国某城一桩情杀案中的青年被告为原型创作而成的。现实型文学中的人物形象，在现实原型的基础上经过作家加工塑造，成为读者眼中的"熟悉的陌生人"。出现在现实型文学作品中的，几乎全都是现实社会中的人情世态和日常生活中普通人的生活命运，绝少有虚幻离奇的神仙妖怪和超尘脱俗的英雄豪杰。

二、理想型文学

理想型文学是一种侧重以直接抒情的方式表现主观理想的文学形态。它的基本特征是表现性和虚幻性。

（一）表现性

现实型文学立足现实，突出再现性，理想型文学则超越现实，突出表现

---

① 《乔治·桑和福楼拜的文学论争书信》，见《文艺理论译丛》第 3 册，人民文学出版社 1958 年版，第 185 页。

② ［法］巴尔扎克：《〈人间喜剧〉前言》，见伍蠡甫主编《西方文论选》下卷，上海译文出版社 1979 年版，第 173 页。

③ ［法］巴尔扎克：《〈人间喜剧〉前言》，见伍蠡甫主编《西方文论选》下卷，上海译文出版社 1979 年版，第 174 页。

性，具有明显的理想主义色彩。表现（expression），指把内在主观世界状况（如情感、理想、想象、幻想等）以形象呈现出来。显然，在理想型文学中，主观理想具有高于一切的地位。现实型文学反映人类社会实际存在的现实生活，理想型文学则艺术地创造出一个理想的世界，表达作家超越现实的主观愿望。陶渊明的《桃花源记》创造了一个"不知有汉，无论魏晋"、自耕自食、人人平等的理想乐土。《阿诗玛》表现了撒尼族人民争取自由、憧憬美好生活的愿望。

理想型文学的主观理想精神，在文学反映方面体现为对现实矛盾的情感评价的侧重。理想型文学与注重客观再现的现实型文学不同，它极大地突出了文学的抒情表现功能。理想型文学的情感态度常常是以直抒胸臆的方式表达出来的，而不像现实型文学那样不动声色地将情感隐藏在对事物的描绘之中。这也正是现实型文学与理想型文学作家之间论争的一个焦点。乔治·桑曾指责福楼拜说："从写的东西里头抽去自己的灵魂，这又是什么病态的幻想？把本人对自己创造的人物的意见隐藏起来，因而让读者对人物应有的意见陷入迷离恍惚，等于甘愿不要人了解；这样一来，读者只好丢开你了，因为，假如他想听听你对他讲的故事的话，就全看你有没有明白地指出：这个人强，这个人弱。"① 乔治·桑的观点体现了理想型文学的表现原则。

（二）虚幻性

现实型文学以写实的方法达到对客观事物的真实描写，理想型文学则充分运用夸张、变形、虚构的方法，不求外表的真实，而遵循情感的逻辑，追求情感的真实。理想型文学并非完全不从现实生活中汲取素材，但这种素材一经作家的处理，便具有了独特的夸张、变形的色彩。理想型文学的作家有时也称文学作品是生活的"镜子"，但它是一面放大镜，"是一面集中的镜子，它不仅不减弱原来的颜色和光彩，而且把它们集中起来，凝聚起来，把微光化为光明，把光明化为火光"②。李白《北风行》中"燕山雪花大如席"的比喻，《秋浦歌》中"白发三千丈"的夸张，追求的正是一种情感的真实。

现实型文学取材于现实生活，描写的多是现实中存在的平凡的人与事，而理想型文学塑造的多是作家理想中的英雄。由作家超越现实的主观理想所决定，现实中的人物很难符合他们的要求。于是，神话、传说、历史故事、民间

---

① 《乔治·桑和福楼拜的文学论争书信》，见《文艺理论译丛》第3册，人民文学出版社1958年版，第185页。
② ［法］雨果：《〈克伦威尔〉序言》，柳鸣九译，见伍蠡甫主编《西方文论选》下卷，上海译文出版社1979年版，第191页。

传奇等便成了理想型文学创作的重要素材。由于现实中难以提供其所需要的理想的表现对象，理想型文学便大胆地发挥想象、幻想的能力，虚构出现实中不存在的形象，既不受生活真实的约束，也不为时间、空间所限制，只要能充分表现主观理想，符合情感的要求，任何奇幻的事物都可以创造。郭沫若的《天狗》写道："我是一条天狗呀！／我把月来吞了，／我把日来吞了，／我把一切的星球来吞了，／我把全宇宙来吞了。"这里的"天狗"便是以作者的情感为基调创造出的虚幻的形象。为了塑造作者理想的英雄人物，理想型文学往往为他们构造出奇幻的情节，让人物在特殊的环境中展示超凡的智慧和本领。《西游记》中九九八十一难的历险，充分表现出孙悟空的英雄气概。

三、象征型文学

象征型文学是一种侧重以暗示的方式寄寓审美意蕴的文学形态。它的基本特征是暗示性和朦胧性。

（一）暗示性

现实型文学重在再现现实，理想型文学重在表现情感，象征型文学则重在寄寓某种意念、意蕴。暗示是象征型文学寄寓意蕴的方式。暗示（suggestion）指词语寄寓某种超出本义的内涵。这表明，现实型与理想型文学的意义就在其形象自身，而象征型文学突出文学形象的意义的超越性。

"象征"，具有超越形象自身的寓意性。美国学者劳·坡林（Lawrence Perrine）指出："象征的定义可以粗略地说成是某种东西的含义大于其本身。""象征意味着既是它所说的，同时也是超过它所说的。"[1] 黑格尔认为："作为象征的形象而表现出来的都是一种由艺术创造出来的作品，一方面见出它自己的特性，另一方面显出个别事物的更深广的普遍意义而不只是展示这些个别事物本身。因此……象征形象仿佛是一种课题，要求我们去探索它背后的内在意义。"[2] 个别的具体意象的创造不是象征型文学的主要目的，文学意象的作用主要在于启示人们透过意象表层去体味和领悟更深远的意蕴。梅特林克的剧本《青鸟》，通过两个孩子寻找青鸟的故事，象征着人类对幸福的渴望与追求。

象征型文学的寓意是通过暗示方法实现的。暗示不同于现实型的再现和理想型的表现，再现与表现突出直接性，前者通过对生活现象的直接描绘反映现

---

① ［美］劳·坡林：《诗的声音与意义》，《世界文学》1981 年第 5 期，第 248 页。

② ［德］黑格尔：《美学》第 2 卷，朱光潜译，商务印书馆 1979 年版，第 28～29 页。

实，后者往往以直抒胸臆的方式表现情感态度。象征型文学则偏于以间接的方式去暗示客观规律和主观感受，不直接说出事物而是暗示事物，以激发某种审美感受。象征型的文学作品中有观念，但观念必须依赖各种象征意象，曲折地、独特地表现出来，并要求读者通过直觉与情感进一步加以理解。也可以这样说，这是一种表达思想和情感的艺术，但不直接去描述思想和情感，也不通过与具体意象明显的比较去限定思想和情感，而是暗示这些思想和情感是什么，运用未加解释的象征使读者在头脑里重新创造它们。象征型文学反对直接性的表现，强调只有暗示性的象征才能体现艺术的创造精神。

（二）朦胧性

象征型文学的间接表现的暗示方式，使它具有一定的朦胧性。朦胧（ambiguity），指词语含有多层不确定的意义。象征是抽象之物与具体之物之间的比较，其中的意义是纯粹暗示出来的。并且由于象征经常是单独存在的，读者又很少得到何物被象征化的暗示，因此，象征主义的作品不可避免地具有某种内在的朦胧性。法国现代作家加缪（Albert Camus，1913—1960）说："最难理解的莫过于一部象征的作品。"① 一个象征总是超越它的使用者，并使他实际说出的东西要比他有意表达的东西更多。劳·坡林在《谈诗的象征》一文中指出："象征意义一般是如此广泛，以至于它能引起大量不同的特定意义。"象征型文学的暗示不能用单一的确定的意义去概括，因为它具有超出个别现象的更宽泛的意义。象征型文学为读者留下了无穷的想象的空间，要求读者去积极地思考、探寻丰富的"象外之象""象外之意""言外之意"。

象征型文学为了暗示某种深远、普遍的哲理、意蕴和主观情思，在文学意象的塑造中，对客体形象进行加工处理，使其成为变形化、拟人化的假定性意象。这种文学意象已经超越了其自身的具体、个别的现实属性，不确指生活中某一真实事物，而是概括性、虚拟性很强的假定事物。

总之，现实型文学着重描写生活中的事物，并以写实的方式达到细节的真实，力求如实地再现现实。理想型文学偏于塑造生活中不存在的虚幻的形象，以夸张、虚构为其主要表现手段，力求表现超越现实的主观理想。象征型文学或直接取材于现实事物，对它们进行变形化、拟人化的处理，或凭借想象虚构出非现实性的事物，从而塑造出具象与抽象、个别与一般、现实与超现实统一的寓意性形象。象征型文学描写客观物象的目的是为了暗示某种深广的意义，所以它不求物象细节的真实，而以主观变形的方法使其具有超越自身的内涵。正如希腊法语诗人莫雷亚斯在《文学宣言》中所说的："客观只向艺术提供了

---

① 黄晋凯等主编：《象征主义·意象派》，中国人民大学出版社 1989 年版，第 8 页。

一个极端简明的起点，象征主义将以主观变形来构成它的作品。"① 形象的变形是作家想象力对于现实的超越。在象征型文学中，有形象本身（如人物、场景、物件等）的变形，也有形象之间关系（如人与人、人与物等）的变形。变形的反常给读者以特殊的审美感受——由惊异感转化为对变形形象寓意的理解。象征型文学往往淡化具体的时间与空间，使形象系列摆脱具体环境的限制，以期赋予形象以更广泛的象征性。作品中的变形、虚拟的寓意性形象使审美理解具有了突出的非明确性。

四、文学类型的发展演变

文学作品的不同类型是在人类文学活动发展的历史中形成的。在不同历史时期，各文学类型呈现不同的结构形态。我们从古代、近代、现代文学活动的发展中，探讨各种文学类型的历史演变。

（一）古代：文学类型的初步形成

在古代文学活动中，现实型、理想型和象征型文学初步形成。这是文学类型发展的初始阶段，各种文学类型浑然混合在一起，没有完全获得各自独立的形态。就一部作品而言，往往兼具几种类型特征。就艺术地位而言，没有哪一种类型在某阶段雄居霸主地位，代表着某种文学潮流的主要倾向。尽管如此，在古代文学活动中，各种文学类型的基本结构形态已初步形成并日趋完善。

先看看中国古代文学中三种文学类型的形成与发展。在现实型文学方面，《诗经》可以说是其源头。《诗经》以赋、比、兴为基本艺术表现方法。比、兴中含有一定的象征因素。但就总的倾向看，《诗经》具有突出的现实精神。其后，《史记》、杜甫的诗作、白居易的诗作、明清小说等，都体现出现实型文学的基本特征。班固认为《史记》"其文直，其事核，不虚美，不隐恶"，是"实录"之作。白居易主张"以似为工"，"以真为师"，"文章合为时而著，歌诗合为事而作"，"直歌其事"。曹雪芹也强调"实录其事"。这些观点说明了现实型文学的基本创作原则。从理想型文学来看，《楚辞》最早体现了其基本倾向。《楚辞》既有现实的抒写，也有寓意象征，但更主要的特征是奇异的幻想，表现出超现实的理想精神。其后，李白诗作狂放奇幻，超然于生活之上，纵横于仙境之中。《西游记》《聊斋志异》《牡丹亭》等都体现出幻想奇异、超越现实的特征。再看象征型文学。《庄子》中的寓言与神话，以幻想形象暗示难以捉摸的人生哲理，带有突出的象征意味。在以后的体现禅趣的山水

---

① 黄晋凯等主编：《象征主义·意象派》，中国人民大学出版社 1989 年版，第 51 页。

诗作中，象征型文学的特征得以进一步发展。一些诗人在山水田园诗作中，通过水光山色、阴晴变幻写出自然、人生意境，追求"韵外之致""味外之旨"，暗示耐人寻味的哲理禅意。王维的一些诗作即如此。在李贺、李商隐的诗中，也具有明显的象征性。诗中物象为心象所熔铸，暗示着人生意蕴。柳宗元的寓意深远的讽喻小品、《西昆酬唱集》的托物言志的咏物诗等，也不同程度地体现了象征型文学的某些特征。

再看看西方古代文学史中几种文学类型的情况。西方最早的文学，古希腊神话、史诗和戏剧，初步具有了三种文学类型的基本特征。当时文学尚属初步发展阶段，几种类型因素往往是结合在一起的。神话主要是幻想的产物，但当时的人们就是这样认识客观世界的。荷马史诗在神话传说基础上把人神化，又使神具有人的性格，表现了人们借助想象征服自然、支配自然的愿望与要求，既具有浓厚的理想精神，又生动真实地反映了"荷马时代"的社会现实。古希腊悲剧诗人埃斯库罗斯和古希腊喜剧诗人阿里斯多芬的戏剧，从农村酒神祭礼和民间滑稽戏基础上发展而来，具有强烈的现实性，同时又大量采用神话题材，使作品具有虚幻色彩。这个时期的文学同时也带有一定的象征色彩。古希腊悲剧诗人索福克勒斯的《俄狄浦斯王》中悲剧人物的死亡，既是宿命的，也有深刻的象征意义。在西方中世纪文学中，宗教文学、英雄史诗、骑士传奇体现出明显的象征型和理想型文学特征。宗教文学广泛运用象征手段，其整个形象体系也是一种总体象征。英雄史诗描写英雄人物战胜妖魔鬼怪，歌颂民族祖先的业绩。骑士传奇描写爱情、荣誉、忠诚、奇遇，富有奇幻浪漫情调。意大利诗人但丁被称为中世纪的最后一位诗人，他的《神曲》兼具三种类型特征。其构思与描写是理想性、虚幻性的，它的寓意充满了象征精神，而它的指向又是朝着现实的。

从文艺复兴到启蒙运动时期，是从古代封建社会向近代资本主义社会的过渡阶段。我们把它放入古代部分进行论述。文艺复兴文学面向世俗，面向现实，使神性世俗化，其基本倾向是再现、模仿现实，同时兼具理想的、象征的成分。意大利作家薄伽丘《十日谈》竭力揭示生活真实。为了使文学面向人生，他首先看重的是真实情况。他以平铺直叙的笔调创作出"人世的喜剧"。莎士比亚的作品里有历史传说，也有童话仙境，运用了大量的鬼魂、精灵、女巫、疯癫、梦魇、预言、异兆等，但他的创作基础是"生活的真实和精悍"（歌德语），虚幻的因素被当做生活的一部分来对待。法国小说家拉伯雷采用讽拟体，借用民间传说，使之与夸张、象征相结合，创造出巨人形象，暴露旧势力的丑陋，显示人文主义的胜利。他的人物从现实走入幻想，又从幻想走入现实。西班牙作家塞万提斯倡导"模仿"说，认为模仿得愈真切，作品就愈好。他的模仿、再现又是一种渗入了象征的真实。17 世纪到 18 世纪末的古典

主义文学，注重理性，崇尚古代，往往从历史、神话、传说中寻找现成的情节
人物。也揭露、抨击了一些社会恶习。18 世纪的启蒙主义文学则把资产阶级
和平民当做主人公进行描写，有较强的现实性。

（二）近代：文学类型的充分发展

在近代文学的发展进程中，相继出现了浪漫主义、现实主义和象征主义文
学思潮和文学运动，使理想型、现实型和象征型文学得以独立并充分发展，而
浪漫主义、现实主义和象征主义文学也分别成为理想型、现实型和象征型文学
的典型形态。

1. 浪漫主义文学

浪漫主义文学思潮兴起于 18 世纪末。它的产生与英国工业化造成的环境
污染等社会问题有密切的关系。浪漫主义的口号是"回归自然"。浪漫主义文
学以强烈的主观态度、热烈奔放的情感力量、无拘无束的幻想精神、奇特神秘
的艺术色彩，将理想型文学发展到极致。

浪漫主义文学极端强调主观精神及其在文学生产中的创造作用，崇尚人的
欲望，要求感情的解放，并把文学创作视为感情的自由流露与表现，由此形成
一种新的创作方式——自我表现。由这种主观创造精神所决定，浪漫主义文学
反对古典主义的清规戒律，主张打破程式化的创作原则。浪漫主义文学的主观
创造，主要表现为对想象与幻想的推崇。华兹华斯认为写诗需要五种能力，其
中第四种"是想象和幻想，也就是改变、创造和联想的能力"[1]。在他看来，
诗是想象和情感的产物。英国诗人柯勒律治主张"通过想象力变更事物的色
彩而赋予事物新奇趣味的力量"[2]。雪莱认为诗歌是"想象的表现"[3]。济慈则
强调自己描写的是想象的东西。浪漫主义文学的想象、幻想的最重要的作用，
就是通过揭示有限中之无限、现实中之理想的美的方式去描绘世界。浪漫主义
文学追求奇特、神秘的艺术效果，侧重生活的瞬息万变、精神的动荡不安以及
富于特征性和神秘性的各种奇特现象。华兹华斯在《〈抒情歌谣集〉序言》中
说："事件和情节上加上一种想象的光彩，使日常的东西在不平常的状态下呈
现在心灵面前。"[4] 因此，浪漫主义文学中充满了夸张的形象、异常的情节、

---

① ［英］华兹华斯：《〈抒情歌谣集〉一八一五年版序言》，曹葆华译，见刘若端编《十九世纪英
国诗人论诗》，人民文学出版社 1984 年版，第 37 页。

② ［英］柯勒律治：《文学生涯》，见刘若端编《十九世纪英国诗人论诗》，人民文学出版社 1984
年版，第 62 页。

③ ［英］雪莱：《为诗辩护》，见刘若端编《十九世纪英国诗人论诗》，人民文学出版社 1984 年
版，第 119 页。

④ ［英］华兹华斯：《〈抒情歌谣集〉序言》，见刘若端编《十九世纪英国诗人论诗》，人民文学
出版社 1984 年版，第 5 页。

虚幻的神话色彩和奇特的异国情调。

2. 现实主义文学

19 世纪初，现实型的文学不断得到发展，到三四十年代便形成了现实主义文学思潮。西方资本主义的发展，使人断片化，人性遭受扭曲，资本的罪恶暴露无遗。在文学界批判、暴露社会的弊病成为时尚。法国的司汤达、巴尔扎克、福楼拜、左拉，俄国的列夫·托尔斯泰、陀思妥耶夫斯基，英国的狄更斯等，众多的现实主义文学大师奉献了杰出的作品，使现实型文学发展到完善阶段。

按照生活的本来面目进行写作，是现实主义文学创作的首要原则。现实主义作家倡导面对现实、反映现实、再现生活的真实。现实主义文学的创作题材、描写范围全面地、充分地面向现实社会。古典主义文学把自己的对象分等划类，浪漫主义破除了这些规定，把传说、故事、奇遇等题材引入创作，但对于社会现实的描写，激情有余而历史具体性不足。现实主义文学则全面地深入现实社会的各个层面，既要进行精细入微的刻画，又要进行历史长卷式的宏观展示。巴尔扎克在《人间喜剧》中描写了私人生活、外省生活、巴黎生活、政治生活、军事生活、乡间生活，"在这六个部分里罗列着构成这个社会的通史的全面《风俗研究》"①。在充分地面向社会写作的同时，现实主义文学赋予人物性格以极大的历史感和丰富性，在多重社会关系中塑造典型形象。它克服了古典主义人物模式描写的先验性与浪漫主义人物性格的理想化倾向。现实主义作家在现实的相互联系、不断发展中去观察人与人的关系，并把人与周围的环境联系在一起，观察人与人之间、人与环境之间的相互关系。在 19 世纪现实主义文学中，长于描写、再现的长篇小说成为主导的文学样式。它写家庭爱情史、历史故事、个人传记、社会事件，极大地满足了当时读者要求认识周围世界的审美愿望。现实主义文学表现出对现实的富有理智的暴露与批判。当时现实中种种不合理的现象激起了现实主义作家对现实社会的强烈的理性批判。19 世纪现实主义作家几乎都是人类病症的解剖者、批判者。他们对现实社会中丑恶现象进行了犀利的分析、深刻的批判。因此，19 世纪的现实主义也被称做"批判现实主义"。

3. 象征主义文学

在 19 世纪，象征型文学在象征主义文学思潮中得到充分发展，从而进一步确立了自己的形态特征和艺术地位。资本主义的进一步发展，一方面给人带

---

① ［法］巴尔扎克：《〈人间喜剧〉前言》，陈占元译，见王秋荣编《巴尔扎克论文学》，中国社会科学出版社 1986 年版，第 70 页。

来了财富与机会，另一方面也使社会矛盾更趋激烈，各种恐怖的、怪诞的、荒唐的、不可理喻的事情像瘟疫一样传染开来。文学上也随时代的变化而变化，象征主义的兴起就是这种变化之一。美国作家爱伦·坡（Edgar Allan Poe，1809—1849）与法国诗人波德莱尔的理论与创作，为象征主义的兴起作了准备。其后，许多作家、诗人作了更多的努力，促使象征主义文学思潮在 19 世纪 70 年代最终形成。

象征主义文学的兴起，是反对自然主义的结果。象征主义者认为，艺术不应只是描写客观世界，我们看到的客观世界只是表面的真实，在其之后还隐藏着一种最高真实。客观事物本来已经存在，对它的描写不是创造。艺术的价值在于创造：一种心灵状态的显示。象征主义接受了浪漫主义的主观性、神秘性，但反对浪漫主义的夸饰的、显露的情感表现方式。象征主义在表达方式上注重暗示。暗示使诗具有神秘性。象征主义者认为诗是个谜，诗写出来供读者去猜想，这样才具有无穷的审美乐趣。人的精神与自然万物是息息相通的，在可见的事物与不可见的意识之间，存在着对应或默契。因此，可以通过这些主观意识的对应物来暗示出主观精神、心灵状态。波德莱尔的"应合"思想集中体现了象征主义文学的这种艺术主张。他的诗歌《应合》写道："自然是一座神殿，那里有活的柱子，/不时发出一些含糊不清的语言；/行人经过那儿，穿过象征的森林，/森林露出亲切的眼光对人注视。/仿佛远远传来一些悠长的回音，/互相混成幽昧而深邃的统一体，/像黑夜又像光明一样茫无边际，/芳香、色彩、音响全在相互感应。"波德莱尔表达了一种人和自然相互感应的思想。自然特征与各种感觉相互交流，形成一种精神、心灵的感应。象征主义作家致力于寻找、塑造精神状态的"对应物"，通过带有象征意味的客观事物暗示主观精神。

在 19 世纪象征主义文学中，诗的暗示性、神秘性还凭借诗的音乐化来实现。他们倾向于音乐性，不仅是看中音响性、节奏性、流动性，而且还有它的模糊性、不确定性、多义性和从中显示出的神秘性。他们把语言与音乐、梦相类比，挖掘语言的潜能，打破了词语的单一性、含义的直露性和明确性，加强了曲折性与含蓄性，突出了语句的转义，引发出词的种种联系，暗示复杂的、难以言喻的情感状态。

（三）现代：文学类型的多向演变

人类文学活动发展到 20 世纪，文学作品的类型形成了新的结构形态，产生了多向的演变。批判现实主义文学继续发展，使现实型文学得以深化。出现了"社会主义现实主义"和"革命的现实主义"与"革命的浪漫主义"两结合型的文学，使现实型与理想型文学在社会主义条件下得以综合发展。在浪漫主义和象征主义文学基础上，又兴起了现代主义文学思潮，使理想型与象征型文学发生了衍化。

20世纪批判现实主义文学，一方面保持了19世纪现实主义原则的基本核心，同时又程度不同地吸收了20世纪一些科学研究成果，加深了对人本身的认识，并吸收了现代主义不同流派的某些手法，从而大大地丰富了自己。对社会生活、事件大幅度地审美概括，不断地深入事件的动因的各个层次，关心人的命运，为其艰难的处境而焦虑不安，以及探究人的内心最隐蔽的欲望的源泉，成为20世纪批判现实主义文学的普遍特征。英国作家高尔斯华绥，德国作家托马斯·曼，法国作家莫里亚克、罗曼·罗兰等人的作品充分体现了20世纪批判现实主义文学的特色。

随着社会主义的产生与发展，社会主义现实主义文学在20世纪也成为重要的文学思潮。高尔基的《母亲》是社会主义现实主义的奠基之作。以后，在苏联文学中相继出现了法捷耶夫的《毁灭》、奥斯特洛夫斯基的《钢铁是怎样炼成的》等优秀作品。社会主义现实主义文学把革命的政治倾向性与艺术描写的真实性高度统一起来，力求在现实的革命发展中真实地再现现实。社会主义现实主义文学把革命浪漫主义作为自己的重要组成部分。从革命现实出发，展现胜利的明天，鼓舞人们为实现伟大的理想而奋斗，这是社会主义现实主义文学与其他现实主义文学的重要区别之一。

在中国革命和建设时期，出现了革命现实主义与革命浪漫主义相统一的"两结合型"文学。这种文学既注重现实，又注重理想，二者相辅相成，相得益彰。以革命现实主义为基础，就是要在马克思主义指导下，对现实生活进行深入观察，科学分析，真实反映。不但要表现出具体的、感性的真实，而且还要反映出历史的、本质的真实。同时要把握生活发展的规律，能动地描绘出现实发展的趋势，让现实与理想自然而然地衔接起来，把革命的理想主义令人信服地栽培在现实的土壤之上。以革命浪漫主义为主导，即站在革命理想主义的高度看待现实。从题材的摄取，形象的塑造，情节的安排，细节的描写，直至创作的全过程，贯穿革命理想主义，用这种理想来指导对现实发展的描写，把现实与理想有机地统一起来，自然而生动地写出两者的转化过程，用革命理想激励人们前进。毛泽东的诗词以及《红旗谱》《红岩》《红日》《青春之歌》《创业史》等作品是这类文学的代表作。

在20世纪西方文学中，沿着19世纪象征主义文学这条线索，相继出现了后期象征主义、表现主义、超现实主义、存在主义、荒诞派、新小说派等文学流派，汇成一股现代主义文学思潮。现代主义文学不同程度地继承和发展了浪漫主义和象征主义文学的表现性、虚幻性和假定性特征，使理想型和象征型文学发生了多向的流变。

现代主义文学反对模仿、再现现实，反对按客观生活的本来面目反映社会生活，追求个体主观情感不受限制的充分表现。它不重视外在的客观现实，而强调非理性的现实、心理化的现实、梦幻的现实、超现实。表现主义文学倾向于对人的心理与精神描写的向内转，突出内心的外化。"新小说派"的纳塔丽·萨洛特认为，旧小说不能展示心理现实，对现代主义作家来说，小说的兴趣中心是要揭示新的"心理材料"，或称"心理要素"。超现实主义力图把现实与梦幻结合成"超现实"，它的实际效应是使现实融入梦幻之中，使现实梦幻化。现实梦幻化曾是浪漫主义的一种表现手法，以实现在现实中无法实现的理想。超现实主义把梦幻视为对象本身，把虚幻的、无意识的心理因素引入文学，力图从中寻找"最高真实"。现代主义作家不重视现实的整体性，而强调它的碎裂，把微观世界绝对化，认为文学的任务就是描述人的心理要素，把文学归结为自我表现。

现代主义文学在作品中大量运用变形、荒诞、象征等表现手段，突出了虚幻性和假定性。为了表现超感觉的激情和难以捉摸的内在现实，现代主义文学普遍运用非常态的、变形的艺术假定性手段。它采用奇特的比喻、极度的夸张，使对象象征化。在这种情况下，现实基本上改变了原有的形态，成为一种被主观意识改造过的变形形象。表现主义的代表人物、奥地利小说家卡夫卡的《变形记》，描写推销员格里高里一朝醒来，发现自己变成了一只大甲虫。小说中的荒诞与夸张，表现出作者对人性冷漠的深切感受。荒诞派作品也运用变形手段。法国荒诞派戏剧大师尤内斯库的《椅子》表现了人受物的挤兑而空无所有。《犀牛》写了人的兽性化，用以象征法西斯化的危险：小镇上突然流行疾病，人都变成了犀牛，只有一个人不肯向疾病投降，看来也朝不保夕。许多现代主义作品都存在着明显或不明显的变形形象。卡夫卡的《审判》，写银行高级职员约·K在自己30岁生日那天的早晨突然被捕。至于罪名是什么，却不得而知，而银行监督又宣布他仍有行动自由。K被交法庭审判是荒诞的，是谁陷害他、他的罪名是什么，也始终是个谜；而K最后顺从地、不作反抗地被人处死，也是荒诞的。这种荒诞具有强烈的象征意义：通过K的命运，人们可以感到，资本主义的统治机构已变成一架庞大的、丧尽理智、极端残忍的吞噬人的机器。在存在主义、新小说派、荒诞派文学中，也大量地存在着这种荒诞的假定性。

现代主义文学是一个复杂的文学现象，各个流派都有自己的思想艺术特色。以上只是从文学类型发展演变的角度在总体上做一概括分析。我们要以实事求是的、辩证的态度对待现代主义文学。西方现代主义文学在一定程度上反映了西方资本主义社会的某些弊病，表现了中下层资产阶级，特别是知识分子对资本主义社会的失望和不满情绪。因此，它对我们了解西方社会的矛盾和西方一些人的心理有一定认识价值。现代主义文学各流派在艺术技巧上有许多重要的开拓，丰富了文学的艺术表现力，其中有些也值得我们借鉴。然而，现代主义文学往往存在极端的个人主义、无政府主义、唯美主义和形式主义等倾向，同时又过分强调非理性、自我表现，其中有的作品或多或少地散布着悲观、绝望、颓废的情绪和危机感。这些都是有害的，需要认真鉴别和批判。因此，对西方现代文学应采取去伪存真、分析借鉴的原则。

第二节　文学作品的基本体裁

由文学作品话语系统的不同结构形式所决定，文学作品形成诗、小说、剧本、散文和报告文学等基本体裁。本节简要论述这些基本文学体裁的最一般的特征。

一、诗

诗是一种语词凝练、结构跳跃、富有节奏和韵律、高度集中地反映生活和抒发思想感情的文学体裁。诗可以分成抒情诗与叙事诗、格律诗与自由诗等。诗的基本特征是：凝练性、跳跃性、音乐性。

首先，诗具有凝练性，体现在用高度概括的艺术形象、极其精练的文学语词最集中地反映社会生活和表达思想感情。一切样式的文学作品都是现实生活的集中反映，但诗的概括性更为突出。它反映生活不是以广泛性和丰富性取胜，而是以集中性和深刻性见长。它吟咏的是使人最激动的生活事件。它要求精选生活材料，抓住感受最深、表现力最强的自然景物和生活现象，用极概括的艺术形象达到对现实的审美反映。它不像小说、戏剧那样去细致地刻画人物的外部特征和内心活动，去描写人物之间的冲突和构成这些冲突的细节。所谓"微尘中有大千，刹那间见终古"，所谓"片言可以明百意，坐驰可以役万景"，都指出了诗的凝练性特征。明代吴乔在《围炉诗话》中说："意思犹五谷也。文，则炊而为饭；诗，则酿而为酒。"这个比喻也说明诗是最集中地反映生活的一种形式。即使是偏于情节叙述的叙事诗，其叙述内容也不能像小说那样铺展。《长恨歌》也只用了 120 句、840 个字。诗反映生活的高度集中性，要求诗的语词也必须极为凝练、精粹，用极少的言语去表现丰富的内容。这便促使诗人对语词进行反复锤炼，力争言简意深，一笔传神，在有限的诗行、词句中，准确、含蓄、生动地表现出事物的特征，勾勒出生活的场景。正是为了达到这个目的，唐代诗人皮日休"百炼成字，千炼成句"，苏联诗人马雅可夫斯基为了一个句子的语言安排，打了 60 次草稿。

其次，诗在结构上具有突出的跳跃性特征。它遵循想象、情感的逻辑，常常由这一端一跃而到另一端，或由过去一跃而到未来，超越了时间的樊篱、空间的鸿沟。诗的跳跃多由两个或两个以上的动作构成，动作之间没有持续性，只被同一个情感线索维系着。在动作、形象、图景之间的跳跃性结构方式，以断续表现连贯，以局部概括整体，给读者驰骋想象留下了开阔的领域。诗的跳跃性有多种结构形态，主要有时间上的、空间上的、时空综合的、由客观动态向主观动态的、关联式的、平行式的、对比式的跳跃等。时间上的跳跃，是指从过去到现在，甚至到未来之间，进行大幅度的跳跃，如春夏秋冬、古今、昼夜、朝夕之间等。空间上的跳跃将东西南北、天上地下、海内海外的形象系列进行跳跃式组接。诗中形象、动作在时间和空间上的跳跃，常常是互为因果的。由于时间的变化，便常引起空间的变化，或由于空间的变化，也便引起时间上的变化，这样两幅图景便在时空上同时产生了跳跃。而由眼中所见的外在的客观形象向心中所想的形象、思绪的跳跃，则构成了客观动态向主观动态的跳跃。诗中两个或两个以上的动作，并非一人一物所为，但它们有着某种意义的关联，便形成了关联式的跳跃。平行式跳跃由两幅或多幅呈平行关系的图景构成，对比式跳跃则由几种形成强烈反差的形象组成，如此等等，不一而足。而采用何种跳跃式结构，则由诗人所要反映的生活和表达的思想感情而定。

最后，在各种文学样式中，诗是最强调韵律性的。诗的节奏主要指诗句中长短、强弱不同的音有规律地变化。如果各诗句停顿次数均匀，就会形成鲜明的节奏。我国古代诗歌中的停顿是有严格规定的，一般是四言二顿、五言三顿、七言五顿。调配声调也有助于加强节奏感。语音有高低、升降、曲直、长短的变化，因而形成不同的音调。古代汉语分为平、上、去、入四种声调，现代汉语分为阴平、阳平、上声、去声四种音调。有规律地搭配安排平声（阴平、阳平）与仄声（上声、去声、入声），便形成起伏交替的节奏。由音节长短以及音步多少构成的不同长短的句子，表现出不同情感的缓急节奏。诗的韵律，也称押韵，是指同韵母的字在相同位置上有秩序地重复出现。韵律包括头韵、腹韵和脚韵等。诗的押韵，一方面可以加强诗的节奏感，达到和谐整齐的感官审美效果；另一方面则主要是为了促进情感的抒发和意境的创造。

二、小说

小说是一种侧重刻画人物形象、叙述故事情节的文学样式。小说可以分为长篇小说、中篇小说与短篇小说，文言小说与白话小说，等等。小说的基本特征主要是：深入细致的人物刻画、完整复杂的情节叙述、具体充分的环境描写。

首先，描写人物，是小说的显著特点。诗和散文可以写人物也可以不写人物，而小说则必须写人物。着重刻画人物形象是小说走向成熟的标志。"人物是小说的原动力"，"我们看一部小说主要看小说中对人物性格的揭示，这也就是构成小说的魅力和教育意义的因素。"① 同其他文学样式相比，小说在人物刻画上拥有更丰富的表现手段，可以从各个方面深入细致地塑造性格复杂的人物形象。它不像剧本那样受舞台时空的限制，主要以人物台词展示性格；也不像报告文学那样受真人真事的约束。在小说中，既有人物言语，也有叙述人言语，而且往往以后者为主。小说可以具体地描写人物的音容笑貌，也可以展示人物的心理状态，还可以通过对话、行动以及环境气氛的烘托等多种手段来刻画人物。

其次，情节是与人物密切相关的，是人物性格发展的历史。"如果人物不是事件发生的决定者，那他会是什么呢？如果事件不能展现出人物来，那事件又是什么呢？"② 小说一般篇幅较长，容量较大，可以更广泛全面地描绘多方面的社会生活，反映多种多样的矛盾冲突，并在生活事件的发展过程中刻画人物性格。叙事性文学比较注重情节，而其中小说的情节更为完整和复杂。叙事诗和叙事散文的情节比较单纯，有的只摄取了一鳞半爪的生活片段。戏剧情节的完整性与小说相似，但在复杂性、丰富性上则远不如小说，它受舞台时空的限制，不能容纳大量的详细情节和过于复杂的人物关系。而小说则可以突破相对固定的时空限制，容纳更复杂丰富的情节，反映更广泛的生活内容。塞米利安阐述亚里士多德的诗学理论说："小说是建构在更为广阔的规模之上，它涉及的范围要比戏剧宽广。在小说中，我们可能让几条行动线索同时进展，很多事件在不同的地点同时发生……"③ 因为要充分叙述完整的情节，所以小说一般都要有一定的长度。短篇小说和小小说虽然篇幅短小，但其长度也必须足以

---

① ［美］利昂·塞米利安：《现代小说美学》，宋协立译，陕西人民出版社 1987 年版，第 138、140 页。

② ［美］亨利·詹姆斯：《小说的艺术》，转引自［美］韦勒克、沃伦《文学理论》，刘象愚等译，江苏教育出版社 2005 年版，第 253 页。

③ ［美］利昂·塞米利安：《现代小说美学》，宋协立译，陕西人民出版社 1987 年版，第 91 页。

容纳一个较完整的情节。

　　最后，环境描写是衬托人物性格、展示故事情节的重要手段。小说中人物的活动和事件的发生发展，都不能离开一定的时代、社会和自然的环境。人物性格的形成和发展，也是受特定环境制约的。只有充分地描绘环境，才可能具体、真实地揭示出人物活动和矛盾冲突的现实根据。"背景即环境；尤其是家庭内景，可以看做是对人物的转喻性的或隐喻性的表现。一个男人的住所是他本人的延伸，描写了这个住所也就是描写了他。巴尔扎克对守财奴葛朗台的住所或伏盖公寓的详细描述绝非离题或浪费笔墨。这些房屋表现了他们的主人，它们作为环境气氛影响着其他必须住在其中的人。""背景又可以是庞大的决定力量，环境被视为某种物质的或社会的原因……"①　小说是长于描写的文学样式，在环境描写上比其他文学样式有更多的自由。诗和散文要受篇幅限制，戏剧要受舞台时空的限制。戏剧以人物对话为主，一般不注重环境的详细描写。叙事诗的环境描写多是粗线条的、概括性的，因为过繁过细的环境描写是和诗的语言的凝练及抒情性相矛盾的。小说在篇幅和时空上的自由，使其可以充分地发挥环境描写的艺术功能。它可以对社会环境作全面的介绍，又可以对具体的生活场景作细致详尽的描绘。历史环境可以写上下几千年，自然环境可写纵横几万里。它可以随时变换场景，为人物活动和情节展开提供自由灵活的时间与空间范围。

三、剧本

　　剧本是一种侧重以人物台词为手段、集中反映矛盾冲突的文学体裁。剧本可以分为悲剧、喜剧与正剧；按场次划分，还可分为独幕剧与多幕剧等。它的基本特征是：浓缩地反映现实生活；集中地表现矛盾冲突；以人物台词推进戏剧动作。

　　受舞台表演时间、空间的限制，剧本对现实生活的反映具有高度的浓缩性。舞台表演时间不宜过长，一般不超过三个小时。舞台场景相对固定，不能随时换景。与小说的篇幅的随意性、电影的自由的镜头组接比较起来，戏剧的时空是狭小的、不自由的。为了使舞台这块小天地尽量多地容纳社会生活繁复广阔的内容，剧作家必须把生活写得高度浓缩、凝练，用较短的篇幅、较少的人物、较简省的场景、较单纯的事件，将生活内容概括地、浓缩地再现在舞台上。剧本再现生活的浓缩性要求情节结构单纯、集中。剧中一般只包括一桩事件，事件发生的时间要尽量缩短，并将事件的发生、发展和结局组织成一

---

　　①　〔美〕韦勒克、沃伦：《文学理论》，刘象愚等译，江苏教育出版社 2005 年版，第 260 页。

个紧凑的整体。李渔在《闲情偶寄》中突出地强调了"结构单一化""立主脑""减头绪""戏为一人一事而设"的主张。西方提出的"三一律",要求动作、情节、时间空间的整一。这虽然有些程式化,但也在一定程度上体现了戏剧的浓缩性、集中性的特点。只有使剧情高度集中、概括,才能充分发挥戏剧的表现功能,在有限的时空中表现丰富的内容。郭沫若的五幕历史剧《屈原》只写了屈原一天(由清早到夜半过后)的思想、行为、遭遇,但这一天却把屈原一生的生活命运概括反映出来了。老舍的《茶馆》,一出戏只有三幕,却展现了三个时代,反映了50年的社会变迁。时空局限是戏剧文学的短处,但这短处又使它具有独特的长处,反而能够产生特殊的艺术效果。

没有集中的矛盾冲突就没有戏剧,这已成为一条公认的定理。小说也要反映、表现矛盾冲突,也需要加以集中、概括,而剧本则更要把矛盾冲突加以高度集中,使之达到尖锐、剧烈的程度。剧本要集中地表现矛盾冲突,是由戏剧艺术的时空特征决定的。戏剧的情节发展要在有限的时间内迅速进行,不能像小说那样可以不慌不忙地展开。它必须一开始就抓住事件的起点,然后通过一些必要层次的发展,把事件尽快地推向高潮。如果冲突不集中、不剧烈,剧情的发展必然会缓慢。戏剧要塑造具有鲜明个性的人物,但又不能像小说那样用多种描写方法来塑造,而矛盾冲突的集中展开,便为展示人物性格提供了充分的条件。戏剧是直接面向观众的艺术,如果没有尖锐剧烈的矛盾冲突,舞台上必然会出现"冷场",不能唤起观众的审美注意力。因此,集中地表现现实生活的矛盾冲突,是戏剧文学的基本特征。

在剧本中,剧中人物的言语(台词)是用来塑造形象、展示矛盾冲突的基本手段。高尔基指出:"剧本(悲剧和喜剧)是最难运用的一种形式。其所以难,是因为剧本要求每个剧中人物用自己的语言和行动来表现自己的特征,而不用作者提示。"① 在小说中,作者可以利用叙述人的话语来直接叙述生活事件,描写人物的思想感情和心理活动,以及介绍、分析、议论人物和事件等。而剧本不允许作者出现,一般不能有叙述人的言语,只能靠人物自身的言语塑造形象。离开了台词,就没有了戏剧文学。戏剧人物的言语、对话(台词)要足以推进戏剧动作。台词的动作性,即人物言语要以矛盾冲突为基础,并能促进事件、冲突的发展。戏剧矛盾冲突由产生到激变,就是由一系列戏剧动作来推动的。各个戏剧动作由人物的形体活动和言语活动来体现,其中对话、独白是更重要的。

---

① 〔苏〕高尔基:《论剧本》,孟昌译,《文学论文选》,人民文学出版社1958年版,第243页。

四、散文与报告文学

（一）散文

散文有广义的散文与狭义的散文。广义的散文既包括诗歌以外的一切文学作品，也包括一般科学著作、论文、应用文章。狭义的散文即文学意义上的散文，是指与诗歌、小说、剧本等并列的一种文学样式，包括抒情散文、叙事散文、杂文、游记等。文学散文是一种题材广泛、结构灵活，注重抒写真实感受、境遇的文学体裁。它的基本特征主要是：题材广泛多样，结构自由灵活，抒写真实感受。

散文选择题材有广泛的自由。它可以写人、叙事、写景、咏物、怀友、访旧，也可以描写风土人情，展示国际风云，细摹花鸟虫鱼。地方风习、街头景色、往事回忆、感情述怀，以及天上地下、古往今来，无所不可。而其他文学样式则不同。一般说来，只有比较完整的生活事件和人物形象才可以入小说；只有含有集中的矛盾冲突的生活现象才可以入戏剧。散文则不需要以某个人物为中心，也不需要叙述完整的故事情节，而往往摄取生活中的一个片段、一个侧面，抒写作家特定的感受和境遇。题材广泛多样，是我国散文的历史传统。先秦散文以记事、议论为主，范围相对狭小。到了汉魏六朝，散文的题材领域扩大了，增添了抒情的、写景的、记录士林轶闻琐传的内容。唐宋时期，是中国古代文学性散文光彩夺目的时期，散文题材更为广阔，国计民生、人生哲理、自然景物、风土人情、历史掌故、亲朋交往、个人际遇、生产知识，五光十色，无所不包。"五四"时期的散文，继承了古代散文传统，同时吸收国外随笔的特点，时政评论、人生探讨、山水游记、城乡纪事……应有尽有。中国散文发展史提供了一条重要的经验，即题材的扩大，对散文的繁荣发展具有重大的意义。

散文也是一种结构自由的文学样式。与小说、戏剧等较规范的程式相比，它的结构没有严格的限制和固定的模式。灵活、随意，是它的长处。散文之"散"，较突出地体现了它的结构特征。中国现代作家李广田指出："诗必须圆，小说必须严，而散文则比较散。若用比喻来说，那就是：诗必须像一颗珍珠那么圆满，那么完整……小说就像一座建筑，无论大小，它必须结构严密，配合紧凑……至于散文，我以为它很像一条河流，它顺了壑谷，避了丘陵，凡可以流处它都流到，而流来流去却还是归入大海，就像一个人随意散步一样，散步完了，于是回到家里去。这就是散文和诗与小说在体制上的不同之点，也就足以见出散文之为'散'的特色来了。"① 散文之"散",是形散神不散,散而有序,散而有凝。"形散"指散文运笔自如,不拘成法。散文作者在平素的生活中有所感触,于是随手拈来,生发开去,时而勾勒描绘,时而倒叙联想,时而抒情言志,时而侃侃议论。"神不散",指中心明确、主题突出。零零散散、信笔所至的描写内容都贯穿在精深的思想感情的主线上,虽然落笔似不经心,却紧扣主题。

散文更是最接近生活真实的文学样式。记人叙事,状物写景,"有感而发","有为而作",抒写作家真实的现实感受和真实的生活境遇是散文的一大特点。中国现代作家吴伯箫说:"说真话,叙事实,写实物、实情,这仿佛是散文的传统。古代散文是这样,现代散文也是这样。"② 这说明了散文的写实性。散文中写的是实人、实事、实物、实情。何其芳的《毛泽东之歌》描写了1961年春天毛泽东如何为"我"修改《〈不怕鬼的故事〉序》一事。刘白羽的《巍巍太行山》反映了1939年朱德总司令的戎马生活。散文中抒写得更多的是作家的亲身经历。鲁迅的《朝花夕拾》全是忆旧的散文。百草园、三味书屋、藤野先生、长妈妈……作者所见、所闻、所感,写得真真切切。诚然,单纯记录一件实事或摹写一个实物,并不能称之为文学散文。散文必须写出作者对现实生活的真实的切身的感受,抒发真挚的情怀。鲁迅的《阿长与山海经》追忆了长妈妈对"我"的关心,抒发了"我"对长妈妈的怀念、歌颂之情,感人至深。真实的境遇与真实的感受,是散文艺术表现的核心。散文的写实并非对生活的机械摹写,它也要运用剪裁、取舍、提炼和比喻、拟人、象征等方法,但这都要建立在描写真情实感的基础上。

(二) 报告文学

报告文学是一种在真人真事基础上塑造艺术形象,及时反映现实生活的文学体裁。它的基本特征是:及时性、纪实性、文学性。

及时性。报告文学往往像新闻通讯一样,善于以最快的速度,把生活中刚发生的激动人心的事件及时地传达给读者。报告文学之所以受读者欢迎,就在于它能把握时代的脉搏,把群众关心的现实情况迅速地反映出来,发挥"文学轻骑兵"的作用。茅盾曾指出:"'报告'是我们这匆忙而多变化的时代产生的特性的文学样式。读者大众急不可耐地要求知道生活在昨天所起的变化,作家迫切地要将社会上最新发生的现象(而这差不多是天天有的)解剖给读

---

① 李广田:《谈散文》,见俞元桂主编《中国现代散文理论》,广西人民出版社1983年版,第149页。

② 吴伯箫:《〈散文名作欣赏〉序》,见傅德岷、董味甘编《散文名作欣赏》,青海人民出版社1981年版,第1页。

者大众看，刊物要有敏锐的时代感——这都是'报告'所由产生而且风靡的根因。"① 报告文学的重要价值正在于它的及时性、新闻性。特别是有些报告文学的内容属于突发性事件，时间界限比较明确，如果发表不及时，就削弱了它们的新闻价值和社会效用。

纪实性。报告文学不能像小说那样虚构人物、情节，它必须以现实生活中的真人真事为描写对象，写真纪实是它的重要特征。一般来说，报告文学要写真人真事，但不是任何真人真事都能成为报告文学描写的对象。报告文学要追踪事实，但并不是任何事实都值得它们去报告，而是要有所选择和提炼。徐迟曾说："报告文学所报告的事实必须是真实的，并且是必须就历史的观点来说十分真实的，是代表我们的时代的真实性的事实。"② 有的报告文学虽然也写了真人真事，但由于没有选取跳动着时代社会脉搏的人物与事件，结果缺乏时代感。

文学性。报告文学的艺术价值体现在文学性上。茅盾说："好的'报告'须要具备小说所有的艺术上的条件，——人物的刻画，环境的描写，气氛的渲染等等。"③ 报告文学不能像新闻报道那样，只有事件梗概，它必须塑造丰满的人物形象，必须有生动的形象化的细节。报告文学不同于小说，不以塑造人物形象为主，但它在艺术形象性上的要求是很高的。人物特写自然必须在介绍人物事迹中努力刻画人物，即使在以写事为主的作品中也离不开写人，如果能生动地刻画人物形象，必然会大大加强感染力。报告文学还可以吸收小说的描写技巧、戏剧的对话艺术、电影分镜头的叙述方法以及诗歌的跳跃手法等。

复习要点

[基本概念]

现实型文学　　理想型文学　　象征型文学　　诗　　小说　　剧本
散文　　报告文学

[思考问题]

1. 谈谈象征型文学与现实型、理想型文学的区别。
2. 运用文学类型理论分析当代文学作品。

---

① 茅盾：《关于报告文学》，《茅盾全集》第 21 卷，人民文学出版社 1991 年版，第 270 页。
② 徐迟：《一些速记下来的思想》，《文艺报》1963 年第 4 期。
③ 茅盾：《关于报告文学》，《茅盾全集》第 21 卷，人民文学出版社 1991 年版，第 269 页。

3. 现代主义文学的类型特征是什么？

4. 从诗歌基本特征看其抒情表现的艺术特长。

5. 比较散文与报告文学的真实性。

6. 比较小说与剧本在反映生活方面的异同。

[**推荐阅读文献**]

1.《欧美古典作家论现实主义和浪漫主义》，中国社会科学出版社 1980 年版，1981 年版。

2. 黄晋凯等主编：《象征主义·意象派》，中国人民大学出版社 1989 年版。

3. 吴晓东：《象征主义与中国现代文学》，安徽教育出版社 2000 年版。

第十章　文学作品的文本层次和
文学形象的理想形态

上一章，我们已对文学作品的外在形态进行了考察。本章将着眼于文本的审美层次和内在审美形态的讨论。先阐明文学作品的内在审美结构层次，进而讨论体现人类审美理想的文学形象的三种高级形态，即意境、典型和意象。

第一节　文学作品的文本层次

一、文学作品的文本层次问题

"文本"（text），在英语中是原文、正文的意思，这里用来指由作者写成而有待于阅读的单个文学作品本身。中外文论史上，都曾有人把文学文本的构成，看成一个由表及里的多层次审美结构。中国古代的《周易·系辞》在探讨人类思想的表达问题时，曾提出"书不尽言，言不尽意"和"圣人立象以尽意"的观点。这里提出的"言、象、意"问题，虽然是就非文本而言，其实也可以理解为广义（包括文学与非文学）文本构成的三个要素。后来，三国时期的经学家王弼在对《周易》进行诠释时，则更为详明地理清了三者之间的关系，《周易略例》说：

> 夫象者，出意者也。言者，明象者也。尽意莫若象，尽象莫若言。言生于象，故可寻言以观象；象生于意，故可寻象以观意。意以象尽，象以言著。

在王弼看来，"言、象、意"是一个由表及里的审美层次结构。人们首先接触的是"言"，其次"窥"见的是"象"，最后才能意会到由这个"象"所表示的"意"。三个因素都是重要的，缺一不可。远在三国时期，王弼能有这样全面的文本构成观，是难能可贵的。虽说王弼所讲的还不是现代意义上的文学作品，但对理解文学作品的审美层次的构成也具有启示意义。

关于作品由表及里的构成观，西方早在古希腊时期就有萌芽。不过真正把它当做一种理论提出来的是黑格尔。黑格尔认为：一件艺术作品，我们首先见到的是它直接呈现给我们的东西，然后再追究它的意蕴和内容。黑格尔把"直接呈现给我们的东西"称为"外在形状"，它的作用是"能指引到一种意蕴"，而"意蕴"是一种内在的东西，"一种内在的生气、情感、灵魂、风骨和精神"。① 黑格尔虽然已经朦胧地意识到"形状"与"意蕴"的关系，可惜他对"象"并没有王弼那样有清晰的认识。不过他将歌德提出的"意蕴"说用于文本层次的探讨，也是一个重要的贡献。

这一论题，也是西方现代美学的热门话题。其中最值得借鉴的是波兰现象学派理论家英伽登的见解。他把文学作品的文本由表及里地分成四个层面：第一个层面是字音及其高一级语音组合，这属于文学文本的最基本层面；第二个层面，即意义单元，是由字音及其高一级语音组合所传达的意义组织，它是文学文本的核心层面；第三层面是多重图式化面貌（schematized aspects），是由意义单元所呈现的事物的大略图影，包含着若干"未定点"（spots of indeterminacy）而有待于读者去具体化；第四个层面是再现客体（represented objects），即通过虚拟而生成的"世界"。文学文本一般都具有四个层面。英伽登又补充说，在某些文学文本中，还可能存在"形而上的特质"，如其中所表现的崇高、悲剧性、喜剧性、恐怖、震惊、玄奥、丑恶、神圣和悲悯等。但这种"形而上特质"仅仅在"伟大的文学"中才会出现。② 英伽登的这种理论，把内容与形式融为一体，每个层面层层深入、互相沟通、互为条件，几乎是对王弼"言、象、意"理论的补充与完善。但是他把"声音"单列一个层面，似无必要，一般在文学中字音和意义是无法剥离的。以上中西文论中这种不谋而合的现象，却给我们开启了一条新的思路。

二、文学作品的文本层次

综合古今中外对文本层次的探讨，我们从总体上可以将文本分为三个大的层次：文学言语层、文学形象层和文学意蕴层。

（一）文学言语层

文学言语层，是指文学文本首先呈现于读者面前、供其阅读的具体言语系统。如前所述，由于这是由作家选择一定的语言材料，按照艺术世界的诗意逻

---

① ［德］黑格尔：《美学》第 1 卷，朱光潜译，商务印书馆 1979 年版，第 24～25 页。

② ［波兰］英伽登：《文学的艺术作品》英文版，埃文斯顿 1973 年版，第 30 页（Roman Ingarden：*The Literary Work of Art*，Translated by George G. Grabowicz. Evanston，Illinois：Northwestern University Press，1973，p. 30）。

辑创造的特殊言语系统，所以这个系统中的"言语"，总的说来已与一般言语有了明显的不同。文学言语除了人们经常提到的形象性、生动性、凝练性、音乐性等特点外，还有以下三个特点。

第一，文学言语是内指性的。就文学活动而言，人们面对着两个世界，一个是现实世界，一个是艺术世界。艺术世界作为一个幻象的世界，它的逻辑与现实世界的逻辑是不同的。文学言语也不同于普通言语。普通言语是外指性的，即指向语言符号以外的现实世界，必须符合现实生活的逻辑，经得起客观生活的检验，并遵守各种形式逻辑的原则。而文学言语则是内指性的，是指向文本中的艺术世界。有时它也不必符合现实生活的逻辑，只要与整个艺术世界的氛围相统一就可以了。例如杜甫的诗句"感时花溅泪，恨别鸟惊心"和"月是故乡明"等，明显地违反客观真实，但因它不是"外指性"的，而是内指性的，即指向诗中特定的情境，它所表达的重点已经不是客观实在事物，而是这些事物在人们内心世界即心理时间和心理空间里引起的体验，只要符合诗意逻辑中显现的人类体验的真实就行了，而不必再受外部世界的局限，所以它们是佳句。

第二，文学言语具有心理蕴涵性。人类的语言符号，一般有两种功能，即指称功能和表现功能。普通言语，侧重运用它的指称功能。而且随着人类语言的发展，普通言语越来越走向抽象，指称功能大大增强，而表现功能也因渐渐脱离实际语境、与人的情感生活的分离而受到削弱。相反，文学言语则把语言的表现功能提到更加重要的位置。文学言语中蕴含了作家丰富的知觉、情感、想象等心理体验，因而比普通言语更富于心理蕴涵性。文学言语中的词语，如"花""鸟""春天""冬天""风"等，虽然表面上与普通言语一样，但实际上已被赋予不同寻常的心理内涵。比如"感时花溅泪，恨别鸟惊心"中的"花"和"鸟"，已被伤感的、悲戚的心情浸染，人们仿佛可以拧出情感的汁液来。雪莱在《西风颂》中写道："让预言的号角奏鸣！哦，西风啊，／如果冬天来了，春天还会远吗？"这里出现的"冬天""春天""风"，都已被诗人那种希望、神往、憧憬的情绪浸泡过，与普通言语中的"冬天""春天""风"已大不相同，而更富于心理蕴涵性了。

第三，文学言语具有阻拒性。"阻拒性""陌生化"理论是俄国形式主义者提出来的。用"阻拒性""陌生化"理论解释整个文学，那是片面的、不准确的；如果用它来概括文学言语的特征，却有一定的道理。与"阻拒性"言语相对立的是"自动化"言语。所谓"自动化"言语，是指那些过分熟悉的不再能引起人的注意的语言。比如第一个用"弹指间"来表达时间过得快，第一个用"长眠不醒"来表示"死"，是很生动、很简明的，因而很引人注意。但时间久了，人人都用，也就司空见惯，人们只把它们当做一些干巴巴的符号，而不再发生兴趣了。这种"自动化"的言语看似形象、生动，实则因其陈旧而失去了魅力。文学言语就是要力避这种语言的"自动化"现象。作家们总是设法把普通言语加工成陌生的、扭曲的、对人具有阻拒性的言语。这种言语可能不合语法，打破了某些语言的常规，甚至还不易为人所理解，却能引起人们的注意和兴趣，从而获得较强的审美效果。请看郭沫若《凤凰涅槃》的如下诗句："我们新鲜，我们净朗，我们华美，我们芬芳，/一切的一，芬芳。/一的一切，芬芳。/芬芳便是你，芬芳便是我，/芬芳便是他，芬芳便是火。/火便是你。/火便是我。/火便是他。/火便是火。/翱翔！翱翔！/欢唱！欢唱！"这些句子重来复去，颠三倒四，似乎不通，但是，诗人正是通过这些具有"阻拒性"的言语，让我们更有力地感受到诗中凤凰再生之后的新鲜感、自由感、喜悦感和那种狂欢的氛围。不仅诗歌要用"阻拒性"的言语，小说也可适当使用这种言语。在苏联作家肖洛霍夫的《静静的顿河》中，当主人公葛利高里埋葬了爱人婀克西妮亚之后，抬头看那刚刚升起的太阳，有如下一段描写：

> 在烟雾中，太阳在断崖的上空出现了，太阳的光线把葛利高里的光头上浓密的白发，照得发光了，又沿着苍白的、可怕的和一动不动的脸上滑着。他仿佛是从一个苦闷的梦中醒来，抬起了头，看见自己头顶上的黑色的天空和太阳的、耀眼的黑色圆盘。

这段话里有许多难解之处：既然已经出了太阳，天空为什么会是"黑色的"？太阳明明是光芒四射的，为什么会成为"黑色圆盘"？既然太阳变成了"黑色圆盘"，为什么又会"耀眼"？其实，这段文字完全是在写葛利高里的感觉，当他埋葬完自己突然被打死的爱人之后，心碎了，犹如刚"从一个苦闷的梦中醒来"，所以眼中一切都变了色，虽然仍是白昼，他却犹如处于一片黑暗之中。这段文字增加了读者感知的难度，延长了感知时间，是一种有意不让人轻易理解的"阻拒性""陌生化"的言语。它可以使读者反复体味，从而增强了它的审美效果。这里必须指出的是，阻拒性言语也不能滥用，必须掌握适当的"度"。

正是由于以上因素，文学言语成了审美性的言语。由这种言语组成的文学作品的言语层，便具有了无穷的艺术魅力。

（二）文学形象层

由文学言语构成的层面，还处于文学作品表层。读者在这种文学言语的感染下，经过想象和联想，便可在头脑中唤起一系列相应的具体可感的文学形象，构成一个动人心弦的艺术世界。这就是文学作品的第二个层面即文学形象层。文学形象是读者在阅读文学言语系统过程中，经过想象和联想而在头脑中唤起的具体可感的动人的生活图景。文学形象有如下基本特征：

第一，文学形象是主观与客观的统一。中国古典文论对形象的这一特征早有所把握。清代文论家章学诚就明确地把形象分为两种，一种是"天地自然之象"，即物象，是自然存在的，不是人类构造出来的，是客观的；一种是"人心营构之象"，即作品中的形象，这是人创造出来的，或者说是主观创造的产物。这种形象虽是人们有意为之，不是天生自然之物，但最终还是客观物象曲折的反映。所以章学诚在《文史通义·易教下》中认为"人心营构之象，亦出于天地自然之象也"。这就是说，形象既是主观的产物，又有客观的根据，是主观与客观的统一。这一见解是十分辩证的。

第二，文学形象又是假定与真实的统一。文学形象，一方面是假定的，它不是生活本身，有的甚至与生活本身的逻辑也不一致；可另一方面，它又来自生活，它会使人联想起生活，使人感到比现实生活更加真实。从某种意义上说，文学是作者与读者达成的一种默契。读者可以允许作者去虚构，去假定。因此，虚拟性和假定性就成了文学形象的前提性条件。日月山川、草木虫鱼可以通人性，屈原可以上叩天庭之门，但丁可以下睹地狱之苦，孙悟空可以大闹三界，读者非但不指责其无稽虚妄，反而为这满纸"荒唐言"而忧喜悲欢。假如哪位作家为生活记了一笔流水账，人们反而要责怪他。然而文学形象的虚拟性和假定性是有一定限度的，超过这个限度，人们就会抱怨它不真实。所以，文学形象的假定性，还必须与真实性结合起来，就是说，要"合情合理"。

所谓"合理"，是文学形象真实性的客观规定性。这个"理"就是指生活的本质和规律，或指人类社会的现实关系，文学形象所使用的一切虚拟性、假定性手段，都要为表现或揭示这种"现实关系"及其本质规律服务。因此，不管读者面对多么荒诞虚妄的文学形象，仍然可以用自己在生活中领悟到的"理"加以衡量。如果是合"理"的，就认为是真实的，否则，便不真实。所谓"合理"，还意味着合乎理想。任何积极健康的理想都不同程度地反映了社会生活本质的发展规律，表达了人民群众的真诚而美好的愿望。所以，一旦文学形象的虚拟性和假定性用来表达某种积极美好的理想时，文学形象也获得了艺术的真实性，具有了艺术生命。

所谓"合情"，是指文学形象必须反映人们真切的感受，真挚的情感，真诚的意向。这几种因素在艺术表现中更具魅力，它们可以把看起来不真实的描写升华为艺术真实。李白写道："高堂明镜悲白发，朝如青丝暮成雪。"这种描写不应说是真实的，但李白写的是人生短暂的真切感受，所以读者也就把看似不真实的描写视为艺术真实了。卡夫卡的长篇小说《城堡》，叙述了土地测量员 K 用尽了毕生精力，也没能走进城堡的故事，荒诞离奇。但它却通过这个形象，揭示了生活中常有的境况：目的虽有，无路可循。这种来自生活体验的真诚意向，也能把荒诞化为真实。

在形象创造中，要求客观真理与主观感情统一，但有时也会产生矛盾，在情与理不一致的情况下，艺术的原则是"牵理就情"！刘勰说："情者文之经。"在形象塑造时，要充分考虑这一条艺术规律。总之，文学形象就是在这"合情合理"的尺度内，实现了假定与真实的统一。

第三，文学形象是个别和一般的统一。文学与科学认识对象的基本方式都是概括，但二者的概括方式是不同的。科学概括虽然也从对个别事物的调查研究入手，但在概括过程中要不断地摒弃个别，使科学概括最后在抽象的、一般的领域中运行。而文学形象作为艺术概括的方式，则始终不摒弃个别，而且还要强化它、突出它、丰富它，使个别成为独特的"这一个"；与此同时，这个"个别"又与"一般"相联系、相结合，个别与一般同步进行，最终达到个别与一般相统一的境地。卢卡契指出："每一种伟大艺术，它的目标都是要提供一幅现实的画像，在这里，现象与本质，个别与规律，直接性与概念等的对立消除了，以致两者在艺术作品的直接印象中融合成一个自发的统一体，对接受者来说是一个不可分割的整体。"[1] 这里所说的"现实的画像"，在文学中就是文学形象。这里提出的三对范畴，是从不同的侧面强调了文学形象的个别与一般相统一的特征。马致远的《天净沙》提供给我们的文学形象就是"一幅现实的画像"。它首先表现为一种现象的、个别的、具体的（卢卡契称为"直接的"）形象画面，然而它却是那个时代落魄天涯、羁旅异乡的人，特别是失意文人的痛苦心情的真实写照。画面呈现的虽是个别失意文人的凄苦情境，但它却概括了整个时代千千万万个知识分子前途渺茫、归宿不定的痛苦，有"以少总多""万取一收"的艺术效果，充分显示了文学形象的概括性特点。

第四，文学形象又是确定性与不确定性的统一。文学形象与其他门类的艺术形象相比，既有共同之处，也有相异之处。如具体可感的、概括的、能唤起美感的艺术世界，这是所有艺术形象的共性。但是，由于文学是一种"语言艺术"，它的形象不是直观的而是想象的，不是直接的而是间接的，因此文学形象与其他艺术形象相比，就具有了确定性与不确定性相统一的特征。

---

① [匈]卢卡契：《艺术与客观真实》，范大灿译，见《马克思主义文艺理论研究》第 2 卷，文化艺术出版社 1984 年版，第 429 页。

　　文学形象必须具备一些确定的因素。比如《红楼梦》中的林黛玉。作者通过对她的描写，告诉了我们许多仅属于林黛玉的确定的特征：她是林姑妈的女儿，宝玉的表妹；她不是一个丑陋的、健壮的、愚笨的姑娘，而是一个美丽的、聪慧的、纤弱而又多愁善感的少女。这些都是确定的。但是林黛玉具体怎样美丽，具有怎样的相貌，怎样的气质神韵，作者的描写又是极不确定的，只给读者提供几个比较的对象，让读者自己去想象和补充。请看贾宝玉眼中的林黛玉：

　　　　宝玉早已看见多了一个姊妹，便料定是林姑妈之女，忙来作揖。厮见毕归坐，细看形容，与众各别：两弯似蹙非蹙罥烟眉，一双似喜非喜含情目。态生两靥之愁，娇袭一身之病。泪光点点，娇喘微微。闲静时如姣花照水，行动处似弱柳扶风。心较比干多一窍，病如西子胜三分。

　　这中间就有太多的不确定因素。比如，什么是"似蹙非蹙罥烟眉"，什么是"似喜非喜含情目"，"态生两靥之愁"是何种"愁"，"娇袭一身之病"的娇态是什么样的，"姣花照水"是怎样的风情，"弱柳扶风"又是怎样的神韵，"心较比干多一窍"是聪明到什么程度，"病如西子胜三分"是美丽到什么地步，等等，都是只可想象、只可意会却难以言传的非确定因素，尽可以让读者调动自己的生活经验去想象、补充和创造。这种效果可以造成文学形象特有的朦胧的神韵。

　　文学形象的这种不确定性，不但是它的特点，也是它的优点。由文学形象不确定性所留给读者的想象的余地，更能使读者在想象和再创造中获得愉悦，从而使文学形象更富于魅力。在这一点上，其他艺术形象（音乐除外）则是无法与之相比的。改编成电影、戏剧的《红楼梦》，即使让最好的演员来演，对于那些读过小说的人来说，也总觉得失落了什么东西。其原因就是电影、戏剧把"不确定"的人物宝玉、黛玉等变成了确定性的活人，破坏了文学形象的不确定性和朦胧性，一定程度上限制了读者的想象，或者破坏了读者原有的想象。所以文学形象的不确定性是它的优点。反过来，不确定性却不能破坏确定性，朦胧性并不是模糊，艺术的辩证法要求通过不确定性的描写来加强文学形象的确定性特质，通过朦胧的描写使人表现出更为鲜明的个性特征。《红楼梦》中众女儿神态各异、性格不同，都是通过这种辩证描写达到的，它给我们提供了文学形象的确定性特征与不确定性特征相统一的很好的范例。

　　由于文学形象具有这样的可感性和艺术概括性，具有上述极富召唤力的审美特征，因而具有了更为独立的审美价值。更由于它处于文本表层结构与深层结构的中间地带，因此它是更为重要的中间层次。王弼说"尽意莫若象"，这是说它与深层结构的关系，又说"言生于象"，这是强调它对表层结构的作用。它一方面关系着深层结构的传达，另一方面又制约着表层结构的处理，因此文学形象层就成了艺术表现的中心。高尔基说："在诗篇中，在诗句中，占首要地位的必须是形象。"①

（三）　文学意蕴层

文学意蕴层是指文本所蕴含的思想、感情等各种内容，属于文本结构的纵深层次。由于形象具有指向性和包孕性，就使意蕴层呈现出多层次的丰富意蕴，一般又可以分出三个不同的层面：

第一是历史内容层。有的形象本身就包含了一定的历史内容。如《水浒传》，它描写了北宋时期一次声势浩大的农民起义，展示了农民阶级与封建统治阶级之间波澜起伏的斗争画卷，其历史内容就直接包含在作家创造的形象和形象体系之中。这样的小说的文学意蕴中包含着丰富的历史内容自不待言。有的文学作品的形象，虽然本身不含历史内容，却暗示了一定的历史内容。如李商隐的《乐游原》："向晚意不适，驱车登古原。夕阳无限好，只是近黄昏。"此诗所描写的形象是乐游原上黄昏时节的夕阳景色，但它却暗示出值得留恋的大唐帝国已日薄西山的历史内容。

第二是哲学意味层。文学的哲学意味早已被亚里士多德发现。他在《诗学》中说："写诗这种活动比写历史更富于哲学意味。"② 不少诗人，以表现哲学意味为最高艺术追求。什么是"哲学意味"呢？大家知道，哲学是人对宇宙人生的普遍规律的最高一级的思考与概括，它属于形而上的层次，是抽象的；"意味"则是一种不可言传、只可意会的感知因素，它属于形而下的层次，是具象的。二者通过形象引发的联想在深层意蕴中的有机结合，便是人们所说的哲学意味。陶渊明在《饮酒》中写道："结庐在人境，而无车马喧。问君何能尔？心远地自偏。采菊东篱下，悠然见南山。山气日夕佳，飞鸟相与还。此中有真意，欲辨已忘言。"诗中虽然也有历史的内容，然而诗人着重渲染的是这种闲适避世生活的情趣，其中"欲辨已忘言"的"真意"，更富哲学意味。这种哲学意味可以说是一种难以形诸笔墨的"象外之象""味外之味"和"言外之意"。

第三是审美意蕴层。并非只有历史内容、哲学意味俱全的作品才算上乘之

---

① ［苏］高尔基：《致华·阿·斯米尔诺夫》，《文学书简》下卷，曹葆华、渠建明译，人民文学出版社 1962 年版，第 302 页。

② ［古希腊］亚里士多德：《诗学》，陈中梅译，商务印书馆 1996 年版，第 81 页。

作。有些文学作品的意蕴比较单纯，甚至仅有审美意蕴这个层次，也可能成为脍炙人口的佳作。请看苏轼的《海棠》：

> 东风袅袅泛崇光，
> 香雾空濛月转廊。
> 只恐夜深花睡去，
> 故烧高烛照红妆。

此诗的意蕴单一而醇美，仅表现由海棠花的香艳所引起的诗人的兴奋和他那孩童般天真的爱美之情。这在现代诗文中也不乏例证。可见，"意蕴"之中，还应包括审美意蕴这个层面。一般来说，文本首先呈现的是审美意蕴层，其次才是历史意蕴层或哲学意味层，从而使文本的意蕴显得层层深入，美不胜收。总之，文学作品的文本就是这样，从外到内，层层溢美流芳，共同形成了它的"召唤结构"[①]和特有的艺术魅力。

　　文学形象，当其在表现人类审美理想方面取得突出成就时，就达到了艺术至境，具有了自己的高级形象形态。人类创造的艺术至境形态即文学形象的高级形态通常有三种：文学典型、文学意境和文学意象，统称艺术至境三美神。[②]分别简称典型、意境和意象。如果要问人类创造的艺术至境形态为什么是三种？这是一个既简单而又复杂的问题。就其"简单"而言，是因为在中西文学艺术史上只出现这三种高级形象形态，可以说还没有出现过第四种公认的形象形态和范畴；就其"复杂"而言之，这大约与人类精神需要的基本类型有关。清代叶燮在《原诗》中将"天地万物之情状"概括为事、理、情三个方面；德国古典哲学也认为，人类的精神需要可分为知、情、意三个方面，作为全面满足人类精神需要的文学艺术，便渐渐形成三种基本类型即写实型、抒情型（又称理想型）和象征型；形成三种艺术至境的基本形态即典型、意境和意象，让我们分述于后。

第二节　文　学　典　型

一、典型论的发展

典型（Tupos/type）基本上是西方文论创立的一个概念。它的发展大

---

① "召唤结构"（Appellstruktur）这一概念来自德国接受美学理论家伊瑟尔。
② 参见顾祖钊《人类创造艺术至境的三种基本形态》，《文艺研究》1990 年第 3 期。

致经历了三个阶段。17 世纪以前，西方的典型观基本上是类型说，强调典型的普遍性和类型性；18 世纪以后，开始由重视共性到重视个性的转变，形成了个性典型观占主导的时期；19 世纪 80 年代末，马克思主义典型观趋于成熟，把人类的典型理论发展到了一个崭新的阶段；进入 20 世纪之后，西方由于艺术中心的转移，关于典型的研究相对显得沉寂；而马克思主义典型观却在社会主义国家中得到了应用和发展，并且成为中心议题之一。典型论随着马克思主义在中国的传播，于五四运动以后传入我国。但真正的讨论和应用是在新中国成立之后开始的，曾先后出现过"阶级典型"说、"共性与个性统一"说、"共名"说、"必然与偶然联系"说和新时期以来出现的"个性出典型"说、"中介—特殊"说等。这些见解从不同角度逐步逼近了典型的本质和特征，丰富了马克思主义典型理论。但典型作为一种文学形象，一种审美形态，为什么偏要以哲学眼光来审视呢？为什么不应当以审美的眼光直接去把握它的本质呢？这就是我们的新的典型观的出发点。

二、文学典型的美学特征

文学典型是文学形象的高级形态之一。它除具有一般文学形象的特征之外，还比一般文学形象更富于艺术魅力，表现出更鲜明的特征性。因此，我们给文学典型以这样的定义：作为文学形象的高级形态之一，典型是文学言语系统中显出特征的富于魅力的性格。它在叙事性作品中，又称典型人物或典型性格。典型通常有如下美学特征：

（一）文学典型的特征性

马克思在《致斐·拉萨尔》的信中批评拉萨尔说："我感到遗憾的是，在人物个性的描写方面看不到什么特色。"（对于这条译文，朱光潜认为："据原文，这句话应该译为在'剧中人物身上看不到什么显出特征的东西'。"）① 在这里，马克思提出了审视典型的一个重要原则，即特征性原则。"特征性"是典型的一个重要美学特点。

"特征"（Charakteristische/characteristic）的概念，是由德国艺术史家希尔特（Hirt，1759—1839）提出来的，黑格尔认为他是"现代一位最伟大的艺术鉴赏家"。所谓"特征"，就是"组成本质的那些个别标志"，是"艺术形象中

---

① 马克思：《致斐·拉萨尔》（1859 年 4 月 19 日），《马克思恩格斯选集》第 4 卷，人民出版社 1995 年版，第 555 页。此处更为准确的翻译，参见朱光潜《西方美学史》下卷，人民文学出版社 1979 年版，第 718 页。

个别细节把所要表现的内容突出地表现出来的那种妥帖性"①。在希尔特的启发下，黑格尔曾把"特征性原则"当做艺术创作的重要原理加以提倡。就内涵而言，"特征"具有两种属性：其一，它的外在形象极其具体、生动、独特；其二，它通过外在形象所表现的内在本质又是极其深刻和丰富的。"特征"是生活的一个凝聚点，现象和本质在这里相连，个别与一般在这里重合，形与神在这里统一，意与象在这里聚首，情与理在这里交融。作家在创造典型时，只要能准确地捕捉到这个"凝聚点"，加以强化、扩大和生发，就可能成功地塑造出典型来。所以，我们把作家抓住生活中最富有特征性的东西加以艺术强化、生发的过程，叫做"特征化"。文学典型作为这种"特征化"的最佳结果，必然最富于特征性，或者说是最鲜明地显示自己的特征性，所以，"特征性原则"就成了文学典型的首要的和基本的特点。

如上所述，"特征"，可以是一句话、一个细节、一个场景、一个事件、一个人物等，高明的作家可以通过特征化把以上各个因素，单独变为传世之作。陆游的《示儿》把临终的一句遗言变成千古名篇；契诃夫把"打喷嚏"一个细节生发成一篇名扬四海的小说；杜甫的《兵车行》是通过一个场景，给我们留下大唐帝国穷兵黩武给人民带来深重灾难的历史画卷；鲁迅通过人血馒头治痨病这件事，揭示了中华民族深刻的历史教训和悲剧命运的根源；尤奈斯库在《秃头歌女》中通过"夫妻对面不相识"的人际关系，让人产生透心的悲凉。也就是说，上述因素无论哪一个被"特征化"了，都可以产生不朽之作，可见"特征化"在艺术表现中的巨大能量。所以"特征"的特点在于"用最小的面积惊人地集中了最大量的思想"②。然而，文学典型的特征化原则还要求调动一切表现力，为形成文学典型的"总特征"服务。这样，文学典型的"特征性"，就要分两个层次来理解了。

首先，文学典型必须具有贯穿其全部活动的、统摄其整个生命的"总特征"。黑格尔认为，"性格的特殊性中应该有一个主要的方面作为统治方面"③，它就是能"把一切都融贯成为一个整体的那种深入渗透到一切的个性……这种个性就是所言所行的同一泉源，从这个泉源派生出每一句话，乃至思想、行为举止的每一个特征"④。凡是世所公认的典型，无不具有这个"总特征"，而且典型的品位越高，这个总特征越鲜明。歌德说，莎士比亚的《哈姆雷特》

---

① 〔德〕黑格尔：《美学》第 1 卷，朱光潜译，商务印书馆 1979 年版，第 22 页。

② 〔法〕巴尔扎克：《论艺术家》（1830），盛澄华译，见王秋荣编《巴尔扎克论文学》，人民文学出版社 1986 年版，第 10 页。

③ 〔德〕黑格尔：《美学》第 1 卷，朱光潜译，商务印书馆 1979 年版，第 304 页。

④ 〔德〕黑格尔：《美学》第 3 卷下册，朱光潜译，商务印书馆 1979 年版，第 265 页。

是把一件伟大的事业担负在一个不能胜任的人身上，这出戏完全是在这个意义上写成的。① 这就是哈姆雷特的"总特征"。此外，如阿 Q 的"精神胜利法"，林黛玉的"多愁善感"，堂·吉诃德的"善良的愚蠢，天真的癫狂"，等等，只要读者一接触他（她），便会有别人不具备的特征扑面而来。这些总特征往往贯穿于他（她）的全部行动，融化于他（她）的血液，深入他（她）的每个毛孔，成为他（她）的灵魂和中枢神经，成了统摄其整个生命的东西。一个人物只要有了这样的特征，他（她）便"活"了，具有了艺术的生命力。

其次，文学典型还必须通过局部"特征"，反映和形成总特征。也就是要调动言语的特征性、细节的特征性、场景的特征性、事件的特征性等，为反映和形成"总特征"服务。高晓声的小说《陈奂生上城》写的事件是那么简单：一个卖油绳的普通农民陈奂生，承蒙县委书记的关心住进了县招待所，不得不心疼地付出五元钱住宿费，可他"因祸得福"，这个坐过县委书记的吉普车并住过五元一夜招待所的陈奂生，从此遐迩闻名了。这个从生活中提炼出来的简单事件，看似是局部的，却是富有特征意义的。它扭结了现实生活中那么丰富而深刻的东西，吸引着人们去玩索、探究它的象外之旨，弦外之音。艺术实践证明，凡是把以上诸种因素调动得愈充分、愈集中，其人物的性格的总特征便愈鲜明，愈有可能成为文学典型。

（二）文学典型的艺术魅力

马克思赞扬希腊神话时，说它们"仍然能够给我们以艺术享受，而且就某方面说还是一种规范和高不可及的范本"，因而"显示出永久的魅力"。同时，他又希望，人类在步入成年之后，应能在"更高的阶梯上把儿童的真实再现出来"②。显然，富于艺术魅力，也是马克思主义典型观的应有之义。确实，凡是在文学史上可以称为典型的文学形象，都具有永恒的艺术魅力。莎士比亚的《哈姆雷特》于 1601 年问世，几百年过去了，从西方演到东方，至今仍然受到广大观众的欢迎。同样道理，堂·吉诃德在中国一样引起哄堂大笑，《三国演义》在日本、韩国引起的轰动也不亚于在中国，林黛玉已从古代"活"到现代，阿 Q 已从东方步入西方，文学典型总是这样没有国界，超越时空，而富于永久的艺术魅力。

然而艺术魅力却是一个模糊性概念。这是文学作品的诸种审美素质衍生出来的综合性审美效应，或者说是文学作品的总体审美效果。自然，它要在文学

---

① 参见［德］歌德《威廉·迈斯特的学习时代》，薛诗绮译，见伍蠡甫主编《西方文论选》上卷，上海译文出版社 1979 年版，第 452 页。

② 马克思：《〈政治经济学批判〉导言》，《马克思恩格斯选集》第 2 卷，人民出版社 1995 年版，第 29 页。

典型上更为集中地表现出来。

首先，文学典型的艺术魅力，应当是来自性格的一种生命的魅力。这种"生命的魅力"，首先在于典型人物的生命所呈现的斑斓色彩，即性格侧面的丰富多彩。文学典型呈现的精神世界是如此丰富，往往令读者叹为观止。例如，《红楼梦》中的林黛玉，她的一颗心灵显得那样晶莹，那样高洁，那样美丽可爱。她多彩的性格侧面主要有三个：那是聪慧过人的、柔情万种的、缠绵悱恻的、富于幻想的、向往着美好爱情的少女之心；又是诗意充盈的、敏感多思的、眼光超越的、痛苦忧伤的、向往着自由和舒展个性的诗人之心；还是一颗饱读诗书的、超凡脱俗的、峻逸高洁的、孤独自傲的、宁折不弯的富于东方文化特色的士子之心。然而，由肉眼凡胎支配的世俗环境，也给这颗心打上了社会的和时代的烙印。这使她既有贵族少女的孤僻、乖张，又有着世俗女子的软弱和小性儿。使她的恋爱史，几乎成了不断地拌嘴、误解和流泪的历史；使她的叛逆和反抗多存在于心灵的领域，并很难冲破封建礼教的规范，因而只能是无济于事的、仅以眼泪和生命相拼的反抗。然而，林黛玉心灵的这一面，从艺术上看，无疑又增添了她的性格的悲剧美，其性格中世俗性与非世俗性的矛盾，拓展了生命的张力，更显得这一形象有血有肉、丰富多彩，而具有无穷的艺术魅力。

其实，林黛玉性格和生命所呈现的斑斓色彩，正是人类典型塑造艺术追求的一种合乎规律的表现。如前所述，18世纪以前，典型的塑造一般还是类型化的，人物的性格往往是单色调的，而到了19世纪，随着西方现实主义达到高潮，人物性格的描写也由简单到复杂，像托尔斯泰的作品那样，使人物性格从心灵到行动都得到了多层次、多侧面的展现。安娜·卡列尼娜的性格描写，展现了女人——这一上帝的杰作所包含的母性、妻性、女儿性的丰美的意蕴及其生命的奇光异彩。写实文学的艺术至境追求，已经发展到了以塑造性格复杂丰满的"圆型人物"为美的阶段。黑格尔早就对这种理想的"范型"作过呼唤。他说："性格同时仍需保持生动性和完满性，使个别人物有余地可以向多方面流露他的性格……把一种本身发展完满的内心世界的丰富多彩性显示于丰富多彩的表现。"[①]看来，林黛玉性格的丰富多彩性，并非出于偶然。

其次，典型性格的艺术魅力更来自它所显示的灵魂的深度。黑格尔说："一个艺术家的地位愈高，他也就愈深刻地表现出心情和灵魂的深度，而这种心情和灵魂的深度却不是一望可知的，而是要靠艺术家浸沉到外在和内在世界

---

① ［德］黑格尔：《美学》第1卷，朱光潜译，商务印书馆1979年版，第304页。

里去深入探索，才能认识到。"① 因此，所谓"灵魂的深度"，应是作家艺术家的慧眼所在，是他们超越群侪的标志，更是文学典型的必备品格。它大致可以从三个方面去理解：

一是看它在何种程度上表达了人类解放自身的要求和改变现存秩序的愿望。例如，林黛玉所具有的情感和灵魂的深度是震撼人心的。她以热烈执着的情感，表达了对爱情自由的憧憬，这种个性解放的追求，正与人类解放自身的愿望相统一；然而林黛玉却不是《西厢记》里崔莺莺那样的"爱情鸟"，在她的爱情追求中，明显地包含着深刻的反叛性内容。她全不把贵族阶级的富贵尊荣、仕途经济放在眼里，甚至蔑视整个现存秩序的事态人情，她之所以一往情深地把爱情献给贾宝玉，就是因为贾宝玉乃是她志同道合的知己。于是，这对贵族青年的爱情故事，便具有了与封建社会格格不入的民主化色彩。

二是要看灵魂所显现的历史真实的程度。真实性既是艺术创造价值的重要一维，又是马克思主义典型观的核心命题，它为艺术典型规定了严格的历史尺度，要求典型的真实含有更丰富深刻的历史意蕴。他们提倡对现实关系的真实描写，希望通过卓越的个性刻画，能揭示出更多的政治和社会的真理，体现出历史发展的必然趋势。总之，要求典型当它以扑面而来的"特征"进入我们视野的时候，便能以它所揭示的现实关系的真理、真相引起欣赏者的强烈共鸣。如果透过典型人物的灵魂和命运所揭示的真理、真相十分深刻，不仅与读者尚处于感性状态的生活体验相一致，而且还能帮助读者把他对生活的体验提高一步，从而把握了社会生活更深层次的本质，弄清了真相，懂得了真理，读者便会拍案叫绝，形成一种震撼灵魂的审美激动，产生一种刻骨铭心的艺术感染，使人终生难忘。

值得说明的是，典型人物"灵魂的深度"，不仅表现在符合历史真实的尺度上，而且还表现在从典型人物灵魂里所折射出的作家人格的真诚里。《庄子·渔父》中说："真者，精诚之至也。不精不诚，不能动人。"文学典型的灵魂，往往是作家的人格和情感"精诚之至"的表现，虽非直接的表现，却是从人物灵魂的深处辐射出的一种感觉得到的存在。而且，愈有这种辐射力的灵魂，则愈显其深度和魅力。阿Q的灵魂之所以感人至深，是因为阿Q的背后分明站着一个爱恨交织的鲁迅，他那"哀其不幸，怒其不争"的复杂情感态度，犹如一个慈爱的母亲流着泪去鞭打那个她倾注着厚爱的不争气的儿子，透过阿Q可悲可笑的"行状"，我们仍能体会到他那特有的"哀"和"怒"，和一个"精诚之至"的爱国者所特有的伟大人格。由于作家那颗滚烫的心至诚至真，所

---

① ［德］黑格尔：《美学》第 1 卷，朱光潜译，商务印书馆 1979 年版，第 35 页。

以，由它所铸造的形象和灵魂也随之华光四射，感天动地，从而与前述的历史真实汇为一种摄魂夺魄的真实性与深刻性，辐射出无穷的艺术魅力。

三是要看性格和灵魂是否合乎理想。黑格尔说，"艺术可以表现神圣的理想"，所以，他直接称典型为"理想"（ideal），认为它是"心灵"的产物，是"符合心灵（愿望）的创造品"，因此，它"比起任何未经心灵渗透的自然产品要高一层"。[①] 黑格尔这里所说的"理想"，主要是指理想的审美的范型模式即典型形象。它已经不是自然形态的东西，而是合乎人类心灵愿望的审美的升华物了。审美升华是人类的艺术创造力在一定的历史时空中，把他们的审美理想张扬到登峰造极程度的体现。显然，上述文学典型的性格之所以那样五彩斑斓，灵魂的深度之所以那样真实深刻，就是典型塑造中这种审美升华的结果。也就是说，文学典型更集中地体现了审美理想，审美理想的魅力，也造成了文学典型的艺术魅力，造成了它的灵魂的深度。明白了这些道理，我们就会懂得：为什么关羽、张飞、诸葛亮这些带有类型化特征的典型人物，至今为人们所喜爱？因为他们合乎理想；为什么像贾宝玉、林黛玉这样显示出生命的斑斓色彩和复杂性格的"圆型人物"出现后，作为"扁平人物"的众多艺术形象仍有艺术魅力？是因为他们的性格虽然是单色的，但他们的灵魂却是有深度的。因此，判断典型人物的艺术质量，不应简单以是否属于"圆型人物"为标准，而更应该以是否具有"灵魂的深度"、是否符合人类的理想为尺度。

三、典型环境中的典型人物

（一）什么是典型环境

关注人物与环境的关系，并非自马克思、恩格斯开始，除黑格尔外，18世纪法国启蒙思想家狄德罗也注意到了这一问题，他认为"人物的性格要根据他们的处境来决定"[②]。自然主义者左拉也论述过"环境"，并且提出："要使真实的人物在真实的环境中活动。"[③] 然而启蒙主义者所理解的环境，主要指自然环境；黑格尔所说的环境，是由绝对理念转化而成的一般世界情况和具体自然环境。自然主义者所说的环境，主要是从生物学和遗传学的眼光所看到的个人生活的狭小天地和地理条件。他们都是历史唯心主义者，因而既不能揭示环境的本质，也不能正确地阐明人物与环境的真正关系。马克思、恩格斯第

---

① ［德］黑格尔：《美学》第 1 卷，朱光潜译，商务印书馆 1979 年版，第 37 页。

② ［法］狄德罗：《论戏剧艺术》，陆达成等译，见伍蠡甫主编《西方文论选》，上海译文出版社 1979 年版，第 363 页。

③ ［法］左拉：《论小说》，柳鸣九译，见《古典文艺理论译丛》第 8 册，人民文学出版社 1964 年版，第 122 页。

一次以历史唯物主义的观点科学地阐明了人们的生活环境与人物性格形成的关系，并以历史唯物主义的眼光观察文学创作，提出了"真实地再现典型环境中的典型人物"的命题。这是对典型理论的重大贡献。恩格斯在《致玛·哈克奈斯》的信中写道：

> 据我看来，现实主义的意思是，除细节的真实外，还要真实地再现典型环境中的典型人物。您的人物，就他们本身而言，是够典型的；但是环绕着这些人物并促使他们行动的环境，也许就不是那样典型了。[①]

其实，这是与马克思和恩格斯一贯主张的"对现实关系的真实描写"的思想一致的。所谓典型环境，不过是充分地体现了现实关系真实风貌的人物的生活环境。它包括以具体独特的个别性反映出特定历史时期社会现实关系总情势的大环境，又包括由这种历史环境形成的个人生活的具体环境。

所谓"社会现实关系的总情势"，包括两方面的内容，一是现实关系的真实情况，二是时代的脉搏和动向。这种"总情势"往往不是直接的、公开呈现的，而是一种隐匿的、潜伏的客观存在，只有到了社会矛盾激化的阶段才会明朗。因此，作家能否抓住它而且如实地表现出来，才最见其功力。它直接牵涉一位作家的思想水平和洞察生活的能力。《城市姑娘》成书后不久，伦敦街头就爆发了大规模的工人运动。这说明哈克奈斯的环境描写不够真实。在哈克奈斯深入伦敦街头和写小说期间，那里一定潜伏着某些革命的潜流，由于哈克奈斯仅能以人道主义的同情和空想社会主义的眼光观察生活，自然捕捉不到现实关系的真实情况和时代的脉搏，因此她笔下的环境描写也就失去了典型性。

值得说明的是，我们要求典型环境要充分体现现实关系，并不等于说典型环境只能有一种模式、一种风貌。由于上述"现实关系总情势"的隐匿性，而它所联系的现象又无比丰富，所以作家完全有可能选择富有特征性的细节、场面和场景，加工成独特的典型环境。其次，每个时代的现实关系，都是通过个别的、具体的社会环境体现出来的。比如辛亥革命时期的现实关系，可以在广州反映出来，也可以在北京反映出来；可以通过市民生活环境反映出来，也可以如鲁迅那样通过中国南方农村的一个村庄反映出来。具体环境的个别性和特殊风貌，也会加强典型环境的个性特色。因此，所谓典型环境，也是特定的"这一个"，是富有特征的个别性和概括性的有机统一，任何公式化、概念化

---

① 恩格斯：《致玛·哈克奈斯》（1888 年 4 月初），《马克思恩格斯选集》第 4 卷，人民出版社 1995 年版，第 683 页。

的描写都不算是典型环境。

（二）典型环境与典型人物的关系

恩格斯的"真实地再现典型环境中的典型人物"的命题，科学地揭示了典型人物与典型环境的辩证关系。一方面典型性格是在典型环境中形成的。所谓环境，就是形成人物性格"并促使他们行动"的客观条件。优秀的文学作品，总是让它的人物在环绕着他们的特殊环境中形成。《红楼梦》中"多愁善感"的林黛玉，就是环绕着她的典型环境的产物。她自小多读诗书，才思聪慧，使她善于思考。幼年失去母亲，礼教的约束相对少点，才有了个性自由滋生的空间。寄居贾府之后，贾府所需要的却是宝钗那样的女性，客观环境与她自由的个性形成了强烈的冲突，造成了她与环境的格格不入。环境对她犹如"一年三百六十日，风刀霜剑严相逼"。在这个黑暗王国里，她唯一的知己便是贾宝玉，唯一的温馨和希望来自那被黑暗势力包围着的爱情。虽然在爱情的天国里，他们可以互道衷肠，驰骋叛逆的梦想，但不利的环境又使她敏感的神经常常产生种种不祥的预感，再加上寄人篱下的凄苦与孤独，她便常常"临风落泪，对景伤情"。林黛玉从内蕴到外形就是这样被环境决定着的。典型环境不仅是形成人物性格的基础，而且还逼迫着人物的行动，制约着人物性格的发展变化。优秀的文学产品，总是自觉不自觉地符合这一艺术规律。《水浒传》中的林冲，本是东京八十万禁军教头，宋王朝的高级官吏，要这样的人造反是不容易的。小说在前后五回里，通过"岳庙娘子受辱""误入白虎堂""刺配沧州道""大闹野猪林""火烧草料场""风雪山神庙"等情节，让他与环境发生强烈的冲突，而被一步一步地逼上梁山。这充分显示了环境对人物行动的制约和决定作用。

另一方面，典型人物也并非永远在环境面前无能为力，在一定条件下，他又可以对环境发生反作用。阿 Q 在未庄本是微不足道的，但当他从城里回来，把满把的铜的和银的向酒店柜台上一甩，地位便立刻改观，一度竟成了未庄人注意的中心，赵太爷一家静候的客人。特别是当革命的风声传到乡下，阿 Q 大叫："造反了！"又立刻改变了他与未庄的现实关系，连赵太爷这样的人物，见了阿 Q 也害怕，低声下气地喊："老……老 Q。"充分显示了人物在一定条件下，对环境的反作用。这种现象在无产阶级英雄典型那里表现得尤其充分。通过人物的努力可以把法庭变成讲台（如高尔基《母亲》），把监狱变成战场（如《红岩》），可以改变穷山恶水，可以带来周围人物思想和精神面貌的巨大变化，甚至推动历史的前进。

典型环境与典型人物的关系还有互相依存的一面，失去一方，另一方也就不复存在。典型人物的刻画是离不开典型环境的，典型环境是典型人物赖以生存发展的现实基础，没有典型环境，典型人物的言谈、行动甚至心理都失去了依据，成了无源之水，无本之木。反过来，典型环境是以典型人物为中心的社会关系系统。如果失去了典型人物，这个系统便失去了中心，失去了联系的纽带，环境便成了一盘散沙，也失去了存在的意义和形成的可能。所以，恩格斯关于"真实地再现典型环境中的典型人物"的命题，是一个整体性命题，不宜拆开来理解。

　　总之，典型是显示出特征的、富有艺术魅力的人物性格。作为文学形象的高级形态，它一般包含着更为丰厚的历史内容，成为人类通过文学认识生活的方式之一，所以，它常常是叙事文学的至高的美学追求，是人物塑造达到艺术至境的标志。

第三节　意　　境

一、什么是意境

　　意境是我国古典文论独创的一个概念。它是华夏抒情文学和抒情理论高度发达的产物。早在《庄子·齐物论》中已有关于"自由之境"的讨论。① 刘勰《文心雕龙·隐秀》中已开始将"境"的概念用于诗歌理论，盛唐之后，文学意境论开始全面形成。相传王昌龄作的《诗格》中，就直接使用了"意境"这个概念。但他当时的意思，只是诗境三境中的一境：

　　　　诗有三境。一曰物境：欲为山水诗，则张泉石云峰之境，极丽绝秀者，神之于心，处身于境，视境于心，莹然掌中，然后用思，了然境象，故得形似。二曰情境：娱乐愁怨，皆张于意而处于身，然后驰思，深得其情。三曰意境：亦张之于意而思之于心，则得其真矣。

这段话从诗歌创作的角度，分析了意境创造的三个层次。认为要写好"物境"，必须心身入境，对泉石云峰那种"极丽绝秀"的神韵有了透彻了解之后，才能逼真地表现出来；描写"情境"需要作者设身处地地体验人生的娱

---

　　① 初文无"境"字，故《庄子》中凡境字之义处，皆用"竟"。如"荣辱之竟"出自《庄子·逍遥游》，见（清）王先谦撰《庄子集解》，中华书局1987年版，第4页。"是非之竟"出自《庄子·秋水》，见（清）王先谦撰《庄子集解》，中华书局1987年版，第147页。"振于无竟故寓诸无竟"出自《庄子·齐物论》，见（清）王先谦撰《庄子集解》，中华书局1987年版，第26页。是一种"自由之境"和"无限之境"的意思。

乐愁怨，有了这种情怀，才能驰骋想象，把握情感，深刻地把它表现出来；对于"意境"，作家必须发自肺腑，得自心源，这样的意境才能真切感人。日本僧人遍照金刚在《文镜秘府论》还记载了王昌龄对意与景的关系的探讨："诗一向言意，则不清及无味；一向言景，亦无味；事须景与意相兼始好。"这些都是前无古人的深刻见解。王昌龄之后，诗僧皎然在《诗式》中又把意境的研究推进了一步，提出了诸如"缘境不尽曰情""文外之旨""取境"等重要命题，全面发展了意境论。中唐以后，刘禹锡在《董氏武陵集记》一文中提出了"境生于象外"的观点，晚唐司空图在《诗品》中对此加以生发，提出了"象外之象，景外之景"和"韵外之致""味外之旨"等观点，进一步扩大了意境研究的领域。至此，意境论的基本内容和理论构架已经确立。总的来说，它有两大因素、一个空间，即情与景两大因素和审美想象的空间。这就是所谓"境"。这个"境"包括两个部分，即"象"和"象外之象"，也就是下面我们将要论述的实境和虚境。此后，意境论逐渐成了我国诗学、画论、书论的中心范畴，历代都有学者文人对它作补充、发挥，清末王国维是意境论的集大成者。

可是，由于意境概念历经了千余年的沿革变化，更由于南宋以后意境与境界概念的混用，其内容更为丰富复杂。有人统计，它几乎有四大类十种以上的含义和界说。主要是"情景交融"说、"典型形象"说、"想象联想"说和"情感气氛"说。意境成了一个无所不包的综合性概念。但是，当一个概念被引申得无所不包时，也就失去了理论意义。所以，我们主张以意境创立时的基本意义为准，来界定意境概念的内涵，让意境作为一个表意单纯的概念进入现代文艺学，而把此外的诸多含意，让给更为宽泛的概念"境界"去承担，从而区分"意境"与"境界"的不同。① 这样，我们才能对意境作出适当的界说：意境是指抒情性作品中呈现的那种情景交融、虚实相生的形象系统，及其所诱发和开拓的审美想象空间。它同文学典型一样，也是文学形象的高级形态之一。

二、文学意境的特征

（一）情景交融

情景交融是意境创造的表现特征。王国维在《文学小言》中说："文学中有二元质焉：曰景，曰情。"意境创造就是把二者结合起来的艺术。由于它直接关系着意境的生成，所以古人在这方面研究得十分深透。南宋范晞文在

---

① 关于意境基本含义的讨论，参见顾祖钊《艺术至境论》第三章第一节，百花文艺出版社1992年版，第135～147页。

《对床夜语》中说："情景相融而莫分也。"清人王夫之论述得更为精要，其《姜斋诗话·卷上》说："情景虽有在心在物之分，而景生情，情生景，哀乐之触，荣悴之迎，互藏其宅。"在《姜斋诗话·卷下》又说："情、景名为二，而实不可离。神于诗者，妙合无垠。巧者则有情中景，景中情。"他们都认为情景交融是意境创造的方式，而且好的诗人，如王夫之《唐诗评选·卷四》所说，还能够"景中生情，情中含景"。这就揭示了情景交融的两种主要表现方式。如果把居于二者之中的也算作一类，那么，就有了三种情景交融的不同类型：第一是景中藏情式。在这一类意境创造中，作家藏情于景，一切都通过逼真的画面来表达，虽不言情，但情藏景中，往往更显得情深意浓，如李白的《送孟浩然之广陵》：

> 故人西辞黄鹤楼，
> 烟花三月下扬州。
> 孤帆远影碧空尽，
> 唯见长江天际流。

这首诗全是对客观景物的具体描写，字面上一点也没有透露出对友人的态度。但从那烟花三月、黄鹤楼头的美好景色中，已透露出对友人的祝福；诗中也没有直抒对友人依依不舍的眷恋，而是通过孤帆消失，江水悠悠和久伫江边若有所失的诗人形象，表达得情深意挚。表面上这首诗句句都是写景，实际上却句句都在抒情，真是一切景语皆情语。这类作品在现代诗歌和散文中也并不少见，朱自清的《荷塘月色》、鲁迅的《秋夜》等均属这一类。

　　第二是情中见景式。这种意境的创造方式，往往是直抒胸臆。有时不用写景，但景却历历如见。请看唐朝诗人陈子昂的《登幽州台歌》：

> 前不见古人，
> 后不见来者！
> 念天地之悠悠，
> 独怆然而涕下。

这首诗中虽不见景物描写，但当你了解了陈子昂写诗时的险恶处境和痛苦心情之后，你的面前便会出现一幅闪耀着血泪之光的图画：一片浩渺无际的天宇，一座兀然耸立的高台，一位独立苍茫的诗人。在诗人的悲怆中，你仿佛会看到昔日燕昭王在此招贤纳士的历史画面；会推想到唐王朝武氏专权的可怕世态；

更会体味到诗人报国无门的悲愤和天才末路的痛苦。而且这些历史的和现实的、宇宙的和人生的因素，都会随诗人情感的喷发变成感人的色彩和旋律，弥漫了整个空间。这也就是诗人为你开创的那个审美想象的空间，在这个空间中，一切都成了有形的图画，这就叫做"情中见景"。李白的《月下独酌》《行路难》，陆游的《示儿》等名篇，都是通过这种方式创造了意境。

第三种是情景并茂式。这一类是以上两种方式的综合型，抒情与写景在这里达到了浑然一体的程度。如杜甫的《闻官军收河南河北》：

剑外忽传收蓟北，初闻涕泪满衣裳。
却看妻子愁何在？漫卷诗书喜欲狂。
白日放歌须纵酒，青春作伴好还乡。
即从巴峡穿巫峡，便下襄阳向洛阳。

这首诗欢畅明快，一气贯注：诗人为收复蓟北的消息激动得老泪纵横，妻子和儿子都消失了愁容。诗人胡乱卷起诗书，欢喜若狂，又放歌纵酒，手舞足蹈，畅想回家的路线，浑然不知自己已像一个天真烂漫的儿童。诗中处处情态毕现，情景并茂，自然天成。苏轼的《念奴娇·赤壁怀古》，毛泽东的《贺新郎》（赠杨开慧）、《沁园春·长沙》，都属于这一类。

用以上三种情景交融的意境创造方式，都可以写出上乘的作品来，因为方法本身是没有高下之分的。

（二）虚实相生

这是意境创造的结构特征。虚与实这对哲学范畴，在我国古典文论中有广泛的应用，在意境结构论中也表现出来。欧阳修曾在《六一诗话》中记载友人梅尧臣的说法："必能状难写之景，如在目前，含不尽之意，见于言外，然后为至矣。"这句话的含意十分丰富，其中有一层告诉我们，意境包括两个部分：一方面是"如在目前"的较实的因素；另一方面是"见于言外"的较虚的部分。意境从结构上看，正是二者的结合。所以后人干脆提出了"全局有法，境分虚实"①的主张，把意境中较实的部分称为"实境"，把其中较虚的部分称为"虚境"。实境是指逼真描写的景、形、境，又称"真境""事境""物境"等；而虚境则是指由实境诱发和开拓的审美想象的空间。它一方面是原有画面在联想中的延伸和扩大，另一方面是伴随着这种具象的联想而产生的对情、神、意的体味与感悟，即所谓"不尽之意"，所以又称"神境""情境"

① 黄宾虹：《画谈》，《黄宾虹文集·书画编》下，上海书画出版社1999年版，第165页。

"灵境"等。以南宋诗人叶绍翁《游园不值》为例：

> 应怜屐齿印苍苔，
> 小扣柴扉久不开。
> 春色满园关不住，
> 一枝红杏出墙来。

诗中描写诗人去游一座花园，但园中无人，久扣柴扉而不开，十分扫兴。这样好的园子，门前的台阶上都长满了青苔，说明一向游人甚少，更添了一层遗憾和惋惜。但诗人能突然于失望与遗憾中翻出一层新意：写一枝怒放的红杏不甘寂寞，伸出墙外。它那盎然的生机已足以引起诗人对满园春色的联想。园虽未入，可园内的一切均可想而知了，诗人由扫兴变为高兴。此诗具体描写的园外之景，就是实境。而诗人不得进门的遗憾，由一枝红杏引起的怦然心动的愉悦，以及由此引起的对满园春色、百花盛开的推测与联想，则是由实境开拓的第一层审美想象的空间；由于红杏的探头墙外，紧闭的园门与联想中的满园春色，又构成了新的矛盾关系，从而把人引入哲理的思考，得出美好的东西总是关锁不住的结论，这是由实境开拓的第二层审美想象空间。这第二层审美想象的空间，便是虚境。

虚境是实境的升华，它体现着实境创造的意向和目的，体现着整个意境的艺术品位和审美效果，制约着实境的创造与描写，处于意境结构中的灵魂和统帅的地位，因此才有神境、灵境的别名。我国文论历来十分重视虚境的这种重要作用。皎然《诗式》说："夫诗人之思，初发取境偏高，则一首举体便高；取境偏逸，一首举体便逸。"① 这里说的"取境"，是指对虚境的提炼和设想。皎然认为，它在意境中处于核心统帅的地位。但是，虚境不能凭空而生，核心并不等于艺术表现的重心。在意境创造过程中，一切还必须落实到实境的具体描绘上。清人许印芳对这一重要问题曾有很好的阐释。其《〈与李生论诗书〉跋》说：

> 功候深时，精义内含，淡语亦浓；宝光外溢，朴语亦华。既臻斯境，韵外之致，可得而言，而其妙处皆自现前实境得来。②

---

① （唐）皎然：《诗式·辩体有一十九字》，见李壮鹰《诗式校注》，人民文学出版社 2003 年版，第 69 页。

② （清）许印芳：《〈与李生论诗书〉跋》，《许印芳诗论评注》，张文勋、郑思礼、姜文清编，云南教育出版社 1992 年版，第 68 页。

也就是说，再好的虚境，也要由实境得来。虚境与实境看似两个部分，但一到艺术表现时，功夫全要落实到对实境的描写上。那么，怎样通过实境的描写完美地表达出虚境呢？古人也总结了一条艺术规律，即"真境逼而神境生"①。清雍正时期的画家邹一桂在《小山画谱》中说得更为清楚：

> 人言绘雪者，不能绘其清；绘月者，不能绘其明；绘花者，不能绘其馨；绘人者，不能绘其情；此数者虚，不可以形求也。不知实者逼肖，虚者自出，故画北风图则生凉，画云汉图则生热，画水于壁，则夜闻水声。谓为不能者，固不知画也。②

这里强调的"实者逼肖，虚者自出"，道出了意境创造的奥秘。然而"实者逼肖"，并非是照抄生活，而是要在设想中的虚境指导下对生活物象进行选择、提炼和加工。这种选择、提炼和加工，都是以更好地表达或开拓虚境为目的，既求形似，又求神似，而且后者更为重要。总之，虚境要通过实境来表现，实境要在虚境的统摄下来加工。这就是"虚实相生"的意境的结构原理。

（三）韵味无穷

这是意境的审美特征。"韵味"是指意境中所蕴含的那种咀嚼不尽的美的因素和效果。它包括情、理、意、韵、趣、味等多种因素，因此有"韵""情韵""韵致""兴趣""兴味"等多种别名。南朝宋代刘义庆、齐代谢赫、梁代萧子显等提倡的"气韵"，刘勰、钟嵘提倡的"余味"和"滋味"，晚唐司空图在此基础上创立的"韵味"说，都是对意境的这种审美特征的追求。明朝陆时雍在《诗镜总论》中说："有韵则生，无韵则死。有韵则雅，无韵则俗。有韵则响，无韵则沉。有韵则远，无韵则局。物色在于点染，意态在于转折，情事在于犹夷，风致在于绰约，语气在于吞吐，体势在于游行，此则韵之所由生矣。"③ 看来韵味的确是诗美不可缺少的因素，更是意境的一个突出的特征。而所谓"韵味"，就是由物色、意味、情感、事件、风格、语言、体势等因素共同构成的美感效果。它虽然从属于整个文体层面，但在意境这种内蕴的领域表现得更为突出集中。这使意境的审美特征必然是富于韵味的，余韵无穷的。请看相传为李白所作的《忆秦娥》：

---

① （清）笪重光：《画筌·总论》，见关各璋译解《画筌》，人民美术出版社1987年版，第15页。
② （清）邹一桂：《绘实绘虚》，见《小山画谱》，中华书局1985年版，第36页。
③ （明）陆时雍：《诗镜总论》，见丁福保辑《历代诗话续编》下，中华书局1983年版，第1423页。

箫声咽，秦娥梦断秦楼月。秦楼月，年年柳色，灞陵伤别。　　乐游原上清秋节，咸阳古道音尘绝。音尘绝，西风残照，汉家陵阙。

这首词气势博大，意境苍凉沉郁。在历史的与现实的许多同类事物的对比中抒发了世事沧桑、社稷飘摇的慨叹，情韵极其丰富。那历史的与现实的、神话的与人世的、目睹的与遐想的、清丽的与苍凉的、哀婉的与悲壮的、忧伤的与焦虑的、柔情的与思考的、对比的与烘衬的等美的韵致，和以箫声柳色，伴以晚霞西风，让人回味无穷。古往今来的读者，谁人能说尽其中的情韵！司空图不仅发现了意境的这一特征，而且还提出了所谓"韵外之致""味外之味"的命题。也就是说，他认为意境的韵味是多层次的，不仅有韵内之韵，味内之味，而且还有"味外味""韵外韵"，所以意境不仅富于韵味，还能让人咀嚼不尽。这几乎成了古典诗词刻意的美学追求。即使是现代诗文，如果以意境美为其艺术追求，也能达到这个境界。

　　总之，意境的情景交融的表现特征、虚实相生的结构特征和韵味无穷的审美特征，集中地体现了华夏民族的审美理想，所以意境成了文学形象的高级形态之一。

三、意境的分类

　　关于意境的分类，理论上尚待深入。中国古典文论为我们提供了两种分类方法。第一种是清朝刘熙载在《艺概》中从意境的审美风格上提出的分类方法：

花鸟缠绵，云雷奋发，弦泉幽咽，雪月空明，诗不出此四境。[①]

所谓"花鸟缠绵"，是指一种明丽鲜艳的美；"云雷奋发"是指一种热烈崇高的美；"弦泉幽咽"是一种悲凉凄清的美；"雪月空明"是一种和平静穆的美。

　　王国维在《人间词话》中，又提出一种分类方法：

有有我之境，有无我之境。……有我之境，以我观物，故物皆著我之色彩。无我之境，以物观物，故不知何者为我，何者为物。[②]

---

① （清）刘熙载：《艺概·诗概》，上海古籍出版社1978年版，第84页。

② （清）王国维：《人间词话》，见王幼安校订《蕙风词话·人间词话》，人民文学出版社1960年版，第191页。

所谓"有我之境",是指那种感情比较直露、倾向比较鲜明的意境。如杜甫的《春望》:"国破山河在,城春草木深。感时花溅泪,恨别鸟惊心。烽火连三月,家书抵万金。白头搔更短,浑欲不胜簪。"此诗道出了作者历经战乱,特别是目睹安史之乱后京城的破败景象的痛苦心情。花草本不含泪,鸟儿也不会因人的别离惊心,只因诗人痛苦不堪,所以都有了人的情感色彩,这就是"有我之境"。

所谓"无我之境",并不是指作者不在意境画面中出现,而是指那种情感比较含蓄,不动声色的意境画面。王国维认为,陶渊明的"采菊东篱下,悠然见南山"就是"无我之境",作者自己虽出现在画面中,但他的情感却藏而不露,一切让读者自己从画面中去体会。杜甫的七绝"两个黄鹂鸣翠柳,一行白鹭上青天。窗含西岭千秋雪,门泊东吴万里船",也是"无我之境"。作者描写了景色,但未评价景色,中间无一字臧否,也是于不动声色之中见意境。但人们却可以从画面开拓的意境里,间接地领略到诗人欢欣的情绪和开朗胸怀。因此"无我之境",只是情感不外露,并不是没有情感和倾向,"无我"只是就表面的境、象而言的。①

此外,在署名为樊志厚的《人间词乙稿序》② 中,又提出一种三分法。即"以境胜"者,"以意胜"者和"意与境浑"者。这实际上是"情景交融"的三种方式,前文已经分析,兹不赘述。

第四节　文　学　意　象

中西文论中,都有"意象"(image)一词,并在文艺学、心理学、语言学等学科中有着广泛的用途。归纳起来,主要有四种:一是心理意象,即心理学意义上的意象,它是指在知觉的基础上所形成的呈现于脑际的感性形象。二是内心意象,即人类为实现某种目的而构想的、新生的、超前的意向性设计图像。在文学创作中则表现为艺术构思形成的心中之象或"胸中之竹"。三是泛化意象,是文艺作品中出现的一切艺术形象或语象③的泛称,基本上相当于

---

①　参见（清）王国维《人间词话》,王幼安校订《蕙风词话·人间词话》,人民文学出版社1960年版,第191页。

②　参见王幼安校订《蕙风词话·人间词话》,人民文学出版社1960年版。署名为樊志厚的《人间词乙稿序》,据赵万里的意见,是王国维自己的作品。但学术界也有人认为,樊志厚实有其人,是王国维的朋友。

③　语象（Verbal image）为新批评派的特殊术语,语象是语言级的形象,直译为"用文字的物质材料制成的像"。有别于脱离语言后在意识和想象中留存的形象,是指不脱离语言词或词组的具词性形象。如山、水、人以及春山、秋水、丽人、玉臂、金发等引起的印象。

"艺术形象"或"文学形象"这个概念，简称"形象"。四是观念意象及其高级形态的审美意象，简称意象或文学意象。由于泛化意象的含义太宽泛，容易引起混淆，所以本书尝试采用"文学形象"或"形象"概念，而弃置这种泛化意象观，转而复活"意象"一词的古义，用它专指一种特殊的表意性艺术形象或文学形象。

一、观念意象及其高级形态审美意象

意象是中国首创的一个审美范畴。它的最早源头可以上溯到《周易·系辞》：

> 子曰：书不尽言，言不尽意。然则圣人之意，其不可见乎？子曰：圣人立象以尽意。①

所以意象的古义是"表意之象"。这个"意"是指那种只有圣人才能发现的"天下之赜"，孔颖达在《周易正义》解释为只有圣人才能发现的"天下深赜之至理"。所以意象的古义是指用来表达某种抽象的观念和哲理的艺术形象。②"意象"作为一个概念，最早出现于汉代王充的《论衡·乱龙》里。其云："夫画布为熊麋之象，名布为侯，礼贵意象，示义取名也。"③这里的"意象"是指以"熊麋之象"来象征某某爵位威严的具有象征意义的画面形象，从它"示义取名"的目的看，已是严格意义上的观念意象。王充还在这篇文章里另举一例："礼，宗庙之主，以木为之，长尺二寸，以象先祖。孝子之庙……虽知非真，示当感动，立意于象。"说明王充是深谙象征原理的。《论衡·实知》还说："圣人据象兆，原物类"，"广见而多记"。看来，王充之所以能提出意象范畴，乃是出于对上古文化传统的思索。总之，我国在汉代以前，意象说已

---

① 《周易·系辞》，见李学勤主编《周易正义》，北京大学出版社 1999 年版，第 291 页。

② 由于《周易》是一本关于占卜的书，所以它原则上应属于古老的巫术文化范畴。根据意大利历史学家维柯的观点，那时，人类的文化还处于浑一状态，诗人、哲学家和占卜者三位一体，诗歌、哲学和占卜三位一体。因此，易象亦可视为象征着哲理或观念的艺术形象。清代学者章学诚早就指出："《易》象亦通于《诗》之比兴。"又说："《易》象虽包六艺，与《诗》之比兴，尤为表里。"见（清）章学诚《文史通义》，辽宁教育出版社 1998 年版，第 5 页。看来，把《易》象的象征原理和"表意之象"仅仅看做哲学现象是不妥的。

③ （汉）王充：《论衡·乱龙》，见北京大学历史系《论衡》注释小组编《论衡注释》第三册，中华书局 1979 年版，第 922 页。其中的"侯"，《词源》训为"箭把"，过于简单。《仪礼·乡射礼》中说："凡侯，天子熊侯，白质；诸侯麋侯，赤质；大夫布侯，画以虎豹；士布侯，画以鹿豕。"所以"熊麋之象"，象征着爵位的不同，是不能乱射的。

名实俱备，十分成熟：把意象理解为"表意之象"，理解为圣人们用象征手法创造的艺术形象（广义的），这正是中国当时文学艺术的实际决定的。据黑格尔考察，世界一切民族的最古老的艺术几乎都是象征。中华民族自然也和世界上其他文明民族一样，有着自己堪称辉煌的象征艺术时代。那不断焕发出新意的龙、凤图像，半坡出土彩陶上的人面含鱼纹，关于盘古、女娲、后羿、夸父等的神话，以及殷商时期重 875 公斤的司母戊青铜大方鼎等，都证明着这个艺术时代的存在。形形色色的观念意象，则是那时人类精神生活中最重要和最普遍的形式。至今还在社会生活和文学艺术中留下了广泛的影响：如在某英雄胸前戴上一朵大红花，在新娘子床上撒上一把红枣、花生，在小孩子脖子上挂一副金锁，在某工程开工时埋一块奠基石，等等，这些都是观念意象。其原理都和王充所说的孝子对着祖先牌位敬礼一样，明知是假也感动，是"立意于象"的缘故。可见观念意象的应用范围多么广泛。但由于它们的立意明确而简单，都只能算是一般意义上的观念意象。

　　而文学艺术追求的是那种最能体现作家、艺术家审美理想的高级意象。我国清代文论家叶燮《原诗·内篇下》说：

　　　　可言之理，人人能言之，又安在诗人之言之！可徵之事，人人能述之，又安在诗人之述之！必有不可言之理，不可述之事，遇之于默会意象之表，而理与事无不灿然于前者也。[①]

这种"不可言之理""不可述之事"，叶燮又称为"至理""至事"，他认为诗人追求的应是这种表达"至理""至事"的高级艺术形象，并称它为达到艺术至境的意象。

二、审美意象的基本特征

　　依照上文辨析，可以看出文学意象实际上都是观念意象，也可以说是"象征意象"。它在文学作品中实际上也可分两种存在状态，一种是表现审美理想不够充分的意象；一种是表现审美理想充分的意象，即审美意象。这种审美意象，有如下特征。

　　第一，审美意象的本质特征是哲理性。正像中国古代把意象看成是表达"至理"的手段一样，20 世纪现代派文学和艺术的许多流派，也以表达哲理和

---

　　① （清）叶燮：《原诗·内篇》，见霍松林等人校注《原诗·一瓢诗话·说诗晬语》，人民文学出版社 1979 年版，第 30 页。

观念作为它们创造意象的目的和最高审美理想。尼采曾呼吁，诗人应当成为伟大的"艺术哲学家"，用他们的作品，给人们以"形而上学的慰藉"。英国诗人艾略特也说："最真的哲学是最伟大的诗人之最好的素材；诗人最后的地位必须由他诗中所表现的哲学以及表现的程度如何来评定。"① 他的《荒原》就是这种哲学的诗意表达。现代派文学公认的先驱捷克作家卡夫卡也说："我总是企图传播某种不能言传的东西，解释某种难以解释的事情。"② 他的小说《变形记》，通过商品推销员格里高尔·萨姆沙一觉醒来变成了大甲虫的意象，深刻地表达了关于人性异化的哲理思考。德国戏剧家布莱希特（Bertolt Brecht，1898—1956）也在戏剧中追求哲理化倾向。他认为现代"戏剧被哲理化了"，"科学时代的戏剧能使辩证法成为享受"，"戏剧成了哲学家的事情了"。③ 由于意象本质上是"表意之象"，用形象直接表达哲理的文学艺术作品，往往就是意象艺术，这就使它与以再现生活为目的的典型和以抒情为目的的意境区别开来，形成了人类审美理想表现形态的又一类型。

第二，审美意象的表现特征是象征性。美国当代著名学者杰姆逊宣称："现代主义的必然趋势是象征性。"④ 由此我们也可以界定现代主义文学的主流形态是意象艺术。因为象征往往是审美意象最基本的表现手段。这里的"象征"，是取狭义的象征论。另有一种广义象征论，认为一切文学艺术作品都是象征的，由于缺乏理论针对性，本书不拟采纳。对于狭义的象征，黑格尔曾有过严格的界定，他说：

> 象征一般是直接呈现于感性观照的一种现成的外在事物，对这种外在事物并不直接就它本身来看，而是就它所暗示的一种较广泛较普遍的意义来看。因此，我们在象征里应该分出两个因素，第一是意义，其次是这意义的表现。⑤

显然，象征一般由两种因素构成："第一是意义，其次是这意义的表现。"但"呈现于感性观照"的只能有一个因素，即"意义的表现"。这种"意义的表

---

① 转引自傅孝先《西洋文学散论》，中国友谊出版公司1986年版，第15页。
② ［捷］卡夫卡：《致密伦娜的信》，参见叶廷芳《现代艺术的探险者》，花城出版社1986年版，第100页。
③ ［德］布莱希特：《戏剧小工具篇》《娱乐剧还是教育剧》，转引自叶廷芳《现代艺术的探险者》，花城出版社1986年版，第248页。
④ ［美］弗·杰姆逊：《后现代主义与文化理论》（精校本），唐小兵译，北京大学出版社2005年版，第152页。
⑤ ［德］黑格尔：《美学》第2卷，朱光潜译，商务印书馆1979年版，第10页。

现"或者是一种"感性的存在"物，如金字塔、陵园或纪念碑等，或者是一种形象，如《变形记》中的大甲虫。也就是说，象征的"意义的表现"部分是一种艺术形象。这种"形象"实际上已经变成某"意义"的载体了。现在让我们结合着台湾诗人余光中的《夸父》一诗来体会什么是象征：

> 为什么要苦苦去挽救黄昏呢？
> 那只是落日的背影
> 也不必吸大泽与长河
> 那只是落日的倒影
> 与其穷追苍茫的暮景
> 埋没在紫霭的冷烬
> ——何不回身挥杖
> 迎面奔向新绽的旭阳
> 去探千瓣之光的蕊心？
> 壮士的前途不在昨夜，在明晨
> 西奔是徒劳，奔回东方吧
> 既然是追不上了，就撞上去

这是一首立意警策的象征诗，表达了诗人对民族前途乃至人类命运的思考和担忧：20世纪以来，中国人仰慕西方文明，穷追不已，已经形成了可悲的思维定式；其实，西方文明已是夕阳西下的"落日"，它的美好，不过是中国人心造的幻影，犹如长河落日的绮丽。而且，为了追赶西方，我们有时不惜去干"吸（尽）大泽与长河"的蠢事，如果再这样穷追下去，等待我们的只有葬身"紫霭的冷烬"的结局。最后诗人提醒我们，"既然是追不上了"，何不迎头撞上去，从东方的文明里，去寻求人类光明美好的未来呢？显然这里的"旭阳"象征着东方文明，"夸父逐日"式的悲剧，则象征着中国人20世纪追逐西方文明的历史进程。诗人以他清醒的历史理性反思20世纪人类文明的悲剧，希望中国人能发扬自己的历史主动精神，从悲剧性的思维定式中解脱出来，树起雄心壮志，从古老的东方文明中去探索人类未来的前途。这是诗人通过象征意象献给中华民族的一份自强的方案；同时，诗人也在告诫世界，既然西方文明已无法挽救，何不一起"奔回东方"呢？理解了这一层，才能发现诗人那悲天悯人的情怀和诗意的历史沉思。从这首诗中的形象的性质来看，它们已"并不直接就它本身来看，而是就它所暗示的一种较广泛较普遍的意义来看"，这里的"形象"实际上已经变成某种"意义"的载体了。而这一点便成了判定一个艺术形象是不是象征意象的可靠尺度。

第三，审美意象的形象特征是荒诞性。在现代艺术中，"荒诞"成了一个极常见的术语，如"荒诞派文学""荒诞派戏剧"等，其实都是由意象的形象的"奇辟荒诞"引起的。对于意象的这一特征，中国古典文论早有所揭示。章学诚《文史通义·易教下》认为：

> 《庄》、《列》之寓言也，则触蛮可以立国，蕉鹿可以听讼；《离骚》之抒愤也，则帝阙可上九天，鬼情可察九地……愈出愈奇，不可思议。

章学诚认为，意象是一种"人心营构之象"，已不是生活物象本身的形态，它通过奇辟荒诞的形象"以衷（表达、显示）天地自然之理"，达到象征目的。这样"荒诞"的概念便可以从两个层面上来理解了。其一是指形象上的荒诞性。比如中国古代神话中的刑天，头被砍掉后，仍以乳为目，以脐为口继续战斗；埃及狮身人面像是人与兽的嫁接；华沙美人鱼是美女与鱼的合成等，都是现实中不可能有的事物。卡夫卡笔下的大甲虫，法国剧作家尤奈斯库笔下一个小镇上的人都变成了犀牛的故事，也具有这个层面上的荒诞性。其二是指生活情理上的荒诞性。现代派文学更是刻意表现人类生存的困境与荒诞。贝克特的代表作品《等待戈多》，描写两个流浪汉在荒野里无望地等待一个不明身份的人——戈多，表现人类对无望的未来充满期望的等待的荒谬悲剧，揭示了人生的荒诞性。

总之，形象上的"愈出愈奇"，生活逻辑上的"不可思议"，是古今意象的一般特征，可以概括大多数作品。但也有作家刻意追求写实手法和象征手法的结合，如美国作家海明威的《老人与海》就以写实的手法创造了寓言式的审美意象。

第四，审美意象的思维特征是抽象思维的直接参与。在一个相当长的时期内，艺术思维被简单地理解为形象思维，即从具象到具象，始终离不开具象的思维，这种看法是不全面的。至少意象创造的思维特征，便是由抽象思维直接参与的。后期象征主义理论家、法国诗人瓦莱里（P. Valéry，1871—1945）认为："诗人有他的抽象思维，也可以说有他的哲学；我说过，就在他作为诗人的活动中，他的抽象思维在起作用。"又说："每一个真正的诗人，其正确辩理与抽象思维的能力，比一般人所想象的要强得多。"① 这些说的都是事实。

---

① ［法］瓦莱里：《诗与抽象思维》，丰华瞻译，见伍蠡甫主编《现代西方文论选》，上海译文出版社 1984 年版，第 37 页。

由于意象本质上是以表达哲理为目的的"表意之象",所以它的创作思维过程是从抽象到具象的。如艾略特所说的那样要为思想寻找"客观对应物"。而物象的选择和形象的设计是受抽象思维即"意"的制约的。卡夫卡为什么选择甲虫而不选择毛毛虫,是因为甲虫的甲壳是由生存竞争中动物的一种自我保护本能而形成的,恰与人类异化了的生存状态相类似,这与卡夫卡关于人类生存现状的思考有关。一般的甲虫都有翅膀,而翅膀意味着某种飞翔和超越的自由,这是与人类的生存现状相矛盾的特征,将妨碍他对人类生存困境的思考的表达,所以卡夫卡笔下的大甲虫,始终没有出现翅膀。表现了意象创造过程中抽象思维对形象设计严格的引导和制约作用。事实上,生活中的客观物象与主观的抽象思维完全对应的情况是非常少见的,因此作家、艺术家在创造意象时就必须对客观物象进行选择、改造,包括嫁接、组合和重新设计等,由于意象的设计要与所表之"意"取得对应,生活物象本来的样子便被打破,从而形成奇辟荒诞的形象形态。严格地说,它已不是什么"客观对应物",而是一种"人心营构之象"了,这种主观性在抽象型意象中往往会发挥到极致。

第五,审美意象的鉴赏特征是求解性和多义性。由于在创造象征意象时抽象思维的直接参与,意象鉴赏思维的特点变成了审美"求解"的过程。美国文学理论家 R. 韦勒克认为,文学的审美意象往往"暗示一个系统,而细心的研究者能够像密码员破译一种陌生的密码一样解开它"①。说的就是审美意象鉴赏的求解性特征。如果说意象创造时的思维是从抽象到具象的话,那么意象鉴赏时的思维则是由具象到抽象,即从对具体形象的揣摩、思考达到对哲理观念的领悟。所以当人们一接触到审美意象时,鉴赏过程便失去了像对意境那样的品味性质,也不同于对典型的那种领略体验的性质,而是不断地要问"是什么"和"为什么"。这样自始至终,追问到底——这就是意象鉴赏的求解性。由于意象形态的不合常情,不合常理,常使人一接触它便顿生疑窦。人们的审美心理也变成了猜测的过程。比如当你站在毕加索的巨幅油画《格尔尼卡》面前,你的灵魂便立刻被震惊,并且会产生无数的疑问:画家画的是什么?他为什么这样画?惊马代表什么?牛头代表什么?奔跑的脚、手握断剑的臂、电灯、手拿煤油灯的人等,分别又代表什么?可以有无数的疑问接踵而至。当你从倒地的士兵、怀抱婴儿号哭的母亲、仰天呼叫的失魂者上,猜到这可能是表现一场非正义战争给人类带来的灾难时,便可以产生一种了悟的兴奋,伴随这种审美情感,你便会想到牛头可能代表法西斯,惊马也许代表人民,有这样的理解你还不满足,还将继续求解下去。这种打破砂锅问到底的追

---

① [美] 韦勒克、沃伦:《文学理论》,刘象愚等译,江苏教育出版社 2005 年版,第 215 页。

问，几乎充满了意象审美鉴赏的过程，读者通过思索和求解，往往能领悟到意象所负载的某些观念和哲理。但是好的象征意象，又往往使人始终也难得出最为确切的结论，好像有无数"解"。造成这种现象的原因有二：其一是作家有意隐藏自己的立意，以求神秘含蓄。正如黑格尔所说，象征（意象）到了极致就变成了谜语。法国象征主义诗人马拉美也认为："诗永远应当是个谜"，"诗写出来原就是叫人一点一点地去猜想。"① 其二是作家选择的象征物，对于作家来说虽是他为思想创造的"对应物"，但是读者并不了解作者的思路，而只能凭自己的知识、经验和智慧去"猜想"，这样，不同的读者便会"猜"出不同的意义来，有的甚至南辕北辙。这便是审美意象显得歧义丛生的原因。我国唐代诗人李商隐的无题诗成了千古诗谜，英国诗人布莱克（W. Blake，1757—1827）的诗作玄秘莫测，现代派作品意蕴深奥难懂，都是审美意象的求解性和多义性的表现。

总之，审美象征意象是指以表达哲理观念为目的，以象征性或荒诞性为其基本特征的，在某些理性观念和抽象思维的指导下创造的具有求解性和多义性的达到人类审美理想境界的"表意之象"。它不仅是观念意象的高级形态，也与典型、意境一样，属于艺术至境的高级形态之一。

三、审美意象的分类

审美意象的分类是在观念意象的高级形态中进行的，从表意的方式这一角度着眼，可以把审美意象分为两种，即寓言式意象和符号式意象。所谓寓言式意象，是指通过一则故事直示一种哲理或观念，而这正是这则故事的主旨。寓言式意象的显著特征就在于有故事情节，哪怕是最稀薄淡化了的故事情节。此类意象常见于叙事性作品，以叙事诗、小说和戏剧的形式，通过有情节的整体形象系统来实现某种观念的表达。尤奈斯库的《秃头歌女》，人物似影子般的模糊，两对中产阶级夫妇模样的人在进行莫名其妙的谈话，先是其中一对登台，谈些无聊的琐事，谈着谈着才发现他们原是同住一间屋里，同睡在一张床上，还生过一个面貌奇怪的女儿，这才发现他俩可能是夫妇，但当别人提出怀疑时，他们自己也怀疑起来，夫妇关系始终无法确认，竟然又毫无感触地离去！这时另一对夫妇模样的人又开始了与原来类似的谈话，重复至终。此剧通过舞台组接了两对夫妇面对面不相识的事，显示了作家对现实中人与人之间关系的哲理思考，这便是一则寓言。寓言作为一种文体在中国先秦诸子散文中十分发达，说明

① ［法］马拉美：《关于文学的发展》，王道乾译，见伍蠡甫主编《西方文论选》下卷，上海译文出版社 1979 年版，第 263、262 页。

这种意象是人类创造和使用的最古老而又是最普遍的艺术形式之一。

所谓符号式意象，是指不具有情节性的整体意象和单个意象。这类意象，以它整体的或单个的形象特征，直接暗示和象征着某些观念或哲理，其作用从本质上看，不过是一种表意的符号，所以称为符号式意象。符号式意象又可分为两类：一类是抽象型，一类是具象型。抽象型符号式意象在建筑、绘画、雕塑等视觉艺术中比较发达，而在语言艺术中比较少见。所谓抽象型，是指你找不出适当的自然物体概念来描述它的形态，而只有借助于某些抽象的概念、术语去表达它。比如埃及的金字塔，你只有用巨大的"方锥体"这个概念来描述它，某些现代雕塑，你不好说出它的形态，而只能用"S形""不规则图形"等来描述它。这种抽象型符号意象不仅自古有之，而且在生活中也是很常见的，比如巴黎埃菲尔铁塔、西方各类教堂、教堂上巨大的十字架、各国的国旗等，都让人感到一种令人肃然起敬的崇高风格和神圣的含意。西方现代抽象雕塑和抽象绘画也属于这一类，但立意隐晦。所谓具象型符号式意象，一般是由自然物体的变形、夸张和拼接组合而成。不论在哪一门艺术中都是符号式意象占主要形态。比如我国的龙凤图像，我国的国徽，埃及的狮身人面像，黄河边上的雕塑《哺育》等。在文学中，这种形象也很常见，如闻一多的《死水》《红烛》，郭沫若的《骆驼》，臧克家的《老马》，等等，并非只有西方现代派才热衷于这类意象。

复习要点

［基本概念］

典型　　特征化　　意境　　意象（指审美意象）

［思考问题］

1. 举例说明文学言语与普通言语的不同。
2. 文学形象有哪些特征？举例说明。
3. 文学典型的审美特征是什么？典型人物与典型环境的关系是怎样的？
4. 举例说明文学意境的特征。
5. 本书所讲的"审美意象"与一般的意象有何不同？审美意象的基本特征是什么？

［推荐阅读文献］

1. 顾祖钊：《艺术至境论》，百花文艺出版社1992年版。
2. 李衍柱：《马克思主义典型学说史纲》，山东文艺出版社1989年版。

第十一章 叙事性作品

本章旨在分析叙事性作品的特点。叙事性作品是以叙事功能为主的文学作品。我们把叙事性作品当做"叙事"这一特定叙述活动的产物，对叙事性作品的分析实际上是对这种叙述活动全过程的分析，具体从三个层次进行：首先分析叙述内容，即叙述活动同客观社会生活之间的关系，这是从叙事话语的内容中分析外部世界的事物进入文学话语后的形态特征；其次分析叙述话语，这是对叙事文本形式特征的分析；最后分析叙述动作，即对叙事作为活动的特征进行分析。

第一节 叙事界定

一、叙事理论与叙事学

传统的文学理论，如古希腊学者亚里士多德的《诗学》、古罗马诗人贺拉斯的《诗艺》，中国明清时期的小说评点等，都对叙事文学的特点进行过研究，并且形成了相当系统的叙事理论。西方传统的叙事理论对叙事文学中故事情节的安排、人物形象的塑造以及环境的描写等方面都有深入的研究，并在长期的发展中形成了系统的理论。中国古代的文艺理论以诗文理论为主，自明代以后，随着小说、戏曲的发展也产生了关于叙事文学的理论，其中影响最大的当数以明清之际的文艺批评家金圣叹的小说、剧本评点为代表的人物性格理论。总之，无论西方还是中国，传统的文艺理论中都包含着丰富的叙事理论内容。这些传统的叙事理论的普遍特点是侧重于谈论叙事文学所表现的生活内容，从而形成了后来人们总结的以人物、情节、环境三要素为中心的叙事理论。

自20世纪初以来，俄国形式主义与后来的法国结构主义文学批评对叙事文学的研究形成了新的理论观念。俄国学者普洛普在1928年发表的《民间故事形态学》一书中对俄罗斯一百个民间故事进行分析后指出，这一百个故事表面上看纷繁离奇、变化无绪，然而它们实质上受到一个恒定结构的制约。这一结构体现在按照严格的、不可改变的次序前后相接的 31 个"功能"中。普洛普民间故事研究中功能与结构的观点首先被法国结构主义学者列维 – 斯特劳斯接受，又通过他传播到法国学术界。20 世纪 60 年代的法国文学研究领域受到结构主义和普洛普民间故事分析的影响后，出现了大量关于叙事作品结构分析的尝试，包括以格雷马斯（A. J. Greimas，1917—1992）为代表的神话分析、以布雷蒙德（C. Bremond，1929—　）为代表的民间故事分析和巴特、托多罗夫（T. Todorov，1939—　）、热奈特（G. Genette，1930—　）等人为代表的小说研究。这些探索通过一系列学术活动逐渐酝酿形成了一种新的研究叙事艺术的理论和批评方法，这种新理论就被称为"叙事学"（Narratologie/narratology）。①

这种研究叙事文学的方法忽略了文学作品的艺术个性和社会文化背景，有一定的片面性。到了 90 年代，叙事研究借鉴女性主义、解构主义、精神分析学、历史主义、电影理论、计算机科学等众多理论和方法，扩展了研究思路和视野，叙事学研究趋向跨学科和多样化的发展。这个时期的叙事学研究被称为"新叙事学"。②

90 年代后期，美国学者浦安迪（Andrew H. Plaks，1945—　）研究中国古典文学的叙事学著作《中国叙事学》在中国出版，中国学术界在介绍和借鉴西方现代叙事学理论的同时，也在逐渐形成自己的研究特色，通过传统叙事理论与现代叙事学的结合开始形成更具有中国文化特色和创新性的中国叙事学研究方法与理论。

二、叙事的含义与特征

叙事性作品是文学作品中同抒情性作品相区别的一种基本的话语类型。在原始文化中就存在着通过口头讲述或吟唱而流传的关于神祇、英雄或祖先事迹的故事，即早期的神话和史诗，这就是最早的叙事文学。如上古时代希腊人的《伊利亚特》、印度人的《摩诃婆罗多》、盎格鲁 – 撒克逊人的《贝奥武甫》等都属此类。我国古代的神话也包含一部分属于叙事性质的神话，如后羿的传说便是一个典型的例子。在文学发展的漫长历史过程中，文学作品的样式与形态发生了巨大的变化，越来越趋于丰富、复杂和多样化。尽管如此，我们还是可以在一大批文学作品中发现同早期神话与史诗的某些基本特征相似的东西。古老的后羿传说是讲一位神化了的英雄后羿的神奇事迹，而《阿 Q 正传》讲的

---

① 参见张寅德编选《叙述学研究》，中国社会科学出版社 1989 年版，第 2～4 页。
② 参见赫尔曼主编《新叙事学》总序和引言，北京大学出版社 2002 年版。

是近代中国农村的一名愚钝卑微的农民的生平事迹。二者显然差别很大，但有一点是共同的：后羿的传说与《阿Q正传》都是讲述故事。"讲故事"即叙事，构成了一切叙事性文学作品的共同特征。

什么是文学的叙事？简单地说，就是用话语虚构社会生活事件的过程。

文学叙事的基本特征包括以下两个方面：

第一，叙事的内容是社会生活事件的过程，即人的社会行为及其结果。叙事的对象一般是社会的人，这是文学作品的共同对象。而叙事性作品不同于抒情性和表意性作品的基本特点在于，它着重表现的不是主观的思想感情，而是客观的事件。文学都是对现实的把握，但把握的角度不同：抒情表意文学所要把握的是社会现实的精神或情感意义，这是作者的主观感受、领悟与认识，因而其内容主要是对内在的思想情感的表现。叙事文学则是讲故事，即通过对外部事件的描述来把握社会现实本身。社会是通过人们相互间的关系、行为而形成和发展的，对现实的把握必须是对现实生活的发展过程的把握。叙事的兴趣不在于静止的人或物，而在于动态的事件，即人的行为及其造成的后果，它的认识价值就在于显示了社会生活的发展变化过程及其意义。

第二，叙事是话语的虚构。文学叙事是一种特殊的话语系统，同一般话语有一个重要的区别，即所指对象不同。一般话语的所指对象是在话语之外的世界中。比如史书上记载唐太宗贞观三年玄奘西行赴天竺，游历17年后回到长安。这段话语所指的是中国历史上曾经有过的人和事。这段话语的真假要靠作品之外的其他资料，如别的文献、实物证据等加以验证。而文学的叙事话语则不然，小说《西游记》的叙事内容也是讲玄奘西行的事，然而其中所指的对象仅仅存在于这个故事的叙述话语之中，我们不能也不必用作品话语之外的资料来验证真假，只能看人物与行为在整个话语中的关系如何，是否合乎生活逻辑与情感逻辑。这就是说叙事文学是用话语来虚构艺术世界。

叙事作为话语的虚构而同客观的现实之间产生距离，这是叙事从街谈巷议或实用记事转化为艺术的关键。一部小说如果不能使读者根据小说中世界的逻辑去思考和感受，而总是使人把它当成实际中已发生过的人和事，读者的兴趣便从书中转移到了身边的现实。这是黑幕小说或影射文学常会产生的非审美效果。即使是报告文学，如果读者只关心其人其事或在何时何地，同样不能产生审美效果。只有当读者仅仅被叙述逻辑的合理性以及描写、抒情和解释吸引时，才会具有文学的审美价值。优秀的叙事文学能够反映现实生活的真实，然而又超越了个别的、已经发生的偶然事实，是用话语重构的世界。这个话语的世界虽不等于现实本身，却可能在更本质的层次上揭示社会现实的内在意义。

三、叙事与审美意识形态本质

文学是一种审美意识形态形式。文学叙事的审美意识形态本质既制约着叙事的内容，也制约和影响着叙事的形式。

其一，从叙事的内容来看，任何叙事都是对现实世界的某种解释。从最早的叙事作品——神话、史诗、英雄传奇来看，所讲述的事件多出自想象和附会，目的是为了对当时人们还无法解释的宇宙、人类、民族的起源或灾变等自然现象做出解释。《旧约》中的史诗所解释的以色列人历史表明，他们生活于其中的世界是充满罪恶与苦难的世界，具有无上权威的上帝通过惩罚来警醒和拯救人类。这种解释正是处在颠沛流离和屈辱中的希伯莱民族意识形态的体现。后来的叙事中，意识形态意味更突出。比如17世纪法国古典主义叙事观念主张叙事内容要合乎"理性"和"自然"，表面上看似乎是超意识形态的，但实际上他们所说的"理性"和"自然"的内涵都属于那个君主专制时代的意识形态。当时一位戏剧作家高乃依的剧本《熙德》受到法兰西学士院的批评，主要是因为剧中爱情战胜伦理责任的内容违反了"理性"，即违反了作为君主制意识形态支柱的道德与义务观。中国古代小说理论通常都很重视教化作用，实际上是要求小说应当有合乎一定意识形态要求的思想内容。

叙事对世界的解释与一般哲学、伦理学、历史学等意识形态话语的不同之处在于，它的解释不是概念，而是对历史事件发展过程的体验和情感态度。比如巴尔扎克的《人间喜剧》中包含着对法国大革命以后社会文化的解释，然而这种解释是通过生动的生活场景和人物性格的描绘而感染读者，让人产生对社会历史的审美体验、感动和领悟。这就是说，叙事内容中所包含的是审美意识形态。

其二，从叙事方式来看，一定的叙事方式形成一定的写作风格，而种种风格背后的制约要素之一就是审美意识形态。例如，19世纪的西方叙事观念中兴起了"写实"的主张，追求客观、冷静的写作风格，试图表现事物本来的"真实"面目。当时法国作家从司汤达到左拉，都倡导这种看起来似乎没有意识形态倾向的主张。然而，写实主义所主张的客观与真实，恰恰典型地代表了19世纪西方资本主义文化的意识形态特征。我们知道，19世纪是西方资本主义高速发展，由自由资本向垄断资本过渡的时代，资本主义发展的基础是实证科学的巨大进步和革命性影响。可以说，自由竞争和实证主义是这个时期资本主义意识形态的核心观念，19世纪叙事中的写实与自然主义审美观念所蕴含的正是这种意识形态。到了20世纪，新的叙事观念崛起，客观的观察描写、无所不知的叙述人、严密的故事逻辑都受到了挑战。19世纪的叙事观念被指斥为矫饰、不真实，而"意识流"等主观化的叙事风格表现的内容才被认为是地道的心理真实。其实，叙事由客观走向主观，并未因此而从意识形态走向真实，不过是一种新的审美意识形态——现代主义在反抗工业文明中形成的以幻灭感、唯我主义、非理性为核心的审美观念——在叙事中的表现而已。

总之，叙事的内容与方式都体现着一定的审美意识形态特征。但同时也应当注意到，在具体的叙事行为中，审美意识形态性质的表现是很复杂的。比如在细节的处理、修辞的运用乃至字句的推敲中，有时可以看出意识形态的影响，有时不那么明显，有时则与意识形态无关。在后两种情形中如果硬贴上意识形态标签，必然是缺乏说服力的。意识形态性质在叙事中的体现应当从叙事活动的整体去把握，对具体的叙事行为应当用辩证的方法作具体分析，而不应简单化。

四、叙事的构成

法国叙事学研究者热奈特提出，人们谈论的叙事学中的"叙述"这个词，实际上包括了三个不同的概念：一个是所讲述的故事内容，一个是讲述故事的语言组织，还有一个就是叙述行为。我们可以借用这三个概念来分析叙事的构成。

第一方面是叙述内容，指构成一段叙述话语主题的故事内容，即被讲述的故事，包括事件、人物、场景等。这是传统的叙事理论最关心的对象。传统的叙事文学创作中常常有意无意地假定同接受者之间有一种默契，要求读者相信所叙述的内容是真实的。原始氏族的人们传诵的史诗、神话与英雄传奇，尽管内容多是诡谲怪异的虚构，却被当做真正发生过的历史事实而被本氏族人民传承下来。后代的叙事文学沿袭了这一心理传统。例如我国唐代文人撰写的神奇荒诞的传奇故事，往往在篇末说明是作者从何处得知，有时甚至还要介绍作品中人物的近况如何，等等，显然是希望读者把这些离奇的故事当做真实的事实来接受。传统的叙事研究者往往把故事中的人物、事件等同于现实生活，忽略了话语虚构的意义，因此叙述的内容便占据了研究者注意的中心。

第二方面是叙述话语，即叙事作品中讲述故事的语句。如果认为叙事的全部目的就在于向读者告知一些生活事件，而这些生活事件本身的存在与否不取决于叙述话语，那么叙述话语就只不过是传达故事内容信息的被动载体，不会具有能动的意义。但事实上，话语不仅影响叙述内容，而且影响着对叙事的接受。同一个生活事件是这样"说"，还是那样"说"，其效果可能是完全不同的。传统的叙事理论对叙述话语的研究常常归入修辞、文法等局部研究范围，基本上是把叙述话语仅仅当做表达内容的媒介或工具看待，而对话语自身在叙事中的作用与意义未能予以足够的重视。

　　第三方面是叙述动作，即产生出叙述话语的"叙述"活动本身。比如鲁迅的小说《故乡》的叙述动作可以这样概括：小说中第一人称叙述人向读者回忆和评述他某次回故乡时的见闻与感受。过去的叙事理论很少关心叙述动作，似乎叙述内容是客观存在的事物，只要能达到叙述的要求，怎样叙述是无关紧要的。然而实际上叙述内容跟叙述话语有着极为密切的关系；而叙述话语又始发于叙述动作。没有叙述动作，便没有叙述话语。传统的叙事所制造的"真实"幻觉掩盖了叙述动作的重要性，而在现代叙事作品中，叙述动作的意义则鲜明地凸显了出来。鲁迅《故乡》中的叙述动作，比如叙述者的态度和叙述声音显现的情况，如果变动一下，情调与韵味必然大不相同。20世纪英国女作家伍尔夫的小说《墙上的斑点》，完全是叙述人的自由联想情景，既没有故事内容，叙述话语也没有什么特别的意义，只有叙述者无目的地随意讲述的过程。像这样的作品如果抽去了叙述动作将一无所有。

第二节　叙　述　内　容

一、故事

　　叙事就是讲故事，从这个意义上讲，叙述内容的基本成分就是故事。荷马史诗《伊利亚特》讲的是希腊联军远征特洛伊的故事，司马迁的《史记·项羽本纪》讲的是西楚霸王项羽一生事业成败兴衰的故事，阿拉伯民间故事集《一千零一夜》是由一个故事（山鲁佐德的故事）作引子而串起来的许多故事。这些都是经典的"故事"：有行动中的人物、因果线索完整的情节、具体明确的场景等，由这诸种因素组合成一个个社会生活中的事件。在现当代的许多叙事作品中，上述因素就不那么简单清楚了：有的没有行动的人物，只有主体不明确的意识之流；有的情节淡化了，变成琐碎无序的生活片段；有的甚至连场景也失去了客观性和明确性，时空错乱，主客观混淆……尽管如此，只要是叙事，它的叙述内容就必然是某种"事件"——在某种环境中的某个或某些人身上发生了些什么，上述的诸种因素仍在不同意义上起着作用。我们可以通过对事件、情节、人物、场景诸方面的分析而对叙述内容的一般特征有所了解。

（一）事件

　　事件由所叙述的人物行为及其后果构成，一个事件就是一个叙述单位。孙悟空大闹天宫是个事件，黛玉葬花也是个事件。作品中的事件由若干层次构成。比如中国古典戏剧文学名著《西厢记》，可以说是讲述了一个事件，即张君瑞与崔莺莺的恋爱经历。这个总的事件中包含着一系列小的事件：两人的邂逅、孙飞虎兵围普救寺、老夫人赖婚、红娘传信等。这些小的事件还可再分为更细小的事件，如崔张的初次相见就包括崔氏母女寄住西厢、张生游玩至此、佛殿前偶遇等。整个事件就由这不同层次的小事件构筑而成。我们可以这样切分下去，直到最小的细节，只要是对整个叙事有意义的，便可成为最初级的事件，也就是最小叙述单位。

任何事件在作品中都承担着一定的作用。但每个事件在故事中的关系和作用是不完全相同的。我们首先可以根据这些事件在故事进展中的作用而划分出两大类别：第一类事件的作用是推动故事情节的发展。比如《西厢记·惊艳》一折中，张生在上京赴考途中打算去探望杜确，这是个很细小的事件，因为访友的打算并未实现。但这个事件却具有重要的作用：一是因打算访友而滞留于城中，从而有去普救寺游玩的事，故事由此而展开；二是打算去探望的杜确是镇守蒲关的征西大元帅，这就为后来解围埋下了伏笔，而解围又是崔张关系发展的重要契机。可见，打算访友这一事件对整个故事的发展起着重要作用。另一类事件的作用是塑造生动的形象。这类事件通常并不参与推动故事情节的发展，只是使故事的意义显现和丰富化。如对人物性格、身份的介绍，氛围的描绘渲染，等等。仍以《西厢记·惊艳》为例，张生于访友途中渡河，触景生情抒发怀才不遇之感慨。这一事件同故事进展并无大的关联，有没有都不会影响后面的故事。但这个事件是在表现张生的心理，因而有助于塑造张生的性格，说明他是个有才气、有胸襟的正人君子，而非专事偷香窃玉的好色之徒。这样的性格塑造就使得《西厢记》的男女之事超出了一般市井小说偷鸡摸狗的趣味，把张生与莺莺的关系上升到情感交流的层次。

这两类事件在故事中的作用是相辅相成的：缺少了推动情节的事件，故事的连续性就会被破坏；缺少了塑造形象的事件，故事的生动性和意义内蕴都会受到损失。有些作品中推动故事情节发展的事件居于突出地位，因而故事情节进展快、悬念迭出，这就是情节性强的故事，如民间故事和情节性强的小说中的侦探、武侠、惊险、言情故事等；有些作品中故事情节不是很紧张，叙述以塑造形象的事件为主，故事中的情境具体、性格生动，或心理描写细腻，如19世纪的现实主义小说和现代注重心理分析的小说等。

当然，在具体分析事件时还应注意到，一个事件在故事中可以同时兼具几种作用。《红楼梦》中黛玉焚稿断痴情的事件既推动了情节（结束了宝黛爱情故事，并影响了宝玉、宝钗等人后来的命运），又起着塑造形象的作用（强化和最终完成了黛玉的性格塑造，并为全书造成了一个悲剧气氛的高潮）。

（二）情节

情节是按照因果逻辑组织起来的一系列事件。20 世纪英国作家福斯特曾对"故事"与"情节"作了这样的比较："'国王死了，不久王后也死去'便是故事；而'国王死了，不久王后也因伤心而死'则是情节。"① 他所说的"故事"同我们所说的广义的故事不同，是特指一类主要按照时间顺序讲述的故事。但他对"情节"的看法很有价值。情节是把在表面上看来偶然地沿着时间先后顺序出现的事件用因果关系加以解释和重组。国王死了，不久王后也死去，这两个事件偶然地排列在一起，如同纯客观的通知一样，本身并不包含什么意义；而"国王死了，不久王后也因伤心而死"，这段话语便包含着叙述人对这两个事件内在关系的主观解释，而且还给这两个事件增添了一点情感成分。

由此可见，情节性叙事作品中的世界作为对现实世界的反映，是作者从自己的思想感情倾向出发对生活现象加以组织的结果，其中体现着作者的主观能动性，当然也不可避免地带着作者的局限和偏见。某些常见的、程式化的情节，如才子佳人小说、武侠恩仇故事、孤胆侦探影片等作品中，千篇一律的情节套子所体现的当然不是对世界的新鲜独到的认识，而是被一定意识形态环境中大众接受心理所认可的观念，是一种简化的、被歪曲了的世界图式。

情节是按照因果逻辑组织起来的一系列事件，这并不是说任何按因果逻辑组织起来的事件都会成为叙事作品中的情节。民间故事或童话等古老的叙事作品中常见到一种故事模式：故事开始时主人公处在正常境况中，随后便遇到了意外的事件甚至不幸，经过若干波折后，正面主人公终于得到了幸福，结尾大半是"从此以后，他（她、他们）过着幸福的生活"之类。这个古老的模式至今仍以各种变化了的形态出现在许多当代作品中，甚至最新创作的作品中。这个模式的特点在于，真正的故事情节只是出现在人物遭遇波折或不幸的时刻。因为，作为情节，必须有行为之间的冲突，而人物命运的幸福与不幸就系于人的行为同外界的矛盾冲突及其后果上。所以，黑格尔认为，情节应"表现为动作、反动作和矛盾的解决的一种本身完整的运动"② 。由此可见，情节不仅是按照因果逻辑组织起来的一系列事件，而且要求在事件的发展中表现出人物行为的矛盾冲突，由此揭示人物命运的变化过程。

在西方传统叙事理论中，对情节的研究具有重要地位。亚里士多德在《诗学》中提出悲剧有六个成分（即形象、性格、情节、言词、歌曲与思想），

---

① ［英］福斯特：《小说面面观》，苏炳文译，花城出版社 1984 年版，第 75 页。
② ［德］黑格尔：《美学》第 1 卷，朱光潜译，商务印书馆 1979 年版，第 278 页。

而在六个成分里，最重要的是情节。因为情节是对人物行动的模仿，而人物的幸福与不幸就取决于他们的行动。① 他具体研究了情节的虚构与合理性的关系，认为好的叙事文学应当"把谎说得圆"，也就是说要虚构得合情合理。他还强调悲剧的情节应当有"突转"和"发现"，也就是要求产生戏剧性的效果，以激起观众的怜悯与恐惧之情。他的情节理论对后来的古典主义叙事观念的形成有很大影响。

中国传统叙事理论在对情节的研究中也提出了许多重要的观点。明代的谢肇淛强调了虚构情节的审美意义，认为情节应当将虚构和真实结合在一起，"虚实相半"，使"情景造极"，也就是将生动逼真作为评价情节的艺术标准。② 金圣叹在对《水浒传》的评点中提出了更全面的情节理论，如情节要有"势"，即内在的有机统一性；要有"变"，即从情节与读者反应的关系出发，提出情节的发展要适合读者的阅读心理节奏，等等。③

（三）人物

叙事作品中的人物是事件、情节发生的动因。但在不同作品中，人物和情节的关系不尽相同。在有些情节小说中情节是中心，人物不过是为了构造情节而设置的，本身见不出完整的、活生生的真实性格特征来。这样的人物只是为了推动情节发展而存在的一种工具。而在许多现实主义作品中，人物是艺术表现的中心，情节则是展现人物性格的手段。性格与情节的主次地位问题因此而成为叙事理论史上的一个争议点。亚里士多德认为情节是最重要的，而黑格尔的见解则与此相反，他在《美学》中指出："性格就是理想艺术表现的真正中心。"在我国传统叙事理论中也有重性格与重情节的不同见解。金圣叹评《水浒传》时说："别一部书，看过一遍即休；独有《水浒传》，只是看不厌，无非为他把一百八个人性格，都写出来。"④ 他注重的是人物性格。而清代戏剧理论家李渔则强调传奇首先要有"奇事"，作品的"主脑"就在于作为整个情节关捩的"一人一事"⑤。显然他更重视情节。

---

① ［古希腊］亚里士多德：《诗学》，陈中梅译，商务印书馆1996年版，第64页。

② （明）谢肇淛：《五杂俎》，见黄霖、韩同文选注《中国历代小说论著选》，江西人民出版社1990年版，第166页。

③ 参见高小康《市民、士人与故事——中国近古社会文化中的叙事》，人民出版社2001年版，第219~223页。

④ （明）金圣叹：《读第五才子书法》，见黄霖、韩同文选注《中国历代小说论著选》，江西人民出版社1990年版，第292页。

⑤ （清）李渔：《闲情偶寄·立主脑》，见单锦珩校点《闲情偶寄》，浙江古籍出版社1985年版，第8页。

　　上述观点分歧的根源在于叙事作品中人物自身的二重性特点：行动元与角色。[①]"行动元"的意思就是说，人物是推动故事情节发展的行动要素。有许多叙事作品，尽管其中的人物姓名、身份，故事发生的时间、地点都不相同，却给人以相似甚至雷同的感觉，这是因为其中的人物虽然名称、身份变来变去，其实不过是同一类型的行动元，就是说他们的行动目的、意义与基本方式相似。比如许多才子佳人小说，尽管人名、地点、时间都不同，却总是由与《西厢记》相似的几个主要行动元构成：故事最终结局的追求者（才子，如张生）、追求对象（佳人，如崔莺莺）、促进者（朋友、侠客或仆婢等，如红娘）、反对者（有权势的人物，如老夫人）、竞争与破坏者（小人，如郑恒）。

　　"角色"是指具有生动具体的形象和性格特征的人物。传统叙事理论对人物作为角色特征的研究十分重视。西方早在贺拉斯的《诗艺》中，就开始强调按照人物的年龄、身份等特点写出合情合理的人物。到了近代，黑格尔明确提出性格是艺术表现的真正中心，突出了表现人物形象特征的重要性。现代的马克思主义文学理论更强调塑造人物形象时，要在鲜明生动的个性中包含具有普遍意义的共性，揭示出社会生活中某种本质和规律，因而可产生特殊的认识与审美价值。这种"角色"就是上一章所说的"典型人物"。

　　中国传统叙事理论对人物的研究同样注重"角色"的生动性。明代就有人指出："即如《西游》一记，怪诞不经，读者皆知其谬。然据所载，师弟四人各一性情，各一动止，试摘取其一言一事，遂使暗中摸索，亦知其出自何人，则正以幻中有真，乃为传神阿堵。"[②] 这就是说，即使情节离奇的作品，其中的人物也可以被塑造成生动具体的形象而被读者当做"真的"、完整的人格，即具有"角色"特征。

　　人物同时具有"行动元"和"角色"两重特性，但这两重特性并不总是相互吻合的。有时一个行动元可以由几个角色担任，如《西游记》中的许多妖魔，虽是不同角色，具有不同的性格特点，但对情节发展而言，都属同一行动元，即（唐僧取经的）阻碍者；而唐僧师徒四人则构成一个行动元：取经人。反过来，一个角色也可能包括几个行动元，如猪八戒、沙僧、白龙马，都是由阻碍者变成取经人的。行动元与角色的二重特性使人物在作品中的地位和意义变得复杂起来。比如李渔认为《西厢记》最主要的人物是张生，而金圣叹则认为是崔莺莺。二者观点分歧的根源在于：前者认为，张生作为行动元的

---

　　① 参见［立陶宛］格雷马斯《行动元、角色和形象》，王国卿译，见张寅德编选《叙述学研究》，中国社会科学出版社 1989 年版，第 119 页。

　　② （明）睡乡居士：《二刻拍案惊奇序》，见（明）凌濛初《二刻拍案惊奇》上，上海古籍出版社 1983 年版，第 1 页。

作用在剧中最重要——惊艳、借厢、酬韵、解围等情节发展的主要关头，张生都是推动情节发展的主导因素；后者则认为，莺莺的角色地位最突出——她在故事中的作用主要不是行动，而是她美丽脱俗的形象、含蓄而又执著的性格对张生、红娘、老夫人等其他人物的影响，乃至间接地对整个故事发生的作用。

行动元是情节的动因，表现为人物"做什么"；而角色是形象的基础，表现为人物"怎样做"。我们在分析叙事作品中的人物时，必须注意这二重特性的作用及其区别。

（四）场景

叙述内容中具体描写的人物行为与环境组合成为场景。一部叙事作品在叙述故事中必须有场景，也就是说，故事的进展要把人物的行动放在具体的环境中构成场景，才能显现为生动具体的艺术形象。没有场景的作品尽管也可以有完整的故事线索，但在读者的理解和想象中，如果只有抽象的过程而构不成生动的形象画面，就无法产生艺术感染力和审美价值。

场景在作品中的安排并非千篇一律。俄国作家屠格涅夫的小说《白净草原》，写的是主人公在一次打猎后回家时迷了路，走入白净草原，同一群牧马的孩子过夜的故事。整个故事尽管时间和空间都有推移变换，但具体描写是连续的，实际上只有一个贯穿始终的场景。这是一种特殊情形。多数作品包括若干不连贯的场景，由概略叙述或省略跳跃的方式联系起来，如 19 世纪俄国诗人普希金的小说《驿站长》，第一个场景从"1816 年 5 月，我沿着现在已经废弃的官道经过某省"开始，到"我接过许多次吻，可是没有一次给我留下这样长久、这样愉快的回忆"结束。紧接着下一段开头"过了几年，人事倥偬，我又走上了这条官道"，一句话便省略了几年，把上下两个场景连接了起来。在驿站长讲的故事中，在寻找女儿的遭遇之后是这样写的："老人回到自己的住处。他的朋友劝他去告状，他想了想，把手一挥，决定让步。两天以后，他离开彼得堡回自己的驿站去，随后又重新干起自己的差事来。"这是用概略叙述交代了后来的事件。一般叙事作品中场景的详细叙述同概略叙述是交替出现的：需要重点表现的情节高潮出现在场景的详细叙述中，而无关紧要的过渡性情节则用粗线条概略叙述。

二、结构

叙述内容的基本成分是故事，而内容的存在形态则是结构。叙事作品的结构是指作品中各个成分或单元之间关系的整体形态。

叙事作品是一种话语系统，它的内部结构可以从两个向度进行分析：首先是历时性向度，即根据叙述的前后顺序研究句子与句子、事件与事件之间的关系，一般文艺理论中所讲的结构主要是指这种历时性向度的结构关系。其次是共时性向度，研究内容各个要素与故事之外的文化背景之间的关系。前者称为表层结构，后者称为深层结构。

（一）表层结构

从叙述层面来分析作品的结构，首先应当确定最小叙述单位。从句法分析的角度可以把叙述内容化简为一系列基本句型，最小单位叫做叙述句。[①] 一个故事中可包容若干基本事件，这些事件必然是关于一些人物的行为或状态，我们可因此而把这些人物当做主语，而把行为化简为谓语动词，或者把状态化简为表语。例如，《驿站长》中关于驿站长的主要故事内容可用这种办法化简为下列几个叙述句：

（1）驿站长有个漂亮女儿都妮亚；

（2）骠骑兵来到驿站装病；

（3）骠骑兵劫走都妮亚；

（4）驿站长寻找都妮亚失败；

（5）驿站长在孤独中酗酒而死。

这里把故事的基本内容化简成了几个谓语动词或表语与补语：有、装病、劫走、寻找、失败、死。每个基本事件的结构特征通过句法关系而显示出来。

当我们把故事化简到极限，有时可用一个单句来概括一个故事。比如可把《西游记》化简为"唐僧师徒战胜妖魔上西天取经"。但这样化简的结果是失去了对故事内容关系特征，即故事怎样发生的问题的起码提示，所以没有结构意义。一般情况下，对故事结构化简提炼的结果是形成若干叙述句，这些句子之间是不可任意错乱的结构关系，即序列。《驿站长》的五个叙述句构成了一个基本的单线序列：第一句是初始的平衡状态（驿站长因有都妮亚而过着安定圆满的生活）；第二、三句是平衡的破坏，由潜伏（骠骑兵装病）到显现（劫走都妮亚）；第四句是恢复平衡的努力（寻找女儿）；第五句是由不平衡翻转到否定性的平衡（驿站长死去，都妮亚成为"贵妇人"）。可以看出，这个序列的次序和环节（即平衡—破坏平衡—新的积极或否定性平衡）是经典叙事作品结构的基本条件，一旦受到破坏便会产生不知所云或支离破碎之感。但很多作品中的序列远为复杂，不仅表现为叙述句的多少，更重要的是若干序列的组合。比如在一个基本序列中嵌入一个或若干个次级序列，故事套故事；或一个序列接一个序列，形成连环；还可以几个序列交织并行，等等。种种组合方式使故事结构复杂化，从而给阅读活动带来更多的乐趣。

[①]　参见罗钢《叙事学导论》，云南人民出版社 1994 年版，第 113 页。

（二）深层结构

深层结构存在的根据，是相信具体的叙述话语同产生这些话语的整个文化背景之间存在着超出话语字面的深层意义关系。当代法国人类学家列维－斯特劳斯在研究神话叙事的意义时，采用一种打乱叙述顺序，而将各个神话要素按照某种相似特征重新组合的方式进行译解，从中寻找支配具体话语的深层文化关系。[①] 他的译解方式对于分析叙述话语的深层结构有一定借鉴意义。下面我们试用这种方式解读唐代传奇《柳毅传》。

这篇故事从表层来看，讲的是一位落第文人解救困厄中的龙女，并最终与龙女结婚成仙之事。如果把故事中有意义的事件的叙述顺序打乱，而按照性质的相似和逻辑关系进行重组，可得到下面这个图表：

行为		后果	
A：循常规行事	B：脱离常规的行为	C：不幸	D：幸运
柳毅应举	马受惊而跑出道外	柳毅落第	柳毅得遇龙女
龙女向舅姑哭诉丈夫的行为	柳毅解下衣带叩社橘入水见龙王	龙女被罚牧羊	龙女得还
洞庭君把爱女受难的事向暴躁的弟弟钱塘君保密	钱塘君怒发而挣断锁链	洞庭君哀恸而无可作为	钱塘君大胜并被赦免
钱塘君顺从锁禁		钱塘君被囚禁	
柳毅严词拒绝钱塘君婚媒；回家后两次明媒正娶	柳毅最后娶一父亲不知所往的寡妇	柳毅在拒婚后的遗憾；两度亡妻	柳毅夫妇成仙得道

这个图表中前一栏 A、B 两组都是行为，其中 A 组行为都是按照当时的习俗或道德观念来看是适当的行为，即"循常规行事"；B 组的行为或者是意外偶然，或者是违反习俗或道德观念，所以属于"脱离常规的行为"。后一栏 C、D 两组则是行为造成的后果状态，其中 C 组都是"不幸"的后果；D 组则都是"幸运"的后果。经过这样重组后很容易看出，故事的主旨是由 C 组（"不幸"）状态向 D 组（"幸运"）的转化，即寻求幸福；而 A、B 组是达到上述转

---

① 参见［美］霍克斯《结构主义和符号学》，瞿铁鹏译，上海译文出版社 1987 年版，第 40～45 页。

化的行为方式或条件。有趣的是，A组行为的后果是在C组，而B组行为的后果则在D组。质言之，在故事中，循规蹈矩是导致不幸的原因，如柳毅应举的后果是落第，龙女诉于舅姑的后果是被罚牧羊，等等；而向幸运的转化则都同脱离常规的行为有关，如由马惊乱跑而得见龙女、娶不明身份的寡妇而得成仙，等等。上述关系就是作品的深层结构，启示出表面故事背后的另一层意义，即对现实和习俗观念的怀疑，渴望从超越常规中寻求到幸福。

深层结构是作品潜含的文化意义，植根于一定文化中的深层社会心理，因而往往呈现为多义的状态，造成译解的困难和歧义。因此，对同一部作品深层结构的分析常常会得出不同层次、不同角度的多种结果。

三、行动

行动是推动事件进展的直接原因，对于叙事内容的分析有重要意义。对行动的研究可以从不同的方面进行，这里着重讲一讲行动的内在逻辑。

一般行动逻辑的基本形式是三段式序列。首先，可能性。一个行动将要发生，或具有了发生的条件。比如《西厢记》中张生见到莺莺后神魂颠倒，随即找到寺庙的主持要求借宿。显然，这个借厢的行动意味着张生和莺莺之间将有事要发生，而且他借宿在寺里也为下一步行动的发生提供了条件。其次，变为现实。即行动开始进行。这是故事内容的主要部分。这一阶段也可能以否定的形式出现：行动由于某种原因而被阻止或取消，没有变为现实，从而导致故事发展方向的改变或出现新的序列。一个情节曲折的故事常常通过行动被阻断或否定来打破读者的期待，从而造成悬念。一个经典的例子就是《水浒传》中的"宋江三打祝家庄"的故事，其中第一次和第二次行动都因为种种原因遭到挫折，因此而生出了更多的故事线索。再次，取得结果。这可以是行动成功，达到目的；也可以是行动失败，没有达到目的。总之一个行动在此阶段结束全过程。

一个故事中的行动常常可能是几个行动序列的复合，最典型的形式有如下几种。第一种，首尾接续式。一个行动的结果成为另一个行动发生的可能性，从而形成一环接一环的情节链，使故事得以一直延续下去。传统的章回小说往往用这种形式把相对独立的故事串联成长篇小说，说书人便以此来吸引听众的兴趣。当代许多武侠小说也使用这种形式，甚至可以把几部长篇小说用这种首尾接续的形式组织成一个长长的复合系列，从而使读者保持长时间的期待。第二种，中间包含式。一个行动的展开过程中又包含着作为手段的次一级行动序列，在这次一级序列的展开中还可以再包含更次一级行动序列，依此类推。这就是大故事里面套小故事、总的情节线索里面再细分出更具体的行动细节的复合方式。实际上，除了情节简单的民间故事、寓言或微型小说外，一般叙事文学作品叙述中的情节过程通常都要在大的行动序列中包含更多的行动细节，这样才能使故事中的行动具体化而不是成为抽象的过程。第三种，左右并连式。同一事件序列中的行动可能通过变换角度而形成平行对应的两个序列。武侠或惊险样式叙事作品常常使用这种组织行动的方式，如"007"系列电影和小说中常见的情节：一方面是侦探詹姆斯·邦德在追踪调查犯罪集团，而另一方面是犯罪集团同时在寻找追杀邦德，这两条行动线索平行对应发展。这种行动序列更容易造成紧张感，所以情节紧张的叙事样式使用这种方式较多。

一般说来，一部小说，尤其是有相当大容量的长篇小说，不可能只有一种简单的行动模式，通常都是由几种复合序列综合形成的更为复杂的行动序列。

第三节　叙述话语

一、文本时间与故事时间

叙事就是在讲故事，阅读则是在听故事，总之这是一个时间过程。但在这个讲故事的过程中实际上涉及两个时间概念——一个是"讲"的时间，一个是"故事"内容本身的时间。我们在叙事研究中把这样两个不同的时间概念加以区分："讲"（也就是叙述）故事的过程称为"文本时间"，而"故事"内容发展的过程称为"故事时间"。

概括地说，所谓"故事时间"，是指故事发生的自然时间状态；而所谓"文本时间"（也可以称为"叙事时间"），则是叙事文本的顺序和长短等时间状态。前者是故事内容中虚构的事件之间的前后关系，而后者是作者对故事内容进行创作加工后提供给读者的文本秩序。

假如叙述者在讲故事时就像一场体育比赛中的一位忠实的现场播音员，完完全全跟着比赛的进程一点不落地解说比赛过程，既不前后颠倒次序，也不增加或省略内容，那么我们就很难看出比赛的时间（相当于故事时间）和解说的时间（相当于文本时间）这二者之间有什么差异。但实际上大多数叙事作品都不是这样写的。比如这样一段叙述：

　　"打狗要看主人面，那么，打猫要看主妇面了——"颐谷这样譬释着，想把心上一团蓬勃的愤怒像梳理乱发似的平顺下去。诚然，主妇的面，到现在还没瞧见，反正那混账猫儿也不知躲到哪里去了，也无从打它。只算自己晦气，整整两个半天的工夫全白费了……

猫送到城南长街李家那天，李太太正在请朋友们茶会，来客都想给它起个好听的名字。一个爱慕李太太的诗人说："在西洋文艺复兴的时候，标准美人都要生得黑，我们读莎士比亚和法国七星派诗人的十四行诗，就知道使他们颠倒的都是些黑美人。我个人也觉得黑比白来得神秘，富于含蓄和诱惑。一向中国人喜欢女人皮肤白，那是幼稚的审美观念，好比小孩只爱吃奶，没资格喝咖啡。这只猫又黑又美，不妨借莎士比亚诗里的现成名字，叫它'dark lady'，再雅致没有了。"……

它到李家不足两年，在这两年里，日本霸占了东三省，北平的行政机构改组了一次，非洲亡了一个国，兴了一个帝国，国际联盟暴露了真相，只算一个国际联梦或者一群国际联盲，但是李太太并没有换丈夫，淘气还保持着主人的宠爱和自己的顽皮。在这变故反复的世界里，多少人对主义和信仰能有同样的恒心呢？

这是钱锺书的小说《猫》的开头。第一段讲的是一只小猫抓碎了桌上的稿子，而第二段讲的却是这只小猫的来历。显然，第二段文本叙述的是故事内容的开头，而第一段文本叙述的是后面的内容；文本的前后次序和故事时间的次序是颠倒的。

再拿前两段和第三段比较：第一段用了一百多字叙述颐谷看到稿子被猫抓碎后的自言自语和想法，叙述的时间长度和故事中事件发生的过程在感觉上基本差不多；第二段主要是一位诗人发的议论。这里的叙述文本是人物说的话，而故事时间就是这个人物高谈阔论的过程，应当说文本和故事内容是一致的。总之，这两段的文本时间长度和故事内容发生的自然时间过程比较接近。但第三段就不同了，短短140个字概括了两年中发生的若干大大小小事件，显然故事内容的时间长度大大长于文本的时间长度。

由此可见文本时间和故事时间之间可能存在着差异。如何处理文本时间与故事时间的关系是作者处理叙事效果的一种艺术手法。故事越长越复杂，叙述中对故事的自然时间所作的变动往往也就越大。文本时间和故事时间之间的关系主要从三个方面表现出来，就是时序、时距和频率。

叙事作品中的时序是文本时间顺序与故事时间顺序相互对照形成的关系。所谓文本时间顺序是文本中展开叙述的前后顺序，即叙述者讲述故事时从开头到结尾的次序。而故事时间顺序是故事内容从开始发生到结束的自然发展顺序。通常人们相信，自然的叙述顺序应当是文本时间序列与故事时间序列一致。编年史式的故事（如典型的史传文学）明显地体现出这种一致性来：叙述的前后顺序就是故事内容的前后顺序。就拿《三国演义》来说，第一回从"建宁二年四月望日"皇宫出现妖孽、蔡邕上书、十常侍作乱开始，引出黄巾军，然后是桃园三结义……叙述就这样沿着事件发展的前后顺序推进。在第一回的末尾讲到刘备等三人救了董卓却受到怠慢，张飞大怒，要提刀杀董卓，然后说"毕竟董卓性命如何，且听下回分解"。下回一开始，便接着上一回结束时的内容讲到刘备和关羽劝阻张飞。每一回都这样按照故事内容的次序前后衔接，故事就这样随着事件的发展一步一步地讲下去。这样的叙述就是顺时序叙述，也叫"顺叙"。

文本时间序列与故事时间序列之间还存在种种不一致的形式，即一般所说的逆时序。逆时序的叙述由于违反了人们理解的事物发展顺序，因而容易产生吸引人注意力的效果。逆时序的叙述方式在很古老的叙事作品中就已出现了。逆时序叙述的一种表现方式是"倒叙"。如古希腊的悲剧《俄狄浦斯王》就是一部以倒叙的方式讲述的叙事作品：故事一开始就是忒拜城遭了天疫，神谕告诉人们是有人犯了乱伦的罪孽。然后是俄狄浦斯开始调查，随着调查的展开，过去的事才一件件揭示了出来。这种倒叙的方式由于打乱了事件发展的顺序，使人猝不及防地进入故事发展的紧要关头，从而给读者造成强烈的悬念，使故事更加惊心动魄、扣人心弦。这种倒叙的方式在近代以情节的紧张刺激为特色的故事中很常见。也有一些采用倒叙方式的叙事作品并不追求悬念，比如普鲁斯特的长篇小说《追忆似水年华》开始时叙述的是自己最近的情况："在很长一段时期里，我都是早早就躺下了……"然后叙述的进展逐渐如梦如烟地从现在返回到过去：

> ……半夜梦回，在片刻的朦胧中我虽不能说已纤毫不爽地看到了昔日住过的房间，但至少当时认为眼前所见可能就是这一间或那一间。如今我固然总算弄清我并没有处身其间，我的回忆却经受了一场震动。通常我并不急于入睡，一夜之中大部分时间我都用来追忆往昔生活，追忆我们在贡布雷的外祖父母家、在巴尔贝克、在巴黎、在董西埃尔、在威尼斯以及在其他地方度过的岁月，追忆我所到过的地方，我所认识的人，以及我所见所闻的有关他们的一些往事……①

---

① ［法］普鲁斯特：《追忆似水年华》第1卷，李恒基、徐继曾译，译林出版社2001年版，第6页。

这种倒叙的方式造成了一种与叙述者所处的语境相疏离的忆旧情调，与《俄狄浦斯王》式的悬念故事完全不同。

另一种逆时序叙述方式是插叙。这是在顺时序叙述的过程中插入一段或几段与上下文的时间、因果关系不连属的故事内容，使主要的故事进程造成暂时的中断和延宕。《水浒传》中在叙述宋江两次攻打祝家庄之后插入了解珍、解宝的一段故事就是一种插叙。在有的故事中插叙的内容反客为主，成了故事的基本内容，而顺时序的叙述则降到次要的地位，成为插叙内容的框架和向导。如美国当代小说家海明威（E. Hemingway，1899—1961）的小说《乞力马扎罗的雪》中，顺叙的内容是一个人在非洲打猎时得了坏疽病后垂死时的情境。在主人公濒死的数小时生活的叙述中反复插入了大段的回忆与联想，正是这些回忆和联想展示出了主人公一生的追求、颓唐又不甘沦落的精神生活历程。而顺叙的内容则把这些叙述引向一个悲剧性的归宿：在最后一段插叙中主人公飞越了被称为"上帝的庙堂"的乞力马扎罗雪峰，然后回归到顺叙的现实生活中来，他死了。

《水浒传》和《乞力马扎罗的雪》等例子都表明，实际上在故事中叙述次序是可以变换的，既可以从顺叙变换为倒叙或插叙，也可以在倒叙或插叙中又转入顺叙。叙述次序的变换会造成故事情调、节奏等方面的改变。

时距也可称为叙述的步速，是故事时间长度与文本时间长度相互比较对照所形成的时间关系。我们可以设想这样一种叙述状况：故事情节中的人物语言被完整地叙述出来，或者把人物的动作大体按照动作进行的时间过程进行描述。在这种情形中，可以认为叙述所用的时间长度与故事发生的时间长度大体上是一致的。两种时间长度相互一致的时间关系可以算做一种匀速叙述的关系。当然，由于文本时间长度事实上是无法精确计量的，所以所谓"匀速"，只不过是一种概念意义上而非测量意义上的匀速。以这种"匀速"叙述为基准，就可以区分出不同叙述速度的各种时距。

简单地说，不同的时距可以影响叙事速度向两个方向变化：一是变快，故事时间长而文本时间短，即用相对简短的话语叙述较长时间里发生的事件。前面引到的小说《猫》中的第三段就是叙述步速加快的例子，这种叙述通常也叫做概要叙述。二是变慢，就是用较长的文字来叙述很短时间里发生的故事，比如《追忆似水年华》中有一段关于喝茶的叙述：

> 母亲着人拿来一块点心，是那种又矮又胖名叫"小玛德莱娜"的点心，看来像是用扇贝壳那样的点心模子做的。那天天色阴沉，而且第二天也不见得会晴朗，我的心情很压抑，无意中舀了一勺茶送到嘴边。起先我

已掰了一块"小玛德莱娜"放进茶水准备泡软后食用。带着点心渣的那一勺茶碰到我的上颚，顿时使我浑身一震……①

　　这段叙述中所涉及的故事时间很短——不过是吃了一口点心的时间，充其量不会超过几秒钟。但叙述的文本却相当长。显然叙述把事件的过程、细节放大了，像电影中的慢镜头一样把喝茶的每一个动作细部分解开来进行展示。

　　频率是指一个事件在故事中出现的次数与该事件在文本中叙述的次数。不同的叙述频率会形成不同的阅读效果。比如讲述发生过若干次的事就会形成重复的效果，如海明威的《老人与海》中一再叙述重复出现的事件，如在追捕大鱼时一次又一次的放线、收线，返航时同鲨鱼一次又一次的搏斗，等等。一次又一次地讲述反复发生的事件，这种重复的效果是使不断发展、流逝的生活事件中某些东西有节奏地重复显示，从而提示出一种恒定的意义或产生某种象征意蕴。《老人与海》中对重复发生的行动重复叙述，就是在突出老人强韧的意志。

二、视角

　　视角是作品中对故事内容进行观察和讲述的角度，根据叙述者观察故事中情境的立场和聚焦点而区分。传统的叙事视角研究一般根据叙述人称来划分：第一人称叙述是叙述者作为故事中人物从内在角度讲故事的叙述方式，第三人称是叙述者以旁观者的口吻从外部讲故事的叙述方式，此外还有第二人称，即以"你"为故事中人物的这样一种特殊叙述方式。法国学者热奈特则用"聚焦"这个概念来分析不同的叙述视角。他将聚焦分为"零聚焦""内聚焦"和"外聚焦"三种类型。下面结合聚焦与人称的概念分析不同叙述视角的特点。

（一）零聚焦叙述

　　"零聚焦"指无固定视角的全知叙述，它的特点是叙述者说出来的比任何一个人物知道得都多。这通常是从与故事无关的旁观者立场进行的叙述。这类叙述的特点是无视角限制。叙述者如同无所不知的上帝，可以在同一时间内出现在各个不同的地点，可以了解过去、预知未来，还可随意进入任何一个人物的心灵深处挖掘隐私。总之，这种叙述方式由于没有视角限制而使作者获得了充分的自由。传统的第三人称叙事作品采取这种叙述方式很普遍。但正由于作者获得了充分的叙述自由，这种叙述方式容易产生的一种倾向，便是叙述者对

---

　　① 〔法〕普鲁斯特：《追忆似水年华》第 1 卷，李恒基、徐继曾译，译林出版社 2001 年版，第 28 页。

作品中人物及其命运，对所有事件可完全控制、任意摆布，剥夺了接受者的大部分探索、解释作品的权力，因而受到许多现代小说批评家的非难。

现代的第三人称叙述作品有一类不同于"全知全能"式叙述的变体，作者放弃了第三人称可以无所不在的自由，实际上退缩到了一个固定的焦点上。如英国女作家伍尔夫的小说《达罗卫夫人》用的是第三人称，故事中有好几位人物，然而叙述的焦点始终落在达罗卫夫人身上，除了她的所见、所为、所说之外，主要是着力描写了她的心理活动，其他人物都是作为同达罗卫夫人有关的环境中的人物出现的。我们可以感到，读者实际上是从达罗卫夫人的角度观察世界的。这种第三人称实际上已属于内聚焦的叙述视角。

（二）内聚焦叙述

"内聚焦"的特点是叙述者只叙述某个人知道的情况，即从某个人的单一角度讲述故事。内聚焦叙述的作品往往采用第一人称叙述，叙述者通常是故事中的一个角色，叙述焦点因此而移入作品中，成为内聚焦。这种叙述角度有两个特点：首先，这个人物作为叙述者兼角色，他既可以参与事件过程，又可以离开作品环境面向读者进行描述和评介，这双重身份使这个角色不同于作品中其他角色，他比其他角色更"透明"、更易于理解。其次，他作为叙述者的视角受到了角色身份的限制，不能叙述本角色所不知的内容，这种限制造成了叙述的主观性，如同绘画中的焦点透视方法，可产生身临其境般的逼真感觉。近现代侧重于主观心理描写的叙事作品，往往采用这种方法。

进一步分析便可发现，在不同作品中，第一人称叙述焦点的位置实际上是不尽相同的。这是因为叙述者所担任的角色在故事中的地位不同：有的作品中的叙述者"我"就是故事主人公，故事如同自传，比如鲁迅的《狂人日记》。这类作品中叙述视角限制最大。当然这并不是说叙述视角同故事中人物的视角必须完全重合。因为这类作品一般是以过去时态叙述的，那么叙述者仍有可能以回忆者的身份补充当时所不知的情形。还有许多作品中的叙述者只是故事中的次要人物或旁观者。这样的叙述往往较为客观一些，较为极端的例子如普希金的《驿站长》，叙述者"我"同主要故事几乎不发生任何关系，仅仅是个旁听者而已，这样的第一人称叙述便接近于外聚焦的视角了。

（三）外聚焦叙述

"外聚焦"叙述的特点是叙述者知道的比人物所知道的要少。从人称而言，这也是一种第三人称叙述，但与"零聚焦"叙述者的无所不知相反，他像一个不肯露面的局外人，仅仅向读者叙述人物的言语和行为，但不进入任何人物的意识，也根本不想对他的所见所闻做出合情合理的解释，他自己一无所知，甚至表现得似乎什么也不想知道。现代一些小说家为了对抗"全知全能"的传统叙述方式，往往刻意采用这样一种冷漠的旁观者式的叙述方式。

上面虽然讲到的是三种叙述视角，但实际上在作品中，人称和叙述视角并不一定是不变的。比如在有的故事中，先是由第三人称叙述开始，但其中的部分或主要内容是故事中的一个人物叙述的，这些内容就变成了第一人称叙述。或者相反，开始是第一人称，但故事的内容都不是叙述者参与或在场，而是以局外人的身份叙述，这实际上就变成了第三人称叙述。叙述人称可以变换，聚焦的角度同样可以变化。如传统的说话艺术中，说话艺人多以零聚焦的方式把故事中所有人物、事件的来龙去脉都交代得一清二楚；但有时会在描述某个人物时，就转而采用这个人物的内在视角来叙述故事情境，从而使情境显得更为生动逼真。

第四节　叙 述 动 作

叙述动作，即"叙述"行为本身。如果所叙述的内容是存在于外部世界的真实事件，那么叙述动作——以什么方式讲述这些话语——便不十分重要。反之，如果内容是虚构的，那么，如何讲述便具有了重要性。我们都知道，在日常生活中讲述一件子虚乌有的事，用开玩笑的口吻与一本正经地讲述，效果大不相同。文学也是如此。叙述动作以各种方式影响着读者的态度和评价。

一、叙述者与作者

叙述动作就是"讲故事"，这个行为，显然要由两个基本的因素结合而发生："讲"的人和"听"的人，即叙述者和叙述接受者。[①]

习惯上人们常把叙述者等同于作者，这其实是一种误解。在有的以第一人称叙述的故事中，叙述者很容易像是直接出场的作者，如鲁迅《一件小事》中的"我"，似乎就是鲁迅本人；但《狂人日记》中的"我"则显然是作者虚构出来的叙述者。在后一种情形中，作者不同于叙述者是很容易理解的，而前一种情形则比较暧昧。其实，即使在前一种情形中，仍然不应当把作者与叙述者混为一谈。虽然在某些情形中，叙述者与作者在人们心目中的形象比较接近，这并不意味着因此就应当把作者与叙述者等同起来。至于那种全知全能的

---

① 本节内容主要参阅［美］韦恩·布斯《小说修辞学》第二部"小说中作家的声音"，付礼军译，广西人民出版社 1987 年版。

第三人称叙述者，由于不在作品中出场，看上去就更像藏在故事背后的作者了。然而如果把叙述者与作者混为一谈，我们就难以把作品中所表现出的作者的理想、想象力与作者的实际道德、人生态度区分开来，势必会混淆故事叙述与日常话语叙述的区别。

二、叙述者与声音

故事中叙述者的存在不仅表现于叙述的内容以及叙述话语本身，而且表现于叙述的动作，即用什么口气或什么态度叙述，这就是叙述者的"声音"。不同的叙述风格，也可以从叙述声音的差异上加以区别。从叙事的本来意义而言，叙述声音的功用只是传达内容意义，声音的表情特点也只是为了更准确、生动地表达内容的情感意蕴。然而在有些叙事作品中，叙述者的声音会脱离叙述的故事内容而凸显出来，声音本身变成了被关注的对象。例如明代的拟话本小说集《拍案惊奇》中有一篇小说《张溜儿熟布迷魂局　陆蕙娘立决到头缘》，在讲到扈家的两个媳妇听到有人在门外哭泣，准备开门去外边看时，插入了这样一段话：

> 正是：闭门家里坐，祸从天上来。若是说话的与他同时生，并肩长，便劈手扯住，不放他两个出去，纵有天大的事，也惹他不着。原来大凡妇人家，那闲事切不可管，动止最宜谨慎……

这段话显然与故事没什么直接关系，作为议论的成分，在故事中也是可有可无的。它的真正作用其实是凸显出叙述者。它通过巧妙的修辞和横插的议论使人注意到叙述声音的存在，从而注意到叙述者的存在。

叙述者声音的凸显把叙述者从故事的幕后推到了前台，使叙述者也成为读者欣赏的对象，换句话说是被戏剧化了。这种戏剧化的叙述者在话本中出现得很普遍，因为话本是供说话艺人表演用的，叙述者通过叙述声音所显示的个人魅力也是说话艺术中不可或缺的一个成分。在更经典化的案头文学中，这种叙述者声音出现得较少。但到了 20 世纪，对叙述声音的重视又成为叙事文学创作的一种创新方式。20 世纪法国作家纪德（A. Gide，1869—1951）的小说《伪币制造者》就常常在故事的叙述过程中突然插入叙述者的声音，如书中《普氏家族》一章的末尾：

> 父子间已无话可说。我们不如离开他们吧。时间已快十一点。让我们把普罗费当第太太留下在她的卧室内……我很好奇地想知道安东尼又会对

他的朋友、女厨子谈些什么，但人不能事事都听到，如今已是裴奈尔去找俄理维的时候了。我不很知道他今晚是在哪儿吃的饭，也许根本他就没有吃饭。

在这里，叙述者声音的出现破坏了叙述的连贯和整体性，强调"讲"的动作，从而瓦解了经典叙事所制造的客观、逼真幻觉，这正是作者所追求的特殊风格。

在叙事作品中，无论叙述者的声音是否戏剧化地凸显出来，它总归是存在于作品中的。与叙述者的声音相对应，作品中还存在着其他的声音。这就是故事中人物的声音，即发出人物对话、独白、心理活动等人物语言的声音。在经典的叙事文学中，作品中人物的情绪、态度、观点都是由叙述者所控制和安排的，无论作品中有多少人物、多少个声音，都是来自同一个叙述者的安排。作为叙述者以直接引语或间接引语的方式所表达的内容，归根到底是同一个叙述者声音的不同部分。这种发自一个声音的叙述方式可以称之为"独白"式的叙述方式。

在现代的某些叙事作品中，还可以看到另一种不同的叙事方式。如19世纪俄国作家陀思妥耶夫斯基等人的作品中，人物往往具有强烈的自我反思与心理矛盾倾向。在陀思妥耶夫斯基的小说《罪与罚》中，大学生拉斯柯里涅科夫在谋杀放高利贷的老太婆前后，就始终被矛盾的念头困扰，最终导致了精神崩溃。这一类叙事方式中叙述者的声音与主人公的声音之间存在着矛盾，主人公似乎总是在叛离叙述者的理性意图，按照自己的怪诞念头行动，就好像不是叙述者在控制着主人公的行动，而是叙述者在与主人公对话，有时叙述者只能听凭主人公随心所欲地行动。在这里，作者把自己内心的矛盾、困惑通过叙述者声音与主人公声音的对立而表现了出来。这样在同一个叙事中并行着两个甚至更多的声音的叙述方式，可以借用音乐术语称之为"复调"式叙述。

"复调"式叙述的出现，不仅是叙事艺术的发展，在某种程度上也是作为叙事语境的社会文化、社会心理出现危机的一个征兆。

三、叙述者与接受者

作者在作为叙述者讲述故事时，心目中必然要有一个潜在的叙述接受者。在中国古代的话本和拟话本之类的小说中，叙述接受者是明确的：

> ……假如你有娇妻爱妾，别人调戏上了，你心下如何？古人有四句道得好——人心或可昧，天道不差移。我不淫人妇，人不淫我妻。——看

官，则今日我说《珍珠衫》这套词话，可见果报不爽，好教少年弟子做个榜样。

这是明代拟话本小说《蒋兴哥重会珍珠衫》中开篇的几句话。这里明确地指出了叙述接受者——"看官"，故事的语境和道德意义只有对这个合乎作者要求的"看官"来说才是真正有意义的。18 世纪德国诗人歌德的《少年维特之烦恼》在前言中同样设定了接受者：

> 有关可怜的维特的事迹，凡是我能够找到的，我已经尽力搜集，并把它们呈现在你们面前，我知道你们会因此感谢我的。对于他的精神和品格，你们不可能抑制自己的钦佩和爱慕，对于他的遭遇，你们不可能吝惜自己的眼泪。至于你，善良的灵魂呀，你正在感受像他那样的苦恼，从他的悲痛中汲取安慰吧。如果由于命运或者你自己的过错，无法找到一个更亲密的知己，那就让这本小书做你的朋友吧。

叙述者在这里对接受者提出了明确的要求：应当是钦佩和爱慕维特品格的，为他的遭遇而伤感的"善良的灵魂"；说到底，应当是一个具有"狂飙突进"式热情、敏感乃至脆弱、孤芳自赏的人。当然，歌德的读者远远不限于 18 世纪德国的小资产阶级，但任何一位读者要想真正领会叙述者发出的信息，就不能不尽可能地向那个潜在的叙述接受者的身份与心理接近。《少年维特之烦恼》的叙述者期待着叙述接受者能够感受到维特的苦恼，能够从他的痛苦中汲取安慰，这意味着叙述是个双向的活动：一方面叙述者在讲述，另一方面在接收故事的信息时读者产生预期的反应。离开了叙述接受者的特定条件，这种双向活动就不会发生，作者所期待的阅读活动也就落空了。中国传统叙事作品的叙述者也十分强调接受者的反应，如《三国志通俗演义》在叙述者的序言中就要求："若读到古人忠处，便思自己忠与不忠；若读到古人孝处，便思自己孝与不孝。"《红楼梦》的叙述者感叹："满纸荒唐言，一把辛酸泪。都云作者痴，谁解其中味？"显然也是在寻求真正知音、"解味"的接受者。有的第三人称作品的叙述人完全不露面，然而他的特定的叙述方式本身就在召唤特定的接受者。如海明威小说中叙述人那不动声色的"电报式短句"，本身就要求能够接受叙述人讲述风格的接受者。

　　这种由作者所设定的叙述接受者只是作者心目中的理想接受者即隐含的接受者。实际阅读作品的读者很难符合这种理想化的要求，尤其是不同时代、不同民族的读者由于语境的差异，就与理想的接受者之间存在更大距离。现实中的读者与理想的接受者之间的差异导致了对作品误读的可能，因此读者必须尽可能地向理想的接受者靠拢才有可能比较正确地理解作品。当然，不同语境中的读者几乎不可能真正达到作者所要求的理想接受者的水平，因而形成了对文本理解的多样性。

复习要点

[基本概念]

叙事学　　事件　　行动元与角色　　表层结构与深层结构　　行动逻辑
文本时间与故事时间　　视角　　叙述者的声音　　叙述接受者

[思考问题]

1. 如何理解叙事的特征？
2. 情节与事件的关系如何？
3. 试分析一篇叙事作品的行动序列。
4. 试述叙事节奏与时间的关系。
5. 叙述聚焦的变换对于阅读有何意义？
6. 试分析一篇叙事作品中叙述者声音的特点。

[推荐阅读文献]

1. 罗钢：《叙事学导论》，云南人民出版社 1994 年版。
2. 杨义：《中国叙事学》，人民出版社 1997 年版。
3. ［美］戴维·赫尔曼主编《新叙事学》，马海良译，北京大学出版社 2002 年版。

第十二章 抒情性作品

抒情性作品与叙事性作品相对应，是一种以形式化的话语组织来表现作家内心情感活动的文学作品类型。它在反映生活、表达思想感情、创造审美价值、实现文学的意识形态功能等方面，都具有不同于叙事性作品的特征。为表现深广的社会意义和独特的内心生活，抒情作家必须创造意味深长的话语形式，从而创造出抒情内容与抒情话语直接融合的抒情性作品。作为一种审美话语形式，抒情性话语具有不同于普通话语系统和叙事话语的特殊结构，它突出话语的可感性，使之具有很强的表现力。在创造表现性话语的过程中，作家采用了各种不同的支配与组织抒情话语的抒情行为或动作，形成了一系列抒情方式，使抒情话语成为一种极富创造性和复杂性的话语系统。本章将讨论抒情的基本性质和主要特征、抒情性作品的结构、抒情性话语的修辞方式以及不同的抒情角色等问题。

第一节 抒 情 界 定

一、抒情与抒情性作品

抒情，作为一个文学理论的概念，有着特殊而丰富的意义。在欧洲文学传统中，抒情（lyric）一词是从古希腊文的"七弦琴"（lyre）一词演变而来的。"lyre"原指一种由七弦琴伴唱的抒情短歌，后来发展为意指一种偏于表现个人内心感情的文学类型。

抒情写意是中国传统文学的最突出特征之一。在屈原所作的《九章·惜诵》中有"惜诵以致愍兮，发愤以抒情"的句子，其中"抒情"意指"表达情思"[1]。但是，中国古代文论中却很少用"抒情"这个词来概括某一种文学类型，而是用其他的词来表达。例如《毛诗序》云："情动于中而形于言。"就是讲文学抒情。陆机在《文赋》讲："诗缘情而绮靡，赋体物而浏亮。"这

---

[1] 《辞源》（修订本），商务印书馆 1988 年版，第 659 页。

里强调了诗与赋的区别：一为抒情表现的文体，一为状物陈述的文体。明代文学家汤显祖讲的"言情"，就是强调文学要表现真性情，并与阐明义理有别。事实上，中国古代文论中的抒情理论是极为丰富深刻的。

抒情是与叙事相对的概念。一般地说，抒情偏于表现作者自己的主观世界，叙事偏于再现客观世界；抒情偏于用话语的声音组织和画面组织来象征性地表现感情，叙事偏于用话语的意义来讲故事。所以，别林斯基（V. G. Belinskiy，1811—1848）说："抒情诗歌主要是主观的、内在的诗歌，是诗人本人的表现。"而叙事类文学是一种"客观的、外部的"文学，它的内容主要是"事件"。① 抒情与叙事的这些基本差异体现在从内容到话语形式的诸多方面。

从最广泛的意义上说，文学作品总带有作者个人的主观情感因素，具有情感表现的性质，所以抒情性是文学作品的普遍属性。但抒情性作品专指以表现作者个人主观情感为主、偏重审美价值的一类文学作品。与此相对的是叙事性作品。但是，抒情性作品中也可能有叙事因素，叙事性作品中也可能有抒情成分。分类总是相对的，分类概念只是突出某类事物的主要特征，却不能概括它们的全貌。例如，苏轼的词《念奴娇·赤壁怀古》中有不少叙事因素，"遥想公瑾当年，小乔初嫁了，雄姿英发。羽扇纶巾，谈笑间，樯橹灰飞烟灭"几句，就是写人物的，涉及历史故事。不过，这种叙事因素已经与抒情结为一体，甚至主要是服务于内心情感表现了。联系整首词来看，更是如此。所以，这首词以抒情为主，属于抒情性作品。鲁迅的《药》属于叙事性作品，但是，也不乏抒情因素。小说结尾处有一段写景："微风早经停息了；枯草支支直立，有如铜丝。一丝发抖的声音，在空气中愈颤愈细，细到没有，周围便是死一般静。……"读者可以从中体味到作者内心中的悲凉之情，很显然，这里有抒情的意味。但是，联系整篇小说来看，这一段也是人物活动环境的描写，这部小说又以叙事为主，所以属于叙事性作品。

抒情性作品的主要体裁是抒情诗。无论是从内容上讲还是从形式上讲，抒情诗是抒情性作品的最典型形态。所以，中外许多理论家总是以抒情诗作为认识抒情文学的主要依据。抒情诗可以分为颂诗、哀诗、情诗、讽刺诗、田园诗、山水诗等，这是就抒情内容的不同特征来分类的。在中国，诗、赋、词、曲是抒情诗的主要文体。除抒情诗外，散文也是创作抒情性作品所采用的文体，特别是抒情散文。至于介于抒情诗与散文之间的散文诗，尤以抒情见长。

---

① ［俄］别林斯基：《诗歌的分类和分科》，《别林斯基选集》第 3 卷，满涛译，上海译文出版社1980 年版，第 5 页、第 11 页。

例如，鲁迅《野草》中的作品和高尔基的《海燕》就是优秀的抒情散文诗。

　　一般地说，戏剧文学以叙事为主，但是，中国戏曲文学却以抒情写意为主要特征。不仅它的唱词多为抒情诗，而且不少宾白（台词）也具有抒情风格。与话剧文学相比，戏曲文学中的故事情节和人物动作显得不那么突出，而抒情性很强。所以，我国的不少戏曲文学剧本可以看做是抒情性作品。另外，小说是叙事性作品的主要体裁，但有些小说也具有鲜明的抒情性，被称为"抒情小说"或"诗化小说"。这种小说兼有叙事性和抒情性的双重品格。

二、抒情与现实

　　抒情作为一种主观表现，并不脱离现实，而是对现实生活的反映与评价。感情源于对现实的感受，没有真实的生活感受，便没有真正有价值的抒情。对现实感受的深浅，又往往取决于对现实认识的深浅程度。所以，抒情总包含着对现实的反映。

　　抒情又是一种特殊的反映方式。首先，抒情反映的对象主要是社会生活的精神方面。现实生活并不只是物质生活，它还包括现实存在着的精神生活。文学抒情主要从一个侧面反映了特定的社会心理、精神状态与时代精神。其次，情感反映了主体与对象之间的特定关系，所以，抒情对客观世界的反映具有主观性。"情人眼里出西施"，如果作为一种客观的科学反映是不真实的，但如果作为特定主客体关系的反映却是真实的。抒情诗人虽然未必都是热恋中的情人，却必定是情感丰富而强烈的有情人。所以，抒情反映必带有主观色彩。再次，抒情反映具有评价性。情感又是一种主观态度，对事物产生喜怒哀乐的情感体验包含着对事物的主观评价。抒情中所表现出来的赞美、歌颂、向往、同情、憎恶、厌烦等情感倾向都不同程度地含有对现实的价值判断。即使像陶渊明的《饮酒》和王维的《鸟鸣涧》等山水诗，虽然在闲适、空寂的情调中看不出对现实的直接评价，但这种情调所体现的生活态度与人生理想，却曲折地表达了对特定社会现实的评价。

　　抒情是一种反映，也是对现实的一种意识中的改造。通过创造性想象，抒情主体把现实之物转化为贯注了主观情思的形象，使外在世界成为一个与内心世界协调融洽的审美世界。正如别林斯基所说："内在生活把外部事物化成了自己。"[①] 用中国美学的术语来说，是"化实为虚"。"实境"就是客观外在世界，它是艺术创造的基础。但实境若无情无趣，不能动人。唯有抒情主体凭着

---

　　① ［俄］别林斯基：《诗歌的分类和分科》，《别林斯基选集》第 3 卷，满涛译，上海译文出版社 1980 年版，第 4 页。

主观想象与情思，用一定的艺术话语，"化景物为情思"，才能生产出生机勃勃、情意盎然的抒情性作品来。"化实为虚"得力于创造性想象的虚化功能，它可以打破客观世界原有的物理结构，创造出一个可以充分寄寓和象征情感的心理空间。

因此，文学抒情一方面受到特定现实生活和社会观念的制约，另一方面却具有较高的心灵自由度。与叙事相比，抒情更少受对象的客观性制约，心灵更加自由。清代文人廖燕在谈到山水诗的时候曾评论说："借彼物理，抒我心胸。……然则物非物也，以我之性情变幻而成者也。"（《二十七松堂集·八》）抒情心灵摆脱了客观物理的束缚，反而能动地把对象转化为"一己之性情"的表现。因此时间可以逆溯超前，空间可以移动流转，时空可以交错，抒情者的心灵凭着情感的驱使和想象的驰骋，忽而上天入地、天南海北，忽而追怀古人、遥想未来。这种超越时空的自由是抒情最根本的特性。

三、抒情中的自我与社会

在文学活动中，抒情总是抒情主体的情感表现。与偏重于客观再现的叙事相比，抒情更富于主体性的自我色彩，所以读者能在抒情性作品中更多地感受到作者内心的声音。在这个意义上，抒情可以说是一种自我表现。没有抒情主体富于个性化的情感倾诉，没有抒情主体自由自在的内心独白，就不可能有创造性的文学抒情。那种"人云亦云"或"拾人牙慧"的文学写作是不可能产生真正的抒情性作品的。因此，充分地表现自己的独特体验和思想，成为抒情主体自觉的创作原则；具有鲜明个性的情感表现，成为评价抒情性作品的重要尺度之一。一个成功的抒情诗人，他必定怀有一颗独一无二的心灵。

然而，人是社会性的存在，个性自我的形成是以特定的社会关系和文化传统为条件的。各种社会关系都会对个性自我发生影响。所以，自我不是与社会截然对立的，而是既有密切联系又有各自的特殊性。这是一种辩证关系。抒情自我，作为一个独一无二的个性，是由丰富的生活经验和精神素养以独特方式构成的。它充分地吸收人类共同的精神财富，并使之与个性气质融为一体，从而形成了独特的感受世界、认识世界和表现内心情感的艺术方式。所以，文学抒情作为一种自我表现，同时也包含着普遍的社会内涵，可以引起普遍的社会共鸣。

自我表现的社会属性还可以从抒情性文学作品的创造过程中见出。文学创造是一种社会性生产，抒情性作品的创造也不例外。抒情是一种社会交流，作者表现自我的感受同时意味着向隐含的读者进行心灵的交谈。正如英国抒情诗人华兹华斯所说的："诗人是以一个人的身份向人们讲话。"① 于是，读者的各种经验、趣味、素养和理想等就会对抒情产生制约性影响。因此，文学抒情不是一种完全自我孤立的文学事件，而是与某些社会成员（读者）发生内在联系的。一方面，抒情主体的自我表现会对其他社会成员发生独特的影响；另一方面，社会成员的某些观念意识、接受习惯、理解能力等也会或多或少、或明或暗地转化为抒情性作品中的有机因素，给作品打上社会的烙印。

抒情自我与社会的联系最突出地体现为与一定社会意识形态的联系。抒情具有意识形态性质，在审美化的情感反映和评价中，抒情自我总是要么维护和加强、要么反抗和削弱特定的经济基础和上层建筑，而从属于某种社会意识形态。当然，抒情不是说教，在具体的抒情性作品中，意识形态内容并不是以完整的观念体系和概念形式出现的，而是体现为某种感受、评价、信仰和表现的模式。在这些模式背后，却潜藏着一定的观念体系和价值规范。例如，汤显祖的名作《牡丹亭》塑造了一个为情而死、又为情而生的有情人杜丽娘的形象。但她面对春光所发出的叹息和对爱的渴望，她为寻觅多情男子而表现出来的执著与痴迷，以及作者对这个追求自由情爱的女子的同情与赞美，却具有意识形态内涵。明朝后期是一个社会生活与道德观念发生较大变化的时代。一方面，统治者为维护自己的权力，强化某些陈腐的封建规范，宣扬礼教，大树"贞节牌坊"；另一方面，随着东南沿海地区商业经济的萌发与兴盛，市民们的生活观念与道德准则逐渐侵蚀着正统的道德规范。在这种背景上，歌颂"节妇""烈妇"和追求爱情自由就带有不同意识形态的对抗性质。汤显祖作为抒情主体，强调情与理的对立，要求情超越理，追求"有情之天下"，贬斥"有法之天下"，借《牡丹亭》抒发了对自由情爱的赞美与向往之情。这种自我表现是对传统礼教的逾越，也隐含着一种进步和健康的道德理想，即建立在人的本性基础上的爱情观，这种观念属于新兴市民阶层朦胧的意识形态。

在文学史上，伟大的抒情诗人总是对社会、对人民、对历史的发展怀有深深的关切，对人类面临的某些共同问题有深入的体察与领悟，总是把自我与进步的或健康的社会意识形态统一起来，使个人的命运和追求同人民群众的命运和追求融为一体。他们的抒情既是十分独特的自我表现，又是为时代和人民发出的呼声；既是个性情感的自然流露，又同时表现了人类情感的本质。仅仅关心个人内心生活的抒情诗人，心胸狭隘，不可能创造出优秀的抒情诗。别林斯基曾写道："对于只发挥自己个人哀愁的人，我们可以借用莱蒙托夫的话来

---

① ［英］华兹华斯：《〈抒情歌谣集〉序言》，曹葆华译，见刘若端编《十九世纪英国诗人论诗》，人民文学出版社 1984 年版，第 13 页。

说:'你痛苦不痛苦,于我们有什么关系?'"① 现代法国诗人、评论家瓦莱里则强调:"'仅仅对一个人有价值的东西是没有价值的。'这是文学的铁的规律。"② 正因为文学抒情是自我与社会的统一,所以,古今中外的大量抒情诗文,尽管许多已时代久远或属于不同的民族,但仍可以打动我们的心,引起普遍的共鸣。

四、抒情与宣泄

在古汉语中,"抒"字的本义是"挹",汲出、舀出的意思。抒情也就是情感的宣泄。有些文学家认为,抒情就是情感由内而外的自然流露或迸发,是内心情感的宣泄。明代思想家李贽的观点颇具代表性,他说:"且夫世之真能文者,比其初皆非有意于为文也。其胸中有如许无状可怪之事,其喉间有如许欲吐而不敢吐之物,其口头又时时有许多欲语而莫可所以告语之处,蓄极积久,势不能遏。一旦见景生情,触目兴叹;夺他人之酒杯,浇自己之垒块,诉心中之不平,感数奇于千载。既已喷玉唾珠,昭回云汉,为章于天矣,遂亦自负,发狂大叫,流涕恸哭,不能自止。"③ 李贽是把诗文的写作看成一个抒情过程,而抒情就是把积蓄已久的内心情感,像江河决堤般地倾泻出来,这种情感宣泄常常是狂放的、难以用理性意识控制的。这种"宣泄"说抓住了抒情的一个重要特征,即内心情感的释放。在这个意义上说,抒情过程是一个解开心灵枷锁,消除情感压抑的畅快抒发过程。所以,钟嵘认为,写诗可以"骋其情",使人"幽居靡闷"。④ 但是,文学抒情并不只是非理性的情感宣泄,而是一种审美表现,需要适度的意识控制与思维参与,需要创造有序的话语组织形式,这正是文学抒情区别于普通情感宣泄的主要特征。

首先,抒情主体是把自己的内心体验作为一个对象来表现的。他不完全是即兴式地有感而发,而是从原发的情感状态中超越出来,把它作为一个对象来重新认识、体验、评价和组织。华兹华斯指出:"我曾经说过,诗是强烈情感的自然流露。它起源于在平静中回忆起来的情感。诗人沉思这种情感直到一种反应使平静逐渐消逝,就有一种与诗人所沉思的情感相似的情感逐渐发生,确实存在于诗人的心中。一篇成功的诗作一般都从这种情形开始,而且在相似的

---

① [俄] 别林斯基:《昨天和今天》(1846),见别列金娜选辑《别林斯基论文学》,梁真译,新文艺出版社 1958 年版,第 32 页。

② [法] 瓦莱里:《诗与抽象思维》,丰华瞻译,见伍蠡甫主编《现代西方文论选》,上海译文出版社 1983 年版,第 37 页。

③ (明)李贽:《焚书·杂说》,《焚书》,中华书局 1961 年版,第 96~97 页。

④ (南朝梁)钟嵘:《诗品·序》,见周振甫《诗品译注》,江苏教育出版社 2006 年版,第 10 页。

情形下向前展开。"① 抒情诗人所表现的感情是对感情经验的再体验，而且这种再体验伴随着一种反省似的"沉思"。诗人的沉思是一种诗意的"思"，返回内心的"思"，不同于理论的思考。通过这种沉思，抒情诗人对情感经验进行重新的理解和组织，赋予它一定的组织形式，使之成为一种丰富而有序的情感经验。

因此，文学抒情既是情感的释放，又是情感的构造，抒情主体既沉浸在情绪状态之中，又出乎情绪状态之外，意识到所表现的内容和表现过程本身。宣泄的情绪是杂乱无序的，只有释放，没有构造；宣泄者完全被淹没在混杂的情绪海洋之中，没有自我意识。抒情主体虽也有受情绪左右的被动性，但他首先是主动的沉思者和创造者，他是自由的。宣泄者却不是完全自由的，因为那种貌似自由的、梦呓般的任意放纵的宣泄是被本能欲望和冲动情绪驱使的盲目活动。德国现代哲学家卡西尔曾指出："企图根据从人类经验的无秩序无统一的领域——催眠状态、梦幻状态、迷醉状态——中抽取出来的相似性来解释艺术的所有美学理论，都没有抓住主要之点。一个伟大的抒情诗人有力量使得我们最为朦胧的情感具有确定的形态，这之所以可能，仅仅是由于他的作品虽然是在处理一个表面上看来不合理性的无法表达的题材，但是却有着条理分明的安排和清楚有力的表达。甚至在最狂放不羁的艺术创造中，我们也决不会看到'令人陶醉的幻想的混乱状态'、'人类本性的原始混沌'。"② 卡西尔的这段论述也有助于我们进一步理解文学抒情与宣泄的区别。

其次，文学抒情是创造具有审美价值的文学作品的活动。与内心情感经验的重解与重组相适应，抒情作者还要创造适合于表现这种情感的感性形式。美国美学家苏珊·朗格指出："艺术品是将情感（指广义的情感，亦即人所能感受到的一切）呈现出来供人观赏的，是由情感转化成的可见的或可听的形式。……艺术形式与我们的感觉、理智和情感生活所具有的动态形式是同构的形式。"③ 抒情诗人要运用特殊的话语形式，把各种感觉材料组织起来，巧妙而自然地构造有序的形象组织，创造出直接表现内在情感运动形式的审美形式。因此，抒情不仅意味着传达内心活动，而且意味着创造性地选择和组织抒情话语来表现，意味着创造审美价值，这也是一般的情感宣泄所不具备的。

---

① ［英］华兹华斯：《〈抒情歌谣集〉序言》，曹葆华译，见刘若端编《十九世纪英国诗人论诗》，人民文学出版社1984年版，第22页。

② ［德］卡西尔：《人论》，甘阳译，上海译文出版社2004年版，第231~232页。

③ ［美］苏珊·朗格：《艺术问题》，滕守尧、朱疆源译，中国社会科学出版社1983年版，第24页。

第二节　抒情性作品的构成

一、抒情内容与抒情话语

（一）抒情内容与抒情话语的直接融合

抒情性作品是通过特殊的话语组织形式来表现情感的。抒情内容和相应的抒情话语是构成抒情性作品的两个基本要素。

抒情内容是指文本所表现的某种特定的情感过程和意义。它往往是一种体验，一种感悟，一种心境，既是稍纵即逝的，又是复杂微妙的，不像客观事物的外在形态或理论思维过程那样可以用语词相对确切地表述，而往往是只可意会，不可言传的。所谓"不可言传"是指不能用普通的话语系统、单靠语义来传达的情感活动。别林斯基曾指出："抒情作品虽然内容十分丰富，但却仿佛没有内容似的——正像音乐作品用甜美的感觉震撼我们的整个身心，但它的内容是讲不出的，因为这内容是根本无法翻译成人类语言的。这说明了为什么常常不但可以把一部读过的长诗或戏剧的内容讲给别人听，甚至还可以多多少少用自己的复述来对别人发生作用，然而，却绝对无法掌握一首抒情作品的内容。是的，它是无法复述、无法说明的，却只能让读者自己去感觉。"① 别林斯基强调了抒情内容的朦胧与宽泛所导致的对抒情话语形式的直接依赖，抒情内容的表现必须借助一种特殊的话语系统，而读者想要把握抒情性作品的内容也只有直接去感受其抒情话语。

抒情话语是一种表现性话语。它具有象征性地表现情感的功能，通过类似音乐的声音组织和富有意蕴的画面组织来体现难以言传的主观感受过程。因此，抒情话语和抒情内容是一种直接融合的关系，抒情内容直接投射和转化在抒情话语的声音与画面形象的组织形式之中，不可分离。因而话语的组织形式也就受到抒情诗人异乎寻常的关注，抒情诗也成为"最典型的语言创作"②。在文学接受过程中，读者直接接触的也是抒情话语，他通过抒情话语才得以体悟抒情内容。我们把抒情性作品分解为抒情内容与抒情话语形式只是为了理论叙述上的方便，而在具体的阅读和分析过程中，应当时时抓住抒情话语本身，注意仔细体味和辨别抒情话语的各种组织形式和修辞方式，只有这样，才能真

---

① ［俄］别林斯基：《诗歌的分类和分科》，满涛译，《别林斯基选集》第 3 卷，上海译文出版社 1980 年版，第 11～12 页。

② ［美］苏珊·朗格：《情感与形式》，刘大基译，中国社会科学出版社 1986 年版，第 300 页。

正把握住抒情性作品的意义。

（二）　普通话语与抒情话语

普通话语和抒情话语并不是两种不同的语言，这里讨论的是同一种语言中两种不同话语的功能上的区别。一般来说，普通的话语系统是一种通信系统，它通过意义相对确定的词句来报道事实。"桃花红了""柳叶青了"是报道客观事物，"我饿了""我很痛苦"虽是报道主观感受，但仍把感受作为确定的客观事实来报道。抒情话语系统虽然也保留了话语的这种通信功能，但更加突出了话语的表现功能。它主要突出了直接呈示情感运动形式的功能，具体表现为强调话语声音层和画面层的象征功能。作为一种通信系统，普通的话语几乎不考虑词句组合而形成的音响关系，但是在抒情话语中，声音层被凸显出来，造成一种高低、快慢、长短有规律的音响组织形式，直接象征着情感运动的形式。在普通的话语系统中，由词义诉诸想象而产生的视觉形象是客观事物的实在色彩和形状，在抒情话语中，画面不仅再现了事物的外表，而且转化为一种主观的、感受之中的色彩和形状，象征性地表现了感受过程。

为了强调语言的表现功能，抒情诗人常常要对普通话语系统进行改造，甚至打破既有的语言规范，创造出极富表现性的抒情话语。例如，"春风又绿江南岸"中的"绿"字，被改变了词性，丰富了它的表现力。"鸡声茅店月，人迹板桥霜。"不用一个联系词，直接把六个形象组合起来，使句子的叙事性减弱，加强了它们象征情感的力量。辛弃疾的《西江月·夜行黄沙道中》下半阕改变了句子的顺序："七八个星天外，两三点雨山前。旧时茅店社林边，路转溪桥忽见。"明明是先过桥，再转弯，最后忽然见到旧时茅店，词人却改变了正常的叙事顺序，先写茅店，这是"旧时"的茅店，先写它是为了突出表现作者的感受。"路转溪桥忽见"正传达出作者忽见旧时茅店的一种惊喜。以此句作为结尾，只讲"忽见"，没有下文，富有余味。

中国古代文学批评家把这种改变了普通话语组合法则的抒情话语称为"诗家语"。诗家语一方面使语言的运用更加经济和精练，另一方面也使话语形式趋于复杂和奇特化。俄国形式主义批评家什克洛夫斯基（V. Shklovsky, 1893—1984）曾指出："艺术的目的是使你对事物的感觉如同你所见的视像那样，而不是如你所知的那样；艺术的手法是事物的'反常化'手法，是复杂化形式的手法，它增加了感受的难度和时延，既然艺术中的领悟过程是以自身为目的的，它就理应延长。"[①] 抒情诗人采用诗家语就是为了更真切、更细腻、

---

① ［俄］什克洛夫斯基：《作为手法的艺术》，方珊译，见《俄苏形式主义文论选》，生活·读书·新知三联书店 1989 年版，第 6 页。

更富新意地传达独特的感受过程，并吸引读者通过诗作去再一次体验这种过程。王国维曾评论说："'红杏枝头春意闹'，着一'闹'字而境界全出。'云破月来花弄影'，着一'弄'字而境界全出矣。"① 我们读这两句诗，起先会感到理解上有些困难。用"闹"来形容"红杏枝头"的"春意"，不合语言常规；说"花弄影"，更不合常理。但是，细细品味，便可体会到它们的妙处。"闹"写出了红杏的灼灼光彩和春意的勃勃生机，更有力地传达了词人丰富而别致的感受；"弄"写出了月下花儿的活泼可人和花影的摇曳多姿，更真切地传达出词人的情趣，难怪王国维如此推崇。

当然，抒情话语的复杂化和奇特化并非文字游戏，更不能晦涩难懂。它对普通话语系统的改造和变形是有一定限制的，既遵循又超越，从而形成了独特的话语系统，即"诗家语"。读者也是按照"诗家语"的常规来阅读抒情性作品，形成了相应的解读方式。所以，在其他话语系统中不合规范的句子，在抒情性作品中却可能成为佳句，得到欣赏者们的普遍赞赏。再者，用语的新奇是为了更好地表现情感经验过程。离开了这个根本目的，句子再新奇也失去了审美价值。

二、抒情性作品的结构

抒情性作品可分为三个主要的结构要素，即声音、画面和情感经验。在大多数情况下，这三个要素相互融合而形成抒情性作品的意义，但是，在有些抒情性作品中，几乎没有诉诸视觉的画面。例如汉乐府民歌《箜篌引》："公无渡河，公竟渡河，渡河而死，当奈公何！"这首诗的情感直接与声音结合在一起，没有画面，却仍不失为佳作。

由于抒情性作品的情感经验总要投射到声音或画面上，形成声情并茂、情景交融的象征表现，所以，三个要素的关系又可以从两个方面的关系来分析，即声与情的关系和景与情的关系。

（一）声与情

1. 诗与乐

从艺术起源的角度说，诗、舞、乐是一体的，诗与乐有着悠久的同源关系。中国古代的许多诗、词、曲是可以入乐歌唱的。《诗经》中的风、雅、颂，以及后来的词牌和曲牌的分类都是基于音乐的不同而分类的。在古希腊，抒情诗原指一种竖琴伴唱的短歌，也可见出诗与乐的同源关系。从艺术种类的

---

① （清）王国维：《人间词话》，见王幼安校订《蕙风词话·人间词话》，人民文学出版社 1960 年版，第 193 页。

关系上说，抒情诗是最接近音乐的文学类型。它们都是以表现情感活动为主的时间艺术，都有声音和谐的音调和节奏，都较少受外在物理时空的限制，有较高的心灵自由度。

同时，抒情诗作为一种语言艺术，又与音乐有别。首先，抒情话语的语音现象不同于音乐的音响组织。音乐中声音的高低、长短、强弱相对确定，所以它的旋律线和节奏型是比较明晰的。而抒情诗中声音的高低、长短、强弱则比较模糊，所以音调和节奏不那么明晰。其次，抒情话语是由词构成的，词有声，又有义。尽管抒情诗中的词义已被审美地转化了，但与音乐相比，文学抒情的意义较具体和稳定。

2. 声调与情调

抒情话语的最小声音单位是字音，字音之间变化而有序的组合形成了和谐的音调。在汉语中，音调由平、上、去、入四声的不同搭配构成。齐梁之际，文人学士开始认识到不同声调的组合关系。沈约在《宋书·谢灵运传论》中说："欲使宫羽相变，低昂互节，若前有浮声，则后须切响。一简之内，音韵尽殊；两句之中，轻重悉异。妙达此旨，始可言文。"这就是讲四声的合理搭配，做到字音高低、清浊、轻重的有规律变化，追求声调的优美。四声又分两类，称为平仄，平是平声，仄是上、去、入三声。一般古代诗文中的声调和谐是指平仄的协调组合。

作为一种声调的分别，平仄有高低、长短之分。现代语言学家赵元任经过实验得出结论说："一个字调成为某字调可以用字的音高和时间的函数关系作完全不多不少的准确定义。"① 虽然目前学术界对平仄的解释存有分歧，但把平仄看做字音上高低和长短的分类，是比较合乎实际的。不过，在抒情诗文中，声调的长短之分往往随词义而变化不定，而高低的差异却相对稳定和明显。所以，平仄的协调组合主要是指字音高低的有规律搭配。

中国古典诗词还运用双声词、叠韵词、叠音词、象声词来构造和谐的声调。双声是声母相同，如"辗转"；叠韵是韵母相同，如"逍遥"，实际上，押韵也就是叠韵，不过是不同句子尾字的叠韵；叠音是声、韵皆同，如"杨柳依依"；象声是模拟音响，如"无边落木萧萧下"。

字音不仅可以组合成优美的声调，而且字音和声调还可以加强词语的抒情效果。例如，郭沫若的《凤凰涅槃》中，有这样的诗句："我们新鲜，/我们净朗！/我们华美，/我们芬芳！……翱翔！翱翔！/欢唱！欢唱！"这是用了

---

① 赵元任：《中国言语字调底实验研究法》，见吴宗济、赵新那编《赵元任语言学论文集》，商务印书馆2002年版，第27页。

响亮昂扬的 "ang" 韵，结合着诗句的含义，就有高昂舒畅、活泼健朗的情调。而徐志摩的《沙扬娜拉》："最是那一低头的温柔，／像一朵水莲花不胜凉风的娇羞，／道一声珍重，／道一声珍重，／那一声珍重里有蜜甜的忧愁——／沙扬娜拉!" 这首诗用 "ou" 韵，"温柔""娇羞""忧愁" 这些词声调徐缓悠长，含蓄柔和，与全诗的情调十分融洽。

为追求声调和谐，人们在总结了字词声调组合规律的基础上，创造了诗的格律。格律是抒情话语的声调组合规范，其基本原则是寓变化于整齐之中。刘勰曾提出 "同声相应""异音相从"[①] 的声律观点，前者讲整齐，后者讲变化，把有差异的字音按一定规律组合搭配，就形成了优美的声调。格律对于抒情话语的组织具有积极意义，但它并不是固定不变的，而是随着表现情感的不同需要而发展变化。再则，格律的音调应与诗的情调相协调，才能创造出声情并茂的好诗。

3. 节奏与情感运动形式

节奏是抒情性作品的重要表现手段，它是指一种有规律的、连续进行的完整运动形式。所谓 "有规律" 就是有序，不杂乱，这种规律性在连续展开的话语中以反复、对应等形式体现出来。有规律的运动形式构成一定的节奏型，把各种变化的因素组织成前后连贯的整体。

抒情诗中的节奏是一个多层组合的运动组织。在声音层，音调抑扬的组合，字、词、句之间的停顿和反复，押韵，等等，构成了声音的节奏；在画面层，景物的承续、流转和跌宕等，构成了画面的节奏；在情感层，情感活动的起伏、强弱和转折等，构成了情感运动的节奏。郭沫若曾强调说："诗之精神在其内在的韵律（Intrinsic rhythm），内在的韵律（或曰无形律）并不是什么平上去入，高下抑扬，强弱长短，宫商徵羽；也并不是什么双声叠韵，什么押在句中的韵文。这些都是外在的韵律或有形律（Extraneous rhythm）。内在的韵律便是 '情绪的自然消涨'。……内在韵律诉诸心而不诉诸耳。"[②] 这里说的内在韵律就是情感的运动节奏。抒情诗通过听觉和视觉的节奏给情感节奏赋予外形，将它直接有力地传达出来。这就是声情并茂，情景交融。

马致远的《汉宫秋》第三折中，汉元帝送别昭君后回咸阳，心中一片凄凉，唱词有："他、他、他，伤心辞汉主；我、我、我，携手上河梁。他部从入穷荒，我銮舆返咸阳。返咸阳，过宫墙；过宫墙，绕回廊；绕回廊，近椒

---

① （南朝齐梁）刘勰：《文心雕龙·声律》，见范文澜《文心雕龙注》下，人民文学出版社 1958 年版，第 553 页。

② 郭沫若：《论诗三札》，《郭沫若全集》第 15 卷，人民文学出版社 1990 年版，第 337 页。

房；近椒房，月昏黄；月昏黄，夜生凉；夜生凉，泣寒螿；泣寒螿，绿纱窗；绿纱窗，不思量！"在这里，马致远运用了两组一字三叠，一字一顿，三字重复，表达了难以吐诉的伤感和无法排遣的愁苦。八个连环叠句，不仅声调抑扬顿挫，而且随画面的流转，凄苦依恋之情也层层递进加重。连环句式以缠绕错综的形式象征着怀念之情的节奏形式。声、景、情三层的节奏融会一致，真可谓抒情佳作。

（二）景与情

1．诗与画

借描绘景物来抒情，是抒情诗的一个普遍特点。所以，中外文论中均有诗画相通的说法。在欧洲，很早就有"诗是有声画，画是无声诗"的说法。中国宋代文人张舜民认为，诗是无形画，画是有形诗。[①] 苏轼曾评论王维的诗与画是"诗中有画""画中有诗"[②]。

讲诗画相通，是说这两种艺术类型都借助对外在景物的描绘来抒情写意，创造意境。但细分起来，诗画是有别的。诗是语言艺术，以时间性的表现为主；画是造型艺术，以空间性的再现为主。18 世纪德国启蒙思想家莱辛（Gotthold Ephraim Lessing，1729—1781）曾指出，画用形与色来描绘在空间中并列的事物，诗用语言来表现在时间中承续的事物，即动作。画描绘动作，必须化动为静，描绘最富于动感的瞬间；而诗要描绘事物，就应该化静为动，在时间的延续中一个侧面一个侧面地表现事物的整体，或者用暗示的方法来描写。[③]

莱辛的区分是深刻的，但他所依据的是欧洲的诗与画。在中国，诗与画的关系更为复杂，更为独特。例如，中国画并不按照严格的焦点透视原理来造型，而是采用散点透视的方法来布局，于是，空间排列与"面面观""步步移"的观赏时间结合在一起。而且，中国画一向讲究"神似"，追求传达出景的精神气韵，一般不屑于作静态的逼真的客观描绘。在这方面，中国诗与中国画是一致的。另外，诗也有各种类型。叙事诗的再现功能比较强。由于西方古代叙事诗较发达，而且绘画也重视客观的细致描绘，所以，讲诗画相近是有根据的。而莱辛处于浪漫主义文学兴起的时代，他讲的诗更偏重于抒情诗，所以他要竭力区分诗与画。在中国，赋是较长于状物的诗体，本来应该更近于画，但是，中国画追求抒情写意，反而与抒情诗更近。所以，讲诗画相近或诗画相异在不同的民族和不同的时代是有不同的含义的。

---

① （宋）张舜民：《跋百之诗画》，《画墁集》卷1，中华书局1985年版，第8页。

② （宋）苏轼：《书摩诘蓝田烟雨图》，《东坡选集》下卷，四川人民出版社1987年版，第666页。

③ 参见［德］莱辛《拉奥孔》，朱光潜译，人民文学出版社1979年版。

虽然中国的诗与画有许多相通之处，但二者仍有重要的差异。中国画诉诸视觉，写景更直观；中国诗诉诸听觉，景物描写是凭借想象的，直观性差，但时空更加自由，抒情写意相对便利。中国画的媒介是线条、形状与色彩，抒情内涵比较朦胧；中国诗的媒介是语言，抒情内涵比较确定。中国画虽然采用散点透视，却仍以多样统一的视觉形式为抒情话语，所以讲究写景的结构布局；中国诗虽也要讲布局，但这只是抒情话语的一个层面，它与声音、语义等构成了综合性的知觉形式；通过想象，还可以描摹触觉、嗅觉、味觉等，所以，意义更丰富。

2. 情景关系

情与景是中国传统诗学中的一对重要概念。诗中之景，不是原本的自然景物，而是由抒情话语组织和表现出来的，被赋予了情感内涵的画面。正如王夫之所言："烟云泉石，花鸟苔林，金铺锦帐，寓意则灵。"[①] 所谓寓意，就是融情入景。诗中景有灵有性，情趣盎然。诗中之情，也不是空洞和概念之物，而是由景象征性地表现出来的具体情感过程。诗人的内心活动既千变万化，又细微幽渺，无法用一般的词语直接表现，所以，常常借具体的景物描写，写出独特而微妙的感受过程，达到情感的表现。亦如王夫之所说的："不能作景语，又何能作情语邪？……以写景之心理言情，则身心中独喻之微，轻安拈出。"[②] 由此可见，情与景原是不可分离的，所以王夫之说："情景名为二，而实不可离。神于诗者，妙合无垠。"[③] 情景相生、情景交融就是有意境，这是中国古典抒情诗所追求的最高境界。

诗人写景，可以创造想象中的绘画美。杜甫《绝句》开头两句："两个黄鹂鸣翠柳，一行白鹭上青天。"以翠绿的杨柳衬托娇黄的鹂鸟，以碧青的天空衬托雪白的鹭鸶，色彩极为鲜明艳丽。第一句是一个中景，黄鹂于翠柳中鸣叫，构图小巧精美；第二句是一个远景，白鹭直上蓝天，画面开阔，气势磅礴。中国画注重传神写意，有时不一定着力于对事物的色、形的真切描绘，而更强调抓住事物的某些特征，来构筑视觉形象，以一当十地加以表现。中国诗也常常采用这种方式创造画境。例如王维《使至塞上》中有两句诗："大漠孤烟直，长河落日圆。"特定的自然景物被加以精心组织，构成两个极富特征

---

① （明）王夫之：《夕堂永日绪论·内编》，见宛平、舒芜校点《四溟诗话·姜斋诗话》，人民文学出版社 1961 年版，第 146 页。

② （明）王夫之：《夕堂永日绪论·内编》，见宛平、舒芜校点《四溟诗话·姜斋诗话》，人民文学出版社 1961 年版，第 154 页。

③ （明）王夫之：《夕堂永日绪论·内编》，见宛平、舒芜校点《四溟诗话·姜斋诗话》，人民文学出版社 1961 年版，第 150 页。

性的画面来表现塞外风光。这种构图方式是极为简化的。值得注意的是，艺术的简化不是简单，不是意义的贫乏，恰恰相反，它意味着复杂和意义的丰富。上述两句诗所创造的画面，虽然知觉样式并不复杂，但是所暗示的意义却很丰富。空廓的大漠构成一个平面，狼烟直竖着，升上天穹；在远处的长河边上，夕阳与之相接。这不仅真切地再现了塞外辽阔空寂的独特风光，而且充分地表现了昂扬与伤感、豪放与孤寂复杂交织的情怀。

抒情诗人写景，意在言情。所以，诗中的画面往往比绘画具有更多主观色彩。例如，王维《过香积寺》中有"泉声咽危石，日色冷青松"两句，除了"咽"和"冷"之外，都是写景。"咽"状动作，"冷"状感觉，都是诗人主观感受的表现，用这两个词来联系无生命的事物，就赋予了它们情感经验，这就是"化景物为情思"。再看马致远《天净沙·秋思》："枯藤老树昏鸦，小桥流水人家。古道西风瘦马。夕阳西下，断肠人在天涯。"这首小曲是借景抒情，但前两句景语，却因"断肠人在天涯"一句而尽染强烈的愁苦情调。通过一些感觉化、情感性的词义赋予景物主观色彩，正是诗中画的特点。

3. 真与幻

文学的真实是艺术的真实，文学作品往往通过变形、虚构和象征等手段，真实地反映生活。抒情性作品重在主观情感的表现，所以，诗的真实，主要不是指客观的真实，而是指主观感受的真实、情感逻辑的真实。清代文人方东树曾说："《庄子》曰：'真者，精诚之至也。'不精不诚，不能动人。……诚身修辞，非有二道。试观杜公，凡赠寄之作，无不情真意挚，至今读之，犹为感动。无他，诚焉耳。"① 这里讲的真，核心是"诚"，即真性情。

如前所述，中国诗画都要求表现事物的精神，唯有传神，才能写出真景物。把握事物的精神不仅靠观察，更要靠体验，靠心领神会。由此而把握到的事物之"神"已不是事物固有的属性，而是心与物契合的结果。这就叫"缘情体物"。所以，景物的真是主观经验中的真。例如，王维的《山中》：溪清白石出，天寒红叶稀。山路元无雨，空翠湿人衣。山路上并没有下雨，又为何"湿人衣"呢？原来是山青树绿，翠色欲滴，仿佛沾湿了衣裳。这首诗，写景极逼真，极传神。可是，"空翠湿人衣"，不是客观的真实，它是一种幻觉，却十分真切地表达了对山色的感觉。这就是诗的真实。杜甫《祠堂夕望》中有"百丈牵江色"一句，写江的翠色好像在竹缆的牵引下不断延伸似的，十分真切地表现了感觉的真实。王夫之评论说："'牵江色'，一'色'字幻妙。

---

① （清）方东树：《昭昧詹言》卷1，人民文学出版社1961年版，第3页。

然于理则幻，寓目则诚，苟无其诚，然幻不足立也。"① 抒情诗中的真与幻是辩证统一关系，有时违背客观事实的幻，恰恰表现了感觉经验的真，倘若不能表现真诚的感受，"幻"就是假了。

第三节　抒 情 方 式

一、抒情话语的修辞方式

抒情话语的修辞方式是指抒情作者在抒情写意时的用语方法。抒情话语的修辞方式很多，这里只讨论常见的几种。

（一）比喻与象征

比喻是借他物（喻体）来表现某物（喻本）的修辞方法。根据喻本和喻体的不同组合方式，比喻又可分为明喻、隐喻和借喻三种。明喻表明喻体与喻本的相类关系，一般用"若""如""似""像"等喻词来联系喻体与喻本。例如："问君能有几多愁？恰似一江春水向东流。"（李煜《虞美人》）隐喻表明喻体与喻本的相合关系，不用喻词。例如："试问闲愁都几许？一川烟草，满城风絮，梅子黄时雨。"（贺铸《青玉案》）借喻则既无喻本，又无喻词，只有喻体。例如："缲成白雪桑重绿，割尽黄云稻正青。"（王安石《木末》）这里，"白雪"喻丝，"黄云"喻麦。一般地说，比喻是一物类比另一物，但有时也会以多物类比一物，上引贺铸的词句，就是连用三个形象来喻愁，这种比喻方法叫博喻。

象征（狭义）是以具体事物（形象）间接表现思想感情。抒情诗多以声音和画面来表现情感，所以，象征是抒情话语最常见的修辞方式。司空图说："不著一字，尽得风流。语不涉己，若不堪忧。"② 从修辞学角度看，就是说不写一个"忧"字，却以象征的方式表现了忧愁。马致远的《天净沙·秋思》中并不直说愁苦，却借几组景语表现浪迹天涯人的愁苦情怀。但是，抒情诗往往用某些词句来间接暗示情感性质，使情感意义较为确定。在《天净沙·秋思》中，马致远就用"断肠人在天涯"来点出情感的具体内涵，使象征意义比较具体。这类诗，既是象征的，又近似隐喻。而只是写景的山水诗，才是严格意义上的象征话语。例如王维的《鹿柴》：空山不见人，但闻人语响。返景

---

① （明）王夫之：《唐诗评选》卷3，见船山全书编辑委员会编校《船山全书》第14册，岳麓书社1996年版，第1022页。

② （唐）司空图：《二十四诗品·含蓄》，见弘征译注《司空图〈二十四诗品〉》，宁夏人民出版社1984年版，第39页。

入深林，复照青苔上。这首诗只写宁静的景，以此来象征地表现诗人空寂淡泊的心境，景语成为象征的话语。

象征形象由于反复使用，便渐渐带上了相对稳定的象征意义。例如，中国诗词中的"月亮"就是一个含有哀思、别情、思乡的象征形象："长安一片月""床前明月光"（李白），"月是故乡明""永夜月同孤"（杜甫），等等，真是不胜枚举。在西方抒情诗中，玫瑰常常象征爱情，也有稳定的意义。这种象征意象的运用，可以使抒情话语更加简洁，内涵更为丰富。

用比喻和象征的手法来抒情便会造成抒情诗的含蓄风格，由此可以传达曲折微妙的内心活动，给读者留下更多的想象余地，耐咀嚼，有余味。所以，"诗贵含蓄"成为中外古典抒情诗的一个重要艺术准则。

（二）倒装与歧义

倒装是诗句在语法上的错置，常常体现为惯常词序的颠倒。在格律诗中，有些倒装句是为了迁就格律；有些是为了强调某一形象，加强语气、音节，突出话语的表现力。既照顾到格律，又增强了抒情效果，这是最理想的。例如，杜甫《秋兴八首》的第八首中，有"香稻啄余鹦鹉粒，碧梧栖老凤凰枝"两句，这是"鹦鹉啄余香稻粒，凤凰栖老碧梧枝"的倒装。若按惯常的词序写，也不违背平仄要求。可是，诗人是回忆长安美景，将"香稻"和"碧梧"这两个词组提前，强调香稻不是普通的稻粒，而是鹦鹉啄余的稻粒；同样，碧梧也不是一般的梧桐，而是凤凰栖老了的梧桐。这样写，既合格律，又增强了诗句的感染力。

由于词序被打乱，自然流动的句子突然被切割开来，从而使某些词语获得了相对的独立性。这些独立的词语所呈现的往往是一些感觉化的形象，所以，倒装往往可以大大强化诗句的感觉效果。例如，王翰的《凉州曲》中有"葡萄美酒夜光杯，欲饮琵琶马上催"两句，"葡萄美酒"实为"饮"的宾语，但将这个宾语提前，极大地加强了这一形象的呈现力。

当一句诗中并存两种或更多的语法结构时，这个诗句就有可能被读者以不同的方式来解读，从而产生不同的意义。这种一个诗句包含多重意义的情况就是歧义。例如，杜甫《秋兴八首》中第六首的颈联："珠帘绣柱围黄鹄，锦缆牙樯起白鸥。"这里，"珠帘绣柱"指宫殿，"锦缆牙樯"指龙舟。它们与"黄鹄"和"白鸥"的联系分别由动词"围"和"起"来实现。如果把这两个动词解读为由"珠帘绣柱"和"锦缆牙樯"发出的及物动词，那么诗句就可被解释为华美壮观的宫殿群把黄鹄都圈在里面，游弋着的龙舟把水上的白鸥都惊得飞向天空。这是一派繁华胜景。如果把每一句诗中的名词性词组当做并列的成分，把动词看做不及物动词，那么，诗句就展现出一派荒凉破败的景象：昔日富丽堂皇的宫殿与龙舟，如今却成了飞鸟的栖身之地。于是，同一联诗句，却具有了不同的意义，呈现出繁华与萧条的双重形象，表现出诗人追慕昔日美好时光和痛悼今天战乱破败的矛盾心情。①

诗句意义的含混多义正表现了诗人剪不断、理还乱的复杂心态。由于汉语的句法关系本来就比较宽松，而且抒情诗人常常为了创造表现性话语而有意超越语法规范，所以，歧义成为中国古诗（特别是格律诗）的一个普遍现象。歧义造成语义的含混、复杂，丰富了抒情话语的情感内涵，是抒情诗产生"余味"的重要源泉之一。

（三）夸张与对比

夸张是运用想象与变形，夸大事物的某些特征，写出不寻常之语。李白的《蜀道难》强调蜀道艰险，夸张地写出"蜀道之难，难于上青天"的诗句，表现了对蜀道艰险惊心动魄的感受。王之涣在《出塞》中，以"羌笛何须怨杨柳，春风不度玉门关"的诗句，极写关外的荒凉和士兵的孤寂。对这类夸张的诗句，清代文学家叶燮曾评论说："决不能有其事，实为情至之语。"② 他的意思是说，这种夸张的写法不合客观事实，蜀道再艰险，总不比上天难；玉门关外再荒凉，春天还是会到来的。但是，这种不合事理的写法却突出了对象的特征，极为强烈地表现了诗人非同寻常的感受。

对比是抒情话语的基本组合方式之一。它是把在感觉特征或寓意上相反的词句组合在一起，形成对照，强化抒情话语的表现力。如杜甫的名句"朱门酒肉臭，路有冻死骨"，就是以两幅截然不同的画面来反映现实矛盾，有力地表达了诗人对社会的批评。《诗经·采薇》："昔我往矣，杨柳依依。今我来思，雨雪霏霏。"这里也采用了对比的修辞方式。前两句是以乐景写哀：在春风和煦、杨柳轻摇的背景下，抒情主人公却离家远征。后两句是以哀景写乐：在雨雪纷飞的环境中，抒情主人公重返故里。对此，王夫之曾精当地分析道："以乐景写哀，以哀景写乐，一倍增其哀乐。"③ 这就是说，以对比的方式来组合情与景，可以更强烈地表现情感体验。

相对而言，对比的运用可以使诗人的主观态度以比较婉转的方式表现出来，从而形成含蓄的风格和反讽的意味。王昌龄《出塞》中"但使龙城飞将

---

① 参见［美］高友工、梅祖麟《唐诗的魅力》，李世耀译，上海古籍出版社 1989 年版，第 15～16 页。

② （清）叶燮：《原诗·内篇》，见霍松林等人校注《原诗·一瓢诗话·说诗晬语》，人民文学出版社 1979 年版，第 32 页。

③ （明）王夫之：《姜斋诗话》卷 1，见宛平、舒芜校点《四溟诗话·姜斋诗话》，人民文学出版社 1961 年版，第 140 页。

在，不教胡马度阴山"两句，隐含着一种由对比而产生的反讽。这里运用了汉将李广的典故，他曾在龙城赢得了一次对匈奴的重大胜利，一度阻止了匈奴的入侵，汉人称李广为"飞将军"。然而，唐代诗人在追忆汉将的光荣历史时，暗含着一种讽刺性的对比：唐代缺少李广这样的将军，致使边疆频频告急，多少将士死于征战。

（四）借代与用典

借代是有关系的事物之间的相互替换。或者是用一物指代另一物，如写女性，用"红楼""闺阁""玉阶""芳尘"等与女性有关的东西来指代，李白就有"玉阶空伫立，宿鸟归飞急"的词句；或者用一部分来代替全体，如用"娥眉""红裙"等写女性，白居易就有"宛转娥眉马前死"的诗句。巧妙地运用借代手法，可以写出新颖别致的佳句来。抒情诗中借代的运用，往往是约定俗成的。所以，了解借代词的用法，也是阅读抒情诗的基本知识修养。

用典又叫"用事"，就是在诗词中借用故事来造句表义。典故可分神话典故、历史典故和文学典故三大类。李白《把酒问月》中有"白兔捣药秋复春，嫦娥孤栖与谁邻"两句，就是运用了古代神话故事来抒发孤寂之情。西方诗人也喜欢借用希腊神话和《圣经》故事来作诗。历史典故涉及历史故事。苏轼在《念奴娇·赤壁怀古》中，就借用了三国的历史故事，怀古抒情。文学典故是借用前人诗文中的内容。李白《清平调》第三首中有"名花倾国两相欢"一句。这里的"倾国"是指杨贵妃，形容她的美。"倾国"的典故出自汉代李延年的一首诗："北方有佳人，绝世而独立。一顾倾人城，再顾倾人国。宁不知倾城与倾国，佳人难再得。"此后，"倾国"便成为"绝代佳人"的代名词。李白在诗中以"倾国"指杨贵妃的美，并无贬义。如果不了解这个典故，就会产生疑惑，甚至误解。

典故的容量比较大，所以，用典会使抒情话语简洁经济，内容丰富。典故又多涉及历史，所以用典可以使诗词的文化内涵更为深广。另外，用典也是一种替代的表达方式，可以使话语更为含蓄。因此，诗人常常喜欢用典。不过，用典不宜过多，也不宜生僻。用典太多，就显得不自然，妨碍真性情的表现；用典生僻则令人费解，那不是含蓄，而是晦涩。

二、抒情角色

抒情角色是指抒情作家在抒情性作品中表现情感时所处的地位。常见的抒情角色有三种类型：一种是作者作为第一人称出现，作品中的"我"即作者自我；另一种是作者以代言的第一人称出现，或代人抒情，或托人抒情；还有一种是作者作为叙事者，在讲述事件的过程中抒情。

（一）　第一人称的抒情方式

第一人称的抒情是作者直接表现自己内心生活的一种抒情方式。在这类抒情性作品中，"我"就是作者自我，如李白的《梦游天姥吟留别》中，"我欲因之梦吴越""湖月照我影，送我至剡溪""安能摧眉折腰事权贵，使我不得开心颜"。有的抒情诗虽没有"我"字，但也是一种直抒胸臆的写法。例如汉乐府民歌《箜篌引》："公无渡河，公竟渡河。渡河而死，将奈公何！"这是诗人直接的呼号，直接对人对事发出感叹。

然而，许多抒情诗虽采用第一人称的抒情方式，却不直接倾诉自我的感受，而是借景抒情。中国古典山水诗大都属于这种情况。例如柳宗元《江雪》：千山鸟飞绝，万径人踪灭。孤舟蓑笠翁，独钓寒江雪。抒情自我在字面上不露一点痕迹，只是用精心构造的图画来象征。

上面两种第一人称的抒情也造成了不同的艺术效果。从抒情的角度看，直抒胸臆造成诗作的直率风格，常常具有震撼人心的感人力量；借景抒情造成诗的含蓄风格，情感意味悠长。从阅读的角度看，直抒胸臆的诗，抒情诗人的主观自我十分突出，读者直接把诗人的心灵作为对象来体验和认识；借景抒情的诗，抒情诗人的主观自我比较隐蔽，但我们却可以从引发诗人感受的景物中，去分享诗人的感受过程，从而体验和认识诗人的主观自我。

（二）　代言的抒情方式

在有些抒情性作品中，作者作为代言人，以他人的口吻来抒情。代言的抒情是戏曲歌词的基本抒情方式，但在诗词中也不少见。例如李白的《春思》：燕草如碧丝，秦桑低绿枝。当君怀归日，是妾断肠时。春风不相识，何事入罗帏？诗人采用女子的口吻，写丈夫远戍燕地，妻子留居秦中，对着春景抒发相思之苦。最后两句，是思妇对春风的反诘，极见真情。李渔曾说："欲代此一人立言，必宜先代此一人立心。"① 这话虽指写曲，也一样适用于作诗。李白在这首诗中，正是把自己化为思妇，设身处地地写她的内心生活。

还有一种代言的抒情方式是借他人之口来抒发作者的思想感情。例如，杜甫的《兵车行》中，诗人借役夫的口来抒发对抽丁拉夫的不满和对人民疾苦的同情："……君不见青海头，古来白骨无人收。新鬼烦冤旧鬼哭，天阴雨湿声啾啾。"关汉卿的《窦娥冤》第三折，有一段窦娥的唱词：

　　〔滚绣球〕……为善的受贫穷更命短，造恶的享富贵又寿延。天地

---

① （清）李渔：《闲情偶寄·语求肖似》，见单锦珩校点《闲情偶寄》，浙江古籍出版社 1985 年版，第 43 页。

也，做得个怕硬欺软，却原来也这般顺水推船。地也，你不分好歹何为地！天也，你错勘贤愚枉做天！哎，只落得两泪涟涟。

在剧中，这是窦娥的抒情，然而，这也是关汉卿一腔悲愤的表现。

代言的抒情方式造成了抒情内涵的双重性：抒情性作品中主人公的抒情是外抒情层；作者的情感表现是内抒情层。在《春思》中，这两个方面是相异的，一为相思，一为同情。在《兵车行》和《窦娥冤》的［滚绣球］中，这两个方面有重合之处，同时，也表达了作者对役夫、对窦娥的同情。因此，代言的抒情可以产生较丰富的意义。

复习要点

［基本概念］

抒情　　抒情性作品　　抒情话语　　抒情性作品的结构　　声情并茂
情景交融　　节奏　　隐喻　　象征

［思考问题］

1. 文学抒情与叙事有哪些主要区别？
2. 抒情话语主要通过哪些方式来突出语言的表现功能？试举例说明。
3. 为什么说"一切景语皆情语"？

［推荐阅读文献］

1. 王国维：《人间词话》，《蕙风词话·人间词话》，人民文学出版社 1960年版。
2. 高友工、梅祖麟：《唐诗的魅力》，李世耀译，上海古籍出版社 1989年版。

第十三章　文　学　风　格

　　现代汉语的"风格"，一般指在日常生活中某人的个性、作风、气度以及习惯化的行为特点。在文学理论中，文学风格既涉及作品的言语形式、作家的创作个性、对象的客观规定和读者的历史接受，也与时代、民族、地域和流派有关系。文学风格包括文学的时代风格、民族风格、地域风格、流派风格等内容，但其核心主要指作家和作品的风格。①

第一节　风格的诸种观念和思路

一、独特的言语形式

　　自古以来有多种探讨风格的角度。有一种角度看重文学作品在言语形式或篇章修辞方面的独到之处，认为言语形式或篇章修辞方面的特色是风格的根本所在。据研究，英文 style 从词源上看最初即属于修辞学的概念，强调的就是作品中语言的修辞特色。② 亚里士多德认为，修辞的高明就是风格，"希腊语的正确性才是风格的基础"，"风格的美可以确定为明晰，既不能流于平凡，也不能提得太高，而应求其适合"。要有风格就要注意修辞，如用词妥帖恰当，讲究节奏、隐喻等。③ 亚里士多德从外部形式和修辞学的角度理解风格的

---

　　① 英文 style 一词在中文中往往译做"风格"和"文体"，容易引起混淆，有必要认清其间的差别。从宽泛的意义上讲，文体包括措辞（diction）、结构（structure）、修辞（rhetoric or trope）、形式（form）、体裁（type）、文类（genre）、惯例（convention）等不同层面，在根本上是指一定的话语秩序所形成的文本体式或作品体制。但它与作家个人的才气、情性及社会生活又紧密相关，文体恰好折射出作家与批评家独特的精神结构、体验方式、思维方式和其他社会历史、文化精神。也就是说，当 style 偏于作家情性特点时可译为"风格"，而偏于文本体式或作品体制时则可译为"文体"。

　　② 据 19 世纪德国学者威廉·威克纳格的考证，西方的"风格"（style）一词源于希腊文，本义指"刀笔"，指古希腊人用来在蜡板上写字的工具，引申为用文字装饰思想的一种特殊方式。后来该词演变为拉丁文，再分别变为德文、英文等。参见［德］威克纳格《诗学·修辞学·风格论》，见王元化编译《文学风格论》，上海译文出版社 1982 年版，第 16～17 页。

　　③ ［古希腊］亚里士多德：《修辞学》，罗念生译，生活·读书·新知三联书店 1991 年版，第 160、150 页。

观点在后世产生深远的影响，发展出风格是"思想的外衣"的说法。17世纪英国学者和作家德莱顿（John Dryden，1631—1700）认为，诗人想象的幸运之一即在于"辩论术，或以适当的有意义的和富丽堂皇的词藻给那思想穿起衣服或装饰它的技巧"①。"思想外衣"说在19世纪遭到了抨击，人们认为语言和思想是无法分割的。法国作家福楼拜就痛斥这种说法："这些家伙牢记住这一陈词滥调，说什么'形式是外衣'。可是，事实不然！形式是思想的血肉，正如同思想是生命的灵魂一样。"② 在20世纪，许多现代语言学家也把风格理解为独特的语言形式。瑞士语言学家巴依认为，风格是"给予一个已决定的意义加添的选择的附加物"③。

由于风格最终是以言语的形式呈现出来的，作品与作品之间的风格差异确实与它们不同的表达方式、语言结构、修辞技巧等有关，因此从文本的技巧或特有标志的角度来研究风格是必要的。然而，仅从外部研究又是不够的。文学风格的形成有着更为深刻和复杂的内在根源。

二、创作个性的自然流露

第二种风格观着重从风格形成的内在根据来理解，把作家的创作个性与作品的风格联系起来。西汉扬雄在《法言·问神》中提出"心画心声"说："言，心声也；书，心画也；声画形，君子小人见矣。声画者，君子小人之所以动情乎。"就是说人的人格和情性可从文章和作品中见出。汉末曹丕在《典论·论文》中以"气"论文："文以气为主，气之清浊有体，不可力强而致。"他把"气"与"体"相联系，以文气论文体和风格，并品评当时的作家作品。扬雄所说的"情"，曹丕所说的"气"，都强调人格品性或个性气质对文学风格的决定作用。南朝刘勰《文心雕龙·体性》则认为："气以实志，志以定言，吐纳英华，莫非情性"，"各师成心，其异如面。"也就是说，"情性"或"成心"亦即内在的精神气质和思想感情决定语言的格调，文章的风采才华都是内在情性的表现，因为取法于内在的"情性"和"成心"，作品风貌也就如同各自的面孔，自然各具特色。

从主体的角度把风格看做是作家的创作个性在作品中的自然流露，这种思路注重从作家的气质禀赋、人格个性和志趣才情等方面来把握作品的风格特

---

① 转引自［英］格拉汉·霍夫《文体与文体论》，何欣译，台湾成文出版有限公司1979年版，第3页。

② 转引自赵俊欣《法语文体学》，上海译文出版社1984年版，第2页。

③ 转引自［英］格拉汉·霍夫《文体与文体论》，何欣译，台湾成文出版有限公司1979年版，第7~8页。

征，具有言语分析所不及的一面。但如果只看到内心表现的一面，忽视外在表达，也不能完全理解风格。值得注意的是，日常个性往往不等同于创作个性，也不能直接转化为文学风格。因此需要对"心画心声"说以及相关的"文如其人""风格即人格"等说法作具体分析。人常言"道德文章"，把"道德"与"文章"相联系。其实两者可能一致，但也可能大相径庭。晋代诗人潘岳曾作《闲居赋》，似有隐逸之志。然据《晋书》记载，此公"性轻躁，趋世利。与石崇等谄事贾谧，每候其出，与崇辄望尘而拜……既仕官不达，乃作《闲居赋》"①。金代元好问《论诗三十首》即以此质疑"心画心声"的说法："心画心声总失真，文章宁复见为人。高情千古《闲居赋》，争信安仁拜路尘。"所以，如果仅从内在依据甚至作家个人的精神伦理等角度着眼理解风格，认定文学作品写什么完全取决于作家本人的心性、人格和道德，就难保使真理变成谬误。近人钱锺书认为"以文观人，自古所难"：

> "心画心声"，本为成事之说，实鲜先见之明。然所言之物，可以饰伪：巨奸为忧国语，热中人作冰雪文，是也。其言之格调，则往往流露本相；狷急人之作风，不能尽变为澄澹，豪迈人之笔性，不能尽变为谨严。文如其人，在此不在彼也。……阮圆海欲作山水清音，而其诗格矜涩纤仄，望可知为深心密虑，非真闲适人，寄意于诗者。②

把握作家的为人，不能只盯着作品的题材。题材写什么容易作伪，历代有文人言行或言言不一、"如出两手"的事实，像潘岳、阮大铖就是"文如其人"绝对论的反例。阮大铖名列《明史·奸臣传》，"机敏滑贼"，残害忠良，却模仿陶渊明诗。只有高明的读者才能在言语的"格调"、行文的"笔性"中看出作家个性的端倪。

三、主体与对象相契合的特色

理解风格，还有主体内在依据和篇章修辞之外的角度，比如强调风格是主体与对象相契合时呈现出来的特色。不少人认为，文学作品及其风格完全是作家主观创造出来的文体、形式或结构，作家所要表现的对象只是客观的材料，其意义是微乎其微的，"几乎没有什么艺术品的梗概不是可笑的或者无意义

---

① （唐）房玄龄等：《晋书·列传第二十五·潘岳》，见《晋书》第3册，中华书局1974年版，第1504页。

② 钱锺书：《谈艺录》（四八），中华书局1984年版，第162～163页。

的"①。事实上，这种看法忽略了创作或欣赏活动中艺术题材和审美对象的规
定性。刘勰《文心雕龙·情采》曰："夫水性虚而沦漪结，木体实而花萼振，
文附质也。"《体性》篇曰："夫情动而言形，理发而文见，盖沿隐以至显，因
内而符外者也。" 风格的形成固然是由主体情性所驱动，但风格的呈现（即
"文"）必须根据"情动"和"理发"即作品所要表现的对象和情理的具体性
（即"质"）而展开。只有使对象内蕴的"情"和"理"与外在显现的恰适的
文辞形式真正对应起来，才能显现出文学的风神和魅力，此即刘勰所谓"沿
隐以至显""因内而符外"。也就是说，风格还必须从审美主体与审美对象的
对应性的角度，或者说主体要去赢取、去契合对象的角度去理解。比如，风格
往往受到作品所要表现的题材和意旨的影响。唐代杜牧《答庄充书》云："凡
为文以意为主，以气为辅，以辞采章句为兵卫，未有主强盛而辅不飘逸者，兵
卫不华赫而庄整者。四者高下圆折，步骤随主所指，如鸟随凤，鱼随龙，师众
随汤武，腾天潜泉，横裂天下，无不如意。"突出强调了作品及其风格形式必
须接受意旨和题材的规定、制约。刘勰在《文心雕龙·定势》说："以模经为
式者，自入典雅之懿；效《骚》命篇者，必归艳逸之华。"也是强调，要表现
什么样的题材和意旨，就必须选择好恰适的风格和文体。

　　西方也有学者从类似的角度来理解风格，反对那种不顾表现对象和文体的
规定性而一味地张扬个性的做法。黑格尔认为，"风格"这个名词应如一些学
者所解释的，是"一种逐渐形成习惯的对于题材的内在要求的适应"，真正的
风格应该是"服从所用材料的各种条件的一种表现方式，而且它还要适应一
定艺术种类的要求和从主题概念生出的规律"。如果作者只顾表现自己而不顾
描写的对象，这不是什么独创性，充其量只是作风，因为"作风则是特属于
某一艺术家构思和完成作品时所现出的偶然的特点……有了作风，他就只在听
任他个人的单纯的狭隘的主体性的摆布"②。而德国学者威克纳格也强调风格
的客观方面："就风格来说，一般作家很少能够在主观性和客观性之间显示一
种正确的自然的与艺术的关系。绝大多数人濒于缺乏个性的苍白之境。而另一
些人，或出于虚浮，或基于自己无法抑制的欢乐，又趋于相反的极端，从而使
主观性占了绝对优势。在风格混杂中的这种失调现象，产生了我们所谓的矫饰
作风；正如我们一看到绘画和雕刻，一看到那些在线条和结构方面脱离了客观
表现基础，的确是很不相称的，纯粹是由艺术家的爱好、任性和积习产生出
来，我们不禁称之为矫饰作风一样。这类作家所以表现了矫饰作风的倾向，是

---

① ［美］韦勒克、沃伦：《文学理论》，刘象愚等译，江苏教育出版社 2005 年，第 157 页。
② ［德］黑格尔：《美学》第 1 卷，朱光潜译，商务印书馆 1979 年版，第 372、373、370 页。

因为他们使对象服从于自己的主观气质，照理他们是应该使自己的气质服从于对象的。"①

四、读者辨认出的格调

这是从读者鉴赏品味的角度来理解风格。中国古代文论特别强调对作家作品的鉴赏品评，认为风格是读者经反复玩味后可以辨认的一种格调。如明代谢榛《四溟诗话》所说："作诗譬如江南诸郡造酒，皆以曲米为料，酿成则醇味如一。善饮者历历尝之曰：'此南京酒也，此苏州酒也，此镇江酒也，此金华酒也。'其美虽同，尝之各有甄别，何哉？做手不同故尔。"讲的就是善饮者在辨认酒的不同特点。欣赏诗歌乃至一切文学作品也是如此。从这个意义上说，风格是读者辨认出的一个格调。

在西方，也有从作者与读者关系的角度来论风格的。英国作家高尔斯华绥说："风格——这乃是作家消除自己和读者之间的一切隔阂的能力，风格的最后胜利乃是确立真正的精神上的接近。"② 原因即是读者在欣赏作品的高潮阶段，艺术风格能在一瞬间以信息飞跃的方式，传达出作品的总体特征和作家的精神个性，从而在读者与作家之间形成精神上的沟通和交流。总之，风格是一种审美标志，作为时代精神和艺术趣味的多样性体现，能在作者和读者之间达成精神上的沟通和审美上的共鸣，使读者获得持久的愉悦。

第二节　风格的定义和内涵

所谓文学风格，是指作家的创作个性在文学作品的有机整体中通过言语组织所显示出来的、能引起读者持久审美享受的艺术独创性。这个定义的要点有：（1）创作个性是风格形成的内在根据；（2）主体与对象、内容与形式的统一是风格存在的基本条件；（3）语言组织和文体特色是风格呈现的外部特征。

一、风格与创作个性

（一）文学风格、创作个性与日常个性

日常个性是人在日常生活中表现出来的人格结构方面的独特性，而创作个

---

① ［德］威克纳格：《诗学·修辞学·风格论》，见王元化编译《文学风格论》，上海译文出版社1982年版，第20页。

② ［英］高尔斯华绥：《〈安娜·卡列尼娜〉序》（1928），张耳译，见陈燊编选《欧美作家论列夫·托尔斯泰》，中国社会科学出版社1983年版，第185页。

性是作家气质禀赋、思想水平、审美趣味、艺术才能等主观因素综合而成的习惯性行为方式，是在日常个性的基础上经过审美创造的升华而形成的独特的艺术品格，是文学风格的内在根据，支配着文学风格的形成和显现。

有必要把创作个性与文学风格区别开来。创作个性属于文学风格的主观方面，在与客观方面结合之前，它潜在于作家的内心，表现为独特的个性气质、人格精神、艺术情趣、审美追求和文学才能等。当它付诸实践并与客观方面相结合，便成为文学风格的有机组成部分。创作个性不能单方面决定和构成风格，风格的形成离不开题材、主题甚至体裁等的影响。比如，题材本身所蕴含的社会的、伦理的、美学的属性或意义会影响作品的风格。一般而言，悲剧题材要求表现崇高悲壮的风格，喜剧题材长于表现幽默滑稽的风格，正剧题材宜于表现严肃庄重的风格。再比如，体裁对风格也有影响。威克纳格认为史诗和戏剧是从现实形式中去构成观念，感性的和生动的想象是其基本的因素，更多地属于想象的风格；散文无论是教诲文或记叙文，更多地属于教导的形式，宜采取智力的风格；抒情诗人从自己的情绪中提取材料来体现自己的观念、冲动和激情，更多地属于情绪的感染风格。①

同时，应该把创作个性与日常生活中表现出来的个性和人格区别开来。日常个性人皆有之，如心理性格、气质情性、禀赋才能、处世态度、思维习惯、表达方式等，人格是在伦理学意义上的道德人格，指个人的尊严、价值和道德品质等。创作个性却并非人所尽有，它是在创作实践中逐渐形成和发展起来的。歌德常常惊叹于拜伦"放荡不羁"的个性和"柔顺"的创作个性间的巨大差异："拜伦通过遵守三整一律来约束自己，对于他那种放荡不羁的性格来说，倒是很适宜的。假如他懂得怎样接受道德方面的约束，那多好！他不懂得这一层，这就是致他死命的原因"，"但是他在创作方面总是成功的。说实话，就他来说，灵感代替了思考……他做诗就像女人生孩子，她们用不着思想，也不知怎样就生下来了"，"作为诗人，他显得像绵羊一样柔顺。"②苏联文论家赫拉普钦科也指出："创作个性和作家作为一个人的个性之间的相互关系可以是各种各样的。绝不是所有能说明艺术家日常生活个性的特点的东西，都在他的作品中得到反映。另一方面，也不是作为创作'自我'的特点的一切，任

---

① ［德］威克纳格：《诗学·修辞学·风格论》，见王元化编译《文学风格论》，上海译文出版社1982年版，第24页。

② ［德］爱克曼辑录：《歌德谈话录》，朱光潜译，人民文学出版社1978年版，第63、64、66页。

何时候都与作家个性的实际特点直接相对应。"① 所以，一般而言，日常个性是作家在世俗生活中表现出来的习性，世俗生活往往为俗世功利所困扰，而创作个性是作家在精神活动中体现出来的习性，精神的想象活动往往具有审美的超功利性。日常个性部分来自先天的遗传基因，另外缘自后天环境中的习得，而创作个性则是在日常个性的基础上，进一步在创作实践中养成并体现在作品中的个性特征。

（二）创作个性转化为文学风格

日常个性必须通过审美创造的升华转变为创作个性，才可能在作品中形成独特的艺术风貌。创作个性是位于日常个性和文学风格之间的中间环节，它们三者的关系可如图所示：

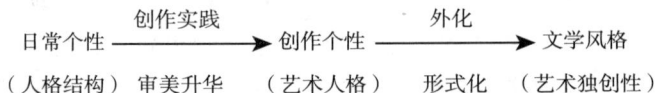

日常个性 $\xrightarrow{\text{创作实践}}$ 创作个性 $\xrightarrow{\text{外化}}$ 文学风格

（人格结构）　审美升华　（艺术人格）　　形式化　（艺术独创性）

这就是说，作家的人格修养、生活个性并不能直接转化为风格，这种人格修养、生活个性必须在与作家的审美素质有了内在的适应性，并接受审美素质的改造、转换后，才能成为创作个性的有机构成因素，然后通过创作个性的作用，才能转化为风格。②

同时，题材对象方面的特点、体裁类别方面的要求、技巧形式方面的规则等相对客观的因素，也都必须由作家的独特的审美个性所把握、浸润、渗透、点化和整合，才能成为文学风格的构成要素。可以说，风格是作品的内容和形式经创作个性的有机整合后所显现的独特的艺术风貌和格调，创作个性是风格的灵魂。事实上，对于成熟的作家而言，创作个性已为作家的世界观和审美理想所渗透，同时又凝结了作家的艺术修养和情趣，因此它体现的就是作为艺术家的个人，而非日常生活中的个人。成熟的创作个性决定了对世界的审美把握，从而自然地而非刻意地转化为风格。

二、主体与对象的和谐统一

18 世纪法国学者布封（Buffon，1707—1788）提出"风格即人"的观点："只有写得好的作品才是能够传世的：作品里面所包含的知识之多，事实之奇，乃至发现之新颖，都不能成为不朽的确实的保证；如果包含这些知识、事

---

① ［苏］赫拉普钦科：《作家的创作个性》，见《赫拉普钦科文学论文集》，张捷、刘逢祺译，人民文学出版社 1997 年版，第 149 页。

② 参见童庆炳《文体与文体的创造》，云南人民出版社 1994 年版，第 164～168 页。

实与发现的作品只谈论些琐屑对象，如果他们写的无风致，无天才，毫不高雅，那么，它们就会是湮没无闻的，因为，知识、事实与发现都很容易脱离作品而转入别人手里，它们经更巧妙的手笔一写，甚至于会比原作还要出色些哩。这些东西都是身外物，风格却是人的本身。""风格是当我们从作家身上剥去那些不属于他本人的东西，所有那些为他和别人所共有的东西之后所获得的剩余和内核。"①布封强调的是作家风格的重要性、独特性和不可替代性。事实上，精神个性的差异是文学风格形成的重要方面。

这样说来，风格是否与作家描写的对象无关呢？当然不是。歌德认为："单纯的模仿以宁静的存在和物我交融作为基础；作风是用灵巧而精力充沛的气质去攫取现象；风格则奠基于最深刻的知识原则上面，奠基在事物的本性上面，而这种事物的本性应该是我们可以在看得见触得到的形体中认识到的。"②"单纯的模仿"以心服从于物，"作风"则相反，是用心去支配物，甚或强迫物，而"风格"则是主客观的统一，从而达到情景交融、物我交会、人与事的和谐。由此，歌德认为风格是艺术所能企及的最高境界。黑格尔也认为，风格说到底是主体与对象的契合："从一方面看，这种独创性揭示出艺术家的最亲切的内心生活；从另一方面看，它所给的却又只是对象的性质，因而独创性的特征显得只是对象本身的特征，我们可以说独创性是从对象的特征来的，而对象的特征又是从创造者的主体性来的。"③

马克思对这个问题的论述尤其精辟。他在《评普鲁士最近的书报检查令》中指出："真理是普遍的，它不属于我一个人，而为大家所有；真理占有我，而不是我占有真理。我只有构成我的精神个体性的形式。'风格就是人'。"在这里，马克思将布封的"风格即人"的观点引入了唯物辩证法的轨道，既肯定了文学风格的"真理占有我"的客观属性，又强调了风格的"精神个体性"的核心特征。马克思要求一方面把用自己的风格去写，把表露自己的精神面貌看做是作家的权利，另一方面他又明确要求作家在发挥自己精神个体性时，还须遵循客观规律，必须"用事物本身的语言来说话，来表达这种事物的本质的特征"，"使事物本身突出"而不是突出作家自己。④ 文学风格就是作家在用

---

① ［法］布封：《论风格》，范希衡译，《译文》1957 年第 9 期。"风格却是人的本身"一句又常译为"风格即人"或"风格却是本人"。

② ［德］歌德：《自然的单纯模仿·作风·风格》，见王元化编译《文学风格论》，上海译文出版社 1984 年版，第 4 页。

③ ［德］黑格尔：《美学》第 1 卷，朱光潜译，商务印书馆 1979 年版，第 373～374 页。

④ 马克思：《评普鲁士最近的书报检查令》，《马克思恩格斯全集》第 1 卷，人民出版社 1956 年版，第 7～8 页。

客观事物本身的语言表达和突出客观事物的本质特征的同时，通过对象表现自己精神个性的形式和方式。

三、言语组织和文体特色

创作个性有待外化、形式化到具体作品中，才能形成风格。独特的言语组织和文体特色是风格呈现的外部特征。只有在具体的作品中，在特定的文体或言语组织中，风格才得以展现。在这个意义上，言语组织和文体是风格的载体。

（一）语言编码、修辞分布与文学风格

文学是语言的艺术，作品都是由言语组织而成的。整体来看，言语活动是多方面的、性质复杂的，同时跨着物理、生理和心理几个领域，它还属于个人的领域和社会的领域。现代风格学认为，语言本身作为未经使用的素材整体，是一种中性的代码，而经过作家之手在作品中使用的语言是活的言语，已经是编码或超码的结果。换言之，中性的语言素材经过编码后，不但传递了信息，而且带有感情色调，从而体现了风格特征。拿现代汉语来说，有 21 个声母、35 个韵母、4 个声调、400 多个音节、上千个词素、几十万个词，还有大量的语法规则。但在杨朔的散文那里，语词和气势就显得委婉调和，即使抒发饱满急切的感情，也不会一泻无余，而是婉转曲折的，显得诚挚幽婉、情意绵绵。另外，不同作家喜欢使用某些词语及句式，其频率的疏密也会各不相同。例如，据统计，普鲁斯特的作品从句、长句的分布频率特别大，而海明威的作品则短句的分布频率特别大，这就形成了两个作家不同的风格特色。在电脑愈益发达的今天，这种实证的、精密的研究方法是完全可行的，与传统的体悟的方法可以形成互相补充的关系。对言语组织进行分析是风格研究中的重要环节，但正如韦勒克所告诫的："这一方法的危险性在于分析者抱有一个'科学的'完整性的理想，很可能忘记艺术效果及其重要性并不简单地等同于一种语言手段使用的频率这样一个道理。"[①]

（二）风格是文体的最高范畴和体现

风格必须落实到具体的体制、样式、类型中，只有在恰当的文体中才能呈现出作家的创作个性。人们常说的"文体"，在不同的场合有不同的含义，这里我们不妨把文体理解为体裁、语体和风格三个层次。[②] 恰当的体裁是风格得

---

① ［美］韦勒克、沃伦：《文学理论》，刘象愚等译，江苏教育出版社 2005 年版，第 205 页。

② 关于"三层次"说，参见童庆炳《文体与文体的创造》，云南人民出版社 1994 年版，第 10～39 页。对"文体"的界说，此处稍有改动。

以生成的基础，富有个性的语体是风格的有机组成部分，而风格是文体的最高
范畴和最高体现，是作家长期匠心独运的结晶。

1. 体裁

一方面，体裁是风格的基础，不同的体裁要求与之相应的风格，选择特定
的体裁也就规定了相应的风格。《尚书·毕命》最早指出"辞尚体要"，并把
这一原则与"政贵有恒"并举。了解体裁特点是文学写作的必由之路。《文心
雕龙·体性》指出：

> 夫才有天资，学慎始习，斲梓染丝，功在初化，器成彩定，难可翻
> 移。故童子雕琢，必先雅制，沿根讨叶，思转自圆，八体虽殊，会通合
> 数，得其环中，则辐辏相成。故宜摹体以定习，因性以练才，文之司南，
> 用此道也。①

刘勰从学习的角度强调初学者入门要正，"童子雕琢，必先雅制"，在体裁及
其相应的风格上，必要有"摹体以定习，因性以练才"的过程，只有经过这
个"沿根讨叶""会通合数"的过程，初学者才能把握大体的体裁规范，性情
和才华也得到相应的培养和锻炼。另一方面，对于同样的体裁，风格又因人而
异，因时而异，所谓"定体则无，大体则有"。《文心雕龙·通变》中说："夫
设文之体有常，变文之数无方。"意思是文章的体裁和样式是大体固定的，而
具体的文辞、体势和风格却是无定的。为什么呢？"凡诗赋书记，名理相因，
此有常之体也；文辞气力，通变则久，此无方之数也。"就是说，特定的体裁
和样式只是历史地形成的一种惯例和规范，只是凝聚了大体的人情事理及其粗
略的规定性，而具有非凡才情的作家和具体的创作过程却是各不相同，文学创
作总是多有损益，与时变化的。总的说来，要在端正"体制"和"通变"体
裁的基础上进行文体和风格的创造。

2. 语体

语体可以看做是文体的第二层面。体裁要靠具体的语体来体现。相对于
"大体则有"、由历史和传统所形成和规定的体裁而言，语体更为灵活和具体，
其内涵比体裁更微妙、复杂些。所谓语体，是作家根据对各方情势的研判和理
解后，在大体确定的体裁中，进一步地通过语言、艺术手法和各类技巧设计体
现出来的更具特征性的体式或体势。如刘勰《文心雕龙·定势》篇所言："势

---

① （南朝齐梁）刘勰：《文心雕龙·体性》，见范文澜《文心雕龙注》下，人民文学出版社 1958
年版，第 506 页。

者，乘利而为制也。如机发矢直，涧曲湍回，自然之趣也。"语体受到体裁等传统惯例方面的规定，但它并非如形式主义者所理解的是现有体裁的重组，而是在当下作品所欲表现的现实之"利"和"自然"的具体规定下，与作者对现实的理解及其相关的表现才能相磨合而形成的。可以说，语体是体裁所内含的历史、传统、惯例和当下作品所欲表现的具体情势以及作者自身的更为具体的权衡、处置、选择、安排的结合体。刘勰在《文心雕龙·定势》中强调："是以囊括众体，功在铨别，宫商朱紫，随势各配。章表奏议，则准的乎典雅；赋颂歌诗，则羽仪乎清丽；符檄书移，则楷式于明断；史论序注，则师范于核要。"这里的"典雅""清丽""明断"和"核要"，就是从体裁和对象出发而要尽可能接近的语体，它系于作品内在的语气、声音、意态、文脉和格调。根据客观对象和具体情势，在寻找到特定体裁的基础上进一步揣摩语体，创造出与对象和文体相对应、相和谐的风格的过程，也就是刘勰所谓的"因情立体，即体成势"。

　　语体可说是体裁的具体化，它需要融入作家对具体情势的理解和把握，并在作品中体现出来。这里必然包含着作家如何在特定体裁的基础上灵活把握和自由创造的问题。选择体裁只是作家表现客观对象时的初步把握，而只有作家在根据更具体的情势和自身情性，自由地实现了"因情立体，即体成势"之后，作品才真正体现了作家的创作个性，语体才实现了对体裁的具体化。"因情立体，即体成势"使作家的个性得到充分外化，是创作个性在语言格调上的自然流露。因此，语体可以视为风格的有机组成部分。

　　3. 风格

　　作家只有"因情立体，即体成势"，既顺应和包容对象，又充分发挥自己的个性，才有可能形成文学风格。但风格不等同于语体，也不等同于体裁，它使文体焕发出作家个性的光彩，以其独创性使读者感到亲切和惊异；它给某一文体的僵硬躯体里贯注进盎然生机，使之获得了艺术生命。如同威克纳格所形容的："风格并非安装在思想实质上面的没有生命的面具，它是面貌的生动表现，活的姿态的表现，它是由含蓄着无穷意蕴的内在灵魂产生出来的。……灵魂，再说一遍，只有灵魂才赋予肢体以这样的或那样的动作或姿势。"① 所以，文学风格是文体的最高范畴和最高体现。

　　风格具有独创性，是作家长期匠心独运的结晶，而非一时模仿可成。也

---

① ［德］威克纳格：《诗学·修辞学·风格论》，见王元化编译《文学风格论》，上海译文出版社1982年版，第15～16页。

正因此，读者往往凭着作品的语言特色，就可以辨别出是谁的作品，把握不同作家作品的风格特点。鲁迅的语言格调是文白贯通、严峻犀利、幽默含蓄、凝练精警、洒脱自如。老舍善于提炼和运用北京口语，凝练隽永而又温婉多讽。赵树理的语言像农民一样淳朴，明白如话，诙谐生动。鲁迅在白色恐怖的严酷环境中，常常要更换笔名发表杂文，但是，无论杂文的题材、内容是怎样的不同，不少读者还是一眼就能看出作者是谁，报以会心的微笑。这个事实证明，鲁迅杂文的艺术风格已完全成熟，人们把这种独特的文体和鲁迅杂文的艺术手法相结合，称为"鲁迅笔法"。再比如，李白和杜甫的诗歌，各自的语言特色都十分鲜明。李诗在遣词造句上富于奇特的想象（"狂风吹我心，西挂咸阳树""太白与我语，为我开天关"），超常的夸张（"燕山雪花大如席""一风三日吹倒山"），高度的虚拟（"我欲因之梦吴越，一夜飞度镜湖月"），在语言节奏和旋律上则奔泻急促、迸发突进、气势磅礴（"黄河之水天上来，奔流到海不复还""天姥连天向天横，势拔五岳掩赤城。天台四万八千丈，对此欲倒东南倾"），凡此都显示了豪放的风格特色。杜诗在遣词造句上则重精细的写实（"车辚辚，马萧萧，行人弓箭各在腰。爷娘妻子走相送，尘埃不见咸阳桥"），鲜明的对比（"朱门酒肉臭，路有冻死骨""信知生男恶，反是生女好。生女犹得嫁比邻，生男埋没随百草"），紧密的结构（"江浦雷声喧昨夜，春城雨色动微寒""窗含西岭千秋雪，门泊东吴万里船"），在语言节奏和韵律上则回旋舒缓、跌宕顿挫、凝重深沉（"风急天高猿啸哀，渚清沙白鸟飞还。无边落木萧萧下，不尽长江滚滚来。万里悲秋长作客，百年多病独登台。艰难苦恨繁霜鬓，潦倒新亭浊酒杯"），显示出沉郁的风格。

作家独创风格的形成也是一个渐进的过程。当代作家汪曾祺在1984年说：

　　　　一个作家形成自己的风格大体要经过三个阶段：一、模仿；二、摆脱；三、自成一家。初学写作者，几乎无一例外，要经过模仿的阶段。我年轻时写作学沈先生，连他的文白杂糅的语言也学。……后来岁数大了一点，到了"而立之年"了吧，我就竭力想摆脱我所受的各种影响，尽量使自己的作品不同于别人。……我现在岁数大了，已经无意于使自己的作品像谁，也无意使自己的作品不像谁了。别人是怎样写的，我已经模糊了，我只知道自己这样的写法，只会这样写了。我觉得怎样写合适，就怎样写。……一个人也不能老是一个风格，只有一种风格。风格，往往是因为所写的题材不同而有差异的。或庄、或谐；或比较抒情，或尖刻冷峻。

但是又看得出还是一个人的手笔。一方面，文备众体；另一方面，又自成一家。①

风格的形成需要作家全身心的投入和精神成长的过程：从早期的遵循体式，师从前辈，到发挥个性和作风，用心把握对象，形成独特语体，再到真正达成主客观的统一，随心所欲而不逾矩，既文备众体，又自成一家。汪曾祺此言适得风格三昧。

第三节　文学风格的类型与价值

一、风格类型的划分

我国古代的风格理论十分丰富，对风格的分类及其审美特征的论述可谓独树一帜。一般而言，古人对风格的审美特征多取描述的方法，且常用形象化的比喻，以激发欣赏者的审美联想，强调用体悟和比较去识别不同的风格，而避免作出严格明确的规定。这种分类表面上看似无逻辑，却更切合多数人的审美经验。下面简单介绍风格的简分法和繁分法。

简分法。中国的简分法常将风格分为"刚"和"柔"两类，也有"虚"与"实"、"奇"与"正"等二分法，但以刚柔分类影响最大，并且源远流长。也有不用刚柔的，但大同小异，如"豪放"与"婉约"、"沉着痛快"与"优游不迫"等。清代桐城派古文家姚鼐在《复鲁絜非书》中也明确采用阳刚和阴柔两分法：

> 其得于阳与刚之美者，则其文如霆，如电，如长风之出谷，如崇山峻崖，如决大川，如奔骐骥；其光也，如杲日，如火，如金镠铁；其于人也，如冯高视远，如君而朝万众，如鼓万勇士而战之。其得于阴与柔之美者，则其文如升初日，如清风，如云，如霞，如烟，如幽林曲涧，如沦，如漾，如珠玉之辉，如鸿鹄之鸣而入寥廓；其于人也，漻乎其如叹，邈乎其如有思，暖乎其如喜，愀乎其如悲。观其文，讽其音，则为文者之性情形状举以殊焉。

---

① 汪曾祺：《谈风格》，《汪曾祺全集》第3卷，北京师范大学出版社1998年版，第341～342页。

姚鼐提倡刚柔相济，两者不可偏废，阳刚和阴柔都是美，但应相济互补，否则会发生偏执，走向极端。然而，真能做到两者兼备的却很少，一般是"偏优"和"奇出"。

繁分法。较繁的分类法始于刘勰，其《文心雕龙·体性》归纳文学的风格有"八体"：

> 故辞理庸儁，莫能翻其才；风趣刚柔，宁或改其气；事义浅深，未闻乖其学；体式雅郑，鲜有反其习；各师成心，其异如面。若总其归涂，则数穷八体：一曰典雅，二曰远奥，三曰精约，四曰显附，五曰繁缛，六曰壮丽，七曰新奇，八曰轻靡。典雅者，熔式经诰，方轨儒门者也。远奥者，馥采典文，经理玄宗者也。精约者，核字省句，剖析毫厘者也。显附者，辞直义畅，切理厌心者也。繁缛者，博喻酿采，炜烨枝派者也。壮丽者，高论宏裁，卓烁异采者也。新奇者，摈古竞今，危侧趣诡者也。轻靡者，浮文弱植，缥缈附俗者也。故雅与奇反，奥与显殊，繁与约舛，壮与轻乖，文辞根叶，苑囿其中矣。①

从"辞理""风趣""事义"和"体式"等综合角度，刘勰把这些文学作品的风格分成四组八体，每组一正一反："雅与奇反，奥与显殊，繁与约舛，壮与轻乖"，由此构成一个隐含了八卦图像的风格类型系统，"八途而包万举"。

唐代诗歌空前繁荣，对诗歌各种风格类型的理论探索大为加强。司空图《二十四诗品》把诗歌的风格分为二十四类：雄浑、冲淡、纤秾、沉着、高古、典雅、洗炼、劲健、绮丽、自然、含蓄、豪放、精神、缜密、疏野、清奇、委屈、实境、悲慨、形容、超诣、飘逸、旷达、流动。虽然主要是对诗歌风格进行分类，但也适用其他文体，而且这些风格概念中的绝大部分，至今仍在使用。可以说，司空图的《二十四诗品》，建立了具有中国传统的风格分类的模型。司空图对二十四种风格的描述充满了诗情画意，又渗透了哲理，对后世的影响较大。

由于文学风格形态的无限多样又无限生成，不可能找到一种最完善的分类法。对文学风格的分类可以从不同的角度进行，而且永远是相对的，它们为读者提供了一个参照系，但大可不必胶柱鼓瑟，应该根据具体作品的审美特点灵活掌握。

---

① （南朝齐梁）刘勰：《文心雕龙·体性》，见范文澜《文心雕龙注》下，人民文学出版社1958年版，第505页。

二、文学风格的审美价值

不同的文学风格有不同的审美价值。雄浑刚劲的风格可以壮人胸怀，清新俏丽的风格可以舒人心脾，飘逸疏野的风格可以养人性情，沉着含蓄的风格可以启人思力。不同的文学风格，给人以不同的审美享受。所以，文学风格各有各的审美价值，一般不分轩轾。由于人们的审美心理基础不同，也有特定的语境或心境，可以对风格美有不同的偏好和选择，这是不足为奇的。但不可以主观随意地褒此而贬彼。朗加纳斯推重崇高的风格，狄德罗喜欢简朴的风格，歌德赞赏雄伟的风格，雨果爱好单纯的风格，姚鼐主张"阴阳刚柔并行而不容偏废"，也有人偏爱朦胧、新奇、怪诞。风格欣赏中的偏好，归根结底是因为读者与作者通过风格的纽带达到了个性间的相互吸引，灵魂与灵魂的相通、相合，不可勉强。作为一个有修养的读者，尤其是作为一个鉴赏家和评论家，却应广泛涉猎，这样才能遍识各种风格之美。

风格的批评不妨推崇某种风格，也可批评另一种风格，这本来无可厚非，只要言之成理，持之有故就行。但是如果把自己所欣赏的风格奉为圭臬，把个人不欣赏的弃如敝屣，那就失之偏颇，也不符合风格多样化的规律。

研究风格的审美价值，有几点值得注意。第一，风格美是可以超越时代、地域和阶层的限制的。过去时代形成的风格类型，其审美价值并不随时代的变化而消逝。古今中外凡有独特风格的作家作品，都以其不可重复的艺术独创性，不仅在文学史上取得应有的地位，而且在艺术世界得到千万读者的回响。在这个意义上，历史和未来都属于拥有独特风格的作家。第二，风格的审美价值虽然可以超越时代，但它在多大程度上得到实现，却往往又受到时代的价值取向的影响和制约。它不取决于少数人的选择，而取决于时代、民族、阶级等的选择。一个抗争的阶级、苦难的民族、悲剧的时代，可能更激赏慷慨悲凉、沉郁顿挫的风格，而冷落闲适恬淡或华艳绮丽的风格，但这种风格尽管被冷落被鄙视，也自有其审美价值。沈从文小说中的原始淳朴，钱锺书小说中的机智冷峭，张爱玲小说中的苍凉幽暗，都各有审美价值，至今也仍然会有相应的读者群。

第四节　文学风格与文化

一、文学风格与时代

不同时代有不同的文化，作家生活于时代之中，不能不深受时代气息的感染。作家的文学风格必然要渗入时代文化的因素，表现出时代性。文学风格总是这样或那样反映时代文化的特点，形成文学的时代风格。

所谓文学的时代风格，就是作家作品在总体特色上所具有的特定时代的特征，它是该时代的精神特点、审美要求和审美理想在作家作品中的表现。时代风格主要是指从历史和社会高度把握的、只属于这个时代而不属于其他时代的文学的总体特征。先秦诸子散文感情激越、设想奇特、辞采绚烂，富有论辩性，与当时群雄割据、学派林立、百家争鸣、富有创造力的时代特征密切相关。文学的时代特点不是时代印记的被动的承受物，它既是时代精神的产物，又是时代精神的发酵剂和催化剂。曹操、曹丕、曹植、孔融、王粲、刘桢等人都是建安文学的代表，他们面对军阀混战、世积乱离、风衰俗怨的时代，既敢于正视现实，又怀有"拯世济物"的宏愿，因此，尽管这些作家各有各的风格，如曹操的苍凉悲壮，曹丕的通脱清丽，曹植的豪迈忧愤，孔融的豪气直上，王粲的深沉秀丽，刘桢的贞骨凌霜，但他们却都继承和发扬了汉乐府缘事而发、为时而作的文学精神，《文心雕龙》在《明诗》和《时序》篇分别概括为"梗概以任气"和"志深而笔长"的特点。这古今盛赞的"建安风骨"，就是建安文学的时代风格。时代风格又总是发展的，随着时代的变化而变化，从而形成不同的时代风格。比如，在欧洲曾此起彼伏地盛行过的古典风格、哥特式风格、文艺复兴风格和巴洛克风格，都具有鲜明的时代特点。

时代风格的形成，受时代情境和语境的影响，也离不开文学自身的发展规律。比如，唐代中后期的古文运动所造成的新文风和时代风格，就是一群古文家的有意识的努力创造。唐初文风承六朝骈俪旧习，成为束缚思想内容的桎梏，一些先行者逐渐要求反对骈文，提倡古文。到德宗贞元间，韩愈号称上继三代两汉，以自己奇句单行的散文与"俗下文字"（即骈文）相对立，逐渐有众多文人追随。至宪宗元和间，又有柳宗元大力支持，于是声势更大。古文言之有物，具有批判锋芒，一度压倒了骈文，开创一代新文风。

风格的时代性差异也完全可能体现在同一个作家身上。这在一些跨世纪、跨时代的作家身上体现得尤为明显。特别是当时代发生动荡、革命、战乱，改朝换代，或社会政治制度和经济体制出现重大的变更转型，都会使作家的世界观、人生观、价值观、创作视野、艺术趣味乃至情调语调发生重大的变化，从而导致个人风格的时代性转变。中国的现代作家，大多经历了个人风格的时代性转换。如丁玲早年接受"五四"新文化运动的影响，追求个性解放，却受到了挫折，这在她早期带有自传性质的《莎菲女士日记》等小说中有着明显的表现，作品呈现出一种浓厚的感伤色彩和浪漫风格。在成为左翼作家，特别是进入延安革命根据地后，丁玲的作品和文风都判若两人。1948 年她出版的反映土改的长篇小说《太阳照在桑干河上》，就具有强烈的社会主义的政治色彩和写实风格。

二、文学风格与民族

不同的民族有不同的文化传统。作家生活于民族传统文化中，不能不受民族文化传统的影响。作家的风格必然渗入民族文化传统的基因，表现出民族性。风格总是这样那样地反映民族文化的特点，从而形成文学的民族风格。伏尔泰说：

> 从写作的风格来认出一个意大利人、一个法国人、一个英国人或一个西班牙人，就像从他面孔的轮廓，他的发音和他的行动举止来认出他的国籍一样容易。意大利语的柔和和甜蜜在不知不觉中渗入到意大利作家的资质中去。在我看来，词藻的华丽、隐喻的运用、风格的庄严，通常标志着西班牙作家的特点。对于英国人来说，他们更讲究作品的力量、活力和雄浑，他们爱讽喻和明喻甚于一切。法国人则具有明彻、严密和幽雅的风格。他们既没有英国人的力量，也没有意大利人的柔和，前者在他们看来显得凶猛粗暴，后者在他们看来又未免缺乏须眉气概。……要看出各相邻民族鉴赏趣味的差别，你必须考虑到他们不同的风格。①

在好的文学译作中，尽管一民族的语言转换成另一民族的语言，我们仍然可以看到原作的民族特点，这是因为民族风格不仅见诸作品的语言，而且体现在一切方面，如题材、主题、气质和韵味，以及作品所包含的民族精神。普希金说："气候、政体、信仰，赋予每一个民族以特别的面貌，这面貌多多少少反映在诗歌的镜子里。……这儿有着思想和感情的方式，有着只属于某一民族所有的无数风俗、迷信和习惯。"② 普希金本人就是俄罗斯文学的民族风格的代表，"在他身上，俄国大自然、俄国精神、俄国语言、俄国性格反映得这样明朗，这样净美，正像风景反映在光学玻璃的凸面上一样"。"他一开始就是民族的，因为真正的民族性不在于描写农妇穿的无袖长衫，而在表现民族精神本身。诗人甚至描写完全生疏的世界，只要他是用含有自己的民族要素的眼睛来看它，用整个民族的眼睛来看它，只要诗人这样感受和说话，使他的同胞们看

---

① ［法］伏尔泰：《论史诗》，薛诗绮译，见伍蠡甫主编《西方文论选》上卷，上海译文出版社1979年版，第322页。
② ［俄］普希金：《短论抄》，见《文学的战斗传统》，满涛译，新文艺出版社1953年版，第43页。

来，似乎就是他们自己在感受和说话，他在这时候也可能是民族的。如果必须讲到构成普希金属性，以别于其他诗人的优点，那么，那就是在于描写的无限敏捷和以少数特征勾画整个对象的不平凡的艺术。"①

在文学的民族性和民族风格的问题上，鲁迅认为，要注意摆脱两重桎梏，一重是"古国的青年的迟暮之感"，"世界的时代思潮早已六面袭来，而自己还拘禁在三千年陈的桎梏里"，另一重是对外国的顶礼膜拜："然而现在外面的许多艺术界中人，已经对于自然反叛，将自然割裂，改造了。而文艺史界中人，则舍了用惯的向来以为是'永久'的旧尺，另以各时代各民族的固有的尺，来量各时代各民族的艺术，于是向埃及坟中的绘画赞叹，对黑人刀柄上的雕刻点头，这往往使我们误解，以为要再回到旧日的桎梏里。"他认为陶元庆的绘画是"以新的形，尤其是新的色来写出他自己的世界，而其中仍有中国向来的魂灵——要字面免得流于玄虚，则就是：民族性"②。其实，正如茅盾所说："鲁迅的作品即使是形式上最和外国小说接近的，也依然有它自己的民族形式。这就是他的文学语言。也就是这个民族形式构成了鲁迅作品的个人风格。"③ 鲁迅本人就是新文学以来最具有民族性，同时又最具有世界性的伟大作家。鲁迅是把民族和世界、传统和现代结合得最好的作家，是最懂得"国民性"的弱点，并在予以鞭挞的同时，高扬民族精神的作家。无论在文学内容还是在文学形式上，他的作品都有伟大的民族风格和独特的个性风格。

三、文学风格与地域

不同地域有不同的文化。作家总是生活在一定的地域中，不能不受到地域文化气息的影响。作家的文学风格必然渗入地域文化的因素，表现出地域性。

19世纪的法国作家和批评家斯达尔夫人就指出存在地域风格的差别和地域文化对地域风格的影响。她把西欧分为北方和南方，认为南方人和北方人各有各的精神面貌，其中，自然环境起着决定性的作用。南方气候清新，大自然形象丰富，人们感到生活的乐趣，感情奔放，大都不耐思考，与女性交往很少拘束，比较安于奴役，却从气候的美和对艺术的爱中得到补偿。北方土地贫瘠，气候阴沉多云，人们较易引起生命的忧郁感和哲学的沉思，但具有独立意

① ［俄］果戈理：《关于普希金的几句话》，见《文学的战斗传统》，满涛译，新文艺出版社1953年版，第2~3页。

② 鲁迅：《当陶元庆君的绘画展览时》，《鲁迅全集》第3卷，人民文学出版社2005年版，第573页。

③ 茅盾：《漫谈文学的民族形式》，《茅盾全集》第25卷，人民文学出版社1996年版，第434页。

志，不能忍受奴役，并尊重女性，而盛行于北方的基督教（新教）更有助于人性的培育。因此，南方文学比较普遍地反映民族意识和时代精神，而北方文学则较多地表现个人的性格。[①] 我国清末民初的学者刘师培作《南北文学不同论》，认为中国文学亦有南北之分："大抵北方之地，土厚水深，民生其间，多尚实际。南方之地，水势汪洋，民生其际，多尚虚无。民尚实际，故所作之文，不外记事、析理二端。民尚虚无，故所作之文，或为言志、抒情之体。"

地域文化除了与自然环境密切有关外，当然与在此自然环境中发展起来的社会环境，即生产力、生产关系、社会制度等同样密切相关。说明地域风格及其成因，必须把自然环境和社会环境的影响综合起来考虑。以《诗经》和《楚辞》为例，《诗经》中的大部分诗产于黄河流域的中原地区，是北方文学的代表，在经过儒家学派的整理阐释之后，又成为正统文学的经典。在长期独立的发展过程中，两湖及长江两岸地区形成了非常独特的楚地文化，在宗教、艺术、风俗、习惯等方面都有自己的特点。同时在与北方诸国的频繁交流中，又吸收了中原文化，形成了以楚文化为基础的南北合流的文化形态，这正是《楚辞》产生的文化渊源。还有楚地巫风土俗盛行。《九歌》原是民间祭神的乐歌，更是与巫术神话不可分割。与此相关的是，《楚辞》还深受地域音乐即巫音的影响，其中不少篇章都有"乱"辞、"倡"或"少歌"，它们都是乐曲的组成部分。楚文化属于南方文化系统，老子、庄子、列子的哲理散文也属于南方文化系统，所以，老、庄、列、骚有着更多的共通之处。刘师培在《南北文学不同论》中指出：

> 荆楚之地，僻处南方，故老子之书，其说杳冥而深远。及庄、列之徒承之，其旨远，其义隐，其为文也，纵而后反，寓实于虚，肆以荒唐谲怪之词，渊乎其有思，茫乎其不可测矣。屈平之文，音涉哀思，矢耿介，慕灵修，芳草美人，托词喻物，志行芳洁，符于二《南》之比兴。而叙事记游，遗尘超物，荒唐谲怪，复与庄、列相同。

屈、庄的相通，诗、骚的不同，是文学地域风格的有力佐证。类似的例子，还有南北朝民歌的不同，现代文学中京派与海派的不同，都鲜明地体现了地域文化所造成的地域风格的差异。当代文学的交流虽然日益频繁，而且受到全球化浪潮的冲击，可是文学的地域风格和民族风格在不少作家那里并未因此而淡化，这正是当代文学走向成熟的一个表征。

---

① 参见 [法] 斯达尔夫人《论文学》，徐继曾译，人民文学出版社 1986 年版，第 145～152 页。

四、文学风格与流派

包裹在个人风格外面的，还有流派文化层。流派是一定时期里有着相近艺术追求和思想倾向的作家汇聚而成的文学群体。文学流派的形成有自觉和不自觉两种情况，前者是自然形成的，既无组织，也无纲领，甚至可能是跨时代、跨国界的。如豪放派和婉约派就是跨时代的，写实派、浪漫派、现代派就是跨国界的。后者是以结社的形式出现的，有组织，有纲领，甚至有刊物和出版社，这是严格意义上的文学流派。同一个流派的作家，既有个人的独立风格，又有流派的共同风格。因此，所谓流派风格，是指一些在思想感情、文学观念、审美趣味、创作主张、取材范围、表现方法、语言格调方面相近的作家在创作上所形成的共同特色。流派风格体现了文学风格个体性与群体性的高度统一。

流派风格的多样化，往往是文学繁荣的一个重要标志。唐代诗歌极其繁荣，就与流派纷呈大有关系。如初唐时代因唐太宗和大臣们对齐梁文风的爱好，便形成了宫体诗派。至盛唐，又出现了王孟诗派和高岑诗派，前者是以孟浩然、王维、储光羲、常建等人为代表的山水田园诗派，后者是以高适、岑参、王昌龄、王之涣等人为代表的边塞诗派。两派不仅取材不同，而且情调也大不相同。中唐时期，白居易提倡"新乐府"运动，受到志同道合的诗友元稹、张籍、王建的支持，便形成了面向现实、倾向讽喻的新乐府派，具有共同的流派风格。韩孟诗派则是以韩愈、孟郊、贾岛为代表的一个文学流派。韩愈有自己明确的文学主张，孟郊是韩愈的文学主张的积极支持者并深受韩愈的赏识，贾岛的诗也受到韩愈的赏识。他们虽然各有各的诗歌风格，但"奇险冷僻"却是他们共同的流派风格。至晚唐，又分别出现了华艳纤巧的流派风格和写实主义的流派风格。

宋代是词这一诗歌样式繁荣的时代，而词在长期的发展过程中又形成了"婉约派"和"豪放派"这两种双峰对峙、双水分流的风格流派，且绵延不断。柳永的词作在审美境界上虽然比晚唐词人有很大的开拓，但"秦楼楚馆"里的"浅吟低唱"，使他还是属于婉约一路，在当时，很受市民阶层的欢迎，以致"凡有井水饮处，即能歌柳词"。同为北宋的苏轼，其词作则视野开阔，风格豪迈，个性鲜明，意趣横生，一扫华艳绮靡的词风，成为豪放词派的开山祖。相传苏轼官翰林学士时，曾问幕下士："我词何如柳七？"幕下士答曰："柳郎中词只合十八七女郎，执红牙板，歌'杨柳岸晓风残月'。学士词须关西大汉，铜琵琶、铁绰板，唱'大江东去'。"这位幕下士调侃地说出了婉约和豪放两种不同流派风格的基本区别。其实推而广之，也可以这样来形容其他婉约派词人与其他豪放派词人的不同。

中国现代文学史上同样出现过众多的风格流派，仅诗歌领域，就先后出现过：郭沫若为代表的创造社诗派，具有狂飙突进的抒情风格；汪静之、应修人等人的湖畔诗派，有着一种青春期的天真风格；徐志摩为代表的新月诗派，倾向唯美的风格；李金发、穆木天等人的象征诗派，具有朦胧晦涩的风格；蒲风、杨骚等人的无产者诗派，具有平民化和鼓动诗的风格；戴望舒、卞之琳等人为代表的现代派，则以现代诗形与现代词藻为特色；胡风为代表的七月诗派，富有战斗精神和散文化的倾向；冯至为代表的校园诗派，具有一种吸纳中西文化之后所获得的"沉潜"风格；穆旦为代表的中国新诗派，则追求意象与思想的凝合，以玄学作为诗歌的基本要素。

文学流派常常影响一个时代文学的发展与走势，推动文学的发展。流派并出造成了多种多样的流派风格，形成了风格竞争的格局，这无论是对文学的繁荣，还是对大众的审美选择，都是有百利而无一害的。多样性是自然界的规律，也是艺术的规律。

复习要点

[基本概念]

文学风格　　创作个性　　风格的简分法　　文学的时代风格　　流派风格

[思考问题]

1. 如何正确理解"文如其人""道德文章"？
2. 风格的基本内涵是什么？
3. 试述文学风格与创作个性的关系。
4. 如何正确理解"风格即人"的观点？
5. 如何理解风格的审美价值？
6. 如何理解文学的地域风格？

[推荐阅读文献]

1. 刘勰：《文心雕龙》的《体性》《定势》两篇，载范文澜《文心雕龙注》，人民文学出版社1958年版。
2. 王元化编译：《文学风格论》，上海译文出版社1982年版。
3. 童庆炳：《文体与文体的创造》，云南人民出版社1994年版。

第五编 文学消费与接受

　　文学活动作为人类最重要的活动形式之一，并不只是单纯的作家创作活动，它还是作品的传播、消费与接受活动。文学文本只有经过传播、消费与接受活动，才能成为现实的审美对象，文学作品的价值才能得到真正的实现，文学活动才能得以真正的完成。本编将讨论文学消费与接受的性质和特征，文学接受过程的具体阶段与规律，以及文学接受的高级形式——文学批评——的性质、形态和标准等问题。通过对这些问题的讨论，加深对马克思主义的"艺术生产"论和"艺术交往"论的理解。

第十四章　文学消费与接受的性质

在作家完成创作活动后，文学活动就进入作品的传播、消费和接受阶段。在这个阶段，作品通过各种传播媒介成为消费品，从马克思对生产和消费的辩证认识来看，文学消费和文学生产相互影响和制约。不过，文学消费不同于一般的商品消费，它是一种特殊的精神产品消费，具有意识形态属性。此外，除了从文学消费的角度观察文学之外，还可以从文学接受的角度来观察文学，把这个阶段作为文学接受活动来认识，并将之与文学消费的考察视角区别。文学接受具有丰富的文化属性，其中最基本的层面是审美属性、认识属性、诠释属性和交流属性。

第一节　文学消费与一般消费

文学消费有广义与狭义之分。广义的文学消费是指人们用文学作品来满足自己的精神需求的过程，也即文学阅读或文学欣赏。广义的文学消费概念与文学生产、文学传播概念并列，均指广义文学生产或文学活动整体流程中的一个环节。例如，早期人类进行神话、歌谣、史诗等创作、传唱、吟诵和聆听活动时，即包含文学的生产、传播和消费等多种环节、多种因素。任何时代的文学活动都离不开文学的生产、传播和消费，因而广义的文学消费可以贯通古今，成为文学活动整体流程的一个重要阶段，也是人们观察和研究整个文学活动的一个重要视角。狭义的文学消费则是指进入近代商品社会和近代科技手段兴起等特定语境下出现的历史新现象，是在商品经济充分发展、印刷报刊出版等传播媒介广泛运用、文学成为一种特殊商品的历史条件下人们对文学作品的消费和阅读。这种狭义的文学消费，深深打上了商品消费的印迹（尽管它不完全等同于一般商品消费，同时还具有精神享受的属性）。这种狭义文学消费与中国古典美学意义上的文学品鉴、与希腊美学意义上的迷狂和陶冶式的文学欣赏、与康德美学意义上的审美鉴赏和叔本华意义上的审美静观等均有所不同。本节一方面深入探讨广义文学消费在整个文学活动流程中的重要地位和特点，另一方面着力阐述狭义文学消费与古典美学的联系与区别。

文学消费在整个文学活动流程中占有极为重要的地位。这是因为，作家创作出来的文学作品还只是一种观念形态（或曰本体形态）的作品，要使之转化为可供广大读者消费的对象，还有赖于一个将其观念形态的文本加以媒介化和物态化的过程，即经由编辑、出版、印刷或电子数字化（比特化）等阶段，使作家观念形态的作品变为批量制作和广泛传播的文学书籍，并进入文化市场（如书店、书市、书亭等），被读者购买并阅读。这样，文学活动过程才构成一个相对完整的周期。

文学消费活动受到文学生产、文学媒介和文学传播的直接影响。从历史上看，文学的主要媒介先后有口头媒介、笔头媒介（或文字媒介、纸质媒介，其中又细分为手抄本媒介、机械印刷本媒介等）和电子媒介（如电视、电脑、电子光盘、互联网等）。在原始社会时期，文学活动往往以诗乐舞浑然一体的综合形式出现。进入有文字的文明时代以后，文学活动才主要付诸文字形式，依次经历了手抄、石印、铜铸印刷和木刻印刷等技术形式，形成早期文学书籍。近代以来，随着大机器工业的发展，文学作品成为一种可以大量机械复制的消费品，广泛地被人们接受。商品经济和技术社会导致人们的生活方式、社会观念和审美需求发生了深刻变化，高雅文学（或称纯文学）① 和大众文学（或称俗文学）② 的分化与互渗现象比以往任何时候都更为显著。19 世纪末和20 世纪初，人类从机械化时代进入所谓电子化时代。19 世纪末，电影诞生；20 世纪初，广播和电视诞生；20 世纪中期，计算机诞生；20 世纪 80 年代，民用的互联网出现。进入电子化时代之后，文学媒介也随之发生了深刻变化，新的大众文艺传播媒介如广播、电影、电视以及互联网的出现使文学消费呈现出新的特色。一些重大的理论问题和文化生活实践问题，亟待人们去研究。诸如：文学消费与文学生产有什么关系？文学消费与其他商品消费有何异同？现代商品经济与电子传媒社会条件下人们的生存方式和精神需求有哪些新变？这些新变对文学生产、文学传播和文学消费有何深刻影响？高雅文学与大众文学

---

① 高雅文学是一种典雅、正统、经典、精致、纯粹的具有较高思想艺术价值的文学类型。高雅文学主要服务于社会上文化修养较高的阶层。其特点有：内容和题材充实、深广；主题或意蕴富于深度；艺术形式上具有探索性和独创性；有鲜明的个性风格；诉诸读者严肃的思考、体验和想象，具有较强的艺术感染力。高雅文学有时又称"纯文学""美文学""严肃文学"或"精英文学"。当然，文学的高雅与通俗是相对的，甚至是可以相互转化的。

② 大众文学是与高雅文学相对而言的一种浅近、通俗、平易、流行的文学类型。其特点是：思想内容的浅易，艺术形式的简明，富于消遣娱乐功能。在商业社会，大众文学又称"消费文学"，往往具有较高的市场占有率和商业价值。需要指出的是，大众文学与高雅文学之间并无不可逾越的鸿沟。在现代传媒技术语境下，大众文学因其借助于各种现代媒介形式如报刊、影视、互联网等来制作和传播，因而往往被称为"大众文化"。

的消费和接受各有什么特点？等等。这些问题不能回避，而要回答这些问题，就必须以马克思主义关于生产与消费的理论为指导思想，批判地借鉴吸收古今中外有关学者的研究成果，并结合我国的国情、结合中国特色社会主义市场经济和文化建设的实践经验来加以认真探讨。

一、文学生产、传播与消费

依据马克思关于社会化大生产的一般原理，广义的生产包括狭义的生产及流通、分配和消费等四个环节。与此相适应，广义的文学生产包括创作、出版、发行和阅读等环节。不过，我们通常所说的文学生产主要是狭义的文学生产（文学创作和出版），即作家运用一定的文学语言和艺术技巧，将其内在审美意象等观念形式（或文本形态）的文学加以文本化和出版家通过一定的物质载体将文学文本物化为文学读物的物态化生产，如文学书籍、电影拷贝、录像带、录音带、电子光盘、电子图书、互联网超文本等的制作，文学传播兼指文学作品的出版与流通①，而文学消费主要指读者的阅读。

尽管古今中外都有人认为作家只是为写作而写作，或称作家写作是"聊以自娱"，然而事实却并非如此。作家写作总是为了让别人阅读，让别人欣赏，或启迪别人，或娱乐别人，或企图通过作品同别人对话与交流，取得社会的认同。不言而喻，作家创造出来的文本在未经物态化生产之前，只是一种观念形态的作品或者说是一堆涂满墨迹的手稿。要使这种涂满字迹的手稿转化为文学消费者的消费对象，还需要将其物化为文学书籍或其他媒体的文学读物，即经过文学的出版、制作和发行活动，这也就是我们所说的文学传播活动。

在历史上，最初的文学传播工作是由作者本人担任的。那时候，作家在公开场合宣读自己的作品。后来，出现了一些专门的职业说书人，他们往往说唱别人创作的作品。虽然口头文学传播方式至今仍未丧失其全部功能，但随着印刷术的发明，它早已让位于文学书籍传播方式。文学书籍形式自身也有其特殊的历史沿革，开始是数量很少的手抄本，而后是手工作坊印刷的石印本或木刻本，其数量也很有限。随着资本主义大工业生产方式的出现，机械印刷等近现代印刷术先后问世，文学书籍得以迅速地大批量地机械复制。这种把作家创作的手稿印刷成文学书籍的印刷，是通常所称的真正现代的出版活动。文学书籍的出版、印刷、发行这一传播方式的出现，具有重大意义，它意味着一部依附

① 文学传播是文学生产者借助一定的物质媒介和传播方式赋予文学信息以物质载体，从而将文学信息或文学作品传递给文学接受者的过程。换言之，文学传播也即人们通常所说的文学的出版与发行活动。文学传播是沟通文学信息源与文学接受者之间的桥梁。不同的媒介手段对文学传播的性质和特点有直接影响。

于作家的观念形态的文学作品开始取得了物质外壳，与它的作者分离。此后，对作品的阅读、理解、阐释、评价，主要听命于它的新的主人——广大文学读者。在现代社会，批量复制的文学书籍和刊物已成为最广泛运用的文学传播方式之一。20世纪20年代以后，情况进一步变化，随着广播、电影、电视、电脑、互联网等新的大众传播媒介的出现①，当代文学传播方式呈现出口头传播、书籍传播、视听传播及电子网络传播等多种方式并存和相互渗透的态势。

文学传播方式的现代化进程是与整个人类社会历史的现代化进程相吻合的。自近代以来，适应资本主义生产力发展的要求，文学欣赏不再像手抄本时代那样属于少数贵族阶级或骚人墨客的特权，而日益成为广大平民阶层精神生活的需要。加之现代大众传播媒体与文学的结合，使得读者大众迅猛增加。他们不仅可以阅读文学书刊，而且可以通过广播、电影、电视、电脑以及互联网等现代媒介消费文学作品，即欣赏到由畅销书或经典名著改编成的广播文学和影视作品，以及其他各种改编的或原创的网络文学。在社会主义社会，情况比资本主义社会更令人鼓舞，广大劳动人民不仅在经济上、政治上当家做主，获得了经济、政治上的民主权利，而且普遍掌握了文化知识，对文学的消费需求比以往任何时代都更多更广更高。这一切表明，现代文学传播方式作为作家创作与读者消费之间的中介和桥梁，不断抹去传统意义上的文学消费与文学生产的固定边界，对文学生产和文学消费的双方已经或正在产生深刻的影响。

在现代技术社会的大众传播媒介的冲击下，文学消费与文学生产之间形成了一种辩证的互动关系。马克思早在一百多年前就曾对此有过预见性的说明。马克思指出："生产直接是消费，消费直接是生产，每一方直接是它的对方。可是同时在两者之间存在着一种中介运动。生产中介着消费，它创造出消费的材料，没有生产，消费就没有对象。但是消费也中介着生产，因为正是消费替产品创造了主体，产品对这个主体才是产品。产品在消费中才得到最后完成。"② 马克思在这里讲的虽然是一般生产与消费，但其基本规律也同样适合于文学生产与消费。一方面，文学生产规定着文学消费，另一方面，文学消费也制约着文学生产。

---

① 大众传播媒介指的是用于大众传播的物质媒介和技术手段。大众传播是由一些专业机构或群体运用现代科技媒介手段，向为数众多、各不相识而又分布广泛的受众传递信息的传播方式。大众传播使用印刷媒介（如书籍、报纸、杂志）和电子数字媒介（如广播、电影、电视、电脑以及互联网等）大量收集、复制和传播信息。大众传播媒介具有大范围播布、传递迅速、单向扩散或互动交流等特点。

② 马克思：《〈政治经济学批判〉导言》，《马克思恩格斯选集》第2卷，人民出版社1995年版，第9页。

　　所谓"文学生产规定着文学消费"，主要表现在：

　　第一，文学生产为文学消费提供消费的对象，即文学作品或曰文学产品。文学消费作为一种对文学产品的阅读欣赏活动，必须有一定的文学产品为对象。没有消费对象的"消费"是不存在的。因此，文学消费对象受文学生产规定，这是不言而喻的。并且，文学消费者究竟消费到何种类型的文学，是现实主义文学还是现代主义文学，是高雅文学还是大众文学，是手抄本读物还是印刷本读物，是纸质文学图书还是电子文学图书，是呕心沥血创造出来的优秀作品还是粗制滥造出来的文学赝品，等等，无一不受到作家的文学生产的规定。

　　第二，文学生产规定着文学消费的方式。传统意义上的文学阅读通常是一种文字阅读，但在文学生产的方式发生深刻变化和电子传播媒介普及的今天，文学消费不仅指文字阅读和纸质文学消费，而且也包括对广播影视文学的视听阅读和电子网络文学的视屏阅读，出现了所谓读图时代的文化消费方式。又比如，创作说唱故事和剧场演出的时代是群体围坐在一起共同消费的时代，生产文学书籍的时代则是个人阅读的时代。随着电影生产时代的到来，消费者又必须聚集到一起。而在电视文学和网络文学问世之后，消费者则可坐在家里进行文学消费。

　　第三，文学生产规定着文学消费的需要，或者说，生产着新的消费者。马克思指出："艺术对象创造出懂得艺术和具有审美能力的大众，——任何其他产品也都是这样。因此，生产不仅为主体生产对象，而且也为对象生产主体。"① 一个社会或一个民族的文学消费者的文化层次、艺术修养、审美趣味和精神追求往往是通过文学产品创造出来的。扶持和生产优秀的严肃文学作品往往能"创造"出高品位、高境界的文学读者，而任由低劣庸俗的文学作品的泛滥则可能"创造"出趣味庸俗的读者。

　　总之，没有文学生产就没有文学消费，这是一个最基本的道理，也容易为人们所理解，但是，反过来，没有文学消费就没有文学生产这一点，却常常为人们所忽视。事实上，文学消费也同样反作用于文学生产，对文学生产起着重大的制约作用。这同样表现在三个方面：

　　第一，文学消费制约着文学生产，首先表现在文学产品在消费中才得到最后实现。如前所述，一个完整意义上的文学生产周期并非以作家创造出一部作品为终结。一部作品，无论写得如何精彩，倘若未能出版，或印出来后却未被

---

　　① 马克思：《〈政治经济学批判〉导言》，《马克思恩格斯选集》第 2 卷，人民出版社 1995 年版，第 10 页。

读者购买和阅读，那么，它就只是一部潜在的作品，它的艺术价值和社会价值将无法得到实现，其认识、审美、交流等文化属性也不能得到体现。只有经过读者大众的消费，文学产品才成为现实的产品，文学生产才真正完成。在这个意义上讲，文学消费是文学生产过程中最后一个重要环节，缺少这个环节，文学生产就还未真正完结。也正是在这种意义上，现代接受美学家们才强调，文学作品有赖于作者与读者共同完成。

第二，文学消费制约着文学生产的方式和规模：文学生产如何进行？生产什么？生产多少？都要受到文学消费的制约。比如，文学消费者的文字阅读的消费方式，决定着文学作品的作者对语言文字技巧的重视，以及对文学形象、典型和情节等的关注；而读者大众对视听文学的消费，则决定了其作者不仅仅注意语言文字的运用，同时还要考虑到如何与表演、色彩、音响等因素配合。不仅如此，读者大众的审美要求、审美品位也是有层次的，这就决定了高雅文学生产和通俗文学生产的生产规模有所区别。一般说来，不同层次的文学产品的生产规模与不同层次的文学读者在数量上呈现着相互对应的比例关系。

第三，文学消费体现了文学生产的目的和动力。这是文学消费对文学生产的制约作用中最为重要的一条。正是读者大众的文学消费需求决定和刺激着文学生产。如果脱离了读者的精神文化消费的需求，文学生产就失去了终极目的和意义。文学是人学。满足人的情感需求，是文学生产不竭的动力和源泉。自从进入改革开放的新时期以来，我国人民在物质生活需求不断得到满足的情况下，对精神文化生活的需求也日益增长和多样化，由此刺激了我国新时期以来文学生产的繁荣和高涨。并且，人民群众的文化水准、精神需求和审美能力也不断提高，因而又激励作家艺术家努力进行艺术创新，不断提高艺术质量，创作出更多更优秀的文艺作品，以满足读者大众的审美需求。

二、文学消费的二重性

如前所述，文学生产与消费经历了一个不断演进发展的历史过程。在古代，文学创作人员大都有自己熟悉的固定的消费对象。就民间艺人创作而言，主要是面向自己的左邻右舍或街坊邻里；而就宫廷文人来说，他们的作品则主要是为其保护人——皇室成员或某一位达官贵人——服务。自近代社会以来，随着物质生产方式的变化，文化产品的生产方式也相应地发生了变化。最为明显的就是文化传播工业的出现和文化流通市场的形成。这种情境使文学生产者与文学消费者发生了某种分离。文学消费者是一大批连作者也无从认识的文化程度、兴趣爱好不一的群体，而且这些群体往往也互不相识，是流动的、隐性的。文学生产者与消费者之间的联系要借助于文化市场这个中介环节①来实现。可见，从文化流通环节来看，文学产品具有明显的商品性质，文学消费也随之深深烙下了一般商品消费的印迹。由于文学产品的创造不仅凝聚了作家的智慧和心血，而且作为物态化生产过程的产品，还凝聚了其他劳动者所付出的劳动消耗，因而具有一定的交换价值或价格。文学消费者为取得对文学产品的消费权，就必须以购买或租借的方式，付出一定的货币。在文化市场上，文学书籍作为一种物态化商品，也有一个破损、毁坏、折价或降价的问题。这种旧书旧刊的降价买卖，除了受其文本的内在内容因素的影响之外，与图书外观的损耗显然有一定关系。文学产品消费趋向的市场预测也是困难的。这不仅仅是由于购书者是隐性的，同时也与文化生产受整个社会一般商品消费心理的影响分不开。当社会的一般消费心理处于趋新潮、赶时髦时，畅销书往往与某种走俏的物品一样为消费者争相抢购，而当社会的一般消费心理崇尚地位、声望和教养时，一些装帧精美的经典文学名著则像名画、钢琴一样常常为消费者所收藏。

　　文学消费作为一般商品消费，对于作者、出版者、发行者以及广大读者有着重要的各具特色的作用和影响。在商品经济发达和不发达的社会里，文学消费的商品属性的表现有强弱轻重的不同。我国正在建设中国特色的社会主义市场经济，与此相适应，社会主义社会的文化产业和文化市场也正在走向繁荣和健全，广大人民群众对文化产品的多样化需求不断得到相应的满足。文化产业和文化市场对繁荣文艺具有积极的功能，它大大促进了文学生产与文学消费之间的联系；它意味着艺术生产者要树立市场观念和读者观念，按文化市场的需求来安排生产；它激发了艺术家的创造潜能，有助于艺术生产力的大解放；它使艺术资源得到合理配置，促进艺术的多元化，人民大众的审美需求因而可以得到多方面的满足。此外，文化市场的竞争机制还推动了艺术家对文艺观念、写作方法和艺术技巧的探索与创新，促进了文学生产的繁荣与发展。总之，文化市场和文学消费对文艺发展是有一定的积极意义的。但也存在一定的负面影响，对于这种狭义文学消费的负面性问题，后文将专门论述。

　　近代以来，文学消费作为一般商品消费这一客观存在的事实，已被理论家、艺术家们自觉不自觉地意识到了，只不过有的能加以正视并给予正确的阐

---

　　①　文化市场有狭广二义。狭义的文化市场指为实现文化商品流通、提供文化消费服务而设立的场所，如书店书市、剧场影院、歌厅舞厅、录像放映厅、电子游戏厅等。广义的文化市场泛指文化商品交换活动的总和。作为整个商品市场的一个特殊领域，它既要按一般市场的价值规律运作，创造经济效益，更要遵循国家有关的文化政策和法规，创造社会效益。文化市场应以社会效益为主，力求社会效益与经济效益的平衡。文化市场在文化的生产者与消费者之间发挥着中介作用。

释，有的则无视其存在或不能给予正确的阐释。马克思在《资本论》这部巨著中充分认识和深刻分析了近代文艺生产和消费的商品属性。当然，马克思更深刻地认识到，文艺产品不仅具有商品属性，更具有自由创造的精神属性。而德国古典美学家及整个西欧的浪漫主义诗人们则试图拒绝文艺的商品化。进入20世纪以来，世界各国文艺发展的实践都证明了马克思关于文艺产品具有一般商品属性的论断的科学性。当今，各式各样的现代文学话语形式，从流行歌曲中各种风格、样式的歌词，到五花八门的纪实文学、言情小说、武侠小说、广告文学等，文艺产品的商品属性已日益显著地表现了出来。如果说古典艺术曾经努力拒绝商品化的话，那么，现代文学艺术则由于其日渐显露的商品化形式，使得现代文艺、现代科技与工商业生产紧密地结合在一起了，以致现代德国文艺社会学家阿多诺和英国现代文学批评家利维斯等人称现代文化生产为"文化工业"和"大众文明"。随着现代化进程的加深和后现代思潮的兴起，随着日常生活审美化现象的日益普及，人们对文学商品化、文艺大众化和文化产业化有了更多的理解和认同。

当然，我们说文学消费具有商品消费的一般性质，并不意味着文学消费完全等同于一般商品消费。在马克思、恩格斯看来，文学艺术不仅具有商品属性，更具有意识形态属性，具有认识和审美等精神属性。因此，马克思、恩格斯一方面承认文学产品属于一般商品消费，同时又注意到文学消费是一种特殊的商品消费，即它是一种特殊的精神产品消费，具有一般商品消费与精神享受以及意识形态再生产的二重性质，并主张必须维护文学产品的认识价值和审美价值。马克思、恩格斯在论述荷马史诗以及弥尔顿、巴尔扎克、狄更斯等作家时对此屡有涉及。

马克思主义关于文学消费的二重性的观点，至今仍然具有指导意义。文学消费之所以不能完全等同于一般商品消费，其理由在于：首先，一般物质产品主要满足人们的物质生活需要，而文学产品作为一种特殊的精神产品，主要满足人们的精神生活需要。因此，一般商品的消费价值对消费者来说是相同的，并有同样的衡量标准，而文学产品的消费价值对不同的消费主体来说会有不同的效果，因而具有不同的评价标准。其次，一般物质商品的交换价值是严格依据等价交换的原则进行的，而文学消费者所支付的货币往往与凝聚在文学产品的物态化生产过程中的劳动消耗相等价，而与其中寓含的作家的创造性劳动难以等价，对后者的独特价值则往往难以作定量评估，尤其是伟大的文学作品常常是独创的、不可重复的。再次，一般物质商品的消费是一种纯粹的价值耗损，其使用价值随着消费中的有形损耗与无形损耗，有一个必然被淘汰的过程。无论在什么时代，无论技术多么进步的物质产品，最终都要被性能更先进的产品取代。它们当中的个别物品可能转化为文物被博物馆收藏，但绝大多数物质产品要退出消费领域。但是，文学产品则不然，尽管大量文学产品也存在着被淘汰的可能，然而，各个时代的优秀文学产品却具有超时代性，它们以其永久的艺术魅力而为历代读者所共享。例如中国古代的《诗经》、楚辞、唐诗、宋词以及古希腊神话、史诗和悲剧等至今仍为人们所喜爱。可见文学产品的消费具有超时空性，伟大的经典文学名著甚至具有价值增值性。最后，一般商品消费是名副其实的消费，而文学产品的消费不仅仅是一种商品消费，更是一种文化信息的传播与接受，并且往往具有再创造的性质，它要求消费者本人的积极参与。倘若结合我国社会主义文化产业和文化市场的特点，那么，文学消费作为一种特殊的精神享受的品格更具主导性。在我国，文学消费的商品属性应该从属于意识形态的、认识的、审美的等精神属性。因此，作为文学生产者的作家，应该有高度的社会责任感，应该创造出思想内容健康的、艺术性很强的作品，传播到文学消费者手中。为了赚钱而迎合少数读者的不健康的趣味，是完全错误的。

正因为文学消费既是一般商品消费，又是特殊的精神产品消费，因此造成了文学产品及其消费具有商业（交换）价值与审美价值、价值规律与艺术规律、经济效益与社会效益等二重性，并且这二重性既是互补的，又是常常冲突的。在我国社会主义文化市场中，尤其要体现后者的主导性。这就要求我们的作家、理论家很好地协调和阐释二者的关系，要求政府健全与文化市场有关的法律法规并辅之以政策和舆论引导，从而尽可能充分发挥文学消费的积极作用，消除和克服其不良的消极影响。

三、文学消费与文学的意识形态性

在现当代，文学艺术产品的广泛的商品化往往造成某种淡化文学意识形态效果，文学消费似乎仅仅是商品消费，文学不再具有意识形态属性。文学消费似乎同一般商品消费一样，与其他意识形态以及政治、道德等毫无牵连。其实，文学从来就不是一种纯粹的抽象的美的物品，文学消费和接受也从来不是一种纯粹的个人消遣，尽管它要经由个人发生。文学消费总是与特定的社会、民族、阶级、阶层以及集团的利益相关，文学消费作为一种意识形态消费，历来起着肯定或批评特定的社会关系、社会结构的深刻作用。文学消费过程中产生的潜移默化的影响，实质上总是在传播和再生产着特定的意识形态观念。简言之，文学消费与接受就是文学生产者（包括作家、出版家、书商以及文艺管理机构）通过文学产品被读者阅读欣赏，以传播和再生产某种特定的意识形态观念。在这种文学阅读过程中，维系或变革一定社会关系和社会结构所需要的某种意识形态观念被再生产出来，并进一步转化为接受者的日常生活意识。

文学消费和接受实为意识形态消费（从而也是意识形态再生产）的例子在中外文学史上比比皆是。例如，两千多年来，《诗经》这部中国最早的诗歌总集，历来被统治阶级所赞赏所传播，这绝不是单单为了让读者去审美与消遣，同时也是想通过《诗经》的影响，向读者宣扬"怨而不怒，哀而不伤"的温柔敦厚的意识形态观念，借以维护封建统治秩序。又比如，在西欧，文艺复兴时期兴起的文艺生产与消费的高潮，实质上传播着与中世纪封建统治阶级的意识形态相对立的新的人文主义意识形态；出现在 18 世纪的法国启蒙主义文学，则传播着新兴的资产阶级的自由、平等、博爱等意识形态观念，并对法国资产阶级大革命产生了深远的影响。

尽管文学消费和接受无不渗透着特定的意识形态观念，但它们的具体表现却非常复杂，或隐或显，或轻或重。但是，即便被认为是纯审美、纯娱乐的文学消费，也往往是自觉不自觉地与意识形态有关。声称文学消费与意识形态无关，本身就是一种意识形态观念。一般来说，在社会矛盾激化的动荡时期，文学消费的意识形态性质往往表现得比较鲜明；而在社会矛盾缓和的情况下，文学消费的意识形态性质则表现得比较间接和隐蔽。

就文学消费的意识形态功能而言，文学消费对意识形态的反应大约有以下几种解码方式：第一种解码方式是文学消费直接为某种体制和社会结构服务，传播和再生产着现行某种政治、经济制度所需要的意识形态；第二种解码方式是文学消费为抵制和批判现行政治和经济制度服务，传播着批判现行制度不合理性的意识形态观念；第三种解码方式既非自上而下的灌输，也非自下而上的反抗，而是某种协商和谈判，是某种权威意识观念和边缘意识形态价值之间的妥协和杂糅。此外，还有一种文学消费的解码方式声称文学消费与政治无关，声称文学远离某种政治、经济制度或超越主流的意识形态观念，即所谓非意识形态化。实际上，文学消费的意识形态性是不可能回避、不可能超越的。在这种情况下，文学消费的意识形态性质往往显得较为隐蔽，即使意在传播和宣扬某种别样的意识形态，也常常打着"为艺术而艺术"的旗帜，致使人们在漠视其意识形态作用时不经意地受到影响。总之，我们要对文学消费解码方式及意识形态效果多样性和复杂性有充分的认识。

其实，文学消费的意识形态性质作为一种文化现实，是古今中外人们所普遍认识到的。在古代，由于社会活动和文化活动的空间极为有限，文学居于社会结构和文化建制的中心位置，文学消费和接受的意识形态性质往往为当时的统治阶级及其理论家所直言不讳。例如，古希腊哲学家柏拉图很重视文艺消费的意识形态功能，他深深懂得文艺对人的心理和行为的巨大影响。因此，他明确反对那种不利于奴隶主贵族政体的文艺，对那些模仿现实的文艺如史诗、悲剧、喜剧等都极为不满，认为这些文艺作品把神写得像人一样坏，这有悖于对城邦保卫者所进行的规范教育，因而应该被逐出理想国。又比如，先秦时期的孔子也极为重视文艺（主要是诗歌）的意识形态教化作用，认为诗可以为"事父""事君"，维护儒家政治伦理道德服务。此后，诗歌的教化作用一直为中国历代封建统治者及其文人所重视。

在现代资本主义社会，文学消费的意识形态性质有时被文学性、审美性和超越性等特征所遮掩，似乎文学给它的消费者提供的是一片纯属个人的自由自在的净土。在这片所谓的"净土"上，读者似乎可以从一直缠住他的现实的功利关系网中解脱出来，在对抽象的人类价值和永恒的人生意义的孤独的沉思冥想中忘却他在现实境遇中的忧虑、苦恼，于是资产阶级通过这种所谓的"纯文学"阅读让读者大众不去注意资本主义社会中人与人之间、阶级与阶级之间在经济和政治上的对立。各种牢骚、不满、矛盾、冲突、分裂都因此得到象征性的克服，全体公民成为利益一致的团结整体。这样，资产阶级便借助于审美的文学为资本主义社会提供了将社会各阶级各阶层融为一体的"黏合剂"，它与资产阶级在现实生活中所奉行的技术—功利主义一道，构成了互为补充互为支持的资产阶级意识形态，为维护资本主义制度效力。

到了电子技术高度发达、商品经济高度发展、世界进入所谓媒介社会或景观社会的今天，文学消费的意识形态内核披上了商品消费和形象包装的外衣，文学产品的生产和消费也像其他一切产品一样，被纳入了商品经济的法则，一切存在物都被转化为各种各样的形象或类像。文学消费者被熏陶得真诚地相信，一切消费都是形象消费或景观消费，而不是物品自身的消费，消费者的现实生活欲望与价值诉求，都可在形象消费中得到满足。这种形象消费的催眠作用，消弭了事物的实际存在与表象符号之间的区别，消解了读者主体与图像世界之间的距离意识和审视意识，破坏了人与现实世界的实践进程。就这样，现代资产阶级通过高度商品化和图像化的现代艺术消费，销蚀了消费者对现行制度的历史性的深度思考，瓦解了消费者变革现实、改造世界的理性要求，从而发挥其更为深刻、更为隐蔽和更为严密的文化权力的作用。

说文学消费是一种意识形态消费，并不是说文学消费本身就直接是意识形态，也不是说文学消费等同于对政治理论、哲学理论等观念的直接宣传。事实上，文学消费的意识形态性与政治理论宣传或哲学伦理思辨是不同的，它不是以概念形式的意识形态观念直接灌输给消费者，而是寓思想观念于艺术形式的审美结构和艺术娱乐的审美效果之中，往往是以潜移默化的形式影响或更新消费者的艺术感受力和艺术领悟力，进而影响其对整个世界的感受力和领悟力。一般说来，当代西方流行文艺是统治阶级所默许的。当代西方流行的大众文艺与传统的民间文艺不同。传统民间文艺往往是人民心声的自发表达，而当代西方大众文艺则常常符合官方的意识形态，其内容往往是一些迎合低层次需求的性爱及暴力故事等，这种感官刺激有催眠效果，使人们忘记他们的现实处境，从而安于现状、麻木不仁。在这个意义上讲，流行的大众文艺是统治者所暗中鼓励的，因为它们最容易渗透统治阶级所需的意识形态而又不被消费大众识别。与此相反，一切真正伟大的严肃的经典文艺作品往往具有醒世的作用。

在我国，文艺事业既是一种文化产业，属于社会主义经济基础的一个产业门类，但更是一种精神生产，属于社会主义上层建筑的一个重要组成部分，文艺消费活动因而应承担着传播社会主义意识形态的崇高使命。具体来说，我们的文学生产和文学消费应当坚持为人民服务、为社会主义服务的方向，面向世界，面向未来，面向现代化，尤其要面向亿万人民大众，创造出更多更好地表达人民群众文化意愿、反映社会大众审美需求、提高国民精神文化素质、体现民族精神和时代风貌、符合社会先进文化发展方向的优秀作品，更好地为建设有中国特色的社会主义服务。我们的文学生产和文学消费应该为人民群众提供审美、娱乐、认识、教育以及人际交流等所必不可少的优秀精神文化产品，以满足读者的感性需求，丰富读者的精神生活，鼓舞读者的理想信念，陶冶读者的审美情操，净化读者的心灵世界，提高读者的精神品位，升华读者的人格境界，从而促进人的全面发展和整个社会的精神文明建设。

四、文学消费与文学接受

一般地说，文学消费和文学接受作为文学理论术语，是在 20 世纪兴起并得到广泛使用的。[①] 传统文艺学习惯于用"文学欣赏"或"文学鉴赏"等概念，而现代文艺学则倾向于使用"文学接受"和"文学消费"等概念。从表面上看，文学消费、文学接受与文学欣赏、文学鉴赏之间意思差别不大，指的都是读者的阅读活动，其实不然。作为文学欣赏或文学鉴赏的文学阅读活动，明显地具有一种静观的、仪式的、膜拜的、审美的、无功利（或超功利）的性质，它所描述的其实是文学阅读活动的理想状态。德国古典美学尤其是康德

---

① "文学消费"一词虽然早在马克思那里就已出现过，但被文学理论界广泛使用则是在 20 世纪五六十年代以后。"文学接受"一词则是随着 20 世纪六七十年代德国接受美学（Reception Aesthetics）的兴起而广泛流传的。文学接受被认为是一种以文学文本为对象、以读者为主体、力求把握文本深层意蕴的积极能动的阅读和再创造活动，是读者在审美经验基础上对文学作品的价值、属性或信息的主动选择、接纳、拒绝和再创造。

美学所阐述的自由艺术的审美鉴赏即是这种理想的或纯粹的文艺鉴赏活动。而"文学消费"和"文学接受"则充分反映了文学阅读活动中的现实复杂性，具有更强的针对性和语境性，因而现代文艺学主张用"文学消费"和"文学接受"来取代传统文艺学的"文学欣赏"或"文学鉴赏"。正如有的论者所指出的："许多研究者认为，从消费者出发能最有效地在社会全部联系中讨论事实。他们很少以感知过程和意义过程为重点，而是以探讨作者、文学作品、接纳者——不管叫他接受者、消费者还是惯称的'读者大众'——之间的交际线为重点。"[①]

然而，更进一步的研究表明，文学消费和文学接受虽同属于现代文艺理论术语，但二者的含义也有所不同。文学消费和文学接受之间的区别主要有以下三点。

首先，文学消费具有物质消费和精神消费二重性，而文学接受则纯属一种精神文化范围内的活动。"文学消费"属社会精神产品消费，它是现代大众日常生活中不可缺少的一部分，是一种普遍存在的社会性消费。这是因为，作为精神产品，文学作品已成为每一个人身心健康发展过程中必然接受的一种精神养料，并日益成为当代社会最重要的大众消费品之一。对每一个消费者来说，文学消费是他个人所有消费项目中的一个重要项目；而对于整个社会而言，文学消费也是整个社会经济消费行为中的一个组成部分。早在 1819 年，瑞士著名经济学家西斯蒙第就把诗歌、音乐、戏剧等艺术产品给人带来的"精神享受"归结为一种财富的消费，指出每个消费者都按自己的意愿用自己的收入来分享物质享受和非物质享受。他第一次探讨了不同经济地位的消费者对文艺消费的不同态度及其原因，指出经济条件的好坏使文艺消费在他们的日常生活中具有不同的意义。[②] 总之，文学消费一方面满足人们的精神生活需要，给人带来精神享受；另一方面，为获得这种享受，消费者又必须付出相应的货币，因而文学消费兼具物质消费和精神消费二重性。"文学接受"概念则不然，当我们说"文学接受"时，可以不考虑他的文学书籍是买来的、借来的或别人赠送的，而仅仅关注接受者对文学作品的阅读这种精神活动本身。

其次，文学消费既包括阅读行为，也包括未含阅读活动的消费行为；而文学接受则一定是一种阅读或欣赏的精神活动。"文学消费"固然主要指文学阅读，但也不尽然。有的文学消费者买来文学书籍，并不打算或并未进入阅读，

---

① ［德］阿尔方斯·西尔伯曼：《文学社会学引论》，魏育青等译，安徽文艺出版社 1988 年版，第 51 页。

② ［瑞士］西斯蒙第：《政治经济学新原理》，何钦译，商务印书馆 1964 年版，第 96～97 页。

而只是为了收藏、摆设或炫耀。法国文学社会学家埃斯卡皮就曾指出，决不能把文学书籍的消费与阅读混为一谈，"我们可以举出那种'炫耀性的'、作为财富、文化修养或风雅情趣的标志而'应当备有'某本书的现象（此为法国各书籍俱乐部最常见的购买动机之一）。还有多种购书的情况：投资购买某一种罕见的版本，习惯性地购买某一套丛书的各个分册，出于对某一项事业或某一位（深孚众望的）人物的忠诚而购买有关书籍，还有出于对美好东西的嗜好而购买，这是一种'书籍兼艺术品'。因为书籍可以从装帧、印刷或插图方面视作艺术品"。这种不阅读的文学消费包括在文学书籍生产和消费的经济周期内，因而对于文学消费研究来说，也是不能忽视的。① 匈牙利学者豪泽尔也分析过这种显示式消费或曰"夸示式消费"，指出：上层阶级中有相当一部分人在对文化产品进行这种"夸示式"消费，其目的纯粹是为了炫耀自己的社会地位。尽管他们没有对艺术的内在审美需要，尽管他们从未打算去阅读那些文艺作品，甚至对所收藏的艺术经典和文学名著一无所知或知之甚少，但为了装点门面，附庸风雅，显示自己既富且贵，因而喜欢购买和引人注目地摆设一些豪华精美的文学经典名著，以营造一种有教养的文化环境。② 而"文学接受"则不包括这种占有式的外在享用活动，文学接受活动只是对进入了具体的文学阅读过程的读者而言的。

其三，文学消费与文学接受的主客观条件不同。文学消费与文学接受有着不同的主客观条件。欲使文学消费得以顺利进行，除了要求文学消费者具备必要的文化知识、阅读能力及消费心理等主观条件之外，还要求文学消费者具备必要的经济能力、闲暇时间和适当的空间等客观条件。文学接受的主客观条件则有所不同。就文学接受的主观条件而言，除了前面所说的阅读能力等之外，文学接受研究更关注接受者的个性、气质、性别、年龄、职业、经历、人生观、文化修养、审美趣味、美学理想、艺术经验、期待视野及阅读心境等。文学接受的客观条件则主要指接受的对象（文本）以及接受者所处的历史时代背景等。由此可以看出，文学消费和文学接受的主客观条件各有侧重。

最后，文学消费研究具有综合的多视角的特点，而文学接受研究则侧重于读者接受机制这一独特视角。文学消费研究既要涉及文艺社会学和文艺经济学领域，同时也要涉及哲学、美学、心理学等多种角度。它关注的是整个文学大生产周期（生产、出版、流通及消费）中的最后一个环节，尤其重视对文学生产与文学消费之间的互动关系的研究。而文学接受研究则着重从文学文本学

---

① ［法］罗·埃斯卡尔皮：《文学社会学》，王美华等译，安徽文艺出版社1987年版，第144页。
② ［匈］豪泽尔：《艺术社会学》，居延安编译，学林出版社1987年版，第211～212页。

和美学心理学角度来探讨整个文学活动过程（创作、作品及阅读）中的最后一个环节，着重考察接受主体的文本解读与文学作品的文本价值实现之间的辩证关系。文学消费研究虽然也要涉及消费心理，但主要是研究文学消费前的消费偏爱、兴趣或时尚，并不进入具体的阅读过程的审美考察。文学接受研究则要关注具体的阅读过程、阅读心理和阅读条件，关注接受过程的发生、发展和高潮等各个阶段，探讨文学作品是如何经由文学接受活动而由潜在的文本变成具体的审美对象，研究文本意义的形成过程，等等。①

尽管文学消费和文学接受有以上种种含义上的区别，但作为现代文艺学的两个重要术语，既然都有文学阅读这个共同的所指，因此它们的基本意思还是相通的，二者存在着紧密的联系。我们可以这样来大致概述它们之间既相互联系又相互区分的内在关联，即文学消费是初级状态的或者说低层次的文学接受，而文学接受则是高级状态的或者说高层次的文学消费，二者共同指向的核心均为文学欣赏或审美鉴赏这个文学阅读活动的最高层次——如前所述，古典美学和文艺学在研究这种理想的或最高层次的鉴赏活动方面用力较多。

概而言之，文学消费、文学接受与文学欣赏（文学鉴赏）三者的关系可作如下图示：

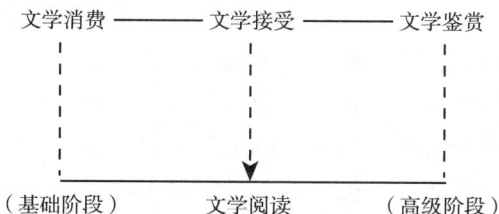

第二节　文学接受的文化属性

如前所述，文学消费不仅是简单地对其物质载体的使用价值的有形或无形的享用，更是对其中所蕴含的精神文化价值的传播、接受和再创造活动。在文学消费所具有的二重性之中，文学消费的精神享受性和意识形态性居于主导性，因为文学从本质上说是一种体现在话语蕴藉中的审美意识形态。为了进一步理解文学消费的精神享受性和意识形态性，除了联系前面第一章对文学活动本质的阐述与本章对文学消费与一般消费所进行的比较研究之外，还应当依据

---

① 接受美学创始人姚斯十分重视文学接受史和审美经验研究，提出了"期待视野""接受之链"等概念；接受美学的另一位创始人伊瑟尔则致力于阅读现象学研究，关注本文与读者相互之间的具体作用，关注"隐含的读者"和"本文的召唤结构"。

中国传统哲学体用结合的思维方式，从文学消费和接受的价值、作用和功能的角度，考察文学消费和接受对人类精神文化生活有什么意义（或者说，为了人类精神文化生活的何种目的），由此来把握文学消费的文化属性。从文化哲学角度看，文学消费是一种综合的文化接受活动，一方面，文学作品作为文学接受对象的文化意义是多方面的；另一方面，读者作为接受主体的文化角色也是多方面的，因而文学接受的文化价值属性是一个复杂的、多向度的、多层次的相互联系的整体。有的美学家根据艺术的结构的组成要素，将艺术的功能分为娱乐、享乐、补偿、净化、劝导、评价、认识、预测、启蒙、启迪、教育、交际、社会化、社会组织等 14 种，① 分类过于细密，反而不易把握。一般地说，在文学接受的价值或意义系统中，审美属性、认识属性、诠释属性和交流属性等属性是较为基本的，以下逐一对这些基本的文化价值属性做些简要分析。

一、文学接受作为审美活动

文学作品作为一种特殊的精神文化形态和话语产品，其最基本的属性是审美的价值属性，文学的审美价值是文学艺术显著地区别于其他意识形态的特质之所在。因此，文学接受首先表现为审美活动。那么，什么是文学接受的审美属性？我们都有这样的阅读经验，读到某部文学作品时，我们往往被作品优美的语言或生动的描写吸引，为作品饱含浓郁诗情的故事情节、人物或意境所感染，为作品深邃的思想意蕴所折服，总之，我们进到了文学作品所创造的那个充满诗情画意的艺术世界，从而发生某种情绪上的反应，或快适、或欣喜、或愤怒、或悲哀、或惊骇、或振奋……总之，我们是被感动了。文学作品的这种从感官感受、情绪情感和思想深度等方面吸引读者、感染读者、震撼读者并给读者带来精神愉悦、人格自由感和心灵净化的价值属性，就是文学的审美属性。从文艺美学和文艺心理学角度看，文学接受的审美价值属性意味着文学接受给读者带来了令人愉悦的审美体验。

文学作品之所以能给读者以强烈的艺术感动或审美体验，文学作品之所以能以其巨大的艺术魅力引发读者的兴趣和激情，首先是因为文学作品并非对客观社会生活的机械描摹，而是深深地渗透着作家本人对社会生活的情感态度。人与物或人与机械的不同，首先在于人是有情感的，文学以其情感的力量滋润着读者的心灵世界，浇灌着读者情感的沃土，以避免人的情感向度的丧失。一

---

① ［苏］斯托洛维奇：《审美价值的本质》，凌继尧译，中国社会科学出版社 1984 年版，第 176～178 页。

般说来，当作家把他在生活中感受和体验到的真善美诗意地描写到文学作品中时，就会激起读者肯定性的情感评价，唤起人们对美好事物的热爱和追求；而当作家把生活中的假恶丑揭露在作品中，并给予批判性或否定性的情感评价时，则会相应地引起读者的对丑恶事物的厌恶、憎恨、愤怒等情感态度，并由此唤起对真善美的渴望与憧憬。其次，文学作品的艺术形式本身也是文学审美价值的重要来源之一。文学作品中叙述角度的独特、安排故事情节的机智、悬念设置的奇妙、抒情意象的奇特、文学结构的精巧，以及遣词造句的形式美等，都可能为作品增添美的魅力，给读者带来美的享受。当然，文学的审美价值属性最根本的来源是文学作品中内容与形式辩证统一所造成的既源于现实又不同于现实的艺术世界或艺术境界，为满足读者的审美需要、审美趣味、审美理想提供一种其他意识形态不能替代的处所。在阅读文学作品的瞬间，读者既可以由于沉浸到虚构的文学世界中而忘怀现实，从而获得一种精神上的愉快感、自由感和解放感，同时也可由于意识到现实生活与文学世界的某种差异而震惊、而警醒，从而产生一种振聋发聩、耳目一新的审美震撼和情感体验。

　　文学的审美属性规定了文学阅读可以而且应当是一种审美方式的阅读。事实上，充分地接受、欣赏文学的审美价值，正是文学读者最为常见的阅读动机之一。读者往往是暂时从紧张的现实生活中"抽出身来"，出于消遣、娱乐、游戏和休息的需要，以一种"非趋利性"的态度来对待作品，尽情地从文学作品中得到审美享受。当然，消遣、娱乐、游戏和休息等仅仅是读者审美欲求的浅层次的心理动因，实质上在这种表层心理动机下，潜伏着更为深刻的心理背景。在众多读者中，有的是为了满足一种补偿和宣泄的渴望；有的则意味着对生活的积极介入，意味着充实自己的精神生活，提升自己的心灵境界，培养健全的人格结构，增强自己的生活智慧、力量和信念。因此，文学消费作为一种审美娱乐和审美享受，既可以抚慰读者失衡的心灵世界，也可以唤起读者崇高的审美理想。

　　可见，文学接受的审美价值属性本身也是分层次的，大多数美学家们都赞同把它们概括为悦耳悦目、悦心悦意、悦神悦志等相互联系又有所区别的三个层次。它们分别指接受者对作品艺术形式的审美感知（包括艺术通感）及其所引起的感性快适、对作品中人物性格的审美体验及其带来的情感和想象的愉悦，以及对作品中关于宇宙、历史和人生的深邃思想意蕴的领悟及其所带来的超越感、升华感和自由感。对于大多数读者或读者的大多数阅读活动来说，消闲、娱乐与放松的功能是文学接受的基本价值，很多作家理论家都指出了文学接受给人以精神调节、休息和消遣的意义。如恩格斯在谈到民间故事书的审美娱乐价值时指出："它的使命是使农民在繁重的劳动之余，傍晚疲惫地回到家里时消遣解闷，振奋精神，得到慰藉，使他忘却劳累，把他那块贫瘠的田地变成芳香馥郁的花园；它的使命是把工匠的作坊和可怜的徒工的简陋阁楼变幻成诗的世界和金碧辉煌的宫殿，把他那身体粗壮的情人变成体态优美的公主。"① 弗洛伊德在其《作家与白日梦》中也曾从创作角度谈到类似的白日梦情境。他们所论及的都是指文学接受的放松紧张、感性幻想与赏心悦目的层次。优秀的经典文学作品往往具有深厚的审美价值；与此同时，具有较高艺术审美修养的读者在特定的艺术接受情境中才可以达到悦神悦志这种高级的美感境界，如歌德的《浮士德》就往往以其深刻的文化底蕴和艺术含蕴把读者召唤到领悟、升华和超越的境界。相对来说，经典文艺名著可以唤醒人们对审美理想的追求；而某些粗俗的品位较低的艺术作品，只是迎合和迁就读者低层次的心理欲望，因而有可能钝化读者的审美感受力和艺术鉴别力。从艺术特色上看，某些粗劣的大众文学作品表现出程式化倾向，内容重复、单调、贫乏，因而使得长久沉溺于其中的读者养成心理惰性。有鉴于此，强调文学接受作为审美体验和美感娱乐活动的精神因素、理性因素，提升文学接受的美感层次和艺术品鉴层次，是很有必要的。

文学的审美属性是文学活动的其他各种文化属性赖以存在的基础，人们之所以愿意以文学来丰富自己的生活知识、启迪自己的人生智慧、增进自己的人际交往，首先是因为文学接受能给读者带来美的享受，具有审美体验的价值和审美享受的属性。许多作家、批评家对此都有精到的认识。例如，古罗马诗人贺拉斯较早就提出了文艺要"寓教于乐"的主张。近代俄国批评家别林斯基也明确指出："艺术，必须首先是艺术，然后才是一定时期的社会精神和倾向的表现。"② 文学接受的审美价值使文学接受的其他价值获得了独特的形式和载体。

二、文学接受作为认识活动

文学作品作为一种社会性话语产品，认识属性也是其古老而又基本的文化属性之一。因此，文学接受不仅表现为审美体验活动，同时也表现为一种特殊的认识活动，即具有审美特性的审美认识活动。这是因为，文学在一定意义上起源于人类模仿和求知的本能。文学作品通过生动的艺术形象，反映社会生活的各个方面，揭示自我人性的丰富本质，因而具有一种为读者提供认识社会生

---

① 恩格斯：《德国的民间故事书》，《马克思恩格斯全集》第 41 卷，人民出版社 1982 年版，第 14 页。

② ［俄］别林斯基：《一八四七年俄国文学一瞥·第一篇》（1847），《别林斯基论文学》，梁真译，新文艺出版社 1958 年版，第 16 页。

活、认识人类自身本质的价值属性。正是由于文学作品的认识属性，很多作家、理论家如莎士比亚、雨果、列宁等都把文学作品喻为人生的镜子。当然，这面镜子既可能是梳妆台上的镜子，也可能是娱乐场上的万花镜，然而，"无论其镜子是梳妆台式的刻板或是娱乐园中歪曲的形象，文学不可避免地告诉我们有关社会环境的既重要又真实的事情"①。

在对人的外部世界的揭示方面，文学的认识属性主要不是着眼于反映自然界的现象或规律，使人"多识于鸟兽草木之名"。反映自然物之间的关系、变化、规律乃是自然科学著作的事情。文学作品当然也描写自然，但这里的自然应当是如马克思所说的"人化的自然"，或者如卢卡契所言的"拟人化的自然"，是与人的生活发生密切关系的自然，是作为人类生活环境或象征人类精神生活意义的自然。文学艺术主要以细节描写、形象塑造和环境描写的方式反映社会生活，反映一定历史时期的政治、经济、文化、社会心理、社会时尚、民情风俗以及日常生活等，致力于通过人物命运、性格与心理的描写来揭示社会生活中人与社会之间、人与生存环境之间、人与人之间（如个体之间、家庭之间、性别之间、阶层之间等）的各种社会关系，并以此暗示人类社会生活的某种发展趋势。但是，文学作品的社会认识价值不同于人文社会科学著作的认识价值。科学著作以抽象的概念、命题的方式来揭示人类社会的某些方面的本质规律，而舍弃了许多具体细节。文学作品则是以形象或形象体系来整体地反映五光十色的社会生活，它所达到的深度和广度，往往为那些分门别类地反映现实的科学著作所难以企及，因而伟大的经典文学名著常常被人们称为史诗或百科全书。马克思、恩格斯称他们从 19 世纪批判现实主义小说家那里学到的，比从当时所有职业社会科学家那里学到的还要多，认为前者揭示了更丰富的历史真理。当然，由于文学在描写生活场景、暗示生活真理时，运用了假定、虚拟、变形、象征、隐喻等艺术技巧，这就是要求读者应当在对艺术形象的审美体验中领悟其中所寓含的真理内涵。

不同类型的文学作品，其认识价值的具体表现有所不同。一般说来，叙事性文学作品往往通过讲故事即叙述主人公的活动事件、描写人物命运或人物性格变化的方式来反映社会生活。写实类叙事作品还要通过塑造文学典型来体现其深厚的认识价值。例如，鲁迅的短篇小说《祝福》通过对主人公祥林嫂这一典型形象的悲惨命运的描写，揭示了中国封建社会的君权、神权、族权、夫权严重摧残广大劳动妇女的历史真相。抒情性文学作品则往往通过对抒情主人

---

① ［美］罗勃特·N. 威尔逊：《作家作为社会观察家》，张英进译，转引自张英进、于沛编《现当代西方文艺社会学探索》，海峡文艺出版社 1987 年版，第 177 页。

公形象的诗意塑造和情感抒写，反映某一社会、某一时代或某一民族的精神风貌。例如，郭沫若《女神》等诗篇，就极为生动和深刻地体现了我国"五四"时期新文化运动中一代进步知识分子的个性追求、人生激情与社会理想。此外，不同层次和形态的文学作品，认识价值的高低也往往不同。相对来说，严肃高雅的经典文学作品具有醒世的功能，其认识价值要高于流行的大众文学作品。

文学作品的认识属性，为广大读者提供了一条了解客观世界、丰富生活经验、洞悉人生真谛的有效途径。由于人的生存时空的局限，每一个读者的生活知识和生活阅历都是有限的，然而生活本身却是无限的，文学作品正可以帮助读者认识丰富的社会生活。从文学接受中读者既可以感受当下，又可以了解过去，还可以洞察未来。不仅如此，即便是生活在某种境遇中的人们，也不一定真正了解自己的真实处境，可谓"不识庐山真面目，只缘身在此山中"。文学作品则把人类社会生活描写出来并呈现在读者面前，从而帮助读者认识社会现实，把握历史规律，增长生活知识，满足认知需求，洞悉人生真相。

文学接受除了帮助读者认识外在世界之外，还可以帮助读者了解人的内在世界，增进读者对人类自身以及读者自我的认识。正如鲁迅所说的："在小说里可以发见社会，也可以发见我们自己。"[1] 黑格尔也认为："群众有权利要求按照自己的信仰、情感和思想在艺术作品里重新发现它自己，而且能和所表现的对象起共鸣。"[2] 文学是人学，文学是写人的、为人而写的，文学作品渗透了作家本人的人格、精神和情感评价，文学艺术使人直面人生、拷问自我，认识到"我是谁？我从何处来？我到何处去？"从一定意义上讲，文学接受可谓读者与作家一道参与对人性奥妙或生命真谛的探索和揭示。且不说我国古代《诗经》等许多篇章以其对主人公爱情心理的生动细致的描绘，成为讴歌人类美妙人性的千古佳作；也不说意识流小说对人的隐秘心理和无意识活动的描写，有助于增长读者关于人的心灵活动规律和奥秘的知识；更为重要的是，那些优秀文学作品对人物立体化性格的塑造，使人性的丰富性、复杂性得到揭示。例如，鲁迅笔下阿Q的"精神胜利法"，就深刻揭示了某种具有普遍意义的人性的怯弱、虚荣、低劣、无力和无奈。莎士比亚《哈姆雷特》中所描写的"哈姆雷特的忧郁"，也以其难以穷尽的人性蕴涵吸引了一代又一代的读者。卡夫卡、尤奈斯库等现代主义作家的作品对不可理喻的非理性人物形象的塑造，也同样揭示了人性的某些荒诞和悖谬。因此，伟大的文学作品往往被誉

---

[1] 鲁迅：《文艺与政治的歧途》，《鲁迅全集》第7卷，人民文学出版社2005年版，第120页。

[2] ［德］黑格尔：《美学》第1卷，朱光潜译，商务印书馆1982年版，第314页。

为一面映照人性的镜子。读者通过阅读往往能加深对人类自身特性和本质的洞悉，增进对人性复杂性的理解与宽容。在文学接受活动中，读者自我灵魂深处的假、丑、恶的卑劣因素得以烛照、荡涤或升华，真、善、美的人性种子得以滋润、培育和发扬，人的胸襟得到扩充和提升。

三、文学接受作为文化价值阐释活动

文学是一门语言艺术，而语言是文化媒介和载体，因而文学作品蕴含着极为丰富的文化信息。文学作品作为一种文化内涵丰富、文化信息密集的文化产品，无论是对于创作者抑或是对于读者，都关乎他作为生命主体的生存价值和意义，因此，读者在阅读文学作品时，可以从中探索某种文化价值和意义。换言之，文学接受具有一种多方面满足读者进行文化价值阐释、品味或品评之兴趣的属性。文学的文化阐释价值是文学属性中最为古老又最为现代、最为深厚也最为广泛的文化属性。文学接受因而表现为文化价值的阐释活动。一般地说，文化价值是包括审美属性、认识属性在内的总体化的价值属性，因而它大于审美价值和认识价值。由于前文已经分别讨论了文学的审美属性和认识属性，因此，这里就着重分析文学作品中"认识""审美"等属性难以包括进去的其他文化价值阐释属性，如文学作品中所蕴含的民俗学价值、人类学价值、历史学价值、宗教学价值、哲学价值等属性。文学接受的价值阐释属性应当受到重视。

文学的价值阐释属性来源于文学作品独特的人文品格和深刻的人文关怀。文学与科学不同，科学研究本身无所谓人文关怀，而文学则向来被称为人学，具有与生俱来的人文向度。在反映现实的时候，文学作品与自然科学著作在对象、主体、方式、旨趣等诸多方面均为不同。自然科学的对象是外在于人的自然世界，研究主体在研究过程中应避免主观意志的介入，研究方法是经验实证，研究任务是揭示与人的意志无关的客观规律。而文学作品则不同，它所反映的对象恰恰是人类自己创造的文化世界、价值世界或意义世界，创作主体在写作过程中不可能也无需排除主观意志，其创作方式则是运用各种虚构、梦幻、象征、比拟、隐喻等艺术技巧，写出作家自己对人生的独特体验和深刻理解，其创作目的则是探寻某种人生的价值、意义和真谛。文学与科学之间有无人文属性的区别决定了文学接受的价值阐释属性。阅读科学著作的读者，应当排除其主观因素以走进科学世界；而阅读文学作品的读者，恰恰是从自己的主观兴趣出发，并通过对作品的解读来与作家对话，以寻求或建构自己希冀的文化价值，从而使自己更有意义地生活。

文学作品的文化阐释价值是多方面的，最常见的是通过解读一部文学作

品，阐释其中所反映的某个时代、地区、民族的生活习俗，具有一定的民俗学和人类学价值。例如，在中国最古老的诗歌总集《诗经》中，读者可以通过"风"这一部分的诗歌了解某一诸侯国的普通百姓中的民风民俗。又比如，在现代中国，20世纪30年代的乡土文学作品和80年代的寻根文学作品，其中也包含着非常丰富的民俗学的价值。当然，文学作品的民俗学价值是文学的文化阐释价值中的基础价值。

文学作品中所包括的社会学、历史学、政治学价值等内涵，也是文学常见的文化阐释价值，这些文化价值在纪实性（而非虚构性）的各类文学作品中最为丰富。例如，我国进入新时期以来涌现出许多优秀的报告文学作品，其中就包含着极为丰富的文化价值，读者几乎可以从中完整地了解到改革开放以来中国社会发展的历史进程以及这一进程中的中国人的精神追求。

文学作品中所蕴含的宗教价值，是文学的文化价值中较为重要、较为深层的阐释价值。例如，人们可以从古希腊神话中阐释其中的多神教的价值；从《神曲》中解读基督教的价值；从《一千零一夜》中解读伊斯兰教的价值；从中国唐代以来的许多诗歌、小说、戏曲中解读佛教禅宗的价值。

文学作品的文化价值，最为重要也最为深刻的是其中所蕴含的哲学价值，并且，文学作品中的哲学价值有时与其宗教价值交织在一起。现代西方的许多批评家都非常重视对文学作品中的哲学价值的阐释。比如，他们从哈姆雷特身上阐发人文主义价值观；从屠格涅夫的作品中，阐发出一种虚无主义价值观；从卡夫卡的作品中，阐发出哲学上的异化问题，等等。在当代中国，也有许多理论家注重阐发文学作品中的哲学价值，并取得了一批实绩。

读者作为作品的文化价值的接受主体，就是文化的阐释者。从理论上讲，一切读者都是与自然人相对的文化人，都可以是文化价值的阐释者。例如，一般读者读到塞万提斯《堂·吉诃德》中堂·吉诃德与风车作战时，几乎都会作出自己的价值品评，或以为堂·吉诃德的行为是毫无意义的疯人之举，是喜剧式的滑稽；或以为堂·吉诃德是为其心目中的理想而战，是悲剧式的崇高。显然，这里不自觉地体现出读者对《堂·吉诃德》中所蕴含的理想与现实的价值关系的阐发。当然，更有代表性的是那些自觉地从事文化阐释的文化哲学家和文化批评家。文化阐释活动的特点和方法，既不等同于认识，也不等同于审美。如果说审美者主要是一位情感的体验者，认识者主要是一位理智的觉察者，那么，阐释者则主要是一位文化内涵、文化意义、文化意向的理解者、解释者、评价者、对话者甚至是质疑者、诘问者。阐释的要义是，阐释主体站在自己的文化视野上，以自己的文化意向去与作品中所蕴含的文化意向进行对话与交流。在这个意义上说，"要想理解但丁，就必须把自己提高到但丁的水平上”，这句话有一定道理，因为它对理想的阐释者及其阐释活动提出了一种合理性要求。

四、文学接受作为审美交流活动

文学作品作为一种审美的社会化话语作品，具有增进人们彼此了解、沟通与交流的属性。因此，文学消费和接受也表现为一种特殊的即审美的交流活动。文学并不仅仅是为了供人们娱乐和享受，也负有教化与交流的使命，并且，通过交流而产生润物无声、潜移默化、移风易俗的作用。伟大的思想家、理论家和作家大多对此有清醒的认识。例如，孔子在《论语·阳货》提出了“诗可以群”的命题，另一著名哲学家荀子则在《荀子·礼论》提出了“乐和同”的观点。俄国大文豪列夫·托尔斯泰更是明确指出：决不可把艺术简单地理解为享乐的工具，而应视之为人类生活的一个基本条件，即“艺术是人与人之间相互交际的手段之一”。他认为：“正像传达出人们的思想和经验的语言是人们结为一体的手段，艺术的作用也是这样。不过，艺术这种交际手段和语言有所不同：人们用语言相互传达思想，而人们用艺术相互传达感情。”①托尔斯泰在这里所说的“语言”是日常语言和科学语言，而不是艺术语言，因为文学活动本身也是一种诗意化或审美化的话语活动。但托尔斯泰对文学交流功能的揭示却是极为深刻的。

众所周知，人是具有社会属性的人，也是各种社会关系的总和。从社会交往理论的角度来说，人的一切行为无一不是社会交际、社会互动的过程。从现象学和阐释学来看，人不仅具有自我主体性或个体主体性，而且具有交互主体性或主体间性。从存在主义哲学观点来看，人不仅是独一无二的此在，而且是相互交流与对话的生命共在。现代语言学理论更是强调语言的社会交际功能。文学活动作为一种社会性话语活动，作为人类确证自我生命存在的文化活动，交往属性成为文学的重要属性之一。无论是文学活动的“四要素”，还是话语活动的“五要素”，都充分表明了文学接受具有社会性的交际功能。文学的消费、接受和欣赏固然要通过个人来实现，固然是一种极为个性化的活动，固然有自我娱乐和游戏的成分，但从深层次来说，一切文学艺术活动乃是人们彼此交流的重要方式之一，是社会群体、民族乃至全人类相互交流思想情感、传授生活经验的重要途径之一，因而文学接受是确保社会整体得以维系、社会价值得以建构、历史传统得以绵延的基本文化活动。文学接受可以在不同的社会成员之间架起理解和沟通的桥梁，把他们从情感上结为一体。正因为此，托尔斯

① ［俄］列夫·托尔斯泰：《艺术论》，丰陈宝译，人民文学出版社1958年版，第45~46页。

泰称文学是人类生活的基本条件之一。

人类通过文学消费的形式来进行交流的历史源远流长。无论是巫术仪式盛行的远古，还是"赋诗言志"的春秋战国时代。无论以说唱故事、演出戏剧为主的古代，还是以阅读作品、观看影视、网上冲浪的现当代，文学接受作为一种交流形式都是极为普遍的。在现实的人际交往活动被大大数字化、虚拟化的今天，文学接受的交往或交流意义显得更为突出。

文学交流源于人类的日常交流，但文学交流与人们日常生活中的生产活动、法律活动、政治活动、商业活动、宣传舆论活动、家庭活动、教育活动、宗教活动等日常交流有着诸多不同。日常交流有可能是单向度的非对称的，有可能是强制性的、说教性的，也有可能是枯燥的抑或是误解的，甚至是虚假的、不诚实的。但这一切都难以发生在文学交流之中。这是因为，文学读者不是消极被动地接受作家作品发出的信息，而是以对话者、诠释者、再创造者甚至是批评者的身份出现。文学接受主体是一个自由的主体，读者总是积极、主动、有选择地进行文学欣赏和阅读，他可以拒绝购买和借阅文学作品，也可以随时放下手中的作品，作者或其他人没有强行干预、命令和指挥读者非读不可或非这样读不可。正如苏联美学家卡冈所说的，读者是"能动的、意志自由的，能够独立地选择所知觉的作品，具有解释作品的内在决定性"①。文学交流因而具有平等对话的性质。

文学接受作为文学交流活动，类似于日常交流中的理想状态：真诚、忠实、平等、亲密而自由。文学接受活动中的读者与作者、读者与作品中的人物，甚至是读者与读者之间，往往类似于精神、气质、情感上彼此投缘和亲近的朋友式的关系，属于理想的人际交流状态。当然，这种朋友式的文学交流往往并非现实地发生，因为这些朋友是缺席或不在场的，他们仅仅是虚构的或异时异地的朋友，并未真正出现在读者生活与阅读的现场，而是通过假定性的审美话语的方式来进行。然而，尽管文学的审美交流大多发生在想象世界，文学交流却是人类最为深刻的交流形式之一。限于种种条件，人们在现实生活中不可能有很多挚友，而文艺阅读这种交流活动，正好帮助人们扩大其社会交际或人际交往的范围。它使人们摆脱时空的桎梏，与彼时、彼地的作家、艺术角色和其他读者成为朋友。文学交流活动是平等的艺术主体之间的审美情感的共鸣、审美智慧的碰撞、审美体验的融合，是内在心灵之间的袒露和沟通、自由个性之间的际会和确证。文学交流的虚构性、符号性、想象性、情感性决定了文学作为审美交流的独特价值及其限度。

---

① ［苏］卡冈：《美学和系统方法》，凌继尧译，中国文联出版公司1985年版，第253页。

　　文学接受作为审美交流活动，主要表现在四个方面：读者与作者的交流，读者与作品中人物角色的交流，读者与其他读者的交流，以及读者与作品所描写的整个自然、社会以及全人类的交流。读者与作者的交流是不言而喻的。一方面，古今中外无数的作家谈到了为什么创作、为谁创作的问题。另一方面，读者也可以由作品这一桥梁而成为作者的知音，文学知音的佳话在文学史上绵延不绝。现代接受美学更是深刻揭示了读者与作者共同完成作品创造的艺术奥秘，揭示了读者与作者之间的视界融合的审美规律。读者与作品中人物的交流也是显而易见的，读者以某一艺术角色自居的事情是经常发生的，读者往往为作品主人公的人生命运而揪心，为他们的悲欢离合而担忧，为他们的喜怒哀乐而感动。读者与作品角色交流的极致状态是共鸣的出现。读者之间的交流也是文学交流的普遍形式，不同的读者可以凭借一部作品而建立友谊甚至走到一起。并且，正是有了这种交流形式，不同地区、不同时代的文学才可以广泛流传。正是这种形式的文学交流，谱写了优秀作品得以广泛流传、绵延不绝和不断再创造的文学传播史。而在第四种交流方面，读者是把自然、社会与人类作为对话的主体来看待的，既向他们敞开自己的心扉，又悉心倾听他们的声音。通过这种交流，人与自然之间加深了亲密友善的关系，人与社会之间加深了认同感和责任感，人与人之间加深了同类相亲的深刻理解和宽容。由于读者把自己融入整个自然、社会或人类，或者说，由于读者把整个自然、社会或人类融入自我的存在之中，伟大的文学作品也由此具有跨越特定历史时空与特定文化形态的艺术魅力。读者在文学接受的过程中，能够从一己的个人小天地中走出而达到心灵的相融。各种情感在此时产生融合和沟通，各种声音发生共鸣和回响，各种理想彼此辉映和互证。正因为此，文学接受获得了巨大的社会价值、长远的历史价值和永恒的审美价值。

　　应当指出的是，文学接受作为特殊的交流活动，有着不容忽视的复杂性。例如，文学交往对文学语言具有依赖性。为了使文学交流顺利进行，文学接受者应当对文学交流的媒介——文学作品、文学语言、文学技巧、文学惯例等——比较熟悉，起码是能读懂作品内容赖以传达的语言文字。对于一个不懂汉语的外国读者，倘若没有翻译，显然无法理解唐诗宋词，因而也谈不上进行相应的文学交流。此外，某些先锋文学创作的语言和技巧过于独特、新奇、晦涩或个性化，也会阻碍文学交流的顺利发生。又例如，文学交流虽然主要作用于人们的情感，却并非无需理性的参与。那种排除欣赏者的思考而听凭其感性投入的粗劣的大众文学艺术品的接受，产生的往往是一种精神麻痹和意识催眠的效果，因而是一种伪交往。对此，德国法兰克福学派有精到的研究，这个学派的理论家普遍认为，完全受商业法则摆布的低俗的大众文化，造就的只能是失去反思与批判能力的单向度的人，大众文化所制造的艺术同一性也只是一种虚假的同一性，因而大众文化消费作为文化交往是一种失败的文化交往或虚假的、不合理的伪交往。再比如，文学交流中出现多种不同声音的喧哗也是可能的。即是说，文学交流不仅是亲密无间的恋人式的絮语，也可能是冲突话语之间的争辩。

最后，需要强调和重申的是，文学的审美属性、认识属性、价值诠释属性和审美交流属性的划分是相对的，并不意味着四者截然分开。文学接受的文化属性是认识属性、审美属性、价值诠释属性和人际交流属性的统一体，因而文学接受活动也是审美体验、审美认识、审美诠释和审美交流的统一体。文学作品尤其是经典文学作品，其审美属性、认识属性、价值诠释属性与人际交流属性存在着相互联系、相互促进的辩证关系。对此，我国古人早有论述，比如，先秦时代的孔子是中国古代文艺学史上最早注意到文学接受综合效应的思想家。孔子指出："《诗》可以兴，可以观，可以群，可以怨。"这里"兴""观""群""怨"可以分别解释为审美体验、审美认识、审美交流和审美批判。可见，孔子的"兴观群怨"说深刻地涉及了文学接受活动的整体文化属性。与孔子相似，亚里士多德也较早地注意到文艺接受的多种价值，他认为，音乐欣赏的社会价值在于：一、教化；二、净化；三、精神享受。也就是紧张劳动之后的安静和休息。[①] 要之，文学产品的文化属性是多方面的，文学接受主体的文化属性也是多方面的，文学接受因而是审美体验、审美认识、审美诠释和审美交流的统一。借助于丰富的文学接受活动，读者完整而自由的个性得以培养、发挥和实现。

复习要点

［基本概念］

文学消费　　文学传播　　大众传播媒介　　文化市场　　高雅文学　　大众文学　　文学接受　　文学欣赏　　文学接受的审美属性　　文学接受的认识属性　　文学接受的价值诠释属性　　文学接受的审美交流属性

［思考问题］

1. 文学消费与文学生产之间有何辩证关系？
2. 简述文学传播媒介的演进及其美学意义。
3. 文学传播方式对文学的生产与消费有何深刻影响？

---

① 　参见朱光潜《西方美学史》上卷，人民文学出版社 1979 年版，第 88 页。

4. 为什么说文学消费既是一般商品消费，又是特殊的精神产品消费？

5. 如何阐释文学消费与文学接受的意识形态性质？

6. 文学消费与文学接受有什么区别和联系？

7. 怎样理解文学接受是一种审美体验、审美认识、审美交流以及价值诠释活动？

[**推荐阅读文献**]

1.〔英〕雷蒙·威廉斯：《文化与社会》，高晓玲译，吉林出版集团有限责任公司 2011 年版。

2.〔英〕斯图亚特·霍尔：《编码，解码》，见罗钢、刘象愚主编《文化研究读本》，中国社会科学出版社 2000 年版。

第十五章 文学接受过程

文学活动既包括文学创造，也包括文学接受。如果说在文学创造阶段文学活动的主体是作家，那么，在接受阶段，文学活动的主体则已转变为读者。与其他艺术门类不同，呈现在读者面前的文学作品，只是文字符号的系列组合，只有经过读者的接受，才能形成审美对象并实现作品的价值。读者的文学接受过程，大致可分为发生、发展与高潮这样三个阶段。

第一节 文学接受的发生

文学接受的发生，虽然集中体现为读者对文本的阅读，但这种发生，又是读者在特定阅读经验期待视野的基础上，在特定接受动机的支配下，在特定接受心境的影响下展开的。

一、期待视野

在文学阅读之先及阅读过程中，作为接受主体的读者，基于个人与社会的复杂原因，心理上往往会有既成的思维指向、审美趣味与观念结构，会有对于文学接受客体的预先估计与期盼。读者这种据以阅读文本的既定心理图式，叫做阅读经验期待视野，简称期待视野（expectation horizon）。①

（一）期待视野的层次

在具体的文学阅读活动中，这种期待视野主要呈现为文体期待、形象期待与意蕴期待这样三个层次。

文体层的期待视野。即读者由文学作品的某种类型或形式特征而引发的期待指向。这种指向，意味着读者希望体味到某种文体所可能具有的特定艺术韵味和魅力。比如面对一部以再现为基本手法的长篇小说，读者会期待着波澜起

---

① "期待视野"是德国接受美学代表人物姚斯理论中的一个重要概念。有关这个概念的来龙去脉，可参见姚斯等著《接受美学与接受理论》，周宁、金元浦译，辽宁人民出版社1987年版，第340～345页。

伏的故事情节和血肉丰满的人物形象的塑造；面对一首诗歌，读者会期待节奏、韵律以及某种抒情意境的出现；面对一首词牌名为"满江红"或"蝶恋花"的词，则会期待着符合这种词牌的格律、韵味及其他相关内容等。

形象层期待视野。即读者由于作品中的某种特定形象而引发的期待指向。这种指向，意味着读者希望从初次接触到的形象和情景中，看到某种符合人物性格特征或符合某种特定情绪的氛围的展示与渲染。例如，当我们看到"她头上扎着头巾，明明故意地让一两绺头发从头巾里面溜出来，披在额头。……两只眼睛又黑又亮，虽然浮肿，却仍旧放光"（列夫·托尔斯泰《复活》）这样的形象时，会期待着从作品中看到一个身世悲惨，却又不甘屈服的女子的命运；当我们在作品中看到"青松""寒梅""白莲""岩石"之类形象时，会期待着作者对那种冰清玉洁、坚忍不拔的人格精神的赞美；当我们看到"阴沉的云""凄厉的风""雨巷""孤雁"之类形象时，会期待着作品展现出一个哀怨的故事，或熔铸一个抑郁的抒情意境。有时候，当我们只是看到诸如"贾政""朱老忠""座山雕""蝴蝶迷"这样一类有一定寓意的人物名字时，也会产生与之相关的人物性格和行为特征的预测。所有这些，构成了读者形象层的期待视野。

意蕴层的期待视野。即读者对作品的较为深层的审美意味、情感境界、人生态度、思想倾向等方面的期待指向。实践表明，在具体的文学阅读活动中，读者总会自觉不自觉地期待着作品能够表现出切合自己意愿的审美趣味和情感境界，总会期待着作品表现出一种合乎自己理想的人生态度，流露出一种与自己相通的思想倾向，等等。

此外，诸如作家的姓名，作品的篇名、题记、开本以及装帧设计等，也会在一定程度上影响读者的期待视野。

（二）期待视野的形成

期待视野的形成，主要与以下几方面因素有关。首先是由生活实践和文化教养形成的世界观与人生观，即读者在长期的社会生活中形成的审美趣味、情感倾向、人生追求、政治态度等，所有这些，都会影响读者期待视野的形成。比如一个有着积极向上的人生追求的读者，会期待着文学作品更富于豪迈乐观的情调，能够更为充分地展现那些不畏艰险、奋勇进取的人生故事。其次是一定的文学艺术素养，即读者对各种文学体裁、文学发展史、文学发展现状、文学自身的技巧、手法、创作规律、艺术特征的熟悉和了解。只有在此基础上，才能形成与之相关的文体层、形象层、意蕴层期待视野。第三是特定的生理机制，即读者的性别、年龄、气质类型等生理特征，所有这些，也会影响读者的期待视野。从性别来看，男性与女性会有不同的生理特点。表现在文学阅读中，女性读者往往期待细致入微的情绪感受，男性读者会更期待粗犷不羁的情感宣泄。从年龄特征来看，儿童们天真活泼、善于幻想；青年人勇于追求、敢想敢干；老年人则往往处事冷静、喜欢多思，等等。表现在文学阅读中，孩子们会期待着看到以花、鸟、虫、鱼为主角的童话故事；青年人会对传奇故事、爱情小说更感兴趣；老年人则会希望看到对人生哲理的冷峻揭示，对世态炎凉的描写刻画等。

总之，从整体上来看，正是由这些源于世界观、人生观、文学艺术素养和特定生理机制的先在欲求、先在经验，逐渐形成了读者阅读活动中的某种心理图式，这便是期待视野。

（三）期待视野的类型

文学阅读活动中的期待视野，按其接受主体的状况划分，又可分为普通读者的期待视野与专业读者的期待视野两类。前者是指一般读者凭依个人兴趣在阅读某一具体作品过程中体现出来的期待视野；后者主要是指专门从事研究和批评的特殊读者所拥有的期待视野。相比而言，后者要比前者宏阔深广，会有某种广泛的社会共通性。事实上，在那些真正伟大的学者和批评家那儿，无论是对作品类型或数量的把握，还是对艺术旨趣的了解，无论是对现实感受的程度，还是对社会历史的洞察，都要远远超出某一普通读者，因此而形成的期待视野是既具个人性，又有包容性与超越性的。刘勰所说的"凡操千曲而后晓声，观千剑而后识器。故圆照之象，务先博观。阅乔岳以形培塿，酌沧波以喻畎浍。无私于轻重，不偏于憎爱，然后能平理若衡，照辞如镜矣。是以将阅文情，先标六观：一观位体，二观置辞，三观通变，四观奇正，五观事义，六观宫商。斯术既形，则优劣见矣"[①]，即可视为专业化读者在阅读文学作品时具有广博内涵的期待视野发挥作用的表现。此外，还应看到，不论一般读者的期待视野，还是专门读者体现的期待视野，都不是一成不变的，而是会随着生活阅历的增加、接受范围的扩大、艺术修养与理论水平的提高，不断发展变化的。

二、接受动机

由于期待视野不同以及期待视野自身的发展变化，在文学接受活动中，读者的动机是不一样的。概括起来，主要有以下几种。

审美动机。这也就是人们通常所说的怡情悦性的娱乐动机，即是读者希望

---

① （南朝齐梁）刘勰：《文心雕龙·知音》，见范文澜《文心雕龙注》下，人民文学出版社 1958年版，第 714～715 页。

通过接受文学作品而获得情感愉悦并感到自由、轻松、平衡、协调的阅读期待。人永远有着向往自由、积极进取、追求完美的天性，有着力图超越自身而趋向崇高的欲望。优秀文学作品中潜在的无限想象空间，真挚的情感境界，美妙的人生理想，正可以满足读者的这种期待心理。因此，人们在忧郁不安、悲伤失意之际，或在繁忙工作之余，总喜欢阅读文学作品，以期进入一个超越自身、超越现实的想象境界，使情感得以调节，使精神得以舒张，使心灵得以振奋和净化。其中所体现的，即是文学接受的审美动机。

求知动机。这是人们力图通过文学作品认识历史规律、社会本质，熟悉人类某种生活状态，了解各类知识的动机。如马克思、恩格斯、列宁、毛泽东等许多革命领袖在阅读文学作品时，更注意的是作品中涉及的与当时的政治斗争、革命斗争有关的内容；某些领域的研究者，有时也借助文学作品来研究不同国家、不同时代的典章制度、民俗风情、文化变迁、医药农工等有关知识。鲁迅说，他喜欢看关于非洲和南北极之类的影片，是"因为我想自己将来未必到非洲或南北极去，只好在影片上得到一点见识了"[①]。郭沫若主张"要站在研究社会发展史、研究历史的立场"好好利用民间文艺。[②] 此中所体现的，亦是文学接受活动中的求知动机。

受教动机。这是人们力图通过作品中的故事情节、人物形象、思想感情，得到人生启迪、道德教育、精神鼓舞的动机。在现实生活中，有不少人在自己的人生道路上曾力图从优秀的文学作品中探寻生活的航向，求索人生的答案，树立正确的人生态度，以求成人成才，其中体现的便是这样一种受教动机。在20 世纪五六十年代，我国的许多青年读者特别喜欢《钢铁是怎样炼成的》《青春之歌》《红岩》等作品，就与这样一种受教动机有关。

批评动机。这主要表现在从事文学研究、文学批评、文学教育的专业工作者身上。与普通读者不同，这些专业读者在阅读文学作品时，除获得审美享受之外，会更专注于把握作品的内涵，分析作品的意义，探讨艺术创作的规律，以期对文学作品进行科学的评价。

借鉴动机。这主要表现在作家，尤其是初学写作者的阅读过程中。这些读者，常常是为了模仿借鉴他人的艺术技巧，提高自己的创作质量，而积极投身阅读的。因此，对于自己特别崇拜的作家的作品，他们往往会反复阅读，仔细揣摩，甚至摘录抄写，记忆背诵。

---

① 鲁迅：《致颜黎民》（1936 年 4 月 15 日），《鲁迅全集》第 14 卷，人民文学出版社 2005 年版，第 77 页。

② 郭沫若：《研究民间文学的目的》，《雄鸡集》，北京出版社 1959 年版，第 73 页。

接受动机不同，必然导致读者不同范围的阅读选择；即使面对同一部作品，读者的着眼点也会不同。但是，接受动机的不同，并不意味着它们之间是彼此无关的。在实际的阅读活动中，不同的阅读动机有时又是相互联系的。

三、接受心境

在现实生活中，人们总处于一定的情绪状态。在文学阅读活动开始时，这种生活中的情绪状态不可能截然中断，会伴随读者进入阅读过程，影响阅读效果。读者的这种影响阅读的情绪状态，就叫接受心境。

从基本特征来看，文学接受心境主要有欣悦、抑郁与虚静这样三种情况。欣悦心境是指主体进入阅读活动时所具有的振奋、欢快、乐观的情绪状态；抑郁心境是指主体进入阅读活动时所具有的失意伤感、郁闷压抑之类的情绪状态；虚静心境则超脱于二者，其情绪状态呈现为冲淡平和、清静自然。

接受心境对阅读效果的影响是明显的。当读者处于欣悦的情绪状态时，一部平常之作，也有可能激起一定的阅读兴趣，得到惬意的审美享受。当处于抑郁的情绪状态时，即使面对优秀作品，也有可能因心烦意乱而难以进入其中的艺术境界，难以真正体味到其中的奥妙。我国古代文论中关于创作的"虚静"说与文学接受也是大有关系的。"虚静"一语，本源于道家，最早见于《老子》。原义主要是指一种清静虚欲、与世无争的人生态度。庄子作了补充，用"心斋"来解释虚静，并用具体实例说明高超技艺的发挥有待于"虚静"境界的出现。自魏晋以来，"虚静"逐渐演变为文艺理论的一个重要术语。杜甫论诗艺时这样说过："静者心多妙，先生艺绝伦。"（《寄张十二山人彪三十韵》）苏东坡也说过："欲令诗语妙，无厌空且静。静故了群动，空故纳万境。"（《送参寥师》）古人这些论述文艺创作心态的见解，也是适宜于文学接受的。实际上，面对一部作品时，读者只有摆脱纷繁俗务的干扰，才能凝神贯注，用情专一，才能真切地看清作品中描写的对象，从而进入一种设身处地、心醉神迷的想象之境。否则，便难以充分体味作品的内涵和旨趣。

接受心境之于阅读效果的影响还表现在，即使面对同一作品，由于情绪状态不同，也会导致不同的阅读境界。比如歌德的《少年维特之烦恼》，在一位悲伤孤独、落寞失意、有着相似经历、处于抑郁状态的读者那儿，会更易引起强烈的情感共鸣；而在另一位襟怀旷达，有着冲淡平和心境的读者那儿，则会以超脱的目光，从社会制度的、时代精神的、道德伦理的、人生哲学的不同角度，领悟作品的意蕴，评判作品的意义。

当然，在实际阅读过程中，由于作品本身的情感作用，读者的接受心境也会随阅读过程的展开而得以改变。一位心情抑郁者，面对悲剧形态的作品，有可能得到情感的宣泄和精神的宽慰；或通过阅读某些昂扬奋进之作，而得到精神的振奋和鼓舞。相反，一位心情欣悦者，在读那些哀怨伤怀之作时，也会为其感染，暂时陷入抑郁的心理境界。一位心境虚静者，在文学阅读活动中，也会在作品的导引下掀起各种各样的情感波澜。这表明，读者的接受心境与作品之间的关系是复杂的，二者是相互发生作用的。只有明确了这一点，才能正确地分析接受心境之于文学阅读的影响。

四、从隐含的读者到读者阅读

根据接受美学的见解，一首诗，一篇散文，一部小说完成之后，在读者接受之先，便已隐含着读者。所谓"隐含的读者"（implied reader），① 是相对于现实读者而言的，是指作家本人设定的能够对自己的文本感兴趣并能为之打动的读者。也就是说，是作家预想的他的文本问世之后，可能出现的或应该出现的读者。这种预想有时是自觉的，有时可能是不自觉的。

首先，作家的创作动机会决定文本中隐含的读者的存在。我国唐代诗人白居易这样讲过，他的新乐府诗"篇篇无空文，句句必尽规，功高虞人箴，痛甚骚人辞。非求宫律高，不务文字奇，惟歌生民病，愿得天子知"②，"其辞质而径，欲见之者易谕也；其言直而切，欲闻之者深诫也"③。由于动机明确，其诗中必然隐含进某种特定类型的读者。显然，白居易的某些乐府诗中所隐含的读者主要是能够读懂自己的诗并能够通过诗歌体察民间疾苦的统治者。

其次，作家的选材及文体特点也会决定隐含的读者的存在。中国当代作家刘绍棠曾力倡"乡土文学"，他的小说大多取材于京东平原十八里运河滩上的农民生活，这便决定了他文本中隐含的读者主要是农村广大劳动群众。正如作家本人曾经明确说过的："中国好比一座金字塔，八亿农民是塔基；不了解农民的心情，不考虑农民的需要，金鸡独立在塔尖上异想天开，舞文弄墨，还口口声声自称是代表人民利益，为人民而写作，岂非自欺欺人，咄咄怪事！"④

---

① "隐含的读者"是德国接受美学代表人物伊瑟尔提出的重要概念。参见 ［德］ W. 伊瑟尔《审美过程研究——阅读活动：审美响应理论》，霍桂桓、李宝彦译，中国人民大学出版社 1988 年版，第 45～46 页。

② （唐）白居易：《寄唐生》，见顾学颉校点《白居易集》，中华书局 1979 年版，第 15 页。

③ （唐）白居易：《新乐府序》，见王汝弼选注《白居易选集》，上海古籍出版社 1980 年版，第 46 页。

④ 刘绍棠：《乡土与创作——〈蛾眉〉题外》，《人民文学》1981 年第 7 期。

爱尔兰现代派小说家詹姆斯·乔伊斯，在作品中广泛运用了"意识流"手法和梦幻笔调，语言也往往晦涩难懂。在这样的文本中，隐含的读者主体便不可能是普通群众，而是学者型读者，正如乔伊斯本人曾经宣称的：他期待的理想读者，是那些"研究《尤利西斯》和《芬尼根的守灵夜》而其他什么都不做的人"①。

文学接受的发生，实际上，也就意味着文本中隐含的读者开始向现实的读者转化。一般说来，那些与隐含的读者相近的读者，往往最能理解文本的内涵，最易与文本之间形成交流，因此，也就最有可能成为现实的读者。当然，文本隐含的读者与现实的读者之间，不可能完全对应。也就是说，隐含的读者不可能限定读者的范围，不可能排斥作者期待之外的读者介入阅读。刘绍棠的小说隐含的读者虽然主要是农民，但工人或知识分子也可能是它的读者；乔伊斯的小说隐含的虽然主要是学术型读者，但随着对现代派文学接受能力的提高，普通读者也同样可能对其产生兴趣。这是因为在具体阅读活动中，现实的读者虽然会受到期待视野的制约，但不会满足于只是被动地接受文本，而会渴望着创造与发现；不可能仅仅满足于对文本内容的认同，而会渴望着丰富和扩充自己的期待视野。因此，文学接受的发展，并不在隐含的读者那儿，而是在现实的读者之中。

第三，作家赋予文本的思想内涵会决定隐含的读者的存在。法国作家罗曼·罗兰认为他的《约翰·克利斯朵夫》表现的是"快要消灭的一代的悲剧。我毫无隐蔽地暴露了它的缺陷和德性，它的沉重的悲哀，它的混混沌沌的骄傲，它的英勇的努力，和为了重新缔造一个世界、一种道德、一种美学、一种信仰、一种新的人类而感到的沮丧。——这便是我们过去的历史"。正是与文本的思想内涵相关，罗兰曾宣称："我的《约翰·克利斯朵夫》并不是写给文人们看的……但愿它直接接触到那些生活在文学之外的孤寂的灵魂和真诚的心。"② 俄国作家莱蒙托夫曾经抱怨某些读者只是轻信他的《当代英雄》的字面意义，或者将文本误解为作者在描绘自己或自己熟人的肖像，以致他不得不这样公开表白："我们可敬的先生们，当代英雄的确是一幅肖像，但不是一个人的，这是一幅由我们整整这一代人的充分发展的缺点构成的画像。"③ 显然，

---

① 引自〔美〕约翰·巴思《我在沉思和推理》，见《"冰山"理论：对话与潜对话》上，工人出版社 1987 年版，第 167 页。

② 罗大冈：《罗曼·罗兰在创作〈约翰·克利斯朵夫〉时期的思想情况》，《文学评论》1963 年第 1 期。

③ 〔俄〕莱蒙托夫：《当代英雄》序言，翟松年译，见《外国作家谈创作经验》上，山东人民出版社 1980 年版，第 331 页。

由于特定的思想内涵，莱蒙托夫的《当代英雄》中，同样隐含着作者所期望出现的能够正确理解其意义的特定读者。

第二节　文学接受的发展

文学接受的发展是指文学作品的具体阅读阶段。在这个过程中，读者以自己的期待视野为基础，对作品中的文本符号进行着富于个性色彩的解读与填空、交流与对话。这是文学作品由"第一文本"转化为"第二文本"并由现实的读者实现文学接受的过程。

一、填空、对话与兴味

接受美学认为，文学作品完成之后，在没有和读者发生关系之前，还不能算是真正的作品，而只能被称为"第一文本"。经由读者阅读之后，文学作品才能摆脱孤立的"自在"存在状态，成为"自为"的存在，即作为审美对象的"第二文本"而存在。由此可见，"第二文本"是在"第一文本"的基础上，经由读者再创造的结果。

波兰现象学美学家罗曼·英伽登指出，在文学作品的诸层次结构中，语言现象中的语词—声音关系是固定的，词、句、段各级语音单位的意义及组合也是不变的，而再现的客体层和图式化层等方面，则带有虚构的纯粹意向性特征，本身是模糊的、难以明晰界说的。至于思想观念及其他形而上的蕴涵，更是混沌朦胧的。英伽登把再现客体没有被文本特别确定的方面或成分称为"不定点"（places of indeterminacy），并认为阅读的过程就是读者凭借自己的经验去"填补不定点"的过程。① 正是在此基础上，德国接受美学理论家伊瑟尔进而指出，文学文本只是一个不确定性的"召唤结构"，那里面包含着某些"空白"，只有读者才能填充这些"空白"。这样，读者就被文本的结构召唤，并在其可能的范围内充分发挥出再创造的才能。与之相近，德国阐释学理论家伽达默尔也早已指出，艺术存在于读者与文本的"对话"之中，作品的文本意义与作者本人的意图之间往往没什么必然关联，而是在读者与文本的"对话"中生成的。文本是一种吁请、呼唤，它渴求被理解；而读者则积极地应答，理解文本提出的问题，这就构成了"对话"。伽达默尔还指出，文学作品的意义并非取决于一次对话，而是取决于无限的对话。因为文本属于无限绵延

---

① 参见［波］罗曼·英伽登《对文学的艺术作品的认识》，陈燕谷、晓未译，中国文联出版公司1988年版，第12、52页。

着的历史，历史不断，对话便永在绵延之中。因此，文学作品的意义往往是多重的，不确定的，变动不居的。一段文本或一件艺术作品的意义的发现永远没有止境，是一个与历史本身相同的无限过程。所以，伽达默尔强调艺术作品是"开放"的、流动的，随着不同读者的参与对话，同一文本必会生出无数不同的"第二文本"。

中国古代文论中强调的"兴味"，实际也已包含着与英伽登的"填补不定点"、伊瑟尔的"召唤结构"、伽达默尔的"对话"相近的见解。孔子"诗可以兴"的见解，按宋人朱熹的解释，即为"感发志意"，也就是说，读诗可以激发人们丰富的想象和联想，并通过想象和联想，感悟体味诗中的意蕴。南北朝时的钟嵘在《诗品序》中进而提出了"滋味说"。钟嵘"滋味说"的具体见解是：当时已兴盛的五言诗，之所以最有滋味，是因指事造形，穷情写物，最为详切。因此，要写出好诗，要重视赋、比、兴方法的运用，只有"宏斯三义，酌而用之，干之以风力，润之以丹彩"，才能"使味之者无极，闻之者动心"。唐人司空图亦从阅读欣赏的角度指出，诗的高妙境界在于其"象外之象""景外之景""韵外之致""味外之旨"，也就是说，在优秀的文学作品中，读者借助自己的想象和体味，可以在有限的文字中得到无限丰富的意蕴和旨趣。中国古代文论中诸如此类的"兴味"之说，与西方现代文论中的"填补不定点""召唤结构""对话"等见解，显然有着相通之处。

实际上，不论英伽登的"填补不定点"说、伊瑟尔的"召唤结构"说，还是伽达默尔的"对话"说，以及中国古代的"兴味"观，所揭示的都是文学作品阅读接受过程中的再创造特征，所指明的正是文学作品构成审美价值的固有方式和特征。从文学作品本身而言，造成这种方式和特征的根本原因是：第一，与其他艺术门类相比，读者看到的文学作品只是抽象性文字符号的系列组合，而不是可以直接构成审美对象的物质形态的形体、色彩、线条之类。文学文本中的文字符号，只有经由读者的理解、想象、体验，才能还原为可以构成审美对象的形象，而这种"还原"过程必会伴随读者的再创造成分。第二，与其他科学著作相比，文学作品主要使用的是描述性语言，有着明显的模糊性和不确定性，不可能像科学著作那样准确、严密和清晰。因此，文学作品的接受，只有伴随着读者在文字符号基础上展开的想象才能进行。"满园春色关不住，一枝红杏出墙来。"（叶绍翁《游园不值》）这句诗看起来虽是形象可感的，但实际上却隐含着文字符号难以尽述的无数"空白"：园中究竟是怎样的春色？枝头盛开着多少杏花？花儿开到怎样的程度？园墙用什么建成？有着怎样的高度？诗句中包含着作者什么样的思想感情？有着怎样的审美意义？……所有这些，都必须经由读者自己去"填空"，去"对话"，去"兴味"。

二、还原与异变

一部文学作品完成之后，作家的精神创造和情感体验便凝定于某一文本。读者阅读文学作品的过程，本应是一个在特定语词序列的导引下，还原作家心目中的形象、情感体验和思想见解的过程。但实际上，由于"填空""对话""兴味"的介入，阅读过程中的彻底还原又是不可能的。经由读者阅读产生的"第二文本"中，虽然包含着被"还原"的客体内容，但同时又充满着读者个人的再创造，因此，与"第一文本"相比，"第二文本"必然是千差万别的异变产物。文学接受过程中的异变，包括以下三个方面。

首先是作品形象的异变。在文学阅读活动中，当读者根据特定文本"还原"人物或其他有关形象时，总要把自己熟悉的人物或事物，附着到作品中的形象上；总要根据自己的思想观点和兴趣爱好，对文本潜含的形象进行个人情感色彩的加工。鲁迅说："我们看《红楼梦》，从文字上推见了林黛玉这一个人，但须排除了梅博士的'黛玉葬花'照相的先入之见，另外想一个，那么，恐怕会想到剪头发，穿印度绸衫，清瘦，寂寞的摩登女郎；或者别的什么模样，我不能断定。但试去和三四十年前出版的《红楼梦图咏》之类里面的画像比一比罢，一定是截然两样的，那上面所画的，是那时的读者的心目中的林黛玉。"① 这正是文学阅读过程中形象异变的特征。

其次是情感的异变。在某一特定文本中，作家融进的情感虽是确定的，但在具有不同心理状态、人生经历与文化教养的读者那儿，却会唤起不同程度或不同性质的情感体验。对于一位生活充实畅顺、富于豪情壮志和乐观主义精神的读者来说，即使阅读李清照"寻寻觅觅，冷冷清清，凄凄惨惨戚戚"之类的辞章时，恐也不一定会像作者那样沉入一种苦闷至极、忧郁难遣的情感境界。一个没有亲历过失恋痛苦的人，即使阅读《少年维特之烦恼》，其痛苦的体验也肯定要比歌德本人淡漠得多。在《水浒传》中，作者出于封建的"忠君"意识，对宋江接受招安表现出一种欣悦之情，对方腊率领的另一支农民起义军表现出痛恨之意，而在今天的读者看来，得到的往往是另外一种截然相反的情感体验。即使同一个读者面对同一部作品，在不同的时空条件下，也会产生不同的情感体验。一位不谙世事的少年，在初读《红楼梦》时，对贾宝玉、林黛玉等人一起游戏玩乐的情景会更感兴趣；待至青春时代，尤其在经历了男女情场的体验之后，贾宝玉、林黛玉及薛宝钗之间的爱情纠葛会更易引起激动；及至老年，在饱经了人生的失意与忧患之后，对其家世兴衰、世态炎

---

① 鲁迅：《看书琐记》，《鲁迅全集》第5卷，人民文学出版社2005年版，第560页。

凉、人生莫测等描写会更易引起共鸣。也许正是缘此，英伽登曾经这样断言：每一次新的阅读都会产生一部全新的作品。

最后是思想观念的异变。作家在创作过程中，总要赋予作品一定的思想内涵。然而读者在阅读过程中，对作品内涵的把握却并非一定与作者的本义相合。美国作家麦尔维尔的长篇小说《白鲸》，写一只名叫莫比·迪克的白鲸，因为咬断了捕鲸船长亚哈的一条腿，亚哈便冒着船毁人亡的危险，发誓要复仇。大副斯达巴克多次予以规劝，亚哈不仅不听，还要枪毙斯达巴克。结果捕鲸船遭到鲸鱼袭击，亚哈毙命。斯达巴克前来救援时，他的船也被狂怒的鲸鱼撞破下沉。显然，作品表现的是人与自然的对立以及人走向自我毁灭的悲剧命运。但国外有的批评家则从弗洛伊德的精神分析理论出发，这样阐释了作品的思想内涵：作品中渴望复仇的亚哈，是不可遏制的"本我"的象征；力劝亚哈的斯达巴克是"自我"理性精神的象征，凶猛的鲸鱼则是作家个人所具有的"超我"社会理性精神的象征。从整体上说，小说主要反映了"本我""自我"与"超我"三者之间激烈的矛盾斗争，以及"本我"无节制的冲动所造成的可怕后果。

文学接受过程中的这种异变，除了由于文学语言本身不确定性而导致的"空白"之外，便主要是由读者不同的个性化的期待视野所致。突出表现在以下几个方面：

第一，某些政治观念会导致异变。我国《诗经》中的《关雎》，本不过是一首表现男女之恋的情歌，但在从维护封建道德出发的经学家那儿，却被认定是对"后妃之德"的赞美。唐代诗人白居易《赋得古原草送别》中的"野火烧不尽，春风吹又生"，本来主要是用自然景物来指称人事变化，表达送别友人时的祝愿之情。但在后世许多读者那儿，则常常从某种期待视野出发，从中读出了新生力量不可战胜、希望终将战胜失望、光明必将战胜黑暗之类的意蕴。

第二，某些预定文化观念会导致异变。关于麦尔维尔的《白鲸》，有的批评家之所以会从中看出"本我""自我"与"超我"三者之间的激烈矛盾斗争，便正因批评家是从弗洛伊德的精神分析学说出发进行阅读的结果。

第三，文化视野会导致异变。不了解春秋战国时代楚国迫近危亡的历史背景，不了解屈原因关心祖国命运而遭谗诋的读者，在接触《离骚》时，可能会在神话的天地里展开想象，而很难由香草幽花联想到诗人高洁的人格，由美人联想到楚国的君主，由众女联想到奸邪小人。

第四，个人经验会导致异变。宋代词人辛弃疾《青玉案·元夕》中的："众里寻他千百度，蓦然回首，那人却在灯火阑珊处。"原是写在一个火树银花的元宵之夜，一位青年男子追寻一个幽独的美人的情景，清代学者王国维则由此而联想到了治学或艺术创作的经验，将其视为"古今之成大事业、大学问者"必须经历的三种境界之一。这种异变，还突出表现在人们对某些作品的复读过程中。有的读者，往往对童年时代最早接触的某一文学作品毕生保持着兴趣，每次复读，总会感到一种超出其他优秀作品的欣悦，即使最早接触的是一部平庸之作。这是因为，在复读过程中，除了文本唤起的想象之外，某些关于童年生活的附带联想，也悄然融入了阅读想象之中。比如，当年阅读某作品时，窗外雪飘、油灯如豆、祖母陪伴在旁的温馨环境；或者曾经模仿过该作品中人物的言行，与童年的伙伴做过相关的游戏，等等。所有这些，随着岁月的流逝，虽日趋淡漠，但却以"潜意识"的经验形态，积淀于期待视野，一旦复读，这些童年时代的印记便会在作品的诱引下，不由自主地涌现出来，与作品文本唤起的想象融为一体，从而异变了原有文本的想象空间。

　　第五，文学欣赏能力会导致异变。唐代诗人杜牧《赤壁》诗云："折戟沉沙铁未销，自将磨洗认前朝。东风不与周郎便，铜雀春深锁二乔。"本意是说，周瑜当年打胜仗是侥幸成功，假若东风不给他帮忙，火攻就不会实现，就会败于曹操，那不仅会国破家亡，恐怕连二乔也保不住。宋人许颢曾这样讥讽杜牧："社稷存亡，生灵涂炭却不问，只恐捉了二乔，可见措大不识好恶。"①杜甫有一首诗《古柏行》，写诸葛亮庙里的古柏："霜皮溜雨四十围，黛色参天二千尺。"本来是以文学常用的夸张手法极写古柏之高大，宋人沈括却在《梦溪笔谈》中这样责怪道：四十围是径七尺，高二千尺，"无乃太细长乎"。林逋的名篇《山园小梅》写道："众芳摇落独暄妍，占尽风情向小园。"本意是写冬梅给人的春花一般的和暖而美艳的感觉，清人纪昀却认为违背了气候条件的真实，所写"不似梅"②。许颢、沈括、纪昀等人虽都是著名学者，但他们的上述言论，过于拘泥于生活真实而忘掉了艺术真实，违背了艺术欣赏的规律与特点，从而导致了对作品的不正确的评价。

　　这里应该注意的是：不论人们的期待视野有着怎样的差异，不论文本有着怎样的"空白"，由于特定文字系列组合的限制，这种异变又是有着相应阈限的。即在正常情况下，不论如何异变，总会含有"第一文本"潜在意义的某些因素，而不会全然无中生有。比如，尽管"一千个读者会有一千个哈姆

---

　　① （宋）许颢：《许彦周诗话》，中华书局 1985 年版，第 14 页。
　　② 参见（元）方回《瀛奎律髓》，（清）纪昀刊误，诸伟奇、胡益民点校，黄山书社 1994 年版，第 463 页。

雷特"，但读者所了解到的毕竟还是哈姆雷特，而不会是别的什么人。也正因如此，文学接受虽有明显的个人差异性，同时又存在着广泛的社会共通性。

三、理解与误解

文学接受的过程也是读者对某一作品阅读理解的过程。其中，既包括对作品某一人物形象、艺术技巧、语言结构的认识，也包括对作品整体价值的把握与探寻。在这种认识、把握与探寻过程中，由于期待视野的存在，读者之于作品，必然会有一种先入为主的成分，此即阐释学理论所指出的"前理解"。这种"前理解"与作者的创作动机、作品的意蕴以及作品的艺术价值之间构成的"对话"关系是复杂的，既可能彼此一致，也可能相悖。对于前者，可称之为"正解"，后者可称之为"误解"。比如鲁迅的《阿Q正传》，作者的创作本意是要通过阿Q形象的塑造，画出麻木沉默的国民的灵魂，以期引起疗救者的注意。后来的许多读者，正是这样来理解作品意蕴的，此即为"正解"。但也曾另有一些读者，他们怀疑作者是在借阿Q影射自己或另外的某个人，在泄私愤，以至于鲁迅曾经这样慨叹："我只能悲愤，自恨不能使人看得我不至于如此下劣。"① 这种情况，即是"误解"。在具体阅读现象中，误解又可分为如下"正误"与"反误"两种情况。

正误，是指读者的理解虽与作者的创作本意有所抵牾，但作品本身却客观上显示了读者理解的内涵，从而使得这种"误解"看上去又切合作品实际，令人信服。比如从《红楼梦》中，读者的确可以感到揭示了封建社会走向崩溃没落的趋势，但在曹雪芹的创作意图中却未必有这种认识。另如赵树理在《小二黑结婚》中，对于那位徐娘半老犹风流的三仙姑，本是持讥讽否定态度的，但在一些当代读者看来，则会认为这个人物身上体现了值得肯定的反封建的个性解放精神。这虽与作者初衷相悖，但从现代进步的文化视角来看，这种"误解"又是有道理的。由此可见，文学接受过程中的这种"误解"是正常的，正如我国古代文论中早已认识到的："无寄托则指事类情，仁者见仁，智者见智。"② "作者之用心未必然，而读者之用心何必不然。"③ 在文学阅读活动中，这种"正误"现象是非常普遍的，对于文学作品价值的实现也是有重

---

① 鲁迅：《〈阿Q正传〉的成因》，《鲁迅全集》第3卷，人民文学出版社2005年版，第397页。

② （清）周济：《介存斋论词杂著》，见顾学颉校点《介存斋论词杂著·复堂词话·蒿庵论词》，人民文学出版社1959年版，第4页。

③ （清）谭献：《复堂词录序》，见顾学颉校点《介存斋论词杂著·复堂词话·蒿庵论词》，人民文学出版社1959年版，第19页。

要意义的。古今中外，许多文学作品之于人类社会的意义，便正是通过这样一种"误解"而实现的。

反误，是指读者自觉不自觉地对文学作品进行的穿凿附会的认知与评价，包括对作品非艺术视角的歪曲等。《汉书·王莽传赞》中写道："紫色蛙声，余分闰位。"意思是说，王莽的政权像紫色蛙声和闰位，意即伪政权。因为古以赤为正色，紫非正色；蛙声被比做靡靡之音，即非正音；阴历每年多余的日子积成闰月，即非正式的月。古代有人却荒唐地将其解释为：王莽的皮肤是紫的，声音像蛙鸣。① 唐人韦应物"独怜幽草涧边生，上有黄鹂深树鸣"（《滁州西涧》）的诗句，本意是抒发对优美自然风光的赞叹之情，元人赵章泉却不顾全诗的整体结构，将其说成是"君子在下小人在上之象"②。诸如此类穿凿附会的误解，显然是脱离作品实际的。这类"反误"不仅有害于文学阅读，在特定背景条件下，甚至会酿成人间惨剧。清人徐骏的诗句"明月有情还顾我，清风无意不留人"，胡中藻的诗句"一把心胸论清浊"，只因有一个"清"字，便被诬为反清，招致杀身之祸。反误的另一种情况是对文学作品的非艺术视角的曲解。明代学者杨慎曾指责杜牧的《江南春》："千里莺啼，谁人听得？千里绿映红，谁人见得？若作十里，则莺啼绿红之景，村郭、楼台、僧寺、酒旗皆在其中矣。"③ 即属此类情况。与不失为一种值得肯定的有效阅读方式的"正误"相比，"反误"显然只能导致对文学艺术的损伤乃至粗暴践踏。

四、期待遇挫与艺术魅力

在文学阅读过程中，读者的期待视野与文本之间，常常呈现出顺向相应与逆向受挫两种情况。

当一部作品中的人物性格、情节发展、意境指向等，与读者期待视野中的预先测定完全一致时，即是顺向相应。表现在小说阅读中，那就是，当人物一出场，就会判定其性格趋向；当情节一开端，就能猜到结局。比如有一个时期，在我国文坛上有过这样一类作品：只要作品中出现一个贼头贼脑、尖嘴猴腮的人物，人们大致会料到这必是个阶级敌人，以下会有投毒、放火、盗窃之类的破坏活动，最后则必然会被心明眼亮的人民群众发现，让其受到无产阶级专政的制裁。许多作品，往往确乎不出所料。表现在诗歌阅读中，那就是，有

---

① 参见周振甫《诗词例话》，中国青年出版社 1979 年版，第 59 页。
② 参见周振甫《诗词例话》，中国青年出版社 1979 年版，第 44～45 页。
③ （明）杨慎：《唐诗绝句误字》，见《升庵诗话》卷五，上海古籍出版社 1981 年版，第 165 页。

许多作品，往往只看见题目，就可以大致不差地判定诗中的意境、立意之类。比如看到"贝壳"这个题目，一般读者都会想到贝壳所经受的海浪磨炼，贝壳对大海的依恋之类。有许多题为《贝壳》的诗，所表现的往往正是类似的立意。看到"马嵬坡"这个题目，读者极易猜到诗人可能要借助杨贵妃的悲剧，讥讽封建权贵，实际内容也往往如此。在这样的阅读过程中，由于文本所提供的想象空间没有超出读者的期待视野，因此，这样的作品，必会被视为平庸陈旧、缺乏艺术魅力。在这样的阅读过程中，读者固然会得到一种先见之明的满足，欣赏过程也十分轻松，却会因期待指向的畅通无阻而感到兴味索然，会因文本经验的平常而窃笑作者的低能。

与之相反，那些真正富于创新意义与艺术魅力的作品，在阅读过程中，常常会伴随着期待指向的受挫。以小说而论，凡古今中外的优秀之作，无论是人物性格的发展，还是情节的变化、主题的呈现，常常出人意料地造成期待遇挫。如在阅读雨果的《悲惨世界》时，大概很少有读者能料到窃贼冉·阿让后来会成为能够消灭失业和贫困，兴办了各种慈善事业，政绩卓著，深受人民爱戴的蒙特漪市市长；也很少有人会想到那名统治阶级的鹰犬、一直在追踪冉·阿让的警官沙威会良心发现，私放了冉·阿让，然后自己投河自杀。在阅读这样的优秀作品时，一方面，由于作品中总会贯穿着某些共通的生活逻辑，读者会不时体验到顺向相应的轻松，另一方面，这种想象惯性又时常难以为继，受阻遇挫，从而诱使读者进入一个超越于自己期待视野的新奇的艺术空间之中。在这样的阅读活动中，读者可能会因期待指向的暂时受遇而不适，但很快又会为豁然开朗的艺术境界而振奋，会因扩充和丰富了期待视野而欣悦。"山重水复疑无路，柳暗花明又一村"，读者就是在这样一种遇挫与开释交替出现的精神活动中，体验到文学作品的艺术魅力。

有时候，由于文本的内涵完全超出了读者的期待视野，令人难以介入其间，这种情况，我们可以称之为期待指向的"完全遇挫"。比如某些过于晦涩、令人难以捉摸的"先锋诗"，某些过于随意、无迹可循的"意识流"小说等，常常会导致这种结果。这类令人"完全遇挫"的作品，有的尽管有着很高的创新价值，但因阻绝了读者的介入，其价值往往又难以实现。

实际上，真正赢得大多数读者喜爱的作品，往往既有顺向相应又有逆向受挫。一方面，文本不时唤起读者期待视野中的预定积累，同时又在不断设法打破读者的期待惯性，以出其不意的人物、情节或意境牵动读者的想象。在这样的阅读过程中，读者既会因旧有经验的重温而快适，又会因期待视野得以丰富补充而欣慰。一部作品艺术成就的高低，显然与这样一种对读者期待视野的丰富补充的程度，也就是超越读者期待视野的程度有关。

第三节　文学接受的高潮

　　在文学接受活动中，读者与作者或作品中的人物之间，会产生思想与情感的共鸣；读者会借助于文本符号的导引，进入一个自由广阔的想象空间，使情感得以净化；会通过对文本的感悟与理解，进入一种诗情幻化的哲学境界，领悟到人生的真谛和宇宙的奥妙，从而得到自我的超越和人格的提升。这便是文学接受的高潮阶段。

一、共鸣

　　共鸣，是文学接受进入高潮阶段的重要标志，指的是：在阅读文学作品时，读者为作品中的思想情感、理想愿望及人物的命运遭际所打动，从而形成的一种强烈的心灵感应状态。

　　文学接受活动中"共鸣"现象的产生，主要有两个原因，一是作品本身具有深刻丰富的思想感情和强烈的艺术感染力。但仅仅如此还不够，这样的作品可能引起读者属于情感评价性质的喜爱，或属于理性判断性质的理解，还不一定能够使读者产生全身心震动的思想情感的共鸣。共鸣的产生还要有第二个条件，这就是读者的期待视野中必须含有与作品相同或相似的思想见解与情感体验。具体说来，就接受主体而言，共鸣的产生，主要有以下三方面原因。

　　首先，由于读者期待视野中的思想观念与作者或作品中人物的思想观念相通而产生共鸣。马克思在谈到黄金作为货币的本质时，曾在《资本论》《1844年经济学哲学手稿》《德意志意识形态》等著作中，多次引用、赞许过莎士比亚在《雅典的泰门》一剧中抒发的感慨："金子，只要有一点儿，就可以使黑变成白，丑变成美，错变成对，卑贱变成高贵，懦夫变成勇士，老朽的变成朝气蓬勃！啊！这个闪闪发光的骗子手……"马克思认为莎士比亚的见解是中肯的，比那些满口理论的小资产者知道得更清楚。在黄金作为货币的本质问题上，马克思与莎士比亚的见解是相通的，马克思在阅读莎士比亚作品时所产生的深刻共鸣，正是由此而生。唐代诗人杜甫的"朱门酒肉臭，路有冻死骨"，曾引起了历代无数读者的共鸣，就是因为诗句反映了人民大众的心声，深刻地揭露了封建剥削制度的腐朽和黑暗。

　　其次，由于读者期待视野中的情感经验与作者或作品中人物情感经验的相同或相似而产生共鸣。《红楼梦》第二十三回《牡丹亭艳曲警芳心》中写道：当黛玉听到《牡丹亭》中的戏文："原来姹紫嫣红开遍，似这般，都付与断井颓垣"，"良辰美景奈何天，赏心乐事谁家院"时，心痛神痴，潸然泪下，产生了深深的共鸣。这正是因为黛玉与杜丽娘之间有着相同的情感体验之故。有时候，这种缘于情感体验相同而导致的共鸣，会达到一种难以自拔的强烈程度。歌德的《少年维特之烦恼》问世之后，有不少读者如痴如狂，便是因其有着与维特相同或相似的失恋体验。

最后，读者期待视野中的意志愿望与作者或作品中人物意志愿望相近，也会使读者产生共鸣。据《世说新语·豪爽篇》记载："王处仲每酒后，辄咏'老骥伏枥，志在千里。烈士暮年，壮心不已'。以如意打唾壶，壶边尽缺。"显然，这位王处仲由曹操《龟虽寿》所引发的强烈共鸣，主要是因其有着与作者相一致的壮志雄心之故。对于有些作品，读者尽管没有与之相同或相似的情感经验，但照样可以产生深深的共鸣。比如现代的年轻读者虽然没有经历过战争，但读着田间的诗："假使我们不去打仗，/敌人用刺刀/杀死了我们，/还要用手指着我们骨头说：/'看，这是奴隶！'"仍会热血沸腾，灵魂震动。因为读者和作者，尽管处于不同的时代，有着不同的经历，但在追求民族独立，保家卫国的愿望方面，是完全一致的。

此外，读者期待视野形成的特定历史处境如果与一定作品所反映的历史状况有某种相通相类之处，也会引起强烈的共鸣。例如抗战时期，我国人民面临生死存亡的处境，在读者的期待视野中，自然包含了对民族精神、民族气节、民族英雄等方面的心理渴求，于是，像"岳飞戏""文天祥戏""夏完淳戏"等就特别易于引起人们的强烈共鸣。由此也可见出：共鸣的产生与一定的社会环境是密切相关的。

文学接受活动中的共鸣，是文学作品自身价值实现的重要途径，也就是说，文学作品只有通过引起众多读者的共鸣，才能真正发挥审美、认识、教育等作用。与之相关，文学接受活动中的共鸣，也是判定一部作品价值高低的重要尺度。一般说来，一部作品引起读者共鸣的程度越强烈，范围越广大，其价值往往也就越高。但因共鸣的产生取决于读者期待视野与作品内涵的关系，这便又决定了共鸣作为作品价值标志的复杂性。有些"阳春白雪"之作，由于受制于读者的期待视野，有可能导致"曲高和寡"。也有一些作品，思想艺术层次不高，但因在某些方面契合了读者的期待视野，也可能在一定的读者范围内引起共鸣。

二、净化

净化是文学作品审美价值得以实现的另一重要标志，是文学接受进入高潮的又一表现。"净化"一词，最早见于亚里士多德的《政治学》。亚里士多德在论述音乐的作用时指出："某些人特别容易受某种情绪的影响，他们也可以在不同程度上受到音乐的激动，受到净化，因而心里感到一种轻松舒畅的快感。因此，具有净化作用的歌曲可以产生一种无害的快感。"① 在《诗学》中，亚里士多德还进一步指出：悲剧"激起哀怜和恐惧，从而导致这些情绪的净化"。我们认为，文学的净化就是指读者在阅读文学作品时，继共鸣之后而不由自主地达到的调节精神、排遣情绪、去除杂念和提升人格的状态。概括地说，所谓净化，就是读者通过阅读作品而达到的一种"杂念去除，趋向崇高"的自我教育效果。文学接受过程中的净化作用主要表现在以下两个方面。

其一，读者可以进入某种虚幻的艺术境界，而暂时忘却世俗的困扰和人生的烦恼，以维持心灵的平衡。恩格斯在论述德国"民间故事书"的作用时曾这样指出："它的使命是把工匠的作坊和可怜的徒工的简陋阁楼变幻成诗的世界和金碧辉煌的宫殿。"② 中国春秋时代的思想家管子认为："止怒莫若诗，去忧莫若乐。"③ 说的也是文学接受过程中的这种净化作用。这些见解表明，在文学接受过程中，文学具有使读者得到情感净化、维持心理平衡的效果。

其二，由于作品中某种情感力量的震撼，可使读者的某种情绪得以宣泄，使畸变的心态得以矫正，使扭曲的人格变得纯正。郭沫若在《文艺之社会的使命》一文中举过这样一个例子："日本古时候有一个妙年的尼姑，名叫慈门。有一次群盗掩入，缚之柱上，抢劫财物。慈门不能反抗，很超然地唱出一首和歌：'编织就的篱栅/本来是难波地方的芦苇，/逾过来也是当然的道理呀，/夜里的白波。''白波'在日本文又有强盗之意。这首和歌的表面虽是指波浪逾过芦草，真意是说：庵中所有的东西都是从外面取来的，强盗来拿去也是当然的道理。"结果群盗们不仅没有抢劫财物，反而把慈门从柱上解下来，主动散去。郭沫若说："这完全是因慈门超然的情感引起强盗们超然的情感。"④ 法国启蒙运动时期的思想家狄德罗（Denis Diderot，1713—1784）在谈论戏剧艺术时指出："只有在戏院的池座里，好人和坏人的眼泪才融会在一

---

① ［古希腊］亚里士多德：《政治学》第 8 卷，朱光潜译，见伍蠡甫主编《西方文论选》上卷，上海译文出版社 1979 年版，第 96 页。

② 恩格斯：《德国的民间故事书》，《马克思恩格斯全集》第 41 卷，人民出版社 1982 年版，第 14 页。

③ （春秋）管仲：《管子·内业》，见黎翔凤撰、梁运华整理《管子校注》，中华书局 2004 年版，第 947 页。

④ 郭沫若：《文艺之社会的使命》，《沫若文集》第 10 卷，人民文学出版社 1959 年版，第 85～86 页。

起。在这里，坏人会对自己可能犯过的恶行感到不安，会对自己曾给别人造成的痛苦产生同情，会对一个正是具有他那种品性的人表示气愤。当我们有所感的时候，不管我们愿意不愿意，这个感触总是会铭刻在我们心头的；那个坏人走出包厢，已经比较不那么倾向于作恶了，这比被一个严厉而生硬的说教者痛斥一顿要有效得多。"① 我国唐代诗人白居易在《读张籍古乐府诗》中曾这样写道："读君《学仙》诗，可讽放佚君；读君《董公》诗，可诲贪暴臣；读君《商女》诗，可感悍妇仁；读君《勤务》诗，可劝薄妇敦。"② 显然，在这些论述中，揭示的亦是文学接受活动所具有的净化作用。

从内在关联来看，文学接受活动中的净化，实质上是共鸣的进一步发展，是读者为作品中的情感打动之后，所实现的一种人格提升。这种人格提升，说到底，正是文学作品发挥审美教育作用的独特方式。即既不是以理服人的说教，也不是直截了当的劝谕，而是凭依情感的沟通或震撼，激发人的心灵中潜在的向往真善美和追求自由的天性，以令其挣脱物欲或私利的束缚，不由自主地进入一种超凡脱俗、高尚纯洁之境。这种经由净化而实现人格提升的方式，也就是人们寻常所说的审美教育的特征。

三、领悟

领悟，是指读者在阅读文学作品时，继共鸣和净化之后而进入的一个更高阶段，具体包括潜思默想、体悟人生真谛、提升精神境界等状况与过程。与共鸣和净化相比，领悟有如下两大特征。

第一，基于理解的体味。共鸣是建立在读者与作者或作品中人物的思想情感沟通的基础上的，净化则主要是作品中的强烈情感震撼并感染了读者心灵的结果，而领悟则必须以读者对作品内涵的主动思索和深刻理解为前提。读着朱自清的《荷塘月色》，我们首先会为作者向往"自由独处"，赞美"荷塘月色"的情感所深深打动，这便是共鸣。同时会陶醉于作者所描绘的明澈幽静的荷塘月色之中，得到一种超凡脱俗、心灵解放的快慰，这是净化。继而，联系特定的时代背景，经过思索，读者会进一步体味到：在"出污泥而不染的荷花"和"高寒孤洁的明月"中，寄寓着作者不甘与黑暗现实同流合污的思想感情，表明了一位正直的中国知识分子的人生态度。这种基于思索理解的体味，便是领悟。

① ［法］狄德罗：《论戏剧诗》，徐继曾、陆达成译，见《狄德罗美学论文选》，人民文学出版社1984年版，第137页。

② （唐）白居易：《读张籍古乐府诗》，见王汝弼选注《白居易选集》，上海古籍出版社1980年版，第144页。

第二，基于体味获取人生教益。共鸣常常只是建立在读者对作者或作品中人物思想情感一般认同的基础上，净化主要表现为读者精神的舒畅和心灵的矫正，往往不能直接产生新的人生指向，不能有效地丰富和扩充读者的期待视野。领悟则不同了，由于领悟以思索和理解为前提，其结果，必会有效地丰富和扩充读者的期待视野，使读者主动生发出一种积极的人生向往。读罢刘禹锡的诗句"晴空一鹤排云上，便引诗情到碧霄"（《秋词》），会使我们体味到诗人虽处逆境却不悲观消沉，依然乐观旷达的精神，从而增强我们搏击人生的勇气和信心。读了苏东坡的《题西林壁》："横看成岭侧成峰，远近高低各不同。不识庐山真面目，只缘身在此山中。"会使我们体味到：要从不同的角度全面地观察事物，研究问题。读罢歌德的《浮士德》，会使我们体味到：只有不懈地开拓生活，才能不断地享受生活，从而激起我们自强不息的奋斗精神。这种体味，这种伴随着体味而得到的人生教益，便是文学接受活动中的领悟。

由此可见，领悟是文学接受活动的最高境界。所以，从文学史上看，那些饱含诗情又深蕴哲理，能够诱人进入领悟之境的作品，往往是最具艺术魅力的优秀之作。那些在诗意盎然的作品中充分凝铸进哲理意蕴的作家，也往往会被人们视为伟大的作家。也许正是从这个意义上，英国著名湖畔诗人柯勒律治（Samuel Taylor Coleridge，1772—1834）断言："一个人，如果同时不是一个深沉的哲学家，他决不会是个伟大的诗人。"[①]

当然，在具体的文学接受活动中，有时候，共鸣、净化与领悟又是很难截然分开的。尤其是那些伟大的作品，给予读者的，往往是浑厚深刻、难以尽言、百感交集的复杂感受。

四、余味

在文学接受活动中，当我们读完一部小说，或一首诗歌之后，其作品中的人物、场景还会萦绕脑际，其思想情感仍会波动于心间，其情趣、意境会引起我们再三回想，甚至会在相当长的时间内，或显或隐地影响着我们的道德情操、言谈举止和审美追求，这种情况，体现的即是文学接受过程中的余味现象。实际上，所谓余味，就是文学接受进入高潮阶段之后的一种心理延续和留存状况，是指文学作品在造成读者的共鸣、净化和领悟之后，其相关情感意绪仍在继续对读者产生影响的特征。

---

① ［英］柯勒律治：《文学传记》，林同济译，见伍蠡甫主编《西方文论选》下卷，上海译文出版社1979年版，第35页。

把"味""余味"等与审美接受相提并论，在古人那里已多有述及。孔子当年游齐，闻《韶》乐竟然"三月不知肉味"，赞叹"不图为乐之至于斯也！"① 这里，孔子把"肉味"同由于欣赏音乐而得的快乐感受联系到一起，并以自己的切身体验证明：与给人生理快感的"肉味"相比，艺术作品给人的审美体味，要更为令人心醉神迷，其"余味"，也更为悠长久远。在我国文论史上，大量引入"味"之概念，始于魏晋而兴于齐梁时期。比如，刘勰在《文心雕龙》中就大量使用"味"来说明文学的美。计有"余味"（《宗经》《隐秀》）、"可味"（《明诗》）、"遗味"（《史传》）、"道味""辞味"（《附会》）、"义味"（《总术》）、"滋味"（《声律》）等说法。而在刘勰之后，钟嵘则进一步突出了"味"在文学中的地位。他认为"使味之者无极，闻之者动心"是"诗之至"。其后，"味"便成为中国古代文论与美学中的一个重要概念。

关于"余味"，刘勰在《文心雕龙》中的论述有两处。在《隐秀》篇中，他认为"深文隐蔚，余味曲包"，意谓深刻的文辞含蓄而多彩，包含着意在言外的余味。这里是从作品的角度使用"余味"的。而在《宗经》篇中，他又指出："至根柢槃深，枝叶峻茂，辞约而旨丰，事近而喻远。是以往者虽旧，余味日新。"意谓经书中的文章"根柢"盘结深固，枝高叶茂，语言简练而意义丰富，叙事浅近而寓意深远。因此这些以前的文章虽然是旧的，可是体会它的无穷意味却一天天有新的启发。这里所说的虽然是读经，但显然已在接受的维度上使用"余味"这一概念了。

文学接受活动同样存在着这种情况。梁启超在《论小说与群治之关系》中指出："人之读一小说也，往往既终卷后，数日或数旬而终不能释然。读《红楼》竟者，必有余恋、有余悲；读《水浒》竟者，必有余快、有余怒。"② 梁启超这里所说的"余恋""余悲""余快""余怒"，亦可统称为"余味"。许多时候，阅读接受过程中这种余情、余绪、余思，甚至会达到令人如醉如痴、迷狂忘我的程度。高尔基曾经说过，当他读了福楼拜的《一颗纯朴的心》之后，完全被小说迷住了，感到作品里隐藏着一种不可思议的魔术，久久不忍放下书本，竟有好几次，像野人似的，机械地把书页对着光亮反复细看，仿佛想从字里行间找到猜透魔术的方法。法国作家让·凯罗尔在狱中读完《红与黑》之后，获得的是如下感受："我真想像于连似的死去。我浸沉在痛苦的孤独之中，把自己和这个主人公完全合二而一了。他使我激动不安，扰乱了我这

---

① （春秋）孔子：《论语·述而》，见张燕婴译注《论语》，中华书局2006年版，第91页。

② 参见郭绍虞主编：《中国历代文论选》第4册，上海古籍出版社2001年版，第208页。

狭小囚室中的卑微生活；我听见他的脚步声就在走廊尽头，我同他一起去淋浴。书获得了新的意义；我仿佛觉得，我读的是一篇对我本人的批判。……作者硬把我拉进他的故事，于是故事便成了我的。司汤达几乎就是我坐牢的原因。"[①] 由此均可以看出，文学接受中的"余味"效果。

阅读实践表明，余味不仅体现为读者对作品的含英咀华及一时思想情感的变化，还体现在作品对读者审美趣味、精神气质以及人格规范的潜移默化的久远影响。鲁迅正因其特别倾心于 19 世纪末俄国作家安特莱夫的作品，所以在《药》的结尾出现了"安特莱夫式的阴冷"。中国现代诗人郭沫若，其浪漫的气质和豪放的文学个性，除与他本人的先天气质、生活经历直接相关之外，庄子、屈原、歌德、拜伦、惠特曼等人的作品对他在余味层面造成的影响，无疑也是十分重要的。此外，在现实生活中我们还会看到，有不少人只因读了一部有益的作品，就挣脱了懒散失意的情绪，振作起来，奋发向上，改变了自己的人生格局。或因读了某些消极有害之作而变得消极颓废，甚至误入人生歧途。这显然也与文学作品的余味影响有关。

由此可见，余味除了形成审美效应之外，还会产生直接的社会效应。余味时间的长短以及余味效果的性质，也是判定一部作品价值高低的重要尺度。

复习要点

[基本概念]

期待视野　　接受心境　　隐含的读者　　正误与反误　　填补不定点
虚静　共鸣　净化　领悟　余味

[思考问题]

1. 读者的阅读期待视野是怎样形成的？
2. 文学接受的主要动机是什么？
3. 如何理解接受心境与接受效果之间的关系？
4. 隐含的读者是怎样形成的？
5. 文学接受为什么需要填空、对话与兴味？
6. 文学接受活动中为什么会产生异变？
7. 如何看待文学接受过程中的误解？
8. 试述期待遇挫与艺术魅力之间的关系。

---

① ［法］让·凯罗尔：《阅读与人物》，李毓榛译，见《法国作家论文学》，生活·读书·新知三联书店 1984 年版，第 549 页。

[**推荐阅读文献**]

1. ［德］姚斯、［美］霍拉勃：《接受美学与接受理论》，周宁、金元浦译，辽宁人民出版社 1987 年版。

2. ［德］W. 伊瑟尔：《审美过程研究》，霍桂桓、李宝彦译，中国人民大学出版社 1988 年版。

3. 朱立元：《接受美学导论》，安徽教育出版社 2004 年版。

第十六章 文 学 批 评

文学批评是文学活动的一个重要组成部分。自有文学作品及其传播、消费和接受以来，文学批评就随之产生和发展，并且构成文学理论不可或缺的重要内容和文学活动整体中重要的组成部分。它既推动文学创造，影响文学思想和文学理论的发展，又推动文学的传播与接受。在文学批评逐渐成熟以后，更是如此。本章借鉴历来文学批评的成果并结合不断变化的文学实践，探讨文学批评的几个主要问题。

第一节 文学批评的价值取向

作为文学理论的重要内容和文学活动的重要组成部分，文学批评是批评主体按照一定的理论思想和批评标准，对批评对象进行分析、鉴别、阐释、判断的理性活动，表达着批评主体的立场观点和价值取向。因此，我们必须首先了解文学批评的性质，同时明确马克思主义文学批评观在整个批评活动中的重要地位和作用，这样才能使文学批评获得科学的定性和正确的价值取向。

一、文学批评的界定

什么是文学批评？由于研究者各有其理论背景，历来众说纷纭，莫衷一是，以至于英美新批评派的创始人之一兰塞姆在其《批评公司》一文中，一开始就不无嘲讽地说："说也奇怪，似乎还没有人告诉我们，究竟什么是文艺批评。"① 其实，把文学批评现象置于文学活动的整体中来观照，是应该而且可以作出理性的概括和明确界定的。

（一） 文学批评与文学的生产和接受

人类的文学活动，从总体上说是三大活动，即文学的创造活动、传播活动和接受活动。创造活动的成果是潜在的作品，传播活动的主体是作品，接受活

---

① ［英］兰塞姆：《批评公司》，严维明译，见戴维·洛奇编《二十世纪文学评论》上册，上海译文出版社1987年版，第385～386页。

动的对象也是作品。因此，文学作品（这里指文本）的创造是文学活动的基础和前提。正是在以文学作品的创造为基础和前提的整个文学活动过程中，产生和形成了其他各种各样的文学现象，例如文学思潮、文学流派、文学史、文学理论等。文学批评既是文学活动过程中产生的一种文学现象，又是文学活动的一个有机组成部分。从作为一种文学活动的组成部分来看，它属于接受范畴，主要是以文学作品为对象的理性评价活动；从作为一种文学现象来讲，它又超越了接受范畴，它对一切文学活动和文学现象甚至包括批评本身都要加以分析和评价。因此，文学批评是对以文学作品为中心兼及一切文学活动和文学现象的理性分析、评价和判断。

首先，以文学作品为中心进行评价，意味着文学批评的主要对象是文学作品，与文学创造密切相关。这主要体现在以下两个方面：第一，文学创造的现状和走向以及作品的存在价值和社会影响，是批评的基本着眼点。因此，不同的文学批评，都会按照各自的理论主张和价值取向，对现实的文学创造和具体的文学作品进行褒贬是非、抑扬臧否的分析和评价，企图影响文学创造的走向和文学作品的效能，使之按照自己的主张去发展，其中的批评主潮会产生巨大的影响力，甚至影响某种文学的兴衰。这样，文学批评制约着文学创造，也筛选着文学作品。在文学史上，一种新文学的勃兴并成为一时代、一地区的文学创作潮流，除社会历史和文化习俗等因素外，往往得力于一定的批评主潮。这种批评主潮以其鲜明的肯定性或否定性评价形成某种导向或规范，直接影响着文学创造，从而使某种文学创造也形成主潮，兴盛起来。19 世纪法国的浪漫主义文学、俄国的批判现实主义文学，20 世纪西方此起彼伏的现代派文学以及中国"五四"以来的新文学，乃至在特定历史条件下的"抗战文学"等特殊的文学创造，莫不与某种批评主潮的导向相关。当然，文学创造也促使一定的文学批评成熟、变化、更新和完善。第二，文学创造是一种个体性很强的精神活动，文学作品是一种非常具体的个别存在，因此文学批评的对象也常常是具体的作品和作家的个体性创造。但这并不意味着批评只着眼于具体和个别，而是要在对具体与个别的分析评价中，从其利弊得失中总结经验，并力求把个别的经验上升为具有某种普遍性的理论，推动文学创造总体上的繁荣、发展和进步。在不断的文学批评实践中，其部分内容有可能成为科学的理论成果而构成文学批评的基本原理，长期而普遍地影响文学的创造活动。在文学理论的发展史上，像马克思、恩格斯对希腊神话，对莎士比亚、巴尔扎克等作家的批评，像我国毛宗岗对《三国演义》、金圣叹对《史记》和《水浒》的批评，都具有这样的品格。由此可知，文学批评既离不开对宏观的文学创造现象进行评价，也离不开对微观的具体作品进行解析。有分量、高质量的文学批评，既需要开阔的文学视野，又需要精细的文学眼光。否则，就不能说它与文学创造、文学作品密切相关，而只能是自觉或不自觉的疏离。

其次，以文学作品为中心进行评价，又意味着文学批评是在接受文学作品的基础上进行的活动，是接受活动的一种形式或一部分，因而文学批评与文学接受有着内在的深刻关系。这种关系也主要体现在两个方面：一方面是部分与整体的关系，一方面是层次间的分工协调关系。

从部分与整体的关系而言，文学接受是读者面对文学文本进行阅读并加以填补、创造或破解的种种活动的统称。正是由于读者参与其中，或在鉴赏中生发创造，或在诠释中注疏破解，或在批评中分析判断，文学文本才得以成为现实的文学作品并产生其应有的审美效能和社会功用。因此，从文学接受的性质状况来看，总体上可以分为鉴赏性接受、诠释性接受和批评性接受。文学批评不过是读者接受活动的一种形式或接受活动整体的一部分而已。这种关系表明：文学批评要受文学接受的一般规律的制约，要体现文学接受的一般性质，例如它必须建立在阅读作品的实践基础上，必须对作品的审美意蕴和历史内涵进行挖掘，等等。但文学批评是一种相对独立的接受形式，有别于其他接受形式。从根本上说，它在接受活动中更看重其对读者和社会以及文学自身发展所显示的价值、意义，更重视社会性接受。

从层次间的分工协调而言，文学鉴赏与文学批评构成文学接受的不同层次。一般来说，鉴赏性接受是对文本的情感性参与、理解和创造，满足的主要是个体的审美趣味和需求，更具审美享受意味，着重实现文本的审美价值；批评性接受是对作品的理性检测和衡定，它要求以一定的理论背景和理论原理为出发点，去感受、理解作品并作出尽可能恰当的客观评价，因而更具科学研究意味，更着眼于实现作品包括审美价值在内的广泛的社会价值。两者的基本关系是：鉴赏是批评的基础，批评则不仅是鉴赏的提高，也是对鉴赏的指导。需要注意的是：我们这里讲的文学接受是广义的；狭义的文学接受是鉴赏性接受。文学鉴赏之所以通常也称为文学接受，是因为实现作品的价值或社会功能，最终都要通过个体性鉴赏来完成。因此，狭义而言，文学批评与文学接受的关系，也就是文学批评与文学鉴赏的关系。

最后，文学批评兼及文学活动的各种现象，其中也包括对文学批评自身的评价和判断。这意味着文学批评既是对文学创造的超越，也是对文学接受的超越，它本身就是一门学科或一种科学。作为一门学科，它有自己的理论原则和历史发展过程，与文学理论、文学发展史、文学理论发展史、文学批评史一起共同构成狭义文艺学（或称文学学）。作为一门科学，它面对一切文学现象力图总结和概括出其本质和规律。事实上，许多杰出的文学批评论著也确实揭示了文学活动中的某些规律及其本质特征。与文学理论、文学发展史等邻近的学科或科学相比，文学批评具有更鲜明的倾向性和现实针对性，或者说，它的意识形态性更强。因此可以把文学批评看做是文艺科学中应用性、实践性最强的一个学科，也可以视为一种特殊的意识形态评价方式。

（二） 文学批评作为意识形态评价

当我们说文学批评是以文学作品为中心而兼及一切文学活动和各种文学现象的理性分析、评价和判断时，其实就已经表明了它作为意识形态评价的那种普遍社会属性。这种社会属性从根本上说是由批评对象的性质和批评本身的效能决定的。

从批评对象上看，作为主要对象的文学作品，不管是诗歌、散文，还是小说、剧本，都是精神创造的产物，都是一种意识形态话语。正是文学作品的这种规定性，决定着文学批评必须对文学作品的意识形态价值作出评价，从而也决定了文学批评必然要作为一种意识形态评价方式而对文学及社会生活特别是社会意识形态产生深刻的影响；尽管文学作品的意识形态价值并不是唯一的价值，还有其他如美学的、历史的、文化的价值等，但这些价值都与意识形态价值密切相关，或者它们本身也是一种意识形态。

从批评效能上说，文学批评也表现为一种意识形态评价。这种效能性的表现可概括为这样几个方面：首先，文学批评是一种与一定社会意识形态深刻联系的批评话语，它运用这种话语来判断文学作品的意识形态价值，从而决定其相应的态度。这种话语的运用，除以一定的文学理论为依据外，还总是与政治、道德、法律、宗教等意识形态密切相关。一般来说，文学批评虽然着手于文学作品的解析，却必须着眼于它的意识形态归属，以求确立某种批评者所遵奉和维护的那种意识形态的主导性或权威性，不管是政治、道德、法律还是哲学、宗教。这样，文学批评作为意识形态评价就不能不具有鲜明的倾向性。其次，文学批评通过对文学思潮、文学运动的评估，对文学批评自身的检讨，以及对其他文学现象的衡定，也表现出它作为意识形态评价的效能。对文学现象的这种评价，实质上是一种意识形态的论争，是主张什么、反对什么的交锋，具有一种尖锐的对抗性。这种尖锐的对抗性往往是社会政治斗争、思想斗争在文学批评活动中的反映。这种反映在涉及文学思潮和文学运动时特别明显。19世纪法国浪漫主义文学与古典主义文学思潮的冲突，绝不仅仅是文学之争，也不仅仅是一种相互间关于文学的批评，其实质在于到底要确立什么样的意识形态的权威地位。古典主义要维护的是封建专制主义的王权及其意识形态，而以雨果为代表的浪漫主义所要确立的则是资产阶级自由主义的意识形态。那场围绕雨果的 5 幕 16 场长剧《欧那尼》所展开的惊心动魄的斗争，就鲜明地显示了文学批评的意识形态评价效应。这样的事例在中外文学史上也并非孤立的。我国新文学运动的先驱如陈独秀、李大钊、鲁迅等对旧文学的批评，目的也很明确，就是要破坏和摧毁封建主义的意识形态，确立科学、民主的新意识形态。自有《红楼梦》以来，各种各样的红学家对《红楼梦》的批评也是这样，道学家为什么看见淫？经学家为什么看见易？革命家为什么看见排满？这是因为他们都按自己的意识形态去评价作品的缘故。因此，所谓纯艺术、纯科学或纯客观的文学批评是没有的。最后，文学批评作为意识形态评价的效用，还表现在它通过这种评价所肯定的价值取向影响和造就文学新人，扶持创作和批评队伍，特别要使批评对象茁壮成长，以尽可能发挥其在意识形态评价上的作用。在我国新文学运动史上，鲁迅便曾以批评的方式扶持过一大批新人。他以思想家的眼光、革命家的胆识、文学家的才华，热情而严肃地为不少青年作家的作品作序，评价他们的作品，充分发挥了扶持新人的效用。他明确指出："批评家的职务不但是剪除恶草，还得灌溉佳花，——佳花的苗。"① 由此可见他在文学批评方面的用心。

总之，文学批评既是一门学问，也是一门科学，具有一定的学科性，但是它的实践性、倾向性、论争性和社会性却不容忽视。因而，从实质上讲，它是在一定的社会历史条件下与一定意识形态息息相关的意识形态评价方式，它通过批评话语对意识形态产生巨大的影响。

二、马克思主义的文学批评及其标准

马克思主义的文学批评，是在无产阶级登上历史舞台，为谋求自身和全人类彻底解放的革命活动中兴起和形成的。它以辩证唯物主义和历史唯物主义的世界观和方法论为指导，力图通过对人类优秀的文学遗产和无产阶级自身文学实践以及其他文学现象的分析、研究和评价，更好地推动人类文学事业的历史进步和无产阶级文学事业的繁荣发展，同时也建设自己的新的、科学的批评理论。

马克思主义的文学批评，是历史地变化发展的，又是开放的富于包容性的，也是严肃地坚持科学原则的。从马克思、恩格斯、列宁、毛泽东关于文学批评的许多经典论述，到诸如梅林、普列汉诺夫、瞿秋白、鲁迅等人的不少杰出的文学批评思想，都对马克思主义的文学批评作出了不可磨灭的贡献，并且以他们的批评实践树立了光辉的范例。在这些批评活动中，他们提出并形成了一些基本原则和基本观点，成为我们制定马克思主义文学批评标准的依据，指

---

①　鲁迅：《并非闲话（三）》，《鲁迅全集》第 3 卷，人民文学出版社 2005 年版，第 162 页。

导我们正确地去开展有益于文学事业发展的文学批评。

（一）马克思主义文学批评的美学观点和史学观点

尽管现当代文学批评有多种形态、方法和原则，但是它们都不能代替马克思主义的批评方法和原则。与各种各样具体的批评形态及其方法和原则相比，马克思主义文学批评提出的美学的观点和史学的观点是文学批评中具有宏观视野的一种原则和方法论，它科学地选择和包容着各种批评形态的合理因素，也作为权威性批评话语形式指导着各种具体批评方法的运用。

美学的观点和史学的观点曾被恩格斯称为文学批评的最高标准。恩格斯在《诗歌和散文中的德国社会主义》一文中，针对所谓"真正的社会主义"的代表人物格律恩对歌德的歪曲进行了批判，提出自己的批评原则。他说："我们决不是从道德的、党派的观点来责备歌德，而只是从美学和历史的观点来责备他。"① 在 1859 年 5 月 18 日致斐·拉萨尔的信中，恩格斯即把这种观点称为文学批评的最高标准，他说："我是从美学观点和史学观点，以非常高的、即最高的标准来衡量您的作品的。"② 那么，为什么说美学的观点和史学的观点是文学批评的最高标准并构成方法论思想和一种基本原则呢？其内涵及两者的关系又是怎样的呢？

首先，美学的和史学的观点作为批评的最高标准即一种方法论和原则，从根本上讲，是因为它既反映了文学作为意识形态的普遍规律，又体现了文学这种特殊的意识形态，即审美意识形态的特殊规律。具体地讲，有这样几点理由：一是一切文学作品都应该是审美的作品，应该是如马克思所说的那样"按照美的规律造型"的结果，因而应当用美学的观点加以审视和评价，看它是否符合审美创造的规律，是否具有美的结构形态和形式韵味，能否充分地显示美的本质、特征和魅力；同时，一切文学作品又都是一定历史条件下社会关系的产物，是建立在一定的经济基础之上的社会意识形态。判断作品有没有较大的思想深度和历史内容，从而衡定作品的历史作用和历史价值，这就必须要有史学的观点。二是对一切作品的微观解析和具体评价，例如人物塑造、情节场面、结构布局、语言韵律等等，无论多么精细、多么具体，但它只是"目"而不是"纲"，只是"树木"而不是"森林"。因而微观的艺术解析、具体的思想评价以及切中肯綮的高下得失的判断，只能在美学的和史学的宏观视野下才可能达到应有的准确尺度，发挥批评应有的效能。离开美学的和史学的观

---

① 恩格斯：《诗歌和散文中的德国社会主义》，《马克思恩格斯全集》第 4 卷，人民出版社 1958 年版，第 257 页。

② 恩格斯：《致斐·拉萨尔》（1859 年 5 月 18 日），《马克思恩格斯选集》第 4 卷，人民出版社 1995 年版，第 561 页。

点，不仅会只见树木，不见森林，而且可能失之毫厘，差之千里或南辕北辙。这已是为人们的批评实践所证明了的道理。三是美学的观点和史学的观点作为批评的方法论和基本原则，它制约着各种具体批评中的价值取向和方法原则。对一部作品或一种文学现象固然可以从道德的、社会的、心理的、语言符号的，或者文化学的、人类学的、政治党派的等种种角度着手进行，但这种种不同的具体批评，都不能脱离特定批评对象的美学属性和美学构成，也不能脱离批评对象所反映的历史内容和所产生的历史条件，更不能脱离批评者所处历史时代的现实要求和美学观念。如果脱离了这一切，不管是什么样的批评，就成了非文学的批评。例如对一部作品的道德批评，既不能离开特定的历史环境来判断其道德还是不道德，也不能离开其"寓教于乐"的基本美学要求去看它表现了什么样的道德及可能产生什么样的道德影响。总之，马克思主义文学批评的美学观点和史学观点，作为批评的最高标准，作为指导各种具体批评的基本原则和方法论思想，应该是确定无疑的，也是为文学批评实践所证明了的。社会主义的文学批评必须加以坚持和发展。

其次，按照马克思主义文学批评的实践，美学的观点和史学的观点作为方法论思想和基本原则是有其基本内涵并相互联系的。就美学的观点而言，在评价文学作品时，最重要的是看作家的创作是否符合艺术的规律和遵循正确的美学法则，是否有艺术独创性和较高的审美价值。例如，马克思批评拉萨尔的悲剧《济金根》"席勒式地把个人变成时代精神的单纯的传声筒"[1]，恩格斯批评拉萨尔"为了观念的东西而忘掉现实主义的东西，为了席勒而忘掉莎士比亚"[2]，就是因为拉萨尔违背了文学创作应当从生活出发而不能从概念出发的美学原则。此外，如文学的理想性与艺术描写的真实性相统一的原则，典型人物性格的代表性与独特性相统一的原则，典型人物与典型环境相统一的原则，艺术形式和内容相统一的原则，以及艺术风格的独创性和多样性原则，等等，都是马克思主义文学批评重要的美学原则。就史学的观点而言，在评价文学作品时至少也有两个基本的方面：一方面是作为批评对象的文学作品，要看其是否描写了某一历史的客观真实面貌，是否反映了历史过程的进步要求，是否体现了历史发展的必然内涵和趋势；另一方面则是作为批评主体的批评家，在评价作品时应该具有所处历史时代的先进的历史视野和科学的历史眼光，这才能对作品作出符合实际的评价，确定它在历史中的价值地位和在现实中的意义与

① ［德］马克思：《致斐·拉萨尔》（1859 年 4 月 19 日），《马克思恩格斯选集》第 4 卷，人民出版社 1995 年版，第 555 页。

② ［德］恩格斯：《致斐·拉萨尔》（1859 年 5 月 18 日），《马克思恩格斯选集》第 4 卷，人民出版社 1995 年版，第 559 页。

作用。因此，史学的观点在这儿不妨说也就是历史唯物主义的观点在文学批评中的具体应用，同样是一种方法论和原则的启迪和指导。

美学的观点和史学的观点作为马克思主义文学批评的方法论和基本原则不是分别在起作用，而是综合地起作用的，即两者是相互联系、相互为用的。任何美学观点总是一定历史过程中和特定历史条件下的观点，这种观点本身就是一定历史的产物，具有历史性。例如我们不能完全用古希腊人的美学观点来评价 19 世纪浪漫主义的文学作品，也不能完全用"美丑对立"的原则来品评当代的文学现象。而所谓史学的观点，也就是一种发展的观点，在文学批评中，这种史学的观点尽管同社会史、经济史、政治史、文化史、思想史等都不无密切关系，但落脚点终究是文学作品，是对审美对象给予历史的审视和评价。因此，史学的观点和美学的观点，是辩证地统一的，不能割裂开来和对立起来。恩格斯关于文学艺术应该具有较大的思想深度和意识到的历史内容，同莎士比亚剧作的情节的生动性和丰富性的完美融合的思想，充分表达了史学观点和美学观点的统一性。

按照马克思主义文学批评的基本原则和方法论，在批评实践中，马克思主义的批评又形成了一些更具操作性的具体标准，这就是思想标准和艺术标准。

（二）文学批评的思想标准和艺术标准

任何文学批评都是有标准的，正如鲁迅所说："我们曾经在文艺批评史上见过没有一定圈子的批评家吗？都有的，或者是美的圈，或者是真实的圈，或者是前进的圈。""我们不能责备他有圈子，我们只能批评他这圈子对不对。"①"圈子"在这里就是"标准"。那么，什么是文学批评的标准呢？所谓文学批评的标准，是一定时代、一定阶级的人们据以分析、评价和判断文学作品有无价值和价值大小的尺度或准绳。马克思主义文学批评的标准，包括了思想标准和艺术标准。思想标准是衡量文学作品思想性正误强弱的尺度，艺术标准是衡量文学作品艺术性高低优劣的准绳。评价文学作品的思想意义和艺术表现，是文学批评的基本任务，因而也要有相应的思想标准和艺术标准。

思想标准是用来评价作品思想性的。那么，什么是思想性呢？又怎样来评价作品的思想性呢？文学作品的思想性，是指作品题材、主题或形象、意蕴所显示出来的社会、政治、道德、哲学、宗教等意识形态观点及其所产生的思想力量。因此，可以说思想标准较为突出地体现了文学批评的意识形态性质。运用这一标准来评价文学作品时，要注意三个基本点：一是就作品与社会生活的

---

① 鲁迅：《批评家的批评家》，《鲁迅全集》第 5 卷，人民文学出版社 2005 年版，第 449～450页。

关系考察其是否具有高度的真实性。这种真实性应该是生活现象的真实与历史本质的真实的统一，即包含着某种必然性的那种偶然的真实，因为只有这样的真实，才能提供某种真理性的认识，才能显示出即使作家不曾认识到却包含在作品中的客观的思想意义。二是就作品与作家的关系考察其是否具有进步的倾向性。作品的倾向性是作家渗透在作品中的对社会生活、对人生命运、对历史发展的趋向等的理解、认识、追求和主张。这种追求和主张总是与一定的世界观和人生观相联系的，或正确或错误，或进步或落后，总会在不同程度上表现出来，这就需要加以分析评价，以利于产生积极的影响。马克思主义文学批评强调作品要有进步的倾向性，就是要求作家在艺术地把握世界时能以先进的世界观作指导，反映出历史发展的趋向，表达人民群众的思想和愿望，从而引导人们走向进步，自觉地为改造旧世界、建设新世界而斗争。三是从作品影响人们的特殊途径考察作品是否具有积极健康的情感性。一部作品要产生思想影响，达到思想方面的良好效果，不是靠直接的"理性"教化，而是依赖动人的情感感化。动情才可能悟理，通情才可能达理，因而必须"以情动人"；有的作品不一定有明确的思想主张和指向，却有情感情绪的表现，而这种情感情绪最终也会影响人的思想灵魂。情感有健康的，也有不健康的；有高尚的，也有卑下的。因此，马克思主义的文学批评在评价文学产品的思想意义和价值时，要求分清情感的性质，主张作品从整体上要表现对人的心灵有积极影响、有益于身心健康的情感。思想标准的三个基本点在具体的批评实践中，不仅是相互联系的，而且是与艺术标准密切相关的。

艺术标准是用来评价作品艺术性的。艺术性又是什么呢？艺术标准的具体内涵又是些什么呢？所谓艺术性，是指作家的艺术才情、气质、修养、创造能力等各种因素在其所创造的产品中所显示出来的艺术魅力及其所达到的艺术水平。一般来说，艺术性主要是由作品的文体构成、形象创造和意蕴表现体现出来的；因此，艺术标准，自然也包含着对文体、形象、意蕴的要求。文体构成的完美性、形象创造的鲜明性、意蕴表现的深刻性，可以说是艺术标准的基本内涵。

在运用艺术标准时，首先是文体的评价，即对文体的外在形态、内部结构所达到的完美程度做出分析判断。一种艺术文体，是其特有的形式各要素的总和。对于文学作品来说，语言、结构、表现手法都是其要素。这些要素构成的文体是否符合艺术的形式美法则，是衡量其有无艺术性或艺术性高低的标志。例如某一文体是否具有节奏韵律，是否形成了对比映照，是否达到了多样统一从而完整和谐，都是文体批评的着眼点。文体批评当然不只是文体的形式批评，也是文体的表现力的批评。真正完美的文体，语言、结构、手法都不仅是一种有意味的形式，而且富于张力和弹性，具有充分的表现力。以诗歌而言，在文体批评中，既要注意它是否具有绘画美、音乐美、建筑美等，更要注意这样的"美"还表现着什么样的意味和怎样表现这些意味的。

其次，是艺术形象的评价。评价作品的形象或情景的高下得失，从总体上说有这样几个着眼点：一是要看是否具有鲜明性，所谓"状难写之景如在目前"；二是要看是否具有生动性，所谓"呼吸吹动，生气灌注"；三是要看是否具有独特性，所谓"独辟蹊径，卓然自立"；四是要看是否具有概括性，所谓"以少总多，情貌无遗"。鲜明、生动、独特而富于概括性的形象，就可能成为"这一个"而达到典型高度或新的创造高度。

最后，艺术标准还有一个重要的内涵，即意蕴的深刻与丰富。意蕴是包含于文体和形象之中又超越其上的韵调、情感、思想和精神。按照黑格尔的说法，艺术作品"要显出一种内在的生气，情感，灵魂，风骨和精神，这就是我们所说的艺术作品的意蕴"①。由此可见，意蕴批评也就是对艺术作品深层的情感内涵、哲理内涵、社会思想内涵等的批评。一般来说它要求两个基本着眼点：一是要看其是否深刻，二是要看其是否丰富。在中国古代文论中，就是讲究既要"超以象外，得其环中"，又要有"象外之象，味外之旨"。由艺术标准的具体内涵又可以看到，艺术标准与思想标准是内在地联系在一起的，越是深层的批评，艺术标准就与思想标准越难分开。例如进入到意蕴批评时，艺术的批评同时也成了思想的批评，甚至在意象批评中，也无法脱离思想的评价了。因此，文学批评的标准是整体性的。正如别林斯基所指出的："只是历史的而非美学的批评，或者反过来，只是美学的而非历史的批评，这就是片面的，从而也是错误的。"②

马克思主义的文学批评及其标准，是在新的历史条件下出现和形成的，它也随着历史的发展变化而变化。在我国社会主义条件下，马克思主义的文学批评，要在坚持"为人民服务、为社会主义服务"的方向和"百花齐放、百家争鸣"的方针的前提下，正确运用批评标准去推动文学的创造和消费，促进社会主义文学的繁荣发展并使自己也得到发展。

第二节 文学批评的模式

文学批评史上，出现过各式各样的批评流派，也形成了种种不同的批评模

---

① ［德］黑格尔：《美学》第 1 卷，朱光潜译，商务印书馆 1979 年版，第 25 页。

② ［俄］别林斯基：《关于批评的话》（1842），梁真译，见别列金娜选辑《别林斯基论文学》，新文艺出版社 1958 年版，第 262 页。

式。尤其是进入 20 世纪这个"批评的时代"之后，文学批评方法更是层出不穷，于是就出现了更多的批评流派或模式。所谓文学批评模式，是由特定理论背景产生的批评视角、读解方式和行文风格形成的相对稳定的文学批评的"大法"而不是"定法"。多样的文学批评模式，既反映出文学自身的复杂性和多样性，也反映出批评思维的活跃性和异变性。大体而言，我们把 20 世纪以前出现的批评模式看做是传统的批评模式，而把 20 世纪以来出现的批评模式看做是现代的批评模式。下面，择其要者加以简要介绍。

一、传统批评模式

（一）伦理道德批评

无论在西方还是在中国，伦理道德批评都是兴起最早而又影响深远的一种批评模式。所谓伦理道德批评，往往以一定的道德意识及其由之而形成的伦理关系作为规范来评价作品，以善、恶为基本范畴来决定对批评对象的取舍。这种批评着重于对文学作品的道德意识性质和品位的评价，实现作品的伦理价值及道德教化作用。伦理道德批评之所以兴起较早，与人们早期的美学观念和道德观念有关，更与古代社会生活中森严的等级制度而形成的伦理关系有关。例如在古希腊和我国先秦时期，美学观念与道德观念几乎是糅合在一起的。古希腊有"美善同体"说，我国先秦有"美善相乐"说，一切令人快乐的事物之所以美，是因为它善。而这种"善"的实质，在当时不过是维护等级制度及"事父、事君"的道德要求。孔子在《论语·为政》中评《诗经》说："诗三百，一言以蔽之，曰：思无邪。""无邪"就是不邪恶而合乎善的标准，就是有道德价值。因而，在孔子看来，"郑声淫"，就必须"逐郑声"。在古希腊，柏拉图在其《理想国》卷三中曾明确要求"作品须对我们有益；须只模仿好人的言语，并且遵守我们原来替保卫者们设计教育时所定的规范"。在他看来，像荷马史诗那样亵渎神明的作品不但不能培养公民的德性，反而会败坏人心，所以应该把诗人驱逐出"理想国"。由此可以看出，伦理道德批评的价值尺度主要是一定的道德准则，着重实现作品对人的修德养性的教化作用，正如《毛诗序》所说，诗应用来"经夫妇，成孝敬，厚人伦，美教化，移风俗"。但是，由于道德是一个历史的范畴，伦理关系是一种历史的关系，因而在不同的社会发展阶段、不同的民族地域、不同的阶级阶层中，道德意识、伦理关系、善恶标准都会有不同的甚至相互对立的具体内涵，这样就使文学的伦理道德批评呈现出如下几个鲜明特点：

其一，由于各阶级、各民族、各社会形态都需要道德来规范人们的意志行为，建立人与人、人与社会、人与国家或群体的伦理关系，以维护其生存和发展，因此伦理道德批评具有历史的久远性。在历史的整个发展过程中都存在伦理道德批评这种模式，在西方，不仅是新古典主义以前有，在中国，也不仅是魏晋以前才突出。实际上，文艺复兴时期，人道主义作为一种道德原则和理想用于文学批评其实就是伦理道德批评，而我国宋明理学的文学批评也是伦理道德批评。时至今日，无论在西方还是东方，伦理道德批评模式依然发挥着不小的作用。

其二，由于伦理道德批评的道德内涵和道德标准随着社会发展和社会关系的变化而发展变化，并因阶级、民族的不同而有差异，因而伦理道德批评模式在形式上似乎是恒定的，而在内容上则是流动变化的，这使伦理道德批评作为一种模式也具有了多样性，即使在同一时代、同一民族，甚至同一阶级，由于道德理想的差异，伦理道德批评也是多样的。英国学者摩尔（George Edward Moore，1873—1958）在其名著《伦理学原理》中，就列出了"自然主义伦理学""快乐主义（即幸福主义）伦理学""形而上学的伦理学""关于行为的伦理学"等多种派别，按照这些派别的伦理思想开展伦理道德批评，自然是不一样的。我国先秦诸子的伦理道德批评不也呈现出过这种多样性吗？墨子的"非攻""兼爱"与杨朱的"拔一毛利天下而不为"就是两种不同的道德批评标准。

其三，由于伦理道德批评的历史性和多样性，它在评价作品"道德"或"不道德"时便有了明显的差异性甚至敌对性。我国历史上对《水浒传》《红楼梦》的评价，俄国历史上对《安娜·卡列尼娜》的评价都有这种情况，例如将《水浒传》视为"海盗"之作还是视为"义归山林"之作，正是道德评价的冲突性的一种突出表现。

伦理道德批评强调文学对社会和人的教化作用，其基本原则如"寓教于乐"也已渗透到其他模式当中，所有这些都是值得肯定的。西方现代批评中的道德学派如美国的欧文·白璧德（Irving Babbit，1865—1933）等代表人物都主张伦理道德批评，强调作品的道德意义和教育功能。伦理道德批评的局限或不足主要在于，由于它强调的重点始终放在艺术内容的道德评价上，因而对艺术的灵性和创造活力往往有所忽略，有时把"寓教于乐"变成了"重教轻乐"，这是应该加以特别注意的。

（二）社会历史批评

社会历史批评也是产生较早、影响较大的一种批评模式。这种批评强调文学与社会生活的关系，认为文学是再现生活并由一定的社会历史环境所形成的，因而文学作品的主要价值在于它的社会认识功用和历史意义。其基本的原则是：分析、理解和评价作品，必须将作品产生的时代背景、历史条件以及作家的生活经历等与作品联系起来考察。这种批评，在我国先秦思想家中以孟子的概括最为简明，一方面他说："故说诗者不以文害辞，不以辞害志，以意逆志，是为得之。"另一方面他又说："颂其诗，读其书，不知其人可乎？是以论其世也。"① 前者强调作品之"义"的挖掘要不为文辞所蔽，这种义就是真情、真义、真相、真事；后者强调得其"义"的条件是"知人论世"，即了解作家并联系作品产生的社会历史状况。这种批评观点，也深刻地影响到后世的批评。中国的批评传统中重视三个方面：考据、义理、辞章。考据求信，义理求善，辞章求美。所谓考据，就是求作品的"本事"，作品再现了什么样的真实生活，然后再求其"义理"，即真正的认识价值和历史意义。因此，欧阳修认为，"事信言文，乃能表现于后世"，而且这种"信事"不是小事，小事价值不大，只有"其言之所载者大且文"，才能"其传也章"，故"事信矣，须文；文至矣，又系其所恃之大小，以见其行远不远也"②。其实，直到鲁迅、瞿秋白等批评大家，他们的批评也主要是社会历史批评。鲁迅就说过："我总以为倘要论文，最好是顾及全篇，并且顾及作者的全人，以及他所处的社会状态，这才较为确凿。要不然，是很容易近乎说梦的。"③

西方社会历史批评，最初是与伦理道德批评结合在一起的，或者说在伦理道德批评时注意到了作品与社会生活的关系，柏拉图、亚里士多德、贺拉斯都有这种情形。法国的圣佩韦（C. A. Sainte-Beuve，1804—1869）和丹纳，都是社会历史批评的著名人物。狄德罗强调艺术与社会生活的联系，要求真实地表现生活中的环境，人物的身份、性格，落脚点在于强调艺术的教育作用；斯达尔夫人在其《从文学与社会制度的关系论文学》中完全实践了社会历史批评，她在该书序言中明确地说明自己的任务就是要"考察宗教、风俗和法律对文学的影响，反过来，也考察后者对前者的影响"④。圣佩韦和丹纳则在实证哲学的基础上，完善了社会历史批评的理论，形成了有影响的批评学派和批评形态。圣佩韦主张："批评的任务在于发掘和研究有关文学家、文学史的种种确实的、实证的事实；就作家而论，则有他所属的种族和国家、所生活的时代、

---

① （战国）孟子：《孟子·万章》，见万丽华、蓝旭译注《孟子》，中华书局 2006 年版，第 203、236 页。

② （宋）欧阳修：《代人上王枢密求先集序书》，见李逸安校点《欧阳修全集》第 3 册，中华书局 2001 年版，第 984～985 页。

③ 鲁迅：《"题未定"草（七）》，《鲁迅全集》第 6 卷，人民文学出版社 2005 年版，第 444 页。

④ ［法］斯达尔夫人：《论文学·序言》，徐继曾译，见伍蠡甫主编《西方文论选》下卷，上海译文出版社 1979 年版，第 121 页。

出身和家庭、幼年环境、所受的教育和交游、首次的成功和失败、肉体和精神的特征等等。"① 圣佩韦的这种观点，很像我国文学批评中的"本事"说，不乏考据意味。而丹纳在更广阔的视野上展开了他的社会历史批评。他在其名著《〈英国文学史〉序言》《艺术哲学》等书中，提出了影响深远的决定文学创作和文学发展的"三因素"说，即种族、环境、时代，其中又特别强调了时代作为后天动量的巨大影响和作用。他认为："如果一部文学作品内容丰富，并且人们知道如何去解释它，那么我们在这作品中所找到的，会是一种人的心理，时常也就是一个时代的心理，有时更是一个种族的心理。从这方面看来，一首伟大的诗，一部优美的小说，一个高尚人物的忏悔录，要比许多历史学家和他们的历史著作对我们更有教益。"因而一个作家应该去"表达整个民族和整个时代的生存方式"②。

社会历史批评给当代的文学批评以很多有益的启示和重大的影响。由于"新批评"的兴起，社会历史批评逐渐出现衰微之状，尽管他们还承袭着丹纳和圣佩韦等人的理论，但视野偏于狭窄。不过，在个别批评中，仍不乏精细深刻的见解，这是值得注意的。

（三）审美批评

审美批评其实也是古已有之的批评，不过中国在魏晋以前，西方在文艺复兴以前，审美批评往往附属于伦理批评，甚至也附属于社会批评。审美批评着眼于文学作品中美的构成及其审美价值，着重强调作品的"畅神""移情"效果和娱乐、愉悦作用，把文学作品看做是在真善基础上又超越了真善因而是"超功利"的一种审美对象；美是文学的本质属性之一。因此，审美批评往往联系作品对读者产生的美感程度的强弱和久暂来品评其高下得失，具有赏析式评价的性质。这种批评，在我国称为"品"或"悟"，"品"而得"味"，"悟"而"畅"神。耐"品"之作"味"长，但其"味"应在"酸咸之外"；妙"悟"之作空灵，需要"言近旨远"。总而言之，一部作品、一首诗之美与不美，要看其写意达情、状物摹景是否有滋味、有神韵、有意境、有意味，既要"状难写之景如在目前"，又要"含不尽之意见于言外"，还要"羚羊挂角，无迹可求"。一句话，审美批评要求作品满足人们的审美兴味、审美需求，"披文"而能动心入情。我国魏晋以来，从钟嵘、司空图、严羽到王夫之、叶燮以及王国维等，大致都主张这种批评也实践这种批评，并且推动了文学审美

---

① 参见伍蠡甫主编《西方文论选》下卷，上海译文出版社 1979 年版，第 195 页。

② ［法］丹纳：《〈英国文学史〉序言》，杨烈译，见伍蠡甫主编《西方文论选》下卷，上海译文出版社 1979 年版，第 241 页。

批评的发展。

在西方，由于美学思潮纷繁，美学流派众多，对于美是什么的回答各式各样，因而审美批评实际上还很难找到像中国审美批评中那些较为普遍而共同的术语，诸如"滋味""妙悟""空灵""神韵"之类。西方的审美批评，可以说是"各唱各的调，各吹各的号"，他们的审美批评尺度都是按自己的美学或文学主张而定的。例如从亚里士多德开始的审美批评着眼于作品的"和谐"；浪漫主义则主张"美丑对照"和激情；直觉主义要看的却是作品的表现成功与否；黑格尔要看作品是否是"理念的感性显现"；罗丹却说美就是性格；唯美主义则把艺术和生活的关系完全颠倒，认为艺术纯粹是一种形式、语言、手法、技巧；至于移情主义，本身就有诸如"同情派""内模仿派"等多种派别，其审美批评更是五花八门。而康德提出的审美批评是对于一种"无目的的合目的性"的审美意象形式的判断，克莱夫·贝尔提出的是一种对"有意味的形式"的评价，也都各有内涵。所以，与其说西方有审美批评这种模式，不如说有审美批评的各种事实和主张，即文学批评可以也需要从多种审美角度加以评价。

审美批评无论在东方还是西方都广泛存在，并且也在各种批评模式中程度不同地体现出来。不过，就审美批评作为一种模式而言，大致可以归纳出这样几个基本特点：第一，审美批评首先是一种情感性评价，它着眼于作品表达什么样的情感并在多大程度上得到了成功的表现和引起了读者的心灵震荡与情感激动。这是因为：一方面文学作品是"情动于中而形于外"的产物，是"哀乐之心感，歌吟之声发"的结果，另一方面正如康德所说：纵使审美判断（像一切判断那样）也含有悟性，但它却只是联系于主体（它的情感），依照着这表象对主体的关系和主体内在的情绪来把握和评价。第二，审美批评又是一种体验与超越矛盾统一的批评，这种批评往往具有"超功利"的性质。这是因为文学作品并不是直接的现实，它不过是一个虚构的想象世界；人们在阅读文学作品时一方面要联系社会生活和自身实践加以领会，另一方面也要保持一种静观状态和适当的距离去感受和评价它，超越一般的功利欲望。第三，审美批评还常常是一种形式或形象的直觉批评，这是因为文学作品是一种特殊的形式表现或形象构成，能直接作用于人们的五官感觉，因而审美判断也意味着对形式的直觉性判断，即形式是否和谐、完美，形象是否鲜明、独特。

二、现代批评模式

（一）心理学批评

心理学批评主要是指运用现代心理学的成果来对作家的创作心理及作品人

物心理进行分析，从而探求作品的真实意图，以认识其真实价值的批评。与古代的心理分析不同，心理学批评立足于作品人物的心理分析，进而试图找出作者创作的心理机制与意识或无意识动机，然后再对作品为什么要用这样的形式技巧、语言符号作出解释。约翰·马勒在《心理学和文学》一文中曾指出："以某种方式与文学发生关系的心理学方法共分为三种截然不同的类型：一、心理动力型（Psychodynamic Paradigm）。这一类型并不十分严谨地围绕着运用于文学上的精神分析法，包括文学创作和接受过程中的心理经历及影响。二、心理生物型（Psychobiological Paradigm）。这一类型着重研究文学接受的生理基础，以及这些与接受者特征有关联的文学对象的形式特征。三、认知型（Cognitive Paradigm）。这一类型结合语言心理学，着重研究文本的必要结构，以及使文本内容获得理解、记忆和修正的认知过程。"① 这三大类型实际上涉及精神分析学、生物心理学、认知心理学、实验心理学、格式塔心理学等心理学批评的不同方式和内容。但尽管有这样的不同，作为一种批评模式的心理学批评，仍有许多重要方面是相似的："它们都主张对真实内容进行分析。这种真实内容往往隐藏在文本的后面，因而心理学家并非只从表面上去看文本，而是要看透它。从心理学角度看，文学只是一组符号，如果阅读正确的话，它可以显示出第二组符号；而第二组符号可以依次展示出控制文学'制造'的心理活动。"② 当然，这些相似并不意味着各种不同的心理学批评是一回事。比如，对于精神分析批评来说，它侧重于从艺术作品的分析中论证作家的潜意识、本能欲望如何成为创作的动机，并就文学的效果与特点所产生的影响作出心理学的解释。精神分析学的创始人弗洛伊德认为：文学创作是本能冲动"升华"的结果，也是得不到现实满足的欲望的补偿；作家不仅从这种升华和补偿中使自己的心理得到平衡，而且也让人分享这种"补偿"，从而解除了精神紧张；同时作家"在表达他的幻想时提供我们以纯粹形式的、也就是美的享受或乐趣"③。弗洛伊德的追随者、英国医生欧纳斯特·琼斯（Ernest Jones，1879—1958）对于《哈姆雷特》的解析，即是运用这种批评方法的一个范例。再比如，格式塔心理学的批评侧重于艺术或文学作品的整体完形结构的评价，其理论依据是格式塔心理学的若干基本原则。在格式塔心理学中，最基本的一

---

① 约翰·马勒：《心理学和文学》，凌南译，见罗里·赖安等编《当代西方文学理论导引》，四川文艺出版社1986年版，第251页。

② 约翰·马勒：《心理学和文学》，凌南译，见罗里·赖安等编《当代西方文学理论导引》，四川文艺出版社1986年版，第251页。

③ ［奥］弗洛伊德：《创作家与白日梦》，林骧华译，见伍蠡甫主编《现代西方文论选》，上海译文出版社1984年版，第147～148页。

条是组织，它包括图形和背景、邻近原则、类似原则、良好完形原则和闭合原则等。符合这些原则就容易组成整体，构成完形。格式塔心理学的批评认为：整体不等于部分的总和，整体是先于部分而决定各个部分的性质和意义的，这本身是一种心理现象。因而，不把握事物的整体和统一结构，就不能创作和欣赏作品。由于艺术家的活动是对有意义的现实的整体结构样式的感知和把握，分析作品也就必须深入到作品的整体完形结构中，只有这样，才能了解其真实的含义，并通达艺术家的心灵。

心理学批评自然不止于上述两种，但上述两种对西方现当代文学批评有较大的影响。其他如原型心理学、人本主义心理学的批评，也各有特点，就不再一一评价了。

心理学批评虽然是以现代心理学为基础形成的批评模式，但这种批评方式或批评角度却是古已有之的。在西方，不仅英国经验派美学有丰富的心理学批评的理论和实践，而且早在柏拉图关于文学创作中"迷狂"与"灵感"现象的探讨中，就已包含了心理学批评的内容。在我国，最早的"诗言志"说，直接涉及的便是文学创作的心理问题，一直到刘勰的《文心雕龙》、钟嵘的《诗品》、严羽的《沧浪诗话》、叶燮的《原诗》，以及诸如"虚静说""性灵说""神韵说"等都包含着敏锐而机智的心理学批评思想。我国古代批评中关于作品的形神关系、情理关系、言意关系、虚实关系等主张，也都与心理学批评相关联，值得发掘和研究。

（二）语言学批评

语言学批评可以放到这样一种语境中来加以认识。在 20 世纪的西方哲学界与美学界发生了一次语言学转向（linguistic turn，又译"语言论转向"），语言问题从而取代了原来的理性问题而成了许多思想者关注的中心。从哲学的角度看，如果说 17 世纪以前的哲学更多关注"世界的本质是什么"，如果说从笛卡儿（René Descartes，1596—1660）开始的认识论哲学更多关注"我们如何知道世界的本质"，那么，20 世纪的语言哲学则主要关注"我们如何表述我们所知晓的世界的本质"。语言问题如此受人青睐，以至于伊格尔顿指出："对于 20 世纪知识生活来说，语言，连同它的种种问题、种种神秘以及它与其他事物的种种纠缠牵连（implications），已经同时成为其范式（paradigm）及其偏执的对象（obsession）。"①

以这样一种视角来打量 20 世纪西方所出现的诸多批评流派（如象征主义、

---

① ［英］特雷·伊格尔顿：《二十世纪西方文学理论》（修订版），伍晓明译，北京大学出版社 2007 年版，第 94 页。

形式主义、新批评以及结构主义等），就会发现它们都热心于语言问题，甚至狂热地关心过语言问题，并试图从语言或形式的层面入手来对文学作品进行分析，因此，它们的理论主张首先有许多相似之处。比如，它们都认为文学作品是一个独立自主的整体，是一种有组织的符号结构，作品的意图只需要从文本中去寻求而无需借助于外部因素加以说明。语言的语境、语义、能指性、信息作用是构成形象、形成结构的极其重要的因素，因而，只有通过对文本的语言分析，才能探求到作品的意图。其次，这些批评流派相互之间又有着千丝万缕的联系，一些批评流派的人物如象征主义的托·斯·艾略特（T. S. Eliot, 1888—1965）同时又具有英美新批评派的观点，并且也属于这一派别；俄国形式主义的代表人物罗曼·雅各布森（Raman Jakobson, 1896—1982），又可以说是开结构主义理论先河的人物之一。实际上，从俄国形式主义到新批评再到结构主义，它们之间存在着历史的内在联系。从广义上讲，它们都可以叫做形式主义或结构主义，都可以划归形式学派。而实际上，它们又都是主要运用语言学来研究和批评文学，所关心的是语言结构及其在结构中的能指性、转换性、象征性。例如新批评的代表人物之一的艾·阿·理查兹（I. A. Richards, 1893—1979）就倡导"语义分析学"，认为文学本质上是一种特殊的语言形式，批评的任务是在作品的范围内进行文字分析。他认为文学作品中的文字不仅互相起作用，不仅受上下文（语境）的影响，而且受到一切出现过的上下文和其他因素的制约。由此，新批评派断定：文学批评的任务就是对文本作语词分析。又如结构主义批评的著名人物——法国学者罗兰·巴特，认为文学是按语言规律组织起来的语言的产物。这种情况正像 J. 库勒所说："同英美的新批评派一样，结构主义也力求'回到作品文本'上来"，"他们寻求的目标是理解文学语言的活动方式"，"结构主义者并不以对个别作品文本做出解释为目的，而是通过与个别作品文本的接触作为研究文学语言活动方式和阅读过程本身的一种方法。"①

　　总之，语言学批评是从俄国形式主义到新批评再到结构主义共同看重的批评模式，其间虽各有其特点甚至各有不同的术语范畴，但抓住文学语言开展批评却是相似的。语言学批评与哲学界的语言学转向是分不开的，同时也与语言学本身的研究和发展密切相关，雅各布森本人就是语言学家；瑞士语言学家索绪尔的语言学研究也对语言学批评产生了重大影响。语言学批评有其可取之处，在探讨语言在文学作品中的功能、含义、技巧方面，在对文学语言与非文学语言的区分方面，在对语言表意层次的探究方面，以及文学作品中语言的所

---

① ［美］J. 库勒：《文学中的结构主义》，张金言译，《国外社会科学》1982 年第 6 期。

谓反讽、悖论、张力、隐喻、象征和普通语言如何在文学作品中被强化、扭曲、拖长、颠倒等特点的揭示方面，还有关于"奇特化"或"陌生化"手法方面，都显示了它的精细性和明晰性。尤其是新批评的"细读法"，在纠正文学批评中所存在的粗疏、简单陋习方面更是功不可没。但是，语言学批评又常常太"语言学化"了，它们把文学文本当成了一个封闭的自足体，既切断了与社会历史的关联，又回避了内容的分析，这样也就抽掉了文学中活生生的人文内涵；同时，它们也往往混淆语言学与文学的界限，将文学批评变成了枯燥、繁琐、抽象的语法分析、结构分析与技巧分析。所有这些，都可以看做语言学批评的致命弱点。

在中国的古代文学批评中，实际上也存在着一种语言批评。这种批评集中表现为讲究语言表现的张力、弹性和效能，例如讲究"得象忘言""意在言外""言有尽而意无穷"；讲究"以少总多""篇无余句，句无余字"；讲究推敲，注重"诗眼""词眼""文势"和"气韵"等。我国诗歌创作中的赋、比、兴，既是表现手法，也是语言技巧。从赋、比、兴角度来评价作品，便包含着语言批评的内容。其实，孔子说"辞，达而已矣"，早已是语言批评的一种滥觞。但需要强调的是，中国古代的语言批评与 20 世纪西方的语言学批评是两个不同的范畴，其思路、切入作品的方式和批评的操作方法都有着明显的不同，这是需要特别予以注意的。

（三） 文化批评

从严格的科学意义上说，文化批评不是一种如其他批评模式那样成型的流派或模式；从文学批评的实践上说，文化批评也不是现代才出现的批评意向和批评形式。文化学或文化社会学、文化政治学意义上的批评，其实古已有之，孔子在讲到诗的功用时，提出"迩之事父，远之事君"，曹丕把文章看做"经国之大业，不朽之盛事"，也是文化批评。我国长期以来"文以载道"的衡文主张，也是文化批评。在西方，当美的艺术与实用艺术尚未区分开来的 17 世纪以前，对诗歌、音乐、绘画、雕塑、演讲、戏剧等的批评，也不乏文化批评，甚至直到莱辛的《拉奥孔》、狄德罗的戏剧批评，都不难发现文化批评的色彩，而马克思、恩格斯关于诸如《城市姑娘》《人间喜剧》的批评，关于《诗歌和散文中的德国社会主义》中的批评思想，更有着如现代文化批评所指称的那种"文化与权力"关系的鲜明性。因此，科学地理解文化批评，既要有现代观念，又要有历史意识。因此，文化学或文化社会学、文化政治学意义上的批评，不应该被排斥在文化批评之外，以致产生理论误导。

现代意义上的文化批评，就西方而言，前有 20 世纪 30—40 年代德国的法兰克福学派大众文化批判理论开其先河，后有 20 世纪 60 年代英国的文化研究

（cultural studies）进一步跟进，如今已呈燎原之势。法兰克福学派的成员阿多诺（T. W. Adorno，1903—1969）、洛文塔尔（Leo Lowenthal，1900—1993）、马尔库塞（Herbert Marcuse，1898—1979）流亡美国期间，积极介入到大众文化、流行音乐、电影等方面的研究之中，认为大众文化是一种文化商品，具有标准化、伪个性化、利用欺骗手段来整合大众等特点。他们因此形成了一整套对大众文化进行严厉批判的理论。文化研究是当时的英国学者从传统的英国文学学科中逐渐发展而成的一门学科，威廉斯（R. Williams，1921—1988）、霍加特（R. Hoggart，1918—2014）是其先驱人物，而霍尔（Stuart Hall，1932—2014）则被称为"文化研究之父"。霍加特于1964年创办的伯明翰当代文化研究中心，进行了一系列与传统文学批评判然有别的研究，获得了超越文学本身的研究成果。例如，通过对英国工人阶级青少年亚文化的考察，发现这种亚文化构成了对体现中产阶级价值观念的英国主流文化的象征性抵抗，具有深沉的阶级内容。同时，在具体的操作中，他们充分考虑到性别、年龄、种族等社会政治因素，从而使文化研究、文化批评与广泛的社会政治实际结合了起来。无论是法兰克福学派的大众文化批判理论，还是英国的文化研究，都意味着文学研究与文学批评发生了重大的转向，即由文学自身的内部研究转向文学与外部广泛联系的研究。正如美国批评家希利斯·米勒（J. Hillis Miller，1928—　）在其《文学理论在今天的功能》中指出的："自1979年以来，文学研究的兴趣中心已发生大规模的转移：从对文学作修辞学式的'内部'研究，转为研究文学的'外部'联系，确定它在心理学、历史或社会学背景中的位置。换言之，文学研究的兴趣已由解读（即集中注意研究语言本身及其性质和能力）转移到各种形式的阐释学解释上（即注意语言与上帝、自然、社会、历史等被看做语言之外的事物的关系）。"① 而对于文学研究与文化研究的关系，乔纳森·卡勒（Jonathan Culler，1944—　）也有一个明确的说法，值得注意。他指出："从最广泛的概念上说，文化研究的课题就是搞清楚文化的作用，特别是在现代社会里，在这样一个对于个人和群体来说充满形形色色的，又相互结合、相互依赖的社团、国家权力、传播行业和跨国公司的时代里，文化产品怎样发挥作用，文化特色又是怎样形成、如何构建的。所以总的说，文化研究涵盖了文学研究，它把文学作为一种独特的文化实践去考察。"②

现代意义上的文化批评，就中国的发展来说，出现于20世纪90年代，风

---

① 见［美］拉尔夫·科恩主编《文学理论的未来》，程锡麟等译，中国社会科学出版社1993年版，第121~122页。
② ［美］乔纳森·卡勒：《文学理论》，李平译，辽宁教育出版社1998年版，第46页。

生水起，渐涨渐热，文学理论研究和文学批评趋之如潮。这种现象的出现，应该从三个方面去探究：一是市场经济兴起发展的现实，带来了文化与文学的巨大变化，其中最突出的是所谓美文学的式微、雅文化的曲高和寡，与适应大众阅读、观赏和自娱自乐兴趣的通俗读物、快餐文学、流行歌曲、影视作品乃至广告、卡通等的迅速兴盛，形成了鲜明的对比，从而使文学批评的视野不再局限于文学正统的狭小圈子，必须重新矫正眼光，面对现实。二是西方的文化研究以及后现代文化思想的全球性传播，使改革开放多年的中国文学批评和文学理论，以其应有的敏锐，很快接受了其中的创见性成分和有效方法，在介绍中接受，在接受中研究，在研究中实践，逐渐形成了中国文学文化批评的热潮。三是中国的文学研究、文学理论和文学批评，自20世纪50年代以来，自身的根底比较薄弱，先是受到苏联批评理论、批评模式的影响，80年代起又受西方批评思想、批评理论的影响，而且通常都当做"前沿"来对待，缺乏具有中华民族自身深广厚重的文化背景的批判性的中国文学理论和批评思想的建设。因此，学而思之会其意者有之，学而思之误其意者有之，学而得其皮毛者亦有之，这使中国的文化批评不仅见仁见智，也见拙见愚，莫衷一是。虽然在理论层面上显得热烈，在文学理论圈子里显得时髦，但在实践上却显然有待深入。不过，文化批评的存在已是不争的事实，成为大家的共识。

从西方的文化研究到中国的文化批评，如果统称之为文化批评，那么，可以发现，它既不是囿于文学文本或单纯文学的批评，也不是单纯的"外部"批评，而是在解读甚至审读文本的前提下，"联系"文学外部或跨越文学边界于诸文化现象之中的批评，尤其是联系权力/文化关系的批评。法国思想家布尔迪厄（Pierre Bourdieu，1930—2002）曾谈到创作所必然具有的权力影响，他指出："文化生产者拥有一种特殊的权力，拥有表现事物并使人相信这些表现的相应的象征性权力，这种象征性权力还表现在文化生产者，用一种清晰的、对象化的方式，提示了自然世界和社会世界或多或少有些混乱的、模糊的、没有系统阐释的，甚至是无法系统阐释的体验，并通过这一表述赋予那些体验以存在的理由。"① 因此可以说，文化批评首先关注文化生产者的话语权力。从西方文化研究或文化批评的实践情况看，它关注文化生产者的话语权力，又特别强调工人阶级、平民大众、妇女和种族中的弱势群体等的话语权力。所以，文化批评不像其他批评模式那样主要关注历史经典、精英文化、主流文化，而是注重当代文化、大众文化、被主流文化排斥的边缘文化和亚文

① ［法］布尔迪厄：《知识分子：统治阶级中的被统治者》，见《文化资本与社会炼金术——布尔迪厄访谈录》，包亚明译，上海人民出版社1997年版，第87页。

化，如工人阶级文化、女性文化、被压迫民族的文化，等等。并且，文化批评所注重的文化对象，往往有着消解主流文化、对抗文化霸权的指向。这种对象和指向，也使文化批评在态度和方法上有别于传统研究或传统批评，例如，文化批评更注重保持与社会尤其是社会底层的密切联系，提倡用多学科、跨学科、超学科乃至非学科的学识结构和活跃思维来展开批评，把文化意识贯穿到底。由此可以看出，文化批评是一种泛文学的批评，又是一种泛学科的批评。所谓泛文学，是指它的对象不局限于文学，而是涉及广泛的文化现象，文学只是文化中的一种表现；所谓泛学科，是指它批评的理论背景绝不只局限在文学学科，而是多学科甚至非学科，凡文化范畴内的知识、学问、学科，都可以用于批评。正因为如此，文化批评的意识形态评价特性得到了很大程度的强化，有时它甚至就是伊格尔顿所说的"政治批评"。而凡此种种，均使文化批评具有了明显的批判色彩、对话色彩和平民色彩，从而拓宽了不同话语的共存空间。从这个意义上说，文化批评比之原有的文化学意义的批评是崭新的，开辟了文学批评的全新视野。

在探讨文化批评的时候，我们还应该明白：对于批评者而言，单一的文学理论或文学批评的专业知识、理论、素养，都很难达到文化批评应有的高度。西方文化研究或文化批评之所以有所成就，影响广大，除了社会因素、学术机制、环境条件等因素外，重要的原因之一在于，他们不仅是教授和文艺学专家，更是具有多学科、跨学科学识的学者，是注重实际考察、联系和了解社会生活的思想者。因此，文化批评的全新视野，需要用丰富的阅读实践、宽泛的学科知识、厚实的生活阅历、鲜活的创造性思维来充实和保障。中国的文化批评，除了在学术性层面的探讨中各抒己见，有一定的理论建树外，在泛文学的批评实践中，也显示了它独特的活力和生气。因此，文化批评既有助于拓宽人们的研究视野，也有助于人们对当代文化（尤其是大众文化）的批判性认识。

第三节　文学批评的实践

在文学活动中，文学批评既是一种基础理论，又具有突出的应用性和实践性。这意味着文学批评主要并非高头讲章，而是要近距离地介入文学现场，围绕文学活动中出现的文学作品、文学现象、文学事件等进行解读和评析，发出自己的声音。这样，文学批评就成为运用相关的批评理论、批评方法和批评模式所进行的一项实践活动。作为实践活动，文学批评会涉及很多内容，但限于篇幅，这里仅从批评样式入手，考察其实践功能，分析其实践品格，确认其实践的正负价值。

结合中国当下文学批评的现状，我们可把文学批评的样式一分为三：学院批评、媒体批评和读者批评。之所以如此划分，是因为文学批评发展至今，确实已呈三分天下的格局：学院批评依然是其主流，但媒体批评发展迅猛，读者批评也轰轰烈烈。这种局面应该说是前所未有的。因为说到文学批评样式，我们可能会想到法国文学批评家阿尔贝·蒂博代（Albert Thibaudet，1874—1936）的划分，他当时面向 19 世纪的法国文学批评，曾把批评样式裁为三块：职业的批评、自发的批评和大师的批评。职业的批评又被称为教授的批评或大学的批评。它以搜集材料为开端，以考证渊源及版本为基础，是一种通过社会、政治、哲学、伦理乃至作者的生平诸因素来研究作家和作品的批评样式。① 这种批评与我们所谓的学院批评大体相当。自发的批评实际上是一种读者的批评。这种读者一般来说文化修养很高，且常常述而不作，故其批评往往以口头批评的方式存在。② 但读者批评发展至今，无论其形式还是读者主体已发生了很大变化。在新媒介时代，所谓的读者更多是指寄身于网络世界的普通网民。大师的批评指的是被公认的大作家的批评。这是一种甘苦自知、形象生动、流露着天性的批评。③ 这种批评样式今天虽依然存在，但已无法构成批评的主流，因为文学大师在当今这个时代已十分稀缺，皮之不存，毛将焉附？此外，蒂博代虽已注意到了报纸上的批评文字，但他只是把这种批评看作是自发批评的一种形式。这种划分显然已不适用于当今的批评现状。因此，从蒂博代的划分至今，我们看到传统的批评样式虽继续存在，新型的批评样式也在不断诞生。而其中的变数恰恰是需要我们着重注意的。

一、学院批评

学院批评相当于蒂博代所说的职业的批评，但它其实又是一种很中国化的表述，其中蕴含了诸多值得玩味的信息。

在当代中国，20 世纪 80 年代既是文学能够产生轰动效应的时代，也是文学批评大有作为的年代。而随着一批年轻气盛、思想活跃的"第五代批评家"④ 的崛起，新的批评观也开始亮相。其核心观点体现为：第一，批评是

---

① 参见 ［法］阿尔贝·蒂博代：《六说文学批评》，赵坚译，生活·读书·新知三联书店 2002 年版，第 15 页。

② 参见 ［法］阿尔贝·蒂博代：《六说文学批评》，赵坚译，生活·读书·新知三联书店 2002 年版，第 71 页。

③ 参见 ［法］阿尔贝·蒂博代：《六说文学批评》，赵坚译，生活·读书·新知三联书店 2002 年版，第 22 页。

④ "第五代批评家"是当时年即半百的文学批评家陈骏涛参加了"全国青年评论家文学评论研讨会"（1986）之后的一个提法，随后得到了学界的认同。指的是当时一批思想敏锐、具有强烈主体意识的年轻批评家，主要有黄子平、季红真、李书磊、陈思和、王晓明、吴亮、许子东等。参见陈骏涛：《翱翔吧，"第五代批评家"!》，见郭小东等著《我的批评观》，漓江出版社 1987 年版，第 234 - 242 页。

自我体验、自我创造、自我价值的肯定，同时也是和世界交换意见的一种方式；第二，批评是一种价值判断和审美判断。而这种批评观又可用法国印象主义批评的代表人物法朗士的话加以概括："我所评论的就是我"或"批评就是灵魂在杰作中的探险"。这种批评生机勃勃，它既是一种印象主义的文学批评，同时也是一种通过批评实践接通外部现实，进而批判现实、呈现批评主体社会人文诉求的批评，它所警惕的恰恰是那种自我封闭式的学院批评。

学院批评被叫响的时间是20世纪90年代，其中既伴随着批评家退守学院的进程，也回荡着对这种退守的委婉辩护。有学者指出："学者以治学为第一天职，可以介入，也可以不介入现实政治论争。"所以应该"赞成有一批学者'不问政治'，埋头从事自己感兴趣的专业研究"，"允许并尊重那些钻进象牙塔的纯粹书生的选择"。① 在这些隐晦婉转的表达中，我们分明看到了批评家选择学院批评时那种复杂心态和精神状况。

学院批评正是在这样一种历史语境中渐成气候的。起初，它既有被动逃避的意味，也隐含着摆脱政治话语的企图和学术自律的诉求。而随着文学批评进入正规的学术话语机制之中，其印象主义气息逐渐淡薄，实证和学理的意味则越来越浓，文学批评开始学术化了。正是在这一意义上，我们可以把学院批评界定如下：它是以学院（高校、学术研究机构）中的文学教师、研究人员为批评主体，以作家作品、文学思潮、文学现象等的学理化解读为主要批评对象，以文学意义或价值的生产与呈现为基本宗旨，以专业的批评符码与表意策略为批评追求，在学术话语的规则中加以运作并在专业的学术期刊得以发表的批评样式。其主要特点大体有三：

第一，印象式批评看重个人的主观感悟和对作家作品的整体印象，学院批评则注重学理的呈现。后者常常把批评对象还原到其生成的语境当中，在历史的追问中展开，在逻辑的思考中推进，强调占有材料，追求言之有据，故所进行的批评显得扎实、稳健、厚重。第二，学院批评常常能体现出明显的角度意识和方法意识，从而使自己的解读与阐释显得与众不同。因此，方法与角度往往成为学院批评的常规武器。第三，学院批评一般行文朴实，语言规范，不求辞藻之华美，但求论述之严谨，说理之透彻。论文体而不是随笔体常常成为其文体和语体风格。

然而，随着学院批评成为文学批评实践活动中最重要的样式，它的不足与缺陷也逐渐暴露出来。首先是体制化带来的问题。文学批评进入学院之中即意

---

① 陈平原：《学者的人间情怀》，《读书》1993年第5期。

味着进入一种学术体制之中，成为了知识传授和知识生产的组成部分，从而丧失了批评的激情、生机和活力。尤其是学院批评演变为某种申报课题或在研项目后，又意味着它必须接受学术体制的规训。"规定动作"一多，就必然会挪用或挤占"自选动作"的空间。结果，学院批评变得越来越知识化、学术化和规整化，批评因此被削弱了激进的思想锋芒，批评家也丧失了提出重大问题的能力。

第二，专业化带来的问题。在专业分工越分越细的今天，与文学现场构成互动关系的学院批评几乎已被当代文学专业垄断。为了积累或巩固这一专业的文化资本，学院批评家往往借助于自己的专业优势和话语权力，为一线作家的所有作品叫好，为"当代文学经典化"造势，从而丢失了客观、冷静、公正的学院批评立场。例如，余华的《兄弟》面世后，引起了较大争议，批评的声音也此伏彼起。学院批评家本来应该认真反思这一文学现象，在学理层面回答人们所关心的问题，但我们看到的却是另一种景象——迅速召开作品研讨会，充分肯定，大唱赞歌。通过这种做法，学院批评似乎平息了争议，树立了批评权威，但其实却是在透支着自己的信誉。

第三，圈子化带来的问题。圈子化可以从两个层面进行理解，其一是通过学院教师的"传帮带"，致使学院批评形成一个个的"神圣同盟"。盟主与其成员心往一处想，劲往一处使，生产话题，集体攻关。但这种话题常常远离文学现实，只是圈内人玩的话语游戏。更有甚者，其话题经"高大上"的概念术语包装之后，行文晦涩，文风怪异，渐成某种"学术黑话"，成为大多数人看不懂，甚至业内人士也颇费猜测的"密码语言"。这种情况就像雅各比（Russell Jacoby, 1945—　）所说的那样："他们几乎无一例外地都是教授，校园就是他们的家；同事就是他们的听众；专题讨论和专业性期刊就是他们的媒体。不像过去的知识分子面对公众，现在，他们置身于某些学科领域中——有很好的理由。"① 其二是通过邀请学院批评家参加种种"研讨会"，使其进入"人情批评"和"红包批评"的圈子。在这种情况下，学院批评家就变成了为作品涂脂抹粉的美容师，学院批评也变成了为圈子服务的广告词。有人指出，如今的研讨会已沦为歌颂会、表彰会和炒作会，所带来的负面影响不容低估。

学院批评既然存在着以上问题，那么如何改进便成为摆在学院批评家面前的头等大事。而由于历史惯性，我们也要充分认识到改进的长期性、艰巨性和复杂性。

---

① ［美］拉塞尔·雅各比：《最后的知识分子》，洪洁译，江苏人民出版社 2002 年版，第 4 页。

二、媒体批评

媒体批评（亦有"传媒批评""传媒文艺评论"之说）并非一个很严谨的概念，但由于它频频被人使用，且已有了约定俗成的意涵，我们便有了面对它的充分理由。简言之，媒体批评是媒体与文学批评形成密切联系的一种实践形式，指的是在大众传播媒介（如报纸、网站）上发表的对文学作品、文学事件和文学现象等进行评说的批评文字。它具有新闻性、尖锐性、大众性等特点。在批评实践中，媒体批评常常被视为学院批评的对立面。

媒体批评及其实践形式的成型与愈演愈烈显然伴随着大众传播媒介发展壮大的进程。20 世纪 90 年代以来，中国的大众传媒迅速扩张，其表征之一是各种地方性的晚报、晨报、都市报纷纷出现。世纪之交以来，随着互联网进入千家万户，各类网站也随之诞生，新媒体又成为一个传播信息的巨大平台。无论是报纸还是网站，它们都需要大量新闻性、娱乐性的内容加以填充，这样，"失去轰动效应"的文学便再度成为媒体所关注的对象。例如，《废都》（1993）面世后，媒体批评曾铺天盖地，贾平凹及其"《废都》现象"成为口诛笔伐的对象。韩少功的《马桥词典》（1996）出版后，《为您服务报》（1996年 12 月 5 日）曾同期刊发《精神的匮乏》（张颐武）和《看韩少功做广告》（王干）两篇批评文章，引发了所谓的"马桥之争"。1997 年 3 月，因韩少功把张、王等六被告告上法庭，"马桥之争"又演变成长达一年多的"马桥之讼"。在此期间，追踪报道与评论这一事件的除业内报刊（如《中华读书报》《文艺报》和《文学自由谈》等）与主流大报（如《中国青年报》和《文汇报》等）之外，还有许多行业小报与晚报、晨报加入其中，事件延续近两年，报道与评论数百篇，参与论争的报刊近百家。现在看来，这次事件的爆发是媒体批评介入的结果，张、王等人的文章亦可看做媒体批评的先声。1999 年年底，王朔批金庸、《十作家批判书》又成为媒体关注热点，于是有人开始用"传媒批评"指称这种批评，认为一种新的令我们感到陌生的批评话语已然出现。此后，《文艺报》与《南方文坛》等报刊专门讨论过媒体批评，北京市文联研究部亦曾举办过"网络批评、媒体批评与主流批评"研讨会（2001 年 6月）。在这种背景下，一种新的批评样式被命名也被确认，从而成为批评界的关注对象。

媒体批评一经出现，便遭到了学院批评家的指责。他们认为，媒体批评以短小凶悍的批评文字为主，捕风捉影、夸大其辞、惹事生非、制造事端是其主要的批评策略和话语风格，而这类批评文字恰恰为地方小报所青睐，因为它们可借此吸引眼球、扩大销路，招徕读者，其结果是导致了批评的"媒体化"。

而媒体批评之所以弊端重重，主要在于其批评初衷并非从文学的基本价值和利益出发，而是主要着眼于媒体自身的利益需要。于是，文学批评不再遵循批评规范和学理内涵，转而成了媒体的同谋。

客观而言，以上问题在媒体批评中是大量存在的。而之所以如此，其深层原因在于：第一，媒体批评主要由"新闻场""娱乐场"管辖却不受"文学场"和"学术场"控制，因此，更多的时候它遵循的是新闻逻辑或大众文化的生产逻辑，文学批评的学术逻辑则被置之度外。这样，追求"语不惊人死不休"的轰动效应，制定"一招致命"的战略战术，便成为媒体批评的基本策略。第二，如果说在 20 世纪八九十年代文学批评的话语权还掌握在作家与批评家手里，那么随着媒体批评的出现，媒体记者和专栏作者则逐渐开始瓜分这种话语权。而他们一旦成为批评主体，其切入角度、行文方式、话语风格等也就不可能不发生重大变化。

然而，所有这些并不意味着媒体批评一无是处，也不意味着学院批评与媒体批评势不两立，形同水火。这是因为，首先，媒体批评的出现打破了原来学院批评一言堂的格局，形成了批评民主化的局面。无论从哪方面看，这都是一件好事情，不宜一味抹杀。其次，媒体批评固然有耸人听闻的一面，但许多时候也恰恰是它说出了学院批评不敢说、不愿说和不会说的事实真相。而这一点，尤其值得学院批评反思和学习。例如，德国汉学家顾彬从 2006 年年底开始直击中国当代文学，就是典型的媒体批评。这种批评声音经媒体放大甚至变形之后虽存在着种种问题，但其说出某种事实真相的坦率和执著却又令人深思。倘若把他的观点全部讥为一派胡言，反而显出了学院批评家的小气和傲慢。第三，萨特（Jean-Paul Sartre，1905—1980）早已告诫过作家批评家占领大众传播媒介的重要性，而占领的前提是学会"通俗化"地表达，"学会用形象来说话，学会用这些新的语言表达我们书中的思想"①。因此，在当下的批评处境中，媒体批评恰恰为学院批评家提供了占领并重新打造大众传媒的历史契机。倘若他们能放下身段，进驻媒体批评，进而让学院批评与媒体批评互通有无，一种既犀利感性又平和理性的批评样式才能出现。而人为制造媒体批评与学院批评剑拔弩张的紧张关系，或者固守学院批评而把媒体批评拱手相让，都是很难让文学批评有更大出息的。

正因如此，媒体批评理应成为当今文学批评实践中的一项重要内容。对待它的正确态度可能是改造之、完善之，而不是或者简单否定，或者拒之门外。

---

① ［法］萨特：《什么是文学?》，施康强译，《萨特文集》第 7 卷，人民文学出版社 2005 年版，第 289 页。

三、读者批评

首先需要明确的是，读者批评并非读者反应批评（reader-response criticism）。后者是 20 世纪 60 年代兴起于美国的一种批评理论。该理论认为："作品是读者浏览他们眼前的文本书页时持续进行的精神活动与反应。"① 而我们所谓的读者批评是指对文学作品、文学现象和文学事件发言评说的一种实践形式。读者批评古已有之，但时至今日，读者身份以及读者批评的速度、规模、所依据的平台等都已发生了重大变化。这种变化主要体现在如下几个方面。

首先是读者身份的变化。以往读者批评的主体可以说是"高级"读者，他们是极少数有地位、有身份或同样有写作才能的人。例如，文艺复兴时期，读者"是社会上有势力的一小群人，他们可能出现在政府会议上，或者出现在私人举行的晚宴上。读者是由政府的高级官吏、王室成员和贵族、可施予诗人以他所需要的资助的熟人等组成的。"② 而在 17 世纪的法国，"读者既是上层阶级的一分子，又是一名专家。如果说他批评作家，那是因为他自己也会写作。高乃依、帕斯卡尔、笛卡儿的读者是塞维涅夫人、梅雷骑士、格里涅昂夫人、朗布绮夫人、圣埃弗勒蒙"③。而从 18 世纪开始，随着阅读公众的大量出现，普通读者开始成为读者批评的主体。他们原来聚集于咖啡馆等现实场所中，如今则活跃于网络这个虚拟的世界里。

其次是批评形式的变化。在蒂博代那里，读者批评被看做一种自发的批评，但它们大都是口头批评，出现在日常的谈话里。它们之所以有迹可寻，是因为后来变成文字的通信、日记和私人手记等对它们有所记载。④ 而这些文字往往是事过境迁之后才公诸于世，实际上它们已是"马后炮"，只具有史料价值，却往往难以对当时的文学现象构成影响。如今，读者批评虽依然可以通过口头批评进行，但更重要的是通过互联网和自媒体（如博客、微博、微信等）所产生的文字批评。它们既可以是长篇大论，也可以是以跟帖方式出现的只言片语，其批评形式灵活多样，且往往是现场的快速反应。

---

① ［美］M. H. 艾布拉姆斯：《文学术语辞典》，吴松江等译，北京大学出版社 2009 年版，第 513 页。

② ［美］简·汤普金斯：《读者在历史上：文学反应的演变》，刘峰译，见《读者反应批评》，文化艺术出版社 1989 年版，第 264 页。

③ ［法］萨特：《什么是文学?》，施康强译，《萨特文集》第 7 卷，人民文学出版社 2005 年版，第 157～158 页。

④ 参见［法］阿尔贝·蒂博代：《六说文学批评》，赵坚译，生活·读书·新知三联书店 2002 年版，第 59 页。

最后是批评规模的变化。在传播媒介不发达的时代，阅读主要是读者的事情，而批评则主要是专家的事情。造成这种局面的原因是，即便读者有想法，有看法，供其发声的渠道也少之又少（报纸可以通过"读者来信"的方式选登部分稿件，但毕竟有限）。这样，读者批评的规模就受到了很大限制。如今，读者发声的渠道十分便利且畅通无阻，其批评规模、数量、频次等已今非昔比。而一旦他们聚焦于文学作品或文学事件，便会生发出巨大能量，甚至出现"群选经典"的景象。所谓群选经典，是指读者大众大规模地参与文学经典的重估活动。他们置专家学者的意见于不顾，靠自己的投票、点击、购买、阅读和评论，遴选出属于自己的经典来。[①] 如路遥的《平凡的世界》，很大程度上就是通过这种方式使其进入经典化的进程的。

由此看来，读者批评是新媒介时代出现的新景观，它微妙地改变着文学批评的生态环境，也为文学批评提供了值得研究的新课题，其利弊得失主要体现如下。

读者批评的优势在于，由于其批评主体往往是在不吐不快的状况下发言的，所以他们常常能做到不顾情面，不畏权势，不管种种禁忌，我手写吾口，我口述吾心，从而把最真实的看法呈现出来。因此，好的读者批评就像原生态唱法那样，不事修饰，不讲技巧，自然朴实，绝假纯真。如果读者兼有较高的文化素养和上乘的文字表达功夫，那么这种批评便会脱颖而出，成为真正的评论文章。例如，董桥的小说集《橄榄香》出版后，"豆瓣读书"曾有妙文一篇：《董桥和他冷艳高雅清贵有钱的朋友们》，此文下笔如刀，写得有趣，网友的跟帖也很欢乐。面对董桥的句子（"她的锁骨是神鬼的雕工，神斧顺势往下勾勒一道幽谷，酥美一双春山盈然起伏，刹那间葬送多少铁马金戈"），有网友吐槽："从这句看，董桥就是老民国版的郭敬明。"[②] 余华《第七天》面世后，"豆瓣读书"在短时间内就出现了 500 多个主帖书评，跟帖无数。而在这些书评中，许多读者都对这部小说表示失望。有人写道："至于情节，除了主人公和养父间的亲情这条主线，小说里也没有情节和戏剧冲突，有的只是新闻，准确说是旧闻。……这些你在网上都看过很多遍的新闻，在小说里再被当做情节写出来，感觉就像数春晚里会出现几个过时的网络流行语一样。"[③] 像这种读者批评就很真实，也写出了许多读者的阅读感受。

---

① 参见赵毅衡：《两种经典更新与符号双轴位移》，《文艺研究》2007 年第 12 期。
② 纳兰妙姝：《董桥和他冷艳高雅清贵有钱的朋友们》，http://book.douban.com/review/5701752/.
③ kiwi：《时评家余华的平庸剪报》，http://book.douban.com/review/6108812/.

　　与此同时，我们也要看到读者批评所存在的问题。由于匿名发帖可减除心理负担，甚至出现"人一上网，马上就变得厚颜无耻，马上就变得胆大包天"①的情况，所以，读者批评便时常会呈现出情绪化、粗鄙化等特征。而一旦攻讦、谩骂、拍砖等因素进入读者批评，也就必然会影响到它的气质和品质，致使其扭曲、变形，沦为一种话语暴力。网上的读者批评声名不佳，往往与其话语风格有关。此外，感悟有余，理性思考不足；表达短平快，缺乏系统性，等等，也是读者批评需要解决的问题。

　　当然，我们也应该意识到，无论读者批评存在着怎样的问题，这种可以真正付之实践、变成文字的批评样式都是以往任何一个时代所无法比拟的。而且，种种迹象表明，它也正在对媒体批评乃至学院批评构成一种潜在的影响。例如，20世纪90年代以来，学院批评家会去关注金庸的武侠小说并对它进行隆重解读，很大程度上就是读者批评影响的结果。因此，学院批评家正视读者批评的存在并让它在文学批评的大家庭中发挥积极作用，读者善待自己发言的机会、吐槽的权利并让自己的声音有效地进入文学公共空间，很可能才是双方应该采取的姿态。

复习要点

[基本概念]

　　文学批评　伦理道德批评　社会历史批评　审美批评　心理学批评　语言学批评　文化批评　学院批评　媒体批评　读者批评　文学批评的标准　文学批评的思想标准和艺术标准

[思考问题]

　　1. 怎样理解文学批评的意识形态性质？
　　2. 为什么说美学的观点和历史的观点是马克思主义批评的总原则和方法论？
　　3. 怎样理解思想标准和艺术标准的具体内涵及两者关系？
　　4. 文学批评与文化批评（或者文学研究与文化研究）究竟有何不同？
　　5. 简析学院批评、媒体批评和读者批评的利弊得失。

[推荐阅读文献]

　　1. ［法］阿尔贝·蒂博代：《六说文学批评》，赵坚译，生活·读书·新

---

　　① 莫言：《我为什么要给网络写文章》，见《什么气味最美好》，南海出版公司2002年版，第122页。

知三联书店 2002 年版。

2. 鲁迅：《批评家的批评家》，《骂杀与捧杀》，《鲁迅全集》第 5 卷，人民文学出版社 2005 年版。

3. 赵勇：《学院批评的历史问题与现实困境》，《文艺研究》2008 年第 2 期。

初 版 后 记

　　如果我没有弄错的话，这部教材是新中国成立以来第一部完全由高等师范院校的教师合作编写的"文学概论"教材。高等教育出版社组编高等师范院校的教材是具有远见卓识的。因为师范院校的教学确有区别于一般综合院校的特点，这就是"师范性"。就"文学概论"这门课程而言，"高师"的教学不但要使学生掌握文学的一般原理和相关的知识，而且还要让学生更具体、更深入地理解文学作品的样式、类型、形态、结构、层次、叙事和抒情的技巧和风格特征等，并进而具有较强的分析作品的能力。因为"高师"中文系的毕业生将站在中学的讲台上，面对程度不一的中学生，具体解析一篇篇样式不一、类型不一、形态不一、风格不一的文学作品。一个中学语文教师如果面对具有无穷艺术魅力的作品只会分析段落大意，抽取枯燥的"主题思想"，却走不进作品的绚丽多姿的艺术世界，对作品没有具体、深入的体会和领悟，不会解析作品，那么这个语文教师很难说是合格的。正是出于这样的考虑，我们在编写此书的过程中，强调要体现师范性特点。我们在讲清文学基本原理和相关知识的基础上，特别加强作品论这一编，用六章篇幅展开了对文学作品各个方面的解析和阐述，从而突出了本教材的师范性特色。

　　我们在教材编写过程中反复强调的另一点，就是要以马克思主义为指导，贯彻历史唯物主义和辩证唯物主义。我们力图运用马克思主义的世界观和方法论，对马克思主义有关文艺问题的论述更是充分加以阐述。社会主义时期文学活动问题十分重要，为此我们列了专章。我们在教材中引用了中国古代文论和西方文论的观点和材料，并对社会主义新时期以来文艺理论的研究成果，也力图加以总结和吸收，但我们这样做时，都用马克思主义的世界观和方法论加以过滤，取其精华，去其糟粕。

主　编

1991 年 9 月

修订版后记

　　《文学理论教程》原是应全国高等师范院校"文学概论"的教学需要而合作编写的。教材出版后，全国有几十所院校（其中也包括非师范院校）使用，并获得好评，大家普遍认为这是一本"换代"教材，它摆脱了 50 年代苏联旧教材的范式，同时又坚持了马克思主义世界观、方法论的指导，坚持了经过文学实践检验的马克思文艺理论的基本原则：对西方 20 世纪以来的各种文学理论观点，进行实事求是的鉴别和筛选，吸收了其中有价值的成分；对中国古代文学理论的精华加以融合，纳入到新的理论体系中来；对新时期以来文学理论研究所取得的成果，凡正确的、深刻的，都酌情加以吸纳；对当代现实文学活动中提出的问题也尽可能给予了具有科学理性的回答，使整个教材面貌在稳妥中又有了较大的改变。为此，本教材一直受到多方面的鼓励，先后获得北京师范大学文科优秀教材奖，国家教委优秀教材一等奖（1995），国家级优秀教材二等奖（1996），北京市教学优秀成果一等奖（1997），国家教委优秀教学成果二等奖（1997），并被国家教委列入"'九五'普通高等教育国家级重点教材"。但是我们深知，这部教材还有不少缺点和毛病，还有一些不适用的地方。这些不足，既是我们的学力水平所限，也是整个现代文论界的进展所限，同时也是我们当时编写匆忙所致。为此，我们从 1996 年开始酝酿修订，经过全体编写人员一年的努力，于 1997 年 8 月完成了修订任务。

　　这次修订，指导思想不变，大的框架不变，修订的目标是：1. 对少量不够完善和严密的观点和理论，进行必要的修改；2. 对教材中重要的概念凡没有清晰界定的，都作出界定，并对个别概念的解释作必要调整；3. 对某些艰涩的部分进行修改，使全书深入浅出；4. 对逻辑上文字上的毛病进行修改；5. 统一全书的术语；6. 对重要问题的表述加强学理性。经过全体编写者的努力，此次修订已经达到了预定的目标。我们感到，教材受篇幅所限，不能把所有的概念、问题、知识和范例分析等都写得很详尽，为此我们又编写了《文学理论教程教学参考书》，以补不足。我们相信，这部教学参考书对教师备课将是很有帮助的。

　　编写组成员来自全国四面八方，但我们的合作是十分成功的。我们在合作中建立起来的友谊，如同盛夏甘甜的泉水，从我们的心间流淌而过。我们感到无比的欣慰和愉快。本书撰稿分工如下：

童庆炳　　第一、二章

张荣翼　　第三章

王一川　　第四章

李衍柱　　第五章

柯汉琳　　第六章

李珺平　　第七章

曲本陆　　第八章

宋　民　　第九章

顾祖钊　　第十章

高小康　　第十一章

杜　卫　　第十二章

梁素清　　第十三章

陶水平　　第十四章

杨守森　　第十五章

曹廷华　　第十六章

高等教育出版社文科编辑室的同志们始终十分重视此教材的编撰、修订、出版，特别是责任编辑吴学先同志，她热情、周到、负责，她和她的同事们为出版此教材付出了辛勤的劳动，我们对此深表谢意。

主　编
1997 年 8 月

修订二版后记

　　1998 年，《文学理论教程》出版了修订版。越来越多的高校使用了我们编写的这部教材，对此，我们怀着感激之情。修订版经过五年的教学实践之后，我们自己在使用中感到《教程》还存在一些不足，同行们也以对学生负责的态度和对我们的友情，对《教程》提出了宝贵的意见。这些宝贵的意见督促我们不能不进行再次修订。经过一年时间的努力，《教程》修订二版终于与大家见面。这次修订，我们在听取了各方面的意见的基础上，经过认真的研究，在以下几个方面作了修改：

　　1. 梳理指导思想。本教材是以马克思主义为指导思想的。我们在修订时把马克思主义文学理论的基石概括为"五论"：文学活动论、文学反映论、艺术生产论、文学审美意识形态论和艺术交往论。教材对文学问题的解释以这"五论"为指导。

　　2. 寻求学理根据。这次修订，我们做了这样一项有意义的工作，凡教材中出现的论点，我们都寻找出学理的根据，并一一加以说明。凡没有根据的或根据不足的一律删去。这些学理根据，或是古典文论或是外国文论，对于这些文论的各种相融、相通、相悖等关系也尽可能加以说明。我们这样做，无疑可以提高教材的学术质量。

　　3. 适当减低难度。修订二版内容的难度有所减低。一些原本比较难的章节的文字也作了通俗化处理。如"叙事性作品"一章，由于引进当代西方叙事学理论，名词概念较多，这次修订有所减少，更重要的是文字显得更简洁明白了。

　　教材的整体框架未变，章节也未变，这样做方便原来使用这部教材的老师继续使用。

　　需要说明的是，这次修订吸收了一些年轻的教师参加。参编人员如下：

童庆炳　第一、二章

张荣翼　曹卫东　第三章

王一川　第四章

李衍柱　第五章

柯汉琳　曹卫东　第六章

李珺平　第七章

曲本陆　第八章

宋　民　第九章

顾祖钊　第十章

高小康　第十一章

杜　卫　第十二章

梁素清　陈雪虎　第十三章

陶水平　第十四章

杨守森　第十五章

曹廷华　赵　勇　第十六章

　　我们这些年听到的对于本教材的许多鼓励赞许和批评意见，都有利于我们这次修订，有利于教材质量的提高。策划编辑徐挥先生为这次教材的修订，做了大量的工作。责任编辑云慧霞博士的认真负责，使修订工作顺利完成。对此，我们一并表示衷心感谢。

主　编

2003 年岁末

第四版后记

由高等教育出版社出版的《文学理论教程》（修订二版）自 2004 年 3 月与读者见面以来，已经过了四年的时间，印刷十余次。鉴于这部教材发行量大，使用的学校多，社会影响大，我们自己在使用中感到还存在一些不足，同行们也以对学生负责的态度和对我们的友情，对这部教材提出了宝贵的意见，经与高等教育出版社研究，决定再进行一次修订。经过一年时间的努力，《文学理论教程》的第四版终于与大家见面。这次修订，我们在听取了各方面的意见的基础上，经过认真的研究，在以下几个方面作了修改：

1. 坚持以马克思主义和中国化的马克思主义为指导，贯彻十七大提出的科学发展观的精神，全书继续以历史唯物主义和辩证唯物主义提出问题、分析问题、解答问题，务使马克思主义的指导思想能够贯彻到各章各节。

2. 对教材提出的观点、概念进行小部分的调整，争取采用有学界一定共识的、权威性的具体根据，争取使概念的定义既科学，又简明扼要。

3. 修订版在消灭带有知识性的"硬伤"的同时，引文注重采用权威版本，并且格式规范统一。

4. 对某些章节写得不够精练或准确的章节，适当加以压缩和调整。

教材的整体框架未变，章节也没有大的变动，这样做仍然是为了方便原来使用这部教材的老师继续使用。

这些修订同样也注意吸收一些年轻的教师参加。参编人员如下：

童庆炳　第一、二章

张荣翼　曹卫东　第三章

王一川　第四章

李衍柱　第五章

柯汉琳　曹卫东　第六章

李珺平　第七章

曲本陆　姚爱斌　钱　翰　第八章

宋　民　第九章

顾祖钊　第十章

高小康　第十一章

杜　卫　第十二章

梁素清　陈雪虎　第十三章

陶水平　第十四章

杨守森　第十五章

曹廷华　赵　勇　第十六章

最后的统稿过程中，赵勇、陈雪虎、姚爱斌、钱翰做了许多的修改工作，罗成、符鹏、杨晓帆、陈勇等博士生和硕士生也做了不少校对工作。

我们这些年听到的对于本教材的许多鼓励赞许和批评意见，都有利于我们这次修订，有利于教材质量的提高。策划编辑云慧霞和责任编辑刘新英的认真负责，使修订工作顺利完成。对此，我们一并表示衷心感谢。

主　编

2008 年 5 月

第五版后记

作为 20 世纪 90 年代教育部组织编写的文科教材,《文学理论教程》长久被全国广大师生使用，从 1992 年初版到现在，已经超过 20 年了，并且发行量仍然很大。这部教材被一些学者称为"换代教材"，赞誉很高，也有很多负责的教师同行和认真的学生朋友给我们提出一些意见。当代文学理论也有新发展。这些赞誉和意见以及理论的发展都促进我们对教材做进一步的修订。经过近一年时间的努力，《教程》第五版终于面世了。这次修订在听取各方意见的基础上，经认真研究，主要在以下几个方面做了修改：

1. 坚持和明确指导思想。本教材是以马克思主义为指导思想的，坚持把马克思主义文学理论的基石概括为文学审美意识形态论、文学活动论、文学反映论、艺术生产论和艺术交往论。教材对文学问题的阐述和解释都以这"五论"为指导。

2. 加强理论的历史语境，使理论更显脉络系统和整体联系。删去一些零散的不成系统的部分，补充一些理论界所涌现的有益的新观点和新阐释。

3. 教材的整体框架未变，章节也未变，这样做方便原来使用这部教材的老师和同学继续使用。保持原有教材的难易程度，修正有错之处，并在每章末增加"推荐阅读文献"，下列 2~3 个书目或文章，以便学生进一步阅读和研习。

此次修订，全书各章的分工和安排调整如下：

童庆炳　第一、二章

张荣翼　曹卫东　第三章

王一川　第四章

李衍柱　第五章

柯汉琳　姚爱斌　第六章

李珺平　第七章

曲本陆　钱　翰　第八章

宋　民　第九章

顾祖钊　第十章

高小康　第十一章

杜　卫　第十二章

梁素清　陈雪虎　第十三章

陶水平　第十四章

杨守森　第十五章

曹廷华　赵　勇　第十六章

近年各方的反馈和批评意见都有利于我们的修订，有利于教材质量的提高。我们都请各位修订的老师和执笔者认真参考和消化这些反馈和意见，并视具体情况加以适当的调整。高等教育出版社文科分社云慧霞博士认真负责，使修订工作顺利完成，我们也衷心感谢她。

主　编

2014 年岁末